सोना और खून

भाग-3

आचार्य चतुरसेन

टू साइन

प्रकाशक : ट्रू साइन पब्लिशिंग हाउस
पता : SY.N0.21/2 & 21/3, सोननहल्ली,
कृष्णराजपुरा, बेंगलुरु, कर्नाटक - 560049 भारत
ईमेल : truesignbooks@gmail.com
वेबसाइट : www.truesign.in

सोना और खून
भाग-3

लेखक: आचार्य चतुरसेन

ISBN: 978-93-5805-524-5

संस्करण: 2023

आचार्य चतुरसेन

हिन्दी साहित्य के संसार में जब भी ऐतिहासिक चरित्र या घटनाओं का उल्लेख होता है, तब 'सोमनाथ', 'वयं रक्षाम:' और 'वैशाली की नगरवधू' नाम सबसे पहले उभर कर आता है, इन्हीं नामों के साथ शुरू हो जाता है आचार्य चतुरसेन शास्त्री और उनकी लिखी कृतियों के वर्णन की सुंदर गाथा का। उपन्यास, कहानी, चिकित्सा शास्त्र, शिक्षा से लेकर धर्म, संस्कृति, नैतिक शिक्षा तक शायद ही ऐसी कोई विधा हो जो चतुरसेन शास्त्री से अछूती रही हो। शास्त्रीजी हिन्दी के उन साहित्यकारों में हैं जिनका लेखन-क्रम साहित्य की किसी एक विशिष्ट विधा में सीमित नहीं किया जा सकता। इनका लेखन मुख्यत: ऐतिहासिक घटनाओं पर आधारित है।

उत्तर प्रदेश के बुलन्दशहर जिले के चांदोख गांव में 26 अगस्त, 1891 को जन्मे चतुरसेन शास्त्री के बचपन का नाम चतुर्भुज था। प्राथमिक शिक्षा उनके गांव के ही नजदीक सिकन्दराबाद कस्बे में हुई थी। सिकंदराबाद के बाद उच्च शिक्षा के लिए उन्होंने राजस्थान का रुख किया और जयपुर के संस्कृत कॉलेज में दाखिला लिया। यहां से उन्होंने 1915 में आयुर्वेद में आयुर्वेदाचार्य तथा संस्कृत में शास्त्री की उपाधि प्राप्त की।

इसके बाद शास्त्रीजी बतौर आयुर्वेदिक चिकित्सक कार्य करने के लिए दिल्ली आ गए। दिल्ली में उन्होंने अपनी एक आयुर्वेदिक डिस्पेंसरी खोली लेकिन अनुभव की कमी के चलते डिस्पेंसरी नहीं चली और उसे बन्द करना पड़ा। इस घाटे के चलते उनकी आर्थिक स्थिति इतनी बिगड़ गई कि उन्हें अपनी पत्नी के जेवर तक बेचने पड़े। फिर उन्होंने 25 रुपये प्रति माह के वेतन पर एक धर्मार्थ औषधालय में नौकरी भी की। कुछ समय तक यहां काम करने के पश्चात आचार्य चतुरसेन शास्त्री 1917 में लाहौर के डीएवी कॉलेज में आयुर्वेद के वरिष्ठ प्रोफेसर के रूप में नियुक्त हुए। लेकिन कॉलेज प्रबन्धन के साथ उनका ताल-मेल नहीं बैठा और उन्होंने इस्तीफा दे दिया। इसके बाद वे अपने ससुर के कल्याण औषधालय में मदद करने के लिए अजमेर पहुंच गए।

अजमेर जाने के बाद से शास्त्रीजी के जीवन में परिवर्तन शुरू हुआ और उनकी आर्थिक स्थिति में भी सुधार आया। अजमेर में वे बड़े- बड़े सेठों के घरों में भी चिकित्सा के लिए जाने लगे। बाद में राजस्थान के कई राजघरानों तक उनकी पहुँच बन गई। एक चिकित्सक के रूप

में उनकी ख्याति दिन-प्रतिदिन बढ़ती ही गई। चिकित्सक के रूप में उनका संसर्ग और सम्पर्क भांति-भांति के लोगों से होने लगा। जिंदगी का जो विविध रूप उन्हें देखने को मिला, अपनी जिंदगी के संघर्षों से जिस तरह उन्हें जूझना पड़ा, उसने शास्त्रीजी को लेखनी थामने के लिए विवश कर दिया। यहीं से उन्होंने अपनी लेखन यात्रा की शुरुआत भी कर दी और शीघ्र ही एक आयुर्वेदिक चिकित्सक के साथ-साथ कहानीकार और उपन्यासकार के रूप में भी प्रसिद्ध होने लगे। उन्होंने आयुर्वेद से सम्बन्धित लगभग एक दर्जन ग्रंथ लिखे। शास्त्रीजी ने आरोग्य शास्त्र, स्त्रियों की चिकित्सा, आहार और जीवन, मातृकला और अविवाहित युवक-युवतियों के लिए भी उपयोगी पुस्तकें लिखीं। इनके अलावा उन्होंने प्रौढ़ शिक्षा, स्वास्थ्य, धर्म, इतिहास, संस्कृति और नैतिक शिक्षा पर कई महत्वपूर्ण पुस्तकें लिखीं।

हालांकि आचार्य चतुरसेन शास्त्रीजी ने किशोरावस्था से ही हिन्दी में कहानी और गीतिकाव्य लिखना प्रारम्भ कर दिया था। फिर धीरे-धीरे उन्होंने उपन्यास, नाटक, जीवनी, संस्मरण, इतिहास तथा धार्मिक विषयों पर भी अपनी पकड़ बना ली। उन्होंने लगभग साढ़े चार सौ कहानियां लिखीं। अपनी शैली के वे अनोखे लेखक थे, जो अपने कथा-साहित्य में भी इतिहास, राजनीति, धर्मशास्त्र, समाजशास्त्र और युगबोध से सम्पृक्त विविध विषयों को दृष्टि में रखकर लिखते थे।

कहानी, उपन्यास, नाटक, निबंध तथा साहित्येतर विषयों की करीब दो सौ पुस्तकों के रचयिता आचार्य चतुरसेन शास्त्री को भारतीय इतिहास और संस्कृति से गहरा लगाव था तथा उनका अध्ययन भी काफी प्रगाढ़ था। जिस किसी भी काल की कहानी हो, उस काल विशेष की सभ्यता, ग्रामीण और नगरीय जीवन, रीति-रिवाज, वेशभूषा, बोलचाल, स्थापत्यकला चित्रण, सैन्य संगठन, राजा प्रजा सम्बन्ध, युद्ध आदि का वर्णन जितना जीवंत और प्रामाणिक शास्त्रीजी की रचनाओं में हुआ है, अन्यत्र दुर्लभ है। समाज और मनुष्य के कल्याणार्थ लिखा गया उनका साहित्य सभी के लिए उपयोगी रहा है।

साथ ही समकालीन स्थितियों की विषमताओं और असंगतियों की ओर भी उनके उपन्यास बराबर हमारा ध्यान खींचते हैं और इतिहास की भूलों को हम फिर न दोहराएं इस तरह से सावधान करते हैं। यों तो शास्त्रीजी की चर्चा एक ऐतिहासिक उपन्यासकार के रूप में ही अधिक रही है, किन्तु उनकी कीर्ति को अक्षय रखने वाला उपन्यास 'वयं रक्षाम:' पौराणिक आख्यानों पर आधारित है। रामकथा को आधार बनाकर लिखा जाने वाला यह उपन्यास भारतीय संस्कृति का पूरा इतिहास है।

आचार्य चतुरसेन का पहला उपन्यास 'हृदय की परख' सन् 1981 में प्रकाशित हुआ। इसके बाद उन्होंने 1921 में सत्याग्रह और असहयोग आंदोलन को लेकर गांधीजी पर केन्द्रित आलोचनात्मक पुस्तक लिखीं, जो काफी चर्चित रही। शास्त्रीजी ने अपनी आत्मकथा 'यादों की परछाई' में 'राम' को ईश्वर रूप में न बताकर मानव रूप में बताया। वयं रक्षाम: में भी उन्होंने राम के स्थान पर रावण को मुख्य पात्र के रूप में प्रस्तुत किया है। यह उनकी कालजयी रचना

है, जो प्रागैतिहासिक अतीत की कृति है, इसके कथानक के मूलाधार राक्षसराज रावण तथा महापुरुष राम हैं।

इस कृति के बारे में आचार्य चतुरसेन शास्त्री लिखते हैं, 'इस उपन्यास में प्राग्वेदकालीन नर, नाग, देव, दैत्य-दानव, आर्य, अनार्य आदि विविध नृवंशों के जीवन के वे विस्मृत-पुरातन रेखाचित्र हैं, जिन्हें धर्म के रंगीन शीशे में देखकर सारे संसार ने अन्तरिक्ष का देवता मान लिया था। मैं इस उपन्यास में उन्हें नर-रूप में आपके समक्ष उपस्थित करने का साहस कर रहा हूं। आज तक कभी मनुष्य की वाणी से न सुनी गयी बातें, मैं आपको सुनाने पर आमादा हूं। उपन्यास में मेरे अपने जीवन-भर के अध्ययन का सार है।'

'वयं रक्षामः' के एक भाग रुद्र में उन्होंने भगवान शिव की वंशावली के बारे में वर्णन किया है। शिव की वंशावली को उन्होंने तत्कालीन समुदाय के रूप में पेश किया है। इतना ही नहीं उन्होंने पृथ्वी के अधिकांश हिस्से में हमारे पौराणिक पात्रों के आधिपत्य होने का उल्लेख किया है।

उनका सबसे चर्चित उपन्यास 'वैशाली की नगरवधू' है। इस उपन्यास के बारे में आचार्य चतुरसेन लिखा है कि उन्होंने इस उपन्यास की रचना के लिए दस वर्ष तक आर्य, बौद्ध, जैन और हिन्दुओं के साहित्य का सांस्कृतिक अध्ययन किया।

इस उपन्यास में दो जगहों का बुनियादी महत्व है- वैशाली और मगध। मगध आर्य जाति का प्रतीक है, साम्राज्य (वादी) है। उसमें राजतंत्र है, राजा की इच्छा ही वहां कानून है। उसमें प्रायः अधिकारों की बात की जाती है। दूसरी तरफ वैशाली है जो मिश्रित जातियों का प्रतिनिधित्व करती है। उसमें गणतंत्र है, चुनी हुई राज्य-परिषद का मत उसके लिए कानून है। उसमें अक्सर कर्त्तव्यों की बात की जाती है।

शास्त्रीजी ने वैशाली की नगरवधू के अतिरिक्त सोमनाथ, वयं रक्षामः, गोली, सोना और खून (तीन खंड), रक्त की प्यास, हृदय की प्यास, अमर अभिलाषा, नरमेध, अपराजिता, धर्मपुत्र और देवांगना जैसे उपन्यास सृजन किया।

शास्त्रीजी की कहानियों में अक्षत, रजकण, वीर बालक, मेघनाद, सीताराम, सिंहगढ़ विजय, वीरगाथा, फंदा, लम्बग्रीव, दुखवा मैं कासों कहूँ सजनी, कैदी, आदर्श बालक, सोया हुआ शहर, कहानी खत्म हो गयी, धरती और आसमान और मेरी प्रिय कहानियां शामिल हैं।

उन्होंने अपना सम्पूर्ण जीवन लेखन को समर्पित कर दिया था या यों कहें कि जीवन को लेखन का पर्याय बना दिया था। सच्चे अर्थों में वे मसिजीवी थे और उनके हाथ से जीवन के अन्तिम क्षणों तक कलम नहीं छूटी। 2 फरवरी, 1960 को जब उनका देहावसान हुआ, उससे पूर्व वह 'सोना और खून' लिख रहे थे। इस उपन्यास को दस खण्डों में लिखने की उनकी योजना थी, जो पूरी न हो सकी। इस उपन्यास के चार खंड ही लिख पाए थे कि काल के क्रूर हाथों ने उन्हें हमसे छीन लिया, परन्तु इतना तय है कि कलम का ऐसा धनी व्यक्ति विरले ही जन्म लेता है।

अनुक्रम

सातवाँ खण्ड

1

सूरज की आड़ी-तिरछी किरणें देवद्रुम की सघन छाया में छनकर समूची घाटी में सोना बिखेर रही थीं। तल में नैनीताल का तरल नीलहरित जल मरकत राशि-सा चमक रहा था। सामने की ऊँची पर्वतशृंखलाओं पर खड़े सीधे सुबुक-साधन देवद्रुम गगन स्पर्श की स्पर्धा कर रहे थे।

नूना एक शिलाखण्ड पर बैठी थी। एक बड़ा-सा घास का गट्ठर उसकी बगल में रखा था। उसकी सफ़ेद बकरी चुपचाप उसके चरणों में खड़ी पूँछ हिला रही थी। उसने पीली ओढ़नी ओढ़ी थी-और लाल मखमल की कुर्ती। उस पर आसमानी घाघरा बहुत सुन्दर लग रहा था। कण्ठ में गुंजा-पोत और सोने के दानों की पचलड़ी उसके वक्ष पर खेल रही थी। दिन-भर के कड़े परिश्रम के कारण उसके माथे की ईंगुर की श्री कुछ धूमिल हो गयी थी-पर वह उसके स्वस्थ स्वर्ण मुख पर बहुत प्रिय प्रतीत हो रही थी। उसका एक हाथ अपनी प्रिय बकरी के गले पर था और दूसरा वक्ष पर। वह उच्च स्वर में गा रही थी।

वेडू पाको चार मास, काफल पाको चैत। मेरे छैला।
रूड़ा-भूना दिन आया हो नरेण, पुजा मेरा मैत।
रौका रौनेली लै माछो मारो गीड़ा,
तेरा खुटा काना बुड़ो मेरा खुटा पीड़ा।
सवाई की बाल;
मेरा हिया भरी ऊँछ जसो नैनीताल।

पहाड़ के दूसरी ओर से किसी ने गाया-

बाकरे की बसी,
दिखा है छै पारा डाना, व्याण-तारा-जसी,
लड़ी-मरी के हुँछ, लड़ाई छ धोखा।
हरी-भरी रई चैंद्द धरती की कोखा।

('गूलर चौमासे में पकता है और काफल चैत में, मेरे छैला। ग्रीष्म के उदास दिन आ गये, नरेण, मुझे मेरे मैके पहुँचा दे। रोतेली ने मच्छी मारी, तेरे पैर में काँटा चुभा, पीड़ा मेरे पैर में हुई है। सवाई की बाल, मेरा हृदय नैनीताल की भाँति भर-भर आता है!!'

पहाड़ के उस पार से 'बकरी की वसा, उस पार के पर्वत पर तुम भोर के तारे-सी दीख पड़ती हो। लड़ाई-झगड़े से क्या काम? लड़ाई धोखा है। धरती की कोख हरी-भरी ही रहनी चाहिए।')

नूना का मुख सूरजमुखी की भाँति खिल उठा। उसने उच्च स्वर से पुकारा-"होऽहोऽहोऽ"

घाटी में उसकी आवाज़ गूंज उठी। बकरी ने पूँछ हिलाकर कहा-"मैं ऽ ऽ ऽ।" इसी समय उसके कान में एक अपरिचित शब्द सुनाई दिया-"फेअर लेडी?"

नूना ने मुँह फेरकर देखा-एक फ़िरंगी था। लाल-लाल मुँह, कंजी आँखें, लाल बाल, मुँह पर छोटी-सी दाढ़ी, अधेड़ उम्र, लम्बा कद, अंग पर टखनों तक ढीला-ढाला अंगा, हाथ में लम्बी पहाड़ी लकड़ी, पैर में भारी जूते। फ़िरंगी न जाने कब से खड़ा मुग्ध-भाव से नूना का गीत सुन रहा था।

"हे कोण!" नूना ने धड़कते हुए हृदय से कहा। वह एक झटके के साथ उठ खड़ी हुई।

फ़िरंगी और दो कदम आगे बढ़ गया, उसने सामने आकर कहा-"फेअर लेडी, एक्सक्यूज़ मी, प्लीज़।"

"तुम कौन हो?"

"अम परडेसी हाय।"

"पर यहाँ क्यों आया?"

"शाम हो गया, फेअर लेडी, अम भूका और टायर्ड हाय। अम खाना और रात भर पनाह माँगता।"

नूना ने क्षण भर उस आगन्तुक की ओर देखा। और कहा-"मेरे पीछे आओ।" उसने घास का गट्ठर सिर पर रखा और तेजी से नीचे की ओर चल दी। उसके पीछे-पीछे बकरी और बकरी के पीछे वह फ़िरंगी।

सूरज अस्त हो रहा था। घाटी में अन्धकार फैल रहा था। अब नूना अपने घर के सामने पहुंची तो मानसिंह घर के बाहर पौर में बैठा तमाखू पी रहा था। फ़िरंगी को देखकर बोला-

"इस बन्दर को कहाँ से ले आई नूना?"

"यह जंगल में घूम रहा था। कहता है, भूखा हूँ।"

तब तक फ़िरंगी ने आगे बढ़कर कहा-"अम दोस्त हाय बाबा, भोत ठक गया है, अम मनी दे देगा टुम कू।"

उसने जेब से कुछ सिक्के निकाले। मानसिंह ने कहा-"पैसा रहने दो साब, आओ यहाँ बैठो। तमाखू पीते हो?"

नूना घर के भीतर चली गयी। फ़िरंगी अलाव के पास पैर पसारकर बैठ गया। उसने अपना पाइप निकाला और बढ़िया वर्जिनिया तमाखू निकालकर मानसिंह को देकर कहा-"यह टम्बाकू पिओ, बाबा।"

मानसिंह ने हँसकर तम्बाकू लेकर चिलम चढ़ाई। फ़िरंगी ने भी पाइप भरा। दोनों मज़े में तमाखू पीने और गप्पे उड़ाने लगे। मानसिंह ने पूछा-

"तुम्हारा नाम क्या है साब?"

"अम फ्रेज़र साब हाय।"

"यहाँ पहाड़ में तुम क्यों आया?"

"सैर करने आया। अम कैलकटा से आटा हाय। ये पहाड़ का मुलुक ठण्डा हाय। अम यहाँ रहना माँगटा।"

मानसिंह ने हँसकर कहा-"यहाँ रहकर क्या करेगा साब?"

"अम यहाँ खेती करेगा। बाबा लोग का माफ़क।"

"काहे का खेती?"

"पोटाटो का खेती।"

"पोटाटो क्या होता है?"

फ़िरंगी ने झोली से थोड़े आलू निकालकर मानसिंह के हाथ में रख दिये। मानसिंह ने उलट-पलटकर आलुओं को देखकर कहा-

"यह क्या है?"

"पोटाटो हाय"

"इसे क्या करते हैं?"

"खाता हाय।"

मानसिंह ने एक आलू दाँत से काटा फिर थूक दिया। उसने कहा-"बिलकुल फीका है।"

"ऐसा नहीं बाबा, आग पर पकाकर खाना होता हाय।"

मानसिंह ने नूना को पुकारकर वे आलू उसे देकर कहा-"नूना, यह फ़िरंगी कहता है-इसे आग पर पकाकर खाते हैं-ले, पकाकर देख।" नूना ने भी आलुओं को हाथ में लेकर उलट-पलट करके देखा। फिर वह हँसती हुई भीतर चली गयी।

मानसिंह ने कहा-"तुम अपने मुल्क में क्या करते हो, साब?"

"अम खेती करता टुमारा माफ़क। इहाँ रहकर अम खेती करना माँगटा।

"तुम ज़मीन खरीदोगे?"

"अलबट खरीडेगा। अम पैसा डेगा।"

"तुम्हारे मुल्क में किस-किस चीज़ की खेती होती है?"

"पोटाटो, टम्बाकू का अम खेती करता हाय।"

"गेहूँ नहीं बोता?"

"नई बाबा, हमारा मुलुक भौत ठण्डा हाय। गेहूँ वहाँ नहीं होता।" दोनों आदमी देर तक गप्पें लड़ाते रहे। तम्बाकू पीते रहे। सरल-तरल हृदय तरुण मानसिंह तुरन्त आगन्तुक फ़िरंगी का दोस्त बन गया। नूना गर्मागर्म रोटियाँ और दाल ले आयी। दोनों आदमी खाने बैठे। आलू को भी उसने उबालकर नमक मिलाकर उन्हें दिया। मानसिंह ने खाकर कहा-"मज़ेदार तरकारी है यह, क्या नाम है इसका?"

"पोटाटो।"

"मैं तो इसे आलू कहूँगा। नूना, थोड़ा आलू और दे। मज़े की तरकारी है।"

"तुम अपना खेत में इसका खेती करो बाबा। अम बीज देगा। साथ काम करेगा। भौत फ़ायदा होगा।"

"बाबा से पूछकर कहूँगा साब, बाबा नीचे हल्द्वानी गया है; कल आएगा।"

"भौत फ़ायदा होगा बाबा, अम तुम साथ काम करेगा।"

मानसिंह ने कहा-"तुम हल चलाएगा साब?"

"ज़रूर चलाएगा। अम टुमको एपिल पीच का बीज देगा।"

"वह क्या होता है?"

"फ्रूट होता है। भौत अच्छा। भौत फ़ायदा।"

खाना खाकर दोनों नए दोस्त फिर वर्जिनिया तमाखू का मज़ा लेते रहे और गप्पें उड़ाते रहे। इसके बाद मानसिंह ने बाँसुरी निकाली। वह बाँसुरी बजाने लगा। फ़िरंगी ने झोले से एक बाजा निकाल उसके साथ बजाना आरम्भ किया। उस अनोखे बाजे को देखकर नूना आ खड़ी हुई। अभी कुछ ही घण्टे फ़िरंगी को यहाँ आये हुए थे, परन्तु इस बीच वह इस परिवार का मित्र हो गया था-मानसिंह और नूना दोनों बहुत खुश थे। बहुत रात तक उनका गाना-बजाना चलता रहा। फ़िरंगी ने भी एक अंग्रेज़ी गीत गाया। सुनकर नूना बहुत हँसी। मानसिंह ने कहा-"अब सो जाओ

साहेब, पहर रात बीत गयी।" वह उसे अपनी कोठरी में ले गया। जहाँ पुआल पर बिछौना लगा था। उसी कोठरी में फ़िरंगी ने भी अपना कम्बल बिछाकर पैर फैला दिये।

2

गुमानसिंह समझदार और जहाँदीदा आदमी था। दूसरे दिन आकर उसने नये मेहमान को देखा। देखकर माथा ठनका, वह बेटे को एकान्त में ले गया और उससे बात की। उसने कहा-

"मानू, तूने यह क्या इल्लत गले बाँधी, निकाल इस बन्दर को घर से।"

"लेकिन बाबा, साब, अच्छा आदमी है। उसके पास रुपया भी बहुत है। वह कहता है-रुपया हम देंगे। जी चाहे जितनी ज़मीन खरीदकर नये ढंग से खेती करो। वह रुपया भी लगायेगा, काम भी करेगा और आधा मुनाफ़ा भी हमें देगा।"

"अरे, तू इन फ़िरंगियों को नहीं जानता, पक्के लुच्चे और उठाईगीर होते हैं। मैंने दिल्ली में इनकी बदमाशी देखी है। पास बैठाने के लायक नहीं होते थे।"

"बाबा, पाँचों उँगलियाँ एक-सी नहीं होतीं। घर आयी लक्ष्मी को क्यों लात मारी जाए?"

"लक्ष्मी के लालच में घर-ज़मीन भी न खो बैठना।"

"वह क्या घर-ज़मीन को सिर पर उठा ले जाएगा।"

"तूने देखा नहीं था, उस फ़िरंगी को। उस ज़मीदार की लड़की को चुरा लाया था। बड़ी मुश्किल से हमने उसके पंजे से उसे छुड़ाया था।"

"खैर, जो इसने बदमाशी की तो मार भगायेंगे। यह अकेला हमारा क्या कर लेगा?"

"तूने क्या सुना नहीं?" इन लोगों ने नेपाल की सरकार को हराकर ये सब इलाके हथिया लिये हैं और अब तो यहाँ भी इनका राज होने वाला है।"

"तो यह और भी अच्छा है। इसके भाई-बन्द राज करेंगे तो यह हमारे बहुत काम आयेगा।"

"तेरा नया खून है। समझ की तुझमें कमी है। मेरी बात सुन, मैंने बाल धूप में सुखाकर सफ़ेद नहीं किये हैं। इस बन्दर को दूर भगा।"

"बाबा, तुम भी क्या पुराने ज़माने की बात करते हो। भला सोचो तो रुपये-पैसे की हमें कितनी तंगी रहती है। रुपया होगा तो हम सुमेर सिंह के सब खेत खरीद लेंगे। और हम इस इलाके के सबसे बड़े ज़मींदार बन जाएँगे।"

"तू अच्छी-अच्छी ही बात सोचता है, बुराई को नहीं देखता।"

"और तुम बुरी-बुरी बात ही सोचते हो-अच्छी बातों का ख़याल ही नहीं करते।"

"अच्छी बात इसमें क्या है?"

"उसके पास बहुत रुपया है।"

"तो वह इतना सीधा नहीं है कि रुपया लुटा देगा।"

"लुटाने की क्या बात है! यह तो साझे का कारोबार है। उसके पास कई नई चीजें हैं। उनकी तरकारी उम्दा बनती है। वह नए फल उगा सकता है। गुणी आदमी है। भगवान ने भेजा है-बाबा, चिन्ता न करो। हम उससे बहुत लाभ उठाएँगे।"

बूढ़ा गुमानसिंह देर तक चुप बैठा तमाखू पीता रहा। फिर उसने कहा-"अच्छा बेटे, तुम जवान हो, नये ज़माने के नये आदमी हो। नया तुम्हारा खून है-जो दिखे सो करो। सुख-दुःख तुम भोगोगे। मैंने अपना धर्म निबाह दिया-ऊँच-नीच समझा दिया, अब आगे तुम जानो, तुम्हारा काम जाने।"

और इस प्रकार अब साझे का कारोबार चला। आलू बोये गये। नये खाद बनाये गये, फसल अच्छी हुई। मेरठ, मुरादाबाद और दिल्ली के बाजारों में इस तरकारी की अच्छी माँग हुई। पहले फ़िरंगी खाते थे-अब सब कोई खाने लगे। नाम पोटाटो मशहूर नहीं हुआ-आलू ही मशहूर हुआ।

अगले साल आलू अधिक बोया गया। कमाई के रुपयों से और ज़मीन खरीदी गयी। इस बार भी फसल अच्छी हुई। माल की माँग भी बढ़ी। काम पर नये आदमी बढ़ाये ही गये। पहाड़ में इस नयी तरकारी की धूम मच गयी। बहुत लोग बीज माँगने आये। बीज के भी अच्छे दाम उठे। देखते-ही-देखते मानसिंह ने अब एक पक्का बँगला बँधा लिया। उसे साहब ने सजाने में योग दिया। साहब के संसर्ग से उसका रहन-सहन भी बदल गया। अब साहब मज़े से हिन्दुस्तानी बोलने लगा और मानसिंह और नूना बहुत-से अंग्रेज़ी शब्द तथा वाक्य सीख गये थे। यथा अवसर साहब उन्हें ईसू मसीह के सन्देश भी देने लगा। दिन-दिन-भर मानू और साहब कड़ा परिश्रम करते, रात को बाँसुरी-अलगोज़ा बजाते, गाते, मौज करते। कभी मछली का शिकार करते, कभी बन्दूक से चिड़िया मार लाते। हर फसल पर रुपये बढ़ते चले गये। मानसिंह ने बहुत-सी ज़मींदारी खरीद ली। सारे पहाड़ में मानसिंह आलू वाला मशहूर हो गया। परन्तु अब बहुत लोग आलू की खेती करने लगे थे। हर साल इस नई तरकारी की खेती बढ़ती गयी। और पाँच वर्ष होते-न-होते वह इस पहाड़ी प्रान्त की मुख्य पैदावार हो गयी।

3

धीरे-धीरे पाँच साल बीत गये। फ्रेज़र अब इस घर का ही एक अंग बन गया था। नूना और मानसिंह दोनों के ब्याह खूब धूमधाम से हुए। नूना और उसका आदमी भी अब इस साझे के कारोबार में लग गये थे। वे बहुत खुश थे। रुपया बढ़ रहा था। बढ़िया बँगला बन गया था। नाम और इज़्ज़त बढ़ गयी थी। साहब की ईमानदारी-परिश्रम-सुजनता और बुद्धिमानी तथा मिलनसारी ने सबके मन में घर कर लिया था। सब लोग खुश थे; किन्तु बूढ़ा गुमानसिंह बैठा घण्टों तमाखू पीता रहता था। उसे अब कोई पूछता न था और वह अब उनके किसी काम में दखल न देता

था। मानसिंह और फ्रेज़र दोनों ही उसकी आवभगत करते थे-मानसिंह की भाँति फ्रेज़र भी उसे दद्दा कहता था और हमेशा उसकी खुशामद और चापलूसी में लगा रहता था। पर गुमानसिंह इन सब बातों से भी उदासीन रहता था। कभी-कभी वह नैनादेवी के पुजारी के पास जा बैठता। दोनों समान वयस्क बूढ़े थे। पुजारी महाराज धर्म-कर्म, पूजा-पाठ में पक्के थे। वे बहुधा गुमानसिंह को पुराण-महाभारत की कथा-वार्ता सुनाते-घर-गृहस्थी की बातें पूछते, परन्तु फ़िरंगी की बाबत पुजारी महाराज की राय भी गुमानसिंह से मिलती-जुलती ही थी।

एक दिन एक नयी घटना घटी। एक और अजनबी फ़िरंगी वहाँ आया। बड़ा सुन्दर प्रभात था। सुनहरी धूप खेतों में फैली हुई थी। मानू और फ्रेज़र दोनों खेतों में काम कर रहे थे। इस नवागन्तुक ने फ्रेज़र से बहुत-सी बातचीत की। बातचीत से ज्ञात हुआ कि वह भी पहाड़ में किसी काम की तलाश में आया है। उसने बताया कि वह काफ़ी रुपया साथ लाया है। वह चाहता है कि पहाड़ में बाग लगाये जायें और नये फल उगाये जायें। उसने यह भी इच्छा प्रकट की कि वह इन लोगों से मिलकर साझे में कारोबार करना चाहता है।

फ्रेज़र ने भी अब अपना अलग बँगला बना लिया था। यह नवागन्तुक को अपने बँगले में ले आया। दोनों ने एकान्त में बहुत-सी बातचीत की-फिर फ्रेज़र ने मानू से बात की। फ्रेज़र ने कहा-"तुमने सुना है मानू, टाम साहब भी हमारे साथ काम करना चाहते हैं।"

"क्या वे हमारी नौकरी करेंगे?"

"नौकरी नहीं, साझे का कारोबार। उनके पास बहुत रुपया है। वह रुपया लगाने को राजी है।"

"हमें उनके रुपयों की क्या ज़रूरत है? हमारे पास भगवान का दिया बहुत है।"

"तुम समझे नहीं, मानू। टाम साहब के पास बड़ी-बड़ी स्कीम हैं। वे बाग लगाना चाहते हैं-खेती नहीं।"

"सेब, आड़ू, खुमानी, पीच और ऐसे ही फल, जो हमारे मुल्क में बहुत होते हैं। मैंने तुमसे कई बार कहा था पर इस काम के लिए बहुत रुपया और मेहनत दरकार है। इसी से अब तक हम यह काम न कर सके। अब टाम साहब बहुत-सा रुपया लेकर आये हैं। इस काम में इनकी जानकारी भी बहुत है, हमें इनके साथ काम में साझा करने का मौका नहीं चूकना चाहिए।"

"क्या वे हमारे खेतों में भी साझा करेंगे?"

"नहीं, वे तो बाग लगाना चाहते हैं।"

"पर जिस काम को हम नहीं जानते, हम उसमें रुपया नहीं लगायेंगे हमारी तो यह आलू की खेती ही अच्छी है।"

"वह तो है ही। परन्तु टाम साहब हमारा रुपया नहीं लेंगे। रुपया अपना लगायेंगे पर साझा हमारा ही रहेगा।"

"बिना रुपये का कैसा साझा?"

"सब काम रुपये से ही थोड़े होता है मानू। टाम साहब यहाँ अजनबी हैं। कोई उसे जानता नहीं है। बिना हमारी मदद के वह नहीं जम सकता। हमारा क्या हर्ज है, रुपया हम लगायेंगे नहीं और मुनाफ़ा मिलेगा हमें बराबर। तब क्यों न साझा कर लें!"

"रुपया नहीं लेगा तो अच्छा है। मैं साझा कर लूँगा। पर तीनों का बराबर का साझा रहेगा?"

"बेशक बराबर का।"

और अब यह बागान का नया कारोबार आरम्भ हुआ। टाम साहब के साथ इस पहाड़ी के बहुत-से नक्शे थे। उसने चारों ओर घूम-फिर कर इलाके भर का सर्वे करना आरम्भ किया। जगह-जगह की मिट्टी की जाँच की। अन्त में उसने नैनीताल से बाईस मील दूर रामगढ़ में बागान का तय किया। उन दिनों रामगढ़ एक छोटा-सा गाँव था। जंगल खौफ़नाक था। शेर और बाघ रात-दिन घूमते रहते थे। उसने वहाँ के पहाड़ों और ज़मीनों के पट्टे लिखने शुरू किये। बड़े-बड़े पहाड़ी खेत उसे सस्ते दामों से मिल गये। उन दिनों यहाँ बहुत कम और साधारण खेती-केवल घाटी में नदी किनारे पर ही होती थी। ज़मीन खरीदने में उसकी बहुत मदद मानू ने की। रुपया टाम का लगता था। अत: ज़मीनों का पट्टा भी उसी के नाम होता था। परन्तु वहाँ जो बागान लगाने का काम होता था-उसमें आदमी जुटाना, जंगल साफ़ करना, पौधे रोपना और दूसरे कामों में फ्रेज़र और मानू से सहायता ली जाती थी। अब सैकड़ों आदमी इस काम में लगे थे। टाम ने यहीं एक बँगला बनाया, आस-पास की जगह साफ़ की-फलों की क्यारियाँ लगायीं और उसे एक मनोरम स्थान बना दिया। जो लोग बागान में काम करते थे, बाल-बच्चों सहित वहीं आ बसते थे। देखते-ही-देखते रामगढ़ एक अच्छी बस्ती बन गयी। उसमें बाज़ार भी लग गया। कुमायूँ के कमिश्नर ने भी उनकी योजना स्वीकार कर ली। अब नाना प्रकार की मिट्टी की खोज की जाने और नई-नई जाति के सेबों को उगाने के प्रयत्न होने लगे। देखते-ही-देखते पाँच साल में रामगढ़ में टाम की स्टेट एक बहुत भारी स्टेट हो गयी। अब मानू को प्रतीत हुआ कि बागान के इस कारोबार के आगे आलू की खेती की कोई हैसियत न थी, अभी तक भी तीनो आदमी मुनाफ़े में शरीक थे। पर टाम ने कभी उनसे घाटे की बात ही नहीं की। मुनाफ़ा यद्यपि अभी कम था-पर उन्हें बराबर मिलता जाता था। टाम ने अपने रुपये मिलनसारी और परिश्रम से फ्रेज़र से अधिक मान-प्रतिष्ठा अर्जित कर ली। पहाड़ी इलाके में वह 'रामगढ़ का बड़ा साहब' के नाम से प्रसिद्ध हो गया।

उसने एक पहाड़ी लड़की से शादी कर ली और सद्गृहस्थ की भाँति रहने लगा। उसने पहाड़ी बोली भी जल्द सीख ली, फ्रेज़र की अपेक्षा वह पढ़ा-लिखा भी अधिक था-धनवान था ही, अत: उसने आस-पास के इस पहाड़ी इलाके में खूब नाम कमा लिया। उसने रामगढ़ और नैनीताल में एक अस्पताल और एक स्कूल भी वहाँ के लोगों के लिए खोला। कलकत्ते से उसने ईसाई डॉक्टर और मास्टर बुलाये। वे लोगों का इलाज करते, दवा देते, बच्चों को पढ़ाते और उनका मन ईसाइयत की ओर फेरते थे-परन्तु अभी पहाड़ में कोई हिन्दू ईसाई नहीं बना था। टाम की

पत्नी भी हिन्दू रिवाज ही मानती थी। वह यद्यपि दो बच्चों की माँ बन चुकी थी, उसका रहन-सहन भी परिवर्तित हो चुका था, पर आत्मा से वह हिन्दू ही थी। ईसाइयत के प्रचार के महत्त्व की ओर सीधे-सादे लोग ध्यान नहीं देते थे-वे अस्पताल और स्कूल को अच्छा काम समझते थे। इसके लिए टाम को वे धर्मात्मा फ़िरंगी कहने लगे थे।

टाम की देखा-देखी और भी कई फ़िरंगियों ने यहाँ खेती और बाग का काम आरम्भ कर दिया। और दस ही साल में रामगढ़ फ़िरंगियों का अड्डा प्रसिद्ध हो गया।

4

पुजारी महाराज और गुमानसिंह में बातचीत हो रही थी। पुजारी कह रहे थे, "जस-जस सुरसा बदनु बढ़ावा। तासु दून कपि रूप देखावा। अब तो पटेल, तुम्हारे यहाँ फ़िरंगियों की खूब बढ़ती हो रही है। सुना है रामगढ़ में तो अब बहुत फ़िरंगी आ बसे हैं।"

"आ क्या बसे हैं, उन्होंने तो हमारी बाप-दादों की सभी ज़मीन-जायदाद ही हथिया ली है। यही हाल रहा तो वे ही इस देश के मालिक हो जायेंगे, हमारे बाल-बच्चे उनके द्वार पर भीख माँगेंगे।"

"यह तो होगा ही पटेल, देश और धर्म के शत्रु को घर में आसरा देने से यही तो होता है। रामगढ़ में अब खूब चहल-पहल हो रही है। बड़े-बड़े बाग लगे हैं। पर देखो, इन फ़िरंगियों की अक्ल, कैसे-कैसे फल उपजाये हैं। जिनका हमें सपने में भी गुमान न था। तुम अपनी आलू की खेती ही लो। पहाड़ भर में आलू की ही खेती हो रही है, फिर माँग इतनी है कि पूरा नहीं पड़ता। रुपया तो आता है पटेल, यह तो तुम मानोगे।"

"पर पुजारी महाराज, ऐसा मालूम होता है कि यह रुपया शैतान का वासा है। रुपया आता-जाता है और धरम-करम छूटता जाता है। देखो मेरे मानू को, सोने का लड़का था-मिट्टी हो गया। उस फ़िरंगी के साथ दारू पीता है, शिकार करता है, जुआ खेलता है। भला ये बातें कभी हमारे पहाड़ पर थीं?"

"तो पटेल, अभी तो यह पहला ही चरण है। ये फ़िरंगी सब लोगों को क्रिस्तान भी तो करते हैं-सुना है-उधर रामगढ़ में कुछ चमार और ढेड क्रिस्तान हो गये हैं। अब वे हमारे देवताओं को सरे-आम गालियाँ देते हैं।"

"वे तो देंगे ही। ढेड-चमार हैं। देवताओं ने उनकी कभी कोई मदद तो की नहीं, बेचारे बेगार ढोते और मुर्दा माँस खाते रहे। अब इन फ़िरंगियों ने उन्हें उबारा तो उनके देवता तो फ़िरंगी ही हैं। वे तो उनके गीत गायेंगे ही।"

"ज़रूर गायेंगे। पर बात यहीं तक नहीं रहेगी। वे हमारे कुओं पर भी चढ़ेंगे और तुम्हारे मन्दिर में भी घुसेंगे।"

"म्लेच्छ क्रिस्तान कैसे हमारे मन्दिर में घुसेंगे?"

"कुएँ पर चढ़ गये तो मन्दिर में आने में क्या शेष रह गया। उस दिन वह डोमड़ा आया था-निश्शंक मेरे पास बैठ गया। मेरी हिम्मत न हुई कि उसे दूर भगाऊँ। भला डोम कमबख्त हमारे बराबर बैठे? हिन्दू-धर्म कहाँ रहेगा भला।"

"तो पटेल, हिन्दू धर्म रख लो या पक्का बँगला बना लो, और रुपयों से थैली भर लो।"

"मैं तो अपने झोंपड़े में खुश था पुजारी महाराज, लेकिन मानू को क्या कहूँ-दीन से बेदीन बन रहा है-मालूम है-उस डोमड़े ने मुझसे क्या कहा?"

"क्या कहा?"

"उसने कहा-'हमारे ईसा मसीह तुम्हारे देवताओं के समान नहीं हैं, जो मर मिटे। बेचारा रामचन्द्र लक्ष्मण के शोक में सरजू में डूब मरा, कृष्ण को भील ने तीर से मार गिराया। ब्रह्मा का सिर शिव ने काट लिया, ये देवता तुम्हारी मुक्ति कैसे कर सकते हैं?"

"राम-राम, वह साला डोमड़ा ऐसा बकता है। उसकी ज़बान नहीं कटकर गिरती।"

"मेरा मन होता है कि पाज़ी की ज़बान चिमटे से खींच लूँ। पर लाचार हूँ-उसने तो और भी बुरी-बरी बातें कही हैं।"

"और क्या-क्या कहा है?"

"उसने कहा-'हमारे ईसा मसीह तुम्हारे ब्रह्माजी से अच्छे हैं जिन्होंने बेटी से मुँह काला किया। वे विष्णु से भी अच्छे हैं जो पराई औरतों की बिगाड़ते फिरते हैं। न हमारे ईसा मसीह तुम्हारे इन्द्र के जैसे लुच्चे हैं-जिसने गुरु की पत्नी को भ्रष्ट किया'।"

"तो पटेल, यह तो उसे सिखाया गया है, हरामी डोमड़ा क्या जाने हमारे देवताओं का सार। जो सिखाया, सीख गया।"

"अजी, वह तो सीखा जो सीखा। मेरे मानू की बेहयाई तो देखो, बैठा-बैठा सुनता और हँसता रहा।"

"क्यों न हँसेगा, सोहबत का असर तो होता ही है।"

"सो कम असर नहीं है। नालायक कहता है-पुराणों में गप्पे भरी हैं। जनेऊ, चन्दन, कण्ठमाला, चोटी सब ढकोसला है।"

"हाँ भाई, कलियुग जो ठहरा। लड़का जब फ़िरंगी के साथ बैठकर शराब पियेगा तो ये बातें कहेगा ही। पर पटेल, अब तुम लड़के पर लगाम दो। वर्ना देख लेना लड़के से हाथ धोना पड़ेगा।"

"सो तो है, वह अब मेरे कहे का नहीं रहा। रुपया उसने क्या कमाया, अब तो वह मुझे बाप ही नहीं समझता। मेरा बाप बना हुआ है, बोलता हूँ तो कहता है-तुम बैठे-बैठे चुपचाप माला फेरो-और बातों से तुम्हें क्या मतलब। देखी नालायक की बात, तुम्हीं कुछ समझाओ।"

"इधर तो वह अब कभी झाँकता ही नहीं।"

"काहे को आयेगा गुलाम। भगवान की दया है कि बहुरिया बहुत सुघड़ है, बड़ी धर्मात्मा है। बिना स्नान, पूजा-पाठ पानी की बूंद भी उसके मुँह में नहीं जाती। बड़ी मिहनतिन और भलीमानस है। बस, घर की बरकत उसी से है।"

"बड़ी बात है पटेल, अब धर्म सती के सत के ही सहारे है। मन्दिर में वह हर मंगलवार को आती है।"

"तो महाराज, उस नालायक को तुम्हीं समझाओ। मैं तुम्हारे पास भेजूँगा।"

"ज़रूर भेजना। देखूँ पत्थर में जोंक लगती है कि नहीं?"

"जाऊँ, अब पूजा का वक्त हुआ है।"

"मैं भी जाता हूँ। वह घर में अकेली है।"

दोनों बूढ़े अपनी राह लगे।

5

जिस समय दोनों बूढ़े अपनी बातें कर रहे थे उसी समय फ्रेज़र और टाम दोनों नैनीताल के एक किनारे पर पत्थर के टीले पर बैठे मछली के शिकार का आनन्द लूट रहे थे। टाम के झोले में काफ़ी बड़ी-बड़ी मछलियाँ एकत्र हो चुकी थीं। वह बहुत खुश था। दोनों दोस्त मछली की बंसी पानी में डाले-दिल की घुण्डियाँ खोल रहे थे। टाम ने कहा-

"मुल्क का यह हिस्सा निहायत दिलपसन्द है। मैंने तो अब यहीं कब्र बनाने का इरादा कर लिया है।"

"क्यों नहीं। तुम तो अब आधे हिन्दुस्तानी बन चुके। हिन्दुस्तानी बीवी से शादी कर ली। बच्चे भी पैदा हो गये। अब तुम कहाँ जा सकते हो?"

"सचमुच जिस तरह यहाँ की आबोहवा पुर-लुत्फ़ है, वैसी ही यहाँ की औरतें भी मज़ेदार हैं। निहायत खुश मिज़ाज-फर्माबर्दार और मिहनती। तिस पर तुर्रा यह कि अपने हकों से बेखबर। खिदमत ऐसी करती हैं कि कोई ज़रखरीद गुलाम भी नहीं कर सकता।"

"मुबारकबाद देता हूँ दोस्त, ज़रूर उम्दा बीवी मिली है तुम्हें। तभी इस कदर बढ़-बढ़कर तारीफें कर रहे हो।"

"हकीकत तो यह है कि तारीफ़ कर ही नहीं सकता। उसकी जैसी सूरत है वैसी ही सीरत भी है। मगर दोस्त, क्या वजह कि तुमने यहाँ हिन्दुस्तान में आकर शादी नहीं की?"

"शादी तो कुछ मुश्किल न थी। लेकिन मैंने इस इल्लत से दूर ही रहना पसन्द किया।"

"मैं समझता हूँ-वह लड़की नूना भी कुछ कम गुणी न थी।"

"निहायत हौसले की लड़की थी, लेकिन मुझे बहुत-सी बातें सोचनी पड़ीं। पहली बात तो यह कि मैं यहाँ अकेला इन्हीं लोगों के रहमो-करम पर था। दूसरे मेरी उम्र भी ज़्यादा थी। तीसरे लड़की की मँगनी पहले ही हो चुकी थी। चौथे वह लड़की बराबर मेरे साथ खाने-पीने का परहेज़ करती रही। उस बूढ़े पुजारी के असर में थी, इन सब बातों का विचार करके और अपनी नेकनीयती की धाक कायम रखने के लिए मैंने यह इरादा ही तर्क कर दिया।"

"खैर, शायद अच्छा किया। लेकिन अभी तुम्हारी उम्र कुछ ज्यादा भी नहीं है। इस मुल्क के बूढ़े-बूढ़े लोग तक बच्चियों से शादी कर लेते हैं, कुछ मुश्किल नहीं। यदि अब भी तुम चाहो तो मैं ही कोशिश करूँ। मेरी बीवी मेरी मदद कर सकती है।"

"नहीं दोस्त, इस बात को जाने दो। यहाँ के लोगों के तो चालचलन ही निराले हैं और ब्याह-शादी का तो उनका दृष्टिकोण ही अनोखा है।"

"हाँ, वह मैं देखता हूँ। घर में जितने भाई होते हैं, एक ही औरत से साझे में शादी करते हैं। एक ही औरत सब भाइयों की जोरू बन जाती है। यूरोप में यह बात कही जाये तो लोग विश्वास ही न करें।"

"कैसे कर सकते हैं, वहाँ स्वाधीनता-समानता की हवा बह रही है। लेकिन यहाँ, जहाँ औरतें गुलाम समझी जाती हैं-यह रिवाज बुरा नहीं है।"

"क्या इसमें कोई भलाई का दृष्टिकोण भी है?"

"काफ़ी महत्त्वपूर्ण है। मैंने इस सम्बन्ध में यहाँ के लोगों से बातें की हैं। वे कहते हैं-इस रिवाज़ में भी फायदे हैं-प्रथम तो भाइयों में जायदाद का बँटवारा ही नहीं होता, क्योंकि उनके उत्तराधिकारी सम्मिलित होते हैं। दूसरे इस गरीब मुल्क के इस हिस्से में जहाँ पैदावार बहुत कम होती है, यह रीति अच्छी है। इससे आबादी ज़्यादा नहीं बढ़ती।"

"दलील तो बुरी नहीं। पर रस्म अजीब-सी लगती है।"

"खैर, तो अब असल मुद्दे की बात करो। नैनीताल के बैनामे के सम्बन्ध में मैंने मानू से बात कही थी। वह कहता है-अच्छा दाम मिल जाये तो मैं बेच दूंगा। लेकिन एक बाधा है।"

"वह क्या?"

"गुमानसिंह। वह किसी हालत में नैनीताल बेचने को राजी नहीं होता। कहता है, यह हमारी पुस्तैनी जायदाद है, बाप-दादों की, इसे कैसे गँवा दें।"

"गँवाना कहाँ हुआ, जब हम उसे उसकी असल कीमत से दस गुना दे रहे हैं।"

"पर ये हिन्दुस्तानी रुपये-पैसे में अपनी ज़मीन-जायदाद का मूल्य नहीं आँकते।"

"यह तो जहालत है। फिर हमने और भी तो जायदाद खरीदी है। इसके अलावा कमिश्नर साहब का इरादा नैनीताल में एक अच्छी कॉलोनी बसाकर उसे यूरोपियनों के लिए इलाके का सदर मुकाम बनाना है।"

"मैं उनसे मिल चुका हूँ। मेरा नक्शा उन्होंने मंजूर फर्माया है। अब समय आ गया है कि इस खुशनुमा इलाके में यूरोपियनों की बस्तियाँ बस जायें।"

"तो बेहतर हो, तुम खुद एक बार गुमानसिंह से बात करो।"

"अच्छी बात है। मैं बात करूँगा। लेकिन उसके मन की टोह तुम लेते रहना। मैं कोई कोशिश बाकी नहीं छोड़ूँगा। मानू को बराबर उकसाता रहूँगा कि वास्तव में इस इलाके से और इन पहाड़ियों से उसे कुछ भी फ़ायदा नहीं है। वह रुपये का लालची भी है और हमारा दोस्त भी।"

"तो दोस्त, उससे फ़ायदा उठाओ। इस सौदे में हमारा-तुम्हारा बराबर का मुनाफ़ा रहा। अब तुमसे क्या छिपाऊँ! मेरा इरादा है कि सस्ते में इस सारे ताल और आस-पास की पहाड़ी को खरीदकर सरकार के हाथ बेच दूँ। साहब कमिश्नर ने मुझे आश्वासन दिया है कि सरकार अच्छे मुनाफ़े पर इलाका खरीद लेगी। साहब कमिश्नर बहादुर भी मुनाफे में हमारे हिस्सेदार रहेंगे। बस समझ लो, सब बातें तयशुदा हैं।"

"तो मैं भी पूरी कोशिश करूँगा।"

"ज़रूर करो। और जैसे मुमकिन हो काम बनाओ।"

इसके बाद दोनों साहबों ने मछलियों से भरे अपने-अपने झोले उठाये और अपनी राह लगे।

ये बातें सन् 1841 की हैं। इन्हीं दिनों बसन्त ऋतु में एक अधेड़ उम्र का अंग्रेज़ कहीं से आकर नैनीताल के पहाड़ों में चक्कर काटने लगा। उम्र इसकी पचास के पार होगी। कद लम्बा, शरीर पतला, कमर किसी कदर झुकी हुई, चेहरे पर भूरे रंग की छोटी-सी दाढ़ी, नाक नोकदार और आँखें नीली थीं, जिनमें एक विशेष प्रकार की चमक थी। यह आदमी नीले रंग का एक ढीला-ढाला लबादा पहने रहता था और एक ऊँचा नोकदार 'कनटोप' सिर पर रखता था। उसके पैरों में भारी जूते थे तथा हाथ में वह एक लम्बी पहाड़ी लकड़ी रखता था। उसके कन्धे पर एक बड़ा-सा झोला लटका रहता था। जिसमें वह बहुत-सी जड़ी-बूटियाँ और दवाइयाँ रखता था। जड़ी-बूटियों का उसे शौक था। वह बहुधा पहाड़ों में जड़ी-बूटियों की तलाश में चक्कर काटता, कभी-कभी कोई बूटी उखाड़कर चखता। कभी वह एकान्त में किसी पहाड़ी झरने के निकट किसी पेड़ के तने से ढासना लगाकर बैठ जाता और एक मोटी-सी नोटबुक में घण्टों तक कुछ लिखता रहता। कभी वह किसी रम्यस्थली में सघन देवदार वृक्षों की छाया में पैर पसारकर बैठ जाता और घण्टों चुपचाप बैठा रहता।

वह टूटी-फूटी हिन्दी बोल लेता था। पर वह बहुत कम बोलता था। कभी किसी से कुछ माँगता न था। राह-बाट चलते बटोहियों से वह कभी-कभी जड़ी-बूटियों की चर्चा करता। पहाड़ी इलाके

के लोग यदि उससे किसी नई बूटी की चर्चा करते तो उसे अपनी नोट बुक में लिख लेता था। कभी उसकी मौज होती तो नैनीताल की झील के किनारे घण्टों तक बैठा रहता, देर तक उस गहरे, निर्मल, स्वच्छ सरोवर के नीले जल को देखता-कुछ होंठों ही में बुदबुदाता-और मन होता तो मछली का शिकार करता था। प्रतिदिन प्रात:काल वह किसी बस्ती में पहुँच जाता, कभी नैनीताल की बस्ती में, कभी किसी दूसरे पहाड़ी गाँव में। वहाँ पहुँचकर कहता-"बाबा लोग, मैं डॉक्टर हूँ, रोग का इलाज करता हूँ। तुम्हारे घर-गाँव में कोई बीमार है तो चलो मैं देखूँगा, दवा दूँगा। मैं खुदा के नाम पर दवा देता हूँ और खुदा से बीमार के चंगे होने की दुआ माँगता हूँ-रुपया-पैसा मैं किसी से नहीं लेता।" गाँव-देहात के लोग उससे परचने लगे। उसने कुछ रोगियों को चंगा भी किया, इससे लोग उसकी आवभगत करने लगे। उसकी अटपटी भाषा, विचित्र साधुओं का-सा वेश, विनम्र वाणी, साधु-स्वभाव, परोपकार वृत्ति, तथा निर्लोभ व्यवहार से सीधे-सादे पहाड़ के निवासी आबाल-वृद्ध प्रभावित होने लगे। उसका आदर-सत्कार करने लगे। बहुत लोग उसे रुपया-पैसा देना चाहते, बहुत लोग उसे खाना देना चाहते-पर वह कभी किसी से कुछ नहीं लेता। हँसकर कोमल भाव से अस्वीकार कर देता। बहुधा वह ईश्वर और उसके पुत्र की बातें करता। उसकी बातें सुनने को लोग उसके पास आ जुटते, तो वह अपने झोले से बाइबिल निकालकर सबको दिखाकर कहता-"यह ईश्वरीय पुस्तक है। इसमें ईश्वर का वचन है, इसमें ईश्वर ने सबकी भलाई की बातें लिखी हैं। सुनो, तुम्हारा भी इससे भला होगा।" फिर वह पुस्तक बाँचकर सुनाता। उसका भावार्थ समझाता, सब लोग शान्ति और धैर्य से सुनते, प्रसन्न होते थे। उसकी दवाइयों और जड़ी-बूटियों पर सब का विश्वास बढ़ता गया। अब लोग बीमार होने पर उसे ढूँढ़कर बुलाते और उसका इलाज कराते।

दोपहर बाद वह फिर जंगल में लौट जाता। या तो जड़ी-बूटी की खोज में भटकता, या फिर कहीं वृक्ष की छाया में बैठकर नोट बुक में कुछ लिखता या नैनीताल के सरोवर के किनारे बैठकर चुपचाप जल की लहरों को देखता रहता।

प्रत्येक रविवार को वह बच्चों को बताशे बाँटता था, कभी इस बस्ती में, कभी उसमें। वह उस दिन अपनी झोली में बहुत से खांड के बताशे खरीदकर भर लेता, फिर बच्चों को बाँटता। बच्चे उससे परच गये थे। वे उसे घेर, बताशे लेते-खाते और उसे नानाविध तंग करते थे। बच्चों के तंग करने पर वह खीझता न था। खुश होता था। उसके साथ वह स्वयं भी बच्चा बन जाता था। कभी वह उनके साथ नाचने लगता, कभी गाना सुनाता। गाने की एक किताब उसके पास थी। उसी के वह गीत गाता-बच्चे भी उसके साथ लय मिलाकर गाते, खेलते और खुश होते थे।

दूर-दूर तक उसकी चर्चा पहाड़ में होने लगी। उसने अपना नाम किसी को नहीं बताया। पर इसी इलाके में वह 'गोरा सन्त' के नाम से प्रसिद्ध हो गया।

इस समय जो स्थान बुक हिल के नाम से नैनीताल के ऊपरी अंचल में चाइना पीक नामक प्रसिद्ध पर्वतश्रृंग की तलहटी में प्रसिद्ध है, और जहाँ अब सरकारी उच्च अधिकारियों के बँगले

और सेक्रेटरिएट की भव्य और आलीशान इमारतें खड़ी हैं, वहाँ उन दिनों गहन वन था। उधर ऊपर के पार्वत्य प्रदेशों को जाने वाले यात्रियों के अतिरिक्त बहुत कम लोग जाते थे। हिंसक जन्तु भी वहाँ रहते थे। नैनीताल की बस्ती सरोवर के इसी पार थी-वह भी बहुत विरल। परन्तु इस गोरे सन्त ने अपना निवास उसी ऊपरी वनश्री के अंचल में चुना था। उसने अपने हाथों पत्थर के ढोकों से एक छोटी-सी कुटी बनायी थी। कुटी के सामने उसने धीरे-धीरे बहुत-सी धरती साफ़ करके उसमें कुछ फल-फूल लगाये थे। अपनी फुर्सत का बहुत सा समय वह अपने इसी खेत में व्यतीत करता था। फल-फूल के अतिरिक्त उसने बहुत-सी जड़ी-बूटियाँ भी बोई थीं। धीरे-धीरे लोग उसकी कुटी पर भी आने लगे। वे उससे दवा-दारू लेते, सलाह-मशविरा करते, सुख-दुःख की बातें करते और वह सबको उनकी भलाई की बात बताता। उसने कुछ बकरियाँ भी पाल ली थीं। वह अपने हाथ से उनका दूध दुहता। बकरी के बच्चों को लाड़-प्यार करता। प्रेम से उन्हें चराता। धीरे-धीरे उसने अपनी कुटिया का और विस्तार कर लिया। उसमें अब अच्छे-खासे दो-तीन कमरे बन गये। यहाँ कभी-कभी वह राहगीर अतिथियों को ठहराता, उन्हें बकरी का दूध पिलाता या चावल, आटा-ईंधन देता। वे उसकी कुटी में विश्राम पाते, आहार पाते और सन्त का गुणगान करते अपनी राह जाते। कभी-कभी वह किसी आगन्तुक से गम्भीर वाणी से कहता-"देखो, यहाँ घर है, बकरी है, खेत है, मैं हूँ-पर औरत नहीं है। औरत के बिना आदमी की जिन्दगी अधूरी है। गोरे सन्त की इस बात को सुनकर कुछ लोग हँसते, कुछ कहते-"बाबा, एक औरत से तुम ब्याह कर लो।" यह सुनकर सन्त भी हँसकर कहता-"मैं बूढ़ा हूँ-परदेशी हूँ, सन्त हूँ-मुझसे कौन औरत ब्याह करेगी!" इस गोरे सन्त ने कभी किसी वस्तु की किसी से याचना नहीं की थी। पर उसकी यह स्त्री की याचना या अभाव की अभिव्यक्ति प्रभावशाली थी। धीरे-धीरे गोरे सन्त की यह बात भी उस अंचल में प्रसिद्ध हो चली। गोरा सन्त किसी स्त्री से ब्याह करना चाहता है। इस चर्चा के साथ स्त्रियों में उसके प्रति उत्सुकता भी बढ़ चली। अब वह जब किसी बस्ती में जाता तो स्त्रियाँ उसे खास चाव से देखतीं, हँसती, इशारेबाजी करतीं। परन्तु सन्त की दृष्टि निर्दोष थी, हृदय शुद्ध था। वह निस्सन्देह एक जीवन-संगिनी की कामना करता था। परन्तु लम्पट न था। इस कामना से उसके साधु-चरित्र में कोई अन्तर न आया। फिर भी अब कोई-कोई उसके समवयस्क अधेड़ व्यक्ति उससे स्त्री की चर्चा करने लगते। कहते-"बाबा, कोशिश करो तो पहाड़ में तुम्हें कोई लड़की मिलनी कौन मुश्किल है।" परन्तु गोरा सन्त यह सुनकर भी हँस देता था। इस प्रसंग में बातचीत को प्रोत्साहन नहीं देता था। ऐसे ही इस विदेशी सत्पुरुष के दिन बीत रहे थे। और अब उसे हिमाचल में रहते तीन बरस बीत चुके थे।

6

इन्हीं दिनों दो साहूकार नैनीताल में रहते थे। दोनों सगे भाई थे। उनके नाम थे-झण्डूशाह और गण्डूशाह। परन्तु पिता के मरने के बाद दोनों अलग-अलग रहने लगे थे। धन-सम्पत्ति सबका बँटवारा हो चुका था। दोनों के घर पास-पास थे। घर पक्के और बहुत विशाल थे। झण्डूशाह

बड़ा भाई था और गण्डूशाह छोटा। इनके पिता चन्दूशाह बड़े भारी नामी-गिरामी साहूकार थे। देश-देशान्तरों में इनकी हुण्डी चलती थी। नेपाल, तिब्बत, भूटान और चीन तक इनके कारोबार फैले थे-इन पहाड़ी प्रदेशों में कस्तूरी, केसर, खालें, कीमती पत्थर, ज़हरमोहरा और नमदे पट्टू, शाल, गर्दे और कम्बल हज़ारों की संख्या में इनके यहाँ आते और नीचे मैदान में सब शहरों में भेजे जाते थे।

मैदानी माल सूती कपड़ा, नमक, सोना, चाँदी के जेवर, दवाइयाँ और दूसरी जीवनयापन की कीमती वस्तुएँ ये ऊपर पहाड़ी प्रदेशों में भेजते थे। अनेक शहरों में उनकी कोठियाँ थीं, गमाश्ते थे, आढ़तें थीं। चन्दूशाह का लाखों का कारोबार था। पर अब समय बदल चुका था। मुल्क में कम्पनी बहादुर का अमल फैल चुका था। और यह इलाका कुमायूँ डिवीज़न बन गया था, जहाँ एक कमिश्नर का हुक्म सब पर चलता था। कम्पनी बहादुर ने ये इलाके नेपाल से छीन लिये थे और अब नेपाल, तिब्बत, भूटान और चीन तक का अबाध व्यापार यहाँ निरन्तर युद्ध और विग्रह होते रहने के कारण छिन्न-भिन्न और अस्त-व्यस्त हो चला था। इन पहाड़ी प्रदेशों का सांस्कृतिक सम्बन्ध नैनीताल से लगभग टूट चुका था। इसी बीच चन्दूशाह की मृत्यु हो गयी। और दोनों भाइयों ने आपस में बँटवारा करके अलग-अलग रहना और अपना-अपना कारोबार करना आरम्भ कर दिया था, परन्तु अब वह पुरानी शानो-शौकत और धूमधाम न थी। जहाँ चन्दूशाह के द्वार पर हाथी-घोड़े, झप्पान, डाँड़ी, नौकर, गुमाश्ते, मुनीमों का ठठ लगा रहता था, वहाँ अब ये सब बातें उल्का हो चुकी थीं। फिर भी झण्डूशाह बड़ा भाई किसी कदर शरीफ़, मिलनसार, बुद्धिमान और कारोबारी आदमी था, परन्तु गण्डूशाह आवारागर्द, दुश्चरित्र, फ़िजूलखर्च, शराबी और जुआरी हो गया था। उसने देखते-ही-देखते पिता के मरने के चार साल बाद ही अपने हिस्से का सब धन फूंक डाला, रियासत, जायदाद बेचनी और रहन रखनी आरम्भ कर दी। शीघ्र ही उसका बाल-बाल कर्ज़ से बिंध गया और उसका कारोबार चौपट हो गया। पूँजी चुक गयी, साख उठ गयी, नेकनामी जाती रही। लुच्चों, गुण्डों, जुआरियों की सोहबत में वह या तो फ़िरंगियों की शराब पीता-या चण्डू के दम लगाता, या इधर-उधर दूसरों की बहू-बेटियों पर हाथ डालता। कितनी बार उसकी पिटाई हुई, बेइज़्ज़ती हुई, पर उसे इसकी परवाह न थी। बड़े भाई से भी उसने लड़ाई कर डाली। वह उसका जानी दुश्मन बन बैठा। नौबत यहाँ तक पहुँची कि दोनों में बोलचाल भी बन्द हो गयी और वह हर बात में भाई की काट करने लगा। दूसरे, उसे मुकदमेबाजी का चस्का लगा। असामियों पर जाल बनाकर झूठे-सच्चे मुकदमे उसने खड़े कर लिये, और आये दिन वह अदालत-कचहरियों की धूल फाँकता फिरने लगा। दुर्भाग्य से उसकी स्त्री भी वैसी ही लड़ाकू और खटपटी थी। आये दिन दोनों में कलह होती रहती थी। इसका परिणाम यह हुआ कि उसके दोनों लड़के आवारागर्द और बेकहे हो गये। अभी वे छोटे ही थे कि घर से चीज़-वस्तु चुरा ले जाते। न स्कूल जाते, न पढ़ते-लिखते।

झण्डूशाह की स्त्री का नाम गोमती था। वह पति के ही समान साधु-स्वभाव, हँसमुख और भली थी। वह अति सुन्दर थी। धर्मभीरु भी वह बहुत थी। कभी किसी ने उसे कड़ी बात कहते

नहीं सुना था। इस समय उसके विवाह को सात बरस बीत चुके थे-पर भगवान ने उसकी गोद नहीं भरी थी। इसके लिए न जाने कितनी मानताएँ देवताओं की करी गयीं। कितनी दवा-दारू, जादू-टोने किये गये; तब भगवान की कृपा हुई-और अब इतने दिन बाद एक पुत्र से उसके घर का सूनापन दूर हुआ। पुत्र जन्म की बहुत-बहुत खुशियाँ मनाई गयीं। दान-पुण्य किये गये। नैना देवी के मन्दिर में चाँदी का छत्र चढ़ाया गया, दावतें हुईं, गाना-बजाना हुआ। बालक बहुत सुन्दर

और स्वस्थ था-देखकर माता-पिता नहीं अघाते थे। परन्तु यह देख गण्डूशाह और उसकी स्त्री जल-भुन कर राख हो रहे थे और कोई ऐसा काम करने से नहीं चूकते थे कि जिससे बड़े भाई का अनिष्ट हो।

झण्डूशाह ने बहुत बार भाई को मनाने और मेल करने की चेष्टा की-परन्तु इसका कोई परिणाम न निकला। उसका क्रोध बढ़ता ही गया और इस प्रकार यह साहूकार का घराना चौपट हो गया।

7

इस समय तक भी पहाड़ का कोई व्यक्ति न तो नैनीताल की झील में तैरता था, न किसी ने उसमें किश्ती डाली थी। सर्वप्रथम फ्रेज़र ने एक किश्ती छोटी-सी पाल वाली बनाकर झील में डाली। इस बात का अनेक देशी लोगों ने विरोध किया। कहा-"नैनादेवी की आन है कि झील की छाती पर किश्ती नहीं चलेगी।" पर वह अब वह फ्रेज़र नहीं था, जो भूखा, एक टुकड़ा रोटी और आश्रय की भीख माँगने नूनादेवी की शरण में आया था। अब वह यहाँ का प्रतिष्ठित ज़मींदार था, उसका बँगला था-अनेक खेत, फार्म और बागान थे। इसके अतिरिक्त अब वह अकेला फ़िरंगी इस गिर्द में न था। उसके बहुत से जात-बिरादरी के यूरोपियन लोग पहाड़ों में बस गये थे। उन्होंने पहाड़ों में भिन्न-भिन्न स्थलों में अपनी बस्तियाँ कायम कर ली थीं। वे शान से रहते तथा लाखों रुपये बागान और आलू की खेती से कमाते थे। रहन-सहन और शान-शौकत में वे अद्वितीय थे और दरिद्र, अपढ़, असंगठित पहाड़ी, अनायास ही उनसे प्रभावित होकर उनकी दासता स्वीकार करते जाते थे।

फ्रेजर ने जो किश्ती ताल में डाली तो इसका बहुत विरोध पुजारी ने और गुमानसिंह ने किया। पर मानसिंह की शह पाकर फ्रेज़र ने उनकी बात पर कान नहीं दिया। सभी को विश्वास था कि किश्ती पानी में नहीं तैरेगी, डूब जाएगी। पर किश्ती नहीं डूबी-तैरती रही और फ्रेज़र अपने इष्ट-मित्रों सहित स्वच्छन्द जल विहार करने लगे। इसके लिए गुमानसिंह को एक रकम सालाना टैक्स के रूप में पाने को राजी कर लिया गया।

झील पर अब भी गुमानसिंह का अधिकार था। फ्रेज़र और टाम उसे सब प्रकार का प्रलोभान देकर हार गये थे। पर वह उसे बेचने को राजी न होता था। सरकार खुल्लम-खुल्ला इस सौदे में पड़ना नहीं चाहती थी, पर वह टाम और फ्रेज़र की पीठ पर थी। समूचा कुमायूँ और गढ़वाल

का इलाका अंग्रेज़ी उपनिवेश बना लिया जाये, यह सरकार की निश्चित स्कीम थी। इसी से सरकार पट्टे-परवाने और दूसरी सुविधाएँ देकर यूरोपियनों को वहाँ बसाने में सहायता दे रही थी। हल्द्वानी से अलमोड़ा तक का मार्ग चौड़ा कर दिया गया था और अब वहाँ से निरन्तर खच्चर-घोड़ा आते-जाते थे।

टाम और फ्रेजर ने मिलकर एक योजना तैयार की। अभिसन्धि गुप्त रखी गयी। पहले वे मानसिंह को साथ लेकर पुजारी के पास आये और यह इच्छा प्रकट की कि अंग्रेज़ बाल-बच्चे और अफ़सर झील में जल-विहार करते हैं, अत: वह नैनादेवी की पूजा बलि ताल में चलकर करा दें। पुजारी को भारी दक्षिणा का प्रलोभन दिया गया और अन्तत: वह किश्ती में बैठकर ताल के बीचोबीच जाकर पूजा कराने को राजी हो गया। उसने यह भी वचन ले लिया कि पूजन गुमानसिंह करेंगे। फ़िरंगी पूजा पदार्थ नहीं छुयेंगे। पुजारी को राजी करके अब टाम और फ्रेज़र एक कीमती शाल और सौ रुपये का नज़राना लेकर गुमानसिंह की सेवा में पहुँचे और कहा-"आप हमारे ज़मींदार हैं, ताल के मालिक हैं। पुजारी महाराज नैनादेवी और नैनीताल की पूजा करायेंगे। पूजा आपको करनी होगी। आप क्षत्री हैं। पुजारी महाराज फ़िरंगियों को पूजा की सामग्री छूने नहीं देंगे। इसलिए आप ही पूजा कर दीजिये।" बेचारा बूढ़ा गुमानसिंह सौ रुपये, शाल और फ़िरंगियों की मीठी चापलूसी भरी बातें सुनकर उनके फन्दे में फँस गया। उसने कुछ अर्द्ध निश्चय के स्वर में कहा-"लेकिन नैनीताल में आज तक कोई हिन्दुस्तानी आदमी नाव पर नहीं चढ़ा। नाव उलट गयी तो?"

परन्तु अंग्रेज़ों ने उसे विश्वास दिलाया कि वे भी रोज़ ही नाव पर सैर करते हैं। फिर पुजारी महाराज खुद ही नाव पर रहकर पूजा करायेंगे। अन्तत: पुजारी से सलाह करके गुमानसिंह भी राजी हो गया।

अनन्त चौदस का दिन इस शुभ काम के लिए नियत किया गया और उस दिन भोर ही में नाव को फूलों से सजाकर लाया गया। उस पर पूजा का सामान रखा गया। नाव पर पूजारी, गुमानसिंह, मानसिंह और दोनों अंग्रेज़ बैठे। पुजारी के अनुरोध से अंग्रेज़ों ने जूते उतार दिये। धीरे-धीरे किश्ती बीच धार में पहुँच गयी। कुछ लोग किनारे पर खड़े होकर यह दृश्य देखने लगे। यह पहला ही समय था जबकि एक हिन्दुस्तानी नाव पर चढ़कर ताल में गया था।

ताल के मध्य भाग में पहुँचकर नाव ठहरा दी गयी। किश्ती को खुद फ्रेज़र खे रहा था। पुजारी ने पूजन के मन्त्र पढ़ने आरम्भ किये। गुमानसिंह हाथ जोड़कर सामने बैठा। इसी समय टाम ने एक कागज़ जेब से निकालकर उसे गुमानसिंह के आगे बढ़ाते हुए कहा-"पहले इस पर दस्तखत करो ठाकुर!"

"यह क्या है?"

"यह दस्तावेज़ है। यह झील और आस-पास की पहाड़ियाँ तुमने तीन हज़ार रुपयों में हमें बेच दी हैं।"

"नहीं, मैंने नहीं बेची हैं।"

"लेकिन इस कागज़ पर दस्तखत कर दो, ठाकुर!"

"मैं दस्तखत नहीं करूँगा, तुमने मुझे धोखा दिया। पूजा के बहाने यहाँ ले आये। अब मैं पूजा भी नहीं करने का।"

"पूजा करो, या न करो, यह तुम्हारी मर्जी है, पर इस कागज़ पर दस्तखत अभी करो।"

"दस्तखत क्यों करूँ, क्या कोई ज़बरदस्ती है?"

"हम तुम्हें रुपया देते हैं।"

"पर हम नहीं बेचते।"

"तुम बेच चुके ठाकुर। खैरियत यही है कि दस्तखत कर दो।"

"नहीं तो तुम क्या करोगे?"

"यह तुम्हें अभी मालूम हो जायेगा!"

गुमानसिंह ने मानसिंह की ओर आँखें तरेरकर कहा-"मानू, क्या तू भी इन धोखेबाज़ सफ़ेद शैतानों के साथ है?"

"नहीं दद्दा, मुझे कुछ मालूम नहीं।"

इसी समय कोई ठण्डी चीज़ मानसिंह की कनपटी में आ लगी। उसने मुँह फेरकर देखा-फ्रेज़र पिस्तौल ताने बैठा है, मानू ने कहा- "यह क्या बात है, साब?"

"अपने बूढ़े बाप से कहो कि दस्तखत कर दे।"

"नहीं करते दस्तखत, क्या ज़बरदस्ती है?"

"पहले तो तुम राजी हो गये थे।"

"पर दद्दा तो राजी नहीं हैं। फिर यहाँ तो तुम धोखे से हमें ले आये हो! दस्तखत नहीं होंगे।" उसने हाथ बढ़ाकर फ्रेज़र के हाथ से पिस्तौल छीनना चाहा। इसी समय गोली उसकी खोपड़ी में घुस गयी और वह धम से पानी में गिर गया। बूढ़ा पुजारी थर-थर काँपने लगा। गुमानसिंह के भी होश फाख्ता हो गये। टाम ने आग-सी जलती आँखें उस पर जमाकर कहा-"दस्तखत करता है बुड्ढे या बेटे के साथ जहन्नुम जायेगा?"

गुमानसिंह ने देखा-यह कोरी धमकी नहीं है। फ्रेज़र की पिस्तौल उसकी ओर तनी आ रही है।

पुजारी ने कहा-"दस्तखत कर दो गुमानसिंह। वाह, भला यह भी कोई बात हुई, शिव-शिव।"

गुमानसिंह ने काँपते हाथों से कागज़ पर दस्तखत कर दिये। कागज़ यत्न से जेब में रख टाम ने कुल्हाड़ा उठा किश्ती के पर्दे में तीन करारे वार किये। पुजारी ने कहा-"यह क्या? यह

क्या?" पर किश्ती में पानी तेज़ी से भरने लगा। और किश्ती मझधार में डूबने लगी। पुजारी और गुमानसिंह हाथ उठा-उठाकर चिल्लाने लगे। किनारे पर खड़े लोग भयभीत हो किश्ती को डूबता हुआ देख रहे थे। ज्योंही किश्ती के किनारे तक पानी पहुंचा तो अंग्रेज़ कूदकर तैरने लगे। किश्ती दोनों बूढ़ों को लेकर देखते-देखते अतल जल में समा गयी। दोनों बूढ़ों की इस प्रकार जल-समाधि हो गयी। किसी को भी वास्तविक घटना का पता न लगा। यह घटना नैनादेवी के कोप से मानी गयी। इसमें दोनों अंग्रेजों की कुछ अभिसन्धि थी-इस पर किसी को विश्वास भी नहीं हुआ। यद्यपि गोली चलते और मानसिंह को पानी में गिरते हुए लोगों ने देखा था, पर वे बहुत दूर थे। ठीक-ठीक देख-समझ नहीं सके। और अब इस घटना के सच्चे गवाह केवल वे दोनों अंग्रेज़ थे-जो वास्तव में एक भयानक डाकू और हत्यारे थे। ऊपर अन्तरिक्ष के देवता अवश्य सब बातें देख रहे थे।

8

नैनीताल की आबादी से कोई डेढ़-दो मील नीचे घाटी में पातालेश्वर महादेव का एक मन्दिर था। सच्चे अर्थों में इसे मन्दिर न कहकर गुफ़ा कहना ठीक होगा। गुफ़ा बहुत अँधेरी और तंग थी। उसमें आदमी सीधा खड़ा होकर नहीं जा सकता था। गुफ़ा के उस छोर पर शिवलिंग था। शिवलिंग भी एक अनगढ़ पत्थर की शिला के रूप में था। लिंग पर झरने से जो जल गिरता था, वह गुफ़ा में भीतर-ही-भीतर गायब हो जाता था। यह गुफ़ा अति प्राचीन थी। गुफ़ा के बाहर एक मनोरम झरना था जिसमें काफ़ी ऊँचाई से जल गिरता था। कुछ दिन पूर्व एक अवधूत महात्मा यहाँ आकर रहे थे। उन्होंने एक कुटिया बनायी थी और कुछ गौएँ पाली थीं। महात्मा के पास आस-पास के गाँवों के बहुत स्त्री-पुरुष आते-भक्तिपूर्वक उन्हें प्रणाम करते और उनके उपदेश तथा आशीर्वाद प्राप्त करते। महात्मा बहुत बूढ़े थे और कहीं आते-जाते न थे तथा केवल दुग्ध-आहार करते थे। भक्त-जन उन्हें दूध दे जाते या गाय का दूध दुह लेते थे। परन्तु वे किसी से कुछ माँगते न थे। सब लोग उन्हें दुग्धाहारी बाबा कहते थे। उनके आने से प्रथम इस गुफ़ा के सम्बन्ध में कोई कुछ न जानता था। यहाँ भयानक गहन वन था तथा वह राह-बाट से बहुत हटकर था। यहाँ तक आने की राह न थी। महात्मा जी ने गफ़ा को साफ़ किया, आम रास्ते से एक पगडण्डी की राह बनायी और नियमित रूप से शिवार्चन आरम्भ किया। पहले कुछ गड़रियों ने उन्हें देखा-फिर उनके द्वारा आस-पास के गाँवों में उनकी चर्चा हुई और इस प्रकार भक्त लोग उनके पास आने-जाने लगे तथा पातालेश्वर भगवान की पूजा करने लगे। शिवरात्रि को यहाँ एक मेला भी लगने लगा। बहुत से स्त्री-पुरुष जुटने लगे। चन्द्रशाह ने महात्मा की पक्की कुटिया बना दी थी और एक बारहदरी बनवाकर उस पर छप्पर डाल दिया था जिसमें भक्त-जन आकर बैठते, चिलम-तमाखू पीते और भगवान पातालेश्वर पर जल चढ़ाते थे। गुफ़ा और लिंग की बनावट तथा उस पर निरन्तर जल गिरना और लोप होना एक प्राकृतिक संयोग था, किंतु भोली-भाली ग्रामीण जनता उसे चमत्कार समझती थी। धीरे-धीरे पातालेश्वर और दुग्धाहारी बाबा की चर्चा सारे नैनीताल और आस-पास के गाँवों में होने लगी थी। शिवरात्रि पर वहाँ सौ-दो सौ आदमी आ जुटते थे।

कुछ दिन बाद बाबा कैलाशवास कर गये। कटी सनी हो गयी। लोगों का आना-जाना भी बन्द हो गया। धीरे-धीरे कुटिया टूट-फूट गयी-बारहदरी का छप्पर भी सड़-गल गया। किसी ने उसकी मरम्मत नहीं की। अत: वह स्थान फिर गहन भयानक जंगल में परिणत हो गया। वन्य पशु वहाँ चरने लगे। रात की बात तो दूर, दिन में भी लोग उधर जाते भय खाते थे, गड़रिए अलबत्ता कभी-कभी बकरियां चराते हुए उधर आ निकलते थे, और वे पातालेश्वर को प्रणाम कर एकाध बिल्वपत्र चढ़ा देते थे। परन्तु शिवरात्रि का मेला वहाँ अवश्य होता था। यद्यपि उसकी धूमधाम न थी और उसे मेला कठिनाई से कहा जा सकता था; परन्तु दस-बीस जन वहाँ आते, स्थान को साफ़ करते, नारियल फोड़ते, झरने में स्नान करते और पातालेश्वर बाबा को प्रणाम कर सूर्यास्त से प्रथम ही अपने घरों को प्रस्थान कर देते थे। रात को वहाँ रहने का साहस किसी को न होता था। कुछ लोगों ने तो यह भी कहना आरम्भ कर दिया था कि रात को यहाँ भूत-प्रेत बैतालों की चौकड़ी बैठती है। उसके बीच बैठकर साक्षात् भूतनाथ पातालेश्वर भंग-धतूरा छानते हैं। ऐसी ही और भी किंवदन्तियाँ प्रचलित होती जा रही थीं।

जिस दिन की बात हम कह रहे हैं, उस दिन अमावस की अँधेरी रात थी-और इस भयानक स्थान पर आधी रात के समय दस-ग्यारह मनुष्य एकत्रित थे। उनकी आकृति और वेशभूषा भी भयानक थी। वे चुपचाप किसी की प्रतीक्षा कर रहे थे। हवा बड़े ज़ोरों से चल रही थी। पहाड़ों में हवा के टकराने का बड़ा भयानक शब्द होता था। चारों ओर का वातावरण ऐसा भयावह था कि अच्छे-अच्छे वीर पुरुषों का भी कलेजा दहल जाये। परन्तु ये लोग अवश्य ही जीवट के आदमी थे जो इस समय यहाँ एकत्रित थे, अवश्य ही उनका कोई भयानक इरादा था, और वे अवश्य ही अपने से अधिक किसी भयानक आदमी के आने की प्रतीक्षा कर रहे थे।

परन्तु उन्हें अधिक प्रतीक्षा नहीं करनी पड़ी। एक अति विकराल पुरुष ने वहाँ प्रवेश किया। उसके आते ही जो लोग धीरे-धीरे बात कर रहे थे, वे सहम कर पंक्ति बाँधकर खड़े हो गये और उस भयानक आगन्तुक की ओर देखने लगे। यह आदमी कद में इन सबसे लम्बा था। इसके अतिरिक्त वह बहुत मज़बूत आदमी था। उसमें साँड़ को मार गिराने की ताकत थी। उसके कन्धे पर एक कुल्हाड़ी थी, जिसका तेज़ धार वाला लोहा अँधेरे में भी चमक रहा था। उसकी कमर में एक लम्बी तलवार लटक रही थी और एक बड़ा-सा छुरा उसकी फेंट में खुसा था। एक खूँखार चेहरा घनी काली दाढ़ी से घिरा हुआ था। जिसमें लाल-लाल आँखें इस अँधेरे में भी बड़ी डरावनी मालूम हो रही थीं। उसने आते ही एक-एक करके प्रत्येक आदमी के शरीर से कुल्हाड़ा छुआया। और प्रत्येक आदमी ने कुल्हाड़े को दोनों हाथों में थामकर 'जय माँ काली-तेरा वार कभी न जाये खाली' कहकर सिर झुकाया।

फिर सब लोग चुपचाप इस भयानक आदमी की आज्ञा की प्रतीक्षा करने लगे। उसने भेद-भरी दृष्टि से एक-एक की ओर देखा-फिर उनमें से एक की ओर देखकर कहा-

"कहाँ है ?"

"हाज़िर है सरदार!"

"लाओ!"

वह आदमी भीतर कोठरी में चला गया। और हाथ-पैर बँधे हुए एक आदमी को ढकेलता हुआ ले आया। यह गण्डूशाह था। उसकी ओर दो कदम आगे बढ़कर उस भयानक पुरुष ने कहा-

"क्यों बे हरामी बनिए, क्या तुझे उस पेड़ से लटका दूँ?"

"सरदार, मुझ पर रहम करो, बाल-बच्चेदार हूँ मैं!"

"तो ला, पाँच तोड़े गिन दे!"

"दुहाई, इतना रुपया मेरे पास नहीं है।"

"तो जालिमसिंह, डाल इसके गले में फन्दा।"

वह साथी जो उसे लाया था-आगे बढ़ा। उसने रस्सी का फन्दा उसके गले में डाल दिया। गण्डूशाह गिड़गिड़ाकर सरदार के पैरों में गिर पड़ा और कहने लगा-

"सरकार, भगवान की कसम है, झूठ नहीं बोलता। इतना रुपया मेरे पास नहीं है।"

"तुझे तो पन्द्रह दिन की मोहलत दी गयी थी।"

"लेकिन लाऊँ कहाँ से? मेरा तो सारा कारोबार ही चौपट हो रहा है।"

"झूठा, दगाबाज़, कपटी, चोर, हमेशा रुपये की धेली देता है। वह बारह हज़ार रुपयों का माल था, लेकिन तूने पाँच दिये और अँगूठा दिखा दिया। बाकी तेरे मोटे पेट में गया कि नहीं!"

"कसम भगवान की सरदार, उस सौदे में तो मुझे कुछ भी नहीं मिला। तमाम माल खोटा था।"

"खैर, तो अब या तो पाँच तोड़े गिन, या मर।"

"इतने बेरहम न बनो सरदार। हमारा-तुम्हारा सबका बरसों का सम्बन्ध है। मैंने कभी तुम्हें धोखा नहीं दिया।"

"मैं नहीं जानता। पाँच तोड़े गिन और लम्बा बन। अब मैं यह जंगल छोड़ने वाला हूँ। वह साला अंग्रेज़ कमिश्नर मेरे पीछे पड़ा है और मेरे पास धेला नहीं। मुझे रुपया दे।"

"तो सरदार, ऐसा करो कि साँप मरे न लाठी टूटे।"

"सूअर, कोई गहरी चाल खेलना चाहता है।"

"कसम भगवान की सरदार, मेरी बात तो सुन लो। फिर पाँच क्या पचास हज़ार पर हाथ साफ़ करो।"

"तो जल्दी कह, क्या कहना चाहता है, माल कहाँ है।"

"मेरे भाई के घर।"

"वहाँ मुझे फँसाने का जाल फैलाया है तूने। मैं ऐसी कच्ची गोली नहीं खेला। जालिम, लटका दे साले को।"

"नहीं सरदार, सुनो तो-मेरा भाई जानी दुश्मन है। मेरी बहुत सी रकम हड़प किये बैठा है। रुपया नकद इस वक्त उसके घर में है, कल-परसों ही दिल्ली से आया है। यह अवसर मत चूकों, सरदार। रुपया कहाँ रखा है-वह मैं जानता हूँ।"

"दगा तो नहीं करता?"

"बस मेरे-तुम्हारे बीच गंगा है सरदार।"

"अगर दगा की तो घर-बार जला दूँगा। जीता एक को न छोड़ूँगा।"

"सरदार, तुम्हारा काम बनेगा, मेरे दिल का काँटा निकलेगा। दगा मैं नहीं करूँगा।"

"खैर तो कब?"

"बस परसों!"

"इतनी जल्दी?"

"रुपया फिर उठ जायेगा। हाथ कुछ नहीं लगेगा!"

"तो परसों ही सही, उस घर में आदमी कितने रहते हैं?"

"परसों रात सिर्फ तीन-चार रहेंगे। भाई, उसकी औरत और नौकर।"

"हथियार है उसके पास?"

"तलवार है। तमंचा, बन्दूक कुछ नहीं है। मेरा भाई दब्बू है। लड़ेगा नहीं।"

"और तू?"

"फाटक तुम्हें खुला मिलेगा। आगे का काम तुम सँभालना।"

"देखा जायेगा। अब तू क्या देता है?"

"मुश्किल से पाँच सौ दे सकता हूँ।"

"बाम्हन नहीं हूँ रे साले, यह काम तो परसों होगा, पर तू तो आज ही मर। जालिम, निबटा इसे।"

जालिमसिंह उसे घसीटकर पेड़ के नीचे ले गया और फाँसी का फन्दा उसके गले में डाल दिया। गण्डूशाह बहुत रोया-गिड़गिड़ाया, अन्त में एक हज़ार देने को राजी हो गया। सरदार ने कहा-"अच्छा एक हज़ार ही सही। जालिमसिंह तेरे साथ जायेगा, रुपया इसे ही दे देना। काम

रातोरात होना चाहिए और परसों तीसरे पहर मेरे दो आदमी मौका-मुहाल देखने तेरे घर आयेंगे, उन्हें सब मौके दिखा देना और अपने घर में छिपा रखना। खबरदार, चूकना नहीं, नहीं तो जान नहीं बचेगी।"

"इत्मीनान रखो सरदार, तुम्हारा हुक्म पूरी तौर पर बजा लाया जायेगा।"

इस पर सरदार ने फिर एक बार अपनी खूँखार नज़रों से सब साथियों की ओर भेद-भरी नज़र से देखा और कुछ इशारा किया। सबने अपने-अपने बल्लम के लोहे के फल लाठियों से निकालकर अंटी में छुपा लिये और एक बार उस भयानक पुरुष के कन्धे पर रखी कुल्हाड़ी को छू-छूकर "जय माता काली! तेरा वार न जाये खाली!!" कहा। तब उस पुरुष ने भी कुल्हाड़ी का फाल निकालकर कपड़ों में छिपा लिया और सबके हाथों में केवल लाठियाँ और सरदार के हाथ में एक डण्डा रह गया। सरदार ने कहा-"सब कोई अलग-अलग जाओ और परसों पहर रात गये यहीं मिलो।"

बिना एक शब्द बोले-एक-एक आदमी चुपचाप वहाँ से चल दिया। जालिमसिंह ने गण्डूशाह के हाथ-पैर खोल दिये और वह भी उसे लेकर एक ओर चल दिया। सरदार अकेला उस भयानक स्थान पर रह गया। वह कुछ देर चुपचाप. वहीं खड़ा रहा और फिर वह भी तेज़ी से एक ओर को चल खड़ा हुआ।

9

परन्तु यह किसी को नहीं मालूम हुआ कि किसी गुप्त श्रोता ने उनकी सारी बातें सुन ली हैं। जब सरदार भी वहाँ से चला गया तो वह गुप्त श्रोता एक चट्टान के पीछे से निकला और धीरे-धीरे उस अँधेरी रात में तंग पथरीली पगडण्डी पर चलने लगा। सब लोगों का रुख गहन जंगल की ओर था और वे यद्यपि भिन्न-भिन्न दिशा में गये थे, पर नीचे की ओर ही गये थे। परन्तु यह पुरुष बिना शब्द किये नैनीताल की ओर ऊपर चढ़ने लगा। इस समय तीन पहर रात जा चुकी थी। बस्ती में सन्नाटा था-एकाध कुत्ता बीच-बीच में भूक उठता था। वह व्यक्ति बस्ती को पारकर ताल के किनारे-किनारे चलता चला गया और फिर वह ऊपर पहाड़ी पर चढ़ने लगा।

यह पुरुष वही गोरा सन्त था, जिसकी चर्चा हम पिछले परिच्छेद में कर आये हैं। जिस समय वह अपनी कुटी में पहुँचा-पौ फटने लगी थी और पूर्व में आसमान पर सफ़ेदी छाती जाती थी। उसने एक दृष्टि पूर्व दिशा पर डाली और फिर अपनी बकरी और उसके बच्चों को देखा। फिर वह कुटी में जाकर अपने कम्बल पर लेट गया।

जब वह सोकर उठा तो पहर दिन चढ़ गया था। यह इतवार का दिन था। आवश्यक कृत्यों से फ़ारिग होकर उसने बकरी का दूध दुहा और उन्हें चरने को छोड़ दिया। इसके बाद वह बैठकर एकाग्रचित्त से अपनी नोटबुक में कुछ लिखता रहा-जैसा कि उसका दस्तूर था। फिर वह उठा, बकरियों को बाड़े में बन्द किया। झोला कन्धे पर डाला और हाथ में लाठी लेकर बस्ती की ओर

चल खड़ा हुआ। बस्ती में आकर उसने बताशे बाँटे-और फिर धीरे-धीरे चल वह गण्डूशाह के द्वार पर जा खड़ा हुआ।

गोरे सन्त को गण्डूशाह अच्छी तरह जानता था। उसने उसका हँसकर स्वागत किया। गोरा सन्त उसके पास बैठकर इधर-उधर की बातें करने लगा। बातचीत पहले साधारण विषयों पर हुई। पीछे काम-धन्धे रोज़गार की बाबत बातें होने लगीं। गण्डूशाह ने कहा-

"बाबा, काम-धन्धा रोज़गार कहाँ है अब, जब से कम्पनी सरकार का राज हुआ है सब चौपट हो गया।"

"लेकिन तुम्हारा भाई तो खूब खुशहाल नज़र आता है।"

गण्डूशाह को साधु का यह कहना अच्छा न लगा। उसने सफ़ाई से कहा-"अपनी-अपनी तकदीर है साहब।"

लेकिन साधु ने कहा- "सफ़ाई और ईमानदारी से कारोबार करने से उसमें ज़रूर लाभ होता है।"

गण्डूशाह ने बिगड़कर कहा-"क्या मैं बेईमानी और झूठ का कारोबार करता हूँ?"

"मेरे दोस्त, मैं यह बात कैसे जान सकता हूँ!"

"तो तुम्हें साहब, इस पंचायत से क्या काम है? तुम अपना काम देखो।" हकीकत यह थी कि इस समय गण्डूशाह किसी से बातचीत करने के मूड में न था। अनेक प्रकार की चिन्ताएँ उसे बेचैन कर रही थीं। रात की भयानक घटना का असर भी उसके चेहरे पर अभी था। उसके चेहरे का रंग उड़ा हुआ था। वह मौत के घाट उतरने से बाल-बाल बचा था। उस पर हज़ार रुपये की चपत पड़ी थी और अब एक भयानक ज़िम्मेदारी उसके ऊपर सवार थी।

सन्त ने कहा-"दोस्त, सब लोगों की भलाई करना मेरा काम है।"

"तो तुम मेरी क्या भलाई कर सकते हो?"

"देखता हूँ, आज तुम परेशान हो। तुम्हारा मन अच्छा नहीं है, क्या तुम बीमार हो?"

"मैं बीमार नहीं हूँ।"

"तो फिर तुम किसी फ़िक्र से परेशान हो।" इतना कहकर गोरे सन्त ने तेज़ नज़रों से साहू को देखा। सन्त की बातों से साहू के चेहरे का रंग उड़ गया। उसने कुछ शंकित चित्त से सन्त की ओर देखा-और कहा-

"मैं गृहस्थ हूँ, मुझे हज़ार चिन्ताएँ रहती हैं। तुम किस-किस का बन्दोबस्त करोगे?"

"कर सकूँगा तो ज़रूर करूँगा, दोस्त। मैंने कहा न, सबकी भलाई करना ही मेरा काम है। बताओ, आज तुम खुश क्यों नहीं हो?"

"कौन कहता है कि मैं खुश नहीं हूँ?"

"तुम्हारी ही चेष्टाएँ। तुम कोई बात छिपाने का यत्न कर रहे हो।"

गण्डूशाह घबरा गया और तेज़ नज़रों से साधु की ओर देखने लगा। पर साधु ने शान्त वाणी से कहा-"वे आदमी खुश हैं जो चिन्ताओं से मुक्त हैं। प्रभु यीशु मसीह ने कहा है-'ऐ नेक आदमी, नेकी कर और नेक बन'। कितना अच्छा है नेक बनना। नेक आदमी को कभी किसी बात का खतरा नहीं होता, न वह दूसरों के लिए खतरा बनता है। वह सब लोगों की भलाई करता है और अपना भी भला करता है।"

इतना कहकर सन्त वहाँ से उठ खड़ा हुआ। गण्डूशाह के मुँह से एक शब्द भी न निकला। उसके दिल में चोर बैठा था। परन्तु जब साधु चला गया तो उसने आप-ही-आप कहा-'ओह, वह एक पागल फ़िरंगी है। उसका क्या?' उसने मुँह फेरकर साधु की ओर देखा-जो अब उसके भाई के द्वार पर खड़ा उसे हाथ उठाकर आशीर्वाद दे रहा था। गण्डूशाह का मन हुआ कि वह छिपकर उसकी बातें सुने। एकाध बार वह उन दोनों के निकट होकर निकला। उसने सुना कि साधु उसके भाई से भी वैसी ही बात कर रहा है। उसका भाई साधु से अत्यन्त नम्रतापूर्वक बातें कर रहा था। वह साधु से कह रहा था-"मेरा बच्चा दो सप्ताह से बीमार है। ज़रा बाबा चलकर देख लो। तुम्हारी दवा से बहुतों को लाभ होता है। मेरा भी भला करो।"

गण्डशाह ने भाई के उद्गार सुने। साधु ने कहा-'सबकी भलाई करना मेरा काम है।' यह भी सुना। फिर उसने देखा कि वह झण्डूशाह के पीछे-पीछे उसके घर में चला गया है। गण्डूशाह अब साधु की ओर से अपना मन हटाकर अपने आवश्यक कामों में जुट गया।

घर के भीतर जाकर सन्त ने बालक को देखा। बच्चा ज्वर में बेसुध पड़ा था और झण्डूशाह की स्त्री उसके निकट बैठी व्याकुल भाव से पुत्र का मुँह निहार रही थी। एक दासी घर का काम-काज करती फिर रही थी। बालक का मुँह पीला पड़ रहा था और वह कष्ट से धीरे-धीरे साँस ले रहा था। सन्त को देखकर झण्डूशाह की स्त्री अधीर होकर रोती हुई सन्त के पैरों में लोट गयी। उसने कहा-"बाबा, चाहे जितना रुपया खर्च हो जाये, मेरा लाल बच जाये।" सन्त ने करुणा भाव से स्त्री को देखा और प्यार से बालक के शरीर पर हाथ फेरते हुए कहा-"कर्म फल सभी को भोगना पड़ता है। तुम्हारी गीता की पोथी में यही तो लिखा है। पर तुमने मुझे पहले नहीं बुलाया और बच्चा इतना कमज़ोर हो गया। इसके फेफड़े खराब हो गये हैं। देखो, साँस कितनी तकलीफ़ से आ रही है। पर चिन्ता न करो, यत्न करो। मैं दवा देता हूँ। दवा दो, पथ्य करो। ईश्वर भला करेगा। वह हमारा दयालु पिता है। प्रभु यीशु मसीह कृपा करें।"

इतना कहकर उसने झोले से एक जड़ी निकालकर और उसमें कुछ दूसरी दवा मिलाकर उसे दी। और कहा-"मैं फिर कल सुबह आऊँगा।"

स्त्री ने रोते हुए कहा-"बाबा, मेरा बच्चा अच्छा हो जायेगा?"

"मैं ईश्वर से प्रार्थना करूँगा। तुम भी करना। उसी की कृपा से तुम्हारा बच्चा अच्छा होगा।"

इतना कहकर सन्त उठकर कमरे से बाहर आया। उसके साथ ही झण्डूशाह भी आया। सन्त ने एक दृष्टि उसके घर पर डाली और बिना कहे-सुने वहाँ से चल दिया। उसने निश्चय कर लिया था कि आने वाली विपत्ति से वह उसकी रक्षा करेगा।

10

सन्त ने चुपचाप ही झण्डूशाह की सहायता करने का संकल्प कर लिया। उसने सोचा, उसके घर में बच्चा सांघातिक रोग में पड़ा हुआ है। इसके अतिरिक्त वह भीरु पुरुष है। डाकुओं का भेद उसे बता दिया जायेगा तो सम्भव है वह डर जाये। वह यह भी जानता था कि पुलिस ऐसे अवसरों पर कोई खास सहायता नहीं करती। साधु प्रकृत महात्मा और परोपकारी जीव था। अत: उसने अपने जीवन को ही खतरे में डालने का निश्चय कर लिया। गण्डूशाह से मिलकर उसने उसके मन में पश्चात्ताप उत्पन्न करने की चेष्टा की थी। पर कुछ तो स्वभाव-दोष से और कुछ परिस्थिति के कारण गण्डूशाह विवश हो रहा था। सन्त ने समझ लिया कि डाका अवश्य पड़ेगा और वह यथासम्भव झण्डूशाह की रक्षा करेगा। दूसरे दिन उसने अपने कर्म से निवृत्त होकर यत्न से छिपाई हुई पिस्टल निकाली। उसकी भली-भाँति जाँच की और उसमें गोलियाँ भरीं। और भी कुछ गोलियाँ उसने अपने झोले में डाल लीं। और वह दोपहर होने के कुछ बाद ही घर से निकल पड़ा। बस्ती में घूमता हुआ वह सन्ध्या से कुछ पूर्व ही गण्डूशाह के द्वार पर जा पहुंचा। उसने एक बार छिपी नज़रों से उसे देखा और गम्भीर स्वर में कहा-"कर भला होगा भला।"

गण्डूशाह इस समय किसी से बात करना नहीं चाहता था। उसने कहा-"बाबा, तुम अपना रास्ता नापो, मुझे तुमसे फ़िज़ूल बात करने की फुर्सत नहीं है।" परन्तु सन्त ने उसकी रुखाई की परवाह नहीं की और कहा-"तुम्हारे भाई का लड़का बहुत बीमार है, कल मैंने उसे दवा दी है। बेचारे उसके माँ-बाप बहुत दु:खी हैं, क्या तुमने उसे देखा, अपने भाई-भावज को तसल्ली दी?"

"तसल्ली दी या नहीं, तुम्हें इससे क्या?"

"भाई-भाई का खून एक होता है। तुम्हारे जाने से वे प्रसन्न होंगे। तुम दोनों भाई सुख-दु:ख में एक होकर रहो, यह कितना अच्छा है।"

"क्या भाई ने कुछ कहा है?"

"नहीं, मैं ही कह रहा हूँ।"

"तो मुझे तुम्हारे उपदेश की आवश्यकता नहीं है।"

इसी समय साधु ने देखा कि दो अजनबी आदमी आकर सामने बड़ की छाँह में खड़े हो गये। निस्सन्देह साधु ने उन्हें पहचान लिया, वे अवश्य ही रात वाले डाकू थे। परन्तु उसने ऐसा भाव

प्रकट किया जैसे उसने उन्हें देखा ही नहीं। उसने झण्डूशाह के घर की ओर बढ़ते हुए कहा- "आओ, आओ, अपने भाई के बीमार बच्चे को देख आओ।"

परन्तु गण्डूशाह तेज़ी से घर के भीतर घुस गया। और सन्त ने झण्डूशाह के द्वार पर जाकर कुण्डा खटखटाया। झण्डूशाह ने आकर द्वार खोला और आदरपूर्वक सन्त को भीतर ले गया। बच्चे की दशा में कोई सुधार न था। वह रह-रहकर कराह रहा था। सन्त ने उसे दवा दी। और कहा, "आज रात-भर मैं तुम्हारे घर रहूँगा। तुम्हारे बच्चे को देखूँगा।"

कृतज्ञता से झण्डूशाह गद्‌गद हो गया। रात हो आयी। सन्त ने शाह के साथ भोजन किया और द्वार के पास एक चटाई पर सो गया। घर में झण्डूशाह के अतिरिक्त दो नौकर और थे। दोनों जवान आदमी थे। वे दोनों भी काम-धन्धे से निवृत्त होकर सन्त के पास ही सो रहे।

रात बीतती गयी और सन्त सचेत रहा। बच्चा रह-रहकर कराह रहा था और झण्डूशाह की पत्नी उसके बिछौने पर चुपचाप बैठी कभी-कभी आँसू बहा लेती थी।

आधी रात हई और सन्त ने उठकर बच्चे को ध्यान से देखा और दवा दी। इसी समय झण्डूशाह भी उठ बैठा। उसने कातर कण्ठ से पूछा-"कैसा है मेरा बच्चा?"

परन्तु सन्त अभी उत्तर न दे पाया था कि द्वार पर एक खटका हुआ। किसी ने किवाड़ों पर कुल्हाड़े का प्रहार किया था। झण्डूशाह ने चौंककर कहा-"यह कैसा शब्द हुआ?"

"अभी हम देखेंगे। तुम दोनों नौकरों को जगा दो।"

"क्या कुछ खतरा है?"

"रात अँधेरी है। हो सकता है। पर डरने की कोई बात नहीं। तुम्हारे पास शस्त्र हैं?"

"दो तलवारें हैं।"

"तो एक तुम ले लो। एक उस जवान को दो। और चुपचाप देखो क्या होता है।"

झण्डूशाह घबरा गया। नौकरों ने लाठी और तलवार सँभाली और ललकारा-"फाटक पर कौन है?"

इसी समय फाटक टूट गया और द्वार खुलने का शब्द हुआ। साथ ही दो आदमी धमाधम सहन में आ कूदे।

सन्त झण्डूशाह को खींचकर आड़ में ले गया और वस्त्रों से अपना पिस्तौल निकाला। परन्तु झण्डूशाह एकदम चिल्लाकर सामने की ओर दौड़ा कि एक डाकू का भाला उसके पेट में घुस गया। इसी समय सन्त ने गोली दाग दी। झण्डूशाह और डाकू एक साथ गिरे।

झण्डूशाह के गिरते ही उसकी पत्नी रोती-चीखती उधर दौड़ी। इधर सन्त ने एक और गोली दागी। एक और डाकू भी ढेर हो गया। उधर दोनों नौकर लाठी और तलवार घुमाते हुए चोर-चोर चिल्लाने लगे।

डाकुओं के पैर उखड़ गये। उन्हें विश्वास नहीं था कि यहाँ उनका इस प्रकार स्वागत होगा। वे भाग निकले।

सन्त ने भागते हुओं पर एक और गोली दागी और वह झपटकर झण्डूशाह के निकट पहुँचा। भाला उसके पेट के पार हो गया था। भाले के फाल के साथ ही उसकी आँतें बाहर निकल आईं। झण्डूशाह उलटी साँसें लेने लगा। उसकी स्त्री जोर-ज़ोर से रोने लगी।

शीघ्र ही गण्डूशाह और दो-चार पड़ोसी आ गये। सन्त की चेष्टाएँ कारगर न हुईं। और झण्डूशाह ने दम तोड़ दिया। गण्डूशाह ने बड़ी फूँ-फाँ की। भाई के लिए रोने का भी अभिनय किया। झण्डूशाह की स्त्री रोते-रोते बेहोश हो गयी। उसे गण्डूशाह की पत्नी की मदद से पलँग पर लिटाकर सन्त ने उसका उपचार किया। फिर वह चुपचाप बच्चे की चारपाई के पास आ बैठा। गण्डूशाह डाकुओं को गालियाँ दे रहा था। बदला लेने की बात कह रहा था। सन्त चुप था। वह सत्य बात देख चुका था। वह सोच रहा था अब इस बदनसीब औरत का क्या होगा?

दिन निकल आया। पास-पड़ोस के बहुत आदमी आ जुटे। पुलिस भी आ गयी। पुलिसवाले झण्डूशाह की लाश को थाने उठा ले गये। उसकी पत्नी का हाल-बेहाल था। बच्चा सांघातिक स्थिति में पड़ा था। अब सन्त कभी बच्चे की और कभी उसकी माँ की शुशुषा कर रहा था।

पुलिस ने डाकुओं का पता लगाते हुए यह भी सुराग निकाला कि गण्डूशाह के घर में डाकू छिपे थे। सन्त ने पुलिस को सब हाल बता दिया। पुलिस गण्डूशाह को पकड़ ले गयी।

झण्डूशाह की पत्नी को ढाढ़स बँधाकर तथा बालक की शुशुषा की ओर ध्यान दिलाकर सन्त धीरे-धीरे घर से बाहर हो गया।

11

यद्यपि भारतीय जन सन्त का नाम नहीं जानते थे और सब कोई उसे गोरा सन्त ही कहते हैं, पर उसका नाम सेण्ट जान था। सन्त की कोई कोशिश कारगर नहीं हुई और झण्डूशाह का वह बालक भी मर गया। घर में असहाय झण्डूशाह की विधवा स्त्री रह गयी। उसके दु:ख-दर्द का अन्त न था। उसके घर का चिराग गुल हो चुका था। यद्यपि डाके की लूट से उसका घर सन्त की कृपा से बच गया था, परन्तु वह लुट चुकी थी। उसका हृदयधन उसका पति मर चुका था और उसकी आँखों का सहारा पुत्र भी उससे छिन चुका था। परन्तु विपत्ति का यहीं खात्मा नहीं हुआ। पुत्र के मरते ही गण्डूशाह ने भाई की सम्पत्ति पर अपना दावा किया। उसका कहना था : भाई का कोई कानूनी वारिस नहीं है, अत: मैं ही उसके सब धन-दौलत का स्वामी हूँ। मुकदमा कमिश्नर साहब बहादुर के इजलास में चला। उन दिनों एक पण्डित और एक मौलवी अदालत में मज़हबी कानून में जज की सहायता करने को हाज़िर रहता था। पण्डित ने धर्मशास्त्र के अनुसार कहा : दोनों भाइयों में विधिवत बँटवारा नहीं हुआ। बँटवारे का कोई प्रमाण उपस्थित नहीं है। इसलिए भाई की सम्पत्ति पर भाई का अधिकार है। स्त्री रोटी, कपड़ा पाने की हकदार है, बशर्ते

कि उसका चाल-चलन खराब न हो और वह मृत पुरुष की विधवा की भाँति विधवा के सब धर्मों और नियमों का पालन करे।

परन्तु गण्डूशाह उस असहाय स्त्री को रोटी, कपड़ा भी देना नहीं चाहता था। अत: उसने उसके चाल-चलन पर भी गन्दे आरोप लगाये। सन्त ने उसकी बहुत सहायता की। बहुत दौड़धूप की। पर गण्डूशाह ने सन्त की यह दौड़धूप ही उस भाग्यहीन स्त्री के विरुद्ध प्रमाण रूप में उपस्थिति की। उसने कहा, "यह गोरा बदमाश ही सन्त बनकर उसका धर्म नाश कर रहा है। वास्तव में उसका इसी से गुप्त सम्बन्ध है।" इस अपवाद से खिन्न होकर सन्त ने उसके घर आना-जाना छोड़ भी दिया। अब बेचारी स्त्री का यह सहारा भी गया। और एक दिन सरकारी प्यादों की मदद से गण्डूशाह ने अपने भाई की विधवा को घर से निकाल बाहर कर दिया। उसका सब माल-मत्ता हथिया लिया। एक प्रतिष्ठित साहूकार की सुशील धर्मपत्नी निरपराध अपना सब कुछ गँवाकर पथ की भिखारिणी बन गयी।

प्रभात का समय था। सूर्योदय हुए काफ़ी देर हो गयी थी। पर अभी कोहरा चारों ओर छा रहा था। सर्दी बहुत थी। सन्त अपना लबादा अंग से लपेटे आग के सामने बैठा हुआ कुछ लिख रहा था। उसने अनुभव किया-कोई आया है। उसने आँख उठाकर देखा कि एक स्त्री बहुत धीरे-धीरे उसकी कुटी की ओर आ रही है। सन्त खड़ा हो गया। पास आने पर उसने देखा-झण्डूशाह की स्त्री थी। लाज और संकोच से वह मरी जा रही थी और दु:ख से उसका चेहरा मुर्झाकर सूख गया था।

सन्त ने कहा-"तुम आयी हो?"

"आ गयी मैं।"

"मैं तुम्हारी कुछ सेवा कर सकता हूँ?"

"बहुत सेवा की आपने। अब मैं आपकी सेवा करने आयी हूँ।"

"क्या कहा?"

"क्या आपने नहीं कहा था कि आपका घर है, बकरी है, खेत है, पर स्त्री नहीं है!"

"ओह, वह तो हँसी की बात थी।"

"तो अब एक स्त्री सचमुच आपकी शरण में आ गयी है। आपकी यह कमी पूरी हो गयी।"

"लेकिन क्या तुम..."

"मैं यहाँ आपके साथ रहने आयी हूँ।"

"परन्तु मैं एक साधु हूँ। मेरे पास रुपया-पैसा नहीं।"

"मैं अपने परिश्रम से अपना पेट भर लूँगी। आप पर मेरा कोई भार नहीं होगा।"

"लेकिन तुम्हारा घर-बार?"

"सब मेरे देवर ने छीन लिया।"

"पर वह तुम्हें खाना-कपड़ा दे सकता था।"

"इससे बचने के लिए ही उसने आपके साथ मेरा सम्बन्ध जोड़ा था।"

"यह तो बिलकुल झूठ बात है। खुदा गवाह है।"

"तो अब वह सच्ची होगी। मेरा भी भगवान है। भगवान ने मुझे जो राह दिखायी है, मैं उसी पर चली हूँ।"

"लेकिन यह मुमकिन कैसे हो सकता है?"

"हो ही गया। मैं आ गयी। अब यहाँ से जाऊँगी नहीं।"

"तुमने बहुत जल्दी में बिना सोचे-विचारे यह फैसला किया है। मेरे साथ चलो मैं गण्डूशाह को समझाऊँगा। तुम अपने घर में रह सकती हो।"

"तो आप एक अभागिनी स्त्री को शरण नहीं दे सकते?"

"न-न, यह बात नहीं है। मेरा मतलब है..."

"आपका मतलब जो भी है। मैं आपकी शरण आयी हूँ, किन्तु आप पर भार बनकर नहीं। एक बार पुरुष की भाँति यदि आप मुझे शरण में रखते हैं तो ठीक है, वरना मैं अभी नैनीताल में जाकर डूब मरूँगी। गण्डूशाह के घर नहीं जाऊँगी।"

"समझाने से गण्डूशाह मान जायेगा। मैं गाँव के और तुम्हारी बिरादरी के पंच बुलाऊँगा।"

"आपको शायद यह नहीं मालूम कि गण्डूशाह ने मुझसे क्या कहा है!"

"क्या कहा है?"

"वह मेरे साथ अपना बुरा सम्बन्ध कायम करना चाहता है। उसका कहना है कि यदि यह बात मंजूर हो तो वह मुझे रख सकता है। प्रथम तो मेरा धर्म मेरे साथ है। दूसरे मुझे और आपको भी मालूम है कि मेरे पति की हत्या का ज़िम्मेदार तो वही है। खुद उसने मेरा सर्वस्व भी हरण किया है। भला उस पशु के साथ मैं कैसे रह सकती हूँ?"

"लेकिन मैं यहाँ अकेला हूँ। मेरे यहाँ कोई दूसरी स्त्री भी नहीं है, यहाँ तुम कैसे रह सकती हो?"

"दूसरी स्त्री की यहाँ क्या ज़रूरत है? यहाँ तो एक ही स्त्री की कमी थी, वह कमी मैं पूरी कर रही हूँ। बस, आप और मैं दोनों यहाँ रहेंगे।"

"मगर किस तरह? मेरा खुदा मुझे न बख्शेगा।"

"क्यों नहीं। मेरा भगवान तो मेरी इच्छा से सहमत है। आपका खुदा क्यों नहीं है।"

"तो क्या तुम चाहती हो कि तुम..."

"हम पति-पत्नी की भाँति रहेंगे, कहाँ है आपका खुदा, मुझे बतलाइये। मेरा परमेश्वर यह है।" उसने छाती में छिपी छोटी-सी शालिग्राम की मूर्ति निकाल कर दिखायी। आइये, अब हम भगवान और आपके खुदा के सामने खड़े होकर प्रतिज्ञा करें कि हम परस्पर पति-पत्नी हैं। और जब तक ज़िन्दगी है हमें कोई ताकत एक-दूसरे से अलग नहीं कर सकती।"

"माई गॉड, यह तुम क्या कह रही हो। मैं सर्वत्यागी साधु हूँ।"

"साधु तो सज्जन को कहते हैं। आप साधु हैं, तभी तो मैं यहाँ आयी हूँ, मेरे साथ रहने से आपका साधु-व्रत भंग नहीं होगा। हम गृहस्थ साधु बनेंगे। दोनों मिलकर दीन-दु:खियों की सेवा करेंगे। आप औषध बाँटना, मैं उनकी सेवा करूँगी।"

सन्त के दिल की धड़कन बढ़ गयी। बहुत देर तक वह गहरे सोच में खड़ा रहा।

झण्डूशाह की पत्नी ने कहा, "क्या सोच रहे हैं आप ?"

"यहाँ मेरे दोस्त बुक साहब हैं, मैं उनकी सलाह लूँगा।"

"तो उन्हें अभी यहीं बुलाइये।"

सन्त ने संक्षेप में बुक साहब को जाकर सब हाल सुना दिया। सुनकर बुक साहब उठकर सन्त की कुटिया में आ गये। क्षण-भर बाद उन्होंने गौर से साहूकार की पत्नी को देखा। पतिव्रता की आभा से उसका मुँह जगमगा रहा था। बुक साहब के होंठों पर मुस्कान फैल गयी। उन्होंने कहा-"तुम दोनों मेरे साथ आओ, मेरे बच्चो।"

और वह सन्त सचमुच एक बच्चे की भाँति बुक साहब के पीछे आ खड़ा हुआ, उसके पास ही वह स्त्री भी। बुक साहब ने उन्हें ईसा मसीह के क्रॉस के सम्मुख खड़ा करके दोनों के हाथ मिला दिये और कहा-"आज से तुम दोनों खुदा मसीह और दुनिया के आगे पति-पत्नी की भाँति रहो, जब तक जीवित रहो।"

सन्त घुटनों के बल मसीह के क्रॉस के सम्मुख झुक गया और उस स्त्री ने अपने ठाकुर की स्थापना क्रॉस के निकट करके धरती पर माथा टेककर भगवान को प्रणाम किया।

बुक साहब ने इस विवाह के उपलक्ष्य में सन्त की कुटिया में बैठकर मीठे टुकड़े खाये, इसके बाद इस अद्भुत नव-दम्पति की नवीन दिनचर्या शुरू हुई। दूसरे दिल नैनीताल में भारतीय और अभारतीय सभी लोगों में इस विवाह के सम्बन्ध में भाँति-भाँति की चर्चा होने लगी।

12

पुजारी, गुमानसिंह और मानसिंह की जल समाधि एक दैवी दुर्घटना मान ली गयी। दोनों अंग्रेज़ों ने खूब रंग-रंगाकर ऐसे समाचार प्रसारित किये कि लोग सुनकर डर गये। शीघ्र ही सरकार ने

ताल और पहाड़ियों को अपने अधिकार में कर लिया। तेज़ी से अंग्रेज़ अफ़सरों के बँगले बनने लगे। तालाब के चारों ओर ऊँची पहाड़ियों पर भव्य कोठियाँ नज़र आने लगीं। सड़क, पगडण्डियाँ और राह-बाट निर्मित होने लगे। इधर-उधर से भारतीय व्यापारी, किरानी, नौकरीपेशा लोग वहाँ आ-आकर बसने लगे। देखते-ही-देखते वहाँ अच्छा-खासा बाज़ार बस गया। खासकर गर्मियों में बहुत-से अंग्रेज़ अफ़सर बाल-बच्चों सहित आ जाते थे। वे घुड़सवारी करते, विविध खेल खेलते और देशी कुलियों को दिल खोलकर इनाम-इकराम और तनख्वाह देते थे। खासकर भंगियों की बन आयी थी। वे साहब के बैरा-खानसामा बनकर झकाझक वर्दी पहन और सुनहरी चपरास लगा अपने को लाट साहब का भतीजा ही समझने लगे थे। गरीब-अनपढ़ और असंगठित पहाड़ी लोग अपना आत्म-सम्मान भूल इन गोरे देवताओं की तन-मन से पूजा करने लगे। अब वे गर्मियों का इन्तज़ार बड़ी उत्सुकता से करते रहते-जबकि नीचे के मैदानों की लू से झुलसे हुए साहब बहादुर और उनकी मेम साहिबाएँ पहाड़ पर आकर शाहखर्ची से अपना दबदबा कायम करती थीं। अब पहाड़ी लोग उनके खिदमतगार बनना और अंग्रेज़ों की नौकरी बजाना प्रतिष्ठा की बात समझते थे। बहुत से साहब लोग बाबा लोगों के साथ पहाड़ पर मौज-मज़ा करने आते और इन गरीब पहाड़ियों से पैसे के लालच में कुलीगिरी कराते थे। स्वभाव से ही पहाड़ी लोग मितव्ययी, परिश्रमी एवं सरल होते हैं। उनके इन गुणों का इन चतुर अंग्रेज़ों ने खूब लाभ उठाया। बस्ती अब बहुत बस गयी थी। और भी बसती जाती थी चीना-चोटी की तलहटी में, जहाँ केवल अकेले सन्त की कुटिया थी, वहाँ अब बहुत से अफ़सरों के बँगले बनते जा रहे थे। उनका नाम बुक साहब के नाम पर बुक हिल पड़ गया था। बुक साहब यहाँ इंजीनियर तैनात होकर आये थे। सैकड़ों देशी मज़दूर उनकी देख-रेख में कोठी, बँगले, पुल, सड़क, मैदान बना रहे थे। गर्मी के दिनों में अंग्रेज़ परिवारों के साथ बहुत से भारतीय व्यापारी भी नैनीताल आ जाते थे और गर्मी भर वहीं रहते थे। धीरे-धीरे डाकखाना, कचहरी और थाना बन गया। अंग्रेज़ लड़के और लड़कियों के स्कूल खुल गये। भारतीय बालकों के लिए भी ईसाई मिशनरियों ने स्कूल खोल दिये। सरकारी अस्पताल में सबको मुफ़्त दवा बँटने लगी। इस प्रकार देखते-ही-देखते नैनीताल एक सुरम्य पहाड़ी नगर बनता चला गया। सरकार ने बड़ी सरगर्मी इस दिशा में दिखायी। सड़कें, पुल बनाये और तार भी लगा दिये तथा नैनीताल के साथ ही रामगढ़, रानीखेत, अल्मोड़ा, भुवाली आदि पहाड़ी आबादियाँ भी नगर का रूप धारण करती चली गयीं। अब नैनीताल गरीब पहाड़ियों का गाँव नहीं, अंग्रेज़ों का नगर बन गया था। वहाँ अंग्रेज़ शानदार कोठियों में रहते, नाच-रंग-दावत करते, जश्न मनाते और उनकी मिस साहिबा घोड़ों पर सवार होकर पहाड़ियों में सरपट दौड़तीं। मेम लोगों के झुरमुट स्वच्छन्द विचरण करते और इनके पीछे-पीछे कुली या खिदमतगार की भाँति बेचारे तरुण पहाड़ी नंगे पाँव-शरीर पर चिथड़े पहने दौड़ लगाते। साहब गोल्फ्स खेलने जाते तो ये नौकर उनका सामान लाद पीछे-पीछे चलते। मिस साहिबा घोड़े पर हवा-खोरी करतीं तो ये तरुण उनके घोड़े की दुम पकड़कर पीछे दौड़ते।

साहब लोग ज़बान मरोड़कर-अकड़कर हिन्दुस्तानी लोगों से काम करते। ब्लडी-डॉग, उनकी ज़बान से सदा निकलता। लात और बेंत भी चल पाता, किस भारतीय की ताकत थी कि चूँ

करे। वे शराब पीते, मदमस्त होकर बीच राह बेहूदी हरकतें करते, पर उन्हें रोकने-टोकने वाला दुनिया में कौन था!

पर वह एक गोरा सन्त था जो उनकी जाति का व्यक्ति था। उनके साथ रहता था, पर उनसे अलग-थलग। वह बहुत कम अंग्रेज़ सोसायटियों में शरीक होता। वह अपना अधिकांश समय पूर्ववत् जन-सेवा में या चिन्तन में व्यतीत करता। केवल एक अंग्रेज़ था, जिससे उसने दोस्ती की थी और यह थे मिस्टर बुक, जिनका डेरा सन्त की कुटी के पास ही था। वे बहुधा सन्त की कुटी में आकर विविध धार्मिक बातचीत करते और कभी-कभी सन्त को अपने डेरे पर भोजन के लिए बुलाते थे। वे एक सज्जन अंग्रेज़ थे। उन्होंने विवाह नहीं किया था, यद्यपि उनकी आयु पचास के लगभग पहुँच गयी थी, परन्तु उनका स्वास्थ्य अच्छा था। वे हँसमुख, उदार और दयालु थे। यहाँ पहाड़ में इन पहाड़ी गृहस्थों की दरिद्रता और दीनावस्था देख वे सदा दु:खी होते और यथासम्भव उनकी सहायता करते रहते थे। इसी से सन्त के साथ उनका सौहार्द हो गया था।

13

नैनीताल ही में नहीं, दूर-दूर तक इस सन्त दम्पति के यश का विस्तार हो गया। बुक साहब के उद्योग से उसके पति की बहुत-सी सम्पत्ति उसे मिल गयी तथा सरकार ने भी उन्हें यथेष्ट सहायता दी। बुक साहब ने आर्थिक सहायता ही न दी, सन्त की कुटिया को एक विशाल गिरजे के रूप में परिवर्तित कर दिया। अब प्रति रविवार को वहाँ उपासना होती। स्वयं सन्त धर्मोपदेश देते। उनकी दृष्टि उदार थी। भारतीय और यूरोपियन दोनों उनकी उपासना में समान भाग लेते। गिरजे के साथ एक अच्छा अस्पताल और एक प्रसूति गृह भी स्थापित हो गया। जहाँ गरीबों की मुफ़्त दवा-दारू, जच्चागीरी और अन्य उपचार होते थे। इस अस्पताल की ख्याति सरकारी अस्पताल से भी अधिक बढ़ गयी। दोनों सन्त दम्पत्ति दिन-रात दीन-दु:खियों की सेवा करते, उनके दु:ख-दर्द सुनते और उन्हें धर्म का उपदेश देते। यद्यपि वह स्त्री अब भी अपने ठाकुर पर श्रद्धा रखती थी, पर अब बहुत से हिन्दुस्तानी लोग ईसाई बन चुके थे और बनते जा रहे थे। वे सब उनके गिरजे में आते और सन्त की भाँति उनकी पत्नी को भी श्रद्धा भाव से देखते थे। यूरोपियन पादरियों ने इस विवाह का निषेध किया था परन्तु वह शीघ्र दब गया। दोनों ने अपनी सर्वसम्पत्ति चर्च को अर्पण कर दी थी और अब चर्च की अपनी आमदनी भी बहुत बढ़ गयी थी। बुक साहब ने बड़ी लगन से उसका नक्शा बनवाया और उसकी इमारत खड़ी की।

यद्यपि सन्त एक ईसाई मिशनरी थे, परन्तु उनके विचार उदार थे। वे लोगों को ईसाई बनने की ओर प्रेरणा नहीं देते थे। वे उन्हें भलाई की ओर लगाते थे। भले बनने का उपदेश देते थे। गण्डूशाह को करनी का फल शीघ्र मिल गया। उसके घर डाका पड़ा और उसका सब मालमत्ता लुट गया। बाद में एक जाल के मामले में उसे जेल हो गयी।

नैनादेवी के पुजारी और गुमानसिंह तथा मानसिंह की हत्या यद्यपि बहुत छिपाई गयी थी, पर अन्त में उसका भेद भी खुल गया। और टाम तथा फ्रेज़र पर कत्ल का मुकदमा चला। कलकत्ते की सुप्रीम कोर्ट से उन्हें फाँसी का दण्ड मिला।

गुमानसिंह के परिवार में अब मानसिंह की पत्नी और उसका नवजात पुत्र रह गया था। उसने बड़े धैर्य का परिचय दिया। सरकार ने बालक के बड़े होने पर उसे एक अच्छी ज़मींदारी दी और अपनी आयु पाकर वह बालक बहुत होनहार निकला। उसका नाम हिम्मत सिंह था। उसने अपने पिता और दादा की सम्पत्ति को बहुत बढ़ाया। नूना अपने पति और बच्चों को लेकर अब हिम्मत सिंह के पास आ गयी थी। बड़े होने पर नूना के लड़के भी नैनीताल के अच्छे ज़मींदार बने।

सन्त का प्रभाव यूरोपियनों और भारतीयों पर समान था। पर वह भारतीय दलितों ही का सदा पक्ष लेते और उनकी सेवा करते थे। हिन्दू भी इस ईसाई सन्त और उसके चर्च को देखने दूर-दूर से आते थे; जहाँ सबको भोजन और विश्राम मिलता था।

आज भी यह सन्त पाल का चर्च, बुक हिल की ऊँची पहाड़ियों में ऊँचे-ऊँचे देवद्रुमों की स्पर्धा-सी करता हुआ इस गोरे सन्त की यशोगाथा मूक मौन भाषा में बखानता है।

14

चाँदनी चौक में घण्टाघर बना भी और ढह भी गया। लाल किले पर यूनियन जैक खूब फहराया और फिर एक दिन चुपचाप तिरंगे राष्ट्रध्वज को अपना गौरव प्रदान कर खिसक गया, सात समन्दर पार। तब से अब तक, लाल किले के नीचे-जमुना का पानी बह गया-इसका लेखा-जोखा रखा किसने? परन्तु हमारी कहानी इन सब चलते-फिरते दिनों को पीछे धकेलकर कुछ भूले-भटके बीते हुए दिनों पर जा अटकती है। आज देश-देश के राजदूत, कूटनीतिज्ञ, शुगर कोटेड और क्लीन शेव्ड आलू बुखारे, चुकन्दर कलन्दर हवा में उड़ाकर आते-आते, चाय-टोस्ट, मक्खन उड़ाकर-टा-टा-कहकर फुर्र हो जाते हैं। रह जाते हैं, धवल-धजधारी मिनिस्टर और कनिस्टर उड़ जाने वालों से मिलाये हाथों को मलते हुए, चुपके गालों पर हाथ फेरते हुए। अपनी शान, इज्ज़त-आबरू की एकमात्र अधिष्ठात्री ग्राण्डील कार में थके-से-परेशान-से, आँखें बन्द किये मौन, मुग्ध, समाधिस्थ।

अब उन बातों को सौ साल बीत रहे हैं। चाँदनी चौक में जहाँ घण्टाघर था, वहाँ एक बड़ा भारी लाल पत्थर का हौज़ था, जहाँ बहुत से स्त्री-पुरुषों ने धोबी घाट लगाया हुआ था। लोग साबुन लगाकर कपड़े धो रहे थे और दुनिया भर के कज़िए चुका रहे थे। तीतर-बटेर लड़ाने वाले, रमल फेंकने वाले, ज्योतिष से भूत-भविष्य का हाल बताने वाले इधर-उधर वृक्षों की सघन शीतल छाया में बैठे अपना धन्धा चला रहे थे। उनके चारों ओर सब उम्र के स्त्री-पुरुषों की भीड़ लगी हुई थी। बुर्का मुँह पर डाले बहुत-सी पर्दानशीन खातून बड़े चाव से इन ज्योतिषियों से अपने भूत-भविष्य का हाल-चाल पूछ रही थीं। उन दिनों चाँदनी चौक का आज जैसा रंग न था। वह ठाठ

ही निराला था। बाज़ार के बीचोबीच नहर थी, जो किले से आती थी। जगह-जगह वह पटी हुई थी-उस पर बड़े छाते लगाये बहुत-से सफ़री दुकानदार अपना सौदा-सुलफ फैलाये बैठे रहते थे। अब जहाँ म्यूनिसिपैलिटी की संगीन इमारत और भव्य कम्पनी बाग है, वहाँ बेगम जहानआरा की बनवायी हुई दुमंज़िला सराय थी, जिसके सामने की ओर नानवाइयों और हलवाइयों की दुकानों पर इस समय तन्दूर की भट्टियाँ दहक रही थीं। तन्दूरी रोटियों पर लोग टूट पड़ रहे थे-कबाब वाले गर्मागर्म कबाब की आवाज़ लगा रहे थे। मुसल्लम मुर्ग और भुने हुए तीतर तश्तों में सजे थे। हिन्दू जौहरी नुक्केदार पगड़ी बाँधे, लम्बा अंगरखा पहने और बगल में कामदानी का दुपट्टा दबाये पान की गिलौरियाँ कचरते हुए, बसली के जूते पहने दबादब आ-जा रहे थे। मुसलमान मुल्ला, व्यापारी और शाही कारकुन, प्यादे, बरकन्दाज व्यस्त भाव से अपनी-अपनी राह जा रहे थे, आ रहे थे। बहुत से फ़िरंगी-अंग्रेज़, पोर्चुगीज़ चुस्त वर्दियाँ डाटे, घोड़ों या मझोलियों पर या पैदल ही लाल-लाल चुकन्दर-सा मुँह चमकाते कभी किसी दुकानदार से उलझते और कभी बरकन्दाज़ को घुड़कते चाँदनी चौक की रौनक बढ़ा रहे थे।

मुगलों का सूर्य अस्त हो चला था। बूढ़े और लाचार बादशाह बहादुरशाह की बादशाहत सिर्फ़ लाल किले ही तक सीमित थी। तमाम मुल्क और दिल्ली शहर पर भी अंग्रेज़ों ही का अमल था।

डेविड-'बरा साब' रेजीडेण्ट का बैरा था। जात का मेहतर, मगर ईसाई होकर और 'बरा साब' की अर्दली में रहकर वह भी साहब हो गया था। साहब की उतरी हुई वर्दी पहनकर वह अकड़कर चलता और अपने को जण्डेल से कम न समझता था। कालू शाही हलालखोर था। किले में रहता था और मुसलमान हो गया था। बिरादरी का चौधरी था। शाही दरबारियों के दिये हुए पुराने कबा और गरादेदार चपकन पहनकर वह भी एक शाहाना ठाठ से रहता था।

चाँदनी चौक में हौज़ के पास दोनों की मुलाकात हो गयी। कालू शाही दस्तरखान के लिए कुछ उम्दा मुर्गियाँ खरीदने आया था और डेविड बरा साब के लिए बत्तख के ताज़ा अण्डे। साहेब सलामत के बाद दोनों चौधरियों में बातचीत शुरू हुई।

"भई खूब मिले, तुम्हें देखने को तो आँखें तरस गयीं, रिज़क की कसम। कहो खैरसल्ला।"

"ईसू मसीह की बरकत है सब, कहो कालू चौधरी, कैसी कट रही है?"

"खुदा का शुक्र है, मुद्दत हुई कभी मिलते भी नहीं। मियाँ, किले से अंगूरी बाग काले कोसों तो नहीं।"

"लेकिन, बरा साब छुट्टी भी दें! सब काम तो डेविड को करना पड़ता है। हाकिम-हुक्काम-अमला-मजाल है कि मेरे बिना इत्तला दिये बरा साब से मिल तो जाये।"

"मज़ा किये जाओ दोस्त। हाँ, यह तो कहो-तलब कितनी पाते हो?"

"बारह रुपये माहवार। मुल, सौदा-सुलफ में भी दस-बारह पीट लेता हूँ। फिर इनाम बख्शीश भी है, और तुम।"

"वही डेढ़ रुपया माहवार।"

"तो चौधरी, तुम डेढ़ रुपये में गुज़र कैसे करते हो?"

"तनखाह तो डेढ़ ही रुपया माहवार है, पर और आमदनी भी तो है। दोनों ईदों पर घर-भर को गर्म और ठण्डे कपड़े मिल जाते हैं और खाना तो रोज़ इतना मिलता है कि खाया ही नहीं जाता-पड़ोस में बाँटना पड़ता है। फिर साढ़े सात रुपये रोज़ाना का शाही पाखाना बिकता है। यह बँधा दस्तूर है।"

"यह दस्तूर कैसा चौधरी?"

"बादशाह सलामत कुश्ता खाते हैं न, साढ़े सात रुपये का शाही-पाखाना न्यारिया ले जाता है। फिर होली, दीवाली, ईद, शबरात इनाम-इकदाम मिलते ही रहते हैं।"

"फिर तो मज़ा-ही-मज़ा है, मज़े में गुजर-बसर हो जाती है।"

"खूब मज़े में भाई। अल्ला रखे, खानदान में सत्तर आदमी हैं। मज़े में कटती है। काम और लोग करते हैं, मैं तो आराम से खमीरी तमाखू पीता हूँ और चैन की बंसी बजाता हूँ।"

"तो चौधरी एक दिन घर तो आओ। यार, वह असल विलायती पिलाऊँ कि फड़क उठो। बोलो, आ रहे हो इसी जुमे को। हाँ, तुम्हारा लड़का भी तो अब सयाना हो गया होगा!"

"चौदहवें में चल रहा है। भई, वही एक आँखों का तारा है-गो घर में बरात भरी है। तुम्हारी लड़की भी तो अब होशियार हो गयी होगी?"

"तो चौधरी उसे भी लाना, कसम है ईसू मसीह की। साहबजादे को देखने को आँखें प्यासी हैं। हाँ, लड़की खूब समझदार हो गयी है। देखोगे तो खुश हो जाओगे। मगर साहेबज़ादे को-"

"अच्छा लाऊँगा। अब चलूँ, कुछ मुर्गियाँ देखूँ। इस कदर महँगी मुर्गियाँ हो गयी हैं कि क्या कहूँ। खयाल करो, ढाई आने की एक!"

"तो यार क्या फिक्र है! उनका भी तो पेट है, और तुम ठहरे शाही हलालखोर। तुम्हारे दरबार में क्या कमी है? अच्छा, देखूँ-कुछ ताज़ा बत्तख के अण्डे मिल जायें तो।"

"खुदा हाफिज़।"

"ईसू मसीह तुम्हें बरकत दे। मगर देखना जुमे की बात न भूलना।"

"अच्छा आऊँगा भई। ज़रूर आऊँगा।"

15

और जब दोनों खुर्राट बूढ़े विलायती बोतल खोलकर अपनी नसों के पुराने खून को गर्मा रहे थे-डेविड की बारह साल की लड़की ने इशारे से लड़के को अपने पास बुलाकर कहा-"मेरी मुर्गी देखी?"

"नहीं?"

"आ देख," वह उसे खींचकर एक तरफ़ ले गयी, "तेरा नाम क्या है?"

"चाँद, तेरी यह कुर्ती कैसी है री? यह फूल कैसा है?"

"क्या अच्छा लगता है तुझे?"

"बहुत अच्छा लगता है।" उसने पास आकर छुआ। फूल भी और वह कुर्ती भी।

लड़की ने उसका सिर सूंघकर कहा, "तेरे बालों में बहुत अच्छी महक है रे।"

"इत्र लगाया है मैंने। किले में शाहज़ादे इत्र लगाते हैं।"

"तू हमारे घर आया कर।"

"आऊँगा, यह फूल मुझे दे दे।"

"ले।"

"तेरा नाम क्या है?"

"किरन।"

"मुझे तू बड़ी अच्छी लगती है।"

"तू भी मुझे अच्छा लगता है। तूने मेरी किताब देखी?"

"नहीं।"

"देखेगा?"

"दिखा।"

लड़की ने अंग्रेज़ी की एक किताब निकालकर मोटे-मोटे अक्षरों पर उँगली रखकर पढ़ा- "एच, ई, एन-हेन-मुर्गी।"

"तू पढ़ती है?"

"हाँ।"

"कौन पढ़ाता है?"

"मेम साब, हेन-मुर्गी, रैट-चूहा, फैन-पंखा।"

"अरे वाह, तू तो खूब फरवट पढ़ती है!"

"नहीं तो क्या! तू पढ़ना जानता है?"

"न।"

"पढ़ न, तू भी!"

"पढ़ूँगा।"

"और जब कालू वापस लाल किले में आया तो बाप-बेटों में बातचीत हुई। लड़के ने कहा-

"बाबा मैं पढ़ूँगा"

"क्या पढ़ूँगा रे?"

"मुर्गी पढ़ूँगा"

"बेवकूफ, इससे क्या होगा; मुर्गी पकाना सीख, बावर्ची की नौकरी मिलेगी। साब लोग खूब तलब देते हैं।"

"नहीं, मैं तो पढ़ूँगा, मुर्गी पढ़ूँगा"

"पढ़कर क्या करेगा?"

"किरन से बातें करूँगा। वह पढ़ती है।"

"वह क्या पढ़ती है?"

"मुर्गी भी पढ़ती है, चूहा भी पढ़ती है।"

"पर तुझे पढ़ाएगा कौन?"

"उस्ताद पढ़ायेंगे।"

बूढ़े मेहतर ने अपने दोनों कान पकड़ मुँह पर चपत मारते हुए कहा, "तौबा-तौबा, उस्ताद शहज़ादों को पढ़ाते हैं। वे तुझे पढ़ायेंगे!"

"क्यों नहीं पढ़ायेंगे?"

"हम हलालखोर जो हैं, जानता है?"

"तो इससे क्या?"

"हलालखोर कहीं पढ़ते हैं?"

"किरन भी तो हलालखोर है।"

"मगर वे ईसाई हो गये हैं, साहब लोग इन बातों को नहीं मानते।"

"मुसलमान क्यों मानते हैं? हलालखोर होने ही से मैं नहीं पढ़ सकता, यह भी कोई बात है!" बेटे की युक्ति से लाजवाब होकर चौधरी हँस पड़ा। उसने कहा-"अच्छा, उस्ताद से पूछूँगा।"

"आज ही पूछना, किताब में किरन से ले आऊँगा।"

"ठहर, पहले पूछ तो लूँ।"

16

बूढ़े काले खाँ हलालखोर ने डरते हुए उस्ताद ज़ौक के सामने जा सिर झुका कर बन्दगी की और लड़के का अभिप्राय बयान किया। उस्ताद ने गम्भीरतापूर्वक कहा-"खयाल अच्छा है, ज़रूर पढ़ाऊँगा-मगर बादशाह से इजाज़त लेनी होगी।" और जब उस्ताद जौक ने बादशाह बहादुरशाह की खिदमत में उपस्थित होकर कहा-"जहाँपनाह! चाँद, काले हलालखोर का लड़का, मेरा शागिर्द होना चाहता है, जैसा इर्शाद हो।"

"तो क्या हर्ज़ है, खुदा के बन्दे सब बराबर हैं। उसे आप शागिर्द कीजिये।"

बादशाह ने खुद हाज़िर रहकर शागिर्दी की रस्म अदा करायी। चाँद उस्ताद ज़ौक के कदमों में बैठकर बोस्ताँ-गुलिस्ताँ और शाहनामे के शेर पढ़ने लगा। आवाज़ में सोज़, चेहरे पर लुनाई, आँखों में चमक, सीना उभरा, भीगती मसें, बेकरार दिल। गहरी लगन। देखते-ही-देखते चाँद शाहज़ादे से आगे बढ़ गया। चाँद मस्त होकर ग़ज़ल पढ़ रहा था। उस्ताद सुनकर झूम गये। आहिस्ता से बोले-"खूब पढ़ते हो बेटे, पास बैठा करो। दूर क्यों बैठते हो?"

"हुजूर, हलालखोर हूँ।"

"तो क्या हुआ! खुदा के सब बन्दे हैं, फिर उस्ताद के घर में तो सब बराबर हैं। पास आओ और फिर पढ़ो।"

चाँद ने ग़ज़ल पढ़ी। दिन बीतते गये। चाँद की प्रतिभा निखरती गयी। उस्ताद चाँद को दिल से प्यार करते चले गये। चाँद एक होनहार शायर हो गया। वह बेजोड़ शेर कहने लगा। बादशाह उस्ताद के सब शागिर्दों की इनायत से सर्फ़राज़ करना चाहते थे। उन्होंने हुक्म दिया, "उस्ताद के सब शागिर्दों का हमारे हुजूर में मुशायरा हो।"

लेकिन उस्ताद ने कहा-"हुजूर, मुशायरे की क्या ज़रूरत है? सिर्फ चाँद को दिल भरकर सुन लीजिये।"

"तो चाँद को हमारे हुजूर में ले आइये," बादशाह ने हुक्म दिया।

उस्ताद ने कहा-"बेहतर।"

और उस्ताद ने चाँद को शाही हुजूर में पेश करने की तैयारियां शुरू की। अदब-कायदे और तहज़ीब की तालीम पाने के लिए उसे रण्डी जोहरा की शागिर्दी में रख दिया। बादशाह सलामत से इसके लिए छह माह की मोहलत माँग ली गयी। अब चाँद अपनी किस्मत की आज़माई की तैयारी जी-जान से कर रहा था। उस्ताद से वह कविता के नियम-कायदे, भाषा के रहस्य और

भावों की बारीकियाँ सीख रहा था। और ज़ोहरा से शाही अदब-कायदे, दरबारी तहज़ीब व तमीज़ की तालीम ले रहा था।

ज़ोहरा उन दिनों दिल्ली की नाक का बाल बनी हुई थी। वह दिल्ली की सबसे ज़्यादा हसीन और अमीर रण्डी थी। बड़े-बड़े अमीर-उमराव उसके यहाँ जाने को अपनी रियासतें झोंक देने को तैयार थे, मगर ज़ोहरा थी, जो किसी की ओर आँख उठाकर देखती भी न थी। उसे अपने रूप और गुणों का बड़ा घमण्ड था। पर इस हलालखोर के किशोर चाँद को देखकर उसका सारा घमण्ड पानी-पानी हो गया। वह उसके प्यार में सराबोर हो गयी। दीन-दुनिया को भूल गयी वह रात-दिन चाँद को आँखों के आगे रखकर उसे एकटक निहारत्ती-निरखती। उस पर अपने प्यार और कृपाओं का खजाना उड़ेलती। उसी के विरह में तड़पती-रोती-जलती और छटपटाती थी।

पर चाँद को इन बातों की क्या खबर थी! वह अभी अल्हड़ बछेड़ा था। प्यार की पीर से अज्ञात, भोला और भावुक, सरल-तरल किशोर, नवीन केले के पत्ते-सा कोमल उसका तन-मन। कहीं कभी मन में कोई मूरत थी तो किरन की। जिससे वह जब-तब मिला करता था, जिसकी मुस्कराती मूर्ति को हृदय में धारण करके अब वह कविता करता था। कविता करके वह पहले किरन को सुनाता था-फिर उसके बाद उस्ताद को।। तीसरा व्यक्ति उसकी कविता चोरी ही से सुन सकता था।

ज़ोहरा के प्रति उसका भाव उस्ताद के दर्जे का था। वह उसकी उस्ताद की भाँति इज़्ज़त करता था। दिल्ली के बहुत से रईस हलालखोर के बच्चे पर रश्क करते थे। जो ज़ोहरा एक बार आँख उठाकर उनकी ओर न देखती-इस हलालखोर के बच्चे के तलुओं पर अपनी आँखें बिछाये रहती थी। वह उसको लाड़-प्यार करती। उम्दा-उम्दा लज़ीज़ खाने खुद पकाकर खिलाती। बढ़िया शराब पिलाती और बार-बार शेर पढ़ने का हुक्म देती। हुक्म पाकर चाँद शेर पढ़ता ज़रूर, पर वह मस्ती-जो किरन को शेर सुनाने में उसे आती-ज़ोहरा के सामने नहीं आती थी।

दिन बीतते चले गये और एक नई बात यह पैदा हुई कि किरन अब रोज़ ज़ोहरा की ड्योढ़ियों पर झाड़ लगाने आने लगी। चाँद से उसने सुन लिया था कि वह वहाँ ही रहता है। अपनी आँखों के आगे उसे रखने के लिए उसने अपने बाप से कह-सुनकर ज़ोहरा की ड्योढ़ी बुहारना माँग लिया था। किरन का बाप-बरा साब-(रज़ीडेण्ट साहब) का बेरा और ईसाई ज़रूर था-पर झाड़ लगाना उसका पुश्तैनी पेशा और हक था। हलालखोर कभी अपने पुश्तैनी हक को नहीं छोड़ता है। दूसरा मेहतर एक मेहतर के घर को कमा नहीं सकता। जोहरा का घर डेविड की मौरूसी विरासत में था। यद्यपि डेविड को अपनी लड़की का-जिसे वह मिस कहकर पुकारा जाना पसन्द करता था तथा पढ़ाकर मेम बनाना चाहता था-झाड़ लेकर दूसरों की ड्योढ़ी बुहारना पसन्द नहीं था। परन्तु ज़ोहरा शाही रण्डी थी, बड़ी अमीर और मशहूर थी-उसने सुना था कि काले चौधरी का लड़का चाँद वहाँ तहज़ीब और तालीम पा रहा है, जो बादशाह सलामत के रूबरू जाने की तैयारी के सिलसिले में दी जा रही है। उसने सोचा, क्या हर्ज है-मेरी लड़की भी कुछ शाहाना

अदब सीख जायेगी। फिर वह चाँद पर भी नज़र रखता था और उसे अपना दामाद बनाने का इरादा पक्का कर चुका था। इसलिए उसने अपनी लड़की को ज़ोहरा की ड्योढ़ियाँ बुहारने की इजाज़त दे दी थी।

परन्तु किरन जोहरा की ड्योढ़ियाँ बुहारने को नहीं, चाँद को निहारने को आती थी। यद्यपि चाँद ज़ोहरा के सामने किरन से बात नहीं कर सकता था-पर किरन और चाँद का जो परस्पर का आकर्षण था-वह उसकी तेज़ निगाहों से छिपा नहीं था। जब किरन वहाँ होती तो चाँद ऐसी मस्ती और सोज़ भरे गले से ग़ज़ल गाता कि ज़ोहरा पागल हो जाती। क्या गज़ब का गला दिया था खुदा ने इस हलालखोर के बच्चे को! और जब चाँद भाव-विमोहित हो अपने रक्त-बिन्दुओं को कलेजे से निकाल-निकालकर उछालता-तो किरन आनन्दातिरेक से फैली हुई कमल-सी बड़ी-बड़ी आँखों को अन्मुदी-सी किये ड्योढ़ी की चौखट पर सिर टेके किसी अदृश्य सुख में डुबकी लगा जाती थी।

धीरे-धीरे किरन की वहाँ उपस्थिति ज़ोहरा को तीर-सी खलने लगी। उसने कहा-"तू अपना काम करके घर को जाती क्यों नहीं री, यहाँ क्यों दिन-दिन-भर पड़ी रहती है?"

"मियाँ की ग़ज़लें सुनती हूँ हुजूर, मुझे बड़ी प्यारी लगती हैं। हुजूर खाना न दिया करें-ग़ज़ल सुन लेने दिया करें।"

और उसकी हाज़री भी चाँद के ऊपर क्या कमाल असर करती थी यह क्योंकर ज़ोहरा भूल सकती थी। उसने समझ लिया कि यही मेहतरानी की छोकड़ी उसकी सौत है। इसके रहते चाँद मेरा नहीं हो सकता। वह सब कुछ कर गुज़रने पर आमादा हो गयी।

17

मेरठ, मुज़फ्फरनगर, सहारनपुर, बिजनौर के ज़िले और उसके आस-पास का इलाका उन दिनों गूजरवाड़ा के नाम से विख्यात था। इसका दूसरा नाम चोरों का इलाका भी था, क्योंकि वास्तव में यह चोरों और डाकुओं का गढ़ था। इस भू-भाग पर राजा, नवाब, ज़मींदार और रियाया जो भी थी-सभी का मुख्य पेशा चोरी या राहज़नी था। यह चोरी विविध प्रकार की होती थी। जानवरों की चोरी, नकबजनी, डाके, राहज़नी और इसी किस्म की दूसरी वारदातें। मुज़फ्फरनगर के नवाब इकरामुल्ला खाँ इन चोरों और डाकुओं के सबसे बड़े मुखिया और सरदार थे। उनकी रियासत में पाँच गाँव उनके थे। ये सब मशहूर चोरों के गाँव थे। मुज़फ्फरनगर में उनकी गढ़ी थी-हवेली थी, जहाँ खुद नवाब साहब रहते थे।

मुज़फ्फरनगर आज तो एक सम्पन्न ज़िला है, ज़िले का सदर मुकाम है, अच्छा-खासा शहर है। अनाज और गुड़ की वहाँ बड़ी भारी मण्डी है, मगर उन दिनों वह महज़ एक गाँव था, जहाँ पक्की हवेली केवल नवाब साहब की ही थी, जो दुमंज़िला थी। उसके चारों ओर बहुत-सी ज़मीन घेरकर कच्ची मिट्टी का एक बहुत मोटा परकोटा बना था जो गढ़ी कहाता था। इसके भीतर नवाब के जानवर,

जिनकी संख्या हज़ारों में होती थी और जो प्राय: दूर-दूर से चोरी करके लाये जाते थे, रखे जाते थे। इन जानवरों में एक से एक बढ़कर घोड़े, उम्दा नस्ल की घोड़ियाँ, नागौरी और हरियाने के बैल, गायें, भैंस आदि होती थीं। गढ़ी के भीतर ही नवाब साहब के शागिर्द पेशा लोग रहते थे, जो नवाब साहब के अत्यन्त विश्वस्त नामीगिरामी चोर होते थे और बड़े-बड़े साहसिक अभियान करते थे। उनके कच्चे-पक्के छोटे-बड़े घर बेतरतीब से नवाब साहब की हवेली के चारों ओर फैले हुए थे। नवाब साहब के पाँचों गाँवों की सब ज़मीन भी ये शागिर्द पेशा लोग ही जोतते-बोते थे। इन शागिर्द पेशा लोगों में नामीगिरामी चोर तो होते ही थे-खोजी भी ऐसे मार्के के थे कि चोरी का पता लगाने में यकता थे। चोर का जरा-सा सुराग मिल जाये, कहीं उसके पैर का निशान, हाथ की छाप, उसके कपड़े का टुकड़ा या ऐसी ही कोई चीज़ तो उसी के सहारे वे पचास-पचास मील में चोर का पता लगा लेते थे। कोई अजीब विद्या थी इन लोगों की, और वे आस-पास में दूर-दूर तक मशहूर थे तथा दूर-दूर रईस-ज़मींदार-जब उनके घर चोरी होती थी-नवाब साहब के खोजियों का सहारा लेते थे। नवाब साहब में एक करामात दाद देने के काबिल यह थी कि उनके यहाँ चाहे जितना भी कीमती माल चोरी का आ गया हो, यदि माल का स्वामी नवाब की ड्योढ़ी पर आ गया तो वह उसे वापस कर देते थे। वापस करने का ढंग शानदार होता था। जैसा कि नवाब बल्लभगढ़ की घोड़ी का मामला था। असल बात यह थी कि नवाब मुज़फ्फरनगर के सभी ठाठ, सभी ढंग निराले होते थे। उन बातों को यद्यपि अभी सौ ही वर्ष बीते हैं, पर वे सब बातें ऐसी गायब हो गयी हैं कि उन पर आज मुश्किल से विश्वास किया जा सकता है। हाँ, इतना ज़रूर है कि गूजरवाड़े का यह इलाका आज भी नामी-गिरामी चोरों का इलाका है।

मुज़फ्फरनगर में हर दीवाली को चोरों का मेला लगता था। मेला बड़ी धूमधाम का होता था। मेले में गूजरवाड़े के छोटे-बड़े चोर इकट्ठे होते थे। यह मेला एक सप्ताह तक लगता था। जैसे होली के बाद मेरठ की नौचन्दी की धूम थी-वैसी ही मुज़फ्फरनगर के इन चोरों के मेले की थी-जो दीवाली का मेला कहाता था। इस मेले में हज़ारों चोर इकट्ठे होते थे। इनमें बहुत से तो बड़े भारी नामी-गिरामी चोर होते थे। इन सब चोरों को आठ दिन तक नवाब के लंगर में खाना मिलता था। नवाब की गढ़ी ही नहीं, हवेली तक उनके स्वागत में आठ दिन तक खुली रहती थी। हकीकत तो यह थी कि ये गूजरवाड़े के चोर नवाब साहब को केवल अपना सरदार ही नहीं मानते थे-वे उन्हें पीर-औलिया-गुरु-जो कहिये-मानते थे। मेले में जब ये चोर आते तो हर एक छोटा-बड़ा चोर अपनी औकात के अनुसार-भेंट-सौगात नवाब की नज़र करता था। खासकर नये-नौसिखिए चोर तो अधिक श्रद्धा से नज़र गुज़ार कर नवाब के मुरीद बनते और यहाँ से लौटकर अपने चोरी के पेशे का श्रीगणेश करते थे। इन चोरों की एक पारिभाषिक भाषा होती थी, कुछ गूढ़ संकेत होते थे-नकबजनी के, गला काटने के, चुराये हुए पशु का रूप-रंग बदलने के बड़े-बड़े विचित्र गुप्त तरीके होते थे, जो नये शागिर्दों को तभी बताये जाते थे, जब वे बाकायदा नज़र-भेंट देकर नवाब साहब के मुरीद बन जाते थे। फिर इनसे किसी बात का दुराव-छिपाव नहीं होता था।

बड़े-बड़े चोर अपने नये-नये हथकण्डे, नई-नई आविष्कृत नीतियाँ-चोरी और नकबजनी की-दूसरों को बताते थे। मेले में परस्पर ऐसी बातें आम चर्चा का विषय होती थीं। इन आगन्तुक

चोरों में भी जो नामी-गिरामी होते थे-वे बहुधा जत्थाबन्द होते थे-इनका मतलब यह था कि उनके शागिर्द पेशा लोगों की भी एक जमात होती थी, और वे अपनी जमात के साथ धूमधाम से मेले में आते थे। परन्तु ये सब जीवट के चोरों के सरदार भी नवाब साहब को अपना उस्ताद मानते थे और उन्हें नज़र-भेंट करते थे। वे चोरी करने के नये-नये गुर नवाब साहब को बताते-और जो चोरी की नई-नई विधियाँ, नकबजनी की रीतियाँ आविष्कृत करते-वे नवाब साहब से कहते। मेले के अन्त में नवाब साहब ऐसे लोगों को भारी-भारी इनाम-इकराम देते थे।

मेले में बहुत से भाँड़, बाज़ीगर, सपेरे, जनखे, रण्डियाँ और कलावन्त आते। वे अपने करतब चोरों को दिखाकर इनाम-इकराम लेते-गाने-बजाने, मुज़रे-जल्सों की धूम रहती। गरज, आठ दिन मुज़फ्फरनगर में मेले की वह धूमधाम होती कि जिसका नाम था। आखिरी दिन नवाब साहब का दरबार होता, जिसमें सब रण्डियाँ, कलावन्त आते-रातभर गाना-बजाना, मुजरा होता और दिन-भर भाँति-भाँति के तमाशे होते। तब नवाब साहब सबको इनाम-इकराम देकर विदा करते। मगर चोरों के इस अद्भुत मेले में जो एक सबसे ज़्यादा अद्भुत बात होती थी, वह यह कि किसी की एक सुई की भी चोरी नहीं होती थी।

18

शबनम नवाब साहब की सबसे छोटी साहबज़ादी थी। साहबज़ादी की उम्र अठारहवाँ बसन्त छू रही थी। नर्म सुनहरे बालों का अम्बार सिर पर, शरारत-भरी बादाम जैसी आँखें, पतले-पतले गुलाबी होंठों पर थिरकती हुई मुस्कराहट की लहर। जब हँसती थी खिलखिलाकर तो हज़ारों रूपहली घण्टियाँ बज उठती थीं। पर्दे की साहबज़ादी को परवाह न थी। नवाब की लाडली बेटी। चोरों के गुरुघण्टाल की साहबज़ादी, मगरूरी और शोखी आँखों और चाल में भरकर जब देखने वालों की आँखों के सामने आती थी तो वे देखते रह जाते थे। साहबज़ादी की वज़ातराशी और बारहदरी में जो कुछ थोड़ी-बहुत कमी थी-वह इन बातों से पूरी हो गयी थी कि नवाब साहब ने एक क्रिस्तान अधगोरी मिस को उनकी गार्जियन बना दिया था। पिछली बार जब नवाब साहब कलकत्ता तशरीफ़ ले गये थे तो वहीं से इस मिसिया को किराये पर ले आये थे। यह मिसिया अब डेढ़ बरस से मुस्तकिल तौर पर नवाब साहब के घर रह रही थी और साहबज़ादी को तालीम तथा अंग्रेज़ी एटीकेट-तहज़ीब सिखा रही थी। इसके अतिरिक्त उसने नवाब साहब के घर को भी अंग्रेज़ी ढंग से सजा दिया था और अब वह इस जुगत में थी कि नवाब साहब और साहबजादी दोनों टेबुल पर बैठकर छुरी-काँटे से खाना खाना सीख जायें और इस तरह आहिस्ता-आहिस्ता ईसाई बन जायें, जैसा कि उन दिनों अक्सर होता रहता था। मिस साहिबा को इस काम में अभी इतनी सफलता मिल चुकी थी कि नवाब साहब के यहाँ बजाय नाश्ता-पानी के छोटी-बड़ी हाज़री और खाने की जगह लंच और डिनर का लफ्ज़ इस्तेमाल होने लगा था-हालाँकि टेबुल-कुर्सी की जगह अभी दस्तरखान ही का इस्तेमाल होता था मगर मिस साहिबा ने एक कमरे में मेज़-कुर्सी सजाकर उसे अंग्रेज़ी ढंग का डिनर रूम बना दिया था। लेकिन इसका इस्तेमाल गाहे-बगाहे तभी होता था, जब कोई भूला-भटका अंग्रेज़ हाकिम-हुक्काम उधर आ निकलता था।

मिस साहिबा की उम्र थी बीस-बाईस साल। रंग गोरा था या ज़र्द, इस सम्बन्ध में नवाब साहब और उनकी साहबज़ादी की दो राय थीं। नवाब साहब उन्हें गोरी चिट्टी कहते थे परन्तु शबनम उसे पीले रंग की बताती थी। हकीकत तो यह थी कि शबनम का खिलता हुआ गोरा गुलाबी रंग-वह करामात रखता था कि उसके सामने ऐसी सौ मिसियाँ फीकी जंचती थीं। सूरत-शक्ल मिस साहिबा की न ऐसी अच्छी ही थी कि उन्हें परी कहा जाये, पर उसे बुरा भी नहीं कहा जा सकता था। लेकिन थी वह बहुत खुशमिज़ाज, हँसमुख और फुर्तीली-वह उर्दू बहुत सलीस बोल लेती थीं। हकीकत यह थी उनकी माँ एक तालीमयाफ्ता मुसलमानी थी जो एक आरमीनियन सौदागर की बीवी थी। बेवा होने पर इसने एक अधेड़ उम्र के अंग्रेज़ सैनिक से शादी कर ली थी जो अंग्रेज़ी सेना में कप्तान के पद पर था। उसी से मिस साहिबा का जन्म हुआ था, और यही कारण था कि वह अंग्रेज़ी और उर्दू ज़बान पर एक साथ ही अधिकार रखती थी और दोनों भाषाएँ बखूबी उम्दगी से बोल लेती थीं। इसके अतिरिक्त उन्हें अंग्रेज़ी एटीकेट का जैसा ज्ञान था वैसा ही मुस्लिम शिष्टाचार का भी ज्ञान था, इसलिए मिस साहिबा इस घर में हर-दिल अजीज़ हो रही थीं।

घर में नवाब साहब की बेगम न थी। अकेली साहबज़ादी ही थीं। इसी से कुछ बेतमीज़ मुँहफट लोग कहते थे कि मिस साहिबा नवाब साहब की दिलबस्तगी का सामान भी हैं। कोई मुंह लगा दोस्त यदि नवाब साहब पर मज़ाक में छींटे डालता तो वे दोनों गालों पर तमाचा मारकर कहते- "तौबा, तौबा, म्याँ, किस खयाल में हो-मैं रोज़ा-नमाज़ का पाबन्द, हज जाने का इरादा रखता हूँ और तुम इन गन्दे खयालात में मुलिला हो?"

मिसिया का नाम था रोज़। गज़ब की औरत थी मिस रोज़। हरदम गुनगुनाती और किसी-न-किसी काम में लगी रहती। उदासी उसके चेहरे पर देखने को न थी। एक आनन्ददायी मुस्कान से सदा उसका चेहरा खिला रहता था। कभी साहबज़ादी को पढ़ाती, कभी कमरे को सजाती, कभी साहबज़ादी के बाल दुरुस्त करती, कभी उनके लिबास पर एक लेक्चर देती। कभी खानसामा के सिर पर सवार। उनके छोटे-से-छोटे नुक्स को वह बर्दाश्त नहीं कर सकती थी। उन्हें तरह-तरह के अंग्रेज़ी खाने बनाने सिखाती। नये ढंग के पुलाव, मुतंजन, बिरियानी, कबाब, कोफ्ते बनाने बताती। कभी माली से जा उलझती-कहाँ क्यारी में कौन फूल लगाना चाहिए, नवाब साहब और साहबज़ादी के कमरे में कैसे फूलों का गुलदस्ता सजाना चाहिए ये सब बातें मिस रोज़ मालियों को बताती न थकती थी। धोबी का तो मारे नाक में दम था। कपड़े पर इस्तिरी करने में ज़रा लापरवाही हुई, एक सल भी रह गयी कि कपड़ा फेंक मारा धोबी के मुँह पर। बेचारा थरथर काँपता था-मिस को देखते ही। ऐसी थी मिस रोज़ जिसने इस घर की काया पलट दी थी और जिसकी तालीम और सोहबत में साहबजादी साहिबा नये जीवन की अभ्यस्त हो रही थीं और पर्दा तोड़कर खुलेआम आती-जाती थी। जिन पर नवाब की कोई रोक-टोक न थी।

नौकर-चाकरों को अंग्रेज़ी ढंग की तहज़ीब, अदब-कायदे तथा बोलियाँ समझा दी गयी थीं। अब वे सब उनसे पढ़-सीखकर कहते-हजुर, गुस्ल लगा दिया है, हज़र हाज़िरी लगा दी है। और

अब वह बड़े यत्न से साहबज़ादी को छुरी-चम्मच का प्रयोग सिखा रही थी। ज्यों ही साहबज़ादी रोटी का टुकड़ा सालन में डुबोती वह कहती-"ना साहबज़ादी ना! सालन में हाथ न डबोइये। काँटा लीजिये। अक्सर काँटा साहबजादी के मुँह में चुभ जाता, निवाला वापस प्लेट में गिर जाता तो साहबज़ादी गुस्सा करती, झुंझलाकर काँटा-छुरी फेंक देती और निवाला हाथ में ले ज्यों ही सालन की ओर बढ़ातीं तो तत्काल मिस रोज़ कहती-ना साहबज़ादी, ना। ऐसा नहीं। काँटा लो, चम्मच लो। मिस रोज़ ने बड़ी बारीकी से शबनम को समझाया था कि मछली खाने के छुरी-काँटे जुदा होते हैं और गोश्त खाने के जुदा। एक बार शबनम ने गुर्दा खाने के लिए चम्मच जो उठाया तो तड़ाक से मिस रोज़ ने कहा-"हाय, क्या गज़ब करती हैं साहबज़ादी, कहीं गुर्दा चम्मच से खाते हैं?" बस, ऐसी चाक-चौबन्द और शीन-काफ़ से दरुस्त थी मिस रोज़, जो नवाब साहब के घर की गवर्नेस भी थी और शबनम की उस्तानी या एटीकेट टीचर भी। शबनम कुछ तो अपनी तबीयत से और ज़हीन होने के कारण तथा कुछ मिस रोज़ की सोहबत और शिक्षा से बाहरी और भीतरी तौर-तरीके में ऐसी निखर गयी थी, और इस कदर सलीका सीख गयी थी कि उससे उसके हुस्न में चार चाँद लग गये थे।

19

घोड़ी के सिलसिले में मियाँ यूसुफ, बल्लभगढ़ के नये नवाब, जो मुज़फ्फरनगर आये तो यहीं फँस गये। नवाब साहब उन्हें रुख्सत करते ही न थे। मियाँ भोंपू आदमी थे। बार-बार इसरार करते शर्माते थे। फिर भी जब जाने का कसद करते और नवाब साहब की खिदमत में अर्ज करते तो नवाब साहब अपने दोनों कान पकड़ गालों में तमाचा जड़ कहते, "म्याँ लाहौल पढ़ो। बस, जाने का नाम न लो।" मियाँ कहते-"हुजूर कपड़े गलीज़ हो गये हैं। इजाज़त मिल जाती तो अच्छा था।"

तब नवाब साहब ज़रा बिगड़कर कहते-"तो क्या यहाँ के सब धोबी और दर्जी मर गये? म्याँ, अपने पहनो तो धोबी हाज़िर और मेरे पहनो तो दर्जी हाज़िर, फिर जाने की बात क्या? बस, जाने-आने का कल्मा ज़बान पर न लाना?"

और मियाँ को जाने की इजाजत मिली ही नहीं। एक दर्जन पोशाक तैयार होकर मियाँ के पास आ गयीं। इसी बीच एक दिलचस्प बात हो गयी। जिस कमरे में मियाँ यूसुफ का डेरा था, उसी के सामने वाले कमरे में कुछ खास हलचल नज़र आने लगी। मिस रोज़ और शबनम दोनों दिन-भर सजाने में जुटी रहीं। कहाँ किस तरह सजाया जाये, इस पर थोड़ी-थोड़ी देर में बहस भी होती जाती थी। शबनम को एकाध बार मियाँ ने दूर से देखा था, पर आज उसे अच्छी तरह देखने का मौका मिल गया। उन्होंने अपनी निशस्त कुछ इस तरह बनायी-कि वे खिड़की की राह चुपचाप उधर के सब हालात देखते भी रहें और किसी को मालूम भी न हो। शीघ्र ही उन्हें ज्ञात हो गया कि अब यही कमरा इन दोनों अल्हड़ बछेड़ियों का अखाड़ा बन गया अर्थात् उनका स्टडीरूम बन गया। कहने को मिस रोज़ उस कमरे में रहने लगीं और शबनम वहाँ पढ़ने को

आने-जाने लगी लेकिन पढ़ने पर ही क्या मौकफ था, दिन के बारह घण्टों में सौ काम निकलते और शबनम उसी कमरे में पहुँच जाती। दोनों विविध विषयों पर हुज्जत करती, हँसती-चुहल करतीं और नये-नये शगूफे खिलातीं।

एक ही दिन में मियाँ को मालूम हो गया कि वे लाख छिपकर बैठे-पर ये खेल सब हो रहे हैं उन्हीं को दिखाने-देखने के लिए। अब अक्सर यूसुफ मियाँ भी अपने कमरे में टहलने लगे। कभी किसी किताब को हाथ में लेकर, कभी चूड़ीदार पायजामा और शेरवानी पहने। कभी जालीदार कुर्ती पर विलायती तनजेब का ढीला कुर्ता और ढीला पायजामा। वसली का जूता। कभी बाल उलझाए मजनूँ बने, कभी माँग-पट्टी से लैस। मकसद सिर्फ यह कि अपने को दिखायें और उनको देखें। और हकीकत थी कि कुछ उधर से भी ऐसा ही डौल बँधा था। फ़र्क इतना था-वे दो थीं और मियाँ बेचारे अकेले।

और एक दिन बात ज़रा बढ़ चली। उस दिन आसमान पर बदली छा रही थी। मौसम पर लुत्फ़ था। हवा ठण्डी बह रही थी। यूसुफ मियाँ देर से कमरे में टहल रहे थे-मगर दूसरे कमरे में यह मनहूसियत का सन्नाटा। इतने ही में मिस रोज़ और शबनम हाथ में किताब लिये हँसती हुई अपने कमरे में आयीं। यूसुफ मियाँ के मुँह से हठात् निकल गया-'खुश आमदीद।'

कहा तो था उन्होंने होंठों ही में, पर आवाज़ वहाँ पहुँच गयी। चारों आँखें पहले इधर को उठीं, फिर एक हई और तब एक मीठी मुस्कान दोनों लड़कियों के होंठों पर फैल गयी और लीजिये अब दूसरी दुनिया का दौर चला।

उस दिन की बात यहीं खत्म हुई। मियाँ यूसुफ शिकार पर चले गये। शाम को जब लौटे तो देखते क्या हैं-उनके कमरे में ताज़ा फूलों के दो गुलदस्ते निहायत खुशनुमा रखे हैं। उनका पलंग भी अब अपनी जगह से खिसका दिया गया है और समूचे कमरे का नक्शा बदला हुआ है।

लौटकर यह नक्शा देखा तो हैरान रह गये। नवाब साहब ने मियाँ को एक खिदमतगार दिया हुआ था। निहायत खुर्राट। नाम था अब्दुल्ला। बातचीत में मश्शाक, मशहूर किस्सागो, रईसों की आँखें देखे हुए। जात का नाई था। मालिश और चम्पी में उस्ताद। मियाँ की खिदमत यही अब्दुल्ला करता था। शिकार से मियाँ लौटे और कमरे के नक्शे को बदला देखा तो अब्दुल्ला को बुलाकर कहा-"वाकई आज तो तुमने काबिले इनाम काम किया। कमरे का नक्शा ही बदल दिया। माशाअल्ला बड़े ही वजहदार आदमी हो।"

"हुजूरेवाला, मुगालते में न रहिये, जो वजहदार हैं, उन्हीं से फ़र्माइये।"

"क्या मतलब?"

"बन्दानिवाज़, कान पकड़कर अर्ज़ करता हूँ कि यह सब अदल-बदल आज मिस साहिबा ने की है। मैंने टोका तो कहा-साहबज़ादी का हुक्म है। बस मैं चुप रहा।"

"खुदा खैर करे। तो मिस साहिबा के सब्ज़ कदम इस कमरे में पड़ चुके?"

"अये-हये हुजूर! यह क्या कलमा ज़बाने शरीफ़ से कहा। खुदा झूठ न बुलवाये। कयाफ़ा शनाशी का कुछ-कुछ इस गुलाम को भी शौक है। अगर मेरा कयाफ़ा सही है, तो हुजूर, कुछ और ही रंग खिलने वाला है, मिठाई और इनाम का बन्दा भी मुस्तहक है।"

"कैसी मिठाई? अमाँ क्या कहना चाहते हो, साफ़-साफ़ कहो, पहेलियाँ न बुझाओ।"

"खैर, तो हुजूर फिलहाल यही समझ लें कि उधर से इधर का शौक जुनून की हद तक पहुँच चुका है।"

"क्या? म्याँ क्या बकते हो?"

"माशाअल्ला, हमारी साहबज़ादी भी लाखों में एक हैं। खुदा गवाह है, दोनों की जोड़ी खूब रहेगी।"

"अब तुम पिट जाओगे अब्दुल्ला मियाँ।"

"जैसी हुजूर की मर्जी, मगर मैं तो मिठाई का ही उम्मीदवार हूँ!"

यूसुफ मियाँ हँस दिये। हकीकत तो यह थी कि इस वक्त उनका दिल बाँसों उछल रहा था। उन्होंने कहा- "मुँह धो रखो म्याँ।"

"हुजूर, हमारी साहबज़ादी जब बात करती हैं, मुँह से फूल झड़ते हैं। हँसती हैं तो घुँघुरू बजते हैं। चलती हैं तो बसन्त छा जाता है। बन्दानेवाज़, ऐसी हैं हमारी साहबजादी!"

"होंगी भई, खुदा उन्हें सलामत रखे।"

"और पढ़ने-लिखने की बेहद शौकीन, माशाअल्ला, याददाश्त भी गज़ब की है उनकी!"

"तो मेरा सर क्यों खाते हो?"

"यह बात नहीं किबला, कभी आप उनसे बात कीजिये तो मेरी बात पर यकीन आये।"

"लेकिन यह क्या ज़रूरी है कि हम साहबज़ादी से बात करें। और क्यों करें? वो हैं परदानशीन शरीफ़ज़ादी!"

"तो हुजूर क्या मुजाइका है। आप भी रईस हैं। उनके मेहमान हैं। वे आपकी मेज़बान हैं। अब यही देखिये कि उनके हुक्म से ही मिस रोज़ ने आपके कमरे में कदम रंजा फ़रमाया है। तभी तो मैंने कहा-कुछ और ही गुल खिलने वाला है।"

"देखा जायेगा, फिलहाल तो यह शिकार बावर्चीखाने में पहुँचा दो।"

"या साहबज़ादी को नज़र करूँ?"

"यूसुफ मियाँ को हँसी आ गयी बोले-"जो ठीक समझो वही करो-और खुदा के लिए मुझे थोड़ी देर के लिए निजात दो। बहुत थका हूँ, ज़रा सोऊँगा।"

"तो मैं अभी हाज़िर होता हूँ। बदन दबाकर तमाम थकान उतार दूंगा।" और वह शिकार लेकर ज़नानखाने की ओर चल दिया। यूसुफ मियाँ के मुँह से आप ही निकल पड़ा-'खुश आमदीद।'

20

अब तो रोज़ ही फूलों के गुलदस्ते आने लगे। नये-नये तोहफ़े भी आने लगे। बावर्चीखाने से जब खाना आता तो साथ ही भीतर से एक स्पेशल मीठी तश्तरी भी आने लगी। यह साहबज़ादी की ओर से दावत होती रहती थी। और एक दिन सुबह-सुबह जब यूसुफ मियाँ नहा-धोकर नाश्ते की तैयारी कर रहे थे हाथों में एक बड़ा-सा ताज़ा गुलदस्ता लिये मिस रोज़ आ बरामद हुई। हँसती हुई शीरी ज़बान में और भी मिठास पैदा करती हुई बोली-"साहबजादा साहब, सुबह की सलाम दोपहर से ज़रा पहले ही अर्ज करती हूँ।"

यूसुफ मियाँ के मुँह से बेसाख्ता निकल गया-"खुश आमदीद, मिस साहिबा, लेकिन अभी तो आठ ही की गजर बजी है। अभी दोपहर कहाँ?"

"खैर, तो आप नाश्ता नोश फ़रमाने की तैयारियों में हैं। ये फूल साहबज़ादी ने आपके लिए भेजे हैं।"

"बहुत-बहुत शुक्रिया और सलाम मेरा अर्ज़ कर, दीजिये, साहबज़ादी साहिबा से। बहुत करम फ़रमाया इस नाचीज़ यतीम पर।"

"माई गॉड, आप और यतीम? तौबा-तौबा। बड़े सरकार सुनेंगे तो क्या कहेंगे भला?"

"कुछ गलती हुई है तो माफ़ी का खास्तगार हूँ। मैंने तो जो ठीक बातें थीं वही अर्ज़ कर दीं।"

"बातें बनाने में तो माशा अल्ला आपको कमाल हासिल है। बहरहाल मैं साहबज़ादी साहिबा से अर्ज़ कर दूंगी-माफ़ी देनी होगी तो देंगी-सज़ा देंगी तो भुगतियेगा।"

"लेकिन माफ़ी तो मैं आपसे माँग रहा हूँ मिस साहिबा, खुदा न करे कि आप इस नाचीज़ से बदज़न हो जायें तो फिर बन्दा कहीं का न रहेगा।"

"तौबा-तौबा, बड़े शरीफ़ हैं आप साहबज़ादा साहब, खामख्वाह मुझे लपेटते हैं।"

"मुझे अफ़सोस है, खैर, तो अब क्या हुक्म है?"

"अर्ज़ करती हूँ, कल के शिकार के सिलसिले में यह फूल साहबज़ादी ने भेजे हैं, साथ ही शुक्रिया।"

"तो मेरा सलाम अर्ज़ कर दीजिये और कहिये-भला इसकी क्या ज़रूरत थी!"

"खैर, कहना-सुनना जो हो, वह आप ही कह-सुन लीजिये।"

"क्या मतलब आपका?" मिस साहिबा ने आँखों में शरारत भरकर कहा-"मतलब यह है कि जोड़ी अच्छी है।"

"यह आप क्या कह रही हैं?"

"वही, जो नवाब साहब को कहते सुना, बस न रत्ती कम, न ज़्यादा।"

"आप मुझे बना रही हैं।"

"जी नहीं, बने-ठने तो आप खुद ही बैठे हैं। मैं तो एक बात कह रही हूँ। अच्छा सलाम।"

मिस रोज़ जाने लगी तो यूसुफ मियाँ ने उन्हें रोककर कहा-"खुदा के लिए ज़रा सुनिये तो।"

"फ़रमाइये।"

"मैंने कहा-मैंने कहा-ज़रा सुनिये तो।"

"बाबा, सुन तो रही हूँ कान खोलकर।"

"देखिये मिस साहिबा, मैं कहता हूँ आप कभी-कभी अजीब बातें करने लगती हैं।"

"बस, कभी-कभी ही न? लेकिन आप शायद ठीक कहते हैं, नवाब साहब जो कुछ फरमा रहे थे-भला क्या ज़रूर था कि मैं आपसे कहती? लेकिन हज़रत वे बातें काफ़ी तूल पकड़ गयी हैं।"

"आखिर कौन-सी बातें, कुछ कहोगी भी!"

"अब गिलहरी रंग लायी। खैर, नवाब साहब से अर्ज़ कर देती हूँ कि अब शादी कर ही दी जाये! साहबजादा को मंजूर है?"

"तौबा-तौबा, खुदा के वास्ते यह गज़ब न कर बैठना। आपको शायद शक हुआ है।"

"कैसा शक?"

"कि, कि मैं भी इधर कुछ दिलचस्पी रखता हूं।"

"चेखुश, शक के क्या मानी साहब, कामिल यकीन है। अब मैं जाकर नवाब साहब से भी अर्ज़ किये देती हूँ और साहबज़ादी साहिब से भी।"

"बड़ी शरीफ़ हैं आप मिस साहिबा, बात का बतंगड़ बनाने में तो आप यकता हैं।"

"जी ठीक फरमा रहे हैं आप। खैर, तो ज़रा तशरीफ़ ले चलिये।"

"कहाँ?"

"नवाब साहब आपको याद फर्मा रहे हैं।"

"बेहतर, तो मैं नाश्ता लेकर आता हूँ।"

"नाश्ता भी वहीं नोश फर्माइए।"

यह कहकर ज़रा मुस्कराकर तिरछी चितवन की तीर फेंकती हुई मिस रोज़ चली गयी। यूसुफ मियाँ जल्दी-जल्दी कपड़े पहन नवाब साहब की बारहदरी की ओर चल खड़े हुए।

21

नाश्ते की तैयारी बड़े ठाठ की थी। अगलम-बगलम बहुत-सी चीजें खाने के दस्तरखान पर सजी थीं। नवाब साहब खुद खड़े होकर सब इन्तज़ाम कर रहे थे। बात-बात पर बिगड़ रहे थे। अब्दुल्ला था कि फिरकी की तरह नाच रहा था। एक तो उनका हाथी-सा डीलडौल, दूसरे घनी काली दाढ़ी, तिस पर शेर के गुर्राने की-सी आवाज़। बात क्या करते थे-दहाड़ते थे। ज्यों ही मियाँ यूसुफ ने कमरे में कदम रखा और फ़र्शी सलाम झुकाया कि नवाब साहब ने बादल की गर्ज की तरह अट्टहास करते हुए कहा-"आओ-आओ मियाँ साहबजादे, मैंने कहा-आज तो मैं अपने साथ तुम्हें नाश्ता करने को कहूँ। क्या कहूँ, इस कदर मसरूफ़ियत रहती है कि तौबा ही भली। लेकिन मैं समझता हूँ तुम्हें कोई तकलीफ़ यहाँ न होगी। और भाई, हो भी तो-तुम्हारा घर है। यह अब्दुल्ला अहमक है। पता नहीं-कैसी ख़िदमत करता है। बहरहाल भई, घर में ही हो, अरे हाँ, तौबा-तौबा, मैं भी क्या भुलक्कड़ हूँ।" नवाब साहब ने दोनों कान पकड़कर दो तमाँचे अपने मुँह पर रसीद किये। फिर पुकारा-"चली आओ बेटी, यहाँ तो सब घर के ही आदमी है।" फिर हँसकर कहा-"भई साहबजादे, अजब शर्मीली लड़की है। लाख कहा कि साहबज़ादे का ज़रा खयाल रखना, घर में उसकी माँ होती तो क्या बात थी। लेकिन..."

नवाब साहब की बात बीच में ही कट गयी। इसी वक्त मियाँ यूसुफ की नज़र उस आने वाली की ओर उठ गयी और शबनम ने कमरे में आकर मियाँ को एक सलाम झुकायी-नीची नज़र किये। गज़ब का सूफीयाना बनाव-सिंगार किया था शबनम ने। सफ़ेद लिबास में संगमरमर की एक परी की मूरत-सी लग रही थी। आमतौर पर मुस्लिम लड़कियाँ रंगीन कपड़े पहनती हैं मगर शबनम के मिज़ाज और उसकी तबीयत निराली थी। मिस रोज़ की अंग्रेज़ी तालीम का तो उस पर असर था ही, खुद भी वह सादगी पसन्द थी। नवाब ने कहा-"आओ, आओ बेटी, शर्माओ मत। साहबजादे यूसुफ अपने अज़ीज ही हैं। क्या कहूँ, बेचारों की घोड़ी खो गयी। निहायत नफ़ीस घोड़ी थी। पता ही नहीं लगता। खैर, भई अब्दुल्ला, लाओ, कबाब गरमा-गरम। मियाँ साहबजादे, बैठो तुम इधर मेरी बगल में, और तुम बेटी इधर।"

और इस तरह नाश्ता शुरू हुआ। मिस रोज़ ने दस्तरखान कुछ-कुछ अंग्रेज़ी ढंग पर सजाया था। एक-दो अंग्रेज़ी जिन्स नाश्ते में तैयार की थीं तथा वह एक कोने में खड़ी सारा इन्तज़ाम देख रही थी। मियाँ अब्दुल्ला लपक-झपककर यह ला-वह ला कर रहे थे।

नवाब साहब ने कहा-"भई साहबजादे, तुम भी कहते होगे-अच्छे चचा हैं कि इतने दिन घर में रहते हो गये और अभी तक शबनम से जान-पहचान तक न करायी। मगर भई, खुदा झूठ न बुलवाये-इसकी दुनिया तो ये किताबें हैं। बस, मिस रोज़ हैं और यह हर वक्त या तो इल्मी बहस या कसीदा। बातें करती है तो अंग्रेज़ी में। यही देख लो, पर्दा और झालर, इसी ने बनायी हैं।"

"सुभान अल्लाह, खुदा बुरी नज़रों से बचाये, बहुत ही नफ़ीस दस्तकारी है।"

यूसुफ ने तारीफ़ करके झेंपी-सी नज़रों से शबनम की ओर देखा। वह भी मुस्कराती हुई कनखियों से उन्हें देख रही थी। नवाब साहब ने पुलाव की रकाबी की ओर इशारा करके कहा-"बेटी, ज़रा यह पुलाव साहबजादे को दो।" इस पर यूसुफ ने कहा-"जी मैं तो दो मर्तबा ले चुका हूँ, तकलीफ़ न कीजिये।" नवाब मीठी हँसी हँसकर बोले-"भई, तकल्लुफ़ की दाद नहीं, तो यह शीरमाल जो ज़रा चखो। शबनम ने अपने हाथ से बनाया है। बस, यही कमाल है मेरी बेटी में, वह अव्वल तो खाना पकाती नहीं और कभी पकाती है तो बस-वही चीज़ लाजवाब होती है।"

यूसुफ मियाँ ने शीरमाल चखकर कहा-"जवाब नहीं है इसका हुजूर, एक टुकड़ा और दीजिये।"

"हाँ, हाँ, बेटी देना ज़रा, अमाँ साहबजादे तकल्लुफ़ न करो, ज़रा हाथ दिखाओ। वल्लाह जवान आदमी हो।"

"खा रहा हूँ हुजूर।"

इसी वक्त मिस रोज़ ने गर्मागर्म कहवे के प्याले पेश किये। शबनम ने अपने हाथ से प्याला उठाकर पहले नवाब साहब को-फिर यूसुफ को पेश किया। नवाब साहब ने कहवा पीते हुए कहा-"भई मिस रोज़ भी हमारी माशा-अल्ला कहवा बनाने में यकता हैं।"

यूसुफ ने मिस रोज़ की ओर देखकर कहा-"खुदा उन्हें सलामत रखे!" इस पर नवाब साहब ने एक फ़र्माइशी कहकहा लगाया और कहा-"भई साहबजादे, यह तो मानना पड़ेगा कि अंग्रेज़ों के तौर-तरीके हैं ला-जवाब। यही मिस रोज़ को देखिये-महज़ किताबें ही नहीं रटातीं, यह भी खयाल रखती हैं कि किस वक्त कैसा लिबास पहना जाये, खाना किस तरह खाया जाये? बैठने, उठने, बात करने, गरज हर तरीके में करीना।'

मियाँ यूसुफ ने कनखियों से मिस रोज़ की ओर देखते हुए कहा-"वाकई हुजूर, यही बात है। मगर लिबास उन लोगों का कुछ अजीब-सा है, उसे पहनकर तो दस्तरखान पर बैठना ही मुश्किल है।"

"तो क्या ज़रूरी है कि अंग्रेज़ी लिबास पहनो और दस्तरखान पर बैठो! उनका लिबास पहनकर तो फिर मेज़-कुर्सी पर बैठकर खाना खाओ। अमाँ, हमने देखा है, बड़े-बड़े रईस अब दस्तरखान पर खाना नहीं खाते।"

"तो हुजूर, अपने मुल्क का लिबास ही क्या बुरा है, आखिर हिन्दुस्तानी लोग क्यों अंग्रेज़ी लिबास पहनें?"

"यह न कहो मियाँ साहबजादे, अंगेजी लिबास में चुस्ती तो खूब आती है। हाँ, ज़रा भोंड़ा ज़रूर है, खड़े-खड़े हाजत रफा करनी पड़ती है।"

"सुना है वैतुलखला जाते हैं तो वहाँ पानी का इस्तेमाल भी नहीं करते।"

"भई, सर्द मुल्क के रहने वाले ठहरे। पानी के नाम पर उनकी नानी मरती है।"

यह बात मिस रोज़ ने सुन ली। उसने हँसकर कहा-"नानी नहीं मरती है, नवाब साहब! सफ़ाई का खयाल है। हिन्दुस्तानियों की गन्दी आदतें तो हुजूर बखूबी जानते हैं।"

"लेकिन भई, यह खुश्क सफ़ाई तो ज़रा मेरी मोटी अक्ल में कम ही बैठती है और छुरी-काँटे से खाना?"

"तौबा, तौबा, खुदा बचाये। एक बार मैं फँस गया, जनाब चीफ़ कमिश्नर साहब बहादुर ने दावत दी थी। मिस रोज़ ने एक हफ्ते तक छुरी-काँटे से खाने की मश्क करायी मगर बेकार, खुदा की पनाह-मुँह काँटे से छिदकर छलनी हो गया। लुत्फ़ यह कि जिस चीज़ को उठाना चाहें वह काँटे में बिंधकर प्लेट ही में रह जाये, हाथ पल्ले खाक नहीं पड़े, भूखे ही आये दावत से। तौबा-तौबा।" नवाब साहब ने दोनों कान पकड़कर गालों पर तमाँचे जड़ लिये।

मियाँ यूसुफ ने कहा-"हुजूर अपनी-अपनी तहज़ीब है, अंग्रेज़ी लिबास भी सलीके से पहना जाये तो बुरा नहीं जंचता।"

"तो मियाँ साहबजादे, आज एक सूट सिलवाता हूँ तुम्हारे लिए। क्यों मिस रोज़, कैसा फबेगा इन पर अंग्रेज़ी सूट?"

"क्या कहने हैं हुजूर, मगर पहले इन्हें टाई बाँधना सीखना होगा," मिस रोज़ ने मुस्कराकर कहा।

"तो वह तुम सिखा देना। साहबजादे, मिस साहिबा टाई बाँधने में बहुत मश्शाक हैं। मुझे भी सिखाया था, पर मैं तो न सीख सका। मगर ये रोज़ तो इस सफ़ाई से फन्दा डालती हैं कि देखते ही बनता है। मेरे लिए भी एक सूट इन्होंने सिलवाया था, जब कमिश्नर साहब से मिलने जाता हूँ तो वही लिबास पहनता हूँ, मगर टाई बाँधती हैं मिस रोज़, लेकिन कयामत यह है कि खोलती भी यही हैं दूसरे दिन?"

"तो रात-दिन आप टाई बाँधे रहते हैं?"

"क्या किया जाये, हमसे वह फन्दा न लगाते बनता है, न खोलते, अब तुम ज़रा सीखना।"

"बस हुजूर मुझे तो बख्शा ही जाये। हमारा यह हिन्दुस्तानी लिबास क्या बुरा है!"

इसी वक्त अब्दुल्ला ने पानों का तश्त पेश किया और नवाब साहब ने तपाक से दो बीड़े पान लिये। एक यूसुफ को पेश किया, दो अपने मुँह में ठूँसे और नाश्ते का सिलसिला खत्म किया।

अलस्सुबह मिस रोज़ मुस्कराती हुई आयीं और मियाँ यूसुफ से कहा-

"मियाँ साहबजादे, सुबह का सलाम मुबारक हो।"

"खुदा खैर करे, यह मुबारकबादी सुबह-सुबह?"

"मुंह मीठा कराइये तो खुशखबरी सुना दूं।"

"आपका मुँह तो वल्लाह खुद ही मीठा है।"

"चलिये बातें न बनाइये, साहबज़ादी नाश्ते पर आपको बुला रही हैं, तशरीफ़ ले चलिये।"

"इस कदर ज़्यादती! दावत तो कल हो चुकी। अब हस्बमामूल यहीं नाश्ता भिजवा दीजिये।"

"कल तो नवाब साहब ने दावत दी थी।"

"और आज?"

"हस्बमामूल अब नाश्ता और खाना आप वहीं खाया कीजिये।"

"यह आपका हुक्म है?"

"जी नहीं, साहबज़ादी साहिबा का हुक्म है।"

"नवाब साहब से अर्ज़ कीजिये...."

"जी, नवाब साहब नहीं हैं, सहारनपुर तशरीफ़ ले गये हैं।"

"खैर, तो इतनी मोहलत दीजिये, ज़रा कपड़े बदल लूँ।"

यूसुफ मियाँ ने, आबेरवाँ का अंगरखा और जामदानी की नीमास्तीन पहनी, पैरों में ढीला पायजामा।

शबनम ने मुस्कराते हुए कहा-"खुश आमदीद।"

"आपने नाहक तकलीफ़ की, नाश्ता मैं वहीं कर लेता।"

"यहाँ आने में क्या ज़्यादा तकलीफ़ हुई?"

"तकलीफ़ कैसी; राहत हुई।"

"माशा अल्लाह बड़े नेक मालूम होते हैं आप।"

"माफ़ कीजिये, नेक तो चुगद होते हैं।"

"खूब, दाद देती हैं आपकी खुशमज़ाकी की। लिल्लाह तशरीफ़ रखिये!"

"नवाब साहब कहाँ तशरीफ़ ले गये हैं?"

"सहारनपुर गये हैं, खालाजान को सलाम करने।"

"यह खालाजान कौन है?"

"फ़िरंगी कमिश्नर साहब बहादुर।"

"क्या ज़रूर था सलाम करना?"

"जी, फ़िरंगी का हुक्म और हिन्दुस्तानी टाल दें!"

"तो गोया आप भी कायल हैं, फिरंगियों की इस आदत की!"

"क्यों नहीं, अब्बा हुजूर का चौहद्दी में डंका बजता है। पर फ़िरंगी की सूरत देखकर उनकी भी पिंडली काँपती है।"

"यह तो मैं पहली मर्तबा ही सुन रहा हूँ।"

"खुदा करे, सुनते-सुनते कान न पक जायें आपके। माशा अल्लाह अभी आप बच्चे जो ठहरे।"

"सुनकर तसल्ली हुई। बच्चों पर तो आपकी हमेशा ही नज़रे इनायत रहती हैं।"

"अब जनाब शायरी फ़रमा रहे हैं।"

"जी नहीं, एक आरजू है......"

"खैर, यह आरजू अपनी जगह दुरुस्त है। लीजिये ये गुर्दे, कैसे बने हैं, ज़रा चखिये, मुई उँगलियाँ जला डालीं आज मैंने इनको बनाने में।"

"कमाल के बने हैं। लेकिन क्या ज़रूरत है, आप बनाएँ और उँगलियाँ जलाएँ?"

"क्या खूब बने हुए हैं आप!"

"जी क्या फरमाया आपने?"

"जी, लिबास आप पर फूट निकला है, माशा अल्लाह, दर्जी ने सिया खूब है। सिवैयाँ तो लीजिये।"

"लेकिन आप भी कुछ लेंगी या सिर्फ बातों से ही पेट भरेंगी।"

"कानों में चुभने लगीं न, खैर साहब, अब न बोलेंगे।"

"सुभान अल्लाह, खैर, एक बात पूछूँ, बशर्ते कि आप शर्माने का इरादा न करें।"

"खैर, आप पूछिये।"

"शुक्रिया, मैं सिर्फ यह जानना चाहता हूँ कि आपके तसब्बुर में अब तक किस खुशनसीब ने जगह पायी है?"

"जी नहीं।"

"देखिये, सच बोलिये!"

"सच बोलने का वायदा तो मैंने किया नहीं," शबनम ने शरारत भरी नज़रों से यूसुफ को देखा।

"अर्ज करता हूँ कि मैं आज दुनिया का सबसे बड़ा खुशनसीब आदमी हूँ। आप मुझे मुबारकबाद दे सकती हैं?"

"मुबारक हो साहब!" शबनम ने निहायत संजीदगी से कहा। यूसुफ ने तश्त से एक डली बर्फी उठाकर कहा-"तो साहब, ज़रा मुँह मीठा कर लीजिये," और उन्होंने बर्फी का वह टुकड़ा शबनम के मुँह में ठूंस दिया। बर्फी मुँह में रखकर शबनम एक तितली की भाँति वहाँ से भाग गयी। यूसुफ मियाँ ठगे से खड़े रह गये।

22

और कुछ दिन बीते। नवाब साहब अब ढूँढ-ढूँढ़ कर शबनम और यूसुफ मियाँ को ऐसे अवसर दे रहे थे कि दोनों एक-दूसरे को अच्छी तरह समझ-बूझ लें।

यसफ मियाँ भी अब घर जाने का खयाल भला बैठे थे। घर के बूढ़े दीवान के खत-रुक्के आते, बुलाया जाता, मगर यूसुफ मियाँ अब खुद ही जाने का मौका टाल जाते। मुज़फ्फरनगर में रहते अब उन्हें अरसा चार माह का हो चुका था। आखिर एक दिन उन्होंने नवाब साहब से फिर अर्ज़ की कि "घर से दीवान साहब का रुक्का आया है। कम्पनी सरकार की मालगुजारी अदा करनी है-मेरा जाना ज़रूरी है।"

नवाब ने कहा-"साहबजादे! मेरा मन तो अभी तुम से भरा नहीं, खैर, तुम शबनम से रुखसत ले लो। वह इजाज़त दे दे तो चले जाना।" यूसुफ मियाँ ने शबनम से बातें की। बातें बड़ी लम्बी-चौड़ी थीं। परन्तु अन्त में शबनम से भी उन्हें इजाज़त मिल गयी, और यूसुफ मियाँ की रुखसती की घड़ी आ ही पहुंची।

वही सुरंग घोड़ी, नये साज़ में सजाकर लायी गयी। नवाब ने कहा-"मियाँ साहबजादे! तुम्हारी घोड़ी न मिली, न सही! यह घोड़ी भी एक नायाब जानवर है-इसी पर सवार होकर चले जाओ।"

यूसुफ मियाँ मन की हँसी रोककर घोड़ी पर सवार हुए। एक बार चिलमन पर नज़र फेंकी और चल दिये।

घर जाकर उन्होंने घोड़ी नवाब साहब को वापस भेज दी, एक रुक्का भी लिख दिया। और नवाब साहब की दरियादिली, मेहरबानी और मेहमाननवाजी का बहुत-बहुत शुक्रिया अदा किया

लेकिन घोड़ी नवाब ने नहीं रखी। रुक्के का जवाब दिया-"घोड़ी मैंने वापस करने को नहीं भेजी थी। अब इसे तुम्हीं रखो। और ज़रा हमारे पास दीवान साहब को भेज दो।"

बूढ़े दीवान पुराने नवाब के कारिन्दे थे। उन्होंने आकर नवाब से बातें कीं-बातों का अभिप्राय शबनम के साथ यूसुफ की शादी का तय होना था। सब बातें तय हो गयीं और शादी का पैगाम लेकर बूढ़े दीवान घर लौटे। यूसुफ मियाँ भी मतलब समझ गये थे। अब सुना तो खिल उठे। बारात की तैयारी होने लगी। मेहमानों को रुक्के लिखे गये। नवाब ज़बर्दस्त खाँ ने शादी में

सबसे ज़्यादा दिलचस्पी ली। और आखिर वह मुबारक दिन आया, जब बल्लभगढ़ से बारात मुज़फ्फरनगर रवाना हुई।

23

और बारात आयी मुज़फ्फरनगर में धूमधाम की। बारात में दस-बारह हाथी, पचास रथ, सौ से ऊपर मझोलियाँ, बहेली और फीनसें, दो सौ से अधिक घोड़े, ऊँट और इतनी ही फिरक, ठोकर, छकड़े और बारदाने के खच्चर। बाराती कोई बारह सौ से ऊपर। हिन्दू और मुसलमान दोनों। राजा-नवाब, ज़मींदार-रैयत सब, कहना चाहिए पंचमेल मिठाई। सब अपनी-अपनी धज में। रईसों के साथ दर्जनों निजी खिदमतगार और मुसाहिब। नाई, धोबी, कहार, कसाई, बावर्ची, घसियारे, चरकटे, बरकन्दाज, असारदार, मशालची, मुन्शी, मोदी अलग। रण्डी, भाँड, नक्काल, नफीरी वाले, नक्कारची, ढोल-दमामे, आतिशबाज़ी, बाज़ीगर, पहलवान, नट, सितारिए, गवैए-कलावन्त दर्जनों। सबकी अलग-अलग जमात। दूल्हा मियाँ के यार-दोस्त-मुसाहिबों की अलग चौकड़ी। गरज़, बारात क्या थी अच्छा-खासा लश्कर था। कहना पड़ेगा-इन्तज़ाम सब बातों का बारात के साथ भी माकूल था। नवाब मुज़फ्फरबेग का ज़रूर इन्तकाल हो चुका था, मगर उनकी जगह हापुड़ के नवाब ज़बर्दस्त खाँ भारी दबदबे से दूल्हे मियाँ के कर्ताधर्ता के रूप में आये थे। एक ज़री काम का कोई दो हज़ार रुपयों की कीमत का दुशाला कमर से लपेटे, तलवार-पेश कब्ज़ और कटार फेंटे में कसे, अपनी शानदार दाढ़ी और रुआबदार चेहरे से बारात-भर में नवाब ज़बर्दस्त खाँ दबदबे के आदमी अँच रहे थे। वास्तव में इस भारी-भरकम बारात में नवाब ज़बर्दस्त खाँ ही नवाब मुज़फ्फरनगर के जोड़-तोड़ के आदमी थे। दो खिदमतगार दुनाली बन्दूकें लिये और दो खिदमतगार उनका पानदान और हुक्का लिये, आठों पहर चौंसठ घड़ी उनकी खिदमत में हाज़िर रहते थे। बारात की जान थी नवाब की नटनी गुलाब जान; जो अलग अपना डेरा लायी थी। यद्यपि बारात में कोई दर्जन-भर नर्तकियाँ डेरे डाले थीं, पर गुलाब जान की बात ही निराली थी। हवादान में बैठकर वह चलती थी। उसकी पालकी के आठों कहार ऐसी ज़र्क-बर्क पोशाक में रहते थे कि खामख्वाह देखने वालों की नज़र उन पर टिक जाती थी। सच पूछो तो बारात में सबसे ज़्यादा खातिरदारी गुलाब जान की ही होती थी। खुद नवाब ज़बर्दस्त खाँ सुबह-शाम उनकी हाज़िरी बजाते थे। पुतली जान का दरबार लगता था-दर्जनों मुसाहिब, चाहने वाले, चपरकनातिए, कुर्रम उसे घेरे रहते थे। गुलाब जान शाहज़ादी की-सी शान से दिन में दो-चार बार लिबास बदलती और नई-नई वज़हदारी दिखाती थी।

यद्यपि नवाब ज़बर्दस्त खाँ ने बारात के साथ बहुत-सी जिन्स राशन छकड़ों में लादकर रख ली थी और ऐसा इन्तज़ाम किया था कि बारात की यदि मुज़फ्फरनगर में कुछ पूछ न भी हो तो-बारात के सब छोटे-बड़ों की सभी ज़रूरतें पूरी हो जायें। लेकिन नवाब मुज़फ्फरनगर का इन्तज़ाम भी लाज़वाब था। मील-भर के घेरे में डेरा, तम्बू, झोंपड़ियाँ और छोलदारियाँ लगाई गयी थीं। जनवासा क्या था-फ़ौजी पड़ाव था, जहाँ एक छोटा-सा बाज़ार भी था। जहाँ जिसका जी

चाहे वही जो जिन्स जितनी दरकार हो ले जाये। पैसा खर्चने का काम नहीं। एक तरफ़ जलाने की लकड़ियों के अम्बार लगे हैं तो दूसरी ओर हज़ारों मटकों, आबखोरों, शकोरों, पत्तलों का पहाड़ लगा है। दही-दूध, सब्जी, तरकारी, मुर्गी, अण्डा, खस्सी शिकार हर रोज़ ताज़ा चला आ रहा है। हर जिन्स का अम्बार लगा है। बैलों की जोड़ी के लिए प्रतिदिन एक सेर घी, आठ सेर रातब, हाथी के लिए सवा मन का रोट और सवा सेर घी, ताजा गन्ना। बारातियों के लिए शीरमाल, मीठे टुकड़े, बिरयानी, मुतंजन, मिठाइयाँ, सिवइयाँ, कबाब, कोफ्ते और न जाने क्या-क्या। हिन्दुओं के लिए-कच्ची-पक्की रसोई, ब्राह्मण के हाथों से तैयार। पान-सुपारी, इलायची, तमाखू की भरमार।

बारात के स्वागत का इन्तज़ाम देखकर नवाब ज़बर्दस्त ख़ाँ ने हँसकर कहा-

"इन्तज़ाम तो नवाब साहब ने माशा अल्ला इस तरह किया है गोया बारात छह महीना रोक रखी जायेगी।"

नवाब ज़बर्दस्त ख़ाँ का यह फिकरा नवाब इकरामुल्ला ख़ाँ के कान में भी जा पहुँचा। सुनकर आपने सिर हिलाकर कहा-

"क्या मुज़ाइका है, देखा जायेगा।"

शादी हुई, निकाह हुआ और अब नाच-रंग, गाना-बजाना, खाना-पीना, ऐश-इशरत का दौर चला। नित नये जश्न। नाम सुनकर दूर-दूर के कलावन्त आ रहे हैं। अपने-अपने करतब दिखा रहे हैं। जगह-जगह डेरेदार रण्डियों की महफिलें जमी हैं, नाच-मुज़रे हो रहे हैं, मशहूर भाँड ऐसी नकलें कर रहे हैं कि देखने वालों के हँसते-हँसते पेट में बल पड़ रहे हैं। कुछ मनचले नौजवान घोड़े उछाल रहे हैं और शहसवारी के जौहर दिखा रहे हैं। कहीं नेज़ेबाज़ी, पट्टेबाजी के करतब हो रहे हैं। उस्ताद और शागिर्द भिड़ रहे हैं। कहीं दिल्ली के डण्डे वाले चीर-फाड़ और बिलन्द्री के खेल दिखा रहे हैं। कहीं नट पैरों में पैने नोंकदार सींग बाँधकर रस्सियों पर चल रहे हैं। बूढ़ा नट ढोल बजा-बजाकर कह रहा है-'नहीं बना, नहीं बना।' और रस्सी पर का नट और भी दूसरा खतरनाक खेल दिखाता है। कहीं जादूगर हाथ की सफ़ाई दिखा रहे हैं। कहीं कलन्दर बन्दर नचा रहे हैं। भिश्ती दौड़-दौड़कर छिड़काव कर रहे हैं। मगर गर्द धूल का अम्बार है कि दबता ही नहीं। दूर-दूर के इत्र-फुलेल बेचने वाले, डेरे-डेरे घूमकर इत्र बेच रहे हैं। सौदे-सुलफ हो रहे हैं। नवाब साहब ने मेरठ की फ़ौज का अंग्रेज़ी बाजा मँगवाया है जो अपनी अजीब अदा से घिर्र-पौं, घिर्र-पौं कर रहा है। नवाब साहब के बहुत से शागिर्द पेशा कुश्ती और दूसरे करतब दिखा रहे हैं। बड़े-बड़े बाज़ीगर और सँपेरे भी अपना-अपना तमाशा दिखा रहे हैं।

सब कुछ हो रहा है लेकिन बारात की विदाई नहीं हो रही है। हफ्तों गुज़र गये, और अब एक महीना बीत रहा है। जब-जब नवाब ज़बर्दस्त ख़ाँ विदा का पैगाम भेजते हैं तो नवाब इकरामुल्ला ख़ाँ हर बार जवाब देते हैं-"क्या मुज़ाइका है, देखा जायेगा।"

लेकिन बात इतने कहने-सुनने ही पर नहीं रह गयी है। मुज़फ्फरनगर की चौहद्दी में नवाब के पहरे बैठे हैं। पहरे में हथियारबन्द सिपाही, बरकन्दाज़ और लठियल जवान तैनात हैं। मजाल नहीं कि कोई बाराती मुज़फ्फरनगर की चौहद्दी से बाहर तशरीफ़ ले जाये। पहरे-चौकी का सारा इन्तज़ाम नामी-गिरामी चोरों के सरदारों और डाकू सरदारों के ज़िम्मे है जो अपनी-अपनी जमात को लिये जगह-जगह चौकी डाले पड़े हैं और अपनी चौकी पर पूरे मुस्तैद हैं। इन चौकियों को पार करके बाहर का आदमी मुज़फ्फरनगर में आ सकता है, पर मुज़फ्फरनगर का कोई आदमी चौहद्दी से बाहर नहीं जा सकता।

नाच-रंग, खेल-तमाशे, दावतें, खाना-पीना, मौज-बहार वैसी ही चल रही है। परन्तु बाराती घबरा रहे हैं। घर लौटने को बेचैन हैं। पर बारात की विदाई हो तब न बाराती घर लौटें। हकीकत यह है नवाब इकरामुल्ला ने कहने वालों की चुनौती स्वीकार कर ली थी और कसद कर लिया था कि बारात छह महीने से पहले हर्गिज़ विदा नहीं की जायेगी।

नवाब साहब का रुआब-दबदबा कम न था। यों नवाब ज़बर्दस्त खाँ भी काफ़ी दबंग आदमी थे। पर चोरों के शहनशाह नवाब इकरामुल्ला से उनकी भी पिण्डली काँपती थी। नवाब इकरामुल्ला को खुश रखने में ही खैरियत थी, भला किसकी माँ ने धोंसा खाया है कि उन्हें गुस्सा दिलाये और अपना घर-बार लुटाये। बस सबका काफिया तंग था। सब तरह की आरजू-मिन्नत की गयी, रोना-पीटना हुआ, गुस्सा-नाराज़ी की बातें भी हुईं। पर बेकार। बारात विदा न होनी थी-न हुई। हर बात का सिर्फ एक नपा-तुला जवाब था-"देखा जायेगा-क्या मुज़ाइका है।"

न जाने कहाँ से घी-मैदा, चीनी आदि राशन के छकड़े रातों-रात लदे चले आते थे-दूध-दही, सब्जी-तरकारी, बकरे-मेंढे, खस्सी, मुर्गी-मुर्गे, मछली, दाना-चारा बेशुमार दिन-दिन आता जाता था। न जाने कहाँ से? लुत्फ़ यह है कि सब काम करते थे-शागिर्द पेशा लोग। नवाब मसनद पर बैठे खमीरी तमाखू पर कश लगाते और हुक्का गुड़गुड़ाते थे। प्रतिदिन शाम को वे हाथी पर चढ़कर जनवासे का चक्कर लगा आते थे-जो अब मीलों में फैल गया था।

दिन बीतते जाते थे और इस अद्भुत बारात की चर्चा दूर-दूर तक फैलती जा रही थी। नवाब साहब महीनों से बारात विदा नहीं कर रहे हैं। पहरे बैठा रखे हैं। यह खबर सुन तथा शादी की महफ़िलें, दावतों और मौज-मज़ा की चर्चा सुन दूर-दूर से तमाशाई सैकड़ों की तादाद में मुज़फ्फरनगर आ रहे थे। पर जो आता उसका शुमार बाराती में ही किया जाता था। वह खाये-पीये, मज़ा करे, पर वहाँ से जा नहीं सकता था। रहना बारात के साथ ही पड़ता था। इस प्रकार अब बारात भी दुगनी-तिगुनी हो गयी थी।

24

सरदार दोल्वासिंह बड़े जोड़-तोड़ के आदमी थे। वे सहारनपुर के राजा ही थे। जिस प्रकार रुहेलखण्ड के रुहेले सरदारों पर नवाब बब्बू खाँ का प्रभुत्व था, उसी प्रकार गूजरवाड़े के गूजरों

पर सरदार दोल्वासिंह का था। मराठाशाही तक उनकी तूती बोलती थी। महाराजा जसवन्त राव होल्कर जैसे महापराक्रमी राजा सरदार दोल्वासिंह की सहायता पाने की आशा में सहारनपुर में महीनों पड़े रहे थे। हकीकत यह थी कि गूजरवाड़े के तीन लाख गूजरों के नेता-सरदार दोल्वासिंह थे। अफ़सोस है कि अहमदशाह अब्दाली के आक्रमण ने गूजरवाड़े की शक्ति तोड़ डाली थी। उसके बाद गूजरों का संगठन बिगड़ता ही गया। अब सरदार दोल्वासिंह की यद्यपि वह पुरानी धाक नहीं रही थी, परन्तु गूजर उन्हें अपना राजा और जाति का प्रमुख मानते थे। जसवन्त राव होल्कर ने यही आशा की थी कि यदि दोल्चासिंह गूजरों का संगठन कर उनका नेतृत्व करें तो तीन लाख गूजरों की एक वीर-वाहिनी खड़ी हो सकती है, जो उत्तर भारत में अंग्रेज़ी कम्पनी के उठते हुए प्रभाव को चकनाचूर कर सकती है। होल्कर ने बहुत चेष्टा की, वह स्वयं इस वीर वाहिनी का नेतृत्व करने को तैयार थे-पर अफ़सोस, गूजरों में न वह दमखम था, न जोश-खरोश, न संगठन। वे अब नामी-गिरामी चोर बन चुके थे। यद्यपि वे ज़मींदार और किसान थे, पर उन्होंने मुख्य पेशा चोरी ही बनाया हुआ था। और उस अन्धेरगर्दी के ज़माने में यह काम बहुत लाभ का था। जोखिम इसमें कम था। मज़ेदार बात तो यह थी कि छोटे-बड़े राजा, नवाब, ज़मींदार इनके द्वारा अपनी रियाया के घर चोरी कराते या डाके डलवाते और अपना हिस्सा चोरी के माल का लेते थे। मुज़फ्फरनगर के नवाब इकरामुल्ला खाँ तो चोरों के शहनशाह थे ही। अब सरदार दोल्वासिंह तो मर चुके थे-उनके पुत्र राजा रनवीरसिंह चोरों के सरदार बने हुए थे। रियाया सरकश थी। लगान देती न थी। कम्पनी बहादुर की सरकार मालगुज़ारी न पाने पर राजा हो चाहे छोटा ज़मींदार, सबको जेल में ठूँस देती थी-तथा ज़मींदारी कुर्क करा लेती थी-परिणाम इसका यह हुआ कि रनवीर सिंह ने चोरों का नेतृत्व ग्रहण कर लिया। यद्यपि वे नवाब इकरामुल्ला खाँ के जोड़ के पुरुष तो न थे; पर गूजरों के सरदार, मुखिया और राजा थे। अत: गूजरवाड़े के चोर सरदारों में इकरामुल्ला खाँ के बाद उन्हीं का नाम था।

कभी-कभी इन चोरों के सरदारों में भी नोंक-झोंक हो जाया करती थी। खासकर नवाब इकरामुल्ला खाँ और राजा रनवीर सिंह एक प्रकार के प्रतिद्वन्द्वी व्यक्ति थे। कभी-कभी एक ही शिकार पर दोनों के शागिर्द टूट पड़ते तो झगड़ा उठ खड़ा होता था। हाल ही में यह झगड़ा तूल पकड़ गया था और यही कारण था कि राजा रनवीर सिंह नवाब के यहाँ शादी में निमन्त्रण पाकर भी नहीं आये थे। नवाब भला यह हिमाकत कब बर्दाश्त कर सकते थे! परन्तु इस वक्त शादी की खटपट में वे राजा रनवीरसिंह को मुनासिब सज़ा न दे सके थे। फिर भी वे उनका न आना अपनी तौहीन समझते थे और बदला लेने का इरादा पुख्ता कर चुके थे। अब उन्हें एक सुयोग हाथ लग गया। नागोरी बैलों की एक जोड़ी हाल ही में खरीदकर राजा रनवीर सिंह ने मँगाई थी, जिसकी सूचना नवाब को तुरन्त मिल गयी। जोड़ी यकता थी। नवाब साहब को भला यह बात कहाँ पसन्द कि कोई उम्दा जानवर उनके अमल में दूसरे के पास हो। बस राजा साहब के यहाँ यह जोड़ी दो सप्ताह भी न रहने पायी और खुलकर नवाब की पशुशाला में दाखिल हुई। राजा साहब की इस नायाब और अद्वितीय नागौरी बैलों की जोड़ी को देखकर नवाब बहुत खुश हुए।

खासकर इसलिए कि राजा ने शादी में न आने की जो हिमाकत की है उसका एक आंशिक बदला मिल गया। अब उन्होंने इरादा किया कि इसी जोड़ी को रथ में जोड़कर उसी रथ में बैठाकर बेटी को विदा करूँगा।

अब बारात को मुज़फ्फरनगर में आये चौथा महीना बीत रहा था। नाच-रंग, महफ़िल, खेल, तमाशे और दावत सब बदस्तूर चल रहे थे। बारात गर्मियों में आयी थी और अब नवाब साहब ने बारात के लिए रज़ाइयाँ सिलवायी थीं। पचास दर्जी रात-दिन रज़ाइयाँ

और गर्म पोशाक बारातियों के लिए सी रहे थे। नवाब साहब के सामने बारहदरी में रज़ाइयों के अम्बार लगे थे-सब तरह की रज़ाइयाँ थीं। रेशमी, सूती और छींट वाली। इकरंग और रंग-बिरंगी, धुनियों की ताँत तन्नक तूँ बोल रही थी। सैकड़ों रज़ाइयाँ तह-पर-तह रखी थीं। तैयार रज़ाइयाँ बारातियों में बाँटी जा रही थीं, नई सिल-सिलकर आती जाती थीं। नवाब बहुत व्यस्त थे-कह रहे थे–"म्याँ, जल्दी करो; जल्दी। कोई बाराती ठण्ड में मर गया तो उस मर्दूद की तो खैर जान ही जायेगी, मगर मेरी किस कदर बदनामी होगी!"

यहाँ रज़ाइयों की यह धूमधाम हो रही थी कि राजा रनवीर सिंह हाथी पर सवार आ बरामद हुए। साथ में पचास सिपाही, प्यादे, सवार, खिदमतगार, मशालची, मुन्शी और गुमाश्ते।

नवाब को इत्तिला हुई तो उठकर बाहर आये और बिगड़कर कहा-"अब आपको यहाँ आने की फुर्सत मिली राजा साहब, वल्लाह, समझदार आप एक ही हैं। तौबा, तौबा, बारात को आये आज चार महीना हो गया और आप हैं कि अब आ रहे हैं। यह भी न सोचा कि चलकर देखूँ... काम में हाथ बटाऊँ। कुछ हेस-नेस हो गयी तो गूजरवाड़े की नाक कट जायेगी। आप हैं गूजरों के राजा। कहिये, आपकी इज़्ज़त का सवाल है या मेरी इज़्ज़त का?"

राजा रनवीर सिंह ने कहा-"नवाब साहब, खता माफ़ हो, मैं इस वक्त बारात में नहीं आया हूँ, आपसे कुछ..."

"क्या फ़र्माया आपने? बारात में नहीं आया हूँ? यह क्या फिकरा कहा? तौबा, तौबा," नवाब ने दोनों कान पकड़कर गालों पर तमाँचे जड़े और कहा-"आप बारात में नहीं आये हैं-यही कहा न आपने? जी चाहता है कि खुदकशी कर लूँ या आप ही को गोली मार दूं। यार राजा हैं, आप भी सोच लें। खैर आइये-भीतर आइये।"

"आ तो अब गया ही हूँ। बड़ा पहरा बैठाया है आपने नवाब साहब, लेकिन मैं तो जानता था-बारात विदा कब की हो चुकी होगी। शादी तो गर्मियों में थी न? उस वक्त मैं बीमार था, न आ सका।"

"तो अब आये। खैर तो बारात अभी विदा नहीं हुई है। गनीमत है सुबह का भूला शाम को घर लौट आया।"

"खैर, अब हुक्म हो तो मतलब की बात अर्ज करूँ, जिस लिए मैं आया हूँ।"

"अर्ज़ कीजिये फुर्सत में। अभी डेरा तो आपको दे लूं-अरे कोई है?" दो-चार शागिर्द दौड़े। नवाब ने राजा साहब के और उनके आदमियों के ठहरने का मुनासिब प्रबन्ध करने का उन्हें हुक्म दिया। फिर कहा-

"अब कहिये!"

"क्या कहूँ, आप भी न जाने क्या समझेंगे सुनकर। इधर आप फँसे हैं शादी के हंगामे में।"

"तो म्याँ मदद करो, लिल्लाह तुम्हारी भी तो भतीजी है शबनम।"

"लेकिन सुनिये तो?"

"सुन रहा हूँ साहब, फ़ाइये भी कुछ।"

"मैंने नागौरी बैलों की एक जोड़ी खरीदी थी। निहायत नायाब। अभी परसों यह खुल गयी।"

"खुल गयी? चलो खैर सल्ला, बस यही बात थी?"

"जी हाँ!"

"तो भाई, अब बारात की खातिर-तवज्जोह में मेरा हाथ बँटाइये। बस तुम आ गये तो तसल्ली हो गयी। अब ज़रा साँस लेने की फुर्सत मिलेगी।"

"लेकिन नवाब साहब मेरी जोड़ी का क्या होगा?"

"कैसी जोड़ी!"

"नागौरी बैलों की, परसों ही खुल गयी है।"

"अरे यार राजा साहब! तुम भी क्या बोदी बातें करते हो! खुल गयी तो खुल जाने दो, मेरे यहाँ ग्यारह जोड़ी नागौरी बैलों की हैं, एक से बढ़कर एक। पसन्द कर लो और जो पसन्द हो खोल ले जाओ।"

"तो हुक्म हो, मैं ज़रा देख लूँ?"

"देख लो भाई, पूछना क्या है, मगर जाना होगा बारात विदा होने के बाद।"

"बारात कब विदा हो रही है?"

"अभी तो कुछ ऐसा इरादा नहीं है।"

"तो तब तक मुझे यहीं ठहरना पड़ेगा?"

"कमाल का सवाल है, आपका, राजा साहब! एक तो आये ही अब और तिस पर उखड़ी-उखड़ी बातें करते हो।"

"लेकिन नवाब साहब, मैं ठहर तो न सकूँगा।"

"लाहौल विलाकुव्वत, म्याँ राजा साहब, लड़ने का इरादा हो तो वह कहो।"

"नहीं, नवाब साहब, लेकिन मुझे और ज़रूरी काम है।"

"वे सब काम जब यहाँ से लौटें तब अंजाम दें।"

"लेकिन मैं लौटूँगा कब?"

"बारात विदा हो ले-उसके बाद।"

"आखिर बारात विदा कब होगी?"

"देखा जायेगा, अभी कोई इरादा नहीं है।"

"और मुझे भी तब तक रहना पड़ेगा?"

"यकीनन। और काम में मेरा हाथ बँटाना पड़ेगा। अकेला हूँ भाईजान, यह भी तो सोचो इज़्ज़त का मामला है। लड़की की शादी है। हँसी-खेल नहीं।"

नवाब की आँखों में पानी भर आया। राजा साहब से जवाब देते नहीं बना। वे चुपचाप नवाब की ओर ताकते बैठ देखते रहे।

25

राजा हो, रंक हो, डाकू हो, चोर हो, हिन्दू हो, मुसलमान हो, बेटी की विदाई सबकी आँखें तर कर देती है। बारात को आये अब पूरे छह महीने हो चुके थे और आखिर नवाब इकरामुल्ला खाँ को बारात विदा करनी पड़ी। जो नवाब इकरामुल्ला बात-बात में शेर की तरह दहाड़ते थे, हाथी के समान जिनका शरीर था-आज वे बात-बात में हकला रहे थे। अपने ही हुक्म वे भूल जाते थे। एक बार कुछ कहते और दूसरी बार अपनी ही बात का काट कर देते थे। आँखें उनकी गीली हो रही थीं-आवाज़ गले में अटकती थी। वे चाहते थे-उनके दिल की यह हालत किसी पर प्रगट न हो। पर उन्हें जो देखता-वही जान जाता कि यह एक बाप है, जिसकी बेटी आज विदा हो रही है।

और बारात विदा हुई। दहेज का सामान छकड़ों और बहलों में लदा। खाने-पीने की जिन्सें, मिठाइयाँ और पकवान बहँगियों में चले। बाराती हाथियों, घोड़ों, रथों, फीनसों और पालकियों पर। यूसुफ मियाँ उसी सुरंग घोड़ी पर और दुलहिन दुबुर्जी रथ पर, जिसकी सारी सजावट लाल और साज सारा चाँदी का था। रथ में वही राजा रनवीरसिंह की नागौरी जोड़ी जुती थी। राजा साहब खड़े टुकर-टुकर देख रहे थे, छकड़ों और दर्जनों बहँगियों और बहलों पर दहेज का सामान था। बर्तन, कपड़े और जेवर-बड़े-बड़े देग, पलंग, अंग्रेज़ी किस्म के फर्नीचर। विलायती चीनी के बर्तन और भाँति-भाँति के खिलौने तथा देशी और विलायती आशाइश के सामान, दरी, फर्श, गलीचे और जाजिमें। पाँच घोड़े, एक हाथी, दो रथ, चार कहार, एक महरी और मिस रोज़। बस ये सब जिन्स दहेज में शरीक कर लीजिये। नवाब ज़बर्दस्त खाँ इस वक्त दूल्हा के बाप बने हुए

थे-नवाब ने उन्हें एक हाथी दिया और उनकी नटनी गुलाबजान को एक नफ़ीस फीनस गंगा-जमुनी काम की। सब बारातियों को एक-एक दुशाला और एक-एक अशर्फी। डेढ़ मील तक बारात की लाइन लगी थी। आगे-आगे ढोल-दमामे बजते जा रहे थे और अंग्रेज़ी फ़ौज का बैण्ड अपनी धुन बजा रहा था। बहुत मना करने पर भी नवाब इकरामुल्ला खाँ दूल्हे की रकाब के साथ दुलहिन के रथ की साया में पैदल मुज़फ्फरनगर की सीमा तक आये। उनकी कमर में एक दुशाल लिपटा था और उनकी आँखों से आँसुओं की धार बह रही थी। उनकी दशा उस हाथी के समान थी-जिसकी हथिनी मर गयी हो। बेटी के ऊपर वे रुपयों और अशर्फियों की वर्षा कर रहे थे और हज़ारों कँगले बखेर लूट रहे थे। यह चोरों के शहनशाह की बेटी की विदाई थी। यह एक ऐसी बारात थी कि जैसी न किसी ने देखी थी, न सुनी थी। मुज़फ्फरनगर का सिवाना आ गया। यूसुफ मियाँ घोड़ी से कूदकर नवाब के बगलगीर हुए। विदाई का सलाम कहा। नवाब ने दामाद को छाती से लगाकर अपने गले से पन्नों का कण्ठा निकालकर दामाद के गले में डालकर भरे हुए कण्ठ से कहा-"खुदा हाफिज़।" और मुँह मोड़ लिया। आँसुओं से उनकी आँखें अन्धी हो रही थीं। चलती बार बेटी को देखने की उनमें ताब न थी। शागिर्द पेशा लोगों ने नवाब को हाथों हाथ संभाला। हाथी पर बैठाया और घर ले आएँ। वहाँ सब जगह सूना-ही-सूना था। नवाब की प्यारी बेटी शबनम, जो उनकी बेगम के मरने के बाद उनके आँख का नूर बनी थी, अपने घर चली गयी थी-हमेशा के लिए।

26

जिस दिन नवाब मुज़फ्फरनगर की बेटी की बारात विदा हो रही थी, उसी दिन दिल्ली में तीसरे पहर एक पालकी चाँदनी चौक से होकर लालकिले की ओर जा रही थी। पालकी बहुमूल्य कमख्वाब और ज़री के पर्दो से ढंकी हई थी। आठ कहार उसे कन्धों पर उठाये थे। सोलह तातारी बाँदियाँ नंगी तलवारें लिये उसके गिर्द चल रही थीं। उनके पीछे चालीस सवारों का दस्ता था, जिसका अफ़सर एक कुमेत अरबी घोड़े पर चढ़ा हुआ था। उसकी जरबफ्त की बहुमूल्य पोशाक पर कमर में नाजुक तलवार लटक रही थी, जिसकी मूठ पर गंगा-जमुनी काम हो रहा था। उसकी काली दाढ़ी के बीच, अंगारे की तरह दहकते चेहरे में मशाल की तरह जलती हुई आँखें चमक रही थीं, जिन्हें वह चारों तरफ़ घुमाता हुआ, अकड़कर, किन्तु खूब सावधानी से पालकी के पीछे-पीछे जा रहा था।

तब चाँदनी चौक की सड़कें आज की जैसी तारकोल बिछी हुई आईने की तरह चमचमाती न थीं, न मोटरों की घों-घों, पों-पों और सरटिबन्द दौड़ थी। हाथी, घोड़े, पालकी और नागौरी बैलों की जोड़ी से ठुमकती हुई बहलियाँ एक अजब बाँकी अदा से उछला करती थीं।

चाँदनी चौक में जिस स्थान पर घण्टाघर था, वहाँ तब एक बड़ा-सा हौज़ था, जो चाँदनी चौक की नहर से मिल गया था और अब जहाँ कम्पनी बाग में कमेटी की संगीन इमारत खड़ी है, वहाँ एक बड़ी भारी किन्तु खस्ता हाल सराय थी, जिसकी बुर्जियाँ टूट गयी थीं, जहाँ

अनगिनत खच्चर, टट्टू, बैलगाड़ियाँ और परदेशी मुसाफ़िर बेतरतीबी से पेड़ों के नीचे या बेमरम्मत कोठरियों में भरे हुए थे।

सराय के टूटे किन्तु संगीन फाटक पर देशी-विदेशी आदमियों का जमघट लगा था।

पालकी अवश्य ही कहीं दूर से आ रही थी। कहार लोगों का दम फूल रहा था और पाँव लड़खड़ा रहे थे। पीछे से अफ़सर तेज़ चलने की ताकीद कर रहा था, मगर ऐसा मालूम होता था कि अब तेज़ चलना असम्भव है।

कहारों में एक बूढ़ा कहार था, उसका हाल बहुत ही बुरा हो रहा था। कुछ कदम चलकर वह ठोकर खाकर गिर पड़ा। पालकी रुक गयी।

तातारी बाँदियाँ झिझककर खड़ी हो गयीं। अफ़सर ने घोड़ा बढ़ाया। बूढ़ा अभी सम्हला न था, चाबुक सपाक से उसकी गर्दन और कनपटी की चमड़ी उधेड़ गया। साथ ही बिजली की कड़क की तरह उसके कान में शब्द पड़े-"उठ, उठ ओ दोज़ख के कुत्ते! देर हो रही है।"

कहार ने उठने की चेष्टा की, पर उठ न सका। वह गिर गया। गिरते ही दस-बीस, पच्चीस-पचास चाबुक तड़ातड़ पड़े, खून का फव्वारा छूटा और कहार का जीवन-प्रदीप बुझ गया।

लाश को पैर की ठोकर से ढकेलकर अफ़सर ने खूनी आँखें भीड़ पर दौड़ायीं। एक गठीला गौरवपूर्ण युवक मैले और फटे वस्त्र पहने भीड़ में सबसे आगे खड़ा था। मुश्किल से रेखें भीगी होंगी। अफ़सर ने डपटकर उसे पालकी उठाने का हुक्म दिया। युवक आगे बढ़ा। दूसरे ही क्षण सपाक से एक चाबुक उसकी पीठ पर पड़ा और साथ ही ये शब्द-"साला, जल्दी!"

युवक ने क्रुद्ध स्वर में कहा-"जनाब! हुक्म बजा लाता हूँ, मगर ज़बान सम्हालकर...।"

दस-बीस चाबुक खाकर युवक वहीं तड़पकर गिर गया। उसकी नाक और मुँह से खून का फव्वारा बह चला। अफ़सर ने और एक आदमी को कन्धा लगाने का हुक्म दिया। पालकी फिर अपनी राह लगी।

27

चिराग जल चुके थे। दीवाने-खास में हज़ारों फ़ानूस की तमाम काफूरी मोमबत्तियाँ जल रही थीं। जमना की लहरों से धुलकर पूर्वी हवा झरोखों से छन-छन कर आ रही थी। खास-खास दरबारी बादशाह सलामत के तशरीफ़ लाने की इन्तज़ारी में अदब से खड़े थे। सामने एक चौकी पर वही युवक लहूलुहान पड़ा था। अन्त:पुर के झरोखों से परिचारिकाओं के कण्ठ-स्वर ने कहा-"होशियार, अदब कायदा निगाहदार," यह शब्द-स्वर चोबदारों ने दुहराया-"होशियार, अदब कायदा निगाहदार।" उमराव मण्डल और मन्त्रिमण्डल ज़मीन तक सिर झुकाकर खड़ा हो गया। सम्पूर्ण दरबार में निस्तब्धता छा गयी। धीरे-धीरे वृद्ध सम्राट बहादुरशाह दो सुन्दरियों के कन्धे का सहारा लिये भीतरी ड्योढ़ी से निकलकर सिंहासन पर आ बैठे। चार बाँदियाँ मोरछल लेकर बगल में आ खड़ी हुईं। चोबदार ने पुकारा-"जिल्ले इलाही बरामद कर्द मुज़रा अदब से।"

यह सुनते ही एक उमराव सहमा हुआ अपने स्थान से आगे बढ़ा और सम्राट के सामने जाकर उसने तीन बार झुककर सलाम किया। चोबदार ने उसके रुतबे और शान के अनुसार कुछ शब्द कहकर सम्राट का ध्यान उधर आकर्षित किया। इसी प्रकार सभी सरदारों ने प्रणाम किया।

इसके बाद बादशाह ने वज़ीर को संकेत दिया। वज़ीर ने नौजवान से कहा-"अय नौजवान! तुम्हारे हालात बादशाह सलामत गो कि सुन चुके हैं, मगर तुम्हारी खास ज़बान से सुनना चाहते हैं। तमाम हालात मुफ़स्सिल में बयान करो।"

युवक ने ज़मीन में लोट-लोटकर सब मामला पेश किया। बादशाह ने फ़र्माया-"सब हरूफ-बहरूफ सही है। कहाँ है वह ज़ालिम ज़मीर ?"

वह खूँखार अफ़सर ज़मीर तख्त के सामने आकर घुटनों के बल गिर गया।

बादशाह ने फ़र्माया-"ज़मीर! तुझे कुछ कहना है ?"

"खुदाबन्द! रहम! रहम!"

बादशाह ने हुक्म दिया- "इस ज़ालिम को सीधा खड़ा करो! मगर ठहरो मैं इस पर भी रहम किया चाहता हूँ। इसे नौकरी से बरखास्त किया जाता है और इसका दर्जा इस नौजवान को अता किया जाता है। इसकी तमाम जायदाद ज़ब्त की जाती है और वह उस कहार के घरवालों को बख्श दी जाती है।"

हुक्म देकर बादशाह उठे। तुरन्त चार बाँदियों ने सहारा दिया। दरबारी लोग ज़मीन तक झुक गये। बादशाह ने युवक के निकट आकर कहा-"आराम होने तक शाही महलों में रहने की तुम्हें इजाज़त बख्शी जाती है और शाही हकीम तुम्हारे इलाज के लिए मुकर्रर किये जाते हैं।"

युवक ने बादशाह की कदमबोसी की और पल्ला चूमा। बादशाह धीरे-धीरे अन्त:पुर में प्रवेश कर गये।

28

अन्त:पुर के उन झरोखों के भीतर, जहाँ किसी भी मर्द की परछाईं पहुँचनी सम्भव न थी, एक बहुमूल्य मखमली गद्दे पर वह घायल युवक पड़ा अपने प्रारब्ध के विकास की बात सोच रहा था। एक ही दु:खदायी घटना ने, जिसे शायद ही कोई निमन्त्रित करे, उसके भाग्य का पासा पलट दिया था। वह सोच रहा था, क्या सचमुच मेरे ये फटे-चिथड़े, वह टूटा छप्पर का घर, वह माता का चक्की पीसना, सभी बदल जायेगा। वह जागते-ही-जागते स्वप्न देखने लगा-एक धवल अट्टालिका, दास-दासी, घोड़े-हाथी, सेना और न जाने क्या-क्या!

सभी विचारधाराओं के ऊपर उसे एक नवीन विचारधारा मूर्च्छित कर रही थी... वह कौन है ? वही क्या इस सब भाग्य परिवर्तन की कुंजी है ?

पालकी के उस दुर्भेद्य पर्दे के भीतर...। वह सोच ही रहा था।

हठात् उसकी विचारधारा को धक्का देते हुए कक्ष का पर्दा हटाकर दो दासियों के साथ एक खोजे ने प्रवेश किया। दासियों के हाथ में भोजन की सामग्री थी। स्वप्न सुख की तरह कहीं वह राज भोग लुप्त न हो जाये, घायल युवक इस भय से लपककर उठा। खोजे ने कहा-"खाना खा लो, और खुदा का शुक्र करो। हुजूर शाहज़ादी तुम पर बहुत खुश हैं और वह जल्द तुम्हें देखने को तशरीफ़ लाने वाली हैं।"

चन्द्रमा की स्निग्ध ज्योत्स्ना की तरह शाहज़ादी ने कक्ष में प्रवेश किया। दो अल्पवयस्का दासियाँ परछाईं की तरह उनके पीछे थीं, शुभ्र महीन रेशमी परिधान पर ज़रदोज़ी और सलमे का काम निहायत नफ़ासत से हो रहा था। वह अस्फुटित कुन्दकली के समान, कोमलता और माधुर्य की मूर्तिमयी रेखा के समान भारत के अन्तिम सम्राट की पौत्री शाहज़ादी गुलबानू थी।

केवल क्षण-भर ही वह युवक उस अति दुर्लभ मुख की ओर देखने का साहस कर सका। उसने उठने की चेष्टा की, परन्तु मानो उसके शरीर का सत निकल गया था। वह गिर पड़ा, गिरे-ही-गिरे उसने ज़रा बढ़कर अपना मस्तक शाहज़ादी के पैरों पर रख दिया। शाहज़ादी के जूतों में लगे हीरे युवक के मस्तक पर मुकुट की तरह दिप उठे।

शाहज़ादी ने मानो फूल बिखेर दिये। उसने कहा, "कल के हादसे का मुझे बहुत रंज है, पर मैं समझती हूँ अब तुम बहुत अच्छे हो। मैंने पालकी से तमाम माजरा देखा था, मगर कर क्या सकती थी! मैंने आते ही दादा जान से शिकायत कर दी थी।"

युवक ने शय्या से ज़रा उठकर शाहज़ादी का आँचल आँखों से लगाया और बारम्बार ज़मीन चूमकर कहा, "हुजूर खुदाबन्द शाहज़ादी, कल अगर हुजूर की पालकी की खाक गुलाम को न नसीब होती तो आज यह दिन कहाँ! जहाँपनाह ने मुझ नाचीज़ गुलाम को निहाल कर दिया है। ताबेदार ता-उम्र इन कदमों का नमकहलाल रहेगा।"

शाहज़ादी कुछ न कहकर धीरे-धीरे चली गयी, परन्तु उसकी साँस की सुगन्ध वहाँ भर गयी थी, और उसी के प्रभाव से युवक के घाव जैसे भर गये। उस स्थान को, जहाँ शाहज़ादी के कमल-पद छू गये थे, अपनी छाती से लगाकर वह बदहवास पड़ा रहा। वह मूर्ति चाहे क्षण-भर ही देख सका था, पर वह उसके रोम-रोम में रम गयी थी। पर कौन-सा ऐसा मर्द-बच्चा था, जो फिर उसे एक बार देख लेने का। हौसला भी कर सकता!

29

आजकल जहाँ हापुड़ का शानदार रेलवे स्टेशन बना है, वहाँ से उत्तर-पश्चिम कोई डेढ़ कोस के अन्तर पर मुक्तेसर नामक एक गाँव है। इस समय यह गाँव किस कदर खराब-खस्ता हो गया है! बहुत घर टूट-फूटकर खण्डहर हो गये हैं और वहाँ के बहुत से कदीम निवासी शहरों में आ बसे हैं, जहाँ मेहनत-मजूरी करके वे पेट पालते हैं। परन्तु उन दिनों यह गाँव बहुत खुशहाल था।

वहाँ के चौधरी रूपराम एक नामी-गिरामी आदमी थे। वे बड़े डीलडौल के कद्दावर आदमी थे और चेहरे पर घनी दाढ़ी रखते थे तथा ढाल-तलवार बाँधकर बाहर निकलते थे। उनके आस-पास जाटों और रुहेले मुसलमानों के गाँव थे जिनसे आये दिन लट्ठबाज़ी होती रहती थी। नील के गोरों से भी बहुधा ठन जाती थी। हापुड़ के ज़बर्दस्त खाँ भी उनके करीब ही थे। लट्ठबाज़ी उनसे भी बहुधा उनकी होती रहती थी। परन्तु चौधरी रूपराम ऐसे ठस्से के आदमी थे कि झुकते किसी से न थे। सभी से मोर्चा लेते थे और सभी को नीचा दिखाते थे। मेल-जोल उनका यदि किसी से था तो मुक्तसर के चौधरी साँवलसिंह से था, जो अपनी हस्ती में एक ही बिगड़ैल आदमी थे। पर ईश्वर की यह माया देखिये कि जहाँ इन दोनों की दुनिया भर से ठनी रहती थी-वहाँ आपस में दोनों दोस्त बने हुए थे। दुनिया से उनकी दुश्मनी का एक कारण साँवलसिंह की दोस्ती भी थी।

चौधरी रूपराम फिरंगियों के कट्टर शत्रु थे और हर बार मालगुजारी के मौके पर कम्पनी के बरकन्दाजों से इनकी तकरार होती रहती थी। पर चौधरी रूपराम मुकदमेबाज़ी में विश्वास नहीं रखते थे। वे तो डण्डे के ज़ोर के कायल थे और उनके पास हर बीमारी की इलाज़ डण्डा था। डण्डा उनका करारा पड़ता था-यह बात सभी लोग जानते थे-इसलिए उनसे दबते थे। यहाँ तक कि कम्पनी बहादुर के कारिन्दे जो बड़े-बड़े ज़मींदारों को गिनते ही न थे कि वे किस खेत की मूली हैं, रूपराम के नाम से घबराते थे और उनसे दबकर ही रहते थे। तहसीलदार हो या अमीन, जब कोई सरकारी तहवील वसूल करने गाँव में पहुँचता तो परवाना देखते ही चौधरी भड़क उठते, कहते-"आ गये बरखुदार, बहुत अच्छी साइत में आये हो-लेकिन वह नीम का दरख्त भी देख रहे हो? बस तुम्हारे जैसे कमज़र्फ लोगों के ही लिए यह दरख्त है।" और इसके बाद ही वे एक हाँक लगाते-"कोई है?" और दो-चार लठियल बड़े-बड़े लठ लेकर आ हाज़िर होते-"क्या हुक्म है सरकार?"

"उलटा लटका दो साले को, और लगा दे मिर्चों का तोबड़ा।" न जाने कितने तहसीलदार, अमीन और सरकारी अमले इस तरह नीम से उलटे लटका दिये गये थे। और अब यह हाल था कि किसी सरकारी छोटे-बड़े अफ़सर का चौधरी रूपराम के गाँव में आना आसान काम न था।

यह गाँव कदीम से शाहज़ादे के पानदान के खर्चे का था। जब हज़रत जिल्ले सुबहानी बादशाह बहादरशाह शाहज़ादे थे-तभी से यह गाँव उन्हें दिया गया था और इसकी मालगुजारी वही लेते थे। गाँव का चौधरी अंग्रेज़ों का अमल दरामद होने तथा बादशाह के सारे अख्तियारात लालकिले तक सीमित होने पर भी अब तक मालगुज़ारी बादशाह सलामत को ही अदा करते थे। यद्यपि हर साल कम्पनी के अमलदार भी रो-पीटकर अपनी मालगुजारी वसूल ले जाते थे पर चौधरी उसे लूट-खसोट कहते और हर बार उसका विरोध करते। लेकिन बादशाह की चौथ अवश्य देते थे। अपनी मुठमर्दी, हिम्मत अमली और धाँधलेबाज़ी से अभी तक वे कम्पनी की कानूनी चपेट से अपनी ज़मींदारी बचाये हुए थे। बादशाह सलामत भी उन्हें बखूबी जानते थे।

हर साल चैत-वैशाख में चौधरी चौथ का रुपया लेकर धूमधाम के साथ डंका बजाते हुए दिल्ली आते और बादशाह को चौथ का रुपया तथा नज़र मुज़रा देते थे। बादशाह सलामत भी उन्हें शाही

मिहमान के तौर पर दिल्ली में आठ दिन ठहराते और सिरोपाव देकर उन्हें विदा करते थे। अंग्रेज़ अधिकारी यह बात जानते थे-पर उसका तौर-तरीका ही कुछ ऐसा होता था कि वे उनकी गिरफ्त में आ न पाते थे।

उन दिनों यह एक आम दस्तूर था कि जब लोग इस किस्म की खास यात्रा करते थे तो दस-बीस-पचास आदमियों के गिरोह में ही यात्रा करते थे, क्योंकि चोरों और लुटेरों से लुटने का सदैव ही भय रहता था। प्राय: ऐसी यात्रा-मण्डलियों के साथ आगे-आगे बाजा बजता चलता था जो तासे या ढोल-दमामे के रूप में था।

इस साल भी चौधरी चौथ की अदायगी के लिए धूमधाम से दिल्ली की ओर चले। साथ में कोई चालीस आदमियों का काफिला था। लोग ऊँटों पर, घोड़ों पर और रथों पर थे। अभी मई मास आरम्भ ही हुआ था। गर्म अफवाहें भीतर-ही-भीतर फैल रही थीं ,कि अंग्रेज़ों से लड़ाई होगी। पर कब और कहाँ, यह कोई नहीं जानता था। अंग्रेज़ लोग भी चौकन्ने रहते थे तथा सन्देहयुक्त आदमियों को गिरफ्तार कर लेते थे। परन्तु चौधरी के काफिले में सन्देह की कोई बात न थी। वे धूमधाम से बाजा बजाते हुए-चौथ का रुपया लिये शहादरे तक आ पहुंचे।

शहादरे में भंगियों के चौधरी छुट्टन की बेटी का ब्याह था और उसी दिन उसके यहाँ बारात आयी थी, जिस दिन चौधरी रूपराम का काफिला शहादरा आकर पहुंचा, संयोग ऐसा हुआ कि छुट्टन मेहतर के यहाँ बारात तो आ पहुँची थी-पर भात नहीं आया था। भात आने वाला था हापुड़ ही से। आम दस्तूर था कि जब तक भात न आ जाता था, लड़की का ब्याह नहीं हो सकता था। भात लाने का हक लड़की-लड़के के मामा का होता है। भात लाने वाला भातई कहलाता है। वह अमीर हो या गरीब, अपनी श्रद्धा के अनुसार भात लाता है। भात यदि लड़की का होता है तो उसमें बिछुए और चूड़ा हाथी दाँत का होता है-जो सुहाग का ज़बर्दस्त चिह्न होता है। लड़के वाले के भात में भातई मौर और जूते लाता है। यह आम दस्तूर है और भात का तथा भातई का महत्त्व हिन्दुओं के विवाह में इतना महत्त्वपूर्ण होता है कि लड़की की शादी बाप के बिना तो हो सकती है-पर मामा के बिना नहीं हो सकती।

चूँकि छुट्टन मेहतर का भात नहीं आया था इसलिए ब्याह के सभी नेग-जोग रुके हुए थे-और भातई की वहाँ बेकरारी से इन्तज़ारी हो रही थी। लोग मुँह उठा-उठाकर हापुड़ की सड़क की ओर आस-भरी दृष्टि से देख रहे थे। इधर यह प्रतीक्षा हो रही थी कि उन्होंने देखा, बाजा बजाती हुई एक टोली धूमधाम से हापुड़ की ओर से चली आ रही है। वास्तव में यह रूपराम चौधरी का काफ़िला था-पर छुट्टन मेहतर ने समझा कि भात आ रहा है। लोग उत्साह से उछल पड़े। कहने लगे-लो यारो भात आ गया। छुट्टन आगे बढ़कर भातई की आगवानी को गाजे-बाजे के साथ आया। चौधरी रूपराम ने जो यह आवभगत देखी तो समझा-कोई ब्याह वाला है-उनका सत्कार कर रहा है। उन्हें ज्ञात हुआ कि ब्याह मेहतर के घर है; तो उन्होंने हँसकर कहा-"क्या हर्ज़ है जब, वह हमारी ऐसी आवभगत से मेहमान-नवाज़ी कर रहा है तो हमें उचित है, हम भी कबूल करें।" उन्होंने सवारी रोक दी और छुट्टन ने सबको डेरा दिया।

यह एक आम दस्तूर है कि जब तक भात नहीं दे दिया जाता तब तक भातई को खाना नहीं खिलाया जाता। अत: चौधरी की पार्टी की आवभगत तो बड़ी धूमधाम से हुई थी-पर उनके खाने-पीने की अभी कोई बात नहीं चली। इसके लिए छुट्टन क्या इन्तज़ाम करेगा-चौधरी रूपराम यह जानना चाहते थे क्योंकि ऐसे अवसर पर अपनी ओर से खाना मिहमानी के दस्तूर के विरुद्ध होता था। उधर छुट्टन मेहतर भी हैरान था कि क्या कारण है कि भात नहीं चढ़ाया जा रहा है और व्यर्थ देर हो रही है। सारे नेग-टेहले रुके पड़े हैं।

परन्तु शीघ्र ही उसका भ्रम दूर हो गया और जब उसे ज्ञात हुआ कि ये भातई लोग नहीं हैं-चौधरी रूपराम हैं तो उसका सिर चकरा गया। वह हाथ बाँधे दौड़ा-दौड़ा चौधरी के पास आया और उनके पैरों में लोटकर कहने लगा-"बड़ी चूक हुई सरकार, बड़ा गज़ब हो गया, मेरा कुसूर माफ़ हो, मैंने बड़ी गलती की।"

और जब चौधरी को असल बात मालूम हुई तो वे प्रथम तो बड़े अचकचाये, पीछे खिलखिलाकर हँस पड़े। उन्होंने कहाँ-"भई छुट्टन! भूल-चूक जो होनी थी, हो गयी, कुछ परवाह नहीं, अब तो जो हुआ वही ठीक है। हम यकीनन तेरे भातई ही हैं। भात ले।" और इतना कहकर जो रुपया वे बादशाह की चौथ का बादशाह को अदा करने लाये थे-तथा बादशाह की नज़र करने और भी जो बहुत-सा लवाजमा लाये थे-सब भात में दे दिया। तमाम शहादरा में मेहतर के भात का शोर मच गया।

दूसरे दिन चौधरी जमुना पार कर दिल्ली पहुंचे। सराय में डेरा किया, बादशाह को इत्तिला हुई और बादशाह की ओर से शाही परवाना मानकचन्द के नाम जारी हो गया, और वहाँ से दाना-पानी-आटा-घी-राशन खाने-पीने का सब सामान सराय में बदस्तूर पहुँच गया। किन्तु जब चौधरी बादशाह के सामने पहुंचे तो हाथ जोड़कर अर्ज़ की-"जहाँपनाह! खता माफ़ हो। शाही चौथ मालगुजारी का जो रुपया और शाही नज़राने का जिस कदर लवाजमा हम घर से लेकर चले थे-वह रास्ते में ही खर्च हो गया। कुछ ऐसा ही बानक बन गया। अब हुक्म हो और मोहलत अता हो कि घर से रुपया और नज़राना मँगाया जाये।"

बादशाह ने पूछा-"शाही रकम रास्ते में कैसे खर्च हो गयी, क्या डाका पड़ा या और कोई हंगामा उठ खड़ा हुआ? खुलासा हाल अर्ज़ करो।"

इस पर चौधरी ने ब्यौरेवार मेहतर को भात देने का सब हाल सुना दिया। सुनकर बादशाह कुछ देर खामोश रहे, फिर आहिस्ता से बोले-"चौधरी, तुम जिस वक्त शाही खिराज लेकर और हमें अदा करने का कस्द करके घर से चले, तभी शाही रकम माबदौलत को सरकार से वसूल हो चुकी। अब रही छुट्टन मेहतर के भात की अदायगी, यह तुम्हारी ओर से नहीं, हमारी ओर से समझी जायेगी। और छुट्टन मेहतर को फ़र्मान भेज दिया जायेगा कि भात चौधरी ने नहीं, हमने दिया है।"

दरबार के लोग 'मरहबा-मरहबा' कहने लगे। छुट्टन के पास शाही फ़र्मान भेज दिया गया कि तुम्हारी बेटी के ब्याह में बादशाह सलामत ने भात दिया है और चौधरी रूपराम को एक हफ़्ते दिल्ली में शाही मिहमान के तौर पर ठहराने और उसकी शाही खातिरदारी करने का हुक्म हुआ।

30

मेहतर की बेटी के भात ने बादशाह की गरीब-परवरी, उदारता और प्रेम में चार चाँद लगा दिये। दिल्ली में यह भात सर्वत्र चर्चा का विषय बन गया। बादशाह के प्रति लोगों का प्रेम और आदर का भाव उमड़ आया। इसका एक कारण यह भी था कि हाल ही में मिर्जा फरूख की मृत्यु हो गयी थी और बादशाह गहरे रंज में थे। यद्यपि मिर्जा फरूख को अंग्रेजों ने बादशाह की मर्जी के विरुद्ध युवराज घोषित किया था और मिर्ज़ा फरूख बादशाह की अपेक्षा अंग्रेज़ी प्रभाव में ही अधिक था-परन्तु अन्तत: वह बादशाह का बेटा ही तो था। अभी कुछ दिन पूर्व बादशाह के सुयोग्य और सबसे बड़े शाहज़ादा दाराबख्त की मृत्यु हो चुकी थी। अब बुढ़ापे में यह दूसरा दाग लगा। प्रजा के मन में बादशाह के प्रति सहानुभूति का एक यह भी कारण था। अपने दु:ख-दर्द को एक ओर रखकर उसने जो भात की घटना को अपने द्वारा स्वीकार कर लिया था, उससे सर्वत्र बादशाह की प्रशंसा हो रही थी।

यह घटना सन् 1857 के अक्टूबर मास में हुई और जिस दिन बादशाह ने भरे दरबार में भंगी को भात देने की घोषणा की थी उसके दूसरे ही दिन दिल्ली के अंग्रेज़ रेजीडेण्ट सर टामस मैण्टकाफ बादशाह से मुलाकात करने और युवराज की मृत्यु पर सहानुभूति प्रकट करने आने वाले थे। अंग्रेज़ी रेजीडेण्ट की अब बादशाह से जो भेंट होती थी वह पुराने ठाठबाट और दरबारी अदब से सर्वथा विपरीत होती थी। अब रेजीडेण्ट न बादशाह को नज़र पेश करता था, न खड़ा रहकर बात करता था। बादशाह के तख्त के दाहिनी ओर उसकी सुनहरी कुर्सी लगती थी।

जैसे उस दिन दिल्ली में इस बात की चर्चा गर्मागर्म थी, वैसे ही अगले दिन होने वाली अंग्रेज़ रेजीडेण्ट की भेंट की भी गर्मागर्म चर्चा थी, क्योंकि वह भेंट कहने भर को केवल संवेदना प्रकट करने के लिए थी-वास्तव में इस भेंट में भावी मुगल राज्य के उत्तराधिकारी की घोषणा की आशा लोग करते थे।

यह प्रकट था कि अब अंग्रेज़ खानदाने-तैमूरिया के रहे-सहे बादशाही नाम को भी मिटाने पर तुले हुए थे और दिल्ली में यह एक आम अफवाह थी। अत: इस मुलाकात के लिए बादशाह तथा दरबारी और नगर-निवासी सभी उत्सुक थे और इस भात की घटना ने बादशाह के प्रति एक नया प्रीतिभाव जनता के मन में उत्पन्न कर दिया था।

रेजीडेण्ट ने अत्यन्त सादगी से लालकिले में आकर बादशाह से भेंट की। यह भेंट कोई दरबारी भेंट न थी। बिल्कुल व्यक्तिगत और साधारण भेंट थी। औपचारिक सहानुभूति प्रदर्शन हो चुकने के बाद बादशाह ने कहा-"अब मेरे नौ बेटे हैं। जिनमें सबसे ज़्यादा होनहार और समझदार शाहज़ादा

जवाँबख्त है। यह महज़ मेरी ही राय नहीं, उसके उस्ताद और सब शहरी और दरबारियों की राय है। मैं उसी को अपना भावी उत्तराधिकारी और युवराज बनाना चाहता हूँ। और आशा करता हूँ कि कम्पनी की सरकार को इसमें कोई एतराज़ न होगा। खासकर इसलिए भी कि मेरे आठों बेटे इसी राय से सहमत हैं। यह उन सबका दस्तखती इकरारनामा है।"

इतना कहकर बादशाह ने आठों शाहज़ादों का दस्तखती इकरारनामा रेजीडेण्ट के हाथ में दे दिया। इकरारनामे पर एक सरसरी नज़र डालकर सर मैण्टकाफ ने धीरे से कहा-"आपकी मर्जी के मुताबिक काम करने पर मुझे खुशी होती, मगर मुश्किल यह है कि यह एक खास महत्त्व का मामला है-अत: जनाब गवर्नर जनरल बहादुर ने इसे अपने हाथ में ले लिया है और उन्होंने मुझे हुक्म दिया है कि मैं आपको सूचित कर दूँ कि कम्पनी की सरकार ने मिर्ज़ा कोयास को भावी शाही उत्तराधिकारी मंजूर फ़रमाया है। शाहज़ादा मिर्जा कोयास के साथ कम्पनी सरकार के कुछ कौल व करार भी हो चुके हैं और उन्हीं के आधार पर सरकार ने उन्हें उत्तराधिकारी बनाया है।"

"लेकिन ये कौल-करार कैसे हैं?" बादशाह ने बेचैनी से कहा।

"वे ये हैं," सर मैण्टकाफ ने एक कागज़ जेब से निकालकर पढ़ा-उसमें लिखा था-"शाहज़ादा मिर्जा कोयास को नीचे लिखी शर्तों पर, जिन्हें शाहजादा ने एक अलहदा अहदनामे में स्वीकार किया-बादशाह सलामत का वलीअहद और वारिस स्वीकार किया है प्रथम यह, कि उसे बादशाह न कहा जायेगा-केवल शाहज़ादा कहा जायेगा, दूसरे-उसे दिल्ली का किला खाली करना पड़ेगा, तीसरे-उसे सिर्फ पन्द्रह हज़ार रुपये माहवार गुज़ारे के लिए मिलेंगे।"

"लेकिन इस अहम मामले में कम्पनी की सरकार ने मेरी राय लेने की कोई ज़रूरत ही नहीं समझी?" बादशाह ने ज़रा गुस्से से कहा।

"अर्ज़ यह है कि कम्पनी की सरकार बादशाह को पेन्शन देती है और सल्तनत के मुकम्मिल पूरे अख्तियारात उसी को हैं, इसलिए कम्पनी की सरकार रियासती मामलों में, सबसे पहले अपनी सुविधा देखना चाहती है। लेकिन हुजूर की उम्रदराज़ हो जब तक आप ज़िन्दा हैं, आपके अख्तियारात में कम्पनी की सरकार का इरादा दखल देने का नहीं है।"

"शायद इसीलिए कि मुगलों का यह चिराग अब बुझने ही वाला है।"

"आप हज़ार बरस ज़िन्दा रहें।"

"और अंग्रेज़ हमें हज़ार बरस तक पेन्शन देते रहेंगे। बखुदा क्या ही नेक इरादा है! खुदा खैर करे।"

"मैं किसी हालत में भी बादशाह सलामत के रूबरू बेअदबी नहीं कर सकता। अपना फ़र्ज़ मैंने पूरा कर दिया। अब रुखसत अर्ज़ है।"

"खुदा हाफिज़," बादशाह ने आहिस्ता से कहा और तख्त से उठ गये।

दरबार बर्खास्त हुआ।

31

धूर्त राजा जवाहर सिंह की भयानक मृत्यु और सिखों के घरेलू घोर घृणापूर्ण I संघर्ष के बड़े-बड़े दुष्परिणामों से इस सिखों के गृहयुद्ध का ही यह नतीजा हुआ कि सिख सैन्य की रणजीत सिंह के काल में जो अजेय शक्ति थी-वही अन्त में सिख साम्राज्य के विनाश का कारण बन गयी और रणजीत सिंह के बाद सिख साम्राज्य एक पीढ़ी भी आगे न चल सका तथा लाहौर में अंग्रेज़ आ धमके।

मराठा संघ को नष्ट करने के बाद ही अंग्रेज़ों की दृष्टि अटक पर आ अटकी थी। अफगानिस्तान पर आक्रमण और सिन्ध पर अधिकार उसी दृष्टि का परिणाम था। पंजाब, दिल्ली और अटक का मध्यवर्ती प्रान्त था। जब तक रणजीत सिंह ज़िन्दा रहे अंग्रेज़ सतलुज पार करने की हिम्मत न कर सके। इसके दो कारण थे-एक तो यह कि अंग्रेज़ रणजीत सिंह की अजेय सिख सेना से भयभीत थे-दूसरे रणजीत सिंह की विजयों ने अंग्रेज़ों के हृदय में एक आतंक उत्पन्न कर दिया था और आमतौर पर वे उसे भारत का नैपोलियन कहा करते थे। अंग्रेज़ों का रणजीत सिंह की ओर रुख न करने का यह कारण तो था ही, एक कारण यह भी था कि वे अफगानिस्तान और सिन्ध में उलझे हुए थे। इन दोनों देशों की विजय का केवल यही अर्थ था कि वहाँ उनका प्रभाव फैल जाये और वे रूस के भालू के भय से सावधान न रहें-दूसरा एक महत्त्वपूर्ण राजनीतिक कारण यह भी था कि अफगानिस्तान और सिन्ध पर अधिकार होने से रणजीत सिंह का साम्राज्य भी उनके घेरे में आ जाता था। भाग्य उनका साथ दे रहा था कि ज्यों ही वे अफगानिस्तान और सिन्ध से फ़ारिग हुए कि उस समय पंजाब केसरी रणजीत सिंह मर चुके थे और पंजाब गृह-कलह में उलझकर मुर्दार हो चुका था। बस यही समय था कि पंजाब को अधिकृत कर लिया जाये फिर अफगानिस्तान तक उनका अखण्ड महाराज्य स्थापित हो जाये।

इस समय लार्ड हार्डिज गवर्नर जनरल था। उसे युद्ध में ख्याति प्राप्त करने की सनक थी। उसकी महत्त्वाकांक्षाएँ अपरिसीम थीं। यद्यपि उसके गवर्नर जनरल होने से प्रथम ही सन् 1844 में पंजाब की सीमाओं पर सेना का जमाव अंग्रेज़ करने लगे थे और लुधियाना तथा फीरोज़पुर में अपनी सैन्य-शक्ति अंग्रेज़ों ने दूनी कर दी थी। अब लार्ड हार्डिज ने अगला कदम बढ़ाया और सिन्ध नदी पर तैयार हुई 65 बड़ी किश्तियाँ, सेना को नदी पार उतारने के उद्देश्य से, फीरोज़पुर में लाकर रखी गयीं। अब वह निर्णायक क्षण आ पहुँचा था कि पंजाब अंग्रेज़ों का रहे या सिखों का। हार्डिज बड़ी बेसब्री से गर्मी आने तथा सतलुज में पानी बढ़ने का इन्तज़ार कर रहा था और साथ ही किसी ऐसे बहाने की भी खोज की जा रही थी जिसके आधार पर वह दुनिया के सामने अपने आक्रमण की सफ़ाई दे सके।

बहाना भी शीघ्र मिल गया। लाहौर का गृहयुद्ध चरम सीमा पर पहुंच चुका था। रानी ज़िन्दा और लालसिंह के सम्बन्ध गन्दे थे और उनके विरुद्ध निरन्तर षड्यन्त्र और उपद्रव, नित-नये उत्पन्न होते ही रहते थे। अब समूची शक्ति खालसा सिपाहियों के हाथ जा चुकी थी जिन्हें लालच

देकर कोई भी भड़का सकता था। रानी और लालसिंह उनसे भयभीत रहते थे। ऐसा ही पंजाब का वातावरण था, जब अंग्रेज़ सीमाप्रान्त पर अपनी अन्धाधुन्ध सैनिक शक्ति बढ़ाये चले जा रहे थे। चालीस हज़ार सिपाही, सौ तोपें और नदी पार करने के लिए 65 बड़ी किश्तियाँ सीमा पर पहुँच चुकी थीं। दुर्भाग्य देखिये और तारीफ़ कीजिये इस मुर्खतापूर्ण राजनीति की कि पंजाब की रक्षा के लिए नहीं-सिख शक्ति को नष्ट करने और उसे राजधानी से दूर भेजने के उद्देश्य से रानी ज़िन्दा के सलाहकार और मन्त्री लालसिंह ने यह अच्छा अवसर समझा कि खालसा सेना को अंग्रेज़ों से सतलुज के उस पार भिड़ा दिया जाये।

11 दिसम्बर, 1845 को सिख सेनाओं ने सतलुज को फीरोज़पुर के समीप पार किया। अंग्रेज़ तो बस मौके की ताक में थे ही; बस यह अच्छा बहाना मिल गया। गवर्नर जनरल सर हेनरी हार्डिज ने 13 दिसम्बर को पंजाब सरकार के विरुद्ध युद्ध-घोषणा कर दी और यह भी साथ ही घोषित कर दिया कि सतलुज के बाएँ तट की सब भूमि अंग्रेज़ी राज्य में मिला ली गयी है।

फीरोज़पुर से कुछ मील दूर मुदकी में पहली मुठभेड़ हुई। लालसिंह स्वयं सिख सेना की कमान पर था। वह न तो कोई उत्तम सिपाही ही था, न खालसा सेना उसका आदर ही करती थी। जिस दूरदर्शिता, धैर्य, प्रत्युत्पन्नमतित्व और शौर्य की एक सेनापति में आवश्यकता होती है, वह उनमें थी ही नहीं। अत: प्रथम हल्ले में अंग्रेज़ विचलित तो हुए, क्योंकि सिख सिपाहियों की वीरता असन्दिग्ध थी; परन्तु इस अनियन्त्रित सेना पर अंग्रेज़ों की नियन्त्रित सेना ने शीघ्र ही काबू पा लिया। अन्त में जीत अंग्रेज़ों की ही हुई। फिर भी वीर सिखों ने अंग्रेज़ों को गहरी हानि पहुँचायी। उनके छक्के छुड़ा दिये। उनके दो मेजर जनरल मारे गये और घायलों और मृतकों की संख्या एक हज़ार तक पहुँची। इसके पश्चात् खालसा सेना ने फीरोज़पुर शहर में मोर्चा जमाया और 28 दिसम्बर को अंग्रेजों से उनकी घमासान लड़ाई हुई। यद्यपि लार्ड गफ कमाण्डर-इन-चीफ थे-पर इस युद्ध का संचालन स्वयं गवर्नर जनरल लार्ड सर हेनरी हार्डिज कर रहे थे। यह युद्ध अंग्रेज़ी साम्राज्य के लिए लड़े गये बड़े-बड़े युद्धों में एक था और इसमें वे सब कारण प्रकट हो गये थे-जिनसे कि जीत अंग्रेजों की और हार भारतीयों को होती थी।

32

सर्दी के दिन थे। फिर पंजाब की सर्दी। सूर्यास्त में विलम्ब न था। चार बज चुके थे कि अंग्रेज़ी सेना ने वेग से भीषण आक्रमण किया और खालसा सेना ने उससे भी भीषण प्रतिरोध किया। बार-बार अंग्रेज़ी सेना वेग से आगे बढ़ती पर जैसे चट्टान से टकराकर समुद्र की तूफानी लहरें लौट जाती हैं, उसी प्रकार लौट जाती। अभी युद्ध छिड़े केवल डेढ़ घण्टा हुआ था कि अंधेरा हो गया और दोनों ओर की सेनाएँ पीछे लौटीं। इस डेढ़ घण्टे के युद्ध में अंग्रेज़ी फ़ौज ने जो मार सिखों से खायी थी, उसी से उसके हौसले पस्त हो गये। दिल टूट गये और अंग्रेज़ों को फीरोज़पुर शहर का अपना अधिकृत भाग छोड़ना पड़ा। अंग्रेज़ों के लिए वह रात भीषण रात थी। अंग्रेज़ अफ़सर उस रात परस्पर मिलकर गुड नाइट नहीं कर रहे थे-'नाइट ऑफ़ हारर!'

छावनी बिलकुल खुले मैदान में पड़ी थी; और सिख सेना की तो निरन्तर उन पर गोला बरसा रही थीं। अंग्रेज़ी सेना में सर्वत्र सिखों का आतंक छा रहा था। जनरल डफ और गवर्नर-जनरल रात-भर फ़ौज में घूमते रहकर सेना को ढाढस बँधा रहे थे और प्रात:काल होने पर विजय की आशा दिला रहे थे। परन्तु प्रात:काल जब अंग्रेज़ी सेना युद्ध को सन्नद्ध हुई तो उस भीषण रात की भयानक सर्दी से उनकी उँगलियाँ इतनी जकड़ गयीं कि उन्होंने गोली चलाने से इनकार कर दिया।

पर युद्ध इस दिन डटकर हुआ। सिख बहादुरी से लड़े। लेकिन उनकी बहादुरी काम न आयी। क्योंकि सिख सेना में कोई सर्वमान्य नेता न था। जो थे, वे स्वयं कायर और युद्ध कला से अनाड़ी तो थे ही, परस्पर एक-दूसरे को नीचा दिखाने पर तुले हुए थे। मुख्य सेनापति लालसिंह आगे बढ़कर लड़ने से डर रहा था। जबकि अंग्रेज़ सेनापति और गवर्नर-जनरल अपनी जान खतरे में डालकर सेना का संचालन कर रहे थे। परिणाम वही हुआ, जो सौ साल से भारत में अंग्रेज़ों से युद्ध का होता आया है। दोपहर होते-होते ही खालसा सेना भाग खड़ी हुई; और अंग्रेज़ी सेना ने फीरोज़पुर पर दखल कर लिया। चमत्कार देखिये कि ठीक इसी समय सरदार तेज़सिंह बीस हज़ार ताज़ा खालसा घुड़सवारों को लेकर रणक्षेत्र के निकट पहुँच चुका था। वह यदि इसी क्षण थकी-माँदी अंग्रेजी सेना पर धावा बोल देता तो अंग्रेज़ों का वहाँ से निस्तार न था। पर उस पर अंग्रेजों की थैली का जादू चल गया, और वह बिना ही लड़े वहाँ से वापस चला गया।

इसके बाद अलीवाल में एक झपट हुई और फिर वहाँ से हटकर सुवराओ पर सिखों ने एक बड़ा मोर्चा जमाया। यह अंग्रेज़ी प्रभाव-सीमा पर एक गाँव था, जो सतलुज के तट पर था। खालसा सेना और तोपों का वहाँ भारी जमाव था, घनघोर संग्राम हुआ। परन्तु सिख सिपाही शेर थे तो उनके सेनापति गीदड़, डरपोक, विश्वासघाती, स्वार्थी, मूर्ख और लालची। खासकर प्रधान सेनापति लालसिंह तो लम्पट व्यक्ति था। वह मरने से डरता था और जल्द लाहौर पहुँचकर रानी से मिलने को बेचैन था। तेज़सिंह ब्राह्मण था, उस पर न खालसा सेना का विश्वास था, न उसे सेना पर। वह भीरु भी और चंचल चित्त का पुरुष! केवल एक व्यक्ति प्रभावशाली था-डोगरा राजा गुलाब सिंह। जो प्रथम ही अंग्रेज़ों का दोस्त बन चुका था। बड़े भाई ध्यान सिंह और भतीजे दलीप सिंह की खालसा सेना ने जो हत्या की थी; उन्हें वह भूला न था। वह ऊपर से रानी ज़िन्दा का सलाहकार बना हुआ था, पर भीतर उसके राज्य को अंग्रेज़ों के हाथ बेचने की खटपट में लगा था। अब रही रानी ज़िन्दा, वह मन से खालसा सैन्य की शतु थी। वह युद्ध करने के पक्ष में न थी। खालसा सेना को उसने सतलुज पार युद्ध में इसलिए झोंक दिया था कि वह लाहौर से दूर हो जाये। यह रानी की ही करतूत थी कि लाहौर से जो बारूद के पीपे आये थे, उन्हें जब खोला गया तो उसमें बारूद की जगह आटा और अलसी के बीज निकले। इसका परिणाम यह हुआ कि महाराजा रणजीत सिंह की जो अजेय खालसा सेना अटक से कटक तक अपने शौर्य का आतंक जमा चुकी थी और जिसके समान प्रचण्ड सेना पृथ्वी के किसी राजा के पास न थी, वह सुवराओ के मैदान में केवल दो घण्टे की लड़ाई में सर्वथा तहस-नहस हो गयी।

33

जिस समय सिख सैन्य में भगदड़ मची थी और अंग्रेज़ अपनी संगीनों से भागती हुई खालसा सेना की पीठ छेदते चले जा रहे थे, तभी खालसा सेना में-"वाहे गुरु की फतेह" का नारा बुलन्द हुआ और अंग्रेजों ने चमत्कृत होकर देखा कि सफ़ेद कपड़ों में सुशोभित और सफ़ेद दाढ़ी फहराता हुआ एक तेजस्वी पुरुष नंगी तलवार हाथ में लिये खालसा वीरों को ललकारता हुआ आगे बढ़ रहा है। बहुत से वीर उसके साथ लौट चले और एक बार युद्ध फिर जम गया। वह आगे धंसा चला आ रहा था; और कहता जाता था-"बड़ा लाट कहाँ है? बड़ा लाट कहाँ है?" सामने जो आता उसकी विकराल तलवार का भोग बनता। शीघ्र ही उसका धवल परिधान उसी के लाल रक्त में रँगता चला गया। गोलों और गोलियों के सामने उसकी तलवार देर तक ऊँची न रह सकी और वह 'वाहे गुरु' का नारा लगाते हुए वहीं धराशायी हो गया। यह वीर पुरुष शामसिंह अटारी वाला था; वह अपनी ही तलवार से मारे हुए शत्रुओं की लोथों पर गिरा।

सिख अब भाग रहे थे, पर दुर्भाग्य देखिये कि इस अनियन्त्रित भगदड़ से सतलुज का पुल सेनाओं के बोझ से टूट गया। हज़ारों भागते हुए सिपाही नदी में गिर गये। यह गोरे सिपाहियों को अपनी बहादुरी दिखाने का अवसर था। उन्होंने पानी में तैरते हुए सिखों पर तान-तानकर गोलियों की बाढ़ दागी। सतलुज का पानी सिखों के खून से लाल हो गया; और सतलुज उनकी लाशों से पट गयी। यहाँ ऐसी निर्दयता से सिखों का संहार हुआ कि देखने वालों का खून जम गया।

दस हज़ार सिख योद्धा सुवराओ के क्षेत्र में काम आये। उनकी सारी शक्ति टूट गयी। अब अंग्रेज़ों को रोकने वाला कौन था? दस फरवरी को सुवराओ में संग्राम हुआ, ग्यारह को आगे बढ़कर अंग्रेज़ों ने कसूर दखल किया और बीस फरवरी को लाहौर में आ धमके।

खालसा राज्य की शक्ति अब टूट चुकी थी; और उनके कायर और अयोग्य नेता अब किसी भी शर्त पर सन्धि करने पर आमादा थे। गवर्नर जनरल के लाहौर पहुंचने से प्रथम ही उन्होंने सन्धि प्रस्ताव उसके पास भेज दिया था। अंग्रेज़ चाहते तो पंजाब पर अपना अधिकार अब जमा सकते थे; पर उनके पास अभी इतना सैन्य-बल न था जितना पंजाब को सम्भालने के लिए आवश्यक था। फिर वे अभी काबुल की दुर्दशा भूले नहीं थे। यद्यपि उनकी शानदार विजय हुई थी; पर इन्होंने भलाई इसी में समझी कि अभी सिख राज्य के हाथ-पाँव बाँधकर उसी को पंजाब का अधिराज रहने दिया जाये। हठीले सिखों के देश में सब जोखिम सिर पर लेने को हार्डिज तैयार न था। सन्धि हुई। अंग्रेज़ों को सतलुज के वाम पार्श्व की सब भूमि दोआबा बिस्त जालन्धर तक मिल गयी। सिख सरदारों ने डेढ़ करोड़ रुपया युद्ध का हर्जाना देना स्वीकार किया। इसका कुछ भाग नकद और शेष में कश्मीर और हज़ारा के इलाके ले लिये गये। सिख सेना भंग कर दी गयी और उसकी 36 बड़ी तोपें अंग्रेज़ों ने ले लीं। बालक दिलीप सिंह को महाराज, रानी ज़िन्दा को संरक्षिका और लालसिंह को प्रधानमन्त्री स्वीकार किया गया। महाराजा दिलीप सिंह की रक्षा के लिए अंग्रेज़ी सेना लाहौर में रखी गयी और उसका सेनापति सर हेनरी लॉरेन्स को

बनाया गया। सिख राज्य के प्रति एक अन्तरद्रोही उत्पन्न करने के लिए कश्मीर का राज्य डोगरा गुलाब सिंह को बेच दिया गया।

34

अब यथार्थ में अंग्रेज़ भारत के अधिराज बन चुके थे और भारत उनके साम्राज्य का अंग बन चुका था। अब क्या ज़रूरी था कि देशी राज्यों की लाश को न ब्रिटिश साम्राज्य के आँगन में पड़े रहने दिया जाता। भारत में शासन करने वाले बहुत से अंग्रेज़ों की यही राय थी कि अब सब देशी राज्यों को खत्म ही कर दिया जाये। खासकर पंजाब के सिख राज्य का पतन ऐसा प्रभावशाली था कि जिसने अंग्रेज़ों की राह पूर्व से पश्चिम तक साफ़ कर दी थी। वे सोचने लगे-अब भारत में इन राज्यों के रोड़ों को कायम रखना न तो राज्य के लिए ही सुविधाजनक है और न नीति-सम्मत ही है। अब तक अंग्रेजों की यह मनोवृत्ति दबी हुई थी। यद्यपि वे भारत के सभी देशी राज्यों को बधिया कर चुके थे; पर पंजाब का शेर अभी तक हिन्दुकुश पर्वत की ओर मुँह करके दहाड़ रहा था, इसका उन्हें काफ़ी भय था। भय केवल इसलिए न था कि वह यदि पलटकर उन पर हमला करेगा तो उनका अंजर-पंजर बखेर देगा। अपितु वे यह भी सोचते थे कि यदि यह अफगानिस्तान और ईरान को अपने प्रभाव में लेकर रूस के साथ सन्धि कर ले तो पूर्व में अंग्रेज़ों को एक क्षण भी खड़े रहने को स्थान न था। परन्तु अब तो उनका एकमात्र काँटा निकल गया। अफगानिस्तान और सिन्ध तो ज़ेर हो ही चुके थे, अब तो पंजाब भी ज़ेर हो गया तो अब कुछ अंग्रेज़ राजनीतिज्ञ खुल्लम-खुल्ला कहने लगे कि लार्ड हार्डिज ने जो सिखों के साथ यह नर्म नीति धारण की, यह गलत थी। अब सिख राज्य को कायम रखने की ज़रूरत ही न थी। खासकर उस हालत में जब यह आम अफवाह थी कि दिलीप सिंह रणजीत सिंह का औरस पुत्र ही नहीं है। जब दिलीप सिंह के वास्तविक उत्तराधिकारी होने में इतना सन्देह था और सिख शक्ति सर्वथा टूट चुकी थी तो इस नाममात्र के सिख राज्य को जीवित रखने में क्या लाभ है? चाहे जो भी हो-अन्ततः अंग्रेज़ थे तो बनिया ही। वे अपनी सारी राजनीति को ही लाभ-हानि की तराजू पर तोलते थे। वे प्रत्यक्ष देख रहे थे कि अब सिख राज्य को ढोना सरासर हानि का सौदा है।

परन्तु लार्ड हार्डिज ज़रा दूसरी प्रकृति के पुरुष थे। वे महत्त्वाकांक्षी और योद्धा प्रकृति के तो थे ही, विलक्षण राजनीतिज्ञ तथा दूरदर्शी राजपुरुष भी थे। उन्होंने इस बात को भाँप लिया था कि सिख हार गये हैं, परन्तु इसलिए नहीं कि वे वीर न थे बल्कि इसलिए कि उनका नेतृत्व ठीक नहीं हुआ। हारकर वे और भी कुद्ध हो उठे हैं। और उनके अरमान बुझे नहीं हैं। उन्हें यह भी विश्वास हो गया कि आमने-सामने की लड़ाई में अंग्रेज़ी सेना खालसा सेना का मुकाबला नहीं कर सकती। वे अब यह अनुभव करने लगे थे कि सिखों की पराजय उनकी वीरता की कमी के कारण नहीं-अच्छे और ईमानदार नेताओं की कमी के कारण हुई है। यह बात अंग्रेज़ सेनानायक भी समझ गये थे। अब यह स्पष्ट था कि पराजित सिख क्रोध और घृणा से भरे हुए थे, उनके दिलों के अरमान बुझे न थे और एक अतृप्त लालसा उनके मनों में सुलग रही थी। इस बात को

हार्डिज ने अच्छी तरह समझकर ही वह सन्धि कर दूरदर्शिता का परिचय दिया था और इसकी सच्चाई अगले ही वर्ष प्रकट हो गयी, जब सन् 1846 में पहली सन्धि तोड़कर दूसरी करनी पड़ी और लालसिंह का पतंग काट दिया गया।

इसी समय हार्डिज के स्थान पर लार्ड डलहौज़ी आया। वह हार्डिज से भिन्न प्रकार का आदमी था, उसे कुछ गुप्त आदेश लन्दन में मिले थे और उनका अभिप्राय यह था कि अब से बीस बरस पहले जो इंग्लैण्ड की सरकार यह परामर्श कम्पनी के कर्मचारियों को देती रहती थी कि भारत में अंग्रेज़ी राज्य की सीमाओं को न बढ़ाया जाये, अब वह छोड़ दिया गया है; और यह नई नीति अपना ली गयी है कि पके आम की तरह टपककर भारत के जो-जो प्रान्त ब्रिटिश साम्राज्य की टोकरी में गिरते जायें उन्हें टोकरी में रहने दिया जाये।

35

लार्ड डलहौज़ी स्काटलैण्ड के एक पुराने नवाबी ढंग के परिवार का उत्तराधिकारी पुरुष था। जब वह भारत का गवर्नर-जनरल बनकर आया तो उसकी आयु केवल 35 बरस की थी। इंग्लैण्ड में वह तेजस्वी और होनहार समझा जाता था। इस समय भारत में एक ऐसे जोशीले आदमी की आवश्यकता थी-इसीलिए उसे गवर्नर-जनरल बनाकर भेज दिया गया था और इस अल्पवयस्क उतावली प्रकृति के युवक को भारत के करोड़ों निवासियों और सैकड़ों राजवंशों का भाग्यविधाता बना दिया गया था। हार्डिज वीर सैनिक और गम्भीर सेनानी था। उसमें सिपाही की वीरता भी थी और सेनापति की उदारता और दूरदर्शिता भी। पर डलहौज़ी इसके विपरीत न योद्धा था, न दूरदर्शी। वह कागज़-कलम का बहादुर था। उदारता उसमें थी ही नहीं। वह स्वभाव से स्वाभिमानी और अनुदार था। पर था कठोर परिश्रमी। अंग्रेज़ी कम्पनी के राज्य के इतिहास में उसकी समता औरंगज़ेब से की जानी चाहिए।

संयोग की बात देखिये कि जब हार्डिज गवर्नर जनरल था तब उसने सर हेनरी लॉरेन्स को प्रथम तो पंजाब की रक्षक सेना का कमाण्डर और बाद में पंजाब राज्य का रेजीडेण्ट बना दिया था। हेनरी लॉरेन्स नर्म प्रकृति का आदमी था। वह व्यवहार-कुशल

और मिलनसार भी था। दूरदर्शी भी था। उसने अपने सद्-व्यवहार से सिक्खों का मन मोह लिया था और उन्हें मित्र बना लिया था, पर वह जब बीमार होकर इंग्लैण्ड लौट गया तो उसके स्थान पर सर फ्रेडरिक कैरी रेजीडेण्ट होकर लाहौर आया। जिस प्रकार हार्डिज से डलहौज़ी के विचार और कार्य-शैली भिन्न थी, उसी प्रकार लॉरेन्स से कैरी की प्रकृति भी भिन्न थी। वह न सिक्खों का मित्र था, न मिलनसार आदमी। कहने को इस समय पंजाब में दिलीप सिंह का राज्य था, पर असल हुकूमत कैरी ही के हाथों में थी।

उसने आते ही छेड़छाड़ शुरू कर दी। वह चाहे जब, किसी भी बात में अपनी टाँग अड़ा देता और राज्य के छोटे-बड़े हर काम में दखल देता। परिणाम यह हुआ कि सिक्खों के दिल फिर अंग्रेज़ों से बिगड़ने लगे।

इसी समय एक घटना घटी। मुलतान का सूबा सिक्ख राज्य के अन्तर्गत था। उसे महाराज रणजीत सिंह ने सन् 1819 में जीता था, और दीवान साँवलमल को उसका दीवान बना दिया था। साँवलमल बड़ा कुशल राजपुरुष था, जिस समय मुलतान का प्रबन्ध उसे सौंपा गया, वह प्रान्त मरुस्थल की भाँति उजाड़ पड़ा था। चोरी-डकैती, लड़ाई, खून-खराबी का इतना ज़ोर था कि उससे वहाँ की आबादी ही उजड़ गयी थी। साँवलमल ने अमन कायम किया। नहरें खुदवायीं और अन्य प्रान्तों से व्यापारियों और किसानों को लाकर वहाँ बसाया, उन्हें ज़मीन-इलाके दिये। परिणाम यह हुआ कि कुछ ही दिनों में यह इलाका आबाद हो गया और काफ़ी लगान वसूल होने लगा।

साँवलमल की मृत्यु पर उसका लड़का मुलतान का सूबेदार बना। पर इधर लाहौर के दरबार में रणजीत सिंह की मृत्यु के बाद जो उथल-पुथल मची तो उसका प्रभाव मुलतान पर भी पड़ा। देश-भर में अराजकता व्याप गयी और लगान वसूल हुआ ही नहीं, इसी से दीवान मूलराज नज़राने की धनराशि लाहौर सरकार के पास न भेज सका। परन्तु जब उस पर अधिक दबाव डाला गया तो वह स्वयं लाहौर आया और अठारह लाख की रकम देने में असमर्थता प्रकट की। उस समय हेनरी लॉरेन्स पंजाब के रेजीडेण्ट थे, उन्होंने समझा-बुझाकर उससे समझौता कर उसे वापस मुलतान भेज दिया।

अब जो फ्रेडरिक कैरी का शासन चला तो उसने मुलतान पर नज़र डाली; और मूलराज से साफ़ कह दिया कि या तो मुर्गी अण्डे दे या ज़िबह किया जाये। उसने दीवान मूलराज पर इतना दबाव डाला कि उसे त्यागपत्र दे देना पड़ा। कैरी ने मुलतान पर श्याम सिंह नामक एक सिक्ख सरदार की नियुक्ति करके एग्न्यू और एण्डर्सन नामक दो अंग्रेज़ अफ़सरों को उसका सहयोगी बना दिया।

श्याम सिंह और उसके साथी अंग्रेज़ अपने साढ़े तीन सौ सवारों के साथ जब 18 मार्च को मुलतान पहुँचे तो मूलराज ने बिना हुज्जत खज़ाने की चाभी उन्हें सौंप दी। पर खज़ाने की चाभी सँभालकर जब श्याम सिंह और उसके अंग्रेज़ अफ़सर किले से जाने लगे तो एग्न्यू कुछ पीछे रह गया। वह घोड़े पर चढ़ ही रहा था कि पीछे से दो सिक्खों ने आक्रमण करके उसे आहत कर दिया। श्याम सिंह और उसके साथी अंग्रेज़ अफ़सर को हाथी पर रखकर तेजी से किले से बाहर निकल आये और ईदगाह में शरणापन्न हुए तथा रात-भर वहीं रहे। रात-भर किले से उन पर गोलाबारी होती रही और दिन निकलते ही मुलतान की सेना ने उन्हें घेर लिया। अच्छा-खासा युद्ध हुआ। दोनों अंग्रेज़ मार डाले गये। और श्याम सिंह को कैद कर लिया गया। जब यह समाचार लाहौर पहुँचा तो कैरी स्तब्ध रह गया। पर उसने यहाँ एक विचित्र चाल चली। मुलतान के विद्रोह को दबाने के लिए उसने किसी अंग्रेज़ सेनापति की कमान में कोई सुगठित सेना नहीं भेजी। शेर सिंह अटारी वाले को खालसा फ़ौज सहित मुलतान रवाना कर दिया। इसका कारण बताते हुए उसने कहा कि पंजाब का राज्य महाराज दिलीप सिंह का है; और अंग्रेज़ी सेना केवल

उसकी रक्षा के लिए तैनात है, इसलिए राज्य के भीतर उत्पन्न उपद्रव को दबाना खालसा सेना का काम है। परन्तु यह केवल ऊपरी कहने की बात थी। कैरी भली-भाँति जानता था कि सिक्ख सेना मुलतान के उपद्रव का दमन न कर सकेगी; क्योंकि अभी तक भी खालसा सेना में अच्छे नेतृत्व का अभाव था। न उसमें उपयुक्त नियन्त्रण था। इस चालाक अंग्रेज रेजीडेण्ट की मंशा यह थी कि यदि खालसा सेना ने दीवान मूलराज को परास्त कर दिया तो दो अंग्रेजों की हत्या का बदला मिल जायेगा। परन्तु यदि परिणाम अनुकूल न हुआ तो सिक्खों की शक्ति आपस में टकराकर चकनाचूर हो जायेगी और तब अंग्रेजों के लिए पंजाब को अंग्रेजी राज्य में मिलाना आसान हो जायेगा।

36

इधर तो उसने शेर सिंह को मुलतान भेजा और उधर रानी ज़िन्दा पर मूलराज से साँठ-गाँठ करके भड़काने का आरोप लगा उसे देशनिकाला दे दिया और पेन्शन नियत करके बनारस भेज दिया। सिक्ख लोग रानी ज़िन्दा को खालसा की माँ कहते थे। कैरी के इस काम से सिक्खों में असन्तोष फैल गया। अभी यही चिनगारी सुलगी थी कि उसने एक और कदम बढ़ाया। अटारी वाले शेर सिंह को मुलतान भेज दिया और उसके पिता छतर सिंह पर यह आरोप लगाया कि वह अंग्रेज़ों का शत्रु है। अटारीवाला छतर सिंह सिखों का सर्वमान्य नेता और सम्मानित व्यक्ति था, वह हज़ारा किले का सूबेदार था। कैरी के इशारे से वहाँ की अंग्रेज़ी सेना के कैप्टन ने आस-पास के मुसलमानों को यह कहकर भड़का दिया कि अब समय आ गया है कि वे सिक्ख काफ़िरों से बदला लें और उनकी सेना का संग्रह करके उन्हें छतर सिंह से भिड़ा दिया। इसी समय किसी गुप्त संकेत से प्रेरित हो लेफ्टिनेंट एडवर्ड्ज़ ने सरहदी मुसलमानों को उकसाकर सिक्खों से भिड़ा दिया।

ये सब कार्रवाई सिक्ख शक्ति को छिन्न-भिन्न करने के लिए की जा रही थी और इस काम के लिए कैरी और डलहौज़ी उपयुक्त व्यक्ति थे। परिणाम यह हुआ कि सिक्ख फिर अंग्रेज़ों से भड़क गये। शेर सिंह के नेतृत्व में अंग्रेज़ी सेना मुलतान भेजी गयी थी, उसका बड़ा भाग दीवान मूलराज से मिल गया और विद्रोह की आग फिर पंजाब में भड़क उठी। अंग्रेज़ अब इसके लिए तैयार ही थे। डलहौज़ी को जब यह समाचार मिला तो उसने घोषणा की कि बगैर चेतावनी के सिक्खों ने जो हमारे विरुद्ध युद्ध ठाना है, उसका बदला सूद सहित लिया जाये। घोषणा में एक दृढ़ निश्चय के साथ अभिमान और निर्दयता स्पष्ट थी। घोषणा के तुरन्त बाद ही लार्ड गफ ने सतलुज पार करके पंजाब पर आक्रमण कर दिया, जहाँ दरबार की छाती पर कैरी उसका स्वागत करने को सेना सहित बैठा था। पहली लड़ाई चिनाब के तट पर और दूसरी चिलियावाला में झेलम के तट पर हुई। गफ ने आगे-पीछे का विचार न कर सीधे आक्रमण की आज्ञा दे दी। सिक्ख सेनाओं ने इस बार डटकर मुकाबला किया और अंग्रेज़ी सेना की गम्भीर हानि हुई। जब यह समाचार डलहौज़ी ने सना तो वह बौखला उठा। उसने गफ को पदच्युत कर सिन्ध के विजेता सर चार्ल्स

नेपियर को सेना की कमान सौंपी। परन्तु अभी नेपियर पंजाब पहुँचा भी न था कि गुजरात के युद्ध में लार्ड गफ ने सिक्खों को करारी हार दी और सिक्खों की शक्ति को सदा के लिए छिन्न-भिन्न कर दिया। इतिहास में गुजरात के इस संग्राम को तोपों का युद्ध कहा गया है।

22 फरवरी को यह तोपों का चिरस्मरणीय युद्ध हुआ और उसके एक महीना बाद मुलतान की लड़ाई भी खत्म हो गयी। महीनों के घेरे के बाद साधनों के अभाव में मूलराज ने हथियार डाल दिये और आत्मसमर्पण कर दिया। 12 मार्च को समूची सिक्ख सेना ने हार मानकर हथियार डाल दिये, उनके साथी पठान भी पीठ दिखाकर भाग निकले।

अब पंजाब के साथ क्या सलूक किया जाये ? क्या निज़ाम-सिन्धिया राज्यों की भाँति सिर उठाने योग्य न बनाकर महाराज दिलीप सिंह को राज्य करने दिया जाये, या उसे पूरी तरह ब्रिटिश राज्य में मिला लिया जाये। सर हेनरी लॉरेन्स और लन्दन के राजनीतिज्ञ चाहते थे कि सिक्ख राज्य कायम रखा जाये-पर सर कैरी, जान लॉरेन्स और डलहौज़ी का मत था कि सिख आसानी से काबू में होने वाले नहीं, फिर उनका झंझट ही मिटा दिया जाये। इसलिए मुलतान के पतन के बाद ही डलहौज़ी ने अपनी ज़िम्मेदारी पर पंजाब को ब्रिटिश राज्य में पूर्ण विलीन कर लिया। स्वाधीनता का कोई अंश शेष न रहा, इसलिए दिलीप सिंह को 50 हज़ार पौंड वार्षिक पेन्शन देकर विलायत भेज दिया गया। मूलराज को अंग्रेज़ों की हत्या के अभियोग में फाँसी की सज़ा दी गयी। पीछे वह दण्ड कालेपानी की सज़ा में बदल दिया गया; परन्तु उसने राह में ही आत्मघात कर लिया। सब लोगों के हथियार छीन लिये गये और छोटे-बड़े सभी पदों पर अंग्रेज़ कर्मचारी नियुक्त कर दिये गये। डलहौज़ी जो आगे करना चाहता था यह उसकी पहली किश्त थी।

37

कम्पनी राज्य के अन्तिम गवर्नर जनरल डलहौजी में सब गुण-दोष औरंगजेब के समान थे। उसकी दृष्टि व्यापक थी और महत्त्वाकांक्षा अपरिसीम थी। पंजाब पर विजय प्राप्त करके उसके हौसले बढ़ गये। साम्राज्य की भूख भी बढ़ गयी। अब उसके सामने दो मूल प्रश्न थे-पंजाब को जीतकर उसने अपने भारतीय साम्राज्य की पश्चिमोत्तरी सीमा को सर्वथा सुरक्षित कर लिया था। अब उसकी यह लालसा हुई कि बर्मा को जीतकर पूर्वी सीमा को भी उसी प्रकार सुरक्षित करे। बर्मा की पहली लड़ाई से बर्मा में अंग्रेज़ों को व्यापारिक सुविधाएँ ही प्राप्त हुई थीं, कोई इलाका न मिला था। इस समय उनका दृष्टिकोण बदला हुआ था और स्पष्ट ही डलहौज़ी को अपनी पूर्वी सीमा अरक्षित दिख रही थी। इसलिए वह ज्योही पंजाब से निबटा कि बर्मा पर उसकी दृष्टि गयी और बर्मा पर आक्रमण के बहाने वह ढूँढ़ने लगा। बहाना भी तुरन्त मिल गया। एक अंग्रेज़ अफ़सर ने चलते जहाज़ से एक अंग्रेज़ को समुद्र में फेंक दिया था। उस पर बर्मी अधिकारी ने उस अंग्रेज़ अफ़सर पर मुकदमा प्रमाणित करके सत्तर पौंड जुर्माना वसूल किया था। बर्मा के अधिकारी का यह अपराध बहुत संगीन समझा गया और डलहौज़ी की सरकार ने बर्मी गवर्नर से 920 पौंड हर्जाना माँगा। अभी बर्मा सरकार का उत्तर भी नहीं आया था कि डलहौज़ी ने मामला

अपने हाथों में ले लिया और हर्जाने की वसूलयाबी के लिए कमोडोर लेम्बर्ड की कमान में दो जहाज़ रंगून को रवाना कर दिये। कमोडोर लेम्बर्ड बड़ा शैतान आदमी था; परन्तु बर्मा के राजा ने धैर्य और समझदारी से काम लिया। जिस गवर्नर से शिकायत थी उसे पदच्युत कर दिया तथा हर्जाने के सम्बन्ध में विचार करने का आश्वासन दिया। परन्तु लेम्बर्ड बिना ही पूर्व सूचना के रंगून के गवर्नर के निवास स्थान पर पहुँचा। गवर्नर उस समय सो रहा था। अत: उसके लिए लेम्बर्ड को 15 मिनट प्रतीक्षा करनी पड़ी। इसमें उसने कम्पनी बहादुर की सरकार की तौहीन समझी और कुद्ध होकर बर्मा के एक जहाज़ 'येलोशिप' पर अधिकार कर उसे किनारे से खोल अपने जहाजों के पास खड़ा कर लिया। बर्मा तट के रक्षक अधिकारियों को किसी बात का पता न था, उन्होंने देखा कि उनका जहाज़ लूटा जा रहा है तो उन्होंने किनारे से जहाज़ों पर गोलियाँ चला दीं। उस पर लेम्बर्ड ने तत्काल घोषणा कर दी कि गवर्नर जनरल द्वारा दिये गये अधिकारों के आधार पर मैं घोषणा करता हूँ कि रंगून बस्मीन-मोलमीन से ऊपर बसीन की नदियाँ जहाज़ों के यातायात के लिए बन्द कर दी गयी हैं। इस आज्ञा का सख्ती से पालन हो सके-इस उद्देश्य से पर्याप्त शक्ति नदियों के मुहानों पर रखी जायेगी।

यह एक अच्छा-खासा राजनीतिक बलात्कार था। वास्तव में गवर्नर-जनरल के किसी पार्लियामेंटरी पत्र में ऐसे किसी अधिकार की चर्चा न थी, परन्तु अंग्रेज़ी सरकार को लड़ाई छेड़नी थी, सो लड़ाई ठन गयी।

आनन-फानन में अंग्रेज़ी बेड़े बर्मा की भूमि पर उतरने लगे। बर्मा के राजा के पास न उनसे लड़ने की शक्ति थी, न साधन। इधर लड़ाई छिड़ते ही स्वयं गवर्नर जनरल बर्मा जा पहुँचा और वर्ष समाप्ति से प्रथम अंग्रेज़ों ने बर्मा के समूचे उत्तरी भाग पर अधिकार कर लिया। वह ब्रिटिश सरकार की आय और भूमि बढ़ाने का ऐसा सुअवसर हाथ से जाने देना नहीं चाहता था और उसने वह भाग जीतकर अपने राज्य में मिला लिया।

38

लखनऊ के अमीनाबाद पार्क में इस समय जहाँ घण्टाघर है, वहाँ अब से 100 वर्ष पूर्व एक छोटी-सी टूटी हुई मस्ज़िद थी, जो भूतोंवाली मस्ज़िद कहलाती थी और अब जहाँ बालाजी मन्दिर है, वहाँ एक छोटा-सा कच्चा एक मंज़िला घर था। चारों तरफ़ न आज की-सी बहार थी, न बिजली की चमक, न बढ़िया सड़कें, न मोटर, न मेम साहिबाओं का जमघट।

लखनऊ के आखिरी बादशाह प्रसिद्ध वाजिदअली शाह की अमलदारी थी। ऐयाशी और ठाठ-बाट के दौर-दौरे थे। मगर इस मुहल्ले में रौनक न थी। उस घर की एक टूटी-सी कोठरी में एक बुढ़िया मनहूस सूरत, सन के समान बालों को बिखेरे बैठी किसी की प्रतीक्षा कर रही थी। घर में एक दीया धीमी आभा से टिमटिमा रहा था। रात के दस बज गये थे, जाड़ों के दिन थे। सभी लोग अपने-अपने घरों में रज़ाइयों में मुँह लपेटे पड़े थे। गली और सड़कों पर सन्नाटा था।

धीरे-धीरे बढ़िया वस्त्रों से आच्छादित एक पालकी इस टूटे घर के द्वार पर चुपचाप आ लगी और काले वस्त्रों से आच्छादित एक स्त्री-मूर्ति ने पालकी से बाहर निकलकर धीरे से द्वार पर थपकी दी। तत्काल द्वार खुला और स्त्री ने घर में प्रवेश किया।

बुढ़िया ने कहा-"खैर तो है?"

"सब ठीक है, क्या मौलवी साहब मौके पर मौजद हैं?"

"कब से इन्तज़ारी कर रहे हैं। कुछ ज़्यादा जाँफिशानी तो नहीं उठानी पड़ी?"

"जाँफिशानी? चे खुश, जान पर खेलकर आयी हूँ। करती भी क्या? गर्दन थोड़े ही उतरवानी थी!"

"होश में तो है?"

"अभी बेहोश है। किसी तरह राज़ी न होती थी। मजबूरन यह किया गया।"

"तब चलें।"

बुढ़िया उठी। दोनों पालकी में जा बैठीं। पालकी संकेत पर चलकर मस्ज़िद की सीढ़ियाँ चढ़ती हुई भीतर चली गयी।

मस्जिद में सन्नाटा और अन्धकार था। ऐसा प्रतीत हो रहा था कि वहाँ कोई जीवित पुरुष नहीं है। पर पालकी के आरोहियों को इसकी परवाह न थी। वे पालकी को सीधे मस्ज़िद के भीतरी भाग के एक कक्ष में ले गये। वहाँ पालकी रखी। बुढ़िया ने बाहर आकर बगल की कोठरी में प्रवेश किया। वहाँ एक आदमी सिर से पैर तक चादर ओढ़े सो रहा था। बुढ़िया ने कहा-"उठिये मौलवी साहब, मुरीदों को ताबीज़ इनायत कीजिये। क्या अभी बुखार नहीं उतरा?"

"अभी तो चढ़ा ही है," कहकर मौलवी साहब उठ बैठे। बुढ़िया ने कुछ कान में कहा। मौलवी साहब सफ़ेद दाढ़ी हिलाकर बोले-"समझ गया; कुछ खटका नहीं है। हैदर खोजा मौके पर रोशनी लिये हाज़िर मिलेगा। मगर तुम लोग बेहोशी की हालत में उसे किस तरह..."

"आप बेफिक्र रहें। बस सुरंग की चाभी इनायत करें।"

मौलवी साहब ने उठकर मस्जिद के बाईं ओर के चबूतरे के पीछे वाले भाग में जाकर एक कब्र का पत्थर किसी तरकीब से हटा दिया। वहाँ सीढ़ियाँ निकल आयीं, बुढ़िया उसी तंग तहखाने के रास्ते उसी काले वस्त्र से आच्छादित लम्बी स्त्री के सहारे एक बेहोश स्त्री को नीचे उतारने लगी। उनके चले जाने पर मौलवी साहब ने गौर से इधर-उधर देखा और फिर किसी गुप्त तरकीब से तहखाने का द्वार बन्द कर दिया। तहखाना फिर कब्र बन गया।

39

चार हज़ारा फ़ानूसों में काफूरी बत्तियाँ जल रही थीं और कमरे की दीवार गुलाबी साटन के पर्दे से छिप रही थी। फ़र्श पर ईरानी कालीन बिछा था जिस पर निहायत नफ़ीस और खुशरंग काम

बना हुआ था। कमरा खूब लम्बा-चौड़ा था। उसमें तरह-तरह के ताजे फलों के गुलदस्ते सजे हुए थे और हिना की तेज़ महक से कमरा गमक रहा था। कमरे के एक बाजू में मखमल का बालिश्त-भर ऊँचा गद्दा बिछा था, जिस पर कारचोबी का उभरा हुआ बहुत ही खुशनुमा काम था। उस पर एक बड़ी-सी मसनद लगी थी, जिस पर चार सुनहरे खम्भों पर मोती की झालर का चन्दोवा तना था।

मसनद पर एक, बलिष्ठ पुरुष उत्सुकता से किन्तु अलसाया बैठा था। इसके वस्त्र अस्त-व्यस्त थे। इसका मोती के समान उज्ज्वल रंग, कामदेव को मात करने वाला प्रदीप्त सौन्दर्य, झब्बेदार मूँछे, रसभरी आँखें और मदिरा से प्रस्फुटित होंठ कुछ और ही समाँ बना रहे थे। सामने पानदान में सुनहरी गिलौरियाँ भरी थीं। इत्रदान में शीशियाँ लुढ़क रही थीं। शराब की प्याली और सुराही क्षण-क्षण पर खाली हो रही थीं। वह सुगन्धित मदिरा मानो उसके उज्ज्वल रंग पर सुनहरी निखार ला रही थी। उसके कण्ठ में पन्ने का एक बड़ा-सा कण्ठा पड़ा था और उँगलियों में हीरे की अंगूठियाँ बिजली की तरह दमक रही थीं। यही लाखों में दर्शनीय पुरुष लखनऊ के प्रख्यात नवाब वाजिदअली शाह थे।

कमरे में कोई न था। वह बड़ी आतुरता से किसी की प्रतीक्षा कर रहे थे। यह आतुरता क्षण-क्षण पर बढ़ रही थी। एकाएक खटका हुआ बादशाह ने ताली बजायी और वही लम्बी स्त्री मूर्ति सिर से पैर तक काले वस्त्रों से शरीर को लपेटे मानो दीवार फाड़कर आ उपस्थित हुई।

"ओह, मेरी गबरू! तुमने तो इन्तज़ारी ही में मार डाला। क्या गिलौरियाँ लायी हो?"

"मैं हुजूर पर कुर्बान," इतना कहकर उसने वह काला लबादा उतार डाला। उफ गज़ब! उस काले आवेष्टन में मानो सूर्य का तेज छिप रहा था। कमरा चमक उठा। बहुत बढ़िया चमकीले विलायती साटन की पोशाक पहने सौन्दर्य की एक प्रतिमा इस तरह निकल आयी जैसे राख के ढेर में से अंगार। इस अग्नि सौन्दर्य की रूपरेखा कैसे बयान की जाये? इस युग में जहाँ क्षण-भर चमककर बादलों में विलीन हो जाने वाली बिजली सड़क पर अयाचित ढेरों प्रकाश बिखेरती रहती है, तब इस रूप ज्वाला की उपमा कहाँ ढूँढ़ी जाये? उस अन्धकारमय रात्रि में यदि उसे खड़ा कर दिया जाये तो वह कसौटी पर स्वर्ण रेखा की तरह दिप उठे। और यदि वह दिन के ज्वलन्त प्रकाश में खड़ी कर दी जाये तो उसे देखने का साहस कौन मर्द करे? किन आँखों में इतना तेज़ है?

उस सुगन्धित और मधुर प्रकाश में मदिरारंजित नेत्रों से उस रूप-ज्वाला को देखते ही वाजिदअली की वासना भड़क उठी। उन्होंने कहा- "रूपा, ज़रा नज़दीक आओ। एक प्याला शीराज़ी और अपनी लगायी हुई अम्बरी पान की गिलौरियाँ दो। तुमने तो तरसा-तरसाकर मुझे मार ही डाला।"

रूपा आगे बढ़ी। सुराही से शराब उड़ेली और ज़मीन में घुटने टेककर आगे बढ़ा दी। इसके बाद उसने चार सोने के वर्क लपेटी गिलौरियाँ निकालकर बादशाह के सामने पेश कीं और दस्तबस्ता अर्ज़ की, "हुजूर की खिदमत में लौंडी वह तोहफ़ा ले आयी है।"

...वाजिदअली शाह की बाँछे खिल गयीं। उन्होंने रूपा को घूरकर कहा-"वाह तब तो आज..." रूपा ने संकेत किया। हैदर खोजा उस फूल-सी मुरझायी कुसुमकली को फूल की तरह हाथों पर उठाकर पान-गिलौरी की तश्तरी की तरह बादशाह के रूबरू कालीन पर रखा गया। रूपा ने बाँकी अदा से कहा-"हुजूर को आदाब!" और चल दी।

एक चौदह वर्ष की भयभीत, मूर्च्छित, असहाय, कुमारी बालिका अकस्मात् आँख खुलने पर सम्मुख शाही ठाट से सजे हुए महल और प्रबल प्रतापी शहंशाह अवध को वासना से प्रमत्त देखकर क्या समझेगी, कौन अब इस भयानक क्षण की कल्पना करे? पर वही क्षण होश में आते ही उस बालिका के सामने आया। वह एकदम चीत्कार करके फिर से बेहोश हो गयी पर इस बार शीघ्र ही उसकी मूर्छा दूर हो गयी। एक अतर्क्स साहस, जो ऐसी अवस्था में प्रत्येक जीवित प्राणी में हो जाता है, उस बालिका के शरीर में भी उदय हो आया। वह सिमटकर बैठ गयी और पागल की तरह चारों तरफ़ एक दृष्टि डालकर एकटक उस मत्त पुरुष की ओर देखने लगी।

उस भयानक क्षण में भी उस विशाल पुरुष का सौन्दर्य और प्रभा देखकर उसे कुछ साहस हुआ। वह बोली तो कुछ नहीं, पर कुछ स्वस्थ होने लगी।

नवाब ज़ोर से हँस दिये। उन्होंने गले का वह बहुमूल्य कण्ठा उतारकर बालिका की ओर फेंक दिया। इसके बाद वह नेत्रों के तीर निरन्तर फेंकते बैठे रहे।

बालिका ने कण्ठा देखा भी नहीं, छुआ भी नहीं। वह वैसी ही सिकुड़ी हुई, वैसी निर्निमेष दृष्टि से भयभीत हुई नवाब को देखती रही।

नवाब ने दस्तक दी। बाँदियाँ दस्तबस्ता आ हाज़िर हुईं। नवाब ने हुक्म दिया इसे गुस्ल कराकर और सब्जपरी बनाकर हाज़िर करो। उस पुरुष-पाषाण की अपेक्षा स्त्रियों का संसर्ग गनीमत जानकर बालिका मन्त्र-मुग्ध-सी उठकर उनके साथ चली गयी।

इसी समय एक खोजे ने आकर अर्ज़ की-"खुदाबन्द! रेजीडेण्ट उटरम साहब बहादुर बड़ी देर से सलाम बोल रहे हैं।"

"उनसे कह दो, अभी जनानखाने में हैं। मुलाकात नहीं होगी।"

"आलीजाह! वे कहते हैं-कलकत्ते से एक ज़रूरी..."

"दूर हो मुर्दार!" नवाब ने सामने का तश्त खींचकर दे मारा। खोजा चला गया।

40

लखनऊ के खास चौक बाज़ार की बहार देखने योग्य थी। शाम हो चली थी और छिड़काव हो गया था। इक्कों और बहलियों, पालकियों और घोड़ों का अजीब जमघट था। आज उजाड़ अमीनाबाद का रंग ही कुछ और है। तब यही रौनक चौक को प्राप्त थी। बीच चौक में रूपा की पानों की दुकान थी। फ़ानूसों और रंगीन झाड़ों से जगमगाती गुलाबी रोशनी के बीच स्वच्छ बोतल

में मदिरा की तरह रूपा दुकान पर बैठी थी। दो निहायत हसीन लौंडियाँ पान की गिलौरियाँ बनाकर उनमें सोने के वर्क लपेट रही थीं। बीच-बीच में अठखेलियाँ भी कर रही थीं। आजकल के कलकत्ते, दिल्ली के रंगमंच पर भी ऐसा मोहक और आकर्षक दृश्य नहीं दिख पड़ता, जैसा उस समय रूपा की दुकान पर था। ग्राहकों की भीड़ का पार न था। रूपा खास ग्राहकों को स्वागत कर पान दे रही थी। बदले में खनाखन अशर्फियों से उसकी गंगा-जमनी काम की तश्तरी भर रही थी। वे अशफियाँ रूपा की एक अदा, एक मुस्कुराहट, केवल एक कटाक्ष का मोल थीं। पान की गिलौरियाँ तो लोगों को घाटे में पड़ती थीं। एक नाजुक अन्दाज़ नवाबजादे तामझाम में बैठे अपने मुसाहबों और कहारों के झुरमुट के साथ आये और रूपा की दुकान पर तामझाम रोका। रूपा ने सलाम करके कहा- "मैं सदके शाहज़ादा साहब, ज़रा बाँदी की एक गिलौरी कबूल फ़र्मायें।" रूपा ने लौंडी की तरफ़ इशारा किया। लौंडी सहमत हुई सोने की रकाबों में पाँच-सात गिलौरियाँ लेकर तामझाम तक गयी। शाहज़ादे ने मुस्कराकर दो गिलौरियाँ उठायीं और एक मुट्ठी अशर्फियाँ तश्तरी में डालकर आगे बढ़े। एक खाँ साहब बालों में मेहँदी लगाये दिल्ली के वसली के जूते पहने तनज़ेब की चपकन कसे, सिर पर लैसदार ऊँची टोपी लगाये, आये। रूपा ने बड़े तपाक से कहा-"अख्खा, खाँ साहब! आज तो हुजूर रास्ता भूल गये। अरे कोई है, आपको बैठने को जगह दें? अरी गिलौरियाँ तो लाओ!"

खाँ साहब रूपा के रूप की तरह चुपचाप गिलौरियों के रस का घूँट पीने लगे। थोड़ी देर में एक अधेड़ मुसलमान अमीरज़ादे की शक्ल में आये। उन्हें देखते ही रूपा ने कहा-"अरे हुजूर तशरीफ़ ला रहे हैं। मेरे सरकार! आप तो ईद के चाँद हो गये। कहिये खैरियत है? अरी, मिर्जा साहब को गिलौरियाँ दीं?" तश्तरी में खनाखन हो रही थी और रूपा की रूप और पान की हाट खूब गरमा रही थी। ज्यों-ज्यों अन्धकार बढ़ता जाता था, त्यों-त्यों रूपा पर रूप की दुपहरी चढ़ रही थी। धीरे-धीरे एक पहर रात बीत गयी। ग्राहकों की भीड़ कुछ कम हुई। रूपा अब सिर्फ कुछ चुने हुए प्रेमी ग्राहकों से घुल-घुलकर बातें कर रही थी। धीरे-धीरे एक अजनबी आदमी दुकान पर आकर खड़ा हो गया। रूपा ने अप्रतिभ होकर पूछा-

"आपको क्या चाहिए?"

"आपके पास क्या-क्या मिलता है?"

"बहुत-सी चीजें। क्या पान खाइयेगा?"

"क्या हर्ज़ है?"

रूपा के संकेत से दासी बालिका ने पान की तश्तरी अजनबी के आगे धर दी।

दो बीड़ियाँ हाथ में लेते हुए उसने कहा-"इनकी कीमत क्या है, बी साहबा?"

"जो कुछ जनाब दे सकें?"

"यह बात है? तब ठीक, जो कुछ मैं लेना चाहूँ वह लूँगा भी?" अजनबी हँसा नहीं। उसने भेदभरी दृष्टि से रूपा को देखा।

रूपा की भृकुटी ज़रा टेढ़ी पड़ी और वह एक बार अजनबी को तीव्र दृष्टि से देखकर फिर अपने मित्रों के साथ बातचीत में लग गयी। पर बातचीत का रंग जमा नहीं। धीरे-धीरे मित्रगण उठ गये। रूपा ने एकान्त पाकर कहा-

"क्या हुजूर का मुझसे कोई खास काम है?"

"मेरा तो नहीं मगर कम्पनी बहादुर का है।"

रूपा काँप उठी। वह बोली-"कम्पनी बहादुर का क्या काम है?"

"भीतर चलो तो कहा जाये।"

"मगर माफ़ कीजिये-आप पर यकीन कैसे..."

"ओह! समझ गया। बड़े साहब की यह चीज़ तो तुम शायद पहचानती ही होगी?" यह कहकर उन्होंने एक अंगूठी रूपा को दूर से दिखायी।

"समझ गयी, आप अन्दर तशरीफ़ लाइये।"

रूपा ने एक दासी को अपने स्थान पर बैठाकर अजनबी के साथ दुकान के भीतरी कक्ष में प्रवेश किया। दोनों व्यक्तियों में क्या-क्या बातें हुईं, यह तो हम नहीं जानते, मगर उसके ठीक तीन घण्टे बाद दो व्यक्ति काला लबादा ओढ़े दुकान से निकले और किनारे लगी हुई पालकी पर बैठ गये। पालकी धीरे-धीरे उसी भूतोंवाली मस्जिद में पहुँची। उसी प्रकार मौलवी ने कब्र का पत्थर हटाया और एक मूर्ति ने कब्र के तहखाने में प्रवेश किया। दूसरे व्यक्ति ने एकाएक मौलवी को पटककर मुश्कें बाँध लीं और एक संकेत किया। क्षण-भर में पचास सुसज्जित काली-काली मूर्तियाँ आ खड़ी हुईं और बिना एक शब्द मुँह से निकाले चुपचाप कब्र के अन्दर उतर गयीं।

41

अब फिर चलिये अनंगदेव के उसी रंग मन्दिर में। सुख-साधनों से भरपूर वही कक्ष आज सजावट खत्म कर गया था। सहस्र उल्कापात की तरह रंगीन हांडियाँ, बिल्लौरी फ़ानूस और हज़ारा झाड़ जल रहे थे। तत्परता से किन्तु नीरव बाँदियाँ और गुलाम दौड़-धूप कर रहे थे। अनगिनत रमणियाँ अपने मदभरे होंठों की प्यालियों में भाव की मदिरा उड़ेल रही थीं। उन सुरीले रागों की बौछारों में बैठे बादशाह वाजिदअली शाह सराबोर हो रहे थे। उस गायनोन्माद में मालूम होता था, कमरे के जड़ पदार्थ भी मतवाले होकर नाच उठेंगे। नाचनेवालियों के ठमके और नूपुर की ध्वनि सोते हई यौवन से ठोकर मारकर कहती थी-"उठ, उठ, ओ मतवाले, उठ।" उन नर्तकियों के बढ़िया चिकनदोज़ी के सुवासित दुपट्टों से निकली हुई सुगन्ध उनके नृत्य के वेग से विचलित वायु के साथ घुल-मिलकर गदर मचा रही थी। सामान का सुनहरा फव्वारा जो स्थिर ताल पर बीस हाथ ऊपर फेंककर रंगीन जलबिन्दु राशियों से हाथापाई कर रहा था, देखकर कलेजा बिना उछले कैसे रह सकता था!

उस मसनद पर बादशाह वाजिदअली शाह बैठे थे। एक गंगा-जमनी काम का अलबेला वहाँ रखा था। जिसकी खमीरी मुश्की तमाखू जलकर एक अनोखी सुगन्ध फैला रही थी। चारों तरफ़ सुन्दरियों का झुरमुट उन्हें घेरकर बैठा था। सभी अधनंगी, उन्मत्त और निर्लज्ज हो रही थीं। पास ही सुराही और प्यालियाँ रखी थीं और बारी-बारी से वे उन दुर्लभ होंठों को चूस रही थीं। आधा मद पीकर वे सुन्दरियाँ उन प्यालों को बादशाह के होंठों में लगा देती थीं। वह आँखें बन्द करके उन्हें पी जाते थे। कुछ सुन्दरियाँ पान लगा रही थीं। कुछ अलबेले की निगाली पकड़े हुई थीं। दो सुन्दरियाँ दोनों तरफ़ पीकदान लिये खड़ी थीं, जिनमें बादशाह कभी-कभी पीक गिरा देते थे।

इस उल्लसित आमोद के बीचोबीच एक मुर्झाया हुआ पुष्प कुचली हुई पान की गिलौरी-वही बालिका-बहुमूल्य हीरेखचित वस्त्र पहने बादशाह के बिलकुल अंक में मूर्छित और अस्त-व्यस्त पड़ी थी। रह-रहकर शराब की प्याली उसके मुख से लग रही थी और वह खाली कर रही थी। एक निर्जीव दुशाले की तरह बादशाह उसे अपने बदन से सटाये मानो अपनी तमाम इन्द्रियों को एक ही रस में सराबोर कर रहे थे। गम्भीर आधी रात बीत रही थी। सहसा इसी आनन्द वर्षा में बिजली गिरी। कक्ष के उसी गुप्त द्वार को विदीर्ण कर क्षण-भर में वही रूपा काले आवरण में नखशिख ढंके निकल आयी। दूसरे क्षण में एक और मूर्ति वैसे ही आवेष्ठन में गुप्त बाहर निकल आयी। क्षण-भर बाद दोनों ने अपने आवेष्ठन उतार फेंके। वही अग्निशिखा ज्वलन्त रूपा और उसके साथ गोरांग मेजर उटरम।

नर्तकियों ने एकदम नाचना-गाना रोक दिया। बाँदियाँ शराब की प्यालियाँ लिये काठ की पुतली की तरह खड़ी-की-खड़ी रह गयीं। केवल फव्वारा ज्यों-का-त्यों आनन्द से उछल रहा था। बादशाह यद्यपि बिलकुल बदहवास थे, मगर यह सब देख वह मानो आधे उठकर बोले-"ओह! रूपा, दिलरुबा! तुम और...ऐ मेरे दोस्त मेजर इस वक्त? यह क्या माजरा है?"

आगे बढ़कर और अपनी चुस्त पोशाक को ठीक करते हुए तलवार की मूठ पर हाथ रखते मेजर उटरम ने कहा-"कल आलीशाह की बन्दगी में हाज़िर हुआ था, मगर..."

"ओफ, मगर, इस वक्त इस रास्ते से आप, ऐं, माजरा क्या है? अच्छा बैठो, हाँ, जोहरा। एक प्याला मेरे दोस्त मेजर को...।"

"माफ़ कीजिये हुजूर। इस वक्त मैं ऑनरेबुल कम्पनी सरकार के एक काम से आपकी खिदमत में हाज़िर हुआ हूँ।"

"कम्पनी सरकार का काम? वह क्या काम है?" बैठते हुए बादशाह ने कहा।

"मैं तखलिए में अर्ज़ किया चाहता हूँ।"

"तखलिया! अच्छा जोहरा! खुदा कादिर!"

धीरे-धीरे रूपा को छोड़कर सभी बाहर निकल गयीं। इस सौन्दर्य स्वप्न में अविच्छिन्न रह गयी अकेली रूपा। रूपा को लक्ष्य करके बादशाह ने कहा-"यह तो गैर नहीं है। रूपा! दिलरुबा! एक

प्याला अपने हाथ से दो तो।" रूपा ने सुराही से शराब उड़े लबालब प्याला भरकर बादशाह के होंठों से लगा दिया। हाय! लखनऊ की नवाबी का वही अन्तिम प्याला था। उसे बादशाह ने आँखें बन्दकर पीकर कहा-"वाह प्याले! हाँ, अब कहो वह बात। मेरे दोस्त..."

"हुजूर को ज़रा रेजीडेंसी तक चलना पड़ेगा।"

बादशाह ने उछलकर कहा-"ऐं, यह कैसी बात! रेजीडेंसी तक मुझे?"

"जहाँपनाह, मैं मजबूर हूँ। काम ऐसा ही है।"

"इसका मतलब?"

"मैं अर्ज नहीं कर सकता। कल मैं भी तो अर्ज़ करने हाज़िर हुआ था।"

"गैर-मुमकिन! गैर-मुममिन!" बादशाह गुस्से से होंठ काटकर उठे और अपने हाथ से सुराही से उड़ेलकर 3-4 प्याले पी गये। धीरे-धीरे उसी दीवार से एक-एक करके चालीस गोरे सैनिक संगीन और किर्चे सजाये कक्ष में घुस आये।।

बादशाह देखकर बोले-"खुदा की कसम, यह तो दगा है! कादिर!"

"जहाँपनाह, अगर खुशी से मेरी अर्जी कबूल न करेंगे तो खून-खराबी होगी। कम्पनी बहादुर के गोरों ने महल को घेर लिया है। अर्ज़ यही है कि सरकार चुपचाप चले चलें।'

बादशाह धम से बैठ गये। मालूम होता है क्षण-भर के लिए उनका नशा उतर गया। उन्होंने कहा-"तुम तब क्या मेरे दुश्मन होकर मुझे कैद करने आये हो?"

"मैं हुजूर का दोस्त, हर तरह हुजूर के आराम और फरहत का खयाल रखता हूँ और हमेशा रखूँगा।"

बादशाह ने रूपा की ओर देखकर कहा-"रूपा! रूपा! यह क्या माजरा है? तुम भी क्या इस मामले में हो? एक प्याला, मगर नहीं, अब नहीं, अच्छा सब साफ़-साफ़ सच कहो! मेजर मेरे दोस्त, नहीं नहीं, अच्छा, मेजर उटरम! सब खुलासावार बयान करो।"

"सरकार, ज़्यादा मैं कुछ नहीं कह सकता। कम्पनी बहादुर का खास परवाना लेकर खुद साहब गवर्नर जनरल के अण्डर सेक्रेटरी तशरीफ़ लाये हैं। आलीजाह से कुछ मर्शावरा करना चाहते हैं।"

"मगर यहाँ!"

"यह नामुमकिन है!"

बादशाह ने मेजर की तरफ़ देखा। वह तना खड़ा था और उसका हाथ तलवार की मूठ पर था।

"समझ गया, सब समझ गया," यह कहकर बादशाह कुछ देर हाथों से आँखें ढाँपकर बैठ गये। कदाचित उनकी सुन्दर रस-भरी आँखों में आँसू भर आये।

रूपा ने पास आकर कहा-"मेरे खुदाबन्द, बाँदी..."

"हट जा ऐ नमकहराम, जज़ील, बाज़ारू औरत!"

बादशाह ने यह कहकर उसे एक लात मारी और कहा-"तब चलो, मैं चलता हूँ। खुदा हाफिज़।"

पहले बादशाह, पीछे मेजर उटरम, उसके पीछे रूपा और सबके अन्त में एक-एक करके सिपाही उसी दरार में विलीन हो गये। महल में किसी को कुछ मालूम न था। वह मूर्तिमान संगीत, वह उमड़ा हुआ आनन्द-समुद्र सदा के लिए किसी जादूगर ने निर्जीव कर दिया।

42

वाजिदअली ने तेज़ होकर कहा-"आखिर आपका मकसद क्या है? आप याद रखिये कि आप अवध के बादशाह से बातें कर रहे हैं!"

"मैं हुजूर ही से बात करने हिज़ एक्सलेंसी गवर्नर जनरल के हुक्म से आया हूँ। यह एक निर्णय-पत्र है, इस पर दस्तखत कीजिये।"

"इसका क्या मतलब?"

"सिर्फ यही कि अब से आप अवध के बादशाह नहीं रहे।"

नवाब ने गुस्से से होंठ चबाया। फिर निर्णय-पत्र को पढ़ा। उसमें जो कुछ लिखा था-उसका अभिप्राय था कि मैं अपना राज्य कम्पनी की सरकार को अपनी खुशी से सौंपता हूँ। बादशाह ने कागज़ फेंककर कहा-

"खुदा की कसम, यह तो दगा है!"

"हुजूर, आपका यही रवैया अगर जवाब देने का रहा तो मुझे डर है कि आप मुकर्रर पेन्शन से भी हाथ धोयेंगे।"

"मैं पूछता हूँ कि क्या यह डकैती नहीं है।"

"आपके इस सवाल का जवाब मैं नहीं दे सकता। मुझे तो गवर्नर जनरल साहब बहादुर का सिर्फ यह हुक्म है कि आप इस कागज़ पर दस्तखत कर दें।"

"और यदि मैं ऐसा न करूँ?",

"तो इसका मतलब यह होगा कि आप कम्पनी बहादुर से लड़ाई करने पर आमाद हैं।"

"समझ गया। इसलिए मेरी तमाम फ़ौजों को तबाह किया गया। मैंने अंग्रेज़ों पर भरोसा किया। उन पर मैंने और मेरे बुजुर्गों ने खज़ाना लुटाया, हर तरह दोस्ती का दम भरा-लेकिन उसका यह नतीजा! यह जुल्म या लूट!"

बादशाह ने दोनों हाथों से मुँह ढाँप लिया। वे बालकों की भाँति धाड़ें मारकर रोने लगे। पर इसका कोई परिणाम न निकला।

तीन दिन बीत गये। और तीसरे दिन सूर्योदय के प्रथम ही अंग्रेज़ी सेना लखनऊ में घुस गयी। उजड्ड गोरे शाही महलों में घुसकर महल को लूटने और बेगमों को बेइज़्ज़त करने लगे, सारे लखनऊ में तहलका मच गया। बेगमात महल से निकाल बाहर की गयीं। और राजप्रासाद में गोरे सोल्जरों का निवास कायम हुआ।

नवाब को कलकत्ते ले जाकर मटिया बुर्ज़ में कैद कर दिया गया।

43

हज़ारों में दर्शनीय वाजिदअली शाह मटिया बुर्ज़ की मनहूस दीवारों में नजरबन्द थे। ठाठ वहाँ भी थे। सैकड़ों दासियाँ-बाँदियाँ और वेश्याएँ भरी हुई थीं पर लखनऊ का रंग कहाँ!

खाना खाने का वक्त हुआ, और जब दस्तरखान पर खाना चुना गया तो बादशाह ने चखकर फेंक दिया। अंग्रेज़ अफ़सरों ने घबराकर पूछा-"खाने में क्या नुक्स है?"

जवाब दिया गया-"नमक खराब है।"

"नवाब नमक कैसा खाते हैं?"

"एक नमक का डला रखकर उस पर पानी की धार छोड़ी जाती है छोटा-सा टुकड़ा रह जाता है, तब बादशाह के खाने में वह नमक इस्तेमाल होता है।"

अंग्रेज़ अधिकारी मुस्कुराता हुआ चला गया। क्यों? ओह, सब लोगों के समझाने योग्य यह भेद नहीं।

उस रास-रंग की दीवारों के भीतर अब सरकारी दफ़्तर खुल गये हैं और वह अमर कैसरबाग मानो रंडुए की तरह खड़ा उस रसीली रात की याद में सिर धुन रहा है।

44

बर्मा और पंजाब के तो युद्ध जय किये गये। अब डलहौज़ी ने सभ्य डकैती आरम्भ की। इस डकैती का सभ्य नाम था लैप्स और इण्टरनल रिफार्म। हिन्दुओं की यह एक पुरानी परम्परा थी कि यदि किसी गृहस्थ की कोई सन्तान उत्तराधिकारी न हो तो उसे गोद लेने का अधिकार था। यह प्रथा धार्मिक और सामाजिक दोनों दृष्टियों से सम्मत थी। हिन्दू विश्वास के अनुसार पुत्र न केवल पिता की सम्पत्ति का अधिकारी होता है, अपितु श्राद्ध, तर्पण और पिण्डदान करने वाला भी होता है। बिना इन धार्मिक कृत्यों के मृतात्मा की मुक्ति नहीं होती, ऐसा विश्वास परम्परा से हिन्दुओं का चला आता रहा है। इसमें कहाँ कितना भाग उचित है और कितना अनुचित-यहाँ हम इस बात का विचार नहीं करेंगे। उत्तराधिकारी का अधिकार ही नई समाज रचना के विपरीत

है-यह बात जुदा है। यदि कोई भारतीय सरकार इस प्रकार की अफ़वाहों का समाज सुधार की दृष्टि से प्रयोग करे तो बात जुदा है। परन्तु यहाँ तो लूट-खसोट के लिए, अपहरण के लिए, कोई बहाना निकालना मात्र उद्देश्य था। प्रश्न यह था कि छोटी रियासतों के शासकों के गोद लिये उत्तराधिकारियों को मान्यता देने या न देने का अधिकार अंग्रेज़ी सरकार को था या नहीं। यह तो सच था कि डलहौज़ी के समय में अंग्रेज़ों का पुराना दृष्टिकोण बदल चुका था और अब अंग्रेज़ी सरकार अपने-आपको भारत की चक्रवर्ती शक्ति समझती थी। लैप्स का सिद्धान्त उसी का एक कुफल था। डलहौज़ी के पूर्ववर्ती अधिकारी भी लैप्स का प्रयोग कर चुके थे। परन्तु डलहौज़ी की नीति थी कि जहाँ तक सम्भव हो रियासतों को ब्रिटिश राज्य में विलीन किया जाये।

डलहौज़ी की इस नीति के दो कारण थे। प्रथम तो यह कि भारत की बाह्य सीमाएँ सुरक्षित थीं। उत्तर में खैबर दर्रा, दक्षिण और पश्चिम में समुद्र और पूरब में अपर बर्मा। इनके बीच के समूचे देश को वे अपना समझते थे और वे यह धारणा मूर्त कर रहे थे कि जब चारों ओर की रेखाएँ बन चुकी हैं तो बीच के गड्ढे क्यों कायम रखे जायें। क्यों न ब्रिटिश साम्राज्य अभंग, सुव्यवस्थित और सुरक्षित बना लिया जाये। अब तक राजाओं के साथ जो व्यवहार ब्रिटिश सत्ता का चल रहा था, उसका स्वरूप यह था कि राजाओं को उपभोग के सब साधन सुलभ थे पर राज्य व्यवस्था का उन पर कोई दायित्व लगभग नहीं ही था। एक प्रकार से प्रत्येक राजा का प्रबन्ध रेजीडेण्ट या अंग्रेज़ी सेना के हाथों में था। यह एक प्रकार का दुहरा शासन था और इसमें अनेक दोष थे। जो अनुभव से अब आगे आ रहे थे। अब दो बातें ही हो सकना सम्भव थीं कि या तो राजाओं के मौज-मज़ा के उपभोग के अधिकार सीमित कर दिये जाते और उन पर राज्य प्रबन्ध का दायित्व डाल दिया जाता, जिससे उनके अधिकार और कर्तव्य दोनों ही एक-दूसरे पर निर्भर होते और दूसरी बात लैप्स थी। बस न रहे बाँस न बाजे बाँसुरी। डलहौज़ी महत्वाकांक्षी भी था, निष्ठुर भी और साहसिक भी। अत: उसने अपने शासनकाल में लगभग एक दर्जन छोटी-बड़ी रियासतों के शासनों को लैप्स की झाड़ से बाहर फेंका। पहला वार छत्रपति शिवाजी के वंशधरों पर हुआ। अंग्रेजों ने जब पेशवा की गद्दी का विध्वंस किया था तब शिवाजी के वंशज प्रताप सिंह को सतारा का महाराज घोषित कर मराठों को तसल्ली दी थी। प्रताप सिंह उस समय नाबालिग था। अंग्रेज़ों ने कैप्टन ग्राण्ट डफ को रेजीडेण्ट और महाराज का संरक्षक बना दिया था। जब प्रताप सिंह बालिग हुआ और उसने राज्य का भार सँभाला तो वह एक महत्वाकांक्षी और मेधावी तरुण के रूप में उदय हुआ। यह देखकर अंग्रेज़ी सरकार की चिन्ता बढ़ी; उन्होंने उसे शीघ्र ही अयोग्य कहकर धर्मानुष्ठान करने के लिए बनारस भेज दिया और उसके एक अयोग्य भाई को सतारा की गद्दी पर बैठा दिया जो शीघ्र ही नि:सन्तान मर गया। बस, सतारा का राज्य डलहौजी ने अपनी पाकेट में डाल लिया। दूसरा वार नागपुर के भोंसले पर हुआ। राघोजी भोंसले सन् '53 में मर गया। उसका कोई पुत्र न था। इस पर राघोजी की दादी ने रिश्ते के एक बालक को गोद लिया था। परन्तु डलहौज़ी ने उसे नहीं स्वीकार किया और नागपुर राज्य अंग्रेज़ी राज्य में मिला लिया गया। जब यह कहा गया कि दत्तक लेने का अधिकार हिन्दूशास्त्र का है तो जवाब दिया

गया-दत्तक पुत्र मृत पिता का धार्मिक कृत्य करे, इस पर सरकार को आपत्ति नहीं है, पर राज्य पर उसका अधिकार अमान्य है। नागपुर में केवल यही नहीं कि दत्तक-पुत्र अमान्य किया गया, रानियों के जवाहरात, कीमती वस्त्र और निजी सामान तक छीनकर बाज़ार में नीलाम कर दिये गये। पहले महल के हाथी, घोड़ों और बैलों को बेचा गया, फिर रानियों के गहने और कपड़ों की बारी आयी। इसके बाद महल की सजावट के सामान-पलँग, कुर्सी आदि तक नीलाम कर दिये गये। यह नीलामी भी एक प्रकार की लूट थी। सौ रुपयों का सामान पाँच रुपयों में नीलाम किया गया। इन कामों से सारे देश में अंग्रेज़ी राज्य की साख गिर गयी और सभी रजवाड़े चौकन्ने हो उठे। पर डलहौज़ी की नज़र इस बात पर न थी, वह खुश था कि रूई का महान व्यापारिक देश उसके हाथ लगा था।

अब झाँसी की बारी आयी। सन् 1817 में एक सन्धि-पत्र के द्वारा राव रामचन्द्र राव को झाँसी का राजा स्वीकार किया था। वैक्टंग ने उसे राजा का खिताब दिया। सन् '53 में जब राजा गंगाधर की मृत्यु हो गयी तो अंग्रेज़ रेजीडेण्ट के सामने ही गोद लिये उनके पुत्र को डलहौज़ी ने अस्वीकार कर दिया, और झाँसी राज्य अंग्रेज़ी राज्य में मिलाकर दत्तक पुत्र को पाँच लाख रुपये की जायदाद और लक्ष्मीबाई को पाँच हज़ार रुपया वार्षिक की पेन्शन नियत कर दी।

इन बड़ी रियासतों की भाँति और भी छोटी रियासतें-बिहार का सम्बलपुर, बुन्देलखण्ड में जैतपुर, हिमाचल प्रदेश में बघाट, बंगाल में उदयपुर, राजपूताने में करौली आदि रियासतें ब्रिटिश राज्य में मिला ली गयीं।

कर्नाटक और अर्काट की नवाबी का अन्त उनके मरते ही हो गया। तंजौर के राजा के मरने पर उसके लड़के को राजा नहीं माना गया। बाजीराव के दत्तक लिये पुत्र नानाराव ने चाहा था कि उसको बाजीराव के समान 80 हज़ार पौंड की वार्षिक पेन्शन दी जाये; पर नाना को बता दिया गया कि यह पेन्शन उसके लिए व्यक्तिगत थी, नाना को उसका अधिकार नहीं। बस, सरकारी कागजों में पेशवा का पद और नाम दोनों समाप्त हो गये।

बड़ी-बड़ी रियासतों में जो अंग्रेज़ रेजीडेण्ट रहते थे, केवल राजदूत या एजेण्ट ही न होते थे, वे शासन के प्रत्येक विभाग में दखल रखते थे और घरेलू मामले में भी हस्तक्षेप कर सकते थे। एक प्रकार से वे देशी राजाओं के सिर पर अंकुश थे। रियासतों की प्रजा भी इस बात को समझ गयी थी कि राजा-नवाब केवल काठ के खिलौने हैं। असल शासक रेजीडेण्ट हैं। इसका परिणाम यह हुआ की देशी शासकों का दबदबा बिलकुल उठ गया और यह दशा हो गयी कि न तो रियासतों का ठीक प्रबन्ध ही होता था, न पूरा लगान ही वसूल होता था। शासक लोग अपनी लन्तरानियों में अन्धाधुन्ध खर्च करते थे और वसूली कम होती थी। बस अंग्रेज़ी सरकार को अवसर मिल जाता था। खासकर ऐसी हालत में जबकि अंग्रेज़ी सेना का खर्चा समय पर नहीं दिया जाता था और खर्च की बहुत-सी रकम ऋण के तौर पर चढ़ जाती थी तो उसके बदले किसी-न-किसी उपजाऊ इलाके की माँग की जाती थी; और इस माँग का स्वरूप यह होता था कि इधर माँग की

और उधर कब्जा किया। स्वीकृति की आवश्यकता ही न थी। इस प्रकार बड़ी-बड़ी रियासतों के टुकड़े निरन्तर हज़्म होते ही रहते थे। अब इस प्रकार का करारा वार बरार और अवध पर हुआ। डलहौज़ी ने निज़ाम को सन् '55 में लिखा-कि वह कायदे के अनुसार अंग्रेज़ी सेनाओं का खर्च देने में असमर्थ है, अतः सरकार बरार के इलाके को अपने प्रबन्ध में ले रही है। अब आगे-हैदराबाद में जो अंग्रेज़ी सेनाएँ रहेंगी उनका खर्च सरकार को देना नहीं पड़ेगा। इस प्रकार बरार का उपजाऊ इलाका हैदराबाद से काट लिया गया।

परन्तु अवध के बादशाह वाजिदअली शाह को पदच्युत करके समूचे अवध को अंग्रेज़ी राज्य में मिला लेना डलहौज़ी का अन्तिम कारनामा था। अवध का बादशाह अंग्रेज़ों का विश्वस्त मित्र था। मित्रता का प्रमाण यह था कि राज्य के आन्तरिक शासन में वहाँ अंग्रेज़ रेजीडेण्ट मनमानी कर सकता था। उसी मित्रता का उसे यह फल मिला।

कहा जाता है कि वाजिदअली शाह ऐयाश और उसकी प्रजा अत्यन्त दुःखी थी। यह यदि सत्य मान भी लिया जाये तो हम यह मानने को तैयार नहीं कि विलासिता को नष्ट करने या प्रजा को समृद्ध करने के लिए अंग्रेजों ने अवध को हड़पा। हकीकत यह थी कि अंग्रेज़ अवध की हरी-भरी भूमि और उसे उत्तराखण्ड से लगा देखकर अपना लोभ संवरण नहीं कर सके। अवध के हड़पने को बहुतों ने अन्तर्राष्ट्रीय कानून के अनुसार अनुचित और ब्रिटेन के नाम पर कलंक लगाने वाला बताया है; परन्तु डलहौज़ी ने इस पर विचार नहीं किया। अंग्रेज़ों की बलात्कार की नीति का जो दौर वर्षों से चल रहा था वह अवध के कवलीकरण से अपनी पराकाष्ठा को पहुँच गया। सबके अन्त में उसने यह भी घोषणा की कि दिल्ली के बादशाह बहादुरशाह की मृत्यु के बाद उसकी सन्तान को लालकिला और राजभवन त्यागना पड़ेगा। लार्ड डलहौज़ी कम्पनी के गुनाहों का प्याला लबरेज़ करके भारत से विदा हुआ।

45

ज़िले गुड़गाँव के फीरोजपुर रियासत के नवाब अहदबखत मर गये और उनके तीनों बेटों में रियासत के मामले पर झगड़ा उठ खड़ा हुआ। अंग्रेज़ अफ़सर रईसों के उत्तराधिकारियों के ऐसे झगड़ों में खूब दिलचस्पी लिया करते; इसलिए फौरन अंग्रेज़ी सरकार इस मामले के बीच में पड़ गयी। उसने बजाय इसके कि तीनों भाइयों को बराबर बँटवारा कर दिया जाये, रियासत के दो हिस्से कर दिये। बड़े भाई को फीरोज़पुर दे दिया और छोटे दोनों भाइयों को लोहारू सौंप दिया। परन्तु बड़े लड़के नवाब शमशुद्दीन को वह फ़ैसला पसन्द न आया। उसने कह-सुनकर लोहारू अपने अधिकार में ले लिया और भाइयों को गुज़ारा देना स्वीकार किया। उन दिनों विलियम फ्रेज़र दिल्ली में गवर्नर जनरल का एजेण्ट था। उसके पास छोटे नवाब अमीनद्दीन जाकर रोया-पीटा, तो उसे उसने कलकत्ते जाकर अपील करने की सलाह दी। जब नवाब शमशुद्दीन को इस बात का पता लगा तो वह बहुत भड़का और फ्रेज़र के पास जाकर शिकायत की कि आप नाहक मेरे साथ दुश्मनी कर रहे हैं और हमारे घरेलू मामलों में टाँग अड़ाते हैं। भला अंग्रेज़ एक

हिन्दुस्तानी की यह गुस्ताखी कब बर्दाश्त कर सकता था। उसने शमशद्दीन को अपने मकान से निकल जाने को कहा। इस पर शमशुद्दीन ताव-पेच खाकर रह गया। कुछ दिन बाद वह फिर दिल्ली गया और अपनी पेन्शन लेने फ्रेज़र के पास गया। लेकिन फ्रेज़र ने उससे मिलने तक से इनकार कर दिया। और उसके इशारे से उसके नौकरों ने उससे कहा कि साहब की कोठी से दूर चले जाओ। शमशुद्दीन इस अपमान से क्रोध से अधीर हो उठा और फ्रेज़र को जान से मार डालने का निश्चय कर लिया।

शमशुद्दीन का एक दोस्त लालकिले में रहता था। उसका नाम मुगल बेग था। उसने फ्रेज़र के रहन-सहन, दिनचर्या तथा बाहर आने-जाने का समय और रास्ते सब मालूम कर लिये और उसने सब बातें समझ-बूझकर अपने विश्वस्त नौकर करीम खाँ को फ्रेज़र को मार डालने के लिए दिल्ली भेज दिया। शमशुद्दीन का दरियागंज में अपना एक मकान था। करीम वहीं रहने और मौके की इन्तज़ारी करने लगा। ज़ाहिरा उसने यह प्रकट किया कि वह नवाब के लिए कुत्ते खरीदने आया है, जिसका नवाब को बेहद शौक है। कुछ कुत्ते उसने खरीदे भी।

छह महीने बीत गये और उसे अवसर नहीं मिला। फ्रेज़र धीरज की पहाड़ी पर रहता था जब वह शहर में आता तो घोड़े पर सवार होकर आता और एक अर्दली सदैव उसके साथ रहता था।

बाईस मार्च की रात थी। किशनगढ़ के राजा ने एक भोज का आयोजन किया था। बहुत से अंग्रेज़ उसमें निमन्त्रित थे, फ्रेज़र भी था। दैव संयोग से उस रात उसका अर्दली उसके साथ न था।

आधी रात बीत चुकी थी। सड़कों पर अँधेरा और सन्नाटा था। करीम खाँ दुनाली लिये उसकी ताक में बैठा था। ज्यों ही वह उसकी मार में आया, करीम खाँ ने दुनाली दाग दी। गोली ने फ्रेज़र की खोपड़ी को चकनाचूर कर दिया और वह घोड़े से गिर पड़ा। खाली घोड़ा भाग गया।

एक अंग्रेज़ अफ़सर की यह पहली हत्या थी। यद्यपि वह व्यक्तिगत मामला था, पर इस घटना को सुनकर अंग्रेजों के दिल दहल गये। दिल्ली से कलकत्ते तक इस हत्या की ज़ोर-ज़ोर से चर्चा हुई। अपराधी और उसकी पृष्ठभूमि में उपस्थित अभियुक्तों को खोज निकालने के लिए खास जासूस और अफ़सर नियुक्त किये गये। बहुतो को सजाए और बहुत से निरपराधों को फाँसी दी गयी। करीम खाँ को भी फाँसी पर लटका दिया गया और नवाब शमशुद्दीन की रियासत ज़ब्त कर ली गयी। परन्तु यह केवल खतरे की घण्टी थी। इसी बात पर अंग्रेजों ने नहीं विचार किया।

46

मेजर मैकडानल्ड और शुभदा के विवाह से कलकत्ते के भारतीय और यूरोपियन दोनों ही फिरकों में हलचल उत्पन्न हो गयी थी और अब यह विवाह कलकत्ते में आम चर्चा का विषय बन रहा था। यों तो इस प्रकार के अन्तर्जातीय विवाह कलकत्ते और भारत के भिन्न-भिन्न प्रान्तों में रहने वाले अंग्रेज़ करते ही रहते थे, पर वे साधारण व्यापारी थे और स्त्रियाँ प्राय: नीच जाति की या मुसलमान हुआ करती थीं। यह हम प्रथम ही बता चुके हैं कि उन दिनों तक भी भारत में बहुत कम अंग्रेज़-

स्त्रियाँ आती थीं। प्राय: अंग्रेज़ अकेले ही रहते थे। इस कारण प्रथम तो भारत में इन यूरोपियनों के आचरण बहुत ही भ्रष्ट रहते थे, दूसरे जैसे ही कोई अंग्रेज़ औरत विधवा हुई कि उसके बहुत-से उम्मीदवार खड़े हो जाते थे। कलकत्ता इस प्रकार की कार्रवाइयों का केन्द्र था परन्तु उच्च श्रेणी के अंग्रेज़ अफ़सर अक्सर अपने को भारतीयों से दूर ही रखते थे। मेजर मैकडानल्ड और शुभदा का विवाह इस प्रकार के अन्य अन्तर्जातीय विवाहों से निराला था। प्रथम तो मैकडानल्ड उच्च सैनिक अफ़सर था, दूसरे वह कुलीन अंग्रेज़ था। तीसरे उसने जिस वीरता से शुभदा का चिता से उद्धार किया था, वह बात भी कलकत्ता के भारतीय और अंग्रेज़ परिवारों में बहुत प्रसिद्ध हो गयी थी। परन्तु इन सब बातों से अधिक प्रभावशाली बात थी शुभदा का व्यक्ति-वैशिष्ट्य। वह एक तेजस्विनी और मेधावी हिन्दू स्त्री थी। पादरी जानसन की सोहबत में उसने न केवल अंग्रेज़ी भाषा की अच्छी शिक्षा पायी थी, उसने पाश्चात्य विचारों और रहन-सहन का भी भलीभाँति अध्ययन कर लिया था। महत्त्वपूर्ण बात यह थी कि हिन्दू जाति के द्वारा ऐसी भयंकर स्थिति में पकड़कर और ईसाइयों द्वारा रक्षित और शिक्षित होने पर भी वह अन्त:करण से हिन्दू थी। उसने अपना विवाह भी हिन्दू संस्कारों से किया था और उसके समर्थक राजा राममोहन राय जैसे महापुरुष थे। विवाह के समय अवश्य उसने घूँघट नहीं निकाला। अनावश्यक रीतियों का पालन नहीं किया, परन्तु उसने शुद्ध बंगाली वधू का वेश धारण किया था। यदि वह ईसाई हो जाती और चर्च विधि से अपना विवाह कर लेती तो कदाचित इस विवाह की इतनी चर्चा न होती। पर यह तो सबसे निराला और अनहोना विवाह था।

बर्मा युद्ध से निवृत्त होकर मेजर मैकडानल्ड की नियुक्ति अब कलकत्ते के पास बैरकपुर की छावनी में स्थायी रूप से हो गयी थी तथा वह बैरकपुर की देशी सेना का एक उच्च सैनिक अधिकारी था।

विवाह के तुरन्त बाद ही मेजर मैकडानल्ड बर्मा के फ्रण्ट पर चले गये थे। वह उन बातों को भूले न थे जो शुभदा से उनकी हुई थीं। शुभदा का आत्मसम्मान, भारतीय निष्ठा और उच्च विचार से वह इतने प्रभावित हुए कि उनके देखते बर्मा में उनकी सेना ने कोई अनाचार नहीं किया। यद्यपि मैकडानल्ड एक ऐसे तरुण अंग्रेज़ थे जिन्हें अपनी अंग्रेज़ियत पर घमण्ड था। निस्सन्देह वह भारतीयों को तुच्छ, अछूत और पिछड़ा हुआ समझते थे; परन्तु उनके प्रति उनके मन में जो घृणा थी वह शुभदा की बातचीत और प्रभाव से बहुत कम हो गयी थी।

बैरकपुर के उच्च सैनिक अधिकारी बनने के बाद उन्हें एक बढ़िया बँगला मिल गया था। वहाँ वह शुभदा को ले गये थे। बँगले की उत्तम अंग्रेज़ी ढंग की सजावट, करीने से कटी हुई रौसें, सड़कों पर कुटी हुई लाल बजरी और बैरा, खानसामा, आया, और अरदलियों की पलटन, यह सब देख शुभदा अभिभूत हो गयी थी। अब वह इतनी समझदार तो थी ही कि वह अपने इस भाग्य परिवर्तन को देखे, उस पर विचार करे। चिता पर अर्धमूर्छित अधजली अवस्था में उठायी हुई अबोध बालिका का जीवन कहाँ- से-कहाँ पहुँच गया था-इसे शुभदा जितना ही विचारती उतनी ही वह गम्भीर हो जाती थी।

नये बँगले में आकर उसने अच्छी तरह घूम-फिरकर अपने घर को देखा। सेना के बड़े साहब की बीबी को शुद्ध बंगालन के रूप में देखकर बैरा, खानसामा हैरान और चमत्कृत थे। शुभदा काशीनाथ को अपने साथ पादरी जानसन के यहाँ से ले आयी थी। कभी काशीनाथ शुभदा के उम्मीदवारों में था। परन्तु जैसे वह पादरी जानसन के यहाँ उसके जूते साफ़ किया करता था-वैसे यहाँ भी उसकी नई ड्यूटी थी। वह शुभदा का खास खिदमतगार होकर आया था और अब अपनी नई मालकिन और नये घर से प्रसन्न था। उसे इस बात का भी मलाल न था कि वह जो कभी शुभदा का उम्मीदवार था, सो उसकी उम्मीदवारी टूट चुकी थी।

मैकडानल्ड यहाँ आते ही बहुत व्यस्त हो चुके थे। उन्हें बहुत से खत लिखने थे, विलायती डाक भेजनी थी और कुछ ज़रूरी काम करने थे। इतवार का दिन था इसलिए गिरजे भी जाना था। वह जल्दी-जल्दी सब काम निबटाकार कपड़े बदलकर जब भीतर बँगले में आये तो देखा-शुभदा साड़ी के छोर से चाभियों का गुच्छा बाँधे कर्मठ गृहिणी की भाँति बैरों और अरदलियों से घर की व्यवस्था में आवश्यक परिवर्तन करा रही है। मैकडानल्ड ने हँसकर कहा-"देखता हूँ तुम बहुत व्यस्त हो!"

"तुम भी तो काम में लगे थे मैंने कहा-मैं ज़रा घर को ठीक-ठाक कर लूँ!"

"घर तुम्हें पसन्द तो आया!"

"बहुत अच्छा घर है, लेकिन मेरा ठाकुरद्वारा कहाँ है?"

"ठाकुरद्वारा?"

"वाह! अपने ठाकुर को भोग लगाये बिना मैं पानी की बूंद भी नहीं पीती।"

"लेकिन तुम्हारे ठाकुर हैं कहाँ?"

"वाह! तुम्हें इतना भी पता नहीं? आओ इधर, लेकिन तुम जूता पहने हो, बाहर ही रहना।"

मैकडानल्ड ने हँसकर कहा-"अच्छी बात है, बाहर ही रहूँगा।" शुभदा उन्हें स्नानागार के पास वाली छोटी-सी कोठरी में ले गयी। वहाँ एक छोटे-से पीतल के सिंहासन पर शुभदा के ठाकुर रखे थे।

"यही तुम्हारे ठाकुर हैं?"

"तो क्या, पर तुम हाथ जोड़कर प्रणाम तो करो!"

"मुझे उसकी विधि बताओ।"

शुभदा ने आडम्बर से ठाकुर को प्रणाम किया। मैकडानल्ड ने उसका अनुकरण कर नकली गम्भीरता से कहा-"बस इतने ही-से हैं ठाकुर तुम्हारे?"

"इतने ही-से हैं, पर इनसे बड़ा कोई नहीं है।"

"तब तो हमें उस बड़े ड्राइंगरूम को ठाकुरद्वारा बनाना होगा।"

"मेरे ठाकुर तुम्हारे जैसे साहब बहादुर नहीं हैं। वे इसी कोठरी में रहेंगे, यहीं से हमें चरणामृत देते रहेंगे।"

"यह तो और भी अच्छा है। लेकिन मुझे भी कुछ तुम्हारे ठाकुर के लिए करना होगा?"

"बस, जूता पहनकर कभी मेरे ठाकुरद्वारे में मत घुसना।"

"अच्छी बात है; और प्रणाम भी करना होगा?"

"तुम्हारे प्रणाम के मेरे ठाकुर भूखे नहीं हैं। मर्जी हो करना, मर्जी न हो मत करना।"

"तो शुभदा देवी; मेरी ओर से तुम्हीं प्रणाम कर दिया करो। और देखो, मैं भुलक्कड़ आदमी हूँ। ज़रा ध्यान रखना, तुम्हारे ठाकुर मुझसे नाराज़ न हो जायें। बस प्रसन्न रहें।"

"हाँ, हाँ, प्रसन्न रहेंगे। लेकिन अब तुम कहाँ चले?"

"भूल गयीं? इतवार है। मैं गिरजे जा रहा हूँ।"

"अरे? मैं तो भूल ही गयी थी।"

"काफ़ी देर हो गयी है। आओ नाश्ता कर लें।"

"अभी मुझे स्नान-पूजा में देर लगेगी। तुम नाश्ता कर लो। नाश्ता टेबुल पर चुन दिया गया है।"

"तो तुम तब तक मेरे पास बैठो।"

उन्होंने शुभदा का हाथ पकड़कर अपनी ओर खींचा। शुभदा उन्हें डाइनिंग रूम में ले गयी। वहाँ बैठकर मैकडानल्ड नाश्ता करने और बातें करने लगे। शुभदा ने कहा-"आज तो कई चिट्ठियाँ लिखीं?"

"हाँ, लन्दन से मेरी छोटी बहन का खत आया था। उसका जवाब लिखा। मैंने शादी की बात तो पहले ही लिख दी थी। उसने तुम्हारे विषय में बहुत से सवालात लिख भेजे थे। उन सबका जवाब मुझे लिखना पड़ा।"

"क्या-क्या सवालात थे?"

"स्वाभाविक है कि उसकी और माँ की उत्सुकता तुम्हारे लिए है। इसी से उन्होंने तुम्हारे सम्बन्ध में सब जानकारी हासिल करने की चेष्टा की। मैंने तसल्ली पूर्ण जवाब लिख दिया है।"

"उन्हें तुम यहाँ क्यों नहीं बुला लेते?"

"बहन का एक तो पढ़ाई का सिलसिला चल रहा है। दूसरे माँ को वह अकेली नहीं छोड़ सकती, कुछ दिन में छुट्टी लेकर हम विलायत चलेंगे।"

"लेकिन क्या वह मुझे पसन्द करेंगी?"

"क्यों नहीं। तुम्हारी जैसी भावज को वह पसन्द न करेंगी भला?"

"मैंने इसलिए कहा कि प्राय: सभी अंग्रेज़ हम भारतीयों को हीन दृष्टि से देखते हैं।"

"तुम्हें देखकर कौन भारतीयों को हीन दृष्टि देखेगा।"

"यह तो तुम चापलूसी की बातें करते हो। खैर, गिरजे से कब तक लौटोगे?"

"मुमकिन है कुछ देर लग जाये, क्योंकि मेजर हिअरर्स और उनकी पत्नी गिरजे में आ रही हैं, वे मेरे पुराने दोस्त हैं, वे बड़े भले सिविलियन हैं। मिलोगी तो प्रसन्न होगी।"

"नहीं-नहीं, मैं अधिक लोगों से मिलना पसन्द नहीं करती। हाँ, उनकी पत्नी यदि किसी भारतीय स्त्री से मिलने में हानि न समझें तो उनसे ज़रूर मिलूँगी।"

"वह अभी विलायत से नई आयी है। नहीं जानता उनका मिज़ाज कैसा है। सुना है-वे बड़े ठाठ की महिला हैं। गिरजे में वह आ ही रही हैं। देखूँगा।"

"अच्छा तो अब तुम जाओ। ईसू मसीह से प्रार्थना करो कि वह हम पर कृपा करें। मैं भी ठाकुर से यही अरदास करती हूँ। और तुम अपने मित्र और उनकी पत्नी से भी मिलो। मैं लंच पर तुम्हारी प्रतीक्षा करूँगी।"

"मैं ठीक समय पर ही लौट आऊँगा।"

मैकडानल्ड शभदा से विदा लेकर बाहर गये, जहाँ उनका घोड़ा तैयार था। घोड़े पर सवार होकर वह गिरजे की ओर चले गये।

47

गिरजे में अनेक अंग्रेज़ स्त्री-पुरुष एकत्र थे। वे या तो सरकारी अफ़सर थे, या व्यापारी जन। पर अधिकांश लोग सैनिक अधिकारी और उनके परिजन थे। इन सबका ध्यान केन्द्रित था कर्नल हिअरर्स की मेम साहिबा पर। वह एक अद्वितीय सुन्दरी तरुणी थी। अभी इंग्लैण्ड से आयी थी। स्वास्थ्य की ललाई उसकी लुनाई में चार चाँद लगा रही थी। उसने अप-टू-डेट फ़ैशन का परिधान पहना था। परिधान आसमानी मखमल का था और उस परिधान में उसका सौन्दर्य और यौवन फूटा पड़ता था। वह एक ऐसी रमणी थी जिसका रूप यौवन समय के अत्याचार से नष्ट नहीं हो सका था। लोगों का अनुमान था कि उस महिला की आयु चालीस बरस की है। इस उम्र में तो भारतीय स्त्रियाँ बुढ़िया हो जाती हैं। परन्तु इस स्त्री पर यौवन का निखार ऐसा था कि अच्छे-से-अच्छे पारखी भी उसे तीस के भीतर ही समझते थे। पर हकीकत यह थी कि उसकी उम्र बयालीस बरस की थी। कद उसका कुछ लम्बा, देह गुदगुदी और कुच पीन थे। कमर ऐसी पतली थी कि वह उसमें कमरबन्द लगाती ही न थी। प्रत्येक अंग उसके इस प्रकार साँचे में ढले थे कि मानो

विधाता ने उसे नाचने और प्रेम का आस्वादन करने के लिए ही बनाया था। उसके नेत्रों से तीव्र लालसा व्यक्त होती थी। पर उसकी चितवन में दृढ़ता और निर्भीकता तथा स्वेच्छाचारिता स्पष्ट दीख पड़ती थी। उसे देखकर मनुष्य का मन हाथ से निकल जाता था। रंग उसका कुछ पीला था। गाल कोमल और गुलाबी थे। होंठ लाल और फूले हुए थे, उनमें ऐसी चमक थी कि जैसे पका हुआ फल रस से लबालब भरा हो। गर्दन उसकी हंस के समान, कन्धे सुडौल और बाँह मृणाल को मात करती थीं। सिर के बाल काले, लम्बे और घुँघराले थे। आँखें काली और कटीली थीं। उँगलियाँ पतली और मुलायम थीं और उनकी पोरों पर नुकीले नाखून अजब बहार दिखाते थे। पैर छोटे और खूबसूरत थे। उनमें उसने नये फैशन के जूते पहने थे। सिर पर भी नये फ़ैशन का एक अमेरिकन टोप था; जिसमें किसी पक्षी का एक सफ़ेद पर लगा था। उसका देखना, बात करना, उठना-बैठना सब कुछ नाज़-नखरे से भरा था। जो चुस्त पोशाक उसने पहन रखी थी उसे लन्दन के पालमाल मुहल्ले के प्रसिद्ध दर्जी ने सिया था। उस पोशाक में उसका जिस्म फूट पड़ता था। उसकी भुजाएँ और वक्ष का ऊपरी भाग नंगा था। और ऐसा प्रतीत हो रहा था कि जैसे वह अपने वस्त्रों में समा नहीं रही है। मेजर हिअरर्स की यह पत्नी आई तो थी गिरजे में उपासना करने के लिए, पर जिस ठाठ-बाट का उसका प्रदर्शन था, वह तो एक नृत्य गोष्ठी के योग्य था। जो हो, उन्हें यहाँ देखकर सबकी आँखों में चकाचौंध लग गयी।

उपासना की समाप्ति पर सब लोग उठे। सैनिक और अफ़सर जब चले गये तो मेजर हिअरर्स पत्नी को बाँह का सहारा दिये बाहर बराण्डे में, जहाँ मैकडानल्ड टहलते हुए उनकी प्रतीक्षा कर रहे थे, आ गये। मित्र को देखते ही मैकडानल्ड लपककर मित्र की ओर बढ़े। हिअरर्स ने उनसे हाथ मिलाया और कहा-"मेरी पत्नी से मिलिये," फिर पत्नी से कहा-"ये हैं मेरे मित्र और साथी मेजर मैकडानल्ड।"

मैडम ने अपनी बत्तीसी छटा दिखाते हुए अपना हाथ नखरे के साथ बढ़ा दिया, जिसे मैकडानल्ड ने तपाक से चूम लिया।

मैडम ने कहा-"आपकी चर्चा इतनी अधिक मुझसे हिअरर्स ने की है कि आपकी यह पहली मुलाकात मुझे एक सुपरिचित बन्धु की मुलाकात प्रतीत हो रही है।"

"आपके इस अनुग्रह के लिए धन्यवाद है मैडम! कहिये हमारा हिन्दुस्तान आपको पसन्द आया ?"

"हमारा ? इसके क्या माने ? ओह! समझी, आपने एक हिन्दुस्तानी औरत से शादी की है न, इसी से अब आप हिन्दुस्तानी बन गये हैं।"

"शादी तो ज़रूर मैंने एक भारतीय महिला से की है। पर मैं हूँ एक सच्चा अंग्रेज़ ही।"

"जानकर खुशी हुई। पर अभी मैं हिन्दुस्तान की बाबत क्या राय ज़ाहिर कर सकती हूँ। ज़रा देखूँ तो कहूँ। हाँ, आपकी हिन्दुस्तानी बीवी कैसी है ?"

"यकीनन आपके समान शानदार नहीं है, आप शायद उससे मिलना भी पसन्द न करें।"

"इन काले हिन्दुस्तानियों से मैं डरती हूँ। इंग्लैण्ड में मैंने यहाँ से लौटे हुए आदमियों से यहाँ की औरतों के बहुत अजीब-व-गरीब किस्से सुने हैं।"

"इन बातों में शायद आपकी अधिक अभिरुचि है। किन्तु मेरी पत्नी से डरने की तो कोई ज़रूरत नहीं है।"

"तो फिर उसे लाइये किसी दिन मेरे यहाँ।"

"मैं उससे पूछूँगा, यदि वह पसन्द करेगी तो ज़रूर लाऊँगा।"

"अच्छा; क्या हिन्दुस्तानी औरत भी इस कदर मिज़ाज रखती हैं!"

"क्यों नहीं, औरतें तो सभी मुल्कों की एक ही साँचे की बनी होती हैं।"

"मुझे यह देखकर प्रसन्नता होती है कि आप अपनी हिन्दुस्तानी पत्नी की इस कदर कद्र करते हैं।"

"क्या मेरे दोस्त हिअरर्स मेरे समान भाग्यशाली नहीं हैं?"

मैडम ने नखरे से एक ठण्डी साँस ली और कहा-"खुदा बचाये, उनके जैसा ईर्ष्यालु पति दुनिया में न होगा।"

"क्या आप ऐसा कहकर मेरे दोस्त के साथ अन्याय नहीं कर रही हैं!"

"तनिक भी नहीं। मैं तो सच से कुछ कम ही कह रही हूँ?"

"तब तो मालूम होता है कि मर्दों के सम्बन्ध में आपके विचार बहुत ही हीन हैं!"

"इसका तो यह अर्थ हुआ कि मैं आपको भी वैसा ही समझती हूँ।"

"खैर, इतना तो मैं भी समझ गया कि मैं एक भाग्यशाली पुरुष हूँ। और आपकी कृपादृष्टि इस तुच्छ पर है," मैकडानल्ड ने हँसकर कहा।

"खैर तो आप आज शाम को हमारे साथ डिनर पर आइये, इस मसले पर तभी बातचीत होगी।"

"इस निमन्त्रण के लिए धन्यवाद! किन्तु आज तो मैं बहुत ही व्यस्त हूँ। फिर कभी आपकी इस कृपा का लाभ लूँगा।"

"खैर! फिर कभी ही सही," इतना कहकर मिसेज़ हिअरर्स इठलाती हुई अपनी गाड़ी की ओर बढ़ चलीं।

मैकडानल्ड उन्हें सलाम करके अपने घोड़े पर सवार हो अपने घर लौटे।

48

अफगानिस्तान के युद्ध का भारतीय सैनिकों पर बुरा प्रभाव पड़ा। खासकर बंगाल की देशी सेना में उसकी प्रतिक्रिया हुई कि अंग्रेज़ों का बड़ा-चढ़ा रुआब ही खत्म हो गया और सैनिकों में असन्तोष के लक्षण दीख पड़ने लगे। वे बहुधा आपस में खैबर के दर्रे के कत्ले-आम की चर्चा खूब बढ़ा-चढ़ाकर करते और अंग्रेज़ों की दुर्दशा पर खुश होते थे। खासकर अवध और बिहार के सिपाही जो इस सेना में थे और हजारों की संख्या में कत्ल हुए और जिनके हज़ारों घराने बर्बाद हो चुके थे, अंग्रेज़ी सरकार को अपनी बर्बादी का कारण समझते थे। यद्यपि साधारण सरकारी कर्मचारियों पर इसका विशेष प्रभाव न था, न उनमें ऐसा कोई असन्तोष ही दिखता था। परन्तु अंग्रेज़ों की श्रेष्ठता और अजेय शक्ति पर जो उनका विश्वास था, वह बहुत ही कम हो गया था और यद्यपि अंग्रेज़ी सरकार की अमलदारी का विस्तार बढ़ता जाता था, पर सर्वसाधारण का और सरकारी कर्मचारियों का सरकार के प्रति हीन भाव बढ़ता जाता था। महत्त्वपूर्ण बात यह थी कि इस घटना की प्रतिक्रिया जो उनके मस्तिष्क पर पड़ी थी; बड़ी प्रबल थी। दिन बीतते जाते थे और इन विचारों की पुष्टि होती जाती थी। साधारणतया बंगाल इन्फैण्टरी के सिपाही भारत ही में युद्ध के लिए उपयोग में लाये जाते थे और प्राय: उनकी नियुक्ति उसी प्रान्त में होती थी जिनके वे निवासी होते थे। परन्तु जब उन्हें अफगानिस्तान की लड़ाई पर भेजा गया था तब उनमें उत्साह और प्रसन्नता की माप न थी। क्योंकि उनके संस्कारों और स्मृति में वह पुरानी बात कायम थी; जबकि मुगल बादशाह अकबर के काल में महाराज मानसिंह के नेतृत्व में राजपूतों ने अटक पार करके काबुल के दुर्दान्त पठानों का मान मर्दन किया था। वह बात वे भूले न थे। वे समझ रहे थे-अब हमें भी वही प्रसिद्ध सुअवसर प्राप्त हो रहा है। यद्यपि इस प्रकार भारत से बाहर देशी सेना को ले जाने के अवसर कभी-कभी ही आये और उसका पुरस्कार भी उन्हें दिया गया।

जब सन् 1843 में सिन्ध अंग्रेज़ों की अमलदारी में आया, तब यह निश्चय किया गया कि सिन्ध के संरक्षण का कार्य देशी सेना से कराया जाये। इस समय पंजाब की सीमा पर जो सेना नियुक्त थी उसी को सिन्ध पर नियुक्त कर दिया गया। परन्तु 64 नम्बर की पलटन जब कूच करने लगी तो उसने तनखाहे-जंग का तकाज़ा किया और बगावत पर आमादा हो गयी। उस समय उस सेना के अध्यक्ष मेजर ने उन्हें सन्तुष्ट करने के लिए उनसे कुछ वायदे किये। परन्तु जब वे सिन्ध पहुँचे तो उन्हें ज्ञात हो गया कि उन्हें धोखा दिया गया; और वे वायदे पूरे नहीं किये जायेंगे। तब उन्होंने फिर बगावत की। तब उन्हें लखनऊ ले जाया गया और सेना को बर्गलाने के अपराध में कुछ व्यक्तियों को सजायें दी गयीं।

परन्तु इसी प्रकार का विद्रोह 34 नम्बर की पलटन ने भी किया जो पंजाब की सरहद पर तैनात थी। वहाँ भी सैनिकों को सज़ायें दी गयीं। इन बातों से सैनिकों में अंग्रेज़ी सरकार के खिलाफ़ दिली नाराजी और विरोध भावना का विकास होता गया। और उनके दिल में नमकहलाली, वफ़ादारी और सैनिक निष्ठा की भावना चल-विचल हो गयी। इस सेना के रंग-ढंग

देखकर उसे मेरठ भेज दिया गया, जहाँ परेड में उनकी वर्दियाँ उतरवा ली गयीं तथा सैनिक और उनके देशी अफ़सरों का अत्यन्त अपमान किया गया। यहाँ तक कि अपराधी और निरपराधी का भी विचार नहीं किया गया; क्योंकि अभी तक अंग्रेज़ अपनी शान में थे और भारतीयों से पूरे दबाव और रुआब से पेश आते थे। इसका परिणाम यह हुआ कि इस समय सेना का जो यह साधारण असन्तोष था वह भावी विद्रोह का मूलाधार बन गया। पर इस समय के अफ़सरों ने इस बात पर दूरदर्शिता से विचार नहीं किया और यह निश्चय किया कि देशी सेना के साथ सख्त कदम उठाने और कड़ा व्यवहार करने की ही आवश्यकता है। उस समय उनकी दृष्टि सैनिक अनुशासन पर ही थी। वे नहीं जानते थे कि भारतीयों में भी आत्मसम्मान का भाव हो सकता है। वे उन्हें अतिशय दीन-हीन, नगण्य समझते थे। और अब तक भारतीय जन भी अत्यन्त दब्बू और पोच की भाँति अंग्रेज़ी अमलदारों का सब प्रकार का क्रूर अन्याय, मूर्ख और अनियमित शासन मान्य करते आये थे। असल बात यह थी कि शताब्दियों तक मुसलमानों का अत्याचार सहते-सहते उनमें प्रतिक्रिया की शक्ति ही न रह गयी थी फिर अंग्रेज़ों को तो वे दैवी शक्ति-सम्पन्न एक समर्थ और अजेय जाति मान चुके थे। और इसी भावना की ही समाप्ति काबुल के युद्ध के परिणाम को देखकर हो चुकी थी। उनका स्वप्न टूट चुका था और उनमें अपने आत्म-सम्मान के भाव जाग्रत हो गये थे।

34 नम्बर की पलटन को तोड़ दिया गया और उसके सिपाही और अफ़सर पदच्युत होकर अपने-अपने घर चले गये। इस पलटन के साथ जो सुलूक किया गया उसका दूसरों को पता ही न लगा। न दूसरी सेनाओं में उसकी कोई प्रतिक्रिया ही हुई, न उसकी कोई चर्चा हुई।

परन्तु उस पलटन का एक सूबेदार मेजर जो वास्तव में पलटन के विद्रोह का नेता था और जिसे अधिक अपमानित किया गया था, चुपचाप घर जाकर नहीं बैठा। उसने अंग्रेज़ों के विरुद्ध विद्रोह करने का पेशा अपना लिया था। यह आदमी कान्यकुब्ज ब्राह्मण था और बलिया जिले का निवासी था। यह सैनिक जीवन अपनाने से प्रथम कथावाचन और पुरोहिताई का काम करता था। वह काम उसके घराने का पुश्तैनी पेशा था। उसने संस्कृत पढ़ी थी और संस्कृत के श्लोक मधुर स्वर से पढ़ता था। कथा, वार्ता, पुराण-वाचन में वह पटु था। उसका पिता अपने प्रान्त का प्रसिद्ध ज्योतिषी और कथावाचक था। उसने वह काम अपने पिता से सीखा था। परन्तु वह किशोर वय में ही घर से भागकर कम्पनी की सेना में भरती हो गया था और अपनी वीरता, साहस, प्रतिभा के कारण उन्नति करके सूबेदार मेजर बन गया था। सेना में सभी लोग उसे पाण्डे के नाम से पुकारते थे और लोग उसे अपना अफ़सर ही नहीं, नेता भी मानते थे। उसका नाम गोविन्द था। बहुत लोग उसे गोविन्द महाराज कहते और बहुत अधिक गोविन्द पाण्डे कहते थे। सेना में भी वह पूरी ब्राह्मणोचित निष्ठा से रहता। नित्य सन्ध्या-वन्दन करता, तिलक-छाप लगाता, स्नान-पूजा यथाविधि करता और अवकाश में कथा-वार्ता से सैनिकों का मनोरंजन करता रहता था। वह किसी से दान-दक्षिणा नहीं लेता था। कोई देना चाहता भी तो कहता था कि अब हमने सेना में सिपाही होकर ब्राह्मण-धर्म त्याग दिया, क्षत्रिय-धर्म अपना लिया, हम दक्षिणा के अधिकारी नहीं रहे।

परन्तु उसमें अति उग्र ब्राह्मणत्व था। वह अपने को सर्वश्रेष्ठ समझता था। आर्य संस्कारों का वह समर्थक और प्रशंसक था। अपनी सेना में वह केवल वीरत्व ही नहीं--निष्ठा, धर्म और आचार सम्बन्धी भी उपदेश देता रहता था। बहुधा वह तीखी भाषा प्रयोग करता। थोड़े दोष पर भी वह सैनिकों की लानत-मलामत करता। उन्हें उपदेश देता और उन्हें निरन्तर उद्दीपन देता रहता था। इसी से सब सैनिक छोटे-बड़े उसका आदर करते, उसकी बात आदर से सुनते और उसकी आज्ञा मानते थे। हकीकत तो यह थी कि सेना पर उसका भारी प्रभाव था। इसी से जब उसने सेना के विद्रोह की आवाज़ उठायी तो अंग्रेज़ अफ़सरों ने उसी के साथ कड़ी-से-कड़ी कार्रवाई की और उसी को सेना में अनुशासन भंग करने का दोषी समझा। परन्तु यह पुरुष उन लोगों से भिन्न था जो पेट के लिए दासता करते हैं। वह उन लोगों में भी न था जो अपने को अंग्रेज़ों का नमकख्वार समझते थे बल्कि वही पहला व्यक्ति था जिसने सैनिकों के दिलों में यह भाव पैदा किया कि वे किसी का नमक नहीं खाते, वे अपना खून बहाकर कर्तव्य पालन करते हैं। इस प्रकार उसने सैनिकों में कर्तव्यनिष्ठा और आत्म-सम्मान के भाव भर दिये थे और यही कारण था कि अपने अधिकारों और प्राप्तव्यों के लिए विद्रोह करने को आमादा हो गये। अंग्रेज़ों ने ठीक समझ लिया था कि यह ब्राह्मण ही सब फ़साद की जड़ है और इसी से उसे सबसे अधिक दण्ड दिया गया।

परन्तु इस प्रकार अपमानित होकर वह सब लोगों की भाँति घर नहीं लौटा। उसने सोचा-इन विदेशियों के लिए हम भारतीय अपना खून बहाते हैं। अपना घर-बार छोड़कर देश-विदेश में मारे-मारे फिरते हैं और जान जोखिम में डालते हैं। हमारी बदौलत ये विदेशी राज्य पर राज्य सर किये जाते हैं और हमीं को अपना गुलाम समझते हैं। ये म्लेच्छ, कुमार्गी, शराबी, झूठे और कायर विदेशी हम ब्राह्मणों तक की आन नहीं मानते। हमें काला और अछूत समझते हैं। भला हम किस बात में कम हैं! हमें आत्मबोध होना चाहिए। उसने प्रण किया कि वह देश-भर में घूम-फिरकर सैनिकों को उद्दीपन देगा। उनमें आत्मसम्मान के भाव भरेगा। उनके मन से दासता के भाव दूर करेगा और उन्हें वीर सेनानी बनाने की चेष्टा करेगा। वह अब सैनिकों का पुरोहित बनेगा। यह ठानकर वह मेरठ से निकला। उसने अपने घर का रास्ता नहीं लिया, वह वहाँ से बुन्देलखण्ड गया। वह पण्डितों की भाँति एक रामनामी दुपट्टा कन्धे पर डाले, लुटिया-डोर झोले में रखे, गीता, रामायण और महाभारत की पोथी बगल में दाबे, एक लाठी हाथ में लिये सैनिकों में घूमने लगा और असाधारण धैर्य और असीम तत्परता से वह आज बारह बरस से सेनाओं में घूमता फिर रहा था। कभी-कभी जब सेनाओं के अंग्रेज़ अफ़सरों का ध्यान उसकी ओर जाता तो वह बुन्देलखण्ड के जंगलों तथा गंगा-जमुना के खादरों में अन्तर्धान हो जाता और फिर निकलकर अपना काम करता। सेनाओं में उसका नाम प्रसिद्ध हो गया था और सर्वत्र उसका मान और उसकी चर्चा होती थी। वह कथा-वार्ता करता, कीर्तन करता और अवसर पाकर अंग्रेजों के विरुद्ध सैनिकों को भड़काता। उसके उच्चारण किये संस्कृत के श्लोक बड़े प्रभावशाली होते थे। उसके प्रयास का परिणाम यह हुआ कि सम्पूर्ण भारत की देशी सेनाओं में अंग्रेजों के प्रति असन्तोष की आग सुलग

गयी और जगह-जगह छोटे-बड़े उपद्रव और सैनिक विद्रोह तथा अनुशासन भंग की घटनाएँ होने लगीं। अंग्रेज़ भी यह जान गये कि भारतीय सिपाही अब उनके नमकहलाल दास नहीं रहे, आत्म-सम्मान से भरपूर सैनिक बन गये हैं।

सन 1851 बीत रहा था। अब वह पंजाब में घूम रहा था। अभी यहाँ आये उसे एक मास ही हुआ था कि पंजाब की सारी सेना अनुशासन-विहीन हो गयी। इस समय इस पुरुष को पकड़ने की बहुत चेष्टाएँ की गयीं-पर वह न पुलिस के हाथ लगा, न सैनिक अफ़सरों के। बड़ी कठिनाई से सेना को काबू में किया गया।

वह दो बरस तक दिल्ली, अम्बाला, मेरठ, सहारनपुर के सैनिक-केन्द्रों में घूमता रहा, लोगों को उत्तेजित करता रहा, उन्हें साहस दिलाता रहा और सेना में बगावत का सूत्रपात करता रहा।

लोगों के दिल अंग्रेजों से फिरते जाते थे। वे दिल से अंग्रेज़ों के विद्रोही होते जाते थे। लोग उसकी बातों से प्रभावित होते, उससे सहमत होते, पर वह संकोच और दुविधा में पड़ जाते। अब तो सिपाहियों का रुख देखकर उसने पंजाब के सिपाहियों को सलाह दी कि उनकी तनख्वाहें बहुत कम हैं, जबकि अंग्रेज़ सिपाहियों की बहुत अधिक हैं। उन पर बाल-बच्चों का भार है और अंग्रेज़ सिपाही अकेले हैं। वे विदेशियों के लिए लड़ते हैं, जबकि अंग्रेज़ अपना राज्य फैलाने को लड़ते हैं। इसलिए तनख्वाह उन्हें अंग्रेजों के बराबर ही मिलनी चाहिए। उसने सिपाहियों को सलाह दी कि वे मिलकर संगठित रूप में अपनी तनख्वाह बढ़ाने की इच्छा प्रकट करें और यदि सफलता न मिले तो संगठित विद्रोह करें।

कुछ लोग कहते थे कि हमने कम्पनी बहादुर का नमक खाया है और अपनी नौकरी पसन्द है। नमक का हक अदा करना हमारा धर्म है। जहाँ तक बन पड़ेगा हम नमकहरामी नहीं करेंगे। पंजाब का वातावरण बड़ा विचित्र था, सिक्ख युद्ध के बाद सिक्खों में बुरी तरह अंग्रेज़-परस्ती घुस गयी थी, वे उन्हीं का गीत गाते थे। दूसरे के सुख-दु:ख से उन्हें सरोकार ही नहीं था। इसका प्रभाव भी पंजाब की देशी पलटनों पर पड़ा और धीरे-धीरे पंजाब में तैनात पलटनों की उत्तेजना समाप्त हो गयी रेज़ीमेण्ट पर रेजीमेण्ट बदस्तूर आतीं और चली जातीं। 66 नम्बर की पलटन की वर्दी उतरवा ली तो उसके बाद तो एक प्रकार का आतंक ही सेना पर छा गया और वे इतने डर गये कि विद्रोह की भावना एक प्रकार से दब ही गयी।

गोविन्द पाण्डे पंजाब से निराश होकर लौटा और फिर उसने दिल्ली, मेरठ, आगरा, अम्बाला, सहारनपुर की छावनियों में चक्कर लगाया। उसे यहाँ सर्वत्र अनुकूल वातावरण मिला और यह जानकर उसे प्रसन्नता हुई कि यहाँ विद्रोह की भूमिका तैयार है और लोग विद्रोह की बातें करते और चाव से उसकी बातें सुनते हैं। उसके पुराने दोस्त यहाँ सेना में थे, उन्होंने उसकी खूब आवभगत की। कथा-वार्ता कराई। नये लोगों से परिचय , कराया और जहाँ-तहाँ सभाएँ करके विद्रोह का परामर्श किया। यहाँ की सेना को उसने इतना सजग कर दिया कि बस ज्योहीं एक चिनगारी फंस में गिरे कि आग भक् से जल उठे। कुछ लोग तो उससे अधिक अधीर हो रहे थे और अंग्रेजों के विरुद्ध सब कुछ

कर गुज़रने पर आमादा थे। यहाँ उसने हिन्दुओं की अपेक्षा मुसलमानों को अधिक उत्तेजित पाया। वे चाहते थे कि मुसलमानों का खोया हुआ राज्य फिर जम जाये। और उनकी जो दुर्दशा इन पिछले पचास वर्षों में हुई है, उसका बदला अंग्रजों से ले लिया जाये। दिल्ली दरबार यद्यपि षड्यन्त्रों का घर बन गया था, शाहज़ादे, अमीर-उमरा और शाही रिश्तेदार सब अपनी-अपनी खिचड़ी पका रहे थे, परन्तु बादशाह के प्रति सबकी श्रद्धा थी और अंग्रेज़ जो बात-बात पर बादशाह का अपमान करते और पदच्युत करने की चेष्टा कर रहे थे, वह उन्हें खल रही थी। उन्होंने अपनी उत्तेजना को धर्म का रूप दिया हुआ था और उनके मौलवी मस्जिदों में वाज़ करते, लोगों को उत्तेजित करते फिर रहे थे। अब गोविन्द पाण्डे ने भी धर्म का ढकोसला उठा लिया और वह भी अंग्रेज़ों पर अनेक प्रकार के धर्मविरोधी आरोप करने लगा। उसका यह नया हथियार अधिक कारगर हुआ और लोग जो प्राय: धर्मभीरु थे बहुत सशंक हो उठे। गोविन्द के संस्कृत श्लोक, गीता के प्रमाण और भगवान के वाक्य इसमें बहुत सहायक सिद्ध हुए। वह बारम्बार ईसाइयों के हथकण्डों का बढ़ा-चढ़ाकार ज़िक्र करता और सीधे-सादे सिपाही क्रोध और जनून में भर जाते। अब उसके बहुत-से समर्थक भी जगह-जगह उत्पन्न हो गये थे। सिपाही जो बाज़ारों में जाते या छुट्टियों में घर जाते-वहाँ से बहुत उत्तेजनामूलक बातें साथ ले आते थे। वे यहाँ सेना में आग में घी का काम देती थीं।

वेतन की कमी भी एक भारी असन्तोष का कारण बनी हुई थी। अब इसमें जो धार्मिक क्षति की भावना जुड़ गयी तो उसने विद्रोह को प्रगति दी। हिन्दुस्तानी रेजीमेण्ट में प्राय: ऊँची जाति के हिन्दू थे, पर पेट के लिए, विदेशियों के लिए खून बहाते थे। पर अब जब पेट भरने में भी कोताही होने लगी तो उनके मिज़ाज बिखर गये।

सन् 1824 में बैरकपुर में जो नृशंस हत्याकाण्ड हुआ था, उससे बचकर जो लोग भाग गये थे, वे अब भी गाँव-गाँव, घर-घर जाकर अंग्रेज़ों के प्रति घृणा और बगावत का प्रचार कर रहे थे।

जहाँ भी गोविन्द पाण्डे जाता, लोग उस गिरोह में मिलकर उसकी योजना के अनुसार संगठित रूप में अंग्रेजों के विरुद्ध आम जनता और सेनाओं में प्रचार करने लग जाते। यह आश्चर्य की बात थी कि लोग प्राणपण से इस काम में जुटे हुए थे। इन विद्रोही प्रचारकों में कुछ लोग तो 34 नम्बर की पलटन के थे और बाकी 66 नम्बर पलटन के, जो बाद में बर्खास्त कर दी गयी थी। वे लोग जोगी, बैरागी-बिसाती, पण्डे-भड्डरी, ज्योतिषी, साँपवाले, बाजीगर, मदारी, नाच-तमाशे वाले बनकर सब तरह के लोगों में अंग्रेजों के विरुद्ध विद्रोह-भावना जाग्रत कर रहे थे। वे राजाओं-नवाबों के दरबार में जाते और अपना काम करते। उनके नौकरों और प्रजा में विद्रोह फैलाते। धीरे-धीरे इन लोगों का एक बड़ा मजमा बनता चला गया जिनका सरदार गोविन्द पाण्डे था। लोग पिछली बातों को भी याद करते थे और ताज़े रंग और क्रोध के कारण भी उत्पन्न होते जाते थे जिससे उत्तेजना दिन दूनी रात चौगुनी बढ़ती जाती थी।

जब गोविन्द पाण्डे बंगाल में गया तो उसने देखा कि वहाँ सबसे ज़्यादा उत्तेजना और विद्रोह फैला हुआ है और अराजकता के बादल बंगाल में छाये हुए हैं। असल बात यह थी कि बंगाल

ही में अंग्रेज़ों की राजधानी थी और वहाँ नवाबों और रिआया पर सबसे ज़्यादा जुल्म किये गये थे। फलस्वरूप बंगाल के सब पुराने घराने तबाह हो चुके थे और नये-नये उन्नत होते जा रहे थे, जिन्हें हिन्दू नीच जाति का समझते थे और घृणा करते थे। वे नये राजा-रईस, पुरानी हिन्दू-प्रथा और हिन्दू-धर्म के भी विरोधी बन गये थे। खासकर ब्राह्मण समाज ने पुराने ब्राह्मण-धर्म पर कुठार चलाया था। यद्यपि इसने बंगाल में नया जीवन दिया था, परन्तु रूढ़िवादी कट्टर हिन्दू इसके विरुद्ध थे और इसका कारण अंग्रेज़ों को ही समझते थे। बंगाल में ही ईसाई मिशनरी भी बड़ा ज़ोर बाँधे थी। इस कारण बंगाल में सबकी यह राय थी कि अंग्रेज़ों को, जो इस सब अधर्म और उत्पात के कारण हैं, देश से निकाल बाहर कर दिया जाये और धर्म को भ्रष्ट होने से बचा लिया जाये। अब जाबजा ऐसी भविष्यवाणियाँ की जा रही थीं कि समूचे देश में ऐसा विप्लव किया जाये जो अंग्रेज़ों को तख्ता ही उलट दे।

49

सन् 1824 में बैरकपुर में 34 नम्बर पलटन का जो कत्लेआम हुआ था, उस घटना को पाठक भूले न होंगे। उस समय, यह कत्लेआम केवल इसलिए हुआ था कि सिपाही अपनी तनख्वाह बढ़वाना चाहते थे। केवल चार रुपये या साढ़े छह रुपये माहवार में उनकी तथा उनके बाल-बच्चों की गुज़र नहीं होती तथा समुद्र-यात्रा करने से उन्हें धर्म भ्रष्ट होने का भय था। यह सब उच्च कुलीन पूर्व के ब्राह्मण थे। न तो इनमें किसी प्रकार का अंग्रेज़ों से विद्वेष था, न किसी प्रकार के विद्रोह की भावना। ऐसे भी कठिन अवसर आये कि युद्ध-क्षेत्र में राशन कम हो गया और उन्होंने स्वयं माँड़ पीकर चावल गोरों को दे दिया। वे न शराब पीते थे, न गोरे सिपाहियों की भाँति आवारागर्द थे। वे सभ्य, शिष्ट और अनुशासनप्रिय सैनिक और सीधे-सादे धर्मभीरु सद्गृहस्थ थे। साधारण कुलियों से भी उनके वेतन कम थे, यही आवाज़ उठाने पर उन्हें गोली से भून दिया गया था।

आज उन बातों को तीस बरस बीत चुके थे। परंतु सिपाही उस घटना को भले न थे। यद्यपि जिन लोगों ने वह घटना आँखों से देखी थी, उनमें बहुत कम लोग अब जीवित थे, पर वह नृशंस कत्लेआम लोगों के मुखों पर तैर रहा था और अब उनके मन में यह भाव उत्पन्न हो रहा था कि क्या कारण है कि हम चार रुपये या साढ़े छह रुपये माहवार पर इन विदेशियों के लिए अपने प्राण दें। उनके मन में अब गोरों और साहब लोगों की पुरानी भक्ति न रह गयी थी। वे उनके नौकर हैं, नमकख़्वार हैं, यह भावना अब इस नई पीढ़ी के तरुणों में न थी-वे अब यह भी समझते थे कि हम ब्राह्मण हैं। धर्मनिष्ठ हैं। हम नौकरी करते हैं, अपना खून देते हैं। पर गुलाम नहीं हैं। धर्म नहीं देंगे। बहुधा ऐसी चर्चा भी होती थी कि अब यदि कोई ऐसी घटना घटे तो हमें वीरतापूर्वक अपनी रक्षा करनी चाहिए तथा धर्म की रक्षा तो हर तरह हमें करनी ही चाहिए।

ऐसे ही वातावरण में गोविन्द पाण्डे एक दिन घूमता-फिरता बैरकपुर की छावनी में आ पहुँचा। रामनाम का दुपट्टा ओढ़े, तिलक-छाप माथे पर लगाये और लम्बी चोटी सिर पर फटकारे, गाढ़े की मिर्जई और मोटा चमरौधा जूता पहने, टट्टू पर सवार लोटा-डोर

और सत्तू की पोटली झोले में रखे जब गोविन्द पाण्डे ने छावनी में जाकर पूछा-"इन सिपाहियों में कोई पाण्डे भी है?" सिपाहियों द्वारा अपना परिचय पूछे जाने पर उसने बताया कि कभी तुमने नाम सुना हो, मैं गोविन्द पाण्डे हूँ। मैं सिपाहियों का पुरोहित हूँ। सिपाहियों में धर्म-चर्चा करना और कथा-वार्ता करना मेरा पेशा है। गोविन्द पाण्डे का परिचय सुनकर बहुत-से सिपाही उसके चारों ओर आ जुटे। उसके नाम की ख्याति वे सुन चुके थे और उन्होंने कई बार उसे बुलाया भी था। उन्होंने उसकी बड़ी खातिर की और उसे मंगल पाण्डे के डेरे पर ले गये। मंगल पाण्डे ने गोविन्द को अपने यहाँ डेरा दिया।

गोविन्द ने पूछा-"कहाँ के पाण्डे हो जवान?"

"हम बलिया के हैं महाराज।"

"कौन आस्पद, कौन गोत्र?"

"ब्रह्म आस्पद और शांडिल्य गोत्र।"

"अच्छा तो बीस बिस्वे के पाण्डे हो, छत्तीस घरों के मुखिया हो। घर पर क्या-क्या होता है?"

"जिजमान-पुरोहिताई है महाराज। आस-पास सब ठाकुर, क्षत्रिय, वैश्य, सुनार, हमारे ही जिजमान हैं।"

"तो तुमने बीस बिस्वे के पाण्डे होकर क्षत्री-धर्म काहे को अपनाया, काहे को तलवार पकड़ी?"

"यह भी इज़्ज़त का काम है पाण्डे जी! ब्राह्मण का धर्म भी तलवार पकड़ने का है। आप तो सब धर्मशास्त्रों के पण्डित हैं, नहीं जानते द्रोणाचार्य ने भी महाभारत युद्ध किया था?"

"किया था। पर वे तो कौरव-पाण्डवों के गुरु थे। राजा और राजकुमार उनके पैर पूजते थे, क्या ये अंग्रेज़ तुम्हारे भी पैर पूजते हैं?"

"नहीं पूजते। पर यह तो महाराज कलियुग है। यहाँ धर्म-कर्म का निबाह होना मुश्किल है।"

"तो यों कहो, बीस बिस्वे के पाण्डे होकर रोटी के एक टुकड़े के लिए तुमने फिरंगियों की गुलामी की है। धर्म-कर्म रहे चाहे जाये।"

"ऐसा न कहो महाराज, गुलामी हमने नहीं की है। हमने खून बेचा है, धर्म नहीं।"

"और यदि धर्म जाये?"

"प्राण भले ही जाये पर धर्म न जाये महाराज।"

"यह किसका कौल है?" ...

"मंगल पाण्डे का कौल है महाराज, दुहाई इन चरणों की" उसने गोविन्द के चरण पकड़कर शपथ ली।

“अच्छी बात है पाण्डे, मैं भी बीस बिस्वे का पाण्डे हूँ। याद रखना हम भले ही काम क्षत्री का करें-पर हैं ब्राह्मण। और ब्राह्मण हिन्दू-धर्म का मालिक होता है। वह न तो खुद धर्म से डिगेगा, न दूसरे किसी को डिगने देगा। समझे!”

“खूब समझ रखा है महाराज! हम ऐसे नमक हलाल चाकर नहीं हैं। बीस बिस्वे के पाण्डे हैं। हमारे बाप-दादों ने धर्म पर बढ़-बढ़कर जानें दीं। समय आवे तो हम भी दिखा देंगे कि पाण्डे में कितना दम-खम है।”

पर “जीते रहो, मंगल, जीते रहो भैया! ब्राह्मण को ऐसा ही करना चाहिए। अच्छा आज रात हमारी महाभारत कराव। सब छोटे-बड़े सिपहियन को बुलाव। आज एकादशी है। हमारा निर्जल व्रत है। पवित्र दिन है-आज हम सबन को गीता का ब्रह्म-ज्ञान बतायें जो भगवान ने अर्जुन को बताया था।”

“धन्य भाग हमारे महाराज, मैं सब बन्दोबस्त कर लूँगा। निर्जल व्रत तो हमारा भी है। फिरंगियों की नौकरी करते हैं। मूल धर्म-कर्म तो हमारे साथ ही है।”

“यही बात है पाण्डे, मगर एक बात और है।”

“वह कहो महाराज!”

“देखो विश्वास की बात है पाण्डे, हमारे-तुम्हारे बीच गंगा है।”

“अरे महाराज, यह क्या कहते हो! मंगल के प्राण आपके हैं।”

“तो देखो जो अपने खास आदमी हैं उनको कथा-वार्ता के बाद फलाहार के बहाने रोक लेना। मुझे उनसे एक भेद की बात कहनी है। देखना-ऐसे आदमी हों जो एक जान दो काबिल हों। बात फूटी तो जान नहीं बचेगी।”

“महाराज आप एक चिन्ता न करें। आपका मतलब मैं समझ गया। मैं ऐसा बन्दोबस्त करूँगा कि किसी को कानोकान खबर न पड़े।”

“तो मंगल भैया, ऐसे भरोसे के कितने आदमी हैं, तुम्हारी पलटन में?”

“आदमी तो बहुत हैं। पर आठ ऐसे हैं जो जान जाये पर ज़बान नहीं हिला सकते।”

“सब ब्राह्मण हैं?”

“छह ब्राह्मण हैं, दो क्षत्रिय हैं।”

“कोई हर्ज नहीं। तुम उन्हें जाकर कह दो। आज एकादशी है। महाभारत की कथा-वार्ता होगी। गीता का ब्रह्मज्ञान होगा। सबके पीछे फलाहार होगा। उन्हें फलाहार के लिए रोक लेना। कथा-वार्ता में सबको बुलाओ।”

“मैं सब बन्दोबस्त कर लूँगा महाराज।”

"तो मंगल, मैं गंगास्नान को जाता हूँ। वहीं सन्ध्या-वन्दन कर तीसरे पहर तक लौटूंगा। हाँ! कथा-वार्ता की बात अफ़सर से कह देना। गुप्त मत रखना।"

"नहीं महाराज, अफ़सर हमारे बहुत अच्छे हैं। उनकी मेम साहब ब्राह्मण की बेटी है। बंगालन है। साहब की मेम है ज़रूर, पर धर्म-कर्म में ब्राह्मण है। देवी रूप है। ब्राह्मण को बहुत मानती है।"

"अच्छा देखूँगा इस ब्राह्मणी को भी। तुम मेरे आने की बात उसके भी कान में डाल देना।"

"ज़रूर महाराज़।"

गोविन्द पाण्डे अपने टट्टू पर सवार हो गंगा को चल दिये और मंगल पाण्डे अपने बन्दोबस्त में जुट गये।

50

कथा-वार्ता का प्रोग्राम बड़ा प्रभावशाली रहा। 34 नम्बर पलटन के सब सिपाही, जमादार, हवलदार, देशी अफ़सर आये, सबके बीच आसन पर तिलक छाप लगाए, रामनामी ओढ़े गोविन्द पाण्डे ने बड़ी मार्मिक शैली में प्रवचन किया। महाभारत के उद्योग पर्व के कुछ वर्णन किये। अभिमन्यु के रणक्षेत्र में अभियान का ओजपूर्ण वर्णन किया। अन्त में गीता के कर्मयोग, ब्रह्मज्ञान और अनासक्ति योग का वर्णन हुआ। सुनकर दर्शक-श्रोता मुग्ध हो गये। बारम्बार वे धन्य कहते। कुछ की आँखों से आनन्दाश्रु बह चले। कुछ भावावेश में राधागोविन्द, राधागोविन्द कहकर भाव-पीड़ित हो गये। कथा-समाप्ति पर भगवान का पूजन हुआ, चरणामृत बँटा और अपनी-अपनी हैसियत के अनुसार दक्षिणा दे-देकर सब सिपाही गोविन्द पाण्डे को नमस्कार-प्रणाम कर अपने-अपने डेरे पर गये। मंगल पाण्डे ने केवल उन्हें ही रोक लिया जिन्हें पारण करना था तथा जिन्होंने व्रत किया था। वे कुल जमा आठ आदमी थे तथा सभी की आयु 40 से ऊपर थी।

जब बाहरी सब लोग चले गये और वे आठ आदमी तथा मंगल और गोविन्द कुल दस आदमी रह गये तो भीतर के भाग में गोविन्द ने उन्हें ले जाकर बात की।

गोविन्द पाण्डे कहा, "सब सिपाही हैं? या कोई अफ़सर भी?"

"चार सिपाही हैं, दो हवलदार और दो सूबेदार।"

"और मंगल तुम्हारा क्या दर्जा है?"

"मैं तो एक सिपाही हूँ पाण्डे जी।"

"अच्छा तो इन सबके नाम बताओ। इनका परिचय दो।"

पाण्डे ने सबका नाम विवरण सहित सुना दिया।

कुछ देर मौन रहकर गोविन्द ने कहा-"पाण्डे, मैंने कहा था कि मुझे कुछ गुप्त बात कहनी है, वह इनके सामने कहूँ इन पर विश्वास करूँ?"

"ज़रूर कहो महाराज!"

"अच्छा तो सब कोई गंगा-जल छूकर कसम खायें कि बात गुप्त रखेंगे और तन-मन से एक रहेंगे," पाण्डे ने गंगा-जल की शीशी निकालकर आगे रख दी। सबने गंगा-जल छूकर कसम खायी। वातावरण अत्यन्त गम्भीर हो गया।

धीरे-धीरे गोविन्द पाण्डे ने कहना आरम्भ किया : "भाइयो! तुम यहाँ नौकरी करने आये हो; और मैं तुम्हारा धर्म तुम्हें बताने आया हूँ। तुम जानते हो धर्म नौकरी से बड़ा है। तुम्हें तनख्वाह का लालच है, पर मुझे किसी बात का लालच नहीं है। मैं तुम्हें भाई समझकर धर्म की राह दिखाने आया हूँ। अरे! देखो-ये फ़िरंगी तुम्हारे ही मुल्क में तुम्हारे मालिक बने बैठे हैं और तुम अपने ही घर में उनके गुलाम हो। ये तुम्हें चार रुपल्ली देते हैं और तुम्हारा खून लेते हैं, भला कहो-यह कैसा सौदा है? देश लुट रहा है, रूई, तेल, रेशम सब विलायत ले गये। तुम्हारे पल्ले क्या पड़ा? देखो तो वे जुलाहे जिनके बनाये महीन वस्त्र देश-देश में सरनाम थे अब अपने हाथ के अंगूठे कटवा-कटवा जहाँ-तहाँ मिहनत-मजूरी करके पापी पेट की ज्वाला बुझा रहे हैं। उनके घर-बार सब उजड़ गये। गाँव वीरान हो गये। पुराने रईस मिट्टी में मिल गये। शूद्रों की हवेलियाँ कलकत्ते में आकाश चूमती हैं; और ये फ़िरंगी जिन्हें न सूअर से परहेज़ है, न गौ माता से-जो न हिन्दू, न मुसलमान, क्या मज़े से बँगलों में रहते, घोड़े पर सवार होकर सैर करते और मौज-मजा करते हैं। उनके घर रोज़ दीवाली रहती है। किसकी बदौलत? तुम्हारी भाड़े की तलवार की बदौलत! मुल्क तुम जीतते हो, पर राजा वे होते हैं। यह कैसी बात? मुल्क तो हिन्दुओं का है, मुसलमानों का है, ये कौन, न तीन में न तेरह में। भाइयो! आँखें खोलो, चेतो। अब भी समय है। इन गोरे शैतानों को अपने मुल्क से निकाल बाहर करो! मुसलमान हमें लूटते थे, सही-पर देश का धन देश में ही रहता था, पर यह तो सात समुन्दर पार ले भागे। देखो तो भला नमक और अफ़ीम पर भी महसूल झाँसी का राजा मर गया है। उसने झण्डे के साथ अंग्रेज़ी निशान किले पर लगाया। इसलिए कि अंग्रेज़ उनके दोस्त हैं। पर देखो यह कैसे दोस्त निकले! उसकी रानी को किले से निकालकर बाहर किया। बेटे को बेटा नहीं माना। क्यों भाई, अब तो तुम्हारा बेटा भी नहीं चलेगा। भगवान ने गोद न भरी तो गोद नहीं ले सकते। नरक में पड़े रहना होगा। राम-राम यह तो मुसलमानों से भी बुरे राजा हैं। देखो तो, सतारा हड़प लिया। शिवाजी की सन्तान पर तमाचा। अवध के बादशाह को गद्दी पर से उतार दिया। नागपुर भी हजम कर लिया। अरे भाइयो! तुम्हारे बदन में खून है या नहीं! बदला लो! अब भी समय है। उठाओ तलवार और दिखा दो इन्हें उसका जौहर। चुप रहने का समय नहीं यारो। समय न बारम्बार। ब्राह्मण का वचन प्रमाण। अंग्रेज़ों के खून से हाथ रँगो। सुना नहीं तुमने, विलायत की मलिका ने हुक्म दिया है कि अब कलकत्ते की माई पर गो रक्त चढ़ा करेगा। देखो, कितनों का धर्म समुद्र पार उतारकर बिगाड़ दिया, अब क्या है। दीन के रहे, न दुनिया के। चेतो! चेतो!! वरना अब काले पानी भेजे जाओगे। इसी बैरकपुर में कत्लेआम हुआ था। जानते हो? क्या अब फिर उसी की इन्तज़ारी कर रहे हो? अब तो न कोई ब्राह्मण रहेगा, न क्षत्री। तुम्हारी औलाद की जात गयी। अब क्या रखा है। कसम खाओ

कि अपना खून बहायेंगे-पर हुक्म गोरों का न मानेंगे। तो बस, खून बहाने को तैयार हो जाओ। अरे, मैं तुमसे कह रहा हूँ। ब्राह्मणों से, क्षत्रियों से। कोई भंगी-चमारों से नहीं कह रहा। जब तुम समुद्र पार से लौटोगे तो तुम्हारी जात चली जायेगी। तुम्हारे बाल-बच्चों की शादी कहाँ होगी? नहीं भी सही। तो देखो तो नया कानून बनाया है। अब तो ब्राह्मण-क्षत्री सबकी विधवाएँ फिर से ब्याह करेंगी। राम-राम। अब सती भी तो कोई नहीं हो सकती। जन्म-भर राँड़ होकर बैठे। कभी राजपूत अपनी बहू पराई बना सकता है? कहो तो भला। फिर ब्राह्मण का धर्म कहाँ रहा? अब तो तुम्हारी गैरत भी गयी। दीन-धर्म चला गया। तुम नष्ट हो चुके।

"अब कहो कलंक का टीका किसके माथे पर लगेगा? सारा हिन्दुस्तान इन फ़िरंगियों ने फतह कर लिया। लो भई अब लोहे की सड़क बन गयी है और तार लग गये। भारत की भूमि बाँध ली गयी। यह नया गोरखधन्धा है। यह लोहे की पटरी रूस तक जब पहुँच जायेगी तो तुम्हारे सब बाल-बच्चे उसमें भर-भरकर रूस भेज दिये जायेंगे। यहाँ अंग्रेज़ बच्चे रहेंगे। अरे भाइयो, अब चेत जाओ। इन अंग्रेज़ों को कत्ल कर दो। लो यह गीता की पोथी है। इसे छूकर कसम खाओ। मैं सारे हिन्दुस्तान में घूमता रहा हूँ। मुझे बारह बरस हो गये। अब सारे हिन्दुस्तान में आग लगने वाली है। चिनगारी रखने की देर है। वह धड़ाका होगा कि इन फिरंगियों का नामोनिशान न रहेगा। सारे हिन्दुस्तान की फ़ौज़ों ने इसी गीता को छूकर कसम खायी है। तुम भी कसम खाओ। सब भेद गुप्त रखोगे। वक्त का इन्तज़ार करोगे और ज्यों ही ज्वालामुखी फटेगा। तुम भी नंगी तलवार लेकर उठ खड़े होगे। बोलो जय काली माई। जय काँगड़े वाली ज्वाला माई। बस मुझे काली माई की आन है। काली माई ने मुझे भेजा है। उसी के हुक्म से मैं काम करता हूँ। भर दो खप्पर काली माई का इन अंग्रेज़ों के खून से। अंग्रेज़ अकेले हैं। अपने मुल्क से दूर हैं। इनके आदमी कम हैं। वे ईरान और रूस से लड़ रहे हैं। बस यही मौका है। लो छुओ गीता महारानी को और कसम खाओ। फिर मैं जाऊँगा बनारस, इलाहाबाद, कानपुर और मेरठ।"

सब श्रोता सकते की हालत में थे। पहले मंगल पाण्डे ने और फिर प्रत्येक ने गीता छूकर प्रतिज्ञा की कि हम तैयार हैं, तैयार रहेंगे, सब बात गुप्त रखेंगे और समय पर दो-दो हाथ दिखायेंगे।

51

शुभदा ने सुना, एक नैष्ठिक ब्राह्मण बैरक में आया है, मंगल पाण्डे के डेरे पर ठहरा है। भागवत-पुराण बाँचता है। गीता के कर्मयोग का टीका खास करता है। रात उसने प्रवचन किया था। बहुत अच्छा बताता है। शुभदा को ऐसे पुरुष से विशेष लगाव था। उसने उसे अपनी कोठी पर बुला भेजा।

गोविन्द पाण्डे भी उससे मिलने को उत्सुक था। वह गया और बरामदे में खड़ा हो गया।

शुभदा ने बाहर आकर पाण्डे की हँसकर अभ्यर्थना की। उसने कहा-"ब्राह्मण की बेटी हूँ, मेरे पति अवश्य क्रिश्चियन हैं, पर मैं हिन्दू हूँ। सुना है आप बड़े भारी विद्वान हैं। शास्त्रों के ज्ञाता है। आइये, कृपा कीजिये, कुछ मुझे भी शास्त्र की बात सुनाइये।"

"आप क्या सुनना चाहती हैं?"

"आप भीतर आइये तो सही।"

गोविन्द भीतर जाकर एक चौकी पर बैठ गया। बैठकर उसने कहा, "कहिये, आप मुझसे क्या चाहती हैं?"

"कुछ मुझे भी धर्म-ज्ञान कराइये।"

"आपको उससे कुछ लाभ न होगा। जिस दोष से बचने के लिए धर्मज्ञान सिखाया जाता है, वह बात तो आप कर चुकीं।"

"यानी एक अंग्रेज़ से विवाह?"

"हाँ।"

"क्या आप मेरे दुर्भाग्यपूर्ण जीवन से परिचित हैं?"

"सब सुन लिया है।"

"तो आप क्या समझते हैं कि मेरा चिता पर जल मरना ही ठीक था?"

"मैं तो यही समझता हूँ।"

"किस अपराध से? भला सुनूँ तो।"

"अपराध की बात तो तब उठती है, जब कोई दण्ड दिया जा रहा हो।"

"एक निरपराध अबोध बालिका को जीवित जला देना आपकी समझ में क्या है?"

"कोई आपको ज़बरदस्ती राह से उठाकर तो जलाने ले नहीं गया था। आप के पति की मृत्यु हो गयी थी-और धर्म की रू से आपको उसके साथ सती होना आवश्यक था।"

"मैंने उस पति को आँख उठाकर देखा भी न था। मुझसे इस विवाह की स्वीकृति भी न ली गयी थी। न मेरा उस पति नामधारी व्यक्ति से कोई सम्बन्ध ही रहा।"

"तो इससे क्या? क्या आप उस पति की पत्नी होने से इनकार कर सकती हैं? आप यह कह सकती हैं कि वह आपका पति न था।"

"मैंने न तो अपनी स्वीकृति दी थी, न मुझमें उस समय इन बातों का ज्ञान था कि मैं जानूँ कि पति क्या है और पत्नी क्या है?"

"तो फिर आप ही कहिये कि आप क्या राय दे सकती थीं। खैर! उस समय तो आप फिर भी आठ बरस की बालिका थीं; कुछ-न-कुछ समझती थीं। परन्तु जब आपने जन्म लिया था और आप केवल एक नवजात शिशु थीं, तभी अनिवार्य रूप से एक पुरुष आपका पिता बन गया, दूसरी स्त्री माता बन गयी। आपके माता-पिता के पुत्र-पुत्री आपके भाई-बहन बन गये, उनके सम्बन्धी आपके चाचा, ताया, चाची, ताई बन गये और ज्यों ही आपने बोलना-पहचानना सीखा, आपने बिना विरोध उन्हें उन्हीं रिश्तों से सम्बोधन आरम्भ कर दिया। फिर अब इतनी समझदार ज्ञानी स्त्री होने पर भी आप इन सम्बन्धों और रिश्तों को अस्वीकार नहीं कर सकतीं। आप यह भी नहीं कह सकतीं कि मेरी स्वीकृति इन रिश्तों के लिए नहीं ली गयी थी। इसलिए मैं उन्हें चाहूँ तो माता-पिता, भाई-बहन मानने से इनकार कर सकती हूँ।"

"इन रिश्तों की बात जुदा है, पर पति-पत्नी के सम्बन्ध की बात जुदा है।"

"जुदा क्यों है?"

"पति-पत्नी तो जीवन-साथी होते हैं।"

"जीवन-साथी? मैं तो ऐसा नहीं मानता। मैंने हिन्दू धर्मशास्त्र पढ़ा है, वे तो लोक-लोकान्तर के, जन्म-जन्मान्तर के साथी हैं। हाँ-माता-पिता, भाई-बहन अवश्य इसी जन्म के साथी हैं। परन्तु जब इनका अटूट और अविच्छिन्न सम्बन्ध है तो पति से क्यों नहीं। आप यह क्यों नहीं मानती कि यह पति भी जन्म-जन्म का साथी था। संयोग और भाग्य से वह बिछुड़ गया, अब आप दूसरा विवाह कैसे कर सकती हैं? आपको तो पतिगामिनी होना चाहिए।"

"आप यह तो मानेंगे कि पति-पत्नी का सम्बन्ध उनके अपने सुख-दु:ख का सम्बन्ध है।"

मैं तो नहीं मानता ऐसा। ऐसा होता तो फिर विवाह का ढकोसला ही क्यों? यह तो सामाजिक सम्बन्ध है, व्यक्तिगत नहीं। इसलिए इस मामले में सामाजिक और धार्मिक नियम पालन किये जाने चाहिए। व्यक्तिगत नहीं।"

"बड़े विचित्र रूढ़िवादी विचार हैं आपके इन मामलों में।"

"मेरे तो अपने कोई विचार नहीं हैं। धर्मशास्त्रों के विचार हैं। इन विचारों की सत्ता स्थापित होने में हजारों वर्ष लगे हैं। हज़ारों अनुभव बड़े-बड़े मुनियों को हुए हैं। जीवन-धर्म, लोक-परलोक, समाज सब बातों पर ध्यान करके उन्होंने ये नियम बनाये हैं। साधारण पुरुषों को उन नियमों का उल्लंघन करने का अधिकार नहीं है।"

"बड़े आश्चर्य की बात है कि एक अबोध बालिका को उसके मृत पति के साथ जीवित जला देने जैसे कूर कर्म का समर्थन करते हैं।"

"इससे भी अधिक कूर कर्म हैं, जिनका हमें समर्थन करना पड़ता है। युद्धक्षेत्र में मरने-मारने की परिपाटी कितनी प्राचीन है। सो यह कितना कूर कर्म है। फिर मरने-मारने वाले सिपाहियों

का एक पेशा बना देना कितना कूर कर्म है। सम्मुख युद्ध में शतु पर, जिसने व्यक्तिगत रूप में कोई शतुता नहीं की, शस्त्र का वार करना कितना कूर कर्म है। पर ये सब कूर कर्म अनन्तकाल से होते रहे हैं, समाज की भलाई के लिए। उनकी अपेक्षा तो एकाध अबोध बालिका का चिता पर जला देना किसी गिनती में ही नहीं है। अब यदि सिपाही कहे कि-हमें क्यों मरने के लिए युद्ध में भेजा जाता है, तो राज्य-व्यवस्था कैसे कायम रह सकती है। इसलिए-समाज में जीवन भी है-मृत्यु भी है। जैसे जीवन की आवश्यकता है वैसे ही मृत्यु की भी है। इसलिए स्त्री हो या पुरुष-उसे कभी-कभी इस प्रकार अस्वाभाविक रूप में मरना ही पड़ता है। और वह असाधारण मृत्यु साधारण मृत्यु से बढ़कर यशस्विनी मानी जाती है। युद्ध में मरने वाले वीरों को सूर्यलोक मिलता है। देवता उनके लिए विमान लाते हैं और पति के साथ चितारोहण करने वाली स्त्री स्वर्ग पाती है। पति-लोक जाती है।"

"क्या ये सब ढकोसले-अन्धविश्वास की बातें नहीं हैं?"

"हो सकती हैं। पर इनके बिना तो काम चलता नहीं न। यों ही समझ लीजिये कि मिश्री के साथ मीठी करके कड़वी दवा दी जाती है।"

"पति के मरने पर स्त्री दूसरा विवाह करने में स्वतन्त्र है।"

"वह विवाह न करे तो भी किसी पुरुष के साथ सम्बन्ध करने में स्वतन्त्र है। पर वह सामाजिक सम्बन्ध नहीं, व्यभिचार कहा जायेगा। इसी प्रकार युद्ध से प्राण बचाकर भाग आने में सैनिक स्वतन्त्र है, पर वह वीर नहीं, कायर कहा जायेगा।"

"तो आप क्या मृत्यु के इतने पक्षपाती हैं?"

"इस प्रकार की असाधारण मृत्यु जो कर्तव्य और मर्यादा के आधार पर स्त्री-पुरुषों को वरण करनी होती है, बलिदान कहाती है। इन बलिदानों से समाज का कल्याण होता है। समाज की जड़ें मज़बूत होती हैं। यदि यह भी मान लिया जाये कि धर्म-स्वर्ग की बातें ढकोसला हैं तो भी समाज की बातें ढकोसला नहीं कही जा सकतीं। यदि किसी देश में योद्धा जन्म ही न लें या वीर पुरुष कर्तव्य ही न पालन करें तो उस देश की सुख-समृद्धि कायम न रहेगी। आप जानती हैं कि विश्व की बड़ी-बड़ी प्रभावशाली घटनाएँ युद्धों के परिणामस्वरूप ही हुई हैं। इसी प्रकार स्त्रियाँ यदि स्वेच्छा से पतियों को अदलती-बदलती रहें तो समाज की मर्यादा कायम नहीं रह सकती।"

"कैसे नहीं रह सकती। पुरुष दूसरा ब्याह कर सकता है तो स्त्री क्यों नहीं कर सकती?"

"इसलिए कि पुरुष समाज का आधार है और स्त्री उसकी पूरक है। विवाह के बाद पुरुष अपने घर रहता है-पर स्त्री पति के घर आ जाती है। पत्नी के मरने पर पुरुष दूसरा ब्याह करता है तो उसके सामाजिक सम्बन्ध टूटते नहीं अपितु टूटते सम्बन्ध बन जाते हैं। टूटी गृहस्थी जुड़ जाती है। उजड़ा परिवार बस जाता है। पर स्त्री यदि दूसरा ब्याह करे तो उसके सब पूर्व सामाजिक सम्बन्ध टूटकर छिन्न-भिन्न हो जाते हैं। क्योंकि वह अकेले पति ही की पत्नी नहीं है, उसके परिवारवालों

की भी रिश्तेदार है। किसी की चाची, किसी की ताई, किसी की भौजाई। ये सम्बन्ध साधारण नहीं हैं। समाज के भारी अंग हैं। दूसरा विवाह करने पर यह सम्बन्ध टूट जायेंगे और समाज भंग हो जायेगा। इसके अतिरिक्त एक बात है-आप स्त्री हैं; आपसे कहने में संकोच लगता है।"

"आपकी बातें विचित्र हैं। दकियानूसी हैं-पर प्रभावशाली है; आप क्या कहना चाहते हैं, वह कहिये।"

"आप आज्ञा देती हैं तो कहता हूँ-हमारे हिन्दू धर्मशास्त्र में स्त्री को युवती होने से प्रथम ही बाल्यावस्था में ब्याह देने की आज्ञा है।"

"यह प्राचीनकाल में नहीं होता था, पीछे से यह बुराई चढ़ाई गयी है।"

"पीछे से ही सही। पर यह बुराई नहीं है। बहुत बड़ी भलाई है। जिसे सोच-समझकर ही दूरदर्शी बुजुर्गों ने बढ़ाया है।"

"दूरदर्शिता इसमें क्या है?"

"वही कहता हूँ। कन्या को युवती होने से प्रथम ही हिन्दू विवाह कर देते हैं। वह पति-घर में जाकर युवती होती है। इससे एक तो पति के परिवार से उसकी आत्मीयता के सम्बन्ध जुड़ते हैं। दूसरी बात यह है कि उसकी सन्तान का पिता-अमुक व्यक्ति उसका पति ही है-इसका असन्दिग्ध प्रमाण प्राप्त रहता है। अब यदि स्त्री विधवा होने पर पति की सहगामिनी नहीं होती-दूसरा ब्याह करती है तो सन्तान का पिता कौन है-इसके सौ झगड़े खड़े हो सकते हैं। ऐसा भी सम्भव हो सकता है कि वह पूर्व पति की गर्भिणी हो। फिर सम्पत्ति के बँटवारे और सामाजिक अन्य मामलों में व्याघात पहुँचता है। पिता का असन्दिग्ध होना हिन्दू धर्म का सबसे भारी महत्त्वपूर्ण दृष्टिकोण है। और यह आर्थिक भी है, सामाजिक भी और आध्यात्मिक भी। इसी से एक स्त्री के एक ही पुरुष के संसर्ग में रहने की एकान्त चेष्टा की जाती है।"

"मैं आपकी बातों से सहमत नहीं हूँ, परन्तु आप बड़े विचारशील हैं। इसलिए आपका सम्मान करती हूँ।"

"आप जीवन को अनन्त नहीं मानती। शरीर के अन्त तक ही जीवन मानती हैं। भौतिक संसार ही से आपका नाता है। इससे मुझसे सहमत नहीं हो सकतीं, परन्तु आप एक साहसी और उदार देवी हैं, मैं भी आपका आदर करता हूँ। कहिये मैं आपकी क्या सेवा कर सकता हूँ?"

"क्या आप ज्योतिष जानते हैं?"

"जानता हूँ।"

"भविष्य कह सकते हैं?"

"कह सकता हूँ।"

"तो कृपया मेरा भविष्य कहिये।"

"नहीं कहूँगा।"

"क्यों?"

"क्योंकि आप श्रद्धावश नहीं, कौतूहलवश यह प्रश्न करती हैं। शास्त्र कौतूहल निवारण करने के लिए नहीं होते।"

"आप की बात यथार्थ है। अच्छा एक बात बताइये।"

"पूछिये।"

"आप मेरी सब जीवन-कथा सुन चुके हैं। अब मुझे यहाँ इस स्थान पर इस दशा में देखकर आप प्रसन्न हैं या नहीं?"

"नहीं।"

"मैं चिता पर जलमरी होती तो संतुष्ट होते?"

"अवश्य।"

"क्यों भला?"

"ब्राह्मण हूँ, निष्ठा की पूँजी से ब्राह्मण का सब कारोबार होता है। आप उस तरह जलमरी होती...और कभी मैं इस स्थान से गुज़रता और जान पाता तो सती माता कहकर उस चिता भूमि में माथा रख आपको प्रणाम करता और श्रद्धा के आँसू आपकी भेंट करता।"

"किन्तु अब?"

"अब तो मैं केवल आप पर दया कर सकता हूँ।"

शुभदा को एक असह्य भार दबाये डाल रहा था, उसने कहा-"क्या आप साहब से मिलना पसन्द करेंगे?"

"नहीं।"

"क्यों ?"

"साहब लोग हम काले हिन्दुस्तानियों से मिलना पसन्द नहीं करते। वे अपने को हमसे श्रेष्ठ और हमारे स्वामी समझते हैं। परन्तु मैं ब्राह्मण हूँ, मैं ऐसा नहीं समझता।"

"क्या साहब से आप कुछ चाहते हैं?"

"कुछ नहीं।"

शुभदा देवी कुछ देर चुपचाप अभिभूत-सी खड़ी रहीं। फिर उन्होंने दस रुपये निकालकर देते हुए कहा-"मैं जानती हूँ कि आप मेरे यहाँ भोजन नहीं करेंगे। अत: ये रुपये लीजिये, भोजन के लिए देती हूँ।"

"नहीं ले सकता। मैं केवल निष्ठावान ब्राह्मणों का ही अन्न खाता हूँ। बारह वर्ष से मैंने यह व्रत लिया है।"

"मैं भी तो ब्राह्मण की बेटी हूँ।"

"क्या आप मुझसे कुछ माँगती हैं?"

"आशीर्वाद दीजिये।"

"कैसा?"

शुभदा क्षण-भर चुप रही। एक चमक उसके नेत्रों में आयी। उसने कहा-"जैसा आप देना चाहें, जैसा अपना धर्म समझें।"

"तो आशीर्वाद देता हूँ-तुम्हारा यह सुहाग अचल रहे।"

शुभदा ने गले में आँचल डालकर ब्राह्मण की पगधूलि ली और गोविन्द पाण्डे वहाँ से तेज़ी से चल दिये।

52

पहली ही बार शुभदा ने अपने चैतन्य जीवन में गोविन्द पाण्डे के समक्ष अपने को नगण्य समझा-वह अभिभूत-सी उसके पीछे बरामदे तक चली आयी। पर ब्राह्मण ने पीछे फिर के देखा नहीं, वह फाटक खोल बाहर चला गया। शुभदा उसे खड़ी देखती रही। इसी समय उसने देखा-फाटक के बाहर एक वृक्ष के नीचे एक दीन-हीन वृद्ध ब्राह्मण लाठी टेके खड़ा एकटक उसी की ओर देख रहा है। उसके शरीर पर पूरे वस्त्र नहीं हैं, चिथड़े हैं। दाढ़ी उसकी बढ़ी हुई है और कमर झुक गयी है। कुछ तो इस समय शुभदा का मन भावुकता से आन्दोलित हो रहा था, कुछ वह स्वभाव से ही दयालु थी। उसके हाथ में दस रुपये थे जो उसने पाण्डे को देने चाहे थे; पर पाण्डे ने अस्वीकार कर दिया था। उसने बैरा को बुलाकर और उसके हाथ में वे रुपये देकर कहाँ-"देखो, वह फाटक के बाहर बूढ़ा ब्राह्मण खड़ा है, ये रुपये उसे दे आओ।"

बैरा रुपये लेकर चला गया। शुभदा वहीं खड़ी होकर ब्राह्मण को देखती रही। पर ब्राह्मण ने रुपये नहीं लिये। उसने कहा-"वह इस घर की मालकिन के दर्शन करना चाहता है।" बैरा से यह बात सुनकर शुभदा ने ब्राह्मण को भीतर बुलाने की आज्ञा दी। बूढ़ा ब्राह्मण लाठी टेकता, काँपते पैरों से सुर्थी कुटी हुई सड़क पर आगे बढ़ा। अभी वह मुश्किल से बीस कदम आगे आया था कि शुभदा ने उसे पहचान लिया और वह इस तरह उसकी ओर दौड़ी जैसे गाय बछिया को देखकर दौड़ती है। ब्राह्मण के निकट पहुँचकर वह वहीं सड़क पर उसके पैरों में लोट गयी। ब्राह्मण के हाथों से लाठी छूट

गयी। उसने काँपते हाथों से शुभदा को उठाकर हृदय से लगा लिया। अब पिता पुत्री दोनों मूक-मौन रुदन रो रहे थे। यह एक आहत पिता और भाग्यविदग्धा पुत्री का मिलन था, जिसकी कभी उन्होंने आशा नहीं की थी। नौकर-चाकर और बैरा सब जड़ बने देख रहे थे-पर किसी को कुछ कहने का साहस न होता था।

बहुत देर बाद शुभदा ने आँसू पोंछकर कहा- "मैं तो आपको सपनों में देखा करती थी बापूजी, अब आपसे मिलने की क्या आशा थी?"

"जब मैंने तुझे चिता पर बैठने के लिए घर से बाहर किया तो मैं तेरी ससुराल तक तेरी पालकी के पीछे-पीछे रोता-कलपता आया था। तेरी माँ तो पछाड़ खाकर गिर गई थी और बहन ज़ोर-ज़ोर से रो रही थी पर मैं तेरे ही ध्यान में सबको भूल गया था बेटी! मैंने निश्चय किया था कि तेरे ही साथ मैं भी चिता में कूद पड़ूँगा। तुझे मैंने कितने चाव से छाती से लगाकर पाला था और उस दिन तुझ दूधमुँही को मैं चितारोहण के लिए भेज रहा था। मेरे जैसा निष्ठुर पिता कौन होगा भला! कौन मुझे ब्राह्मण कह सकता है! मैं तो कसाई हो गया था, बेटी। और धर्म के इस दृढ़ बन्धन ने मेरी आँखें अन्धी कर दी थीं। मेरी सोचने-विचारने की शक्ति मारी गयी थी, पर तेरे साथ जल मरने की मैंने ठान ली थी।

"मैं किसी को मुँह दिखाना न चाहता था इसलिए छिपकर मैं वहीं बैठ गया, जहाँ चिता बनायी गयी थी। मैंने देखा मेरी बेटी तो रो ही नहीं रही है। मुझे मालूम था तुझे धतूरा मिलाकर भाँग पिला दी गयी थी। फिर तुझे भले-बुरे का क्या ज्ञान था। भला! मैं चाह रहा था जितनी जल्दी यह काम खत्म हो तो ही भला। मैं इस प्रतीक्षा में था कि चिता की ज्वाला तेज़ हो तो मैं उसमें कूद पड़ें। पर इसी समय एक चीख मारकर तू चिता से कूद पड़ी, तेरे कपड़ों में आग लग रही थी। मेरा कलेजा मुँह को आ रहा था। उन्होंने तुझे पकड़कर फिर जलती चिता में झोंक दिया। मैं पागल की भाँति झपटा कि तुझे बचा लूँ पर इतने में ही फ़िरंगी डाकू आ गये और तुझे ले भागे।

"हे परमेश्वर! मेरा धर्म-कर्म-पुण्य सब नष्ट हो गया। मैंने उन डाकुओं का पीछा किया-पर वे गोली दागते जा रहे थे। एक गोली मेरी टाँग में लगी और मैं मूर्छित होकर वहीं गिर गया। नहीं जानता कब तक वहाँ पड़ा रहा। जब होश आया तो पहले तो मुझे समझ ही न आया कि क्या हुआ होगा, जाग्रत घटना हुई या स्वप्न देखा पर धीरे-धीरे सब बातें याद आने लगीं। शोक कि जल मरने का सौभाग्य भी मुझे न मिला। मेरी बेटी कहाँ गयी? उसका धर्म कैसे बचेगा? यही सोचकर मैं विक्षिप्त हो उठा। मेरे लोक-परलोक दोनों बिगड़ गये। फिर मैं घर लौटकर नहीं गया। जनेऊ अपना तोड़ डाला, कपड़े फाड़ डाले और वहाँ की धूल सिर पर उछाल ली। फिर मैं वहाँ से यहाँ और यहाँ से वहाँ भटकता फिरा। मेरी टाँग में गोली लगी थी, मैंने उसका कोई इलाज नहीं किया। बरसों वह ज़ख्म सड़ता रहा, फिर आप ही अच्छा हो गया। पैर लँगड़ा ज़रूर हो गया। आज चौदह वर्ष बीत रहे हैं, तब से मैं देश-देश मारा-मारा फिर रहा हूँ। भीख माँगकर इस पापी पेट की ज्वाला बुझा लेता हूँ। केवल तेरी वह मूर्ति, जब तू चीख मारकर चिता से कूदी थी, मेरे मानस पटल पर छायी हुई है। वह न मुझे मरने देती है, न जीने देती है।

"भला इस बात की कब आशा और कल्पना हो सकती थी कि फिर तुझे मैं देख सकूँगा। और इस रूप में! पर बहुत दिन बाद मैं कलकत्ता आया। वहाँ एक दिन मजूमदार महाशय से भेंट हो गयी। वे मुझे अंक में भरने को दौड़े, पर मैं पीछे हट गया। मैंने कहा-ना-ना, मुझे मत छूना मजूमदार महाशय! मैं ब्राह्मण नहीं हूँ, चाण्डाल हूँ, पतित हूँ। फिर कुछ देर हमने आँसू बहाये और उन्हीं से मुझे तेरा यहाँ का पता लगा। तुझे अपनी आँखों से एक बार देख लेने का लोभ मैं नहीं संवरण कर सका। आज पन्द्रह दिन से मैं यहाँ आकर सुबह से शाम तक खड़ा होता हूँ-पर तेरी नज़र मुझ पर नहीं पड़ी। आज मेरे भाग्य जागे मैंने तुझे देखा। मिलना हो गया। बड़ी बात हुई। बस अब जाकर गंगा में डूब मरूँगा।"

शुभदा चुपचाप अपने पिता की यह भीषण दर्द-भरी कहानी सुनती रही। उसमें न जवाब देने की सामर्थ्य थी, न कुछ करने की। उसने सुबकियाँ लेते हुए कहा-"पिता यह न होगा। अब आप मुझे छोड़कर नहीं जा सकते। चलिये, भीतर चलिये।"

"नहीं बेटी! तेरे घर भला मैं कैसे आ सकता हूँ? कभी ब्राह्मण था-यह अब भी नहीं भूला हूँ।"

"हाय रे भाग्य! जिन्हें विवाह, यज्ञोपवीत आदि अनुष्ठानों में बुलाने बड़े-बड़े राजा रईस, हाथी और पालकी सवारी के लिए भेजते थे-जिनके शिष्य समूचे नदिया प्रान्त में फैले हों; वही दीनबन्धु वन्द्योपाध्याय आज इस दीन-हीन दशा में पुत्री के सम्मुख खड़े हैं! कैसी विडम्बना है!"

वृद्ध ने कहा-"बस-बस, इन बातों से क्या? होंगे कोई दीनबन्धु वन्द्योपाध्याय। मैं नहीं जानता उन्हें। मैं एक पतित पापी पुरुष हूँ और गंगा की गोद में शरण लेना ही मेरा कर्तव्य है। भगवान तेरा कल्याण करें। लो मैं यह चला।"

इनता कहकर वह निर्मोही वृद्ध पिता मुँह मोड़कर चल खड़ा हुआ। शुभदा चीखी, "पिता-पिता-ऐसा न करो। ऐसे निर्मोही न बनो। पिता, यह तुम्हारी वही शुभदा है, एक बार इसकी ओर देखो।"

पर बूढ़ा ब्राह्मण अपनी लँगड़ी टाँगों को जल्दी-जल्दी घसीटता हुआ, तेज़ी से चलकर शून्य में विलीन हो गया। शुभदा मूर्च्छित होकर वहीं भूमि पर गिर गयी।

53

दो दिन के दौरे के बाद मैकडानल्ड कलकत्ते से लौटे थे। उन्हें अब कमाण्डर जनरल बना दिया गया था। अब वे अपने सेण्टर के सर्वोच्च सैनिक अफ़सर थे। वे जर्क-बर्क पोशाक पहने और नये ओहदे का तमगा छाती पर लगाये, आनन्द और उल्लास से भरे हुए घर में आये। उन्होंने सुना शुभदा शयनागार में है। वे सीधे शयनागार में जाकर बोले-"देखो-देखो तो शुभदा-यह मेरी नई ड्रेस-मेरे तमगे। और सुनो, मैं मेजर-जनरल बन गया हूँ। क्या तुम खुश नहीं हो?"

"खुश हूँ," शुभदा ने बुझी हुई आवाज़ से कहा। मैकडानल्ड ने शुभदा के विषाद पर ध्यान नहीं दिया। उन्होंने कहा-"इस वर्दी में कैसा लगता हूँ तुम्हें?"

"बहुत बड़े आदमी लगते हो।"

"मेरी प्यारी शुभदा, मेरी हर तरक्की में तुम्हारी भी तरक्की है, मेरी बढ़ोत्तरी में तुम्हारी ही बढ़ोत्तरी है।"

"यह केवल तुम्हारे अनुग्रह के कारण। सच पूछो तो मुझे इन कपड़ों में तुम्हें देखकर डर लगता है।"

"कैसा डर?"

"वैसा ही, जैसे किसी छोटे आदमी को होता है बड़े आदमियों से।"

"तुम छोटी हो, यह, तुमसे किसने कहा?"

"मेरी आत्मा ने। आखिर, मैं दीन-हीन भ्रष्ट पतिता स्त्री हूँ।"

"क्या कारण है कि तुम इस समय ऐसी बातें कर रही हो? तुम्हारा मुँह सूखा हुआ है। बाल रूखे हैं। बोली खोखली है। तुम्हें क्या हो गया है, मेरी प्यारी शुभदा? क्या तुम्हारी तबीयत ठीक नहीं है? क्या मैं फ़ौज के बड़े डॉक्टर को बुलाऊँ?'

"डॉक्टर की ज़रूरत नहीं है। मैं बीमार नहीं हूँ।"

"लेकिन तुम्हें हो क्या गया है? कहो तो, क्या मेरे पीछे कोई घटना घटी है?"

"मेरा मन खराब हो गया है और मैं ज़रा सोना चाहती हूँ।"

"तो तुम सो रहो," मैकडानल्ड ने यत्न से शुभदा को बिछौने पर सुला दिया और वह चिन्तित भाव से बाहर आये। नौकरों के द्वारा उन्हें उन दोनों मुलाकातियों के आने की बात विदित हुई। पाण्डे के सम्बन्ध में वह जानता था। उसे सूचना मिल चुकी थी पर दूसरा मुलाकाती कौन था—यह वह न जान सके। उन्होंने यह निर्णय किया कि जब शुभदा स्वस्थ होगी तो उससे बातें करेंगे।

और रात को जब दोनों भोजन करने बैठे तो मैकडानल्ड ने कहा-"शुभदा प्रिये! मैं तुमसे एक बात पूछना चाहता हूँ। तकलीफ़ न हो तो बताना।"

"पूछो!"

"मैंने सुना मेरी गैरहाज़िरी में दो आदमियों से तुम्हारी मुलाकात हुई। इस समय जो तुम्हारी तबीयत खराब हो रही है, क्या इन मुलाकातों का तो परिणाम नहीं है?"

"उन्हीं का परिणाम है।"

"पाण्डे के सम्बन्ध में तो मैं जानता हूँ। वह सिपाहियों का गुरु है। मेरी ही आज्ञा से उसे छावनी में कथा-वार्ता कहने की अनुमति मिली थी। सुना है-बड़ा विद्वान पण्डित है।"

"केवल विद्वान ही नहीं है, त्यागी और निष्ठावान ब्राह्मण है। उसने मुझे मेरे जीवन के लिए लज्जित कर दिया। अब तक जो मैं उस काम को अत्याचार समझ रही थी जो मेरे साथ हुआ और प्रायः भारतीय हिन्दू विधवाओं के साथ होता ही रहा है, मेरे समक्ष बड़े प्रबल शब्दों में उसने उसका समर्थन किया। मैं नहीं जानती थी कि कोई मेरे विचारों को डिगा सकता है, पर उसने ऐसा ही किया।"

"मैं भी सुनूँ कि वह उस भयानक रिवाज़ के समर्थन में क्या दलील रखता है। मैं आज शाम को उसे बुलाऊँगा।"

"वह नहीं आयेगा। न तुमसे बातें करेगा। न मुलाकात करेगा।"

"क्या तुमने उससे कहा था?"

"कहा था, पर उसने स्वीकार नहीं किया। कहा-इससे कुछ फ़ायदा नहीं है। वास्तव में वह बिलकुल पुराने विचारों का हिन्दू है और उसकी बातें बहुत प्रभावशाली हैं।"

"मालूम होता है, उसकी बातों का तुम पर बहुत प्रभाव पड़ा है।"

"क्या तुम कल्पना कर सकते हो उसने मुझसे क्या कहा?"

"मैं तुम्हारे मुँह से वह बात सुनना चाहता हूँ कि जिसने तुम्हें विचलित कर दिया है।"

"मैंने जब उससे पूछा कि मेरे इस नये जीवन को देखकर वह प्रसन्न है? तो उसने मेरी नाराजी की बिना परवाह किये कहा-नहीं! और जब मैंने धड़कते हृदय से उससे पूछा-यदि मैं चिता पर उस दिन जल मरती तो क्या वह प्रसन्न होता? तो उसने बेधड़क कहा-हाँ। और जब मैंने उससे इसका कारण पूछा तो उसने कहा कि यदि मैं उस भूमि पर कभी जा पहुँचता कि जहाँ तुम सती हो गयी होती तो मैं 'सती माता' कहकर तुम्हें धरती पर माथा टेककर प्रणाम करता, श्रद्धा के आँसू बहाता। परन्तु अब?

उसने कह दिया, अब तो मैं केवल तुम पर रहम कर सकता हूँ।"

"पर मैं इन भारतीय ब्राह्मणों की नस जानता हूँ। कुछ रुपया पाने से उनकी बातचीत का टोन बदल जाता है।"

"ऐसा भी वह आदमी नहीं है। मैं जानती थी कि वह मेरा छूआ कुछ भी खाये-पियेगा नहीं। इसी से मैंने दस रुपये देने चाहे थे। पर उसने नहीं लिये।"

"वह रुपये लिये बिना ही चला गया?"

"वह मुझे आशीर्वाद दे गया कि तुम्हारा यह नया सुहाग बना रहे।"

"इस आशीर्वाद का भी कुछ मूल्य तुम समझती हो?"

"मुझे तो ऐसा तभी से प्रतीत हो रहा है, जैसे नंगी तलवार लिये वह ब्राह्मण मेरी रक्षा यत्न से कर रहा है।"

"आश्चर्य है। मैंने आज से पहले तुम्हें किसी व्यक्ति से इतना प्रभावित होते नहीं देखा था। वह दूसरा बूढ़ा ब्राह्मण कौन था?"

"बेचारे भाग्य के मारे मेरे पिता थे।"

"क्या-क्या? तुम्हारे पिता थे? तजने उन्हें रोका नहीं, चला जाने दिया?"

शुभदा ने अवरुद्ध कण्ठ से आँसू बहाते हुए पिता-पुत्री की उस मुलाकात का ज़िक्र किया। उनके 14 बरस भटकने की कथा भी सुनायी, फिर सिसकियाँ लेते हुए कहा-"वे बरामदे की सीढ़ियों पर भी नहीं चढ़े और अब गंगा की गोद में अनन्त विश्राम लेने को चले गये।"

"ठहरो, मैं उन्हें तलाश करने को सिपाही भेजता हूँ। हमें उन्हें ढूँढ़ना होगा।"

"मैंने पाकर उन्हें खो दिया। अब तुम उन्हें ढूँढ़कर न पा सकोगे।"

"परन्तु शुभदा, हमारे रहते उन बुजुर्ग का इस प्रकार जान देना कैसे सम्भव हो सकता है। मैं अभी सिपाही भेजता हूँ," इतना कहकर जनरल मैकडानल्ड तेज़ी से उठकर चले गये।

उन्होंने बहुत-से सिपाही चारों ओर दौड़ाये। परन्तु ब्राह्मण का पता न लगना था, न लगा। गोविन्द पाण्डे भी वहाँ से जा चुका था, अत: उससे भी मैकडानल्ड की मुलाकात न हो सकी।

जिस समय सन् 1856 के मार्च में डलहौज़ी भारत से जा रहा था, प्लासी के युद्ध को सौ बरस पूरे हो रहे थे। इन सौ बरसों में अपनी सेना और शासन के उत्कृष्ट नियन्त्रण के बल पर अंग्रेज़ निरन्तर भारत की शक्तियों से टकराते रहे और सदैव ही भारतीय शक्ति उनसे टकराकर चूर-चूर होती गयी। भारतीय प्रदेश ज्यों-ज्यों अंग्रेज़ों के हाथ में आते गये, अंग्रेज़ वहाँ शासन का नियन्त्रण करते चले गये। अव्यवस्था और अन्धेरगर्दी का अब भी दौर-दौरा था, परन्तु अब कुछ सुधार हो रहे थे। अंग्रेज़ी कर्मचारियों के उत्पात और स्वेच्छाचारिता भी कम होती जा रही थी। पिण्डारियों और ठगों के उत्पात दब गये थे। पुलिस की व्यवस्था सुधर गयी थी। अदालतों और सदर अदालतों के बन जाने से जनता के मन में न्याय की आशा बन्धती जाती थी। यद्यपि अदालतों में घूसखोरी और अन्धेर अभी तक कायम था। पर कुछ हाकिम अच्छे भी थे। भिन्न-भिन्न प्रान्तों में एक ही शासन कायम होने से सड़कों और यातायात की व्यवस्था सुधर गयी थी। अंग्रेजी राज में सबसे अधिक सुविधा किसानों को मिली थी। जिन दिनों देश में छोटे-छोटे अनियन्त्रित राज्य थे और उनमें आये दिन युद्ध होते रहते थे-तो किसानों ही की खेती-बाड़ी की बर्बादी अधिक होती थी। फ़ौजें खेतों को रौंदती चली जाती थीं, रसद-राशन लूट लेती थीं। जान-माल की सलामती नहीं थी। अब भीतरी युद्ध समाप्त हो चुके थे और किसान निर्द्वन्द्व हो खेती-बाड़ी करते थे। अंग्रेजों ने अपने अधिकृत प्रदेशों में लगान की व्यवस्था निश्चित कर दी थी और उसे अमल में लाने के लिए सेना, अदालत और पुलिस का जाल बिछा दिया था। किसान निश्चिन्त होकर खेती करता था और सरकारी मालगुजारी अदा करता था। पंजाब रणजीत सिंह की मृत्यु के बाद दस वर्षों तक नरक यन्त्रणा भोगता रहा, अब अंग्रेज़ी अमल में आने पर सर हेनरी लॉरेन्स

जैसे अनुभवी, समझदार, प्रबन्ध-कला में चतुर अंग्रेज़ों के कारण धाँधली की समाप्ति पंजाब के लिए वरदान बन गयी थी।

डलहौज़ी ने कई अच्छे काम भी किये। नई योजनाएँ बनायी। यद्यपि सफलतापूर्वक अपना राज्य चलाने के लिए ही सही; पर लाभ देशवासियों को भी हुआ। उसी के शासनकाल में पहली रेल लाइन बिछी जो बम्बई से ठाणे तक बीस मील लम्बी थी। बाद में देश-भर में उसका जाल फैलता चला गया। तार का आरम्भ भी उसी ने किया। इस काम को पूरा करने में डलहौज़ी को बहुत-सी कठिनाइयों को पार करना पड़ा। सस्ते पोस्टेज़ के पोस्ट ऑफ़िस उसने खुलवाये। इससे प्रथम हरकारे चिट्ठी बाँटा करते थे और स्थान की दूरी के अनुसार किराया लगता था। डलहौज़ी ने दो पैसे का पोस्ट कार्ड चलाया, जिसे रेल के कारण काफ़ी सफलता मिली। शिक्षा के क्षेत्र में उसने प्राथमिक शिक्षा का माध्यम देश की भाषाओं को रखा तथा सहायता प्राप्त स्कूलों की परिपाटी फैलायी। उसने पब्लिक वर्क्स डिपार्टमेण्ट भी खोला, जिसका उद्देश्य सड़कों, पुलों, नहरों की व्यवस्था करना था। गंगा की बड़ी नहर उसने निकाली और जनरल सड़क कलकत्ते से पेशावर तक बनायी।

निस्सन्देह ये सब काम शासन की सुविधा के लिए ही किये गये थे। पर लाभ इनसे प्रजा को भी पहुंचा और साधारण तथा सर्व साधारण अंग्रेज़ी राज्य को भाग्य विधान की भाँति मानने लगा। डलहौज़ी से प्रथम अंग्रेजी सरकार की सेनाएँ कुछेक प्रेसीडेन्सी नगरों में इकट्ठी रहती थीं। परन्तु डलहौज़ी के काल में मराठा राज्य, बर्मा और पंजाब की लड़ाइयों के कारण सेना की संख्या बहुत बढ़ गयी थी। सेना में असन्तोष की भावनाएँ भी दिखने लगी थीं। खासकर बैरकपुर के सिपाही-विद्रोह से अंग्रेज़ चौकन्ने हो गये थे। अत: डलहौज़ी ने यह अनुभव किया कि एक ही केन्द्र में बहुत अधिक सिपाहियों का जमाव खतरनाक है। उसने सबसे प्रथम बैरकपुर की ही सेनाओं को दूर-दूर फैला दिया। उत्तर भारत पर तीखी नज़र रखने के लिए मेरठ की छावनी को नये सिरे से सुगठित किया और वहाँ जो सेना रखी गयी, वह अपने समय की एक मज़बूत सेना थी।

अब एक नई उलझन पैदा हुई। अंग्रेज़ी सेना की छावनियाँ देश-भर में बिखर गयी थीं। अब यदि कहीं उपद्रव हो या सीमा पर कहीं झगड़ा उठ खड़ा हो तो बस बिखरी हुई सेना को तुरत-फुरत कैसे काम में लाया जाये। जब तक यातायात के साधन सुलभ न हों तब तक इतना बड़ा साम्राज्य कैसे काबू में रखा जायेगा। यद्यपि दूरदर्शी डलहौज़ी ने सड़क आज़म के अतिरिक्त और भी सड़कें बनायी थीं; परन्तु उसकी दृष्टि से यह यथेष्ट न था। अत: उसने रेल और बन्दरगाहों को आधुनिकतम बनाया। रेल बनाने के समय उसका दृष्टिकोण यह था कि एक ऐसी ट्रंक लाइन बनायी जाये जो प्रेसीडेन्सी के आन्तरिक भागों को बन्दरगाहों से जोड़ दे और साथ ही प्रेसीडेन्सियों को एक-दूसरे से जोड़ दे। यह काम यद्यपि सेना की सुविधा के लिए किया गया था-पर इससे विदेशी व्यापार को भी बहुत लाभ मिला। हकीकत यह थी कि डलहौज़ी का लक्ष्य रेल द्वारा जीते हुए प्रदेशों को दृढ़ करना और साम्राज्य के हर केन्द्र को सैनिक शक्ति के प्रहार के दायरे में

लाना तो था ही, इसके अतिरिक्त रेलों द्वारा इंग्लैण्ड और भारत के मूलधन को व्यापार की ओर अधिकाधिक मात्रा में उन्मुख करना भी था। उसने भारत के बन्दरगाह यूरोप के व्यापारियों के लिए उन्मुक्त कर दिये। इसका परिणाम यह हुआ कि उसके शासनकाल ही में रूई और अन्न का निर्यात चौगुना हो गया तथा विदेशी माल भी भारत में ढाई गुणा आया। कच्चे माल के जाने और पक्के माल के आने का जो प्रवाह डलहौज़ी के प्रयत्नों से तेज़ी से चला तो देश के शोषण में चार चाँद लग गये। संक्षेप में, डलहौज़ी का दृष्टिकोण यह नहीं था कि प्रजा की सुख-समृद्धि की वृद्धि हो या शिक्षा प्रसार हो। उसका मुख्य लक्ष्य यह था कि-समस्त भारत कैसे जीता जाये, राज्यों को कैसे स्थिर बनाया जाये और भारत से इंग्लैण्ड को अधिक-से-अधिक लाभ कैसे पहुँचाया जाये। यदि अंग्रेज़ भारत में व्यापारी की हैसियत से, धन कमाने की नीयत से न आये होते और केवल भारत को विजय करना उनका लक्ष्य होता तो निस्सन्देह भारत का इतना शोषण न होता जितना कि हुआ। वे आये तो कमाने को और बन गये राजाधिराज, भारत के स्वामी। इसी से कम्पनी राज्य में सबसे अधिक भारत के व्यापार और शिल्प का विनाश हुआ।

शोषण की पहल बंगाल से शुरू हई। वहीं सबसे प्रथम कम्पनी का राज्य कायम हुआ। पुर्तगाल-फ्रांस और हालैण्ड थोड़े-थोड़े काल के लिए राजनीति और व्यापार में इंग्लैण्ड के भारत प्रतिद्वन्द्वी रहे। पर जब प्लासी और बक्सर के युद्धों के बाद अंग्रेजों को बंगाल की दीवानी मिल गयी और धीरे-धीरे सब प्रतिद्वन्द्वी अन्तर्धान हो गये तो प्रथम बंगाल की और इसके बाद अन्य प्रान्तों की आर्थिक सत्ता अंग्रेज़ों के हाथ में आ गयी। और प्लासी के युद्ध के बाद सन् 1856 तक सौ वर्षों में अकेली ईस्ट इण्डिया कम्पनी ही भारत की आर्थिक भाग्यविधाता रही। जिस समय उन्हें बंगाल की दीवानी के अधिकार मिले थे-उस समय तुर्क, अरब, ईरान और तिब्बत के व्यापारियों का भारत से यथेष्ट व्यापार-विनिमय होता था। बंगाल से निर्यात ही अधिक होता था। इन जाने वाली चीज़ों में सूत, रेशम वस्त्र, चीनी, नमक, पटसन और अफीम प्रथम थी। बंगाल के महीन सूती मलमल की दुनिया भर में खपत और माँग थी। खासकर यूरोप के व्यापारी उसे बहुत चाहते थे। उनके द्वारा ढाके की मलमल एक ओर जापान और दूसरी ओर हालैण्ड तक पहुँचायी जाती थी। उस समय बंगाल में सोना बरसता था; क्योंकि विदेशियों से सोने ही में मूल्य लिया जाता था, इसी से बंगाल अब सोने का बँगला प्रसिद्ध हो गया था। परन्तु अंग्रेज़ों को दीवानी मिलते ही बंगाल तबाह होने लगा। पहला वार बंगाल के संचित सोने पर हुआ। मीर कासिम को कम्पनी के कर्मचारियों को उनके हर्जाने के तौर पर या रिश्वत में जो सोना देना पड़ा, उसका मूल्य तब तीन करोड़ था और आज पच्चीस करोड़ होता है। इसके बाद लगान वसूली में लूट-खसोट होने लगी। अंग्रेज़ व्यापारी, सरकारी नौकर, गुमाश्ते, जो कमाते या ऐंठते थे, उस आय का भयानक भाग स्वर्ण के रूप में इंग्लैण्ड जाने लगा। सन् 1755 से 1780 तक केवल पच्चीस वर्षों में तब का 60 करोड़ और आज का 480 करोड़ रुपये के मूल्य का सोना भारत से इंग्लैण्ड चला गया।

बंगाल में जो स्थायी बन्दोबस्त की पद्धति अंग्रेजों ने प्रचलित की, इसने ज़मींदारी प्रथा को जन्म दिया। इस प्रथा ने तत्काल बंगाल के शिल्प और व्यापार पर चोट की। मूलधन की बड़ी

मात्रा खेती की ओर झुक गयी। व्यापार की दुर्दशा प्रथम ही हो गयी थी और अब उसका सर्वथा विनाश हो गया। परन्तु इस ज़मींदारी प्रथा का जो सबसे भारी प्रभाव बंगाल पर आगे पड़ा-वह यह कि ये ज़मींदार अधिकांशतया निकम्मे और आलसी एवं विलासी हो गये। बिना कमाई किये ही पर्याप्त धन उन्हें मिलने लगा और एक प्रकार के कायर सामन्तों की एक बाढ़ बंगाल में आ गयी। एक तरफ़ तो यह नौकरियों में लग गये। आगे चलकर इन किरानियों-क्लर्कों की भी एक जाति बन गयी जो मसिजीवी थे। आज आप कलकत्ते में इन अभागों की एक फ़ौज देखेंगे। सुबह नौ से दस तक और शाम को चार से छह तक-कलकत्ते की सारी राह-बाट इन असंख्य मसिजीवियों से भरी रहती है, जिनके चेहरे चिन्तित, शरीर थके हुए, नेत्र निष्प्रभ और कमर झुकी हुई, गाल पिचके हुए-ये फाइलों के गट्ठर बगल में दबाये सुबह झपटते हुए दफ्तरों में जाते हैं और शाम को थके-माँदे घर की ओर दौड़ लगाते हैं। कीड़े-मकोड़ों की भाँति इनको ज़िन्दगी है। इनकी इस जाति को अंग्रेजों ने पैदा किया है। अपने जीवन से ये असन्तुष्ट हैं। पढ़े-लिखे और विचार करने योग्य हैं, पर निरुपाय और जीवन के बोझ से दबे हुए हैं।

इस प्रकार अंग्रेज़ों ने बंगाल में दो जातियाँ पैदा की। एक ज़मींदारों की, दूसरी इन क्लर्कों की। ज़मींदारी प्रथा में जब उलट-फेर और उन्मूलन हुआ और क्लर्कों की कुर्सी पर जब एक पर दस टूट पड़े तो बंगाल ही में एक नये संघर्ष का जन्म हुआ और ये सब क्रान्तिकारी बन गये। खैर, इन क्रान्तिकारियों का इतिहास तो हम यथावसर देंगे। अभी तो हम डलहौज़ी के करिश्मों का बखान कर रहे हैं।

डलहौज़ी की इस नीति का सीधा फल इंग्लैण्ड को मिला। भारत का भाग ज़मींदारों और किसानों में घिरता गया जिससे कच्चा माल का विनाश होता गया और अंग्रेज़ विविध रूप में कच्चा माल और पक्का सोना इंग्लैण्ड भेजने लगे। इन परिस्थितियों से पूरा लाभ उठाया गया। ज्यों-ज्यों भारत का व्यापार चौपट होता गया-इंग्लैण्ड में पूँजी और इंग्लैण्ड का व्यापार दिगन्तव्यापी हो गया। बंगाल की ही पद्धति लगभग सारे देश में प्रसारित की गयी। अंग्रेज़ निरन्तर भारत के कारीगरों और व्यापारियों की कठिनाइयाँ बढ़ाते चले

जा रहे थे-यद्यपि अब वह पुरानी खुली डाकेज़नी ज़रा सभ्य लूट में बदल चुकी थी, कानून-कायदों के शिकंजे में फँसकर। विलायती विचार, भाषा, संस्कार, रहन-सहन आदि के साथ-ही-साथ विलायती विलास और फ़ैशन भी बढ़ता चला गया। इसका परिणाम यह हुआ कि विलायती माल की माँग बढ़ती चली गयी। खासकर विलायती कपड़ों और जूतों का व्यापार खूब चमका। पर सब पर बाजी मार ले गया विलायती शराब का बाज़ार।

यह वह समय था जबकि इंग्लैण्ड का शिल्पोद्योग पर लगाकर उड़ा जा रहा था, और वह भारत से ढोये हुए सोने के पंखों पर उड़ रहा था। इंग्लैण्ड में उत्पादन की बाढ़ आ रही थी। उस समय भारत में यदि भारत के हित की चिन्ता करने वाली कोई सरकार होती तो वह अवश्य ही कानून बनाकर देश के शिल्प और व्यापार का संरक्षण करती। परन्तु यहाँ तो आदर्श अंग्रेज़

डलहौज़ी का बोलबाला था और उसने विदेशियों के लिए भारत के बन्दरगाह खोल दिये थे जिसके द्वारा विलायती माल का निर्बाध प्रवेश भारत में हो रहा था। इसका परिणाम तुरन्त ही यह दीख पड़ा कि भारतीय शिल्प और व्यापार चौपट हो गया और मुर्शिदाबाद, ढाका, लखनऊ, अहमदाबाद, नागपुर, मदुरै, बनारस, तंजौर, पूना और कश्मीर जैसे शिल्प उद्योग के केन्द्र उजाड़ हो गये; और उनके स्थान पर मानचेस्टर और लिवरपूल के कारखानों की चिमनियाँ आकाश से स्पर्धा करने लगीं।

जिस समय भारत में अंग्रेजों ने अपना कदम जमाया, उस समय मुगल साम्राज्य टूट रहा था। परन्तु मुस्लिम प्रभावित एक नई सभ्यता पनप रही थी, अब ज्यों-ज्यों अंग्रेज़ी राज्य पैर फैलाता गया-मुगल प्रभाव सिमटता गया और अन्तत: वह लालकिले की दीवारों के भीतर सिमट-सिमटाकर-सीमित रह गया। और अब तो लालकिले में मुगलों का अन्तिम चिराग टिमटिमा रहा था। जिसकी क्षीण ज्योति बुझने को अब-तब हो रही थी, और उसके बाद लालकिले के पट बन्द होने वाले थे।

सन् 1785 में जब सिन्धिया ने दिल्ली पर अधिकार किया था; सारी शक्ति मुगल सम्राट के हाथ से छिन गयी थी। सिन्धिया ने राज्य-शक्ति अपने हाथ में लेकर बादशाह शाह आलम को 6 लाख रुपये वार्षिक की पेन्शन बाँध दी थी-पर वह कभी भी बादशाह को समय पर नहीं मिली। 1803 में दिल्ली पर अंग्रेज़ों ने कब्जा किया और शाह आलम उनके हाथों की कठपुतली बना। अंग्रेज़ों ने बारह लाख रुपये वार्षिक बादशाह की पेन्शन नियत की। बूढ़ा और अन्धा बहादुरशाह निरुपाय था। अब मुगल सूर्य तेज़ी से अस्ताचल को जा रहा था। परन्तु अभागे शाह आलम और उसके उत्तराधिकारी किसी क्षीण आशा की ज्योति का सहारा ताक रहे थे। थोड़े ही दिनों बाद अंग्रेज़ गवर्नर जनरल ने बादशाह की परवाह करना ही छोड़ दिया। वास्तव में अब मुगल बादशाह की निरर्थक सत्ता अंग्रेज़ों के सिर पर नागहानी का भार थी। शाह आलम के उत्तराधिकारी ने लन्दन के द्वार खटखटाने राजा राममोहनराय को भेजा-परन्तु बेकार। क्योंकि अंग्रेजों के और बादशाह के दृष्टिकोण ही भिन्न हो गये थे। बादशाह अब भी अपने को भारत के अधिराज समझते थे। परन्तु अंग्रेज़ उसे महज़ पुराने जमाने की कुतुबमीनार समझते थे। आरम्भ में अंग्रेजों की यह नीति थी कि बादशाह के केवल अधिकार ही छीन लिये जायें, किन्तु उसकी मान-मर्यादा कायम रखी जाये। परन्तु बाद में यह ढकोसला भी उठा दिया गया और बादशाह के

पद को ही अस्वीकार कर दिया गया। दूसरे शब्दों में अब तक बादशाह नवाब-बेमुल्क बने हुए थे, पर अब इतने भी न रहे।

डलहौज़ी चाहता था कि बादशाह लालकिले को छोड़ दें और अपने कुनबे के साथ कुतुब वाले अपने महल में चले जायें और किले में सरकारी मैगजीन रखी जाये। परन्तु इसमें उसे सफलता न मिली। बादशाह और उसके परिवार की जो दुर्दशा हो रही थी, उस पर सारे ही भारतवर्ष की सहानुभूति बादशाह पर उमड़ आयी। खासकर मुसलमान तो उसे शहीद और औलिया मानने

लगे। यों बादशाह एक भावुक-दयालु और कवि प्रकृति का आदमी था। किसी से कठोर व्यवहार कभी उसने किया न था। इसी से हर खास व आम उसे प्यार करता था। और ज्यों-ज्यों लोगों में उसके लिए सहानुभूति जाग्रत होती जाती थी, लोग अंग्रेज़ों से घृणा करते जाते थे। यह वातावरण ऐसी स्थिति धारण कर गया कि कुछ लोग खासतौर पर इस बात का प्रचार ही करने लगे। दिल्ली के आस-पास का सारा वातावरण और भी उत्तेजनापूर्ण बन गया था। पर अंग्रेज़ इस बात से बेखबर थे कि वे जिस दिल्ली में क्लबों में बैठकर नाच-रंग करते, शराब पीते, और चैन की बंसी बजा रहे थे, उसकी भूमि में असन्तोष की आग सुलग रही थी, जो चाहे जब भड़क उठे। ऐसा ही नाजुक वह क्षण था, जब डलहौज़ी ने भारत से प्रस्थान किया और केनिंग ने भारत की भूमि पर कदम रखा।

54

सन् 1857 का नया दिन इस बार कलकत्ते में बड़ी धूमधाम से मनाया गया वास्तव में यह ब्रिटिश साम्राज्य का शताब्दी-समारोह था। अब प्लासी के युद्ध को सौ बरस बीत रहे थे और सम्पूर्ण भारत में अखण्ड ब्रिटिश साम्राज्य का बोलबाला था। डलहौज़ी के महान कार्य मूर्तरूप धारण कर चुके थे, विज्ञान की नई देन-रेल, तार, डाक, नहर और दूसरी राज्य-व्यवस्थाएँ अब भारत में एक समृद्ध साम्राज्य की रेखाएँ बना चुकी थीं। यद्यपि भारतीय मन खिन्न थे और अंग्रेज़ मन में समझते थे कि चाहे जब विस्फोट हो सकता है। डलहौज़ी और कोर्ट ऑफ़ डायरेक्टर्स को इसकी परवाह न थी। डलहौज़ी का कार्यकाल समाप्त हो रहा था और वह अपने अमर कारनामे भारत में स्थापित करके जाने की तैयारी कर रहा था। दूसरी ओर मुगल बादशाह, राजा और महाराजा, और शिल्पी, प्रजा और राज कर्मचारी सबके मन में अविश्वास और सन्देह तथा भय भरा था। पर अंग्रेजों को इसकी चिन्ता न थी और इस बार धूमधाम से नया दिन मनाने की तैयारियाँ कर रहे थे। इस नये दिन के समारोह में सम्मिलित होने दूर-दूर के अंग्रेज़ भी एकत्र हुए थे। कमाण्डर-जनरल और उनकी पत्नी शुभदा भी आयी थीं।

गवर्नमेण्ट भवन बड़ी शानदार रीति से सजाया गया था। हज़ारों फ़ानूस रोशन थे। अनेक बाजे बज रहे थे। बड़े भारी डिनर की तैयारियाँ थीं। बहुत-सी अंग्रेज़ महिलाएँ अपनी सज-धज दिखाने आयी थीं। शराब और नाच-रंग का दौर-दौरा था। मेजर हिअरर्स की मेम साहब ने अपने सौन्दर्य और सज-धज से यहाँ भी रंग जमाया हुआ था। उसके चारों ओर सुन्दरियों का जमघट लगा था जो अपनी-अपनी पोशाकों और यौवनों की बहार दिखा रही थीं। अभी साढ़े नौ बजे थे। झाड़-फ़ानूस जगमग कर रहे थे। उसकी झिलमिल रोशनी में सुन्दरियों के झुरमुट का दिखावा द्विगुण हो रहा था। ज़मीन पर कीमती कालीन बिछे थे और फूलदानों में बड़े-बड़े ताज़े फूलों के गुलदस्ते सजे थे। रंग-बिरंगे पर्दो में छनकर फ़ानूसों की रोशनी अजब बहार दिखा रही थी। बाजों की सुरीली ध्वनि चित्त को उछाल रही थी। बालरूम नाच की तैयारी थी। मेहमान सब एक-एक करके आ चुके थे। गवर्नर-जनरल डलहौज़ी यद्यपि अस्वस्थ थे, पर वे खूब भड़कीली पोशाक

पहने सुन्दरियों से हँस-हँसकर हाथ मिला रहे थे। इन सुन्दरियों की शिरोमणि मैडम हिअरर्स बड़े ही नाज़-नखरे से मिलने वालों का सलाम ले तथा हाथ मिला रही थीं। इस समय उसकी बड़ी-बड़ी आँखों में प्रेम-तरंगें उठ रही थीं। उसके गाउन का निचला भाग कालीन पर घिसट रहा था। उसकी टोपी एकदम सफ़ेद थी, जिस पर शुतुरमुर्ग का पर बहार दिखा रहा था। उसके हाथों में एक छोटा-सा हाथी दाँत का सुन्दर पँखा था जिससे वह जब-तब अपने मुख-मण्डल की ओट कर लेती थी

मेहमानों का तांता लगा था। इसी समय एक दूसरी षोडशी ने प्रवेश किया। इसके नव किसलय अंग-सौष्ठव को देखकर लोग चकित रह गये। यह किशोरी सर डगलस की पुत्री थी जो अभी विलायत से आयी थी। सर डगलस इस समय कलकत्ते में चीफ़ जस्टिस थे। इस किशोरी के आने से मिसेज़ हिअरर्स का रंग फीका पड़ गया। जो युवतियाँ उसे घेरकर खड़ी थीं, वह मिस डगलस से जान-पहचान करने उधर को चल दीं। दो अधेड़ स्त्रियाँ उसके पास रह गयी थीं। एक ने कहा- "इस छोकरी पर तो खूब जोबन खिला है पहले इसे कभी नहीं देखा।"

"देखती कहाँ से, इसी सप्ताह तो इस नये माल का चालान आया है।"

"नया माल तो है, पर ग्राहक जुटें तो बात है।"

"ग्राहकों की क्या कमी है। देखती नहीं। लोग उधर ही देख रहे हैं।"

"देख रही हूँ। लेकिन वह काली मेम कहाँ है?"

"ओह? मेकडानल्ड की बीवी? वह क्या खाकर यहाँ अंग्रेज़ों की सोहबत में आयेगी। बेचारी हिन्दुस्तानी चुहिया।"

"ऐसा न कहो। अब तो वह तुम्हारे पति के अफ़सर की बीवी है। सुना नहीं मेकडानल्ड अब कमाण्डर-जनरल हो गया है।"

"तो इससे क्या? मुझे उस काली कुतिया को सलाम करना होगा?" दो-चार और स्त्रियाँ इस दिलचस्प बातचीत में भाग लेने आ जुटीं।

एक ने कहा, "सचमुच यह तो बड़ी शर्म की बात है। भला हिन्दुस्तानी औरत का यहाँ क्या काम?"

"लेकिन वह क्या बहुत काली है?"

"मैंने तो देखा नहीं। काली है कि पीली।"

"पर वह यहाँ आने का साहस नहीं कर सकती," अभी उस अधेड़ स्त्री के मुँह से यह बात निकली ही थी कि कमाण्डर-जनरल मेकडानल्ड के साथ शुभदा ने प्रवेश किया। मेकडानल्ड अपनी पूरी फ़ौजी वर्दी में था और शुभदा शुद्ध भारतीय वेश में। उसने मुर्शिदाबाद की बनी एक कीमती साड़ी नफ़ासत से पहनी थी। हाथों में हाथीदाँत का लाल चूड़ा और माँग में सिन्दूर। एक भद्र मोहक भारतीय महिला के रूप में वह धीर मन्थर चाल से चली आ रही थी। एक बार सभी

का ध्यान उसकी ओर केन्द्रित हो गया। मेकडानल्ड उसे सीधे गवर्नर-जनरल के निकट ले गया। डलहौज़ी ने हँसकर उसका स्वागत किया। उसके मोहक रूप, सुबुक भारतीय वेशभूषा और साहसिक पूर्ववृत्त ने सभी का ध्यान उस पर केन्द्रित कर रखा था।

लेकिन मिसेज़ हिअरर्स कह रही थीं-"क्या यह काली औरत हमसे भी आकर मुलाकात करेगी?"

"क्यों? क्या तुम इसके लिए बहुत उत्सुक हो?"

"बिलकुल नहीं बल्कि मैं तो विरोध करती हूँ। वे लोग इन काली औरतों से शादी करते हैं या उन्हें उनकी सोहबत पसन्द है तो करें पर वे उन्हें हमारी बराबरी में बैठाते हैं, यह मैं बर्दाश्त नहीं कर सकती।"

"मैं भी नहीं कर सकती। पर मैं हैरान तो इस बात पर हूँ कि मेकडानल्ड जैसे अफ़सर को यह सूझा क्या? क्या उस जैसे शकील जवान अफ़सर को औरतों की कमी थी? यही मिस डगलस उन्हें हज़ार जी-जान से चाह सकती थी। लो-वे लोग तो इधर ही आ रहे हैं। अब मिलने को तैयार हो जाओ।"

"क्या कयामत है, मैं तो उससे मिलना मुतलक नहीं चाहती।"

"लेकिन ज़रा बात करने में हर्ज़ ही क्या है। दिल्लगी ही रहेगी। मगर क्या वह हम लोगों की बोली समझ-बोल सकती है?"

"न सही, गूँगी की तरह इशारे ही करेगी।"

इतने में ही कमाण्डर-जनरल मेकडानल्ड ने आकर मुस्कुराते हुए मिसेज़ हिअरर्स को सलाम किया तथा अपनी स्त्री से उन्हें परिचित कराया। ज़रा-सा झुककर मिसेज़ हिअरर्स ने कमाण्डर का अभिवादन ग्रहण किया। फिर नखरे से मुस्कुराकर शुभदा की ओर संकेत करके कहा-

"क्या यह हमारी सोहबत पसन्द करेंगी?"

इस पर शुभदा ने मुस्कुराकर शुद्ध अंग्रेज़ी में कहा-"हृदय से, यदि आपको आपत्ति न हो।"

मिसेज़ हिअरर्स ने अपनी सखी की ओर देखा जो शुभदा के शुद्ध उच्चारण से चमत्कृत हो रही थी। फिर भी उसने वैसी ही हँसी हँसकर कहा-

"आपकी बाबत तो हम लोगों ने बहुत कुछ सुना है। लेकिन मुलाकात आज हुई।"

"यह मेरा ही कसूर है। आप जब स्वदेश से यहाँ आयीं तो मुझे ही आपसे मिलने आना चाहिए था। मेरे पति ने कहा भी-पर मैं ही कुछ संकोच में पड़ गयी।"

"कैसा संकोच?"

"यही कि शायद आप एक हिन्दुस्तानी औरत से मिलना पसन्द न करें।"

"लेकिन अब कैसे आपका संकोच दूर हो गया?"

"सच पूछा जाये तो संकोच है ही। मैं तो अभी तक नहीं जानती कि आप मुझसे मिलकर प्रसन्न हुईं या नहीं।"

"मुझे प्रसन्नता है मैडम!"

"तो मेरा नाम शुभदा है। यह छोटा-सा नाम याद रखिये।"

"ज़रूर याद रखूंगी। आपको शायद अंग्रेज़ों की ऐसी पार्टी में आने का पहला ही अवसर है?"

"जी हाँ, पहला ही।"

"आप हिन्दुस्तानी स्त्रियाँ इस प्रकार के आमोद पसन्द नहीं करतीं।"

"पसन्द क्यों नहीं करतीं। परन्तु तरीका जुदा-जुदा है। हमारा भारतीयों का स्त्री समाज पुरुषों से जुदा है। अपने स्त्री समाज में हम सब आमोद-प्रमोद करती हैं।"

"खैर, तो आज हम आपका एक हिन्दुस्तानी गाना सुनेंगी।"

"कभी आपके घर आकर सुना दूंगी। इस प्रकार के समारोहों में पुरुषों के सामने गाने का मुझे अभ्यास नहीं।"

"आप एक अंग्रेज़ अफ़सर की बीवी होकर भी शायद पर्दे में रहना पसन्द करती हैं।"

"एक हद तक। हमारा यह दस्तूर है कि समाज में मिलने-जुलने की एक सीमित मर्यादा है।"

"तब तो मुझे भय है कि आप हमारे अंग्रेजों के समाज में लोकप्रिय नहीं हो सकेंगी।"

"हो सकता है; पर मैं हिन्दुस्तानी हूँ। मैं एक अच्छी पत्नी ही होना चाहती हूँ।"

"इसके लिए कमाण्डर-जनरल महोदय हमारी बधाई के पात्र हैं," उन्होंने हँसकर मेकडानल्ड की ओर देखा, जो चुपचाप दोनों की बातें सुन रहे थे।

इस समय मेकडानल्ड ने कहा-"अरे वह देखो बंगाल पैदल सेना के कमाण्डर आ रहे हैं। मुझे उचित है कि मैं आगे बढ़कर उनका स्वागत करूँ। वे मेरे पुराने दोस्त हैं। मैं अभी आया शुभदा देवी, तब तक तुम मिसेज़ हिअरर्स से बातें करो।"

और वे लपकते हुए नवागन्तुक अफ़सर की ओर चले। इस आदमी की आयु पचास के लगभग होगी। परन्तु वह लम्बा-तगड़ा हृष्ट-पुष्ट आदमी था। उसके रंग-ढंग से कुछ घमण्ड अहंमन्यता अवश्य झलक रही थी। परन्तु मेकडानल्ड ने आगे बढ़कर हँसते हुए कहा-"आप हैं जनरल कैनेडी! बहुत दिन बाद मिले। कहिये मिज़ाज तो अच्छे हैं!"

"आपसे मिलकर बहुत सुखी हुआ जनरल मेकडानल्ड! लेकिन आपकी वह हिन्दुस्तानी बीवी कहाँ है? मैं तो उनसे मिलने को उत्सुक हूँ!"

'वह क्या सामने खड़ी हैं। मिसेज़ हिअरर्स से गप्पें लड़ा रही हैं।"

"सचमुच? वण्डरफुल! जनरल मेकडानल्ड, मैं आपको बधाई देता हूँ और शुक्रिया अदा करता हूँ।"

"शुक्रिया किसलिए जनरल?"

"कि तुमने लार्ड ईसू मसीह की सच्ची सेवा की। एक गुमराह हिन्दुस्तानी को क्रिश्चियन बनाकर उसका नरक से उद्धार किया। मगर यह मैं क्या देख रहा हूँ, लेडी मेकडानल्ड तो बिलकुल हिन्दुस्तानी लिबास में हैं।"

"जी हाँ! क्या आप नहीं जानते कि वह एक खानदानी ब्राह्मण की बेटी हैं।"

"नॉनसेन्स! जनरल मेकडानल्ड! यह आपने क्या सड़ी बात कही। ये बदनसीब हिन्दुस्तानी कितने गन्दे और गुमराह हैं। मैं तो समझता था कि आपने उसे एक आदर्श क्रिश्चियन लेडी बना दिया होगा।"

"क्रिश्चियन तो नहीं पर वह एक आदर्श हिन्दू लेडी है।"

"ओ गॉड, आप तो कुछ दूसरे ही टोन में बोल रहे हैं। खुदा के लिए आप यह तो फ़र्माइये कि आप खुद भी क्रिश्चियन हैं या नहीं?"

"यकीनन मैं क्रिश्चियन हूँ।"

"तो यह कैसे मुमकिन हो सकता है कि आप क्रिश्चियन हों और आपकी बीवी हिन्दू?"

"पहले मैं भी यह नहीं समझता था, यह कैसे मुमकिन है। पर अब समझ गया।"

"खुदा की कसम! आप पर ज़रूर शैतान का साया पड़ा है। तभी आप ऐसी बहकी-बहकी बातें कर रहे हैं।"

"मैं तो ऐसा नहीं समझता। मेरे होश-हवास कतई दुरुस्त हैं!"

"तो इसका मतलब यह है कि आप ईसाई धर्म को अच्छा नहीं समझते!"

"खूब अच्छा समझता हूँ और मैं क्रिश्चियन हूँ-परन्तु मैं एक सैनिक अफ़सर हूँ-मिशनरी प्रचारक नहीं।"

"मैं भी एक अफ़सर हूँ जनरल मेकडानल्ड, परन्तु मैं पहले मिशनरी हूँ, बाद में अफ़सर। सेना के हिन्दुस्तानी सिपाहियों को ईसाई बनाना मेरा मिशन है और मैं लगातार अट्ठाईस साल से हिन्दुस्तानी सिपाहियों को ईसाई बनाने का काम कर रहा हूँ। हिन्दू या मुसलमान जो भी सिपाही ईसाई बन जाता है मैं उसे तुरन्त जमादार या हवलदार बना देता हूँ। चाहे वह इस योग्य हो या न हो।"

"लेकिन आप क्या समझते हैं कि ऐसा करके आप अपने सैनिक दायित्व से विचलित नहीं हो रहे?"

"तनिक भी नहीं। अजी इन मूर्तिपूजक जंगली हिन्दुस्तानी सिपाहयों की आत्मा को शैतान के पंजे से बचाना भी मेरी मिलिट्री ड्यूटी है। मैं ऐसा मानता हूँ। फिर इसके अतिरिक्त एक और भी तो बात है। जनरल!"

"वह क्या?"

"बिलफर्ज़ हिन्दुस्तान में हम अंग्रेजों के खिलाफ़ बगावत फैल जाये तो हमें ये ईसाई देशी सिपाही सबसे अधिक सहायता दे सकते हैं।"

"मुझे अफ़सोस है जनरल कि मेरे विचार तुमसे नहीं मिलते। मैं तो यही समझता हूँ कि धर्म के मामले में हम लोगों को निरपेक्ष और उदार होना चाहिए।"

जनरल कुछ कहना चाहता ही था कि भोजन की घण्टी बज गयी।

मेकडानल्ड ने कहा-"अभी और बातें फिर होंगी जनरल, अब तो तुम बंगाल पैदल रेज़ीमेण्ट में तैनात होकर आ ही गये हो। मैं भी 34 नम्बर पलटन का कमाण्डर हूँ।"

"तब तो मुझे खुशी है कि जल्दी-जल्दी मुलाकात होगी और तब शायद तुम्हारी पत्नी को अच्छी क्रिश्चियन लेडी बना सकूँ।"

"मुझे प्रसन्नता होगी जनरल। परन्तु यह सम्भव नहीं है," इतना कहकर वे शुभदा की ओर चले। वह उनकी प्रतीक्षा ही कर रही थी। उसने कहा-"ज़रा ध्यान रखना, मेरे सामने कोई अखाद्य न आने पाये।"

"मुझे ध्यान है। तुम इत्मीनान रखो। मैंने पहले ही से प्रधान खानसामा से कह दिया है। उसने अवश्य एक-दो डिश तुम्हारे लिए बंगाली ढंग की बनायी होंगी।"

इसके बाद सब कोई अपने-अपने जोड़े के साथ भोजन की टेबुल पर बैठे। टेबुल पर बहुत-सी जिन्सें परसी गयी थीं तथा अब झाड़-फ़ानूसों के प्रकाश में बोतलों से भरी हुई शराब सोने की तरह चमक रही थी। टेबुल पर भाँति-भाँति की शराब, भाँति-भाँति के पके माँस तथा पकवान और फल भरे हुए थे। बाहर बैण्ड बज रहा था और भीतर छुरी-चम्मचें ताल दे रही थीं। यह सत्तावन का नया दिन था। सत्तावन की पहली जनवरी।

आठवाँ खण्ड

1

पूना से बिठूर आने के समय बाजीराव अपने साथ अतुल सम्पत्ति लाये थे। उनके हीरे-जवाहरात का मूल्य ग्यारह लाख रुपये था और जागीर का मूल्य सोलह लाख रुपये, जिसकी वार्षिक आय अस्सी हज़ार रुपये थी। उन्हें आठ लाख रुपये वार्षिक पेन्शन अंग्रेज़ी सरकार से मिलती थी। इसके अतिरिक्त उन्हें बिठूर की जागीर दे दी गयी थी तथा कुछ विशेषाधिकार भी उन्हें मिले थे। उन्हें उत्तर प्रदेश के प्रान्तीय शासन तथा अदालतों की सीमा से बाहर रखा गया था तथा सरकार ने बिठूर में एक अंग्रेज़ कमिश्नर रखा था, जिसके द्वारा सरकार पेशवा से सम्बन्धित थी। बाजीराव बिठूर में सन् 1817 में आये और सन् 1851 में मरे। इस प्रकार 34 बरस बिठूर में रहे और इस बीच अंग्रेज़ सरकार से उन्होंने कोई पौने तीन करोड़ रुपया पेन्शन का वसूल किया।

बिठूर में बाजीराव खूब ऐशो-इशरत से रहे। वह एक आराम-पसन्द विलासी पुरुष थे। सरकार ने उनके ऐशो-इशरत में कभी कोई विघ्न नहीं किया। परन्तु उन पर नज़र कड़ी रखी। बिठूर में जो अंग्रेज़ कमिश्नर रहता था, उसका खास परवाना बिना प्राप्त किये पेशवा का कोई आदमी न बिठूर से बाहर जाने पाता था, न बिठूर में आने पाता था। अंग्रेजों ने शायद इस दब्बू और विलासी मराठा सरदार को नैपोलियन जैसा उच्चाकांक्षी समझ लिया था। यद्यपि बाजीराव सन् '51 में मरे, पर कम्पनी की सरकार ने सन् '40 ही में वे सब आदेश दे दिये थे, जो बाजीराव की मृत्यु के बाद अमल में आने वाले थे। धोन्धुपन्त नानाराव को यद्यपि उसने सन् '27 ही में गोद ले लिया था जब वह केवल तीन बरस के थे। परन्तु सन् 1839 के दिसम्बर में पेशवा ने बाकायदा वसीयत लिखकर अपने दत्तक नाना धोन्धुपन्त को अपनी गद्दी और अतुल सम्पत्ति का एकमात्र उत्तराधिकारी बना दिया था। इस वसीयत के अनुसार नाना सन् 50 में ही 25 वर्ष के हो जाने पर पूर्ण रूप से बाजीराव के उत्तराधिकारी बन गये थे।

जब बाजीराव की मृत्यु हुई तब मेजर मेन्सन बिठूर के कमिश्नर थे। उन्होंने सरकार को सूचना दी कि बाजीराव का दाह-संस्कार विधिपूर्वक शान्ति के साथ सम्पन्न हो गया। इस पर सरकार ने तुरन्त आदेश दिया कि मृत पेशवा की धन-सम्पत्ति और आश्रितों की सूची भेजो। पेशवा के सूबेदार ने यह सूची भेज दी और सरकार ने बिठूर स्थित कमिश्नर को आदेश दिया

कि वह धोन्धुपन्त को सूचित कर दे कि सरकार ने उन्हें केवल धन-सम्पत्ति का ही उत्तराधिकारी स्वीकार किया है। पेशवा की उपाधि, राजनीतिक अधिकार तथा विशेष व्यक्तिगत सुविधाओं का नहीं। इसलिए उन्हें पेशवाई गद्दी पर बैठने का समारोह नहीं करना चाहिए। साथ ही, यह भी कि बिठूर की जागीर भी व्यक्तिगत पेशवा बाजीराव के जीवनकाल तक ही अनेक सुविधाओं से सम्बद्ध थी तथा पेशवा और उनकी रानियों को न्यायालय के अधिकार-क्षेत्र से मुक्ति केवल पेशवा के जीवनकाल तक ही थी। साथ ही यह भी आदेश दिया कि बिठूर में अब कमिश्नर के कार्यालय की कोई आवश्यकता नहीं रही, सरकार अब कानपुर के कलक्टर के द्वारा धोन्धुपन्त से पत्र-व्यवहार करे।

ये सूचनाएँ धोन्धुपन्त को दे दी गयीं। परन्तु धोन्धुपन्त बड़ा ही महत्वाकांक्षी तरुण था। यद्यपि वह वीर न था, पर साहसी और परिश्रमी था। इसने सरकारी आदेशों की परवाह न की और धूमधाम से गद्दी नशीनी का समारोह किया तथा पेशवा की सब उपाधियाँ ग्रहण कर लीं। साथ ही सरकार को एक स्मृतिपत्र लिखा और उसके साथ एक खरीता भेजकर पेन्शन तलब की।

या सरकार ने यह खत और खरीता अस्वीकार किया और उसे कलक्टर के पास इस अभिप्राय से भेज दिया कि वह उसे धोन्धुपन्त को वापस कर दे। सरकार ने कलक्टर के द्वारा धोन्धुपन्त को यह भी सूचित करा दिया कि सरकार उनकी उपाधियाँ नहीं स्वीकार करती। इस विषय में तथा पेन्शन के बारे में उसे यदि कुछ कहना हो-तो आगरा, के लेफ्टिनेंट गवर्नर द्वारा कह सकता है।

यह सब जानकर धोन्धुपन्त एक बार तो विमूढ़ हो गया। वह सामन्ती युग ही ऐसा था कि बिना श्रम किये पेन्शन और जागीरें भोगने के सिवाय विशिष्ट जनों को जीवन का कोई सहारा ही नहीं दिखता था। आठ लाख की पेन्शन और बिठूर की जागीर ज़ब्त हो जाने पर धोन्धुपन्त की आँखों में अँधेरा छा गया। इस समय पेशवा के परिवार तथा आश्रितों के पालन-पोषण का भार उसी पर था। ये सब भी उसी तरह बिना परिश्रम का अन्न खाने वाले लोग थे। आश्रितों की संख्या तीन सौ के लगभग थी और बाजीराव से वे 2700 रुपये मासिक वेतन पाते थे। इसके अतिरिक्त परिवार की 26 विधवाएँ और अनेक निकटतम सम्बन्धी थे, जो अपनी गृहस्थी पृथक्-पृथक् रखते तथा पेशवा से मुशाहिरा पाते थे।

धोन्धुपन्त ने सरकार का यह उत्तर पाकर पेशवा का सब खज़ाना, रत्नाभरण और शस्त्रागार पर अपना अधिकार कर लिया। अब तक बाजीराव के सूबेदार रामचन्द्र पन्त यह सब देखभाल करते आये थे। इसके अतिरिक्त रानियों के पास भी अतुल धन-सम्पत्ति थी। धोन्धुपन्त ने उस पर भी अपना एकाधिकार कायम कर लिया। रानियों ने बहुत बावेला मचाया। आश्रित भी उनके विरोधी हो गये। बावेला सरकार तक पहुँचा, पर सरकार ने चुप्पी साध ली। वह क्यों इन घरेलू मामलों में दखल देती भला। सरकार ने पेशवा के परिवार के सब सदस्यों को तथा आश्रितों को यह भी सूचना दे दी-कि धोन्धुपन्त पूर्ण रूप से बाजीराव की धन-सम्पत्ति के उत्तराधिकारी हैं, अत: उनका सम्मान करना सबका कर्तव्य है।

धोन्धुपन्त जैसे उच्चाकांक्षी थे-वैसे ही शाहखर्च भी थे। अतिथि-सत्कार उनका प्रसिद्ध था। बहुधा वे कानपुर के उच्च पदस्थ अंग्रेजों को सपरिवार बिठूर में आमन्त्रित करते-और महीनों उन्हें ठहराकर उनकी खूब खातिर-तवाज़ा करते थे। पैसे का उन्हें लोभ न था। मिज़ाज उनके ठाठदार थे। उनकी एक बहुमूल्य बग्घी थी। जिसकी कीमत 25 हज़ार रुपये थी। एक बार कानपुर से बिठूर आते समय अकस्मात् एक अंग्रेज़ का बालक उसके नीचे कुचलकर मर गया। बस बग्घी अशुद्ध हो गयी और धोन्धुपन्त के तथा परिवार के उपयोग के योग्य न रही। उसे बेचना उसकी शान के विरुद्ध था, और किसी को दे डालने से एक दु:खद स्मृति बनी रहती। फलत: धोन्धुपन्त ने उसे जलवा डाला। ऐसे ही मिज़ाज के थे धोन्धुपन्त।

धोन्धुपन्त शरीर से स्वस्थ, हृष्ट-पुष्ट और स्वभाव से सादा मिज़ाज थे। किसी प्रकार के नशे-पानी का भी उन्हें व्यसन न था। वह मराठों की तरह घुटा सिर और मूँछे रखते थे। वह 28 बरस की आयु में चालीस साल के परिपक्व व्यक्ति दिख पड़ते थे। कद उनका मझोला था। उनका शरीर सुगठित चेहरा गोल, आँखें शेर के समान चारों ओर घूमती हुईं-और भेदक, रंग गेहुँआ और उठान शानदार थी। बातचीत का ढंग विनोदपूर्ण था। दरबार में वह कमख्खाब की पोशाक पहनते और सिर पर, कण्ठ में, कानों में तथा भुजदण्ड पर बहुमूल्य रत्न धारण करते थे। अपने आश्रितों से उनका व्यवहार उदार और दयापूर्ण था। वे अत्यन्त शिष्ट और मिलनसार व्यक्ति थे। उनके उदार आतिथ्य से प्रेरित होकर अनेक गोरे दम्पति बिठूर में आकर उनके मेहमान बनते रहते थे। वे उन्हें महाराज नाना साहब कहते थे। गोरी में बिठूर के इस तरुण महाराज को देखने और उनके आतिथ्य का आनन्द-लाभ लेने को बहुत इच्छुक रहा करती थीं। वे बहुधा हफ़्तों, महीनों इस उदार और खुश मिज़ाज शाहखर्च राज-पुरुष के राजप्रासाद में मेहमान बनकर दावतों और शिकार का आनन्द लेतीं और विदाई में बहुमूल्य शाल, मणिमाल, मोतियों के कण्ठे, कमख्वाब के थान भेंट स्वरूप लेकर लौटती थीं। अंग्रेज़ी तबकों में महाराज साहब नाना 'अच्छे दोस्त' प्रसिद्ध थे। कानपुर के सभी अंग्रेज़ हाकिम और उनकी में उनकी चापलसी में लगे रहते और उनकी तारीफ़ करते नहीं अघाते थे।

धोन्धुपन्त ने संस्कृत के साथ कुछ अंग्रेज़ी का भी अभ्यास किया था। पर अंग्रेज़ी वह बिलकुल नहीं बोल सकते थे। राजनीति में वे जागरूक थे, बहुधा वह भारतीय और अंग्रेज़ मेहमानों से तत्कालीन राजनीति पर बातचीत, बहस-विवाद किया करते थे। उन दिनों राजनीतिक क्रान्ति का जो वातावरण फैला हुआ था-उस पर उनकी तीव्र विवेचक दृष्टि रहती थी। वे देश-विदेश में घटी छोटी-बड़ी घटनाओं पर ध्यान देते रहते और प्रतिदिन बिना नागा किये अंग्रेज़ी दैनिक पत्रों को ध्यान से सुनते थे। उनका एक अंग्रेज़ सेवक था, उसका नाम टाड था। वह नियमित रूप से अंग्रेजी अखबारों में वर्णित घटनाएँ और भारत तथा इंग्लैण्ड में घटित राजनीतिक परिवर्तनों को प्रतिदिन उन्हें सुनाया करता था। बहुधा धोन्धुपन्त इन घटनाओं पर उससे वाद-विवाद करते थे।

हथियारों का उन्हें बहुत शौक था। जो तलवार वह अपनी कमर में बाँधते थे उसकी रत्न-जटित म्यान तीन लाख रुपये मूल्य की थी। उनके शस्त्रागार में बहुत-सी बहुमूल्य तलवारें, नाना प्रकार के उपयुक्त शस्त्रास्त्र तथा नये ढंग की बन्दूकें और तोपें भी थीं। उन्हें कुश्ती लड़ने तथा सब प्रकार के शस्त्रास्त्र चलाने तथा घुड़सवारी की उत्तम शिक्षा दी गयी थी। आत्मसम्मान, उच्चाकांक्षा और तीव्र बुद्धि उनकी नैसर्गिक थी। यह साहसी तरुण अपने पिता बाजीराव के स्थान पर यदि पेशवा के सिंहासन पर बैठा होता तो आज अंग्रेज़ी राज्य का इतिहास ही दूसरे ढंग से लिखा जाता।

बाजीराव की मृत्यु के कई वर्ष बाद धोन्धुपन्त का विवाह साँगली के राजा की ममेरी बहन से हुआ था। धोन्धुपन्त का यह सम्बन्धी उच्चाकांक्षी और हौसले का आदमी था। धोन्धुपन्त ने जब सत्तावन में क्रान्ति की तलवार पकड़ी तो इस राजा ने भी महाराष्ट्र में पटवर्धन आदि रियासतों का संगठन कर क्रान्ति का झण्डा खड़ा किया था। प्रसिद्ध है कि पेशवाई ज़माने में राजनीतिक कारणों से ब्राह्मणों की इतनी हत्याएँ हुईं कि लोग आमतौर पर कहने लगे थे-कि ब्रह्महत्या के पाप के कारण ही पेशवाओं का कुल नहीं पनपा। और माधवराव प्रथम के बाद किसी भी पेशवा का निजी पुत्र गद्दी पर नहीं बैठा और इस प्रकार ज्येष्ठ पुत्र के उत्तराधिकार की श्रृंखला ही टूट गयी। बाजीराव भी निस्सन्तान मरे और उनके गोद लिए धोन्धुपन्त के भी पुत्र नहीं हुआ। इस प्रकार पेशवा के कुल में कोई पानी देने वाला नहीं रहा। बाजीराव के एक भाई चित्रकूट में और दूसरे काशी में जा बसे थे, वे भी अपुत्र ही मरे।

2

अवध का अपहरण एक राजनीतिक डकैती था। सन् 1764 में सर्वप्रथम अवध के नवाब का ईस्ट इण्डिया कम्पनी से पाला पड़ा। अवध के इलाके को देखकर अंग्रेज़ों के मुँह में पानी भर आया। इस सुन्दर भूमि में हर जगह ज़मीन की सतह से बीस फुट नीचे और कहीं-कहीं दस फुट नीचे विपुल जल भरा हुआ था। सारा प्रदेश अत्यन्त मनोरम और वैभवपूर्ण था। उसमें लम्बे और ऊँचे बाँसों के जंगल थे। मैदानों में आम्र काननों की सघन छाया थी। प्रकृति ने स्वयं इस भूमि को सुन्दर बनाया था। इमली के फूलों की महक, सन्तरे के बागों की सुगन्ध, अंजीर के पेड़ों का गहरा रंग और फूलों के रज की वातावरण में भरी हुई महक तथा कल्पनातीत अवध राज्य का वैभव ऐसा था कि उसने अंग्रेज़ों को अपने ईमान पर कायम नहीं रहने दिया। वे आरम्भ से ही अवध को हड़पना चाह रहे थे। पहली चोट अंग्रेज़ों ने अवध राज्य पर यह की कि अवध का नवाब अपने खर्च से अपनी रक्षा के लिए अंग्रेज़ी फ़ौज रख ले और 16 लाख रुपये सालाना इस मद में दे। रुपयों की माँग इसके बाद बढ़ती ही गयी और अवध का खज़ाना धीरे-धीरे खाली होता गया और अन्त में अंग्रेज़ सरकार ने ज़बर्दस्ती दो करोड़ वार्षिक आय का प्रान्त रुहेलखण्ड और दोआब सदा के लिए सेना के खर्च के लिए हड़प लिया और गोरी पलटनें नवाब की नौकरी में ज़बर्दस्ती रख दीं। अब तो अवध के सभी सैनिकों का भाग्य कम्पनी के सेना अधिकारियों के हाथ

था, अंग्रेजों ने जब चाहा-करोड़ों रुपये अवध राज्य से ऐंठे। कभी कर्ज़ कहकर और कभी दान कहकर। अब राजकोष खाली हो गया और नवाबों के लिए राज-व्यवस्था चलाना दूभर हो गया। पर अंग्रेज़ बराबर दबाव डालते रहे कि नवाब राज्य में सुव्यवस्था कायम करें। पर जब-जब अवध के नवाबों ने अपनी आर्थिक स्थिति सुधारने की ओर कदम बढ़ाया कि कम्पनी के राज ने टाँग अड़ा दी। उसने राज्य प्रबन्ध में अनाधिकार दखल देने आरम्भ कर दिये। और नई-नई बेहूदा माँगों से अवध को कभी पनपने ही नहीं दिया। नवाब और उनकी प्रजा के सिर पर अंग्रेज़ी सेना की संगीनें थीं। नवाब की सत्ता असहाय होती ही गयी। अन्त में सन् 1847 में वाजिदअली गद्दी पर बैठे, उन्होंने अपनी सेना को संगठित करना आरम्भ किया और स्वयं उसकी देख-रेख में दिलचस्पी ली। वह नित्य प्रात: काल सैनिक वेश में परेड ग्राउण्ड पर उपस्थित होकर स्वयं सैन्य संचालन करने लगे। यह देख अंग्रेज़ों का माथा ठनका और ब्रिटिश रेजीडेण्ट ने उनके सब सैनिक कार्यक्रमों को बन्द करा दिया। अब अंग्रेज़ इस चिन्ता में पड़े कि कैसे अवध का राज्य हड़प लिया जाये। पंजाब और बर्मा की भाँति सेना के बल पर दखल करने का कोई सुअवसर ही न था। न नवाब पर अमित्रता का दोष लगाया जा सकता था। क्योंकि अवध के नवाबों ने हर बार अंग्रेज़ों को स्वयं हानि उठाकर पूरी मदद की थी। नागपुर की तरह नवाब को बिना वारिस भी नहीं कहा जा सकता था, क्योंकि नवाब के बेटों से लखनऊ का सारा राजमहल भरा हुआ था।

झाँसी की भाँति दत्तक का भी झगड़ा न था-क्योंकि वह स्वर्गीय नवाब का वास्तविक पुत्र था। इस प्रकार अवध के नवाब पर उनमें से कोई हथकण्डे काम में नहीं लिये जा सकते थे, जिनके द्वारा अंग्रेजों ने अनेक राजाओं के राज्य हड़प लिये थे। परन्तु अवध की इस समृद्ध भूमि को तो छीनना आवश्यक ही था। खासकर इसलिए भी-कि वह पश्चिमोत्तर दिशाओं की सुरक्षा के लिए सैनिक दृष्टि से अत्यन्त महत्त्वपूर्ण थी। अन्तत: नवाब को शासन के अयोग्य कहकर और अश्लील छिछोरे अभियोग लगाकर उसे गद्दी से उतार दिया गया। उससे ज़बर्दस्ती त्यागपत्र पर दस्तखत करा लिये गये और सेना के बल पर नवाब के राजप्रासाद और समूचे अवध पर दखल कर लिया गया। राजमहल को ब्रिटिश सिपाहियों के रहने की बैरकें बना दिया गया।

अवध का नवाब यद्यपि मुसलमान था; पर उसके बड़े-बड़े तालुकेदार हिन्दू ज़मींदार थे। जिनके वंशज पीढ़ी-दर-पीढ़ी अखण्ड अधिकार पाते रहे थे। एक-एक तालुकेदार के पास सैकड़ों गाँव थे। उनके पास थोड़ा-बहुत रक्षक सैन्य दल भी रहता था। इन सब बलशाली तालुकेदारों को दरिद्रता की सतह पर लाने के लिए मालगुजारी की चक्की में पीस डाला गया। उनकी जागीरें और गाँव छीन लिये गये। अवध की समूची भूमि में कुहराम मच गया। उनके गढ़ ढहा दिये गये और उनके पुराने ऊँचे घरानों को हर तरह अपमानित तथा प्रताड़ित किया गया। अब अवध में एक भी घर ऐसा न बचा था जहाँ लूट-खसोट, आग, बलात्कार की धूम न मची हो और यह सब किया गया सुशासन के नाम पर।

इसके बाद चली इनाम-कमीशन की चक्की जिसका उद्देश्य अवध की भाँति अन्य प्रान्तों के भी ज़मींदारों का पूरा सफ़ाया कर देना था। जो जागीरें और ज़मीनें तलवार की सनदों पर प्राप्त

की गयी थीं, उन्हें लिखित सनदों के अभाव में छीन लिया गया और दस वर्षों में 35 हज़ार जागीरों और इनामों की जाँच करके उनमें 21 हज़ार ज़ब्त कर ली गयीं। राजाओं के सिंहासन, तालुकेदारों के तालुके, सरदारों की इनामी जागीरें सब खत्म हो गये। रह गया ब्रिटिश न्याय राज्य!!!

3

आमतौर पर इस भविष्यवाणी पर भारत के सब छोटे-बड़ों का विश्वास था-कि भारत में अंग्रेजी हुकूमत सौ साल चलेगी और अब प्लासी की लड़ाई को सौ साल बीत रहे थे-अत: सभी लोगों की ज़बान पर केवल एक बात खेल रही थी-कि सन् 57 में अंग्रेज़ों का राज्य नष्ट हो जायेगा। इन सौ वर्षों के कम्पनी के शासन में रहकर लोग ऊब चुके थे। शुरू में कम्पनी नवाबों और बादशाह के नाम पर काम चलाती रही थी। इसलिए काफ़ी समय तक भारतवासी यह नहीं समझ पाये कि राज किसी विदेशी ताकत के हाथों में चला गया है और वे अब अपने ही देश में गुलाम बन गये हैं। परंतु धीरे-धीरे वस्तुस्थिति का ज्ञान होता गया और लोगों के मन में विद्रोह पनपता गया।

भारत में जिस तरह अंग्रेज़ी राज कायम हुआ, उस तरह भारत के इतिहास में कोई और राज कायम नहीं हुआ था। अंग्रेज़ों ने भारत को जीत कर अपने अधीन नहीं किया, वे धीरे-धीरे भारत में कदम बढ़ाते चले गये और खुद इस देश के आदमियों ने उनकी मदद की। अंग्रेजों ने भारत में अपनी सत्ता ब्रिटेन की सरकार के नाम पर नहीं कायम की, इसलिए लोगों से उनका वास्तविक अभिप्राय छिपा रहा। यदि आरम्भ ही में ब्रिटेन की सरकार का सीधा हस्तक्षेप हुआ होता तो लोगों को पता लग जाता कि एक विदेशी शक्ति भारत में प्रवेश कर रही है। ईस्ट इण्डिया कम्पनी एक व्यापारिक संस्था थी अत: यह किसी ने कल्पना भी नहीं की कि वह अपना शासन भारत में जमा रही है। यदि ब्रिटिश शासन सीधी कार्रवाई करता तो शायद उसके लिए सफलता कठिन होती। कम्पनी के प्रतिनिधियों ने भारत के बादशाह, राजा और नवाबों को खुशामद-चापलूसी तथा लोभ-लालच से जो अपने वश में किया, वह काम ब्रिटेन की सरकार के प्रतिनिधि नहीं कर सकते थे। राजनीति का भारतीय ज्ञान अपूर्ण था और अर्थशास्त्र के तथा समाजवाद एवं राष्ट्रीयता के सिद्धान्तों का भी यहाँ विकास नहीं हुआ था इसलिए समय की गति से प्रेरित होकर अंग्रेज़ जो चाल चलते रहे, उसका राजनीतिक और आर्थिक पहलू भारत में नहीं समझा जा सका।

बहुत दिनों तक कम्पनी ने अपने नाम से कोई कार्रवाई नहीं की। किसी-न-किसी भारतीय राजा या नवाब की आड़ में अपना हित साधन किया। कभी दक्षिण के कर्नाटक के नवाब की माँगों का समर्थन करके और कभी मुर्शिदाबाद के नवाब नाज़िम के नाम पर वह काम चलाती रही। क्लाइव के द्वारा बंगाल की दीवानी के अधिकार हाथ में आने पर भी कई दशकों तक कम्पनी बादशाह के एजेन्ट के रूप में ही काम करती रही और उसका ढर्रा भी दूसरे सूबेदारों जैसा रहा। उन दिनों कम्पनी का गवर्नर अपने को बादशाह सलामत का सेवक कहा करता था

तथा बादशाह के सम्मुख खड़ा रहकर बात कर पाता था। वह शाह को मोहरें भेंट करता और खिलअत पाता था। इसलिए बहुत दिन तक भारत के लोग नहीं जान सके कि अंग्रेज़ देश के मालिक बनते जा रहे हैं।

उन्नीसवीं शताब्दी के दूसरे शतक तक यही ढर्रा चलता रहा, अब कम्पनी के चरण सतलुज में पखारे जा रहे थे। इतना होने पर कहीं अंग्रेजों ने बादशाही सत्ता को उतार फेंकने का साहस किया। शाही अदब और प्रतिष्ठा कम कर दी गयी। अवध को स्वतन्त्र बादशाह बना दिया गया। सन् '35 में जब कम्पनी ने बादशाही नाम हटाकर अपने सिक्के चलाने आरम्भ किये तब लोगों ने देखा कि अंग्रेज़ व्यापारी नहीं रहे, भारत के विशाल भू-क्षेत्र के स्वामी हो गये हैं। इसी समय फ़ारसी को हटाकर अंग्रेज़ी को राजभाषा बना दिया गया। इन सब बातों से भारत में उथल-पुथल मच गयी। सेना और जनता में इसका समान प्रभाव पड़ा और भीतर-ही-भीतर अंग्रेज़ों के विरुद्ध आग सुलगने लगी। परन्तु ऊपर से सब शान्त दिख रहा था। इसी समय आगरा और अवध के लेफ़्टिनेण्ट गवर्नर श्री थामसन ने ज़मींदारों के प्रति नई नीति अपनायी। पहले कम्पनी की नीति थी कि ज़मींदारों का एक वर्ग कायम किया जाये जो सरकार का समर्थक हो। पर सर थामसन के विचार इसके विपरीत थे। वह ज़मींदारों को एक खतरा समझता था और इसीलिए उसने ऐसी नीति अपनायी कि ज़मींदार एक वर्ग के रूप में कायम न रहें और सरकार का रैयत से सीधा सम्बन्ध स्थापित हो जाये। इस भावना से उसने ज़मींदारियों को खत्म करना शुरू कर दिया। उधर डलहौज़ी ने एक के बाद दूसरी रियासत को हड़पना आरम्भ कर दिया। इस समय तक भी भारत में सामन्तशाही सिसक रही थी। आम जनता में देश या राष्ट्र के प्रति भक्ति की भावना नहीं थी, राजा या ज़मींदार के प्रति वफ़ादारी की भावना थी। अब जब एक-एक करके ज़मींदारियों और राज्यों का खात्मा होने लगा-तो लोग चौकन्ने हो गये। एक भय की सिहरन उनके रक्त में दौड़ गयी। पूना, झाँसी, सूरत, नागपुर के मामले तो अभी ताज़ा थे ही। अंग्रेज़ों ने अप्रत्याशित ढंग पर अवध को भी हड़प लिया। अवध की रियासत सत्तर वर्ष से अंग्रेज़ों की वफ़ादार थी। फिर भी कम्पनी ने रियासत को हड़प लिया। इस घटना का प्रभाव सैनिकों पर इसलिए अधिक पड़ा-कि बंगाल सेना के अधिकांश सिपाही अवध ही के निवासी थे। उन्होंने बड़ी वफ़ादारी से वीरतापूर्वक युद्ध पर युद्ध करके कम्पनी का राज्य कटक से अटक तक जमाया था। अब उन्होंने देखा कि उन्हीं की सहायता से कम्पनी की जो शक्ति बढ़ी, उसी से उसने उनके बादशाह का राज्य छीन लिया। इस भावना से आम सैनिकों में और खास तौर पर बंगाल की सेना में असन्तोष फैल गया और उसके मन में यह भावना उत्पन्न हो गयी कि अब अंग्रेज़ों का राज्य खत्म होना चाहिए।

कम्पनी की सरकार का सारा कारोबार गवर्नर-जनरल एक कौंसिल की सहायता से करता था। गवर्नर-जनरल और कौंसिल के सब सदस्य अंग्रेज़ ही होते थे। कम्पनी के अधिष्ठाताओं ने यह सोचा भी नहीं-कि इस कौंसिल में कोई भारतीय भी होना चाहिए जिससे भारतीय भावनाओं का उसे ज्ञान रहे। उस समय भारत में कोई ऐसी प्रतिनिधि संस्था भी न थी कि जिसके द्वारा गवर्नर-जनरल और उसकी कौंसिल को भारतीय भावनाओं का पता चल सके।

पूरी परिस्थिति इस समय तक ऐसी थी कि कम्पनी की सरकार के पास लोगों की इच्छा जानने का कोई तरीका न था। और इस प्रकार कम्पनी और उसके प्रजाजनों के बीच बहुत अन्तर हो गया था। ऐसी ही परिस्थिति में उसने विधवा विवाह और सती-प्रथा की रोक के कानून बना दिये जो हिन्दुओं के गहरे विश्वास और धार्मिक तथा सामाजिक भावनाओं पर चोट पहुँचाने वाले थे। यद्यपि इन कानूनों के बनाने में कम्पनी की सरकार को राजा राममोहन राय और ईश्वरचन्द्र विद्यासागर जैसे भारतीय सुधारकों की सहमति प्राप्त थी पर भारतीय जनता का अधिकांश भाग इन सुधारकों से सहमत न था। और ये कानून भले ही चाहे जितने उच्च विचारों तथा सामाजिक सुधारों के अनुरूप थे-पर भारत की आम जनता पर इनका यही प्रभाव पड़ा कि अंग्रेज़ हमारे धर्म में अनुचित हस्तक्षेप करते हैं। ऐसी ही मनोवृत्ति चल रही थी कि चर्बी वाले कारतूसों ने सैनिकों की धार्मिक भावना को अकस्मात् ही उत्तेजित कर दिया। तिस पर आटे में हड्डी का चूरा मिलाने की अफवाह भी मिल गयी, इसकी झूठ-सच की कोई जाँच नहीं की गयी, और इस अफवाह ने आग में घी की आहुति का काम किया।

जिस प्रकार सैनिकों में इन बातों से उत्तेजना फैली हुई थी-आम जनता सरकारी स्कूलों और अस्पतालों को ईसाई मत फैलाने का केन्द्र समझकर असन्तुष्ट होती जा रही थी। ये काम यद्यपि उन्नत विचार के भारतीयों के सहयोग से किये जा रहे थे-पर उसका मतलब आम जनता यह लगाती थी कि भारतीयों का धर्म भ्रष्ट करने और उन्हें ईसाई बनाने के लिए ये सब काम किये जाते हैं। इन केन्द्रों में ईसाई मत की शिक्षा दी भी जाती थी-इससे डॉक्टरों और अध्यापकों को सब लोग काला पादरी कहकर उन्हें घृणा की दृष्टि से देखते थे।

इस समय भारत में हिन्दू-मुस्लिम एकता बहुत थी और लोग मुगल बादशाह के प्रति वफ़ादार थे। औरंगज़ेब ने यद्यपि कट्टर शासन करके हिन्दुओं को क्षुब्ध कर दिया था-परन्तु उसके बाद ही जहाँ एक ओर मुगल तख्त डगमगाने लगा था-दूसरी ओर उसका बहुत कुछ भारतीयकरण हो गया था। औरंगज़ेब तथा उसके पूर्वकालीन मुगल बादशाहों की अपेक्षा उत्तरकालीन बादशाह अधिक हिन्दुस्तानी बन गये थे। यहाँ तक कि अभी यद्यपि राजभाषा उनकी फ़ारसी थी-पर किले की भाषा उर्दू व हिन्दवी थी। हिन्दू-त्योहार, हिन्दू रीति-रस्म, हिन्दू भावनाओं के सामाजिक रूप को वे अपने निकट के जीवन में अपनाते जाते थे।

साम्प्रदायिक झगड़े अब भारत में होते ही न थे। सभी भारतीय चाहे हिन्दू हों चाहे मुसलमान, हर बात को एक ही दृष्टिकोण से देखते और घटनाओं को एक ही ढंग से अपनाते थे। हिन्दू-मुस्लिम एकता कायम करने के लिए इस समय किसी को कुछ करने की आवश्यकता न थी-शताब्दियों तक इकट्ठे रहने से अब हिन्दू और मुसलमानों के मैत्री सम्बन्ध स्थायी हो गये थे। यह एक अत्यन्त महत्त्वपूर्ण बात है कि उस समय यद्यपि वातावरण अत्यन्त उत्तेजनापूर्ण था फिर भी साम्प्रदायिक झगड़ों का कहीं नामोनिशान भी न था। संक्षेप में, हिन्दू-मुस्लिम समस्या नाम की कोई चीज़ उन दिनों भारत में थी ही नहीं।

परन्तु अंग्रेज़ फूट डालकर शासन करने का तरीका उस समय भी काम में ला रहे थे। वे हिन्दुओं की अपेक्षा मुसलमानों की वफ़ादारी पर कम भरोसा करते थे और बात भी यही थी कि उन्होंने हिन्दुओं को नहीं, मुसलमानों ही को भारत के तख्तोताज से वंचित किया था-फिर कैसे वे उनसे वफ़ादारी की आशा रख सकते थे। एक बात और भी थी-प्लासी की लड़ाई को सौ साल बीत जाने पर भी, यद्यपि ईस्ट इण्डिया कम्पनी भारत में स्थायी रूप में जम गयी थी पर उसने अब भी भारत का शासन चलाने की ज़िम्मेदारी नहीं ली थी। इसके अतिरिक्त अंग्रेज़ अफ़सर साम्प्रदायिक मतभेदों को बढ़ाने का प्रयत्न करते रहते थे। कम्पनी के डायरेक्टर बराबर यह लिखते रहते थे कि हिन्दुओं और मुसलमानों के बीच अन्तर ज़रूर डालना चाहिए। टाड का राजस्थान और इलियट की उस पर लिखी भूमिका में ऐसे बीज हैं जो हिन्दू-मुसलमानों में फूट डालते हैं। परन्तु इन सब बातों के बावजूद उस समय हिन्दू और मुसलमानों के भाईचारे की और पारस्परिक सहानुभूति की कुछ ऐसी भावना काम कर रही थी कि उसने अंग्रेजों के सौ बरस तक फूट डालने के प्रयत्नों का सामना किया और इस समय प्रत्येक हिन्दू और मुसलमान कन्धा से कन्धा भिड़ाकर अंग्रेज़ों को भारत से निकाल बाहर करने के लिए सब कुछ कर गुज़रने पर आमादा था। एकता की यह भावना जिस प्रकार जनता में थी-उसी प्रकार सेना में भी थी। जनता और सेना का प्रत्येक हिन्दू और मुसलमान दिल्ली और बादशाह को अपना मानते थे। बादशाह बहादुरशाह यद्यपि बिलकुल कमज़ोर साधनहीन बादशाह थे-पर भारत का प्रत्येक हिन्दू और मुसलमान यही समझता था कि सिर्फ बहादुरशाह ही को भारत का अधिराज होने का हक है।

निस्सन्देह इस समय बहादुरशाह एक कठपुतली से अधिक कुछ न थे और उनका शासन लालकिले तक ही सीमित था। दिल्ली शहर का काफ़ी हिस्सा उनके नियन्त्रण से बाहर था। वह ईस्ट इण्डिया कम्पनी से पेन्शन पाते और उसी में अपने परिवार का गुज़ारा करते थे। उनके पास न सेना थी, न खज़ाना, न प्रभाव-शक्ति। वह एक प्रतीक के रूप में भी शासन करने योग्य न थे। न उनमें सेना के संगठन करने की शक्ति थी-न वह अपने सरदारों को काबू में रख सकते थे। परन्तु इन कमियों के होने पर भी उन दिनों भारत का कोई हिन्दू और मुसलमान उनकी जगह किसी दूसरे बादशाह की बात नहीं सोचता था। हिन्दू और मुसलमान दोनों बिना ही अंग्रेजों की और बादशाह की शक्ति का सन्तुलन किये-एक मत से यह चाह रहे थे कि महान शक्तिशाली अंग्रेज़ों से शासन की बागडोर बहादुरशाह ही सँभाले।

यद्यपि छोटे-बड़े अंग्रेज़ अफ़सर भारतीयों से घृणा करते और उनसे तुच्छता का व्यवहार करते थे। कम्पनी के राज्य-प्रबन्ध में भी अन्धेरगर्दी मची हुई थी-फिर भी एक बात अवश्य कही जा सकती है कि अंग्रेज़ यह जान गये थे कि हम एक प्राचीन संस्कृति की अधिष्ठात्री, एक श्रेष्ठ जाति पर हुकूमत कर रहे हैं। सिद्धान्त रूप में वे भारतीयों को पिछड़ी हुई जाति के आदमी समझते थे और उन्हें पाश्चात्य जागरण में भागीदार बनाना चाहते थे। निस्सन्देह भारतीयों की भावनाओं को ठेस पहुँचाने का उन्होंने जान-बूझकर प्रयत्न नहीं किया था। परन्तु उन्होंने इस बात पर विचार नहीं किया कि विदेशी सरकार के उद्देश्यों के गलत समझने जाने की सम्भावना भी है। ज्यों-ज्यों

उनका पाँव भारत में जमता गया-वे अपने शासन को नैतिक स्वीकृति के साथ चलाते गये। उसमें सुधार करते गये और आरम्भ में जो चुने हुए लुच्ची प्रकृति के लोग भारत में आये थे-उनके स्थान पर योग्य व्यवस्थापक अब भारत में आकर शासन में हाथ बँटा रहे थे। पार्लियामेण्ट में बूढ़े वारेन हेस्टिंग्ज़ और क्लाइव पर खुलेआम मुकदमा चलाकर जो उनकी काली करतूतों का भण्डाफोड़ किया गया था, उससे अंग्रेज़ सभ्यजनों का ध्यान भारत की ओर आकर्षित हो गया था और इसके बाद ज्यों-ज्यों भारतीय साम्राज्य का बोझा बढ़ता जाता था-ब्रिटेन पर पूर्वी समस्या का इतना दबाव पड़ता जाता था और अफगानिस्तान, ईरान, रूस और टर्की के प्रश्न इस कदर वज़नी होते जाते थे-कि पार्लियामेण्ट का अब पूरा ध्यान भारत पर केन्द्रित हो गया था।

सैनिक प्राय: अनपढ़ और उजड्ड थे। वे अधिकांश में रूढ़िवादी थे। उन दिनों यद्यपि हिन्दू-मुसलमानों में साम्प्रदायिक तनाव न था-परन्तु साम्प्रदायिक कट्टरता खूब थी। सबसे प्रथम उनकी साम्प्रदायिक भावना पर उस समय आघात लगा जबकि मुसलमानों की दाढ़ी और हिन्दुओं के तिलक-छाप पर आपत्ति की गयी और दाढ़ी-मूँछों को एक खास तरीके पर काँट-छाँटकर रखने को कहा गया।

उसके बाद चमड़े के झब्बे वाली पगड़ी का नम्बर आया। बहुत उच्च कुलीन ब्राह्मण सिपाही चमड़ा पहनते न थे। उन्हें भय था कि यह बात उनके नातेदारों को मालूम हो जायेगी तो उन्हें जाति-बिरादरी से खारिज कर दिया जायेगा। हकीकत तो यह थी कि कम्पनी का प्रत्येक सिपाही भाड़े का नौकर था, वह एक प्रतिष्ठा की नौकरी समझकर सेना में भरती हुआ था। पर किसी भी शर्त पर अपने पुरखों के धर्म को त्यागने को तैयार न था। वह केवल यही देखता था कि वह नमकहराम न हो। उसके लिए स्नान-ध्यान, पूजा-पाठ, तिलक-छाप उसके मोक्ष के साधन थे। उन दिनों ऐसी भावना थी कि जो हिन्दू अपने पूजा-पाठ और धर्म-कर्म में और मुसलमान रोज़ा, नमाज़ में जितना पवित्र होता था-उतना ही उसके संगी-साथी उसका अधिक मान करते थे। भले ही वह किसी भी धर्म का हो। इसके बाद दूसरा अवसर आया समुद्र-यात्रा का, जब उन्हें समुद्र द्वारा बर्मा भेजा गया। प्राचीन धारणा के अनुसार समुद्र पार करने में हिन्दुओं का धर्म नष्ट हो जाता था। सिपाही अपनी धर्मभ्रष्टता और उसकी यातनाओं से भयभीत था। परन्तु अंग्रेज़ अफ़सरों की नज़र अनुशासन पर थी। सिपाहियों की भावना का उन्हें विचार न था। अत: अनुशासन भंग के अपराध में उन पर गोली चलायी गयी-और बुरी तरह उनकी हत्या की गयी। जिससे सारी भारतीय सेना में अंग्रेज़ों के प्रति रोष फैल गया। इसके बाद काबुल में यातनाएँ-और धर्म विरुद्ध बातें उन्हें झेलनी पड़ीं जिनके परिणामस्वरूप बहुत से सिपाहियों को जाति-बहिष्कृत होना पड़ा। जितने हिन्दू सिपाही अफगानिस्तान गये उनके साथ उनकी बिरादरी वालों ने रोटी-बेटी व्यवहार बन्द कर दिया। यहाँ तक उनका सामाजिक बहिष्कार हुआ-कि न कोई उन्हें बर्तन छूने देता था-न नाई, धोबी, भंगी उनके घर काम करने आते थे।

उन दिनों मिशनरी मेजर और पादरी लेफ्टिनेंट अपनी कमान के अन्तर्गत सिपाहियों को ईसाई मत की शिक्षा देते थे तथा मजिस्ट्रेट और जज भारतीय पादरियों को जिन्हें देशवासी धर्मद्रोही कहकर

घृणा करते थे, प्रतिदिन जेल में जाकर कैदियों को ईसा मसीह का सन्देश सुनाने की अनुमति देते थे। उन दिनों स्कूलों के डिप्टी इन्स्पेक्टर देशी पादरियों के नाम से विख्यात थे। इसी समय सन् '50 में एक आम नियम यह बना-कि धर्म परिवर्तन करने वाले व्यक्ति को अपनी पैतृक सम्पत्ति से वंचित नहीं किया जा सकेगा। इस नये अधिनियम का लाभ हिन्दू नहीं उठा सकते थे क्योंकि उनके यहाँ धर्म परिवर्तन होता ही न था। मुसलमान होने वाले को भी इसका लाभ नहीं मिलता था-क्योंकि मुस्लिम कानून के अनुसार काफ़िर की सम्पत्ति प्राप्त करने का निषेध है। परन्तु इस अधिनियम की एक सबसे बड़ी खराबी-जो हिन्दुओं पर लागू होती थी-यह थी कि धर्म परिवर्तन करने वालों को बिना किसी अन्तर्विहित बन्धन के एक अधिकार दिया गया था। इसके द्वारा उसे अपने पुरखों को पिण्डदान दिये बिना ही सम्पत्ति की प्राप्ति का अधिकार मिलता था। इसलिए हिन्दू के लिए तो यह कानून दोहरी हानि का था।

मुसलमानों की दृष्टि में भी इससे उनके धर्म को ठेस पहुँचती थी क्योंकि मुसलमान भी मिशन के खतरों से मुक्त न थे। इस वातावरण में जो जन-उपयोगी कार्य हुए-वे भी सन्देह की दृष्टि से देखे गये। सड़कों के बनाने में एकाध जीर्ण-शीर्ण मन्दिर ढहाया तो देहातियों ने सड़कों के निर्माण को पवित्र मन्दिर ढहाने का षड्यन्त्र समझा। इसी प्रकार अस्पतालों का भी जनमन पर विपरीत प्रभाव पड़ा, क्योंकि अस्पतालों में पर्दानशीन स्त्रियों की मर्यादा नहीं थी तथा रोगियों के आवास में जात-पात का विचार न था। इन दिनों असहाय बच्चों को ईसाइयों के अनाथालयों में ले जाकर ईसाई के रूप में ही उनका लालन-पालन होता था। अन्य जनोपयोगी कार्यों के साथ-साथ लोग रेल-तार पर भी सन्देह करने लगे। वे कहते थे यह सामाजिक व्यवस्था नष्ट करने का एक अप्रत्यक्ष साधन है। रेलगाड़ियों में उच्चवर्गीय ब्राह्मणों आदि तथा नीच अछूतों के बैठने की अलग-अलग व्यवस्था नहीं थीं। ब्राह्मण-क्षत्रिय भंगी, चमार के साथ रेल में बैठना सहन नहीं करते थे। यात्रा के दौरान उन्हें उपवास करना पड़ता था : और कर्म-काण्ड नहीं कर करते थे। जिससे यात्रा के बाद उन्हें प्रायश्चित करके पवित्र होना पड़ता था। आमतौर पर ब्राह्मण कहते थे कि यह कलियुग का प्रभाव है।

इस समय देश के प्रान्त रेल-तार द्वारा मिलाये जा रहे थे। इसी समय श्री एडमण्ड ने शब्द मन्तव्य घोषित किया-उसका अभिप्राय यह था कि अब समय आ गया है जबकि हम इस विषय पर विचार करें कि सारी जनता को एक ही धर्म मानना चाहिए या नहीं। रेलें, बिजली, तार आदि संसार को तेज़ी से एक-दूसरे से मिला रहे हैं। ज्यों-ज्यों वे नज़दीक आते जाते हैं-यह स्पष्ट होता जाता है कि सबकी आवश्यकताएँ, चिन्ताएँ, आशाएँ, भय समान हैं। और सबकी प्रकृति और मूल एक समान हैं। हम सब एक ईश्वर की सृष्टि हैं और हमारे भावी सुखों की उपलब्धि का एक ही साधन होना चाहिए।

कुछ इने-गिने, पढ़े-लिखे आदमी सरकार के इन सुधारों तथा शिक्षा का स्वागत करते थे-वह भी केवल बंगाल में। उत्तर भारत में अधिक कट्टरता थी और वे बंगालियों को अंग्रेज़ियत में डूबा

हुआ बताते थे। और यह आम शिकायत थी कि सौ बरस से भी अधिक बीतने पर हिन्दुस्तानी और अंग्रेज़ एक-दूसरे के मित्र न बन सके थे। अंग्रेज़ शासक सामाजिक दृष्टि से भारतीयों के सम्पर्क में नहीं थे। इसलिए उनके मन में भारतीयों के प्रति घृणा का भाव था। साधारण-से-साधारण अफ़सर भी बड़े-से-बड़े भारतीय को अपने से इतना छोटा समझता था-जितना वह स्वयं अपने को एक ड्यूक से छोटा मानता था और अफ़सरों तथा भारतीयों के बीच एक दीवार-सी खड़ी होती जा रही थी।

उन दिनों भारतीयों को जो बड़े-से-बड़े पद दिये जा सकते थे, वह शासन विभाग में डिप्टी कलक्टर और न्याय विभाग में सदरे अमीन के ही पद थे-कोई भारतीय न इससे ऊँचे पद की आशा करता था-न इससे उसे कोई असन्तोष ही था। फिर भी भारतीयों में प्रतिभा की कमी न थी। परन्तु उन्हें बेकारी या छोटी-मोटी नौकरी इनमें से एक को चुनना पड़ता था। परन्तु धनी-मानी लोगों को एक शिकायत ज़रूर थी-कि अंग्रेज़ी राज में अमीर, गरीब, राजा और रंक सबके लिए ही कानून था। हिन्दुओं के सामन्ती राज्य में तथा मुसलमानों के भी राज्य में उच्च कुल और जाति के लिए विशिष्ट नियम और सम्मान की भावना थी। परन्तु अंग्रेज़ सरकार बड़े-से-बड़े और छोटे-से-छोटे भारतीय को समान भाव से देखती थी। बहुधा बड़े आदमियों के साथ अंग्रेज़ अपमानजनक व्यवहार करते थे। अंग्रेज़ी अदालतों में एक चमार की दरख्वास्त पर एक नवाब या राजा के नाम समन जारी हो जाते थे। कानून किसी व्यक्ति की इज़्ज़त नहीं करता-इसलिए कानून के अन्तर्गत न आने वाले राजा और नवाबों को यह सह्य नहीं था। पुलिस और छोटे अफ़सर अत्यन्त भ्रष्ट थे। अदालतों में भ्रष्टाचार और रिश्वत आम थी। एक बूढ़े ज़मींदार गृहस्थ ने अर्ज़ियों में ही हज़ार रुपये खर्च कर दिये थे और छह हज़ार से ऊपर रिश्वत में खर्च किये थे, पर उसे न्याय नहीं मिला था। और उसके हाथ से पुश्त-दर-पुश्त जोते हुए गाँव निकल गये थे तथा उस पर इतना लगान तय किया गया था कि उसे चुकाने को उसे अपने घर के जेवर और घोड़ी बेच देनी पड़ी थी। बड़े-बड़े ज़मींदारों और तालुकेदारों को उनके अधिकारों से वंचित कर दिया गया था। वे अब तक जो राजस्व पाते रहे थे-उसके बदले उन्हें जीवन-भर के लिए वार्षिक रकम मिलती थी। ज़मींदारों की जमींदारी बनिये खरीदते जाते थे और तालुकेदार राजा-रईस अब अपनी हैसियत से घटकर केवल पेन्शनयाफ्ता हो गये थे। बनिये सम्पन्न होते जा रहे थे और लोग उनसे घृणा करते थे। क्योंकि दुनिया के सबसे ज़्यादा मासूम किसानों का बेईमान साहूकार द्वारा खून चूसने की सुविधाएँ प्राप्त हो गयी थीं। भोले-भाले जिन ज़मींदारों की ज़मींदारियाँ बनियों ने अंग्रेज़ी अदालत से कुर्क करा ली थीं, वे अंग्रेज़ों से घोर घृणा करते थे। केवल ज़मींदार ही नहीं-किसान भी इन बनियों के चंगुल में फँसते जाते थे, और वे हमेशा इनके कर्जे में डूबे रहते थे। बनिया, जो अपने गाँव का महाजन भी था-अपने धन्धे में ईमानदारी नहीं बरतता था। वह धोखा-धड़ी करके अपनी ब्याज की रकम सीधी करता था। पहले इन अनपढ़ किसानों की रक्षा ज़मींदार करते थे। ज़मींदार भी बहुधा अपने काश्तकार के साथ बुरा व्यवहार करता था-परन्तु मुसीबत के समय सहायता भी करता था। ज़मींदार को किसान अपना मालिक समझता था। पर बनिया

बाहरी आदमी था। वह नये कानूनों से लाभ उठाता था और ऋण न चुका सकने पर किसान के हल-बैल, खेत नीलाम करा देता था। किसान व्यवसाय-विहीन हो जाता था। इस प्रकार किसान और बनिये के बीच वफ़ादारी का सम्बन्ध न था। वे अब भी अपने सामन्ती स्वामी के अधिक निकट थे। इस प्रकार नये कानून और नई प्रणाली के कारण एक गरीब वर्ग बढ़ रहा था। इन सब बातों का सामूहिक प्रभाव जनता पर यह पड़ रहा था-कि सारे अंग्रेज़ी कानून इसीलिए बनाये जा रहे हैं कि हिन्दुस्तानियों को गरीब करके उन्हें धर्म और जाति से भ्रष्ट किया जा सके।

अत्यधिक लगान से ज़मींदार तबाह होते जाते थे। उनके विरुद्ध कोई भी नीच मज़दूर-नौकर अदालत में मुकदमा दायर कर देता था और उन्हें अदालत में घसीट बुलाता था। जब उन्हें अदालत में मुकदमा दायर करना होता था तो उनसे स्टाम्प का खर्चा माँगा जाता था। व्यापारियों से मुनाफ़े के व्यापार नील, रेशम, कपड़ा आदि छीनकर अंग्रेज़ों ने उन पर एकाधिपत्य स्थापित कर लिया था, उन पर जब मुकदमे दायर होते थे तो नीच जाति के गवाहों की गवाही पर सज़ा मिल जाती थी। अंग्रेज़ अपने इस्तेमाल करने की सब चीज़ अपने देश से मँगाते थे, अपने ही देश की चीज़ इस्तेमाल करते थे। पर कुछ राजा अवश्य छोड़ दिये गये थे पर वे मुर्दे से अधिक अच्छी स्थिति में न थे। पंजाब का बालक राजा दिलीप सिंह यद्यपि अंग्रेज़ों ही के संरक्षण में था फिर भी वह मुलतान के विद्रोह का व्यक्तिगत रूप से ज़िम्मेदार समझा गया। सतारा, झाँसी और तंजौर की छोटी-छोटी रियासतें इसलिए अधिकार में कर ली गयीं कि उनके राजवंशों में कोई उत्तराधिकारी न रहा। पेशवा की मसनद को खत्म कर चुकने पर सतारा की गद्दी स्थापित की गयी थी, सिर्फ़ मराठों को बहलाने के लिए। झाँसी का राज्य कम्पनी ही की कृपा से बना था और कई बार एक सन्तानहीन भाई के बाद दूसरा भाई उसका उत्तराधिकारी बना था। तंजौर भी मित्र राजा था-वहाँ का राजकीय घराना मराठा था। इन सबको खत्म कर दिया गया। फिर करारा वार नागपुर पर हुआ। स्त्रियों के विरोध करने पर भी भोंसलों के हाथी, घोड़े और सामान नीलाम को भेज दिये गये और कौड़ियों के मोल बेच दिये गये। राजमहल का फ़र्नीचर तक नहीं छोड़ा। मुर्शिदाबाद के नवाबों की भाँति कर्नाटक के नवाब भी बहुत प्रथम ही से अपनी रियासतों के शासक नहीं रह गये थे। परन्तु अब तो उनकी उपाधि भी समाप्त कर दी गयी। यही दशा तंजौर के हिन्दू राजा की हुई। यद्यपि यह बात कही जा सकती है कि इस प्रकार रियासतों को विलय करने से भारत की राजनीतिक एकता का संगठन हुआ और आगे उसी से भारतीयता का जन्म हुआ। परन्तु डलहौज़ी का विचार भारत में राष्ट्रीयता उत्पन्न करने का न था। वह तो शुद्ध साम्राज्यवादी पुरुष था। परन्तु झाँसी की रानी यह मानने को तैयार न थी कि उसकी रियासत अन्तिम रूप में विलय कर ली गयी है। वह बराबर सरकार के उच्च अधिकारी को लिखती रही। रंगोजी बापू सतारा दरबार की ओर से, अजीमुल्ला धोन्धुपन्त नानाराव की ओर से तथा राजा राममोहनराय-दिल्ली के तख्त की ओर से लन्दन का द्वार व्यर्थ ही खटखटाते रहे। नागपुर के घराने ने अंग्रेज़ों को युद्ध की चुनौती दी, परन्तु तंजौर और कर्नाटक सदा वफ़ादार ही बने रहे। फिर भी सबका अन्त एक-सा हुआ और भारतीयों का मन यह देखकर क्षुब्ध हो उठा कि अंग्रेज़ों के हाथों दोस्त-दुश्मन दोनों

का एक जैसा हाल हुआ। परन्तु अंग्रेजों की बची-खुची भलमनसाहत का पर्दा उस समय एकदम फास हो गया, जब उन्होंने अपनी मित्र और वफ़ादार रियासत अवध को हड़प लिया। प्रत्येक मुँह पर केवल एक ही बात थी कि अंग्रेज़ों ने नीचता की है और नवाब पर अत्याचार हुआ है।

अंग्रेज़ों ने जो प्रशासकीय और कानूनी रीतियाँ काम में लीं, हो सकता है कि उनका उद्देश्य बुरा नहीं-परन्तु यह न सोचा गया कि उसका परिणाम क्या होगा। इसी से अविश्वास और सन्देह का वातावरण बढ़ता ही गया। साधारणतया डलहौज़ी को विद्रोह का ज़िम्मेदार समझा जाता है। परन्तु उसके अतिरिक्त दूसरे गवर्नर जनरलों ने भी ऐसे काम किये जिससे भारत के रूढ़िवादियों की भावना पर आघात लगा। अंग्रेज़ी सरकार का दारोमदार जनभक्ति पर न था-शक्ति पर था। सेना पर था। और भारतीय सैनिक यह समझने लगे थे कि उन्हीं की शक्ति पर अंग्रेज़ी सरकार भारत में टिकी हुई है। वे जब चाहे उसे उलट सकते हैं। अब तक प्रत्येक सैनिक अंग्रेज़ों का वफ़ादार रहा था। अब जब उसने देखा कि अंग्रेज़ उसके पुरखों का धर्म ही छीन रहे हैं तो उसकी वफ़ादारी की जड़ें हिल गयीं। इस प्रकार अशिक्षित जनता और सिपाहियों के मन में जो क्षोभ अंग्रेज़ों के विरुद्ध पैदा हुआ, उसका शमन शिक्षित भारतीय भी न कर सके और वे उन्हें भी धर्मभ्रष्ट समझने लगे। हाँ, शिक्षित भारतीय यदि इस समय उच्च पदों पर होते तो विद्रोह रोक सकते थे। पर दुर्भाग्य से ऐसा न था। बस, चर्बी लगे कारतूस ही विद्रोह के मूलाधार बन गये और विद्रोह भड़क उठा।

4

कलकत्ते की भाँति लाहौर में भी इस बार नये दिन का त्योहार धूमधाम से मनाया गया। इस समय पंजाब के सब बड़े-बड़े फ़ौजी और मुल्की अफ़सर लाहौर में इकट्ठे हुए। नाच-दावत और जश्न के बाद उनकी एक गुप्त मीटिंग हुई। मीटिंग में सर हेनरी लॉरेन्स, पंजाब के गवर्नर सर जान लॉरेन्स, सर राबर्ट मॉण्टगुमरी, डानेल्ड मेकलिआड, मेजर एडवर्ड्स आदि प्रसिद्ध अंग्रेज़ उच्चाधिकारी सम्मिलित थे। बातचीत का विषय भारत का वर्तमान अशान्त वातावरण और उसकी विवेचना था। यह भी विचार किया गया कि यदि विप्लव उठ खड़ा हो तो पंजाब की रक्षा कैसे की जाएगी।

सर हेनरी लॉरेन्स ने कहा-"सज्जनो, आपने ईस्ट इण्डिया कम्पनी के अध्यक्ष मिस्टर मेंगल्स का वह भाषण पढ़ा होगा जो उन्होंने हाल ही में पार्लियामेण्ट में दिया है। उन्होंने स्पष्ट शब्दों में यह कहा है कि ईश्वर ने हमें हिन्दुस्तान का विशाल साम्राज्य इसलिए सौंपा है कि हम वहाँ एक सिरे से लेकर दूसरे सिरे तक ईसा मसीह का विजयी झण्डा फहरायें। हममें से प्रत्येक का यह कर्तव्य है कि सम्पूर्ण भारत को ईसाई बनाने में हम अपनी पूरी ताकतें लगा दें।" इस भाषण का समर्थन करते हुए सर राबर्ट मॉण्टगुमरी ने कहा-"आपके कथन के समर्थन में मैं केवल यह कहना चाहता हूँ कि-हम पर चाहे जितनी आपत्तियाँ आयें, जब तक भारत में हमारा साम्राज्य कायम है तब तक हमें यह नहीं भूलना है कि हमारा सबसे बड़ा काम समूचे भारत को ईसाई

बनाना है। इस काम के लिए हमारे हाथों में जितने अधिकार और जितनी सत्ता है, उसका पूरा उपयोग करें।"

का सर हेनरी लॉरेन्स ने कहा-"अब से अठारह वर्ष पहले सन 1839 में पंजाब पर अधिकार हुआ। इसके बाद ही से हमने पंजाब को आदर्श ईसाई प्रान्त बनाने के यथासम्भव सब प्रयत्न किये हैं। अब हमें और भी नये कदम बढ़ाने चाहिए।"

मेजर एडवर्ड्स ने कहा-"मेरी राय है कि पंजाब में शिक्षा का सारा काम पंजाब की ईसाई मिशनरियों को ही सौंप दिया जाये। सरकारी स्कूल बन्द कर दिये जायें और ईसाई स्कूलों को काफ़ी सहायता दी जाये।"

"मैं इस मामले पर विचार कर रहा हूँ। मेरे भारतीय मित्र यह सुनकर खुश होंगे कि गवर्नर जनरल और ऑनरेबुल कम्पनी के डायरेक्टर भी इसी राय के समर्थक हैं," सर हेनरी ने कहा।

"मेरी यह दृढ़ राय है कि सरकारी स्कूलों और कॉलेजों में इंजील तथा ईसाई मत की शिक्षा दी जाये तथा न हिन्दू मज़हब के किसी काम में, न मुसलमानों को ही किसी किस्म की सरकारी सहायता दी जाये," सर राबर्ट मॉण्टगुमरी ने कहा।

"साथ ही सरकारी दफ्तरों में और स्कूल-कॉलेजों में किसी भी हिन्दू त्योहार की छुट्टियाँ न दी जायें, और सरकारी अदालतों में हिन्दू या मुस्लिम धर्मशास्त्रों और मज़हबी रिवाज़ों को मान्यता न दी जाये," डानेल्ड मेकलिआड ने कहा।

"बेशक, बेशक, हिन्दू-मुसलमानों के धार्मिक कीर्तन-मजमे और जुलूस भी बन्द कर दिये जायें, सर राबर्ट।" मॉण्टगुमरी ने टेबुल पर हाथ मारकर कहा।

सर जान लॉरेन्स ने गम्भीर भाव से कहा-"सामाजिक दृष्टि से हम अंग्रेज़ और भारतीय हीन्दन एक-दूसरे से अनभिज्ञ हैं। हमारे-उनके बीच संस्कृति की दीवार है और हमारे-उनके बीच वही सम्बन्ध रहना उचित है जो मालिक और गुलाम में होता है। हमने ऐसी चेष्टा की है कि हम हर ऐसी चीज़ पर कब्जा कर लें कि जिससे देशवासियों का जीवन आराम से कट सकता है। प्रत्येक ऐसी चीज़ जो हिन्दुस्तानियों को उभार सकती है या मनुष्य की हैसियत से उन्हें ऊँचा कर सकती है, हमें उनसे छीन लेना है। और अब तक हम यही काम सफलतापूर्वक करते आ रहे हैं। हमने उन्हें जातिभ्रष्ट कर दिया है। उनके उत्तराधिकार के नियमों को रद्द कर दिया है। उनकी विवाह संस्था को बदल दिया है, धर्म के पवित्र रीति-रिवाजों को बदल दिया है। उनके मन्दिरों की जायदादें ज़ब्त कर ली हैं। हम उन्हें 'हीन्दन' कहकर सरकारी कागजों में उन्हें तुच्छ प्रकट करते हैं। देशी रजवाड़ों के राज्य हमने छीन लिये हैं, अमीरों और रईसों की जायदादें ज़ब्त कर ली हैं। मालगुजारी चुकाने में किसान तबाह होते जा रहे हैं। हम भारत के प्रत्येक कुल और उसकी प्रतिष्ठा के कट्टर शत्रु हैं। अब इन हीन्दन की खुशहाली की एक ही राह है कि वे चुपचाप ईसाई हो जायें और हमारी कृपाओं से लाभ उठायें।"

"मैं आपसे अक्षरशः सहमत हूँ सर जान लॉरेन्स महोदय, किन्तु मैं आपका ध्यान एक खतरे की ओर दिलाना चाहता हूँ," राबर्ट मॉण्टगुमरी ने कहा।

"आप कोई खास बात कहना चाहते हैं?"

"जी हाँ, बहुत ही खास बात। हम भली-भाँति जानते हैं कि इस समय रूस का भय हमारे साम्राज्य पर छा रहा है। यद्यपि क्रीमिया युद्ध ने उसका रुख बदल दिया है परन्तु हम निरापद नहीं हैं। हमने अब तक रूस के भय से सतर्क रहने की चेष्टा तथा तैयारियां की हैं, परन्तु अब यह भय भीतर ही उठ खड़ा हुआ है। सेना और जनता दोनों ही सन्दिग्ध और उत्तेजित दिख पड़ते हैं। यदि देश में विद्रोह भड़क उठे तो हमें कौन-सा कदम उठाना पड़ेगा। यह हमें अभी विचार लेना मुनासिब है।"

"आपका खयाल दुरुस्त है सर मॉण्टगुमरी महोदय," सर लॉरेन्स ने कहा-"मुझे कुछ महत्त्वपूर्ण सूचनाएँ मिली हैं। जिनके आधार पर मैं कह सकता हूँ कि लोग अपने धर्म के नाम पर, अपनी कौम के नाम पर, बदला लेने के लिए भड़क सकते हैं और देशी राजाओं की पूर्ण सत्ता और देशी धर्मों का अधिकार फिर से स्थापित करने की चेष्टा भी कर सकते हैं।"

डानेल्ड मेकलिआड ने कहा-"मैं देखता हूँ कि जब से अवध के बादशाह को गद्दी से उतारा गया है तभी से हालत खराब होती जा रही है। लोग शक की नज़र से हमें देखने लगे हैं और पहले जो खुशी से हमारा हुक्म मानते थे-अब मजबूरी से मानते हैं।"

"हो सकता है-यह सिर्फ आपका खयाल ही हो, मिस्टर डानेल्ड, लेकिन इस बात से मैं सहमत हूँ कि हमें तैयार रहना चाहिए। मैं समझता हूँ सिक्ख और नेपाल की सरकार तथा राजपूत हमारी मदद करेंगे और हम अपनी फ़ौज को चाक-चौबन्द रखेंगे।"

"तो दोस्तो, आपके लिए नया साल मुबारक।"

सबने कहा-"आमीन"

और सभा बर्खास्त हुई।

5

लन्दन के पालमाल मुहल्ले के एक कमरे में एक अधेड़ आयु का पुरुष चिन्तामग्न बैठा था। अंगीठी में आग जल रही थी, कमरा गर्म और आरामदेह था। परन्तु ऐसा प्रतीत होता था जैसे यह व्यक्ति सुखी नहीं है। कोई अशान्त ज्वालामुखी उसके हृदय में धधक रहा है। उसके सिर पर अधपके खिचड़ी बाल थे। छोटी कटी मूँछें थीं। रंग इसका ज़रा गेहुँआ था। उसका कद ठिगना, शरीर गठीला और दृष्टि पैनी थी। उसके पतले होंठ सम्पुटित थे। अभी वह एक लम्बा खत लिख चुका था और ऐसा प्रतीत होता था कि वह किसी की प्रतीक्षा कर रहा है। इस पुरुष का नाम रंगोजी बापू था और यह सतारा के महाराज का एलची था।

परन्तु उसे अधिक प्रतीक्षा नहीं करनी पड़ी। गृह-स्वामिनी की कन्या ने आकर उसे सूचना दी-कि एक भारतीय राजा उनसे मिलने आया है। रंगोजी बापू हड़बड़ाकर उठ खड़े हुए और बड़ी आवभगत करके आगन्तुक व्यक्ति को आदर से बैठाया। आगन्तुक व्यक्ति शानोशौकत का आदमी था। वह बहुमूल्य मुसलमानी तरीके के कपड़े पहने हुए, था तथा उसके कण्ठ में एक कीमती कण्ठा पड़ा था। पगड़ी में भी मोती का झब्बा लटक रहा था। उसके चेहरे से मुसलमानी रुआब और उसका सतेज व्यक्तित्व फूट पड़ता था। उसका रंग गोरा, आँखें रसीली और नाक कुछ नीचे को झुकी हुई थी। उसका बातें करने का ढंग बड़ा आकर्षक था। एक मन्द मुस्कान उसके चेहरे पर खेलती ही रहती थी। वाणी उसकी बहुत मीठी थी और शिष्टाचार से वह अद्वितीय था। आते ही उसने बड़ी विनम्रता से कहा-"मेरे आने से आपको कुछ असुविधा तो नहीं हुई रंगोजी बापू।"

"नहीं, तनिक भी नहीं, अज़ीमुल्ला साहब, मैं तो खुद ही आपसे बातचीत करने को बहुत उत्सुक था। कहिये, अभी आपको कुछ आशा है या आप अपनी करनी कर चुके," रंगोजी बापू ने शिष्टाचार प्रकट करते हुए कहा।

"कुछ आशा नहीं है। मैं मलिका से भी मिला और लॉर्ड पामर्स्टन से भी, पार्लियामेंट के दूसरे खास-खास आदमियों से भी, पर नतीजा कुछ न निकला। ये अंग्रेज़ बड़े चालाक हैं, सीधा जवाब नहीं देते और बात ऐसी दुमानी करते हैं कि आदमी चक्कर ही खाया करे।"

"तो बस ठीक यही हाल मेरा है। मुझे सतारा दरबार ने बड़ी आशा से भेजा था। पर यहाँ आने पर सारी आशा धूल में मिल गयी।"

"परन्तु छत्रपति शिवाजी के वंशज सतारा के महाराज और प्रतापी पेशवा के उत्तराधिकारी इस तरह पेन्शनों की भीख माँगें और निराश हों-यह तो शोभनीय नहीं है।"

"नहीं है, इसी से मैंने कुछ बात मन में सोची है और उसी सम्बन्ध में आपसे बातचीत करने आपको मैंने कष्ट दिया है।"

"आप खुशी से अपनी स्कीम मुझे बताइए। हम दोनों एक ही राह के राही हैं। हमें और आपको हमारे स्वामियों ने रुपया पानी की तरह बहाकर यहाँ बड़ी आशा से भेजा था। अब हम यों ही छूँछे हाथ लौट जायेंगे तो हमारी क्या इज़्ज़त रहेगी।"

"छूँछे हाथ न लौटेंगे।"

"तो हमें क्या करना चाहिए।"

"प्रतिरोध और प्रतिकार।"

"इतनी बड़ी शक्तिशाली जाति के विरुद्ध हम दोनों असहाय क्या कर सकते हैं?"

"बहुत कुछ कर सकते हैं। हम नाना फड़नवीस के काम को पूरा कर सकते हैं, अफ़सोस कि नाना फड़नवीस को उपयुक्त अवसर न मिला। 18वीं शताब्दी के उत्तरार्ध में जब ईस्ट इण्डिया

कम्पनी की सेनाएँ-भारत पर सत्ता स्थापित करती जा रही थीं तो उस समय दो युग-पुरुष जन्मे थे-एक हैदरअली, दूसरे नाना फड़नवीस। हैदरअली असाधारण सेनानी और फड़नवीस असाधारण राजनीतिज्ञ थे। यदि कहीं उस समय अंग्रेज़ों के विरुद्ध तलवार और बुद्धि का एका हो जाता तो आज भारत का इतिहास ही कुछ दूसरा होता। परन्तु ये दोनों एक-दूसरे को काटते ही रहे। यह महा मेधावी मन्त्री सदाशिवराव भाऊ के साथ पानीपत गया था। वह एक ऐसा राजनीतिज्ञ था जो अंग्रेज़ों की प्रशंसा करता था-पर उन्हें पास नहीं फटकने देना चाहता था और अपनी शक्ति-भर उसने यही किया।"

"किन्तु अब हम क्या कर सकते हैं?"

"आओ मित्र, हम अपना-अपना काम बाँट लें। मैं दक्षिण का जिम्मा लेता हूँ।

मैं दक्षिण के अधमरे राजाओं में जान फूँकूँगा।"

"तो मैं भी, उत्तर भारत की सब रियासतों में वह आग सुलगाऊँगा कि ये अंग्रेज़ उसी में भस्म हो जायेंगे। परन्तु..."

"परन्तु क्या?"

"एक बात का मुझे अन्देशा है। क्या सब भारतवासी एक होकर लड़ सकेंगे?"

"क्यों नहीं। दक्षिण का जिम्मा मैंने ले ही लिया। उत्तर में हिन्दू और मुसलमानों की दो शक्तियाँ हैं। सौभाग्य से आप मुसलमान हैं पर एक हिन्दू राजा के प्रतिनिधि हैं। बस आप और नाना राव साहब आपस में मिलकर सारे उत्तर भारत में घर-घर अलख जगाइये। आग सुलगाइये, हिन्दू-मुसलमान दोनों को खड़ा कर दीजिये। फिर देखिये कि इन अंग्रेज़ों के पैर कहाँ टिकते हैं।"

"आप ठीक कहते हैं। मैं ऐसा ही करूँगा। परन्तु हमें बाहर से भी मदद लेनी चाहिए।"

"किस तरह?"

"यहाँ इंग्लैण्ड में आकर मैंने जाना है कि अंग्रेज़ जिस तरह शेर होकर भारत में मनमानी करते हैं, वैसे यहाँ नहीं कर सकते। यहाँ तो वह भयभीत, चिन्तित और व्याकुल हैं।"

"क्यों न हों भला। कहाँ क्षुद्र इंग्लैण्ड का टापू, वहाँ के मुट्ठी-भर आदमी और कहाँ हमारा भारतवर्ष। हमारी ही दुर्बलता से इन्होंने हमारा भारतवर्ष छीन तो लिया परंतु अब उसकी रक्षा उनके लिए जाने-वबाल हो रही है। पूर्वी समस्या को लेकर अंग्रेजों की नींद हराम हो रही है। अभी ईरान का युद्ध खत्म न हुआ था कि क्रीमिया की लड़ाई छिड़ गयी। वहाँ से जैसे खराब समाचार आ रहे हैं उन्हें सुन-सुनकर सारा इंग्लैण्ड चिन्ताकुल हो रहा है। वहाँ हज़ारों अंग्रेज़ बिना राशन-पानी भूख और ठण्ड से ठिठुरकर मर गये। और मैं समझता हूँ अंग्रेज़ उसी तरह रूस से पिटकर लौटेगा जिस तरह नैपोलियन लौटा था। हमें इस सुअवसर से लाभ उठाना चाहिए।"

"बेशक। इस समय इटली के गैरीबाल्डी ने अपनी सरकार के विरुद्ध बगावत का झण्डा उठाया है। उससे भी कुछ फ़ायदा उठाना चाहिए। शत्रु का शत्रु मित्र, यह कभी न भूलना चाहिए।"

"तो हमें इटली और रूस का भी चक्कर लगाना चाहिए।"

"अवश्य! अब यहाँ पड़े-पड़े व्यर्थ समय नष्ट करने से क्या लाभ है। हमें तुरन्त इंग्लैण्ड से कूच कर देना चाहिए।"

"ज़रूर ही हमें कूच कर देना चाहिए। मैं आपके साथ चलूँगा। मैंने अपने महाराज को सब हकीकत लिख दी है। और अब मैं यहाँ से चल देने को बिलकुल तैयार हूँ।"

"तो मैं भी चौबीस घण्टे में तैयार हो जाऊँगा। मैं भी सब हकीकत आज ही श्रीमन्त पेशवा को लिख भेज रहा हूँ।"

इतना कहकर अज़ीमुल्ला उठ खड़े हुए। रंगोजी बापू ने उनसे प्रेम से हाथ मिलाया और नेत्रों-ही-नेत्रों में अपना अभिप्राय व्यक्त कर उन्हें विदा किया।

6

इस समय समस्त यूरोपीय राज्य प्राय: ईसाई थे। केवल टर्की एक ऐसा राज्य था जहाँ के शासक तुर्क मुसलमान थे। टर्की यद्यपि यूरोप का भाग था-परन्तु वहाँ के धर्म-भेद के कारण टर्की की सभ्यता, संस्कृति और सामाजिक एवं राजनीतिक व्यवस्था यूरोप से भिन्न थी। इसके अतिरिक्त टर्की साम्राज्य के कुछ सूबों में ईसाइयों की बस्ती थी जो मुसलमानों के शासन को असह्य समझते थे। टर्की यूरोप के बिलकुल पूर्वीय कोने में है और टर्की के तुर्कों का साम्राज्य एशिया के पश्चिमी सिरे तक फैला है। इन सब कारणों से यूरोपीय राजनीतिज्ञों के लिए टर्की साम्राज्य इन दिनों एक समस्या बनी हुई थी। खासकर इंग्लैण्ड को अपने पूर्वी साम्राज्य के कारण इस पूर्वीय समस्या का निबटारा करने में सबसे अधिक चिन्ताशील रहना पड़ रहा था। इस समय दो ही यूरोपीय शक्तियाँ पूर्व में अपना विशेष स्वार्थ रखती थीं-एक इंग्लैण्ड, दूसरी रशिया। इसलिए पूर्वी समस्या का सबसे अधिक भार इस समय इंग्लैण्ड और रूस पर ही था।

मध्यकाल में पूर्वी यूरोप का बड़ा भाग तुर्क साम्राज्य के अन्तर्गत था। कुछ काल तक तो तुर्क साम्राज्य जर्मनी की सीमा को छू गया था। सत्रहवीं शताब्दी में आस्ट्रिया, पोलैण्ड और वेनिस ने मिलकर तुर्क साम्राज्य से मोर्चा लेने को एक ईसाई पश्चिमी संघ बनाया था जिसमें रूस का महान पीटर भी सम्मिलित हो गया था। इन चार शक्तिशाली ईसाई राज्यों के संगठन का केवल इतना ही परिणाम हुआ-कि तुर्क यूरोप में आगे न बढ़ सके। परन्तु 18वीं शताब्दी में तुर्क साम्राज्य का पतन होने लगा। रूस ने काला सागर के तट पर स्थित क्रीमिया के अन्तरीप को और एज़ाफ के समुद्र तट पर विद्यमान प्रदेश को जीत लिया इससे रूसी साम्राज्य की दक्षिणी सीमा काला सागर के साथ आ लगी। और अब रूस ने टर्की के मामलों में हस्तक्षेप आरम्भ कर दिया। परन्तु उन्नीसवीं शताब्दी के आरम्भ में ही, जब यूरोप में नैपोलियन का पतन हो रहा था,

तुर्क साम्राज्य क्षेत्रफल के विस्तार की दृष्टि से यूरोप-भर में रूस के बाद सबसे बड़ा साम्राज्य था। एजीयन सागर के विविध द्वीप टर्की के अधीन थे, एशिया में एशिया माइनर, सीरिया, पेलेस्टाइन, मैसोपोटामिया, आर्मीनिया और अरब तुर्क साम्राज्य के अन्तर्गत थे। अफ्रीका में मिस्र से लेकर अल्जीरिया तक तुर्कों का अधिकार था।

परन्तु तुर्क जाति का बाहुल्य केवल एशिया माइनर में ही था। तुर्क साम्राज्य के अन्य प्रदेशों में तुर्क-मित्र अन्य विविध जातियाँ रहती थीं। मध्यकाल की समाप्ति पर जब यूरोप में राष्ट्रीयता के भावों का उदय हुआ तब इन विविध प्रकार की जातियों का एक शासन में रह सकना सम्भव नहीं रहा और उन्नीसवीं शताब्दी में तो राष्ट्रीयता की प्रबलता ने तुर्क साम्राज्य को सर्वथा अस्वाभाविक बना दिया और ये प्रदेश विद्रोही हो उठे। और उन्होंने अपनी राष्ट्रीय स्वाधीनता के लिए संघर्ष आरम्भ कर दिया जो सौ वर्षों तक चलता रहा। तुर्क साम्राज्य के अधीन इन विभिन्न जातियों का यह राष्ट्रीय संघर्ष अत्यन्त महत्त्वपूर्ण था और संसार के इतिहास ने जो उन्नीसवीं शताब्दी में एक नया मोड़ लिया, उस पर इस संघर्ष का बड़ा भारी प्रभाव है।

तुर्क साम्राज्य की यह विविधता केवल जातीय भेदों तक न थी, धार्मिक भेद भी थे। तुर्क सुन्नी मुसलमान थे, पर शिया, बहावी आदि विविध इस्लामी सम्प्रदाय तुर्क साम्राज्य में बसते थे। फिर यहूदी, ईसाई थे, ईसाइयों में भी रोमन कैथोलिक, ग्रीक कैथोलिक, जार्जियन आदि सम्प्रदाय के लोग तुर्क साम्राज्य में रहते थे। तुर्क इन्हें काफ़िर कहते और इनसे घृणा करते थे। इस प्रकार तुर्क साम्राज्य राष्ट्रीयता की दृष्टि से सर्वथा अस्वाभाविक था। तुर्क साम्राज्य ही की भाँति आस्ट्रिया का साम्राज्य भी तत्कालीन नई प्रवृत्तियों के प्रतिकूल था, इसलिए तुर्क साम्राज्य की भाँति आस्ट्रियन साम्राज्य में भी राष्ट्रीय संघर्ष उठ खड़े हुए थे। परन्तु तुर्क साम्राज्य में केवल राष्ट्रीयता की ही समस्या नहीं थी, वहाँ एक बात राजा के स्वेच्छाचारी एकाधिकार की भी थी। जब यूरोप में लोकतन्त्री भावनाएँ जागी, तो एकतन्त्र शासन यूरोप से असह्य हो गया। उन दिनों तक यूरोप में स्वेच्छाचारी, एकतन्त्री शासन थे पर तुर्क का सुलतान सम्राट के साथ-साथ इस्लाम का भी खलीफ़ा-धार्मिक नेता था। इससे भी वह एकपक्षीय शासन बन गया था। उन दिनों तुर्क साम्राज्य में राज्य के बड़े-बड़े पद नीलाम हुआ करते थे। इसका परिणाम यह होता था-कि सुलतान को भारी-भारी रकमें देकर जो राजकीय पदाधिकारी हो जाते थे। वे अपने उस पद को अपनी आमदनी बढ़ाने का ही साधन मानते थे। इस तरह वे भी स्वेच्छाचारी थे। राज्य में पूरी अव्यवस्था थी।

यूरोप में फ्रेंच राज्य-क्रान्ति और नैपोलियन के युद्धों ने राष्ट्रीयता की बाढ़ ला दी थी। उधर क्रीमिया की विजय के बाद रूस, जिसकी सीमा काला सागर से आ लगी थी-टर्की की इस अव्यवस्था से पूरा लाभ उठाना चाहता था। उधर आस्ट्रिया की शक्ति जर्मनी में क्षीण हो रही थी और अपनी शक्ति के सन्तुलन के लिए वह बाल्कन प्रायद्वीपों पर गिद्ध दृष्टि रखता था। फ्रेंच राज्य-क्रान्ति का बाल्कन राज्यों पर भी प्रभाव था और वे भी राष्ट्रीय स्वतन्त्रता के सपने देखने

लगे थे। अब रूस और आस्ट्रिया दोनों का हित इस बात में था कि टर्की कमज़ोर हो जाये और बाल्कन प्रायद्वीपों की लूट से वे अपनी क्षतिपूर्ति कर लें।

एशिया में इस समय जो विविध यूरोपियन राज्य अपना साम्राज्य बना रहे थे, उनमें रूस और ब्रिटेन प्रमुख थे। ब्रिटेन ने भारतवर्ष को पूरी तौर पर अपने अधिकार में ले लिया था और रूस प्रशान्त महासागर तक उत्तरी एशिया में अपना अधिकार स्थापित कर चुका था। अनेक स्थानों पर दोनों की सीमाएँ आ मिली थीं। इससे दोनों का एक-दूसरे से भय चरम सीमा तक पहुँच चुका था।

ब्रिटेन के लिए एक गहरी समस्या थी। उसे अपने भारतीय साम्राज्य तक पहुंचने को निष्कंटक मार्ग चाहिए था। उन दिनों ब्रिटेन को भारत तक पहुँचने के लिए स्वेज़ के जलडमरूमध्य के सिवाय दूसरा मार्ग न था। इस मार्ग के आस-पास के प्रदेशों पर किसका राज्य है, यह बात ब्रिटेन के लिए अत्यन्त महत्त्व रखती थी। तब तक स्वेज़ की नहर नहीं बनी थी। यूरोपियन लोगों के जहाज़ उन दिनों अलेक्जेंड्रिया पहुँचते थे। वहाँ उनका माल-असबाब उतारा जाता था और उसे काफ़िलों द्वारा स्थल मार्ग से स्वेज़ पहुँचाया जाता था। वहाँ दूसरे जहाज़ तैयार रहते थे। उन पर सब माल लाद दिया जाता था और तब ये जहाज़ पूर्व में भारत आते थे। ऐसी स्थिति में यदि रूस टर्की की शक्ति को नष्ट कर बाल्कन प्रायद्वीप पर अपना प्रभाव कायम कर ले तो वह स्वेज़ के इस मार्ग के बहुत निकट पहुँच जाता था। भला अंग्रेज़ भारतीय साम्राज्य के इस शक्तिशाली प्रतिद्वन्द्वी का अपने मार्ग के इतने निकट पहुँचना कैसे बर्दाश्त कर सकते थे। टर्की इस समय बहुत कमजोर हो चुका था। अंग्रेज़ों को उससे कुछ भय न था, पर अंग्रेज़ों का हित इसी में था कि टर्की को वे नष्ट न होने दें तथा उसे मित्र बनाये रखें और उसमें इतनी ताकत रहे कि वह बाल्कन प्रायद्वीप पर अपना प्रभाव बनाये रहे। इस प्रकार बाल्कन राज्यों तथा टर्की के सम्बन्ध में रूस और ब्रिटेन की परस्पर विरुद्ध नीति थी जो परस्पर टकराती थी।

इस समय एक बात और थी। मिस्र का पासा बहुत शक्तिशाली और महत्वाकांक्षी था, अभी तक वह टर्की का सामन्त था। पर टर्की की क्षीण होती हुई शक्ति को देख वह सिर उठा रहा था और अपनी शक्ति बढ़ाने की खटपट कर रहा था। यूरोपियन राज्यों के सम्मुख यह समस्या थी-कि वे टर्की को सहायता दें या मिस्र को। इस सम्बन्ध में ब्रिटेन का रुख समूचे यूरोप से भिन्न था। इंग्लैण्ड का चिर शतु फ्रांस इस समय उत्तरी अफ्रीका में पैर फैला रहा था। इसलिए सभी यूरोपियन राज्यों में दाँव-पेच चल रहे थे-कि अवसर से लाभ उठाकर रूस ने टर्की से एक सन्धि कर ली-जिसके कारण काला सागर समुद्र तट पर उसका अधिकार हो गया और रूस टर्की का संरक्षक बन गया। जब यूरोपियन राष्ट्रों, खासकर ब्रिटेन और फ्रांस को इस बात का पता चला तो वे बौखला उठे। शीघ्र ही वे तीनों राष्ट्र युद्ध पर आमादा हो गये। पर उस समय तो लड़ाई टल गयी, परन्तु शीघ्र ही मिस्र और टर्की में युद्ध छिड़ गया। जिसमें फ्रांस ने मिस्र का और ब्रिटेन ने टर्की का पक्ष लिया। इस पर जो सन्धि हुई-तो टर्की पर से रूस का प्रभुत्व हट गया काला सागर तट पर भी उसका एकाधिकार न रहा और टर्की पर अंग्रेजों का प्रभुत्व हो गया। फ्रांस

को यह बात पसन्द न आयी परन्तु यूरोपीय राष्ट्रों ने मिल-मिलाकर फ्रांस-ब्रिटेन का यह विग्रह टाल दिया।

अब रूस ने नई चाल खेली। उसने ऐसा विचार किया कि टर्की के साम्राज्य को खत्म ही कर दिया जायें और उसका कुछ हिस्सा ब्रिटेन को देकर कांसटेंटिनोपल पर अपना अधिकार कर लिया जाये। ब्रिटेन का स्वार्थ तो स्वेज़ मार्ग पर था। यदि मिस्र और स्वेज़ उसे मिल जायें तो फिर उसे कुछ न चाहिए। इसी इरादे को मन में रखकर रूस के ज़ार ने इंग्लैण्ड की यात्रा की। बात चली, पर ब्रिटेन अपने भारतीय साम्राज्य के मार्ग में अपने सबसे बड़े प्रतिस्पर्धी रूस को बढ़ने नहीं देना चाहता था। वह जानता था कि रूस कांसटेंटिनोपल पर कब्जा कर लेगा तो बाल्कन प्रायद्वीप पर भी उसका अधिकार हो जायेगा, तब तो उसकी शक्ति की सीमा न रहेगी। स्थल शक्ति में तो रूस ब्रिटेन से बढ़ा-चढ़ा था ही, जल शक्ति में भी वह अद्वितीय हो जायेगा। ऐसी अवस्था में मिस्र और स्वेज़ पर ब्रिटेन का कब्जा हो भी जाये तो भी निकट पड़ोस में शक्तिशाली रूस का होना उसके लिए भयानक हो सकता था। इसलिए उसने रूसी योजना ठुकरा दी। इससे कुद्ध होकर अब रूस ने युद्ध द्वारा शक्ति-परीक्षा करने की ठान ली।

7

अब रूस युद्ध का कोई बहाना खोज रहा था। सन् 1853 में यह बहाना मिल गया। ईसाइयों के पवित्र तीर्थ पेलेस्टाइन और जेरूशलम शताब्दियों से तुर्क साम्राज्य के अन्तर्गत थे। यूरोप-भर के यात्री वहाँ तीर्थ यात्रा के लिए आते थे-इन प्रदेशों में अधिक आबादी भी ईसाइयों की थी। इन ईसाई प्रजाजनों और यात्रियों के प्रति तुर्क अधिकारियों का सदा घृणा और तुच्छता का व्यवहार होता था। वे इन्हें काफ़िर कहते थे। ऐसी ही एक-दो घटनाओं की शिकायतें रूस के सम्राट के कान में पहुँची, उसने तुर्क सुलतान को एक अल्टीमेटम दिया। जिसमें यह माँग की गयी कि सुलतान रूसी सम्राट को ईसाई प्रजा का संरक्षक स्वीकार करे। उस समय टर्की में ब्रिटिश राजदूत लार्ड स्ट्रेटफोर्ड कुस्तुन्तुनिया में उपस्थित थे। उन्होंने सुलतान को सलाह दी थी कि वह रूसी सम्राट की यह मांग स्वीकार न करें। बस, रूसी राजदूत तो कुस्तुन्तुनिया से लौटा-और रूसी सेनाएँ उस ओर अग्रसर हुईं। ब्रिटेन ने तत्काल अपनी सेनाएँ टर्की की सहायता को भेज दीं। इस समय फ्रांस पर नैपोलियन तृतीय का अधिकार था। उसे भी अपने दादा-नैपोलियन प्रथम का वैर भूला न था। अत: इस बार फ्रांस ने इंग्लैण्ड से वैर भूलकर साथ ही टर्की की सहायता के लिए अपनी सेनाएँ भेज दीं। और काला सागर के क्रीमिया अन्तरीप में सन् 1854 में युद्ध छिड़ गया।

रूस ने यद्यपि इस आक्रमण को धर्म का रूप दिया था, परन्तु इंग्लैण्ड ने इसे धार्मिक दृष्टि से नहीं देखा। इन दिनों इंग्लैण्ड में एक बड़े ही विलक्षण राजनीतिज्ञ थे-उनका नाम था लार्ड पामर्स्टन। वह एक शक्तिशाली राजपुरुष थे। पहले वे बहुत काल तक इंग्लैण्ड के परराष्ट्र-विभाग के मन्त्री रह चुके थे। पूर्वी समस्या के सम्बन्ध में उन्होंने ब्रिटेन की यह नीति निर्धारित की थी कि ब्रिटेन का हित इसी में है कि टर्की का साम्राज्य टूटने न पाये। उन्होंने इंग्लैण्ड का ध्यान इस ओर

आकर्षित किया था कि यदि टर्की की शक्ति नष्ट हो गयी तो रूस को एशिया माइनर की ओर पंख पसारने को खुला मैदान मिल जायेगा। और एशिया में रूस की शक्ति बढ़ जाएगी और ब्रिटेन के भारतवर्ष के साम्राज्य को सदा रूस का भय लगा रहेगा। लार्ड पामर्स्टन बड़े दबंग राजपुरुष थे। शासनकार्य में वह अपने सहयोगियों की अनुमति की भी परवाह न करते थे। यहाँ तक कि कभी-कभी रानी विक्टोरिया को भी अपनी कार्रवाई का पता नहीं देते थे। इसी कारण उन्हें रानी ने परराष्ट्र-विभाग के मन्त्री पद से हटा दिया था। पर अब रानी विक्टोरिया को इस पूर्वी समस्या के महान ज्ञाता की आवश्यकता पड़ी और उसे ब्रिटिश साम्राज्य का प्रधानमन्त्री बना दिया गया। यह इस राजपुरुष का ही कौशल था कि ब्रिटेन का चिरशतु तथा प्रतिद्वन्द्वी फ्रांस, इस युद्ध में ब्रिटेन के साथ मिल गया।

जिस समय क्रीमिया के युद्ध का सूत्रपात हुआ-तब रूस पर जार निकोलस प्रथम का शासन था। निकोलस का शासन कठोर और क्रूर था। उसे गद्दी पर बैठते ही क्रान्ति और विद्रोह का शमन करना पड़ा था, इसलिए उसकी नीति कठोर हो गयी थी, उसका विश्वास था कि पश्चिमी यूरोप की स्वतन्त्र वायु रूस में प्रविष्ट न होने पाये। इसलिए उसने कड़ी आज्ञा दी थी कि बाहरी कोई यात्री रूस में प्रविष्ट न होने पाये। न कोई रूसी नागरिक रूस से बाहर बिना अनुमति के जा सके न यात्रा के लिए, न व्यापार के लिए, न अध्ययन के लिए। यहाँ तक उसने कड़ा नियन्त्रण रखा था-कि जो पुस्तकें बाहर से छपकर आती थीं-उनकी भी पूरी छानबीन की जाती थी और जिनमें नवीन विज्ञान या विचारों का ज़रा भी पुट पाया जाता था वे रूस में जनता को नहीं पढ़ने दी जाती थीं। उसके हज़ारों गुप्तचर शिक्षा केन्द्रों, प्रेस, थियेटर आदि में इसी बात का निरीक्षण करते फिरते थे कि उनमें नवीन विचारों का समावेश न होने पाये। उसके गुप्तचर जब चाहे, जहाँ चाहे जिसको गिरफ्तार कर लेते थे। ज़ार के इस एकतन्त्री स्वेच्छाचारी शासन का प्रबल सहायक रूसी चर्च था। रूसी साम्राज्य में ईसाई धर्म का प्रचार कुस्तुन्तुनिया के पादरियों द्वारा हुआ था। उन दिनों ईसाई धर्म के दो संगठन थे। एक रोमन कैथोलिक चर्च जिसका केन्द्र रोम था, दूसरा ग्रीक कैथोलिक चर्च था जिसका केन्द्र कांसटेंटिनोपल था। रूस ग्रीक कैथोलिक चर्च के अन्तर्गत था और शताब्दियों तक रहा। रूस के ईसाई शताब्दियों से कांसटेंटिनोपल के पेट्रिआर्क को अपना धार्मिक नेता मानते रहे। जिस प्रकार रोमन कैथोलिक चर्च के मुखिया को पोप कहते थे, उसी भाँति ग्रीक कैथोलिक चर्च के मुखिया को पेट्रिआर्क कहा जाता था। जब पन्द्रहवीं शताब्दी में मुसलमानों ने कांसटेंटिनोपल पर अपना अधिकार कर लिया तो वह ग्रीक कैथोलिक चर्च का केन्द्र न रह सका। उस समय से रूस के ज़ार ही वहाँ के चर्च के अधिपति बन गये थे तथा चर्च राज्य का ही एक अंग बन गया था। अब इस समय जब सम्पूर्ण पश्चिमी यूरोप में क्रान्ति की लहर चल रही थी, राजनीतिक और आर्थिक स्वतन्त्रता को विज्ञान और उद्योग उड़ाये लिये जा रहे थे तथा धार्मिक मामलों में भी लोग स्वतन्त्र होते जा रहे थे-यह स्वाभाविक था कि रूस के लोग भी धार्मिक स्वतन्त्रता से प्रेरित होकर सरकारी चर्च से अपने को मुक्त करें। ज़ार इस बात को भी बड़ी चिन्ता की तथा कड़ी नज़र से देखता था। वह यह विश्वास रखता था कि रूस में

एकता स्थापित रखने के लिए रूसी चर्च की भी अक्षुण्णता कायम रखी जाये। इसलिए निकोलस उन दिनों रोमन कैथोलिकों, प्रोटेस्टेण्टों, यहूदियों को पक्का धर्म-शत्रु और विधर्मी समझकर उन पर कठोर अत्याचार कर रहा था। रूसी चर्च को छोड़ने पर उसे दण्ड दिया जाता था। इस प्रकार निकोलस सब प्रकार की धार्मिक-राजनीतिक और आर्थिक प्रगतियों का घोर विरोधी एवं घोर साम्राज्यवादी था। इसी से उसने बालकन प्रायद्वीप की ईसाई जनता का पक्ष लेकर तुर्की साम्राज्य के मामलों में हस्तक्षेप शुरू किया था जिसे ब्रिटेन बर्दाश्त नहीं कर सका और क्रीमिया का युद्ध आरम्भ हो गया।

परन्तु अभी क्रीमिया की लड़ाई चल ही रही थी कि निकोलस प्रथम का देहान्त हो गया और अलेक्जेण्डर द्वितीय रूस का ज़ार बना। जिस समय वह गद्दी पर बैठा, क्रीमिया में निरन्तर रूस की हार होती जा रही थी और लोग इस हार का पूरा दायित्व ज़ार के एकतन्त्री और स्वेच्छाचारिता से परिपूर्ण शासन पर लगाते थे। सर्वत्र रूस में सुधारों की आवश्यकता अनुभव की जा रही थी। ज़ार अलेक्जेण्डर द्वितीय अपने साम्राज्य की असली हालत से अपरिचित न था। वह एक समझदार और बुद्धिमान व्यक्ति था। उसने तुरन्त समझ लिया कि बिना सुधारों के रूस का उद्धार सम्भव नहीं। उसने योग्य मन्त्रियों का संगठन करके तीव्रता के साथ सुधार आरम्भ किये। परन्तु क्रीमिया का युद्ध वह नहीं जीत सका। फ्रांसीसी और अंग्रेज़ी सेनाओं ने मिलकर रूस के प्रसिद्ध किले सेवस्टिपोल पर घेरा डाल दिया। इसके थोड़े ही दिन बाद रूसियों की सेना बेलेक्लावा तथा इन्करमैन के युद्धों में बुरी तरह परास्त हुई और सेवस्टिपोल का दुर्ग उसके हाथों से निकल गया। अन्त में रूसियों को पेरिस की सन्धि पर हस्ताक्षर करने पड़े और वे इंग्लैण्ड के प्रधानमन्त्री पामर्स्टन की सब शर्तें मानने को बाध्य हुए। यह निश्चित किया गया कि टर्की के साम्राज्य पर कोई आघात न होने पायेगा तथा 'कृष्णा सागर' से रूसी अपना बेड़ा हटा लेंगे और सेवस्टिपोल किले की मरम्मत नहीं करेंगे।

इस सन्धि से रूस की जल-शक्ति को बड़ा धक्का लगा और बीमार तुर्क साम्राज्य की प्राण-रक्षा हो गयी। परन्तु इससे पूर्वीय समस्याएँ हल नहीं हुईं और नई उलझनें बढ़ती चली गयीं। अंग्रेज़ यह युद्ध जीते अवश्य परन्तु उनकी भी सैनिक शक्ति को बहुत धक्का लगा। जिसकी पूर्ति में उन्हें काफ़ी शक्ति व्यय करनी पड़ी।

8

लन्दन के हैम्पशायर उपनगर के एम्बले पार्क में एक छोटा-सा किन्तु सुन्दर ग्राम्यकुटीर था। उसमें एक ओर रंग-बिरंगे फूलों की क्यारियाँ लगी हुई थीं। बीच-बीच में चहलकदमी करने के लिए पक्के रास्ते बने हुए थे। दूसरी ओर एक ऊँचा चबूतरा बना हुआ था, जिसके सामने फव्वारा था! जिससे नन्ही-नन्ही बूंदें चारों ओर बरस रही थीं। हम जिन दिनों की बात कर रहे हैं-वह सन् 1849 का अगस्त मास था। गर्मी के दिन थे। सन्ध्या होने में अब देर न थी। सूरज की सुनहरी हल्की किरणों में चबूतरे के ऊपर कुछ स्त्री-पुरुष बैठे गप-शप कर रहे थे। उनमें जो सज्जन बड़ी

कुर्सी पर बैठे थे-वह यूरोप के तत्कालीन महान सम्मानित व्यक्ति थे-जिन्हें इंग्लैण्ड में बेल्जियम का भाग्यविधाता कहा जाता था। यह पुरुष इंग्लैण्ड के प्रधानमन्त्री लार्ड पामर्स्टन थे। उनकी उम्र साठ साल से भी ऊपर हो चुकी थी। परन्तु देखने में वह अभी वृद्ध नज़र नहीं आ रहे थे-शरीर उनका हृष्ट-पुष्ट था और चेहरे से निर्भीकता टपकती थी। उनकी बुद्धिमत्ता, व्यावहारिक ज्ञान और स्वातन्त्र्यप्रियता-दयालुता, गम्भीरता और विवेकशीलता के बहुत-से किस्से इंग्लैण्ड में प्रसिद्ध थे। ब्रिटिश जनता उन्हें आदर की दृष्टि से देखती थी। परन्तु महारानी विक्टोरिया और उनके पति की नज़रों में वह खटकते ही रहते थे।

दूसरे भद्र पुरुष इस घर के स्वामी श्री विलियम नाइटिंगेल थे। शरीर के वह दुबले-पतले थे और लार्ड पामर्स्टन से कोई दस साल छोटे थे। कैम्ब्रिज और एडिनबरा में उन्होंने उच्च शिक्षा पायी थी। पुस्तकों का उन्हें बड़ा शौक था और अपने परिचितों में वह एक विद्वान पुरुष की भाँति परिचित थे। उनकी पत्नी का नाम फैनी नाइटिंगेल था जो इस समय वहाँ बैठी कोई कसीदा निकाल रही थी। यह एक दृढ़ स्वभाव की व्यवहार-कुशल स्त्री थी। उसके विचार पुराने ज़माने के समर्थक थे। उसके पति श्री विलियम नाइटिंगेल को एक निकटतम सम्बन्धी की मृत्यु होने पर एक भारी जायदाद मिल गयी थी। परन्तु श्रीमती नाइटिंगेल के पास उनकी अपनी भी कुछ ज़ायदाद थी और बड़े-बड़े प्रभावशाली लोग उनके मित्र थे।

श्रीमती नाइटिंगेल एक छोटी-सी कुर्सी पर अपने बुनने का पिटारा लिये बैठी थीं। उनके हाथ और जीभ एक साथ चल रहे थे। लार्ड पामटन और उसके पति में जो वार्तालाप हो रहा था वह बीच-बीच में उस पर अपनी टीका-टिप्पणी देती जाती थी। इस समय इस चबूतरे पर एक चौथा व्यक्ति और था। इसका कद लम्बा, बाल भूरे, शरीर छरहरा और मुखाकृति सुन्दर थी। वह कोई 40 साल की आयु का तरुण था। उसकी आँखें काली थीं और दाढ़ी-मूँछों के बाल सफाचट थे। उसके दुर्बल शरीर को देखकर आसानी से कहा जा सकता था कि वह कुछ रोगी रहता है। यह पुरुष सिडनी हर्बर्ट था, जो पार्लियामेण्ट का एक साहसी और वाक्पटु सदस्य था।

लार्ड पामर्स्टन के हाथ में एक पुस्तक थी। उसी पुस्तक के विषय को लेकर उनमें और गृहपति श्री नाइटिंगेल में विचार-विनिमय हो रहा था। श्रीमती नाइटिंगेल ने बीच ही में टोककर कहा, "इस ग्रन्थ के लेखक के विचार कैसे हैं?"

हर्बर्ट ने उतावली से कहा-"वह कहता है कि प्रत्येक व्यक्ति को परिश्रम करना चाहिए।"

"वाह, बिलकुल बेहूदी बात है। गरीब आदमी परिश्रम न करे तो खाए क्या? पर धनवान क्यों परिश्रम करे?"

पामर्टन ने हँसते हुए कहा-"अधिक धनी बनने के लिए।"

इस पर श्रीमती नाइटिंगेल ने बिदककर कहा-"आप क्या इसलिए इतना परिश्रम करते हैं!"

"नहीं! मैं धन को महत्त्व नहीं देता। मुझे तो काम करने में आनन्द आता है।"

"काम करने में यदि आपको आनन्द आता है तो वह परिश्रम नहीं कहा जा सकता। लेकिन क्या आप कर्तव्य समझकर अपने देश की सेवा नहीं कर रहे?" श्रीमती नाइटिंगेल ने हाथ रोककर कहा।

"देश सेवा, शायद नहीं कहना चाहिए। मैं महत्वाकांक्षी पुरुष हूँ और मैं जो कुछ करता हूँ अपने लिए। आलस्य में मुझे अरुचि है।"

"यदि अपनी इच्छानुसार काम करना ही परिश्रम है, तब तो स्वामी और सेवक में कोई अन्तर ही न रहा," उन्होंने लार्ड पामर्स्टन की ओर देखा-उन्होंने मुस्कुराकर कहा-"इस पुस्तक के लेखक का शायद यह अभिप्राय है कि श्रमजीवियों में भी आत्मा है।"

"तो क्या वे समर्थ होकर हमारे सिर पर न चढ़ जायेंगे।"

"हो सकता है। परन्तु हमारा देश धनी होता जा रहा है और बेकारी बढ़ती जा रही है। एक ओर धनी अधिक धनी होते जा रहे हैं, दूसरी ओर गरीब अधिक गरीब बनते जा रहे हैं। मैं समझता हूँ कि यह ज्यादा अच्छा है कि दोनों के बीच एक समानता का मार्ग निकल आये।"

"लेकिन आप यह तो बतलाइये कि वे अमीरों के लिए काम न करेंगे तो उन्हें काम कहाँ मिलेगा?"

"आप तो एकदम टोरी हैं श्रीमती जी," हर्बर्ट ने मुस्कुराकर कहा।

"और तुम? तुम कब से लिबरल बने, हर्बर्ट?"

"मेरा अभिप्राय यह था कि समझदारी से काम लिया जाये तो हम अपने प्रतिपक्षी को भी अपनी ओर खींच सकते हैं," हर्बर्ट ने कहा।

"अच्छा, तो हर्बर्ट, मैं यह आशा करूँ कि हर्बर्ट, ग्लेडस्टन और पील भी हमारे दल में आ सकते हैं?" लार्ड पामर्स्टन ने व्यंग्य से कहा।

"माई लार्ड, क्या हाउस में कभी हमने मन्त्रिमण्डल को बाधा पहुँचायी है।"

"नहीं दोस्त, मैं यह नहीं कहता। पर आने वाली पीढ़ी के लिए आखिर हमें एक ध्येय छोड़ना है।"

श्रीमती नाइटिंगेल ने एकाएक कहा-"सचमुच ऐसी किताबों का तो सरकार द्वारा प्रकाशन ही बन्द कर देना चाहिए। इनसे तो बच्चों के दिमाग खराब हो जाने का भय है। आप आगे की पीढ़ी की बात कह रहे थे न लार्ड पामर्स्टन?"

"जी हाँ, परन्तु मेरी सरकार की नीति यह है कि श्रेणियों के अन्तर बढ़ाने की अपेक्षा कम किये जायें। परन्तु श्रीमती जी, बातचीत व राय देने की स्वतन्त्रता पर बन्धन नहीं लगाया जा सकता। आप तो चारटिस्ट हैं। आप अवश्य सहमत होंगी।"

"ओह, चारटिस्ट, आपने खूब याद दिलाया। ये जो बदमाश मज़दूरों को बहकाते हैं, उन्हें जेल में ठूँस देना चाहिए क्योंकि वे देशद्रोही हैं।"

"परन्तु यह उन्नीसवीं सदी है। आप यह नहीं कर सकतीं।"

"यह बड़ी विचित्र बात है कि यदि दूसरे देश के राजनीतिक क्रान्तिकारी अपनी सरकार के प्रति विद्रोह की आग भड़काते हैं तो वीर कहाते हैं परन्तु हम अंग्रेज़ यदि अपनी सरकार पर दबाव डालना चाहते हैं तो हम बदमाश और टण्टाखोरे कहे जाते हैं," हर्बर्ट ने ज़रा तेज़ी से कहा।

हर्बर्ट की इस बात पर श्रीमती नाइटिंगेल गम्भीरता से बोलीं-"इसका कारण यह है कि हमारे देश की सरकार सभ्य पुरुषों की सरकार है।"

"इस प्रमाण-पत्र के लिए धन्यवाद!" लार्ड पामर्टन ने हँसकर कहा।

इस पर और भी गम्भीर होकर श्रीमती नाइटिंगेल ने कहा-"बात यह है कि हम नहीं चाहते कि फ्रांस पर जो बीता है, वे दिन इंग्लैण्ड को भी देखने पड़ें।"

अब तक विलियम नाइटिंगेल चुप अखबार के पन्ने उलट रहे थे। अब उन्होंने सिर उठाकर कहा-"लेकिन फ्रांस की राज्यक्रान्ति तो उनकी घरेलू बात थी?"

"क्यों? यह तो यहूदियों के हथकण्डे थे।"

"क्या रोव्सपीयरो यहूदी था?"

"वह न सही, उसके पिट्ठू तो थे। आखिर इतना रुपया आता कहाँ से था, जिसने तखत ही उलट दिया," हर्बर्ट ने कहा।

"तौबा-तौबा ईश्वर न करे हमारे बच्चों में ये विचार उत्पन्न हों," श्रीमती नाइटिंगेल बोलीं-"लेकिन हमारी फ्लोरेंस को ही लो, अजब धुन की लड़की है।"

"फ्लोरेंस तो बड़ी धर्मात्मा तथा शान्तिप्रिय है। वह तो क्रान्तिकारिणी नहीं हो सकती," लार्ड पामर्स्टन ने हँसकर कहा।

"खाक शान्तिप्रिय है। आपको ज्ञात है कि आधे से अधिक लन्दन निवासी उससे विवाह करने को उत्सुक हैं। उसे सब प्रकार की सुख-सुविधाएँ हैं। मैंने उसे सद्गृहिणी के योग्य शिक्षा दी है। वह ऐसी लड़की है जिस पर उसके माता-पिता को गर्व हो सकता है। पर न जाने क्या सनक उसके दिल में समा गयी है कि पता ही नहीं चलता।"

"क्या वह राजनीतिक नेता बनना चाहती है?"

"वह चाहे तो चित्रकला और संगीत में अपनी योग्यता बढ़ा सकती है। पर वह तो नित्य सेल्सबरी अस्पताल में रोगियों के पास जा पहुँचती है।"

"क्या वहाँ वह कुछ शिक्षा पाना चाहती है?"

"ईश्वर जाने। आप पूछिये। वह आ रही है।"

फ्लोरेंस नाइटिंगेल की आयु इस समय लगभग अट्ठाईस बरस की होगी। उसका कद लम्बा, शरीर सीधा और आकर्षक था। उसके बाल सुनहरी, मुखाकृति कोमल और आँखें बड़ी-बड़ी थीं। उसका चेहरा किंचित् लम्बा था जिस पर एक प्रकार की आभा थी। उसका चौड़ा मस्तक बालों के खास तरीके से बाँधने के कारण कुछ ढंका हुआ था। उसके नाक, कान उभरे हुए थे, जो उसकी मानसिक उच्चता के द्योतक थे। नाक उसकी सुन्दर और होंठ पतले और लाल थे। इस उम्र में भी उसके मुखमण्डल पर बच्चों जैसी प्रसन्नता के साथ-साथ विचारों की गम्भीरता प्रकट होती थी। उसकी दृढ़-किंचित निकली हुई ठोड़ी और कोमल परन्तु समर्थ हाथ थे। उसके साथ एक और स्त्री तथा एक तरुण था। स्त्री का नाम सेलीना ब्रेसब्रिज था। वह कोई बत्तीस वर्ष की रमणी थी।

युवक की आयु भी कोई बत्तीस बरस ही की थी। वह एक हृष्ट-पुष्ट चौड़े मस्तक वाला, सुन्दर और प्रभावशाली तरुण था। उसका नाम हेनरी ट्रेमेन था। वह एक लखपति आदमी था और इंग्लैण्ड के धनवानों में से एक था। हेनरी या उसके पिता ने अपने परिश्रम से धन उपार्जन नहीं किया था। भाग्य ने ही उन्हें करोड़पति बना दिया था। इसे कहते हैं छप्पर फाड़कर देना। जब हेनरी अष्टम ने गिरजाघरों की सम्पत्ति हड़पनी शुरू की तो उस समय बादशाह के कृपापात्र इनके पूर्वजों के हाथ भी एक गहरी जायदाद लग गयी। इसके बाद इनके घराने के किसी पुरुष ने टामस क्रामवेल को सहायता दी थी जिसके पुरस्कारस्वरूप उसे दो विहार मिल गये थे। अब इस खानदान के पीटर ट्रेमेन ने जो राबर्ट वालपोल के समय में था, और पार्लियामेण्ट का सदस्य था, अपनी चातुरी से लन्दन का एक स्क्वेयर व एक बाज़ार ही खरीद लिया था। इस प्रकार हेनरी ट्रेमेन पोतड़ों का अमीर है। इसलिए वह आरामतलब, ऐयाश और एक हद तक घमण्डी आदमी है। वह कभी अपने आरलिंग्टन रोड वाले महल में रहता है और कभी अपने ग्राम निवास में। काम करने की उसे कुछ आवश्यकता ही नहीं है। श्रीमती नाइटिंगेल इसी युवक से अपनी पुत्री फ्लोरेंस के विवाह के जोड़-तोड़ लगा रही थीं। अब जो उन्होंने फ्लोरेंस को दूसरी स्त्री के गले में बाहें डाले हँसते-बोलते आते और उनके पीछे अनमने से ट्रेमेन को आते देखा तो जल-भुनकर खाक हो गयीं। उन्होंने लार्ड पामर्स्टन की ओर देखकर कहा-"देखिये, कैसी बेवकूफ़ लड़की है।"

"क्यों, क्यों? यह तो बड़ा सुन्दर दृश्य है," लार्ड पामर्स्टन ने हँसकर कहा।

"खाक सुन्दर है। बेचारे ट्रेमेन ने उससे विवाह का प्रस्ताव करने के अवसर के लिए मुझसे कहा था। इसलिए मैंने उसे हवाखोरी को उसके साथ भेज दिया पर न जाने कहाँ से सेलीना ब्रेसब्रिज को उसने साथ घसीट लिया।"

"अरे तो इसमें ऐसा हर्ज़ ही क्या है?"

"हर्ज़ क्यों नहीं है लार्ड महोदय, उसने तो अपना ब्याह कर लिया, अब क्या मेरी लड़की कुंवारी ही रह जाये? उसे उनके बीच में दखल देना उचित न था," उसने ज़रा तीखी नज़र पति पर डाली और कहा-"विलियम, सचमुच तुम्हारी लड़की बेवकूफ़ है।"

विलियम नाइटिंगेल ने हँसकर कहा-"लेकिन फैनी, वह तुम्हारी भी तो लड़की है।" इसी समय फ्लोरेंस अपने साथियों सहित आकर हँसती हुई वहीं बैठ गयी। श्रीमती नाइटिंगेल ने कहा-"कहाँ तक घूम आयीं?"

"हम लोग तो मीलों तक चले गये।"

"शायद सेलीना तेरे साथ नहीं गयी।"

"वह तो नहीं चाहती थी माँ, लेकिन मैं ही उसे घसीट ले गयी।"

"तो तुमने सेलीना को थका मारा न," बुढ़िया ने सेलीना की ओर क्रुद्ध दृष्टि से देखा। सेलीना ने हँसकर कहा-

"नहीं श्रीमती, मुझे तो घूमना अच्छा लगता है।"

"फिर भी.....मेरा मतलब है कि तुम्हें उचित न था," उसने रूखाई से कहा। फिर फ्लोरेंस से पूछा-"क्या जंगल की ओर गयी थीं।"

"नहीं माँ, मैं इन्हें अपने रोगी दिखाने ले गयी थी।"

"कैसे रोगी?" बुढ़िया ने नाक-भौं चढ़ाकर कहा।

लार्ड पामर्स्टन बीच ही में बोल पड़े-"मिस नाइटिंगेल, मैं जानना चाहता हूँ कि वे रोगी कौन-कौन हैं?"

"एक तो वह दमा की मारी बेचारी मारगरी व्हीटी, पोस्टमास्टर की बूढ़ी माँ है। बेचारी बड़ी ही दु:खी है। जितनी तकलीफ़ उसे है, उतनी शायद सब रोगियों को मिलाकर भी न होगी।"

"अच्छा , और?"

"दूसरा वह किसान है, जिसके एक ऐसा गहरा ज़ख्म हो गया है कि हड्डी तक पहुँच गया है। प्रतिदिन उसकी मरहम-पट्टी करनी पड़ती है।"

बुढ़िया को ये सब बातें अच्छी नहीं लग रही थीं। उसने चिढ़कर कहा-"फ्लोरेंस, यह कसाई की दुकान नहीं है।"

परन्तु फ्लोरेंस ने माँ की बात पर ध्यान नहीं दिया। उसने कहा-"तीसरा एक बच्चा है जिसकी माँ मर गयी है। उसका बाप मेरी पीठ मुड़ते हो उसे गोश्त खिलाने का यत्न करता है। चौथी एक बुढ़िया है जिसे गठिया हो गयी है, इसलिए उसके कन्धे की मालिश करनी पड़ती है।"

पत्री की बात का मज़ाक उड़ाते हुए श्री नाइटिंगेल ने कहा-"उस बेचारे घसियारे को कुत्ता गड्ढे में गिर गया है। इससे उसकी टाँग टूट गयी है। अच्छा होता उसे गोली मार दी जाती।"

"पिताजी, गोली मारने की क्या ज़रूरत है, मनुष्य की हड्डी की तरह उसकी हड्डी भी जुड़ सकती है।"

बुढ़िया ने घूरकर बेटी को देखा, और कहा-"बेटी, तुझे पिता की बात का विरोध नहीं करना चाहिए। तूने ट्रेमेन को अपने रोगी दिखाकर थका मारा होगा। हमें अपने अतिथि का सत्कार करना चाहिए।"

फ्लोरेंस ने उठते हुए कहा-"तो मैं उनके नाश्ते के लिए कुछ लिये आती हूँ।"

ट्रेमेन ने सूखी हँसी हँसकर कहा-"नहीं, नहीं, मिस फ्लोरेंस, आप कष्ट मत कीजिये। मुझे तनिक भी इच्छा नहीं है। लेकिन एक आवश्यक काम मुझे याद आ गया। अब मैं जाऊँगा," यह कहकर ट्रेमेन उठकर सबको प्रणाम करके चल दिया। बुढ़िया भी गुस्से के मारे वहाँ से उठकर चली गयी।

9

"क्रीमिया से दर्दनाक खबरें आ रही हैं। निरपराध लोग कीड़ों-मकोड़ों की भाँति मर रहे हैं।"

"क्या किया जाये। युद्ध तो युद्ध है।"

"तो हम लोग वहाँ घायलों की सेवा के लिए नर्स क्यों नहीं भेज रहे? फ्रांसीसी नर्सें तो वहाँ पहुँच चुकीं।"

"मैं सोचता हूँ कि इससे कुछ लाभ भी होगा?"

"आप सोच रहे हैं माई लार्ड और वहाँ घायल मर रहे हैं। क्या आपकी सरकार इसके लिए कुछ नहीं करना चाहती?"

"सरकार यह काम सर्वसाधारण की इच्छा और दया पर नहीं छोड़ सकती। परन्तु मैं एक ऐसी महिला की तलाश में हूँ जो यह दायित्व अपने ऊपर ले ले। वह सच्चरित्र, और योग्य अनुभवी हो।"

"क्या मेरी सेवाएँ आप स्वीकार करेंगे?"

"क्या तुम यह त्याग करोगी, मिस नाइटिंगेल।"

"क्या कोई खास बात है महोदय!"

"तुमसे मैं स्थिति छिपाना नहीं चाहता। परन्तु बात यह है कि युद्ध का प्रबन्ध ठीक नहीं है। घायलों की सेवा के अतिरिक्त और बातें भी हैं। क्या तुम यह दायित्व ले सकती हो?"

"खुशी से। परन्तु क्या मन्त्रिमण्डल यह पसन्द करेगा कि मैं जो कुछ चाहूँ, वह करूँ?"

"मैं समझता हूँ मन्त्रिमण्डल तुम्हारे कार्यों में बाधक न होगा। तुम्हारा सीधा सम्बन्ध राज्य सचिव से होगा। लार्ड रेगलेन कमाण्डर-इन-चीफ हैं। वह तुमसे सहयोग करेंगे।"

"ठीक है। मैं जाऊँगी। लेकिन माई लार्ड, आप मेरी माता से भी पूछेंगे?"

"मैं उनसे बात कर चुका हूँ। मैंने कहा सरकार फ्लोरेंस को अस्पताल का प्रबन्ध करने क्रीमिया भेजना चाहती है।"

"तो उन्होंने आपको अनुमति दे दी।"

"दे दी है। उन्हें गर्व है।"

"तो मैं तैयार हूँ।"

"धन्यवाद मिस फ्लोरेंस, तुम इंग्लैण्ड की एक बड़ी सेवा में अग्रसर हो रही हो।"

10

बड़ी भयानक सर्दी थी। क्रीमिया का संग्राम बड़े जोरों पर था। अस्पताल के एक छोटे-से कमरे में एक साधारण मेज़ पर झुकी हुई अस्पताल की सिस्टर सेलीना ब्रेसब्रिज कुछ हिसाब-किताब देख रही थी। काम-काज बहुत था। घायलों से भरे हुए दो जहाज़ आज सुबह ही अस्पताल आये थे। उनके लिए न बिस्तर थे, न कम्बल, न काफ़ी दवा-दारू ही थी। इसी समय सर्जन ने आकर कहा-"सिस्टर, मिस नाइटिंगेल कहाँ हैं?"

"वह स्टोरकीपर के पास गयी हैं ताकि आज नये आये हुए घायलों के लिए कुछ कम्बल ले आये। आपको कुछ चाहिए डॉक्टर?"

"शर्म की बात है कि मुझे मरहम-पट्टी करने तक का सामान नहीं मिला। इंग्लैण्ड में आराम से अंगीठी के आगे बैठे हुए लोग शायद सोचते हैं कि युद्ध-क्षेत्र में थोड़े-से इप्सम-साल्ट के अतिरिक्त और किसी दवा की आवश्यकता ही नहीं है।"

एक कारपोरल कुछ सामान सहेज रहा था। उसने कहा-"क्षमा कीजिये, आप शायद नये ही आये हैं।"

डॉक्टर ने गुस्से से कहा- "हाँ, एक महीना हो गया। पर बदइन्तज़ामी को समझने के लिए यह काफ़ी है।"

"आप शायद सिविलियन हैं?"

"क्या मतलब?"

"जनाब, मेरे कहने का मतलब यह है कि सिविलियन लोगों की नज़र कुछ दूसरी ही होती है।"

डॉक्टर को गुस्सा आ गया। उसने कारपोरल को डाँटकर कहा-"चुप बदतमीज़।" फिर उसने सिस्टर की ओर देखकर कहा-"हमारे पास पट्टियाँ और रूई खत्म हो चुकी हैं। न घावों को धोने की दवा ही हमारे पास है। अब ये जो हज़ारों घायल आये पड़े हैं, इनके पास थैले भी नहीं हैं। न उनके पास चम्मच हैं, न काँटे, न छुरियाँ। न कमीज़ न जुरबिें। बस जो गन्दे चिथड़े वे पहने हैं,

वही हैं। उनके घाव सड़ रहे हैं और उन सबको पेचिश हो गयी है। आप कुछ कमीजें दे सकती हैं?"

सिस्टर ने नज़र तिरछी करके कारपोरल की ओर देखकर कहा-"कुल कितनी कमीज़े हैं?"

"ठहरिये, गिनने में गड़बड़ हो रही है। शायद दो सौ हैं। बण्डलों पर गलत नम्बर पड़े हैं?"

"भाड़ में जाये तुम्हारा गिनना। लाओ, पचास मुझे दे दो।"

"तो आप एक रसीद लिख दीजिये," श्रीमती ब्रेसब्रिज ने कहा-"क्योंकि यह हमारे पास सबूत रहे कि आपको स्टोर से नहीं मिलीं।"

"स्टोर से? वहाँ से कभी किसी को कुछ मिला भी है? वह बदमाश स्टोरकीपर शायद वाहवाही लूटने को सब चीजें वापस इंग्लैण्ड भेज देता है।"

"आपको कुछ पट्टियाँ और रूई भी तो चाहिए डॉक्टर।"

"बड़ी कृपा है सिस्टर, मुझे इन चीज़ों की सख्त ज़रूरत है-घायलों की दशा बहुत खराब है।"

"तो लीजिए, कुछ पैकेट हैं, लेते जाइये।"

"वाह, मैं अभी एक आदमी भेजता हूँ, वह ले जायेगा।"

डॉक्टर के चले जाने पर कारपोरल ने कहा-"सिस्टर, ये तुर्क साले बड़े बेईमान होते हैं। माल हमेशा कम और खराब भेजते हैं। यह देखिये इस बण्डल में पाँच कम हैं और फलालेन की कमीज़ों में सूती भी घुसेड़ी हुई हैं। असल बात तो यह है श्रीमती जी कि यहाँ का मेडीकल स्टोर युद्ध विभाग के ताबे है। उन्हें बन्दूकें, बारूद, अण्डों और शराब के अलावा और कुछ चाहिए ही नहीं।"

इसी समय एक नर्स ने आकर कहा-"कुछ अरारोट की सख्त ज़रूरत है लेकिन स्टोरकीपर ने साफ़ जवाब दे दिया कि है ही नहीं।"

"क्या कुछ अण्डों से काम नहीं चलेगा?"

"जी, उन घायलों में कुछ इतने कमज़ोर हैं कि अण्डा हज़म नहीं कर सकते।"

श्रीमती सेलीना ने कारपोरल से कहा-"जीन्स, तुम ज़रा देखो-स्टोर में अरारोट है भी या नहीं। मैंने वहाँ से कल 90 पौंड लाइम क्लोराइड ढूँढ निकाला जबकि वह कसम खा रहा था कि रत्ती-भर भी नहीं है।"

"अरारोट है क्यों नहीं। बहुत है। टर्किश कस्टम-हाउस में भी है पर स्टोरकीपर उन्हें खोल नहीं सकता-जब तक बोर्ड उन्हें सँभाल न ले।"

"क्या ये लोग आदमी की जान की रत्ती-भर भी परवाह नहीं करते?"

"खूब कहा आपने। ये टर्किश कस्टम वाले तो जो माल पड़ा है समुद्र में डूबो देना पसन्द करेंगे-पर देंगे नहीं।"

इस समय मिस फ्लोरेंस नाइटिंगेल वहाँ आ गयीं। उन्होंने कहा-"आप लोगों को कुछ दिक्कत है?"

"जी हाँ, हम इस स्टोरकीपर से परेशान हैं। वहाँ से हर चीज़ का जवाब इनकार में मिलता है। इधर हज़ारों घायलों की जान का प्रश्न है।"

"उसका नाम बम्फोर्ड ही है न।"

"जी हाँ, वही स्टोरकीपर है।"

"तो वह बाहर बैठे हैं। ज़रा बुलवा लीजिये।"

कारपोरल बम्फोर्ड को बुला लाया। मोटा ठिगना-सा चंचल आदमी। आते ही उसने कहा-"मिस नाइटिंगेल, आप क्या चाहती हैं?"

"मैं तुमसे यह पूछती हूँ कि क्या तुम जानते हो कि मैंने कितना सामान इस अस्पताल में अपने पास से दिया है। ग्यारह हज़ार कमीजें, साठ हज़ार से ऊपर छुरी-काँटे और हज़ार टर्किश गाउन। लेकिन वे सब चीजें मरीज़ों में बँट चुकी हैं।"

"तो मिस, मैं क्या करूँ? हम भी तो मुसीबत में हैं। आप शायद भूल गयीं कि एक जहाज़ तूफ़ान के कारण डूब चुका है।"

"उस जहाज़ के साथ क्या समूचे ब्रिटेन की धन-दौलत भी डूब गयी? फिर इस बात को तो कई सप्ताह बीत चुके। क्या तुम चाहते हो कि मरीज़ हाथ से तोड़कर रोटियाँ खायें और टोपियों में भरकर पानी पियें।"

"तो मिस नाइटिंगेल, यह तो युद्ध है।"

"इसी से ब्रिटिश फ़ौज की उसके कमाण्डर के सामने यह दुर्दशा हो रही है। अयोग्यता, गन्दगी, बीमारी, यह इंग्लैण्ड के रूस की अपेक्षा बड़े शत्रु हैं।"

"मुझे इस बात से कोई सरोकार नहीं।"

"लो, यह लिस्ट है, ये सब चीजें मुझे अभी चाहिए।"

"बड़ी मुश्किल है। स्त्रियाँ सदा हुक्म चलाती हैं। युद्ध विभाग के नियम-कायदे वे नहीं जानतीं।"

"बको मत। हमारे भी कुछ नियम हैं।"

"क्षमा कीजिये श्रीमती जी, सेना विभाग के भी कुछ नियम हैं।"

"तो तुम बुद्धि पर नियम को महत्त्व देते हो?"

"मैं तो हुक्म बजाना चाहता हूँ।"

"तो बुद्धि से काम लो, दो जहाज़ खतरनाक ज़ख्मी लोगों से भरे अभी आये हैं। हमें तुरन्त इन वस्तुओं की आवश्यकता है जो इस फेहरिस्त में दर्ज हैं।"

"अफ़सोस है कि ये चीजें नहीं मिल सकतीं।"

"मैं जानती हूँ कि तुम्हारे स्टोर में इन चीजों की कई गाँठें पड़ी हैं।"

"पर अभी वे बोर्ड ने पास नहीं की हैं। शायद अगले हफ्ते में बोर्ड की बैठक होगी।"

"तब तक तो आधे से अधिक रोगी मर जायेंगे। नहीं, नहीं, तुम्हें वे चीजें देनी ही होंगी।"

"वे नहीं मिल सकतीं।"

"मैं आज्ञा देती हूँ।"

"श्रीमती जी, मैं आपके अधिकार में नहीं हूँ।"

"तब तो मुझे स्टोरकीपर को मंसूख करना होगा।"

"खैर, देखा जायेगा।"

"मुझे एक घण्टे के भीतर ये चीजें चाहिए। यदि मेरी इस आज्ञा का पालन नहीं हुआ तो लार्ड पामर्स्टन तुम्हें मुअत्तिल कर देंगे। लो, यह तार मैं उन्हें भेज रही हूँ।"

"तो इस लिस्ट में कुछ कमी कर दीजिये।"

"कमी नहीं की जा सकती। सब चीजें एक घण्टे में मिलनी चाहिए।"

"अच्छा तो मैं वे सब चीजें भिजवा रहा हूँ," बम्फोर्ड चला गया। परन्तु वह सीधा अस्पतालों के इंस्पेक्टर जनरल डॉ. क्यूमिंग के पास पहुँचा और इस बात की रिपोर्ट इंस्पेक्टर जनरल को दी। डॉ. क्यूमिंग लम्बे कद का एक कठोर आकृति का आदमी था, जो फ़ौजी पोशाक में और भी कठोर दिख रहा था। उसने आकर नाइटिंगेल से कहा-"मिस नाइटिंगेल-मैंने सुना है आपने स्टोरकीपर को बोर्ड की अनुमति के बिना ही गाँठें खोलने का हुक्म दिया है।"

"जी हाँ, अस्पताल में उन वस्तुओं की तुरन्त आवश्यकता है।"

"लेकिन मैं आप से सहमत नहीं हूँ। मैं बोर्ड का एक सदस्य और अस्पतालों का इंस्पेक्टर जनरल हूँ और आपका विरोध करता हूँ।"

बम्फोर्ड उसके पीछे खड़ा मुस्करा रहा था। उसने कहा-"मैडम, मैंने तो पहले ही अपनी विवशता प्रकट कर दी थी।"

फ्लोरेंस ने कहा- "सज्जनो, कृपा मेरी उपस्थिति में आप शोर मत कीजिये।"

"लेकिन मैं कहता हूँ कि यह आपकी अनधिकार चेष्टा है। आप स्टोरकीपर को हुक्म नहीं दे सकतीं।"

"आप रोगियों और घायलों की अपेक्षा कागजी कार्यवाही को अधिक महत्त्व दे रहे हैं और घायलों की अच्छी तरह देख-रेख करके उनको जीवित रखने की अपेक्षा कानून-कायदे की रक्षा करके मरने देना आप ठीक समझते हैं।"

"नहीं-नहीं।"

"तो शायद आप समझते हैं कि कायदे के मुताबिक उन्हें मरना नहीं चाहिए।"

"ओफ, पब्लिक सर्विस में स्त्रियों को लेने से यही झंझट उठ खड़ा होता है कि जहाँ कार्य विधान समझाने का यत्न किया जाता है वहीं वे इधर-उधर की बातें ले बैठती

"मैं आपसे विवाद करना पसन्द नहीं करती। मिस्टर बम्फोर्ड, क्या वे चीजें आ गयीं?"

"जी, अभी नहीं।"

"तो यह तार पन्द्रह मिनट के अन्दर ही लार्ड पामर्स्टन को भेज दिया जायेगा और यहाँ के आदमी बर्खास्त हो गये तो मेरा दोष नहीं है।"

बम्फोर्ड ने एक बार दबी नज़र से डॉक्टर क्यूमिंग की ओर देखा, फिर कहा-"मैडम, आप क्रुद्ध मत होइए, वे सब चीजें आ रही हैं।"

वह इतना कहकर तेजी से चलता बना। इसी समय सेलीना ब्रेसब्रिज ने घबरायी हुई आकर कहा-"डॉ. सदरलैण्ड आये हैं।"

"तो मेरी प्यारी, उन्हें यहीं ले आओ। डॉक्टर क्यूमिंग भी उनसे मिलकर ही जायेंगे।"

डॉक्टर सदरलैण्ड ने सहकारियों सहित भीतर आते ही पूछा-

"मिस नाइटिंगेल?"

"जी मैं ही हूँ।"

"मैं सेनेटरी कमीशन का सभापति हूँ। डॉक्टर गार्विन और मि. एलिन्सन मेरे सहकारी हैं लेकिन यह तो बड़ा ही दुर्गन्धित स्थान है।"

"ये स्कुटारी के अस्पतालों के इंस्पेक्टर जनरल डॉक्टर क्यूमिंग।"

"आपसे मिलकर प्रसन्नता हुई डॉक्टर क्यूमिंग, पर अस्पताल के लिए आपने यह स्थान क्यों चुना? यह तो कब्रिस्तान के उपयुक्त स्थान है।"

"लाचारी है। कोई दूसरी जगह थी ही नहीं।"

"इससे तो तम्बू और झोंपड़ियाँ ही ठीक रहतीं। मेरा खयाल है। आपको गन्दे पानी की नालियाँ नये सिरे से बनवानी होंगी।"

"इसके लिए मज़दूर कहाँ मिलेंगे?"

"यह बताना मेरा काम नहीं है। पर यह काम अवश्य ही होना चाहिए।"

"यह किसका हुक्म है?"

"मेरा, लार्ड पामर्स्टन से मुझे पूर्ण अधिकार प्राप्त हैं।"

फ्लोरेंस अब तक चुपचाप खड़ी मुस्करा रही थी, अब उसने कहा-"क्या आप सब वार्डों का निरीक्षण करेंगे? मैं आपके साथ एक नर्स किये देती हूँ। अगर आप चाहें तो डॉक्टर क्यूमिंग को अपने साथ ले सकते हैं।"

"ठीक है।"

"क्या आप जाने से प्रथम यहाँ आने का कष्ट करेंगे? मैं आपकी राय जानना चाहती थी। आप ठहरे कहाँ हैं?"

"अच्छा, मैं लौटकर आता हूँ। आपको सब बता दूँगा। पर अभी हमारे ठहरने का कोई ठीक स्थान नहीं। हम सोचते थे कि कुस्तुन्तुनिया के किसी होटल में ठहरें-पर अब देखता हूँ कि ठीक तौर पर देख-रेख रखने के लिए मुझे यहीं कहीं ठहरना चाहिए।"

डॉक्टर क्यूमिंग को लेकर डॉक्टर सदरलैण्ड चले गये। इस समय सेलीना ने आकर कहा-"फ्लोरेंस, तुमने अभी तक कुछ खाया है या नहीं। सुबह नाश्ता किया था-सिर्फ़ एक अण्डा, थोड़ी-सी डबल रोटी और मक्खन।"

"समय कहाँ है। अभी तो मुझे बहुत-सी आवश्यक चिट्टियाँ लिखनी हैं।"

"मैं चाय और बिस्कुट ला रही हूँ। मेरी प्यारी फ्लोरेंस, ईश्वर के लिए खाकर पाँच-सात मिनट आराम कर लो नहीं तो अपने से हाथ धो बैठोगी।"

"सेलीना, मुझे लेक्चर देकर तंग न करो।"

"मेरी प्यारी, तुम बीमार पड़ जाओगी।"

"चिल्लाओ मत! यह बताओ हैज़े के रोगियों के लिए क्या इन्तज़ाम किया। गर्म पानी और कुछ कम्बलों की तो तुरन्त आवश्यकता है।"

"सब ठीक हो गया है। तुम चाय पी लो-मैं अभी आयी।"

इतना कहकर सेलीना चली गयी। एक कारपोरल ने आकर कहा-

"मैडम, सबसे पीछे आने वाले मरीजों को लेकर जहाज़ आ गया है।"

"ओहो, शाम हो रही है, अब तो-जब तक वे अस्पताल पहुंचेंगे, तब तक तो अँधेरा हो जायेगा। मिसेज़ विलियम, ज़रा यहाँ आओ।"

एक दुबली-पतली-सी औरत ने आकर कहा-"कहिये क्या काम है।"

"क्या घायल आ गये?"

"वे फाटक तक आ पहुंचे हैं। बड़ी खराब दशा है सबकी। उनके शरीर पर कपड़े तक नहीं हैं। हैजे के भी मरीज़ हैं। कुछ लोग तो एकदम अंग-भंग हो गये हैं। ओफ, इस कदर सर्दी है।"

फ्लोरेंस एकदम अधीर होकर उठ खड़ी हुई। उसने कहा-"गर्म पानी तो काफ़ी तैयार है न, शायद तुरन्त ऑपरेशन की आवश्यकता होगी। अच्छा, मैं एक-एक को देखती हूँ," वह वार्ड की ओर बढ़ी। सेलीना चाय ला रही थी। उसने पुकारकर कहा-"फ्लोरेंस, तुम्हारी चाय।"

"अब इस वक्त मुझे फुर्सत नहीं है," उसने चलते-चलते कहा-लेकिन सेलीना ने लपककर राह रोक ली। उसने कहा-"मेरी प्यारी फ्लोरेंस, एक घूँट...।"

फ्लोरेंस ने प्याला उठा लिया। एक घूँट पीकर कहा-"इसमें तुमने ब्राण्डी मिला रखी है।"

"तुम्हारे लिए उसकी आवश्यकता है।"

"परन्तु वह तो मरीजों के लिए है। तुम्हें ऐसी वस्तु लापरवाही से खर्च नहीं करनी चाहिए। लो शेष तुम पी लो," उसने प्याला सेलीना के हाथ में थमा दिया और तेज़ी से बीमारों के वार्ड की ओर चल दी।

11

कुस्तुन्तुनिया के प्रसिद्ध मिसरी होटल में दो अजनबी मेहमान लगभग एक ही समय में आकर एक-दूसरे के बिलकुल निकट के कमरों में ठहरे। इनमें एक व्यक्ति अंग्रेज़ था, वह एक लम्बे कद का अधेड़ उम्र का आदमी था। वह बहुत सफ़ाई से कपड़े-लत्ते पहनता था तथा नसवार सूँघने का उसे व्यसन था। वह बहुत कम लोगों से मिलता था और बहुत कम अपने कमरे से बाहर निकलता था। वह एक गम्भीर प्रकृति का व्यक्ति था। यह प्रसिद्ध अंग्रेज़ पत्रकार विलियम हावर्ड रसेल था, जो क्रीमिया की लड़ाई के समाचार भेजने के लिए यहाँ आया था।

दूसरा व्यक्ति एक भारतीय था। उसकी वेशभूषा बड़ी विचित्र थी। वह सुन्दर-छरहरा और नवयुवक था। वह सदा भारतीय वेश पहनता और खूब सज-धजकर बाहर निकलता था। वह उँगलियों में अंगूठियाँ और गले में एक कीमती पन्ने का हार पहने रहता था। सब लोग उसे भारतीय नवाब के नाम से जानते थे। पूर्वोक्त अंग्रेज़ मेहमान से इसकी प्रकृति सर्वथा भिन्न थी। यह मिलनसार, हँसमुख आदमी था-और प्रायः दिन-भर और बहुत रात तक घूमता रहता था। वह फ्रेंच और अंग्रेज़ी अच्छी तरह बोल लेता था। यह आदमी हमारा पूर्व परिचित धोन्धुपन्त नाना साहब का दूत अज़ीमुल्ला था।

एक दिन दोनों अजनबियों में बातचीत हुई। साधारण मौसम की चर्चा होने के बाद दोनों अपने-अपने मतलब की बातें करने लगे।

"तो आप लन्दन से आ रहे हैं?"

"जी हाँ, मैं भारत के बड़े महाराज के दावा का-जो ईस्ट इण्डिया कम्पनी के खिलाफ़ था-असफल नतीजा लेकर लौट रहा हूँ।"

"लेकिन आपके चेहरे से तो नहीं मालूम होता कि आप असफल होकर लौटे हैं।"

"जी, इसकी वजह यह है कि मैं उस मसाले का बना हूँ कि असफलता का मुझ पर असर नहीं होता।"

"यह तो आप एक यूरोपियन की तरह बोल रहे हैं।"

"माफ़ कीजिये, यूरोपियन की तरह तो आप बोल रहे हैं।"

"आपका मतलब क्या है?"

"मेरा मतलब है कि आप एक भारतवासी का अपमान कर रहे हैं।"

"ओह, मैं दुःखित हूँ, किन्तु मेरा ऐसा अभिप्राय न था। मैं कभी भारतवर्ष नहीं गया-पर मैंने सुना है कि वहाँ के लोग बहुत बोदे और निराश व्यक्ति हैं।"

"यह आपने उन्हीं लोगों की ज़बानी सुना होगा, जिनके विरुद्ध मेरा मुकदमा था।"

"आपका मतलब ईस्ट इण्डिया कम्पनी के आदमियों से है?"

"जी हाँ, खैर, तो मैं एक जीता-जागता भारतीय यहाँ आपकी सेवा में उपस्थित हूँ।"

"आपसे मिलकर मैं खुश हूँ। लेकिन आप यहाँ अपने रास्ते से दूर कुस्तुन्तुनिया में कैसे आये हैं!"

"मैं ज़रा महान रुस्तमों के जौहर देखना चाहता हूँ, मैं जानना चाहता हूँ कि वे किस तरह अंग्रेज़ों से लोहा लेते हैं।"

"तो आपने कुछ देखा?"

"जी हाँ, हालाँकि रूस की हालत अच्छी नहीं है पर वह अंग्रेज़ी और फ्रेंच सेनाओं की सम्मिलित शक्ति का पूरी तरह मुकाबला कर रहा है। मैंने दूर से रूसी तोपखाने को काम करते हुए देखा है।"

"आप क्या समझते हैं कि अंग्रेज़ हार जायेंगे?"

"आप भी तो अंग्रेज़ हैं। फिर आप 'हम' शब्द क्यों नहीं इस्तेमाल करते?"

"ओह, मैं ऐसी तुच्छ बात की परवाह नहीं करता। न मैं अंग्रेज़ों की बुराइयों का समर्थक हूँ।"

"आपकी उदारता प्रशंसनीय है। परन्तु क्या यह जिज्ञासा उत्पन्न करने वाली बात नहीं है कि क्रीमिया में जो कुछ हो रहा है, उसका पूर्वीय समस्या पर क्या प्रभाव पड़ेगा?"

"अवश्य परन्तु आपका क्या खयाल है?"

अजीमुल्ला ने हँसकर कहा-"आप यदि अंग्रेज़ की तरह बात करते तो मैं आपको अपने जवाब से खुश कर देता।"

"आप क्या कहते?"

"मैं कहता कि जीत तो अंग्रेजों की ही होगी।"

"पर अब आप क्या कहते हैं?"

"इसी वाक्य में एक वाक्य यह और जोड़ देना चाहता हूँ कि जीत तो अंग्रेज़ों की होगी इसलिए कि रूस पिछड़ा हुआ देश है-परन्तु इस युद्ध में अंग्रेज़ जाति नंगी हो गयी है और उसकी सारी शान फीकी पड़ रही है।"

"आप ठीक कहते हैं मेरे दोस्त। मैं आपकी बातों की कद्र करता हूँ। वास्तव में हमारी सेनाएँ अत्यन्त हतोत्साह और दर्दशा-ग्रस्त हैं।"

"फिर भी उसकी दशा फ्रांसीसी सेना से अच्छी है।"

"आप क्या सीधे इंग्लैण्ड से चले आ रहे हैं?"

"जी नहीं, मैं फ्रांस और इटली होते हुए आ रहा हूँ। माल्टा में मैंने जब क्रीमिया युद्ध की बात सुनी तो मेरी इच्छा हुई कि मैं अपनी आँखों से यह युद्ध देखूँ।"

"क्या आप इटली में गैरीबाल्डी से भी मिले?"

"जी हाँ, मैं तीनों से मिला। गैरीबाल्डी, मेज़िनी और काबूर से।"

"आपने उनके कार्यों को पसन्द किया?"

"बहुत कुछ। यद्यपि तीनों के काम के ढंग एक-दूसरे से मेल नहीं खाते-पर उनसे इटली का भला हो रहा है।"

"मेज़िनी और गैरीबाल्डी में आपने क्या अन्तर देखा?"

"एक विचारक और आदर्शवादी है। दूसरा महज़ सिपाही, किन्तु इटली की एकता और आजादी की लगन दोनों को है।"

"और काबूर?"

"इस बड़े खेल का वह तीसरा खिलाड़ी है। वह विक्टर एम्मेनुएल को बादशाह बनाना चाहता है और इसके लिए छोटे-छोटे सरदारों को दबाने के लिए वह मेज़िनी और गैरीबाल्डी से लाभ उठा रहा है।"

"मेरा खयाल है मेरे दोस्त, आप अपने देश में एक ज़बर्दस्त युद्ध शुरू करने की मुकम्मिल योजना जेब में रखकर यूरोप से लौट रहे हैं।"

"आप एक प्रसिद्ध पत्र से सम्बन्ध रखते हैं। मुझे आदत नहीं कि अपने देश की राजनीति के सम्बन्ध में आपसे कुछ कहूँ। परन्तु आप यह तो जान ही गये हैं कि मैं निराश नहीं हूँ।"

"आप जैसे व्यक्ति निराश नहीं हुआ करते मेरे दोस्त। मैं तो सत्य ही कहूँगा-कि इंग्लैण्ड में यदि कभी आपको ऐसे मित्र की आवश्यकता हो तो मेरी सेवाओं से लाभ उठाना न भूल जाना।"

"मैं याद रखूँगा मेरे दोस्त।"

"तो अब आप कब तक यहाँ हैं?"

"कल मैं सुबह युद्धक्षेत्र की ओर जा रहा हूँ। वहाँ से लौटते ही मैं चल दूँगा।"

"बेहतर हो-आप एक बार स्कुटारी अस्पताल को भी देख लें। जहाँ फ्लोरेंस नाइटिंगेल रोगियों की सेवा कर रही हैं। मैं भी सुबह वहाँ जा रहा हूँ। आपको आपत्ति न हो तो मेरे साथ ही चलिये।"

"बड़ी खुशी से। तो दोस्त, कल सुबह तक के लिए विदा।"

"विदा मेरे दोस्त। गुडनाइट।"

"गुडनाइट।"

12

ऐसे ही वे दिन थे जब युद्ध होते थे। लोग अन्धाधुन्ध घायल होते थे। और युद्ध में मारे जाने की अपेक्षा दस गुने आदमी अस्पतालों में सड़-सड़कर तड़प-तड़प कर मर जाते थे। जिन्हें कुत्तों की भाँति बड़े-बड़े गड्ढों में डाल कर मिट्टी से गड्ढे भर दिये जाते थे। जितने आदमी मर जाते थे, अस्पताल वालों को चैन मिलता था। उन्हें साँस लेने की फुर्सत मिलती थी। न सफ़ाई का ठीक प्रबन्ध था, न चीर-फाड़ का। डॉक्टर बहुत कम थे-अधिकांश में डॉक्टर मशीन के पुर्जे और हृदयहीन होते थे। दवाइयाँ काफ़ी युद्धक्षेत्र में नहीं पहुँच पाती थीं। आजकल की भाँति उत्तम दवाइयों का तब तक आविष्कार नहीं हुआ था और सेवा-सुश्रूषा की तो कोई बात ही न थी। इसी समय फ्लोरेंस नाइटिंगेल ने युद्धक्षेत्र में अपनी संगिनी कुछ स्त्रियों को लेकर रोगी-सेवा का बीड़ा उठाया था। यह एक अनहोनी-सी बात थी। तब तक इंग्लैण्ड में और यूरोप में सम्भ्रान्त कुल की स्त्रियाँ केवल विलास का जीवन बिताया करती थीं। अपने हाथ से काम करना उनकी शान के विरुद्ध बात थी। फिर युद्धक्षेत्र में आकर घायलों की सेवा-सुश्रूषा करना तो दूर की चीज़ थी। परन्तु यह कुमारी अंग्रेज़ बालिका इस प्रकार अपने से, अपने साथियों से और अधिकारियों से लड़ रही थी पीड़ित, असहाय, भाग्यहीन घायलों, मुमूर्षओं और रोगियों के लिए। जिन पर युद्ध ने, जिससे उनका कोई वास्ता न था, दुर्भाग्य और मौत का फन्दा डाल दिया था।

समुद्र-तट से अस्पताल तक मरे, अधमरे और रोगी-घायलों की कतार लगी हुई थी। न इतने स्ट्रेचर थे, न परिचारक। बहुत-से घायल और रोगी खुली भूमि में पड़े कराह रहे थे। कुछ को झाड़ियों का आश्रय मिल गया था। बहुतों को पेचिश और हैज़ा हो गया था और वे उसी

असहाय बेसुध अवस्था में पड़े मल-मूत्र त्याग रहे थे। उन्हें सम्हालने वाला कोई न था। बहुत लोग, पानी-पानी चिल्लाते दम तोड़ रहे थे। बहुत हिम्मत करके जल्दी अस्पताल में पहुँचने के लिए लड़खड़ाते हुए उठ खड़े होते थे-परन्तु वहीं गिरकर धूल चाट रहे थे। कारपोरल स्ट्रेचर पर घायलों को उनके बीच से ले जा रहे थे। उन्हें देखकर बहुत से मरीज़ चीख रहे हैं-अजी, हमारी भी सुध लो। बहुतों के घाव सड़ गये थे। बहुतों ने घावों पर घास-फूस लपेट रखी थी। बहुतों के पैरों में जूते तक न थे। बहुतों के कपड़े चिथड़े हो गये थे और वे सर्दी में ठिठुर रहे थे।

एक रोगी की टाँग में गोली लगी थी। गोली तीन दिन से निकाली नहीं गयी थी। टाँग बुरी तरह फूल गयी थी, शायद टाँग काटनी पड़े। पर रोगी जीवट का था। वह घिसटकर एक झाड़ी का सहारा लेकर ज़रा सीधा होकर बैठ गया। जेब से पानी की बोतल निकाल मुँह से लगा रहा था कि दूसरे एक घायल ने घिसटकर उसके हाथ से बोतल छीनकर मुँह में लगा ली। रोगी ने हँसकर कहा-

"तुम्हीं पी लो दोस्त, तुम्हीं पी लो," और वह मूर्च्छित होकर लुढ़क गया।

एक रोगी जाड़े में ठिठुर रहा था। एक कुत्ता न जाने कैसे उससे हिल गया था। वह उसके शरीर से लिपटकर अपने को गर्म कर रहा था।

दो अजनबी आदमी इन मरतों-जीतों के बीच चारों ओर के दृश्यों को देखते चले आ रहे थे। इनमें एक थे श्री विलियम हावर्ड रसेल और दूसरे थे भारतीय क्रान्ति के अग्रदूत अज़ीमुल्ला खाँ।

अज़ीमुल्ला खाँ कह रहे थे-"यह तो एकदम असह्य है। नरक से भी बदतर है। कोई मुल्क अपने घायल वीरों की ऐसी दुर्दशा कैसे सहन कर सकता है।"

"लेकिन महाशय, किया भी क्या जाये। इस युग में युद्ध करने भी अनिवार्य हैं और वीरों का इस प्रकार कुत्ते की मौत मरना भी अनिवार्य है।"

"लेकिन यहाँ की दुर्दशा इस दर्जे तक पहुँच चुकी है, यह तो पत्रों में छपता नहीं। आप एक प्रतिष्ठित पत्रकार हैं। ये सब बातें आप क्यों जनता की आँखों से छिपा रहे हैं?"

"सिर्फ इतना ही नहीं, जो आप आँखों से देख रहे हैं, और भी बातें हैं जिन्हें मैं जानता हैं।"

"वे बातें क्या हैं?"

"अव्यवस्था, अकर्मण्यता, आलस्य और लुचपन।"

"ओफ तो आप जान-बूझकर उन्हें जनता की आँखों से ओझल रख रहे हैं। आप जनता के सामने सब कुछ पहुँचाइये।"

"मैं केवल एक व्यक्ति का आदर करता हूँ और उसी के कारण हर बार मैं रुक जाता हूँ।"

"वह व्यक्ति कौन है?"

"फ्लोरेंस नाइटिंगेल, जो यहाँ ईश्वरीय दूत की भाँति सेवा-कार्य में रत हैं।"

"क्या उनकी सेवाएँ कुछ महत्त्वपूर्ण हैं?"

"ओह महाशय, वह एक ईश्वरीय वरदान के रूप में यहाँ उपस्थित हैं।"

"क्या मैं उनके दर्शन कर सकता हूँ।"

"अवश्य! उनके दर्शन किये बिना आपका यहाँ तक आना ही निरर्थक है।"

"मैं सारे यूरोप में घूमा हूँ। इंग्लैण्ड में भी रहा हूँ। मैं भारतीय। भारत में अंग्रेज़ जिस दम्भ और अहंमन्यता का परिचय देते हैं, यहाँ तो देखता हूँ उसका एकदम दिवाला ही निकल चुका है।"

"परन्तु यहाँ जो युद्धक्षेत्र में गलतियाँ हो रही हैं और जिनकी बदौलत ब्रिटिश सैनिकों को घोर यन्त्रणाएँ सहन करनी पड़ रही हैं, वे भविष्य में फिर न दुहराई जायें। इसके लिए मिस नाइटिंगेल जी-जान से जुटी हैं। यही उनके जीवन का उद्देश्य है। हमारे महामान्य प्रधानमन्त्री लार्ड पामर्स्टन, जो इस कदर दबंग हैं कि हर मेजेस्टी की भी परवाह नहीं करते, फ्लोरेंस की प्रत्येक आज्ञा का आदर करते हैं।"

"मैं अवश्य ही उनका दर्शन करके अपने इन क्षणों को धन्य करूँगा।"

"आइये, मैं समझता हूँ वह इस समय भी अपने काम में व्यस्त होंगी।"

दोनों व्यक्ति आगे बढ़ते चले गये और वे उस दालान तक चले आये जहाँ फ्लोरेंस नाइटिंगेल व्यस्त भाव से नर्सों और दूसरे आदमियों को समझा रही थीं। रसेल को देखते ही उन्होंने कहा-"आह रसेल, खूब आये, इस समय सैकड़ों आदमी मौत के मुख में हैं। तुमने इन जहाज़ों को देखा-जो घायलों को ला रहे हैं? उनकी दशा ठीक करने का कुछ प्रयत्न करो। इतने गन्दे, घृणित और दुर्गन्धपूर्ण हैं वे-कि तुम कल्पना भी नहीं कर सकते। ये सबके सब घायल खून से-मल-मूत्र से लथपथ हैं। इनके सब घाव विषाक्त हो चुके। डैक पर पड़े रहने के कारण चमड़ी छिल गयी है। सोचो तो घायल व्यक्ति इतना कष्ट सह सकते हैं?"

"मिस नाइटिंगेल, क्या इस समय मैं आपकी कुछ सहायता कर सकता हूँ?"

"खुशी से, बेवक्त हो गया है। लेकिन तुम जल्दी करोगे तो काम बन जायेगा।"

"आप आज्ञा कीजिये।"

"तो आप बाज़ार जाकर, जिस कदर भी अरारोट मिल सके खरीद लाइए।"

"और कुछ?"

कुछ कमीजें, मोमबत्तियाँ, साबुन, सुई-डोरा।"

"बस या और कुछ?"

"जूते भी तलाश करना। वे गर्म होने चाहिए। कोई एक हज़ार जोड़े।"

"बस?"

"बस, अभी इतना ही।"

अज़ीमुल्ला ने आगे बढ़कर कहा-"मैं एक भारतीय विदेशी पर्यटक हूँ-कृपया मेरा अभिनन्दन स्वीकार कीजिये।

"आपकी बड़ी कृपा है।"

"आपका एक-एक क्षण बहुमूल्य है। मैं उसे नष्ट नहीं करूँगा। केवल एक अनुग्रह की याचना करूँगा।"

"आज्ञा कीजिये।"

"आपने अभी जिन-जिन चीज़ों को लाने की फर्माइश मेरे मित्र से की है, उनमें मुझे भी सम्मिलित होने की प्रतिष्ठा दीजिये।"

"बड़ी खुशी से आप उनकी सहायता कर सकते हैं।"

"और उन सब वस्तुओं का मूल्य मुझे ही चुकाने की आज्ञा दीजिये जो वह अभी खरीदकर लायें।"

"आप बड़े उदार हैं मेरे भारतीय मित्र, आपका यह अनुदान मैं स्वीकार करती हूँ। हमें उसकी आवश्यकता है, और इसके लिए मैं आपके साथ ही भारत की भी कृतज्ञ हूँ।"

"मैं कृतार्थ हुआ। अब आपका अधिक समय नष्ट नहीं करूँगा।"

दोनों चले गये। क्षण-भर के लिए फ्लोरेंस के हाथों की गति रुक गयी और वह गीली आँखों से अज़ीमुल्ला की ओर देखती रही। फिर उसने ठण्डी साँस ली और काम पर झुक गयी।

13

मनुष्य एक समझदार प्राणी है। इसलिए परिस्थितियाँ उसके जीवन में क्रान्ति लाती हैं। परन्तु वह क्रान्ति से एकाएक आहत नहीं होता। पुरानी प्रवृत्तियाँ संघर्ष करती रहती हैं और वह निकट से उन्हें देखता तथा अपने को उनके अनुकूल बनाता रहता है। फ्रांस में जो प्रथम राज्य क्रान्ति हुई, उसने लोकतन्त्रवाद और राष्ट्रीयता को जन्म दिया। इसके बाद सन् 1830 में दुबारा क्रान्ति हुई-जो उसे राजसत्ता पर जनता का अंकुश रखने की भावना दे गयी। इसके बाद सन् 1848 की क्रान्ति से-जो उसे राजनीतिक दृष्टि प्राप्त हुई, उसने उसके प्रभाव को केवल फ्रांस तक ही सीमित नहीं रहने दिया। इसका एक कारण यह भी था कि '48 में सारे ही यूरोप में क्रान्ति की फुलझड़ियाँ छूट रही थीं। सन् 1830 में फ्रांस की जनता ने राजा चार्ल्स दशम को पदच्युत करके लुई फिलिप को राजा बनाया। परन्तु अब फ्रांस राजाओं के लिए उर्वरा भूमि नहीं रह गयी थी।

अत: '48 में लुई को सिंहासन पर से धकेल दिया गया। बड़ी बात हुई कि उसका सिर नहीं काटा गया। लुई फिलिप इंग्लैण्ड भाग गया। फ्रांस में साम्यवादी व्यवस्था स्थापित हो गयी। मजदूरों की राष्ट्रीय सेना संगठित की गयी। परन्तु यह व्यवस्था नहीं चली और इसके बाद राष्ट्रीय सरकार का दूसरा प्रजातन्त्री शासन आरम्भ हुआ। इस पर साम्यवादी मज़दूरों ने विद्रोह कर दिया। खूब कत्ल का बाज़ार गर्म हुआ। चार दिन में दस हज़ार आदमी पेरिस की रंगीली गलियों में कत्ल हुए और विद्रोह दबा दिया गया। नेपोलियन का भतीजा लुई नेपोलियन उस नाम के जादू के कारण राष्ट्रपति चुना गया। परन्तु उसने भी अपने चाचा बोनापार्ट की भाँति अपनी वैयक्तिक शक्ति को बढ़ाकर अपने को सम्राट घोषित कर दिया और नेपोलियन तृतीय के नाम से सिंहासन पर आ बैठा। राष्ट्रीय सत्ता दो-चार साल भी न चली और रिपब्लिक का अन्त होकर राजसत्ता फिर स्थापित हो गयी। इसका कारण यह था कि अभी तक फ्रांस की जनता को लोकसत्तावाद का अनुभव नहीं था। सर्वसाधारण भी उसे ठीक नहीं समझ पाते थे। जो लोग शताब्दियों तक स्वेच्छाचार के अभ्यस्त रह चुके हैं-वे ऐसे मामलों को ऐसी चीज़ समझते थे जो उनकी पहुँच से बाहर थी, परन्तु फिर भी सन'48 की राज्य क्रान्ति ने फ्रांस को बहुत आगे बढ़ा दिया था और अब केवल राज्य-क्रान्ति ही को नहीं-फ्रांस अर्थ-क्रान्ति और उद्योग-क्रान्ति को भी निकट से छू रहा था। वहाँ इस सिद्धान्त को अब प्रथम बार क्रियान्वित किया जा रहा था कि मनुष्य को अपनी रोज़ी कमाने और मज़दूरी प्राप्त करने का अधिकार है।

लुई नेपोलियन का जन्म एक शानदार राजमहल में हुआ था और उसका बचपन राजकुमारों की भाँति सुख और वैभव में बीता था। वह ज़माना था जब सम्राट नेपोलियन के नाम से सारा यूरोप थर्रा रहा था और बोनापार्ट परिवार के नगण्य जन भी तब उच्च पदों पर पहुँच गये थे। बालकपन में लुई नेपोलियन राजकुमारों की भाँति ठाठ से रहता रहा था परन्तु शीघ्र ही यह क्षणिक राजभोग अन्तर्धान हो गया और बोनापार्ट के सेण्ट हेलेना में कैद होने के बाद उसके परिवार के सभी व्यक्ति अत्यन्त दुर्दशा में ग्रस्त हो गये। यह सन् 1816 की बात है। लुई नेपालियन की आयु तब तक केवल 8 वर्ष की ही थी और इसी अवस्था में उसे देश छोड़कर भागना पड़ा था। उसके यौवन का प्रारम्भिक भाग जर्मनी और स्विटज़रलैण्ड में व्यतीत हुआ था। अभी नेपोलियन का पुत्र 'रोम का बादशाह' जीवित था। नेपोलियन के नाम में एक जादू था-बहुत लोग नेपोलियन के वक्त के अब भी फ्रांस में थे। वे सब 'रोम के बादशाह' को ही अपना नेता मानते थे। 1832 में रोम के बादशाह की मृत्यु हुई और नेपोलियन दल का नेता लुई नेपोलियन बना। वह सोलह वर्ष मारा-मारा फिरता रहा, पर निरन्तर फ्रांस का सम्राट होने का स्वप्न देखता और षड्यन्त्र करता रहा। वह उत्कृष्ट लेखक था और सदा क्रान्तिकारी विचारों का ही समर्थन करता रहता था-इस कारण वह धीरे-धीरे लोकप्रिय बनता गया। नेपोलियन नाम का जादू तो था ही। ज़ब सन् '40 में नेपोलियन के अवशेष पेरिस में लाये गये तो इसकी चेष्टा से पेरिस में जोश का ज्वार उमड़ आया। उसने नेपोलियन की वीरपूजा की घोषणा की और फ्रांस ने राष्ट्रीय वीर के अवशेष की भाँति उसकी अस्थियों का सम्मान किया। इस अवसर पर अपने चचा के नाम

की प्रतिष्ठा से लुई नेपोलियन ने पूरा लाभ उठाया और वह भी एक वीर पुरुष की भाँति फ्रांस में आदर की दृष्टि से देखा जाने लगा। लुई फिलिप ने जब उसे कैद में डाल दिया तब और भी लोग उसके भक्त बन गये। इसका परिणाम यह हुआ कि जब फ्रेंच रिपब्लिक के प्रेसीडेंट का चुनाव हुआ तब सबसे अधिक वोट उसी को मिले और वह प्रेसीडेंट चुना गया। राष्ट्रपति बनते ही उसने अपनी वैयक्तिक स्थिति को सुधारना आरम्भ किया। फ्रांस की अधिकांश जनता रोमन कैथोलिक थी-अत: रोम में जब पोप के विरुद्ध विद्रोह हुआ तो नेपोलियन ने पोप की सहायता की। उसने पादरियों, मज़दूरों और मध्य श्रेणी के लोगों को सन्तुष्ट करने के अनेक उपाय किये और एक दिन, जब पेरिसवासी प्रात:काल सोकर जागे तो सब गलियों, दीवारों पर बड़े-बड़े पोस्टर चिपके हुए थे, जिनमें उल्लेख था कि नेपोलियन तृतीय ने राष्ट्र प्रतिनिधि सभा बर्खास्त कर दी है और वोट देने का अधिकार सब बालिग नागरिकों को दिया है। इसके बाद रिपब्लिक नेताओं की गिरफ्तारियाँ की गयीं। बहुत-से लोग गोली से उड़ा दिये गये और इस प्रकार लुई बोनापार्ट फ्रांस का भाग्य-विधाता बन गया।

अब तो उसके अधिकार भी अपरिमित थे। उसे अपनी मनमानी करने के पूरे अवसर मिले। अब दस साल के लिए उसकी गद्दी सुरक्षित थी। परन्तु नेपोलियन सम्राट बनना चाहता था। वह इससे भी सन्तुष्ट न हुआ। सन् 1851 में उसने सम्पूर्ण फ्रांस की यात्रा की और उसके बाद ही अपने को सम्राट घोषित कर दिया।

परन्तु निस्सन्देह वह षड्यन्त्र द्वारा सम्राट बना था। अत: उसका सिंहासन संघर्षों में ही डगमगाता रहा। पुराने राजकुल उससे असन्तुष्ट थे। रिपब्लिक वाले तो उसके प्रबल विरोधी थे। उस समय फ्रांस में इस दल के दस लाख अनुयायी थे। फ्रेंच साहित्यिक, विचारक और इतिहासज्ञ भी उन्हीं का दम भरते थे। जिनके नेता थीयर, ह्यूगो, लुई ब्ला और ज्यार्ज सौ आदि थे। निस्सन्देह उसके 18 वर्ष के शासनकाल में फ्रांस में शान्ति रही। परन्तु उसकी विदेशी नीति ने उसे अनेक युद्धों में फंसा दिया। जिससे फ्रांस के धन और जन की बहुत हानि हुई। लाभ इन युद्धों से कुछ भी नहीं हुआ। वह फ्रांस में इंग्लैण्ड की भाँति वैध राजसत्ता स्थापित करना चाहता था। परन्तु उसे सफलता न मिली। अपनी महत्वाकांक्षा ही के कारण उसने क्रीमिया के युद्ध में रूस के विरुद्ध टर्की की सहायता की। इस युद्ध में फ्रांस के 75 हज़ार सैनिक मारे गये और सवा अरब रुपया खर्च हुआ। फ्रांस को लाभ कुछ भी न हुआ।

परन्तु नेपोलियन तृतीय ने फ्रेंच साम्राज्य के विस्तार की भी चेष्टा की। पूँजीवाद के विकास के साथ ही फ्रेंच धनिक उपनिवेश की आवश्यकता समझने लगे थे। जहाँ कच्चा माल आसानी से मिल सके और पक्का तैयार माल खप सके। साम्राज्य के प्रथम संघर्ष में फ्रांस ब्रिटेन से पिट चुका था और भारत से फ्रेंचों को पीछे धकेलकर ही अंग्रेज़ अपना साम्राज्य स्थापित करने में सफल हुए थे। पर फ्रेंच इससे निराश नहीं हुए। 1830 में उन्होंने अल्जीरिया हथियाया और अटलाण्टिक सागर स्थित न्यू केलिडोनिया पर अपना कब्जा किया। इसके बाद 1858 में जब

भारत में ब्रिटिश साम्राज्य के विरुद्ध उलटी हवा बह रही थी फ्रांस निर्भय होकर पूर्वी एशिया में हिन्दचीन, चायना और अनाम पर अपना अधिकार कर रहा था। मैक्सिको शुरू में स्पेन साम्राज्य के ताबे था। 1823 में वहाँ रिपब्लिक की स्थापना हुई। पर वे लोग सुव्यवस्थित शासन स्थापित न कर सके और वे अनेक विदेशी पूँजीपतियों के कर्जदार हो गये जिसका फल उन्हें नेपोलियन तृतीय के हाथ भोगना पड़ा पर किसी तरह अमेरिका के कारण उसकी गर्दन फँसते-फँसते बच गयी। तृतीय नेपोलियन ने अमेरिकन महाद्वीप में साम्राज्य के विस्तार का जो प्रयत्न किया उसमें उसे असफलता ही हाथ लगी।

14

शताब्दियों तक हैप्सबर्ग खानदान की अधीनता में आस्ट्रिया जर्मनी का एक शक्तिशाली राज्य रहा। बाद में प्रशिया का विकास हुआ। नेपोलियन ने इन दोनों राष्ट्रों को अच्छी तरह झँझोड़ डाला-उसका परिणाम यह निकला कि जर्मनी में एक राष्ट्रीयता उठ खड़ी हुई। इस तरह नेपोलियन ने अनजाने में ही इटली की भाँति जर्मनी में भी राष्ट्रीयता का बीज बो दिया था। नेपोलियन के जीवनकाल में महान दार्शनिक नीत्शे ने जर्मनवासियों के लिए राष्ट्रीयता का मूलमन्त्र रच दिया था। परन्तु नेपोलियन के पचास वर्ष बाद तक भी जर्मन छोटे-छोटे रजवाड़ों का क्रीड़ा-स्थल बना रहा। कई बार उनका संघ बनाने की व्यर्थ चेष्टाएँ की गयीं। आस्ट्रिया और प्रशिया दोनों के राजा इस संघ के मुखिया बनना चाहते थे। खूब बगावत हुई, दमन हुए, संघर्ष हुए। परन्तु दशा जैसी की तैसी रही। इस समय जर्मनी दार्शनिकों और वैज्ञानिकों के लिए प्रसिद्ध था। कुछ हिस्सों में कच्चा लोहा और कोयले की खानें भी थीं। इसलिए वहाँ का थोड़ा औद्योगिक विकास भी हुआ और थोड़े उद्योग केन्द्र भी स्थापित हो गये। इसने एक मुसीबत यह पैदा कर दी कि वहाँ मज़दूरों का एक वर्ग पैदा हो गया। परन्तु इसी समय प्रशिया में एक ऐसा जोरावर आदमी उठ खड़ा हुआ कि जिसने अपने आतंक का सिक्का सारे यूरोप में जमा लिया। यह आदमी आगे चलकर यूरोप के राजनीतिक आकाश में 'बदमिज़ाज बूढ़े' के नाम से विख्यात हुआ। इसका नाम बिस्मार्क था।

यह एक देहाती ज़मींदार था। वह वाटरलू संग्राम में पैदा हुआ था और कॉलेज में शिक्षा पाने के बाद कई देशों में राजदूत रह चुका था। अन्त में वह प्रशिया का प्रधानमन्त्री बनकर रहा और प्रधानमन्त्री बनते ही उसने अपने नये जर्मन राष्ट्र की यह नई नीति घोषित कर दी कि इस ज़माने के बड़े-बड़े सवाल तकरीरों और प्रस्तावों से हल नहीं होंगे। उन्हें 'तलवार और खून' तय करेंगे।

तभी से जर्मन सिपाहियों का राष्ट्र बनना आरम्भ हो गया। बिस्मार्क की 'तलवार और खून' की सूक्ति यूरोप-भर में गूंज उठी। और जब उसने मज़बूत कदमों से अपनी नीति पर चलना आरम्भ किया तो यूरोप को उसने अपने इरादों के आगे झुका डाला।

अब वैज्ञानिकों और दार्शनिकों वाला जर्मनी तो पीछे धकेल दिया गया और तलवार और खून वाला जर्मन राष्ट्र अपनी हुंकारों से यूरोप की नींद हराम करने लगा। लोग कहने लगे बिस्मार्क

जर्मनी को बड़ा बना रहा है और जर्मनों को छोटा। जर्मनी देखते-ही-देखते उसके नेतृत्व में अन्तर्राष्ट्रीय मामलों में बड़ा राष्ट्र बनता गया। यह देखकर जर्मन लोग खुशी-खुशी उसका दमन सहते चले गये। बिस्मार्क का दिमाग साफ़ था। वह स्वयं लोहे की भाँति दृढ़ था। उसने प्रशिया को समूचे यूरोप का नेता बनाने की ठान ली थी। इस वक्त तीसरे नेपोलियन के मातहत फ्रांस समूचे यूरोप का नेता समझा जाता था। पर बिस्मार्क तो इन सभी छोटे-बड़े यूरोपीय राष्ट्रों को खेल खिलाने लगा। उसने प्रथम आस्ट्रिया को और फ्रांस को उठाकर अपनी जेब में डाल लिया।

15

उन्नीसवीं शताब्दी के मध्य भाग तक चीन का केन्द्रीय शासन देश को एक सूत्र में बाँधने में समर्थ था। इस समय जबकि ब्रिटिश उद्योगपति और पूँजीपति भारत की छाती पर जोंक की तरह चिपटे हुए उसका खून चूस रहे थे-चीन पर उन्होंने एक दूसरा ही चारा फेंका। चीन ने इन विदेशी आक्रान्ताओं का मुकाबिला किया और अपने को बचाया। भारत इससे सौ साल पहले ही, मुगल तख्त के ध्वंस होते ही तहस-नहस हो चुका था। इस समय चीन यद्यपि उस मंचू सम्राट शियन तुंग का न था जिसने ब्रिटेन के बूढ़े और खब्ती राजा जार्ज तृतीय को वह शानदार खत लिखा था। फिर भी उसमें विदेशियों के अवरोध की शक्ति थी। सन् 1819 में जब ब्रिटेन का राजदूत लार्ड एमहर्स्ट चीन गया तो उसने 'कोतो' की रस्म अदा करने से इनकार कर दिया (कोतो-ज़मीन पर लेटकर दण्डवत करना)। इसलिए चीनी सम्राट ने उससे मुलाकात नहीं की और उसे बिना ही मुलाकात लौटना पड़ा। इस समय अंग्रेज़ चीन में मुनाफ़े का एक नया रोज़गार शुरू कर रहे थे-वह था अफ़ीम का रोज़गार। यद्यपि चीन में अफ़ीम का प्रचार पन्द्रहवीं शताब्दी ही से हो गया था-पूर्व में कुछ लोग मलेरिया से बचने के लिए तम्बाकू के साथ अफ़ीम मिलाकर पिया करते थे। इन्हीं की मार्फत चीन में भी तम्बाकू के साथ अफ़ीम मिलाकर पीने की लत लग गयी, जो बढ़ती ही गयी और अब बिना ही तम्बाकू के खालिस अफ़ीम ही पी जाती थी। लोगों के स्वास्थ्य पर इसका बुरा प्रभाव पड़ रहा था और इसमें देश का बहुत रुपया बाहर जाता था इसलिए चीन की सरकार इस व्यापार के विरुद्ध थी। उसने जब इसकी रोकथाम की तो वह व्यापार चोरी-छिपे होने लगा। और सन् 1834 में जब ईस्ट इण्डिया कम्पनी का एकाधिकार खत्म कर ब्रिटेन की सरकार ने तमाम अंग्रेज़ों के लिए व्यापार खोल दिया तो अफ़ीम का यह चोर-बाज़ार इस कदर बढ़ गया कि चीन सरकार ने इसके विरुद्ध सख्त कदम उठाये और कैंटन में, जो इस व्यापार का मुख्य केन्द्र था, अफ़ीम की बीस हज़ार पेटियाँ ज़बर्दस्ती विदेशी व्यापारियों से ज़ब्त करके नष्ट कर डाली गयीं। अफ़ीम की रोकथाम के लिए भी प्रतिबन्ध लगाये गये। और यह सख्त हुक्म जारी कर दिया कि अंग्रेजों का जो जहाज़ अफ़ीम चीन में लायेगा, चीन सरकार उस जहाज़ के सारे माल को ज़ब्त कर लेगी। परन्तु अब वह ब्रिटेन न था, जो फ्रांस की क्रान्ति और नेपोलियन के ज़माने में था, जब उसे साँस लेने भर की फुर्सत न थी। अब तो उसके पर निकल आये थे। उसने चीन से युद्ध छेड़ दिया और

चीन को परास्त होना पड़ा, और वह अफ़ीम, जिसकी रोकथाम के लिए चीन ने इतनी सिरदर्दी उठायी थी-ज़बर्दस्ती चीन के मुँह में ठूँस दी गयी। यह 'अफ़ीम की लड़ाई' सन् '40 में हुई और अफ़ीम की तिजारत के लिए पाँच चीनी बन्दरगाह कैंटन, शंघाई, आमाय, निंगपों और फ्यूचू खोल दिये गये। हांगकांग के बन्दरगाह पर भी ब्रिटेन ने अधिकार कर लिया और जो अफ़ीम नष्ट की गयी थी तथा युद्ध में जो खर्चा हुआ था, उसके बदले में बहुत भारी हर्जाने की रकम चीन को देनी पड़ी। चीन के सम्राट ने रानी विक्टोरिया के हुजूर में चीन पर लादी गयी अफ़ीम की हानियों का उल्लेख करके बहुत गाना-रोना किया-परन्तु बेकार। महारानी ने कोई जवाब ही नहीं दिया। चीन सम्राट के ब्रिटेन के राजा को उस शानदार पत्र के लिखने के केवल पचास साल बाद ही यह रंग बदल गया।

परन्तु पश्चिमी शक्तियाँ जो मुसीबतें चीन पर अब लाने वाली थीं, उसका यह आरम्भ था। उसे विदेशियों की यह ज़बर्दस्ती की तिजारत ही नहीं, ईसाई प्रचारकों की धाँधली भी मंजूर करनी पड़ी। ईसाई प्रचारक सर्वत्र ही उनके साम्राज्यवाद के अग्रदूत के रूप में ज़बर्दस्त काम करते हैं। चीन में उनका व्यवहार अत्यन्त धृष्टतापूर्ण था, सुलह के बाद जो नया अहदनामा हुआ था, उसमें एक यह धारा थी कि चीनी कानून और चीनी अदालतों का अमल गोरे विदेशियों पर लागू ही न होगा। उन पर उन्हीं की अदालतों में मुकदमा चल सकता है। अब मिशनरियों ने जिन चीनियों को ईसाई बनाया वे भी इन विशेषाधिकारों की माँग करने लगे। इस तरह एक गाँव दूसरे के विरुद्ध भड़का दिया जाता था और बलवे होते थे, फिर उनकी पीठ पर साम्राज्यवादी शक्तियाँ आ धमकती थीं। इसी प्रकार का एक नया भयानक बलवा सन् 1850 में हुआ जिसका कर्ता-धर्ता एक नव ईसाई चीनी हुंगसिंन च्वान था। वह एक खब्ती-सा आदमी था। उसने चीन में यह नारा बुलन्द किया कि बुतपरस्तों को कत्ल कर दो। उसके गिरोह के आदमियों ने इस कदर खून-खराबी की कि इस बलवे ने आधे से अधिक चीन को तबाह कर दिया। लगभग बरसों यह उपद्रव चला और इसमें दो करोड़ आदमी मौत के घाट उतारे गये।

इस समय चीन में ऐसा हो रहा था-पहले मिशनरी प्रचारक आते, उनके पीछे जंगी जहाज़ और उसके बाद ज़मीनों-जायदादों की ज़ब्ती। धीरे-धीरे चीन अन्तर्विद्रोह का संघर्षमय देश बन गया और मंचू सरकार के विरुद्ध षड्यन्त्र होने लगे। चीन की पुरानी व्यवस्था टूट गयी। विदेशी माल और खासकर अफ़ीम के व्यापार ने चीन की प्रचलित व्यापार व्यवस्था को खत्म कर दिया। नानकिन की सन्धि ने ब्रिटेन के लिए चीन के द्वार खोल दिये थे। फ्रांस और अमेरिका भी उसके पीछे लिपटे चले आये थे। सबने मनमानी तौर पर चीन के साथ व्यापारिक सन्धियाँ कीं। अब भी बहुत-से चीनी इन विदेशियों से घृणा करते थे। इस समय अंग्रेज़ अब और अगला कदम बढ़ाने की सोच रहे थे। और सन् 1856 में उन्हें अवसर मिल गया और उन्होंने चीन पर सेना भेजनी आरम्भ कर दी, पर इसी समय भारत में सत्तावन की क्रान्ति फूट पड़ी और उन सेनाओं का रुख भारत की ओर फेर देना पड़ा।

16

चीन की इस मुसीबत, बदइन्तज़ामी और कठिनाइयों का लाभ उठाया जापान ने। 17वीं शताब्दी में जापान चूहेदानी में बन्द एक चूहा था। वह दो सौ बरस से दुनिया से अलग रहता आया था। संसार में कहाँ क्या हो रहा है, जापान के कान में इसकी भनक भी नहीं पड़ती थी। दुनिया में ज्ञान का नया सूरज निकला है-जापान को इसका पता भी न था। भारतीय क्षत्रियों की भाँति वहाँ एक समूराई सैनिक जाति थी। सामन्त सरदार और समुराई लोगों के हाथ में असली ताकत थी। उन दिनों जापान अनेक छोटी-छोटी सामन्ती ताकतों में बँटा हुआ था, जो निरन्तर आपस में लड़ते रहते थे। बेचारे किसानों का ये लोग मिलकर खून चूसते थे।

फिर भी जापान धीरे-धीरे जाग रहा था और राष्ट्रीयता के साथ ही सम्राट की सत्ता पुष्ट होती जाती थी। अन्य राष्ट्र जापान से सम्बन्ध कायम करने की निरन्तर कोशिश कर रहे थे। 19वीं शताब्दी में अमेरिका खासतौर पर जापान में दिलचस्पी लेने लगा। वे अब पश्चिम में कैलिफोर्निया तक बढ़ आये थे और सानफ्रांसिस्को एक खास बन्दरगाह बनता जा रहा था। चीन से नया व्यापार सम्बन्ध हुआ था-और प्रशान्त सागर पार करने में लम्बे सफ़र का झंझट था। इसलिए अमेरिका किसी जापानी बन्दरगाह पर चीनी माल की रसद लेने की जुगत में था। सन् '53 में एक अमेरिकन जहाज़ी बेड़ा अमेरिकन राष्ट्रपति का खत लेकर जापान आया। जापानियों ने सर्वप्रथम भाप से चलने वाला जहाज़ देखा। साल-भर बाद शोगिन दो बन्दरगाह खोलने पर राजी हो गये। जब अंग्रेज़ों, रूसियों और डचों ने यह सुना तो उन्होंने भी अमेरिका का अनुगमन किया। इसके बाद इन विदेशियों का कुछ ऐसा जादू का डण्डा चला कि जापान में विद्रोह हो गया और शोगिनों का सात सौ वर्षों का राज्य खत्म हो गया।

17

ब्रिटेन का राज्य एक 'मुकुटधारी-प्रजातन्त्र' था। राजा के हाथों में ताकत कुछ न थी, वह वही करने को बाध्य था जो पार्लियामेण्ट के विश्वासपात्र मन्त्री चाहते थे। वह मन्त्रियों के हाथ की राजनीतिक कठपुतली था। पर कहा यह जाता था कि वह राजनीति से परे है। पर मज़बूत इरादे का कोई आदमी कठपुतली बनकर नहीं रह सकता इसलिए इंग्लैण्ड के राजा और रानियों से मन्त्रियों के संघर्ष होते रहते थे पर अन्त में ढर्रा वही चलता था।

19वीं शताब्दी के आरम्भ में ही समूचे यूरोप की एक पेचीदा परिस्थिति हो गयी थी। उस युग की यूरोपियन सम्यता उद्योगवाद, पूँजीवाद, साम्राज्यवाद, समाजवाद और राष्ट्रवाद, अन्तर्राष्ट्रवाद के मिश्रण का एक चूँ-चूँ का मुरब्बा थी। सब मिलकर यूरोप की सभ्यता अमीरों की सभ्यता थी। जिसमें सारी सत्ता नये मध्य वर्ग के हाथ आ गयी थी और 19वीं शताब्दी के मध्यकाल में वह चरम सीमा पर थी। सारी दुनिया की आँखों में उसे देखकर चकाचौंध आ रही थी। इस समय समूचे पश्चिमी यूरोप का-जहाँ उद्योग का दौर-दौरा था-इंग्लैण्ड ही नेता था।

परन्तु मध्य वर्ग की जो यह नई ताकत इस सदी के आरम्भ में यूरोप में उदय हो रही थी, उस पर यूरोप के तत्कालीन सामन्तशाही ढर्रे पर चलते हुए राजाओं और बादशाहों ने ध्यान नहीं दिया था। नेपोलियन को खत्म करके वे राजा और बादशाह यही चाहने लगे कि अब जैसे बने हमारी हकूमतें जैसी की तैसी बनी रहें। यद्यपि फ्रांस की भयानक रक्त-क्रान्ति और नेपोलियन की ठोकर से उनके कलेजे काँप गये थे और अब स्वेच्छाचारी शासन करने का दैवी अधिकार अक्षुण्ण बनाये रखने के लिए वे आपस में गठबन्धन कर रहे थे। इस काम में राजनीति और धर्म दोनों को गड्मड् कर लिया गया था। रूस का जार इस प्रकार के उद्योग में सबका नेतृत्व कर रहा था। उसका देश इस समय भी बहुत पिछड़ा हुआ था। शहर कम थे, उद्योग ठप या व्यापार नगण्य था देश-भर में स्वेच्छाचारी शासन था। परन्तु यूरोप की हालत बदली हुई थी। खासकर इंग्लैण्ड में अब स्वेच्छाचारी शासन न था। वहाँ पार्लियामेण्ट राजा पर भी शासन कर रही थी। पर इस समय पार्लियामेण्ट जन-साधारण की सभा न थी। मुट्ठी-भर पूँजीपतियों की थी। इस प्रकार रूस के स्वेच्छाचारी ज़ार और इन पूँजीपति शासक दल में ज़मीन-आसमान का अन्तर था। फिर भी एक बात थी कि दोनों ही क्रान्ति से भय खाते थे।

यह वही क्रान्ति थी, जिसकी ओर मार्क्स छठी शक्ति कहकर संकेत कर रहा था। परिस्थिति यह थी कि किसी भी प्रकार की उदारता-मूलक आवाज़ उठती तो वह तुरन्त दबा दी जाती थी। इधर मध्य एशियाई जातियाँ भूख से तंग आकर यूरोप की ओर मुँह करके यूरोप और एशिया पर निरन्तर हमले कर रही थीं। परन्तु पश्चिमी यूरोप का ढाँचा आर्थिक आधार पर टिक चुका था। अब धार्मिक और खानदानों की पुरानी लड़ाइयाँ यूरोप में बन्द हो चुकी थीं। परन्तु अब राजनीतिक और आर्थिक संघर्ष एक राष्ट्र से दूसरे राष्ट्र में हो रहे थे और युद्ध के मुद्दे आर्थिक आधारों पर केन्द्रित होते जाते थे। इंग्लैण्ड की स्थिति सारे यूरोप से जुदा होती जाती थी। नई बात जो वहाँ उत्पन्न हुई थी, यह थी कि सत्ताधारियों के साथ पूंजीपति मध्य वर्ग का एक रिश्ता कायम हो गया था। इससे यह वर्ग बढ़कर सर्वसाधारण से आगे आ गया था और इस प्रकार इंग्लैण्ड के समाज का ढाँचा ही बदल गया था और सर्वसाधारण की सामाजिक और आर्थिक स्थिति ऐसी बन गयी थी कि उनकी ज़िन्दगी बोझिल हो उठी थी, यही कारण था कि उनके भीतर से मार्क्स की छठी शक्ति जन्म ले रही थी। परन्तु सत्ताधारी वर्ग, उसे जो कुछ मिल चुका था, उससे चिपटा हुआ था और बराबर सर्वसाधारण पर यह प्रचारित करता जा रहा था कि समाज का जो ढाँचा है, उससे अच्छा दूसरा नहीं हो सकता। इस काम में जहाँ विश्वास की आवश्यकता होती थी, वहाँ धर्म से काम ले लिया जाता था और समाज का ऐसा जीवन बन गया था कि जो जहाँ हैं वहीं पड़े रहें। भूखे लोग भूखों मरते रहें और मौज-मज़ा करने वाले मौज-मज़ा करते रहें। तथा इस समाज-व्यवस्था को अटल समझें।

परन्तु उन्नीसवीं शताब्दी के मध्य काल तक पहुँचते-पहुँचते मार्क्स की छठी शक्ति अपने पैरों चलनी आरम्भ हो गयी। पोलैण्ड, इटली, बोहेमिया और हंगरी में बगावतें हुईं और वहाँ राष्ट्रीयता की लहरें उठीं। देशभक्तों की आवाजें जहाँ-तहाँ यूरोप में गूंजने लगीं। हंगरी, फ्रांस, जर्मनी में भी निरंकुश

शासन के विरुद्ध जोरदार आवाजें उठने लगीं। परन्तु अभी तक सत्ता की पुरानी दीवारें मज़बूत थीं। फ्रांस में इसी राजनीतिक गड़बड़ी से लाभ उठाकर नेपोलियन का भतीजा लुई बोनापार्ट क्रान्ति का अग्रदूत बनकर प्रथम प्रजातन्त्र का अध्यक्ष बना और फिर सेना के बल पर सम्राट बन उसने अपने को नेपोलियन तृतीय घोषित कर दिया। इंग्लैण्ड भी इन झगड़ों से न बचा, पर उसने सुधार करके जनता को सहमत कर लिया और वहाँ गृहयुद्ध होते-होते रह गया और सारे संसार के सम्मुख इंग्लैण्ड अब एक मुकुटधारी प्रजातन्त्र था।

18

एशियाई लूट की अटूट सम्पदा से सारा इंग्लैण्ड धनधान्य से सम्पन्न हो रहा था। लन्दन में देखते-ही-देखते बड़ी-बड़ी अट्टालिकाएँ, बाज़ार और पार्क बनते जा रहे थे। वेस्टएण्ड मुहल्ला तो अमीरों का शानदार मुहल्ला था। फिर भी लन्दन के पूर्वी भाग में, जहाँ गरीब मज़दूर रहते थे, दशा अब भी खराब थी। वहाँ अब भी भूख और गरीबी अपने साथ अनेक अनाचारों को पनपा रही थी। शाम होते ही वहाँ खून-खराबियाँ होने लगती थीं और दिन-दहाड़े आदमी की गाँठ काटी जाती थी। फटेहाल, शराब के नशे में धुत्त, मज़दूर गालियाँ बकते गली-कूचे में चलते-फिरते नज़र आते थे। ऐसे ही एक मुहल्ले के टूटे-फूटे एक पुराने घर में एक अधेड़ वय के पुरुष छोटे-छोटे पाँच बच्चों को बहला रहे थे। बच्चे भूखे थे और उनके नाश्ते का वक्त बीत चुका था। परन्तु उन्होंने नाश्ता नहीं किया था। बच्चों की माँ गोश्त लेने बाज़ार गयी थी और इतनी देर हो जाने पर भी अभी नहीं लौटी थी। बच्चे पिता को परेशान कर रहे थे। पिता उन्हें हर तरह तसल्ली देने की चेष्टा कर रहे थे। बच्चों के पिता प्रौढ़ पुरुष थे। अवस्था उनकी पचास से ऊपर पहुंच चुकी थी। उनके चेहरे पर लापरवाही से दाढ़ी बढ़ रही थी। सिर के बाल भी खूब बड़े-बड़े थे। ऐसा प्रतीत होता था, उन महाशय को न शरीर की परवाह थी, न कपड़े-लत्तों की। गहरी चिन्तन की रेखाएँ उनके मस्तिष्क में उभरी हुई थीं। शरीर उनका हृष्ट-पुष्ट था और उनकी आँखों में एक तीव्र चमक देखने वालों की दिख जाती थी। पर इस समय बच्चों ने उन्हें बेहद परेशान किया हुआ था और वह अब अधीर होकर पत्नी की प्रतीक्षा कर रहे थे।

पत्नी उनसे भी अधिक परेशानी चेहरे पर लेकर लौटी। उन्होंने कहा-"मार्क्स, गोश्त वाले ने उधार गोश्त नहीं दिया। वह कहता है पिछले तीन हफ्तों के पैसे नहीं मिले। वह दो तो आगे गोश्त मिलेगा। लेकिन नानबाई ने पाव रोटी दी है। मक्खन भी है। आज तो हमें इन्हीं पर रहना होगा।"

"तो गनीमत है कि भले मानस नानबाई ने तो हमारा एतबार किया। लाओ, बच्चे बहुत भूखे हैं। इन्हें रोटी और चाय बनाकर दे दो, मैं तब तक अपने एक दोस्त के पास जाता हूँ। कुछ उधार मिल गया तो कोशिश करूँगा। लेकिन तुम ज़्यादा उम्मीद न रखना।"

"लेकिन तुम तो जा रहे हो। एक टुकड़ा रोटी खाकर दो बूँद चाय से हलक तर कर लो।"

"लेकिन तुम्हारे पास तो आवश्यकता के लिए भी नहीं है। मैं अपने दोस्त फ्रेडरिक एंजल्स के यहाँ जा रहा हूँ। वहाँ मैं नाश्ता ले लूँगा। तुम चिन्ता न करो।"

"यह ठीक न होगा। यदि उन्होंने न पूछा।"

"तो मैं कह दूँगा कि मैं बिना नाश्ता किये आया हूँ।"

"तुम तो अपनी इज़्ज़त का ज़रा भी खयाल नहीं रखते।' का

"मेरी प्यारी, मैं दुनिया के लाखों-करोड़ों ऐसे ही भूखों की इज़्ज़त का खयाल करता हूँ, जिनके बच्चे हमारे बच्चों ही की तरह भूख से बिलबिलाते रहते हैं।"

"तो आखिर तुम्हारे सोचने-विचारने का कुछ नतीजा भी हुआ? तुम तो जहाँ जाते हो वहीं बिगाड़ कर लेते हो। जर्मनी में अच्छा-खासा तुम्हारा अखबार चल निकला था। पर तुम्हारी अफ़सरों से ही नहीं बनी।"

"मेरी प्यारी, मेरे जैसे आदमी की तो दुनिया में किसी से बन ही नहीं सकती। यह एक अजीब बात है कि तुमसे अब तक बनी हुई है।"

"चलो रहने दो। आखिर बात क्या है कि तुम्हारी किसी से नहीं बनती?"

"बात सिर्फ़ यह है कि वे जो कुछ करते हैं मैं उसके विपरीत सोचता हूँ।"

"तो तुम्हारे खयाल में दुनिया के सब आदमी गलत रास्ते पर हैं। सिर्फ तुम्हीं एक सही रास्ते पर हो?"

"बेशक, तुमने मुझे ठीक समझा।"

"पेरिस में भी तुम्हारे यही रवैये रहे और वहाँ से भी खदेड़े गये।"

"यह तो होना ही था। समाजवाद और अराजकतावाद का मेल भला पूँजी से कहाँ?"

"आखिर किसी से तुम्हारा मेल भी है? कोई तुम्हारी बातों को पसन्द भी करता है?"

"मेरा दोस्त एंजल्स मेरी बातों को ध्यान से सुनता है। कद्र भी करता है।"

"वह तो रूई के एक बड़े कारखाने का मालिक और सरमायादार है?"

"हाँ, पर वह लोगों की वर्तमान सामाजिक स्थिति से खुश नहीं है। वह अपने चारों ओर दिखने वाली गरीबी और शोषण को रोकने के उपायों की तलाश कर रहा है। वह राबर्ट ओबेन का अनुयायी है।"

"गनीमत है, तुम्हारा नहीं है।"

"उसे मेरे सिद्धान्त अमान्य नहीं हैं। और हम दोनों मिलकर एक क्रान्तिकारी समाज रचना की बातें सोच रहे हैं। हम एक मेनीफेस्टो निकाल रहे हैं।"

"खैर, मुझे इन बातों से क्या सरोकार है। मुझे रोटी, मक्खन, पनीर और गोश्त चाहिए। सोचो हमारे पाँच बच्चे हैं।"

"ठीक है प्रिये, मुझे खयाल रहेगा।"

वह मुस्कुराया और भूखा ही अपने मोटे पुराने कोट की जेबों में हाथ डालकर घर से निकल गया। यही पुरुष प्रसिद्ध साम्यवादी विचारक कार्ल मार्क्स था।

जब वह अपने मित्र के घर पहुंचा तो उसका मित्र नाश्ता खाकर मज़े से आग के सामने बैठा अखबार पढ़ रहा था। उसने उठकर मार्क्स की सादर अभ्यर्थना की। कार्ल मार्क्स ने कहा-

"तुम शायद नाश्ता कर चुके?"

"हाँ"

"तो मेरे वास्ते मँगवाओ। आज गोश्तवाले ने साफ़ इनकार कर दिया। तीन सप्ताह तक बेचारा उधार देता रहा। लेकिन नानबाई अभी हमारी साख मानता है। उसने रोटियाँ और मक्खन दे दिया है," कार्ल मार्क्स वीतराग महर्षि की भाँति स्वच्छ हँसी हँस दिये। एंजल्स ने व्यस्त भाव से उठकर नौकर से झट नाश्ता लाने का हुक्म दिया-फिर कहा-"मार्क्स, तुम्हें जल्दी तो नहीं है? मेरा खयाल है लंच लेकर ही यहाँ से जाना।"

"इससे अच्छी क्या बात हो सकती है। लेकिन भाई, कुछ रुपये भी उधार दे देना।"

हाँ, हाँ जितने चाहो। हाँ, वह तुम्हारी किताब खत्म हुई या नहीं?"

"खत्म ही समझो। एक नज़र देख रहा हूँ। अब सवाल छपाने का है। लेकिन प्रकाशक तो सब पूँजीपति हैं। मेरी किताब को कौन छपायेगा?"

"क्यों? क्या मैंने तुमसे उसी दिन नहीं कह दिया था कि किताब के छपाने का सब खर्चा मैं दूंगा।"

"मेरा खयाल था, तुमने यों ही बिना सोचे-समझे जल्दी में कह दिया था।"

"खैर तो अब पुख्ता बात समझो। लेकिन तुम्हारी किताब का नाम क्या है?"

"डास-कैपिटल।"

"बिलकुल ठीक नाम है। परन्तु हमें पहले वह मेनीफेस्टो प्रकाशित करना होगा, जिसकी उस दिन चर्चा हो चुकी है। मैंने उसका एक ढाँचा बना लिया है, तुम एक नज़र जरा देख लो। इस वक्त सुधारवादी गधे जिस स्वतन्त्रता, समानता और भ्रातृभाव की लोकसत्तावादी आवाज़ उठा रहे हैं, उसका सर्वसाधारण से कोई सम्बन्ध नहीं है। हाँ, मध्य श्रेणी के धनिकों की स्वेच्छाचारिता को अच्छा पर्दा मिल गया है। मेनीफेस्टो में मैंने इसी बात पर प्रकाश डाला है।"

"खैर, मैं देख लूँगा। लेकिन उसमें हमें अपने समाज के उसूलों को भी साफ़-साफ़ लिख देना चाहिए और सारी दुनिया के मज़दूरों से इन शब्दों में अपील करनी चाहिए-संसार के मज़दूरों एक हो जाओ। तुम्हें खोना कुछ नहीं है, सिवाय अपनी गुलामी की जंजीरों के। और पाने को संसार पड़ा हुआ है।"

"बेशक मार्क्स, यह महत्त्वपूर्ण घोषणा होगी। यह तो काम करने की पुकार है। मैं तुम्हें बता देना चाहता हूँ कि यूरोप में एक बड़ा संकटकाल आ रहा है। हमारा कर्तव्य है कि हम मज़दूरों को उसका मुकाबला करने को तैयार रखें। जिससे वे समय पर पूरा फ़ायदा उठा सकें।"

"तुम ठीक कहते हो एंजल्स। हमें यह न भूलना चाहिए कि यूरोप में एक छठी सत्ता भी है जो खास-खास मौकों पर पाँचों कहाने वाली सत्ताओं पर अपनी प्रभुता रखती है और उन सबको थरथरा देती है। यह सत्ता क्रान्ति की सत्ता है। यह अब तक चुप थी। अब भूख और मुसीबत ने इसे युद्ध घोषणा करने को विवश कर दिया है। सच जानो एंजल्स, एक इशारे-भर की ज़रूरत है। यह यूरोप की छठी सबसे बड़ी ताकत फ़ौलादी जिरहबख्तर पहनकर आने वाले यूरोपियन युद्ध में सबसे आगे बढ़कर मोर्चा लेगी।"

"तो तुम्हारी यह पुस्तक 'डास-कैपिटल' ही इस मामले की अग्रदूत होगी।"

"मैं नहीं जानता कि लोग उससे क्या-क्या नतीजे निकालेंगे। परन्तु मेरी यह पुस्तक शुद्ध वैज्ञानिक पुस्तक है। इसमें मैंने प्रचलित आर्थिक सिद्धान्तों की पूरी तरह छानबीन की है और उनकी बुराई-भलाइयों की विवेचना अपने समाजवादी सिद्धान्तों पर विस्तार से की है। मैंने निश्चित रीति पर सारी अनिश्चित आदर्शवाद की थोथी बातें छोड़कर व्यावहारिक ढंग से निष्पक्ष होकर इतिहास और अर्थशास्त्र के विकास का निरूपण किया है। मैंने बड़ी-बड़ी औद्योगिक मशीनों की चर्चा खास तौर पर की है और इसमें मानव समाज में जो वर्ग-युद्ध उत्पन्न करने वाले परिणाम सामने आते हैं उनका निरूपण किया है। संक्षेप में मैंने अपनी इस पुस्तक में 'वैज्ञानिक समाजवाद' के मूल सिद्धान्तों का प्रतिपादन किया है।"

"विश्वास करता हूँ कि मार्क्स, तुम्हारी यह किताब संसार की उन इनी-गिनी पुस्तकों में गिनी जायेगी जिनसे लोगों के सोचने-विचारने के तरीकों पर असर होता है। मानव-समाज का एक नया संगठन करने में तुम्हारी किताब एक ज्योतिमयी शक्ति प्रमाणित होगी।"

"और एक बात मैं तुम्हें बताना चाहता हूँ एंजल्स।"

"क्या?"

"कि मैं प्रथाओं को बदलना चाहता हूँ। धर्म लोगों के लिए अफ़ीम है, मैं यह कहना चाहता हूँ। लेकिन तुम क्या इंग्लैण्ड के सम्बन्ध में एक बात जानते हो?"

"यही न कि अंग्रेज़ों का समाजवाद सबसे नर्म है। वह यूरोप-भर में सबसे कम क्रान्तिकारी है। सुधार के लिए वह बहुत धीरे-धीरे आगे बढ़ता है। जब कभी व्यापार में गड़बड़ होती है, मन्दी फैलती है, बेकारी बढ़ती है, तब इंग्लैण्ड में भी क्रान्ति की लहर आती है। पर ज़रा हालत सुधरी कि जोश ठण्डा हो जाता है।"

"तुम्हारी बात ठीक है एंजल्स, पर इसका कारण इंग्लैण्ड की वह खुशहाली है जो भारत पर अधिकार की बदौलत उसने प्राप्त की है। तुम जानते हो खुशहाली और क्रान्ति में दोस्ती नहीं हो सकती।"

"क्या तुम समझते हो कि इंग्लैण्ड की यह खुशहाली सदा कायम रहेगी और हिन्दुस्तान कभी चेतेगा नहीं?"

"यह तो परिस्थितियों पर निर्भर है एंजल्स, यह उन्नीसवीं शताब्दी इंग्लैण्ड की महत्ता का काल है। अठारहवीं शताब्दी में वह उद्योग-क्रान्ति करके जो दूसरे देशों से आगे बढ़ गया, उसकी वही अग्रगामिता आज उन्नीसवीं शताब्दी में भी कायम है। इस समय वह दुनिया भर का बाज़ार बना हुआ है और दुनिया के कोने-कोने से यहाँ रुपया बरस रहा है। हिन्दुस्तान और दूसरे उपनिवेशों से जो अटूट दौलत उसके पास चली आ रही है, उसने संसार में उसकी प्रतिष्ठा खूब बढ़ा दी है। इसी से जब सारे यूरोप में क्रान्ति के बादल छाये हुए थे, इंग्लैण्ड में कोई खास परिवर्तन नहीं हुआ, फ्रांस में प्रजातन्त्रों और राज्यतन्त्रों का ताँता बँधा, इटली में कठिन संघर्ष के बाद सारा प्रायद्वीप एक राष्ट्र बन गया। जर्मनी ने एक संगठित साम्राज्य को जन्म दिया। बेल्जियम, डेनमार्क और यूनान में तब्दीलियाँ हुईं। आस्ट्रिया के पुराने राजघराने फ्रांस, इटली और प्रशिया के लगातार धक्कों से डगमगा गये। पर इंग्लैण्ड जहाँ का तहाँ खड़ा है, अटल चट्टान की तरह। अपनी दौलत, साम्राज्य और समुद्री तट के बल पर। सारी दुनिया पर उसका असर है, सिर्फ़ पूर्व में रूस बेशक पुराने ढर्रे पर कायम है। पर वह पिछड़ा हुआ किसानों का राष्ट्र है। नये विचारों से बहुत दूर।"

"मार्क्स, सच तो यह है कि रानी विक्टोरिया बड़ी ही भाग्यवान है। देखते-ही-देखते उसका इग्लैण्ड फल-फूल रहा है। कनाडा में बगावत हुई पर अग्रेजों ने बात न बढ़ने दी। स्वशासन का बड़ा भाग देकर उसे राजी कर लिया गया। अब हिन्दुस्तान भी पूरी तरह उनका हो गया।"

"लेकिन एंजल्स याद रखो, हिन्दुस्तान में ज्वालामुखी फूटने ही वाला है।"

"यह तुम किस आधार पर कहते हो मार्क्स? क्या उस मुसलमान नवाबजादे की बात तो नहीं कहते?"

"अज़ीमुल्ला की बात कह रहे हो न? हाँ, मैंने उसकी बातों में तत्त्व देखा था।"

"परन्तु आज इंग्लैण्ड के पास दौलत भी है और ताकत भी।"

"यह सच है मेरे दोस्त, मगर याद रखो, साम्राज्य की भूख कभी नहीं मिटती। सीमाएँ बढ़ती जाती हैं। फिर भी वे यथेष्ट नहीं समझी जातीं। मैं जानता हूँ यद्यपि तुम जैसा कहते हो कि इंग्लैण्ड दौलतमन्द भी है और ताकतवार भी, यह सच है। परन्तु मैं अच्छी तरह जानता हूँ आज उसे इस बात की चिन्ता नहीं है कि और ज़्यादा कैसे लिया जाये। उसे चिन्ता इसकी है कि जो मिल गया है उसकी रक्षा कैसे की जाये। हिन्दुस्तान उसके लिए सोने की चिड़िया है। उसे वह किसी भी कीमत पर खोना नहीं चाहता। उसकी आज की सारी वैदेशिक नीति का आधार ही यह है कि हिन्दुस्तान उसके कब्जे में रहे। और पूर्वी समुद्र के रास्ते उसके लिए सुरक्षित रहें। इसीलिए उसने मिस्र, ईरान और अफगानिस्तान पर हाथ डाला है।"

"लेकिन इंग्लैण्ड और आस्ट्रिया ने टर्की को क्यों बचाया?"

"रूस की प्रतिद्वन्द्विता के डर से।"

"वाह, आपने सुना नहीं, ज़ार ने टर्की की ओर इशारा करके ब्रिटेन के राजदूत से कहा था- हमारे पास एक बीमार है। न जाने कब हमारी गोद में उसका दम निकल जाये।"

"हाँ, हाँ यह तो सुन चुका हूँ।"

"तो उसी साल ज़ार ने इस मरीज का गला घोंटना चाहा। बस, क्रीमिया की लड़ाई का असल मुद्दा यही तो था।"

"मैं समझ गया! यदि कुस्तुन्तुनिया पर कब्ज़ा हो जाता तो भूमध्य सागर में एक बढ़िया बन्दरगाह मिल जाता। और वह हिन्दुस्तान के रास्ते ही के पड़ोस में एक जंगी बेड़ा रख सकता था। इसी से इंग्लैण्ड ने टर्की को बचा लिया।"

"और अब क्रीमिया की लड़ाई के बाद टर्की को यूरोपियन रंग में रंगने की पूरी कोशिश की जा रही है।"

"लेकिन सुना है क्रीमिया की लड़ाई में हारकर रूस की आँखें खुल गयी हैं। बड़े-बड़े सुधार हो रहे हैं।"

"रूस का क्या ज़िक्र। वह एक इंच आगे बढ़ता है तो मीलों लम्बी-प्रतिक्रिया पैदा हो जाती है। वह किसानों का पिछड़ा हुआ देश है। किसान सब करीब-करीब गुलाम हैं। अपने-अपने खेतों से उनकी तकदीरें बँधी हुई हैं। कुछ अफ़सर अलबत्ता शिक्षित हैं। परन्तु मध्यम वर्ग वहाँ है ही नहीं। जनता बिलकुल अनपढ़ और पिछड़ी हुई है।"

"तो अब तो इंग्लैण्ड की ओर ही दुनिया का रुख है।"

"और हम उसे संसार की छठी शक्ति की ओर फेर देना चाहते हैं।"

"मैं तुम्हारे साथ हूँ मार्क्स। इत्मीनान रखो।"

"तो लाओ भाई कुछ रुपये उधार दो। जिससे इस हफ्ते के लिए बेफिक्री हो।"

एंजल्स ने हँसकर कुछ रकम कार्ल मार्क्स की जेब में डालकर कहा "तुम्हें मेरी कसम है मार्क्स, गिनना नहीं।"

मार्क्स ने मुस्कुराकर सिर हिलाया और चल दिया।

19

ब्रिटेन में उद्योग क्रान्ति होने पर भी राजसत्ता रही लार्ड्स के ही हाथों में, जो पुश्तैनी ज़मींदार थे, और अपनी ज़मीनों को किसानों को लगान पर देते थे या मज़दूर लगाकर खेती कराते थे। 1815 में इन्हीं के लाभ के लिए 'कार्न-ला' बना। जिसके द्वारा बाहर से अनाज की आमद

रोककर इन लोगों के मुनाफ़े के लिए अनाज महँगा रखा गया। इसके बाद सन 1832 में ब्रिटेन के मज़दूरों के संघर्ष के फलस्वरूप सुधार कानून बना-परन्तु सत्ता अब भी अभिजात वर्ग के हाथों में ही रही। सन 1832 से '75 तक ब्रिटेन में जो कुछ हुआ-वह सब कुछ भारत सम्बन्धी संघर्ष था। इस काल में भी ब्रिटेन के किसानों की बुरी हालत थी। उनके पास एक ही टूटा-फूटा कमरा होता था, जो दुर्गन्धिपूर्ण और खटमलों से भरा रहता था। उसी एक कमरे में हर उम्र के 8-7 नर-नारी रात-भर के लिए ठुँसे पड़े रहते थे। गन्दगी और व्यभिचार अनिवार्य था। उनके मस्तक बुद्धिहीन और दृष्टि पशुओं जैसी होती थी। उनके जीवन उच्छृंखल, बर्बरतापूर्ण और पापाचार में डूबे रहते थे। छोटे-बड़े की कोई मर्यादा उनमें न थी। दूसरी ओर बड़े-बड़े ज़मींदार थे। स्काटलैण्ड के हाउस ऑफ़ लार्ड्स के एक सदस्य के अधिकार में एक बड़ा प्रान्त था। ड्यूक ऑफ़ बेडफोर्ड और ड्यूक ऑफ़ डेबेनशायर के अधिकार में सत्तर-अस्सी मील भूमि थी। ऐसे ज़मींदार उस समय एक-दो नहीं, ब्रिटेन में सात सौ के ऊपर थे। इन लोगों के हाथ में ब्रिटेन के जनतन्त्र की बागडोर थी। ये लोग ही राजसत्ता का सम्पूर्ण उपभोग कर रहे थे और अपनी ज़मींदारी की प्रथा में पूँजीवादी सत्ता को नहीं प्रविष्ट होने देते थे। ब्रिटेन के कानून ऐसे थे कि ज़मीन न बेची और खरीदी जा सकती थी, न बड़ी-बड़ी ज़मींदारियाँ बाँटी जा सकती थीं। और सम्पत्ति तो बाँटी जा सकती थी-पर ज़मींदारी की ज़मीन पर बड़े बेटे ही का हक रहता था। इस व्यवस्था के कारण सौ-सौ साल से ज़मींदारियाँ एक ही के ताबे बनी हुई थीं। और यह सब उस आठ सौ साल पुराने कानून के आधार पर चला आ रहा था-जब मुट्ठी-भर सामन्तों के हाथ सत्ता बनाये रखना ज़रूरी थी। टोरी दल वाले इंग्लैण्ड की पुरानी राजनीतिक व्यवस्था और धार्मिक संस्था के पक्षपाती थे-क्योंकि उनकी मदद ही से बड़े-बड़े ज़मींदार अब इंग्लैण्ड पर शासन करने आये थे। इन ज़मींदारों में और पूँजीपतियों में इतना अन्तर था कि लगान रूढ़िवादी आय थी और मुनाफ़ा प्रगतिशील। ज़मीन का लगान राष्ट्रगत था और मुनाफ़ा विश्वगत। इस समय ब्रिटेन के राजनीतिज्ञ व्हिंग और टोरी दो दलों में विभक्त थे-पर दोनों ही बड़ी-बड़ी ज़मींदारियों के पोषक थे-केवल व्हिंग पूँजीपतियों को थोड़ी सुविधाएँ देना चाहते थे। दूसरे शब्दों में पूँजीपतियों के अभिजात प्रतिनिधि थे। 1832 में और फिर 1846 में जो सुधार कानून और मुक्त व्यापार की सुविधाएँ मध्य वर्ग को दी गयीं उसका अभिप्राय केवल यही था कि विरोध का वेग रुककर क्रान्ति का रूप न धारण कर ले। और वे अपने स्थान से न डिगने पायें। व्हिंग और टोरी दोनों दल मिलकर और लड़कर सत्ता अपने ही हाथों में रखते रहे थे।

देहातों में लाइर्स सर्वशक्तिमान थे, खेत-मज़दूरों को मतदान का अधिकार न था। शेष व्यक्ति भी इन लार्डों की मर्जी के खिलाफ़ मतदान न दे सकते थे। घूस, शराब और गुण्डागर्दी की चुनाव में खुली छूट थी। बन्दूकों और संगीनों के बल पर भी ज़बर्दस्ती वोट लिये जाते थे। कभी-कभी ये लार्ड कत्लेआम तक कर डालते थे। पैसे और शराब के द्वारा वोट खरीदना आम बात थी। परन्तु पूँजीपति इन बातों के विरोधी होते जाते थे। सन् 1855 में ऐसा ही ब्रिटिश प्रजातन्त्र था। शासन के बड़े-बड़े पदों पर, फ़ौज में और जल-सेना में, चर्च में इसी ज़मींदार वर्ग के लोग थे।

सिविल सर्विस में घूस और बेईमानी का बोलबाला था। उच्च पदस्थ अफ़सर तब अपना पद नीचे के अफ़सर को बेच सकते थे। इस समय राज्यसत्ता और शासन-व्यवस्था में इंग्लैण्ड को आदर्श नहीं कहा जा सकता। फ्रांस की राज्यक्रान्ति होने पर वहाँ का अभिजात वर्ग खत्म हो गया था, उन पर ब्रिटेन के उदारपन्थी विचारकों की नज़र थी। फिर उनके सामने अमेरिका था, जहाँ न सम्राट, न बन्दूक, न लार्ड थे, न रियासत पर केवल बड़े लड़के का हक माना जाता था, न मतदान पर ब्रिटेन की भाँति बड़े लोगों की लगायी हुई पाबन्दियाँ थीं। इन सब कारणों से अब ब्रिटेन का विकास दूसरे स्वतन्त्र देशों की अपेक्षा मन्द हो रहा था। पर अब वहाँ मज़दूर-दल प्रबल हो रहा था। उनके क्रान्तिकारी प्रदर्शन हो रहे थे। जब भारत में सत्तावन की क्रान्ति की ज्वालाएँ सुलग रही थीं, इंग्लैण्ड में एक कानून बनाने की बात उठ रही थी, जिसका अभिप्राय यह था कि इतवार को श्रमिक अखबार न पढ़े, हजामत न बनायें और किसी प्रकार के आमोद-प्रमोद में भाग न लें। श्रमिकों की दो लाख की भीड़ इस बिल के विरुद्ध प्रदर्शन करने हाइड पार्क में एकत्र हुई थी। यह प्रदर्शन वास्तव में एक प्रकार का विद्रोह था। ऐसे प्रदर्शन बार-बार हुए। उन्हें बलात् दबाया गया। इस समय तक भी मज़दूरों को इंग्लैण्ड में मतदान का अधिकार न था। वे अब बालिग मताधिकार की माँग कर रहे थे। पूँजीपति इस काम में उनके साथ थे क्योंकि उनकी पूँजी का लाभ और सुरक्षा मज़दूरों का साथ देने में थी। ऐसे ही वे दिन थे जब मार्क्स और एंज़ल्स ने अपना घोषणा-पत्र प्रकाशित किया।

20

वैज्ञानिक आज के युग के जादूगर हैं। परन्तु यूरोप में इसका आदि पुरुष डारविन हुआ। यह उन्नीसवीं शताब्दी का सबसे महामान्य महापुरुष था। क्योंकि उसी ने मानवीय सभ्यता का मुँह विज्ञान की ओर फेरा, अठारहवीं शताब्दी में और इससे प्रथम वैज्ञानिकों को जादूगर होने के नाते ज़िन्दा जला दिया जाता था। रोम के पादरियों ने जावर्वानी कूनो को ज़िन्दा जला दिया था...प्रसिद्ध भूतत्त्ववेत्ता गैलीलियो फाँसी पाते-पाते ही बचा था। उसका कसूर यह था कि उसने कहा था कि पृथ्वी सूरज के चारों ओर घूमती है। इसी जुर्म में वह जीता जलाये जाने से केवल इसलिए बच गया कि उसने धर्म गुरुओं से माफ़ी माँग ली थी। इस प्रकार यूरोप में बहुत दिन तक धर्मान्धिता ने विज्ञान के विकास को रोका।

विज्ञान बिना प्रमाण के कोई सिद्धान्त स्थिर नहीं करता। वह दिमाग को खुला रखने की प्रवृत्ति को बढ़ाता है। प्राचीन काल में भारत, चीन, मिस्र और यूनान में चिकित्सा विज्ञान-रसायन की काफ़ी खोज हुई थी। पर अभी तक यूरोप इससे वंचित था। मध्य-युग का यूरोप विज्ञान में बहुत कुछ अरबों का चेला रहा। परन्तु अरब में भी कभी सच्ची विज्ञान की प्रगति नहीं हुई। रसायन, कीमिया और पारस पत्थर की खोज में तथा अमृत की खोज में बहुत लोग-अरब, मिस्र और भारत में मारे-मारे फिरते रहे। जादू-टोने का भी इन अन्धविश्वासों के साथ विकास हुआ। भारत में तन्त्रशास्त्र का जन्म हुआ। परन्तु इन सब जादू-टोनों और ढकोसलों से विज्ञान का कोई सरोकार न था।

यूरोप में सच्चे विज्ञान की आधारशिला सत्रहवीं शताब्दी में आइज़क न्यूटन ने रखी। उसने पृथ्वी के आकर्षण का रहस्य भी लोगों को समझाया और सूर्य तथा दूसरे ग्रहों की चालों को भी समझाया। कट्टरता अन्तत: ज्ञान को न दबा सकी। प्रथम इंग्लैण्ड और फ्रांस में और फिर जर्मनी, अमेरिका में विज्ञान का विकास हुआ। इसका परिणाम यह हुआ कि इसने बुद्धिवाद का शिक्षित वर्ग में एक नया आदर्श स्थापित कर दिया।

इस समय फ्रांस में रूसो, वाल्टेयर और अन्य फ्रेंच विद्वान ग्रन्थ पर ग्रन्थ लिख रहे थे और लोगों को बुद्धिवाद की ओर खींच रहे थे, विज्ञानवाद इसी बुद्धिवाद पर पनपा। औद्योगिक क्रान्ति, यन्त्रों का प्रादुर्भाव, भाप से चलने वाली रेल और जहाजों के इंजन और उसके बाद बिजली का तार-इन सबने अब अन्धविश्वास से ऊपर विज्ञान को प्रतिष्ठित कर दिया।

जिन दिनों ये सब बातें यूरोप में हो रही थीं, उसी समय डारविन प्राणी-विज्ञान की छानबीन में लगा था। यद्यपि उसे यूरोप में कभी बड़ा वैज्ञानिक नहीं माना गया, पर उसकी खोज से यूरोप का सामाजिक दृष्टिकोण बदल गया। इस समय यह खब्ती-सा आदमी पदार्थ विद्या का अध्ययन करता हुआ दक्षिणी अमेरिका और प्रशान्त महासागर में इधर-उधर भटक रहा था। उसने बहुत-सी सामग्री और प्रमाण एकत्रित किये थे और वह लोगों को यह दिखा रहा था कि हरेक पशु जाति एक-दूसरे से प्राकृतिक रीति पर मिलकर किस तरह परिवर्तन और विकास करती है। उस समय तक लोग यही समझते थे कि मनुष्य और दूसरी जाति के प्राणियों को ईश्वर ने पृथक्-पृथक् बनाया है। और वे अनादिकाल से ही अलग-अलग हैं तथा उनमें किसी प्रकार के परिवर्तन नहीं हुए हैं। इन बातों का अभिप्राय यह था कि एक प्राणी समूह दूसरे में परिवर्तित नहीं हो सकता। पर डारविन ने प्रमाणों के आधार पर यह बताया कि ये समूह आपस में बदलते हैं और यही विकास का साधारण ढंग है। उसने यह भी बताया कि यही नियम पौधों, जानवरों तथा मनुष्यों पर भी लागू होता है। यह सम्भव है कि भिन्न-भिन्न प्राणी-समूह और वनस्पति का कोई एक पुरखा रहा हो। यद्यपि उनकी प्रसिद्ध पुस्तकें बाद में प्रकाशित हुईं, जिन्होंने उसे प्रसिद्ध कर दिया, परन्तु उसके विचारों का यूरोप के लोगों पर इतना प्रभाव पड़ा कि वे समझने लगे कि मानवीय जाति का ध्येय चाहे कुछ भी हो, पर वह पूर्णता की ओर अग्रसर है।

जिस समय डारविन विकासवाद के सम्बन्ध में एक के बाद दूसरे प्रमाण संग्रह कर रहा था तभी एक और अंग्रेज़ दार्शनिक और अर्थशास्त्री मानवीय अधिकारों की व्याख्या कर रहा था। इनका नाम जान स्टुअर्ट मिल था। वह समाजवादी विचारधारा का आदमी था। अर्थशास्त्र और समाजशास्त्र से सम्बन्धित अपना पूर्ववर्ती साहित्य उसने पढ़ा था और अब वह इंग्लैण्ड को ऐसी दिशा में ले जा रहा था जहाँ आर्थिक विचारों में थोड़े समाजवादी उसूलों का प्रवेश था। अन्त में उसने उपयोगितावाद का सिद्धान्त लोगों के सम्मुख रखा। यूरोप के लिए यह नया सिद्धान्त था। इसका खास तत्त्वज्ञान उपयोग था। इसकी विचारसरणी इस आधार पर थी कि अधिक-से-अधिक लोगों को अधिक-से-अधिक सुख मिले। भलाई-बुराई की यह कसौटी थी। जो काम जितना सुख

देने वाला होता वह उतना अच्छा कहा जाता था। मिल की दृष्टि में सरकार और समाज दोनों का उद्देश्य अधिक-से-अधिक लोगों को सुख पहुँचाना होना चाहिए। इससे पूर्व यूरोप की विकसित विचारसरणी में जो लोक सत्तात्मक सिद्धान्त था, जिसमें सबको समान अधिकार मिलना मुख्य था-उससे मिल का यह सिद्धान्त भिन्न था। मिल के सिद्धान्त के अनुसार अधिक लोगों को अधिक सुख पहुँचाने के लिए कुछ लोगों को दु:ख देने में हानि न थी। वह व्यक्तिगत स्वतन्त्रता का प्रचारक था। आगे उसने इसी सिद्धान्त पर अपने ग्रन्थ लिखे।

21

19वीं शताब्दी में पश्चिम यूरोप जो औद्योगिक पूँजीवाद पर सवार होकर दुनिया का नेता बन गया-इसका मूलाधार, कोयला और कच्चे लोहे की खानें थीं-जो उसे प्रकृति ने दी थीं और बड़ी-बड़ी मशीनों को चलाने के लिए जिनकी अत्यन्त आवश्यकता थी। इस पूँजीवाद ने यूरोप में राष्ट्रीयता और साम्राज्यवाद को जन्म दिया, जिसने यूरोप को परस्पर बाँधा भी और बिखेरा भी। इसका परिणाम यह हुआ कि सारे यूरोप में दो भावनाएँ बद्धमूल हो गयीं-एक तो यह कि प्रत्येक मुल्क में देशभक्ति जाग्रत हुई, दूसरी यह कि दूसरे देश वालों के प्रति दुर्भाव और प्रतिस्पर्धा उत्पन्न हुई। 19वीं शताब्दी का मध्यकाल आते-आते यूरोप का प्रत्येक राष्ट्र एक-दूसरे को भेड़िए की तरह गुर्रा कर देखने लगा। इंग्लैण्ड की इस समय चाँदी थी-इससे सभी राष्ट्र उससे चिपटे रहना चाह रहे थे। परन्तु दूसरे देश, जिनमें जर्मनी अगुआ था, इंग्लैण्ड की ओर गुस्से की नज़र रखते थे। इसलिए 19वीं शताब्दी का सारा ही पूर्वार्द्ध लड़ाई-होड़ और आर्थिक शोषण का काल था। इस तरह पूर्व में यूरोप का राष्ट्रवाद, जो वास्तव में यूरोपियन साम्राज्यवाद का मूलाधार था, अब उसका घातक सिद्ध हो रहा था। तो भी पूँजीवादी सभ्यता ने संगठन, कार्य संचालन की कुशलता, समय की पाबन्दी आदि के अनेक सुगुण मानव को सिखाये। जब तक मनुष्य अमली तौर पर इन नियमों का मुस्तैदी से पालन नहीं करते तो न रेल चल सकती थी, न फैक्टरियाँ। पाश्चात्य पूँजीवाद ने संसार के मनुष्यों को यह भी आशा दिलायी कि दुनिया में उनकी आवश्यकताओं की पूर्ति के काफ़ी साधन हैं और अब वे गरीब न रहेंगे। लोगों में यह विश्वास फैल गया कि मशीन और विज्ञान की सहायता से अब आपको यथेष्ट खाना, कपड़ा और जीवन-यापन की यथेष्ट सामग्री प्राप्त होगी। परन्तु उत्पादन की यह आशा बस आशा ही रही। सम्पत्ति का उपार्जन तो हुआ पर उससे गरीब और अधिक गरीब हो गये और अमीर और अधिक अमीर हो गये। खास कर इस सदी के मध्य भाग में जब ये यूरोपियन पूँजीवादी लुटेरे निर्दयतापूर्वक पूर्वीय देशों में आर्थिक शोषण करने लगे तो लोग उससे निराश होने और घृणा भी करने लगे।

परन्तु दुनिया की दौलत तो उनकी जेब में भरती ही गयी पर भीतर-ही-भीतर यूरोप के लोगों की दो जातियाँ बन गयीं। एक अमीरों की, दूसरी गरीबों की। इन दोनों जातियों में परस्पर न कोई सहानुभूति थी, न सम्पर्क। दोनों की आदत, विचार और भावनाएँ भी एक-दूसरे से भिन्न और अपरिचित थीं। उनका शासन भी एक ही कानून के मातहत न था। यह एक ऐसी भयानक

बात थी कि जिसने आगे चलकर राष्ट्रवादी संगठन को छिन्न-भिन्न कर डाला और एक सार्वभौम छठी शक्ति को जन्म दिया।

उद्योग केन्द्रों के कारीगरों और मज़दूरों के जीवन किसानों और खेतों पर काम करने वाले मजदूरों से सर्वथा भिन्न थे। किसान प्राय: वर्षा पर निर्भर रहते थे जो उनके बस की बात नहीं थी, दैवी अधीन थी, इस दैवी भावना ने उन्हें अन्धविश्वासी और भाग्यवादी बना दिया था। परन्तु फैक्टरी में काम करने वाला मज़दूर तो सोलह आना उद्योगवादी था। वर्षा हो या तूफान-उसका काम रुकता न था। वह माल तैयार करता था। सम्पत्ति का उपार्जन करता था। पर उसने जब यह देखा कि इस धन का बड़ा भाग दूसरों की जेबों में जाता है, जो कुछ भी काम नहीं करते हैं और वह गरीब ही रहता है तो उसने इसके लिए भाग्य को दोष नहीं दिया, उसने समाज के पूँजीवादी संगठन को ही दोषी ठहराया-जिसके सिर पर पूँजीपति मिल-मालिक बैठे थे और उसके परिश्रम की गाढ़ी कमाई का अधिकांश अपने मोटे पेट में डालते थे। उसने देखा-ये पूँजीपति उसे अपना शिकार बनाये हुए हैं-इससे उसके मन में उनके प्रति विद्रोह और ईर्ष्या के भाव उत्पन्न हो गये। आरम्भिक विद्रोह विचारहीन और कमज़ोर थे-पीछे उनमें स्थिरता आती चली गयी और उनके अनेक यूनियन और संघ बनते चले गये। और उनका आपस में सहयोग भी बढ़ता चला गया। इस तरह इस शताब्दी के मध्यकाल तक पहुँचते-पहुँचते जहाँ एक ओर पूँजीवादी सत्ताएँ अन्तर्राष्ट्रीय रूप धारण करती चली गयीं, वहाँ मज़दूरों का संगठन भी अन्तर्राष्ट्रीय बनता चला गया। इस प्रकार यह 19वीं शताब्दी पूँजीवाद, राष्ट्रवाद, साम्राज्यवाद, राष्ट्रीयता, अन्तर्राष्ट्रीयता, अमीरी-गरीबी का एक अजीब माजून मुरक्कब थी। ये सब बेमेल बातें थीं-और ज्यों-ज्यों इनका संघर्ष अन्तत: संगठन को समाप्त करता गया-यूरोप और अमेरिका के राष्ट्रनियन्ताओं के माथे पर चिन्ता की रेखाएँ उभरती चली गयीं। नेपोलियन के पतन के बाद इस शताब्दी के आरम्भ में सभी यूरोपियन देश एक प्रकार से सत्ताधारियों के हाथों में पिस रहे थे। परन्तु अमेरिका और फ्रांस की राज्यक्रान्तियों से लोगों के सिर फिर गये थे और प्रजातन्त्र की ओर लोगों का रुख था, जिसका यह अर्थ समझा जाता था कि राज्य प्रत्येक जन को सामाजिक और राजनीतिक दृष्टि से समान समझे। अनुदारदली उन्हें दबाने की सिरतोड़ कोशिश कर रहे थे। फिर भी प्रजातन्त्र इस सदी का महान आदर्श था। और एक प्रकार से इस समूची शताब्दी को प्रजातन्त्र की शताब्दी कहा जा सकता है।

22

नेपोलियन की इस लड़ाई के दिनों में ही भारत और यूरोप में ब्रिटेन के प्रबल प्रतिद्वन्द्वी फ्रेंच भारत से उखाड़ फेंक दिये गये। मराठों, टीपू और सिखों ने अंग्रेजों से लोहा लिया पर अंग्रेज़ उनसे ज़ोरावर रहे। उनके हथियार बढ़िया, संगठन उम्दा और सबसे ज़्यादा महत्त्वपूर्ण उनकी पीठ पर समुद्री मदद थी। जिसके कारण वे नई मदद निरन्तर मँगा सकते थे और उन्हें जड़ से नहीं उखाड़ा जा सकता था। परन्तु भारतीय सभी शक्तियाँ ऐसी थीं कि यदि वे परास्त हों तो

फिर उनके खड़े होने को कोई स्थान न था। केवल यही बात न थी कि अंग्रेज़ हिन्दुस्तानियों से ज़्यादा चालाक, मुस्तैद और व्यवस्था से लड़ने वाले थे अपितु उनकी कट चाल ऐसी थी कि वे परस्पर विरोधियों के झगड़े से पूरा लाभ उठाते रहते थे। यही कारण था कि ब्रिटिश सत्ता भारत में पैर फैलाती और प्रतिद्वन्द्वियों को एक के बाद एक कर पछाड़ती चली गयी। दुर्भाग्य ही कहना चाहिए कि इन भारतीय सामन्त सरदारों को आपस में मिलकर एक होने और इस विदेशी शतु को पछाड़ने का विचार तक न हुआ। प्रत्येक अकेला लड़ता और निश्चित रूप से हारता रहा। अंग्रेज़ी सत्ता ज्यों-ज्यों भारत में बढ़ती गयी वह सख्त और निर्दय होती गयी। ज़रा-सा बहाना मिलते ही वह लड़ाई ठान बैठती-जीत उसी की होती और अन्ततः उन्नीसवीं शताब्दी के मध्य काल में वे प्रतिद्वन्द्वी विहीन हो गये। अफगानिस्तान से लेकर बंगाल तक उनका डंका बजने लगा। अन्ततः सन 1856 में उन्होंने अवध को अपने राज्य में मिलाकर पूर्णाहुति दे दी। युद्ध और राज्य-विस्तार का यह चक्र तो अभी और भी आगे को चलना था। अंग्रेज़ों के भारत में उठ खड़ा होने से प्रथम ही यहाँ का पुराना आर्थिक ढाँचा टूट चुका था। जिन राजाओं को अंग्रेजों ने हराया। वे वास्तव में बीते हुए युग के ध्वंसावशेष मात्र थे परन्तु अंग्रेज़ों ने एक ज़बर्दस्त काम यह कूटनीति का किया कि एक ओर उनका पूरी तौर पर खात्मा भी कर दिया, दूसरी ओर उनका ऊपरी ढाँचा बनाये रखा। और इस तरह युग के प्रभाव से भारत को आगे बढ़ने से रोक दिया। इस तरह अंग्रेज़ इस शताब्दी के मध्य तक उस ऐतिहासिक दौर में सामन्ती भारत को खींच लाये जो पूँजीवादी औद्योगिक ढाँचे में ढल रहा था। परन्तु तब शायद न अंग्रेज़ और न ये भारतीय राजा ही इस तत्त्व को ठीक-ठीक समझ पाये और टूटते हुए सामन्ती वर्ग ने सन सत्तावन के विद्रोह के रक्त से एक बार फिर अंग्रेजों को निकालकर अपनी सत्ता जमाने का यत्न किया, पर बेकार।

इस समय परिस्थितियाँ बेशक अंग्रेजों के खिलाफ़ एकत्रित हो गयी थीं। ईस्ट इण्डिया कम्पनी का एकमात्र काम था रुपया बटोरना। उसके अफ़सर उन दिनों अन्धे होकर हद दर्जे की मूर्खता और लालच का प्रदर्शन कर रहे थे। चारों ओर तबाही मच रही थी। यहाँ तक कि नमकहलाली के मूल्य पर खून बहाने वाली फ़ौज में भी असन्तोष व्याप रहा था। सामन्त सरदारों के वंशज स्वभावतः अंग्रेज़ों की नई ताकत के खिलाफ़ थे और सबसे ज़्यादा तूमार का ज़ोर बँधा था, उत्तर प्रदेश और मध्य भारत में। यह एक सार्वजनिक विद्रोह की भावना थी, ज्यों-ज्यों दिन बीतते गये-यह विद्रोह विदेशी शतु के प्रति घृणा और क्रोध को उत्तेजित करता गया। और उसका स्वरूप भारतीय स्वाधीनता का बन गया-पर यह स्वाधीनता सामन्ती ढर्रे ही की थी, जिसके मुखिया एकतन्त्री राजा और बादशाह थे, जन-साधारण की आज़ादी की इसमें कोई चर्चा ही न थी। पर जनता अंग्रेज़ी अमल में तबाह और गरीब हो गयी थी-इससे वह भी बड़े-बड़े ज़मींदारों के प्रभाव में आकर उनका साथ दे रही थी। इस विद्रोह में राजनीति में ज़रा-सा धार्मिक जोश भी मिला दिया गया था-जो इस ताकत की दवा का असर कर रहा था।

अंग्रेजी राज का पहला दौर किस्मत आज़माने वाले साहसिक जनों का था-जिन्होंने तिजारत और लूटमार की खूब अन्धेरगर्दी मचायी, और इस तरह ईस्ट इण्डिया कम्पनी और उसके कारिन्दे

बेशुमार दौलत लूट ले गये। कहने को यह व्यापार था पर भारत को इससे रत्ती-भर भी फ़ायदा न हुआ था। प्लासी की लड़ाई के बाद से तो भारत की पुरानी संचित सम्पत्ति का एक बड़ा भाग इंग्लैण्ड चला गया, जिसने इंग्लैण्ड को औद्योगिक रास्ते पर लगा दिया। लूटपाट का यह पहला दौर अठारहवीं शताब्दी की समाप्ति के साथ ही समाप्त हो गया।

19वीं शताब्दी के साथ ही अंग्रेजी राज का दूसरा दौर चला। जिसमें भारतवर्ष इंग्लैण्ड के कल-कारखानों को भेजे जाने वाले कच्चे माल का एक प्रधान साधन और इंग्लैण्ड में तैयार माल का एक ज़बर्दस्त बाज़ार बन गया। इससे भारत की आर्थिक उन्नति चकनाचूर हो गयी। इस समय तक भी भारत में ईस्ट इण्डिया के नाम से राज हो रहा था। परन्तु ब्रिटिश सरकार वास्तव में उसी वर्ग की प्रतिनिधि संस्था थी जो ईस्ट इण्डिया कम्पनी को संचालित कर रहा था। भारत और इंग्लैण्ड में इस काल में जब-जब अधिक टक्कर लगती तब-तब जीत इंग्लैण्ड की ही होती क्योंकि शक्ति इंग्लैण्ड के ही हाथ में थी। शासनकर्ता होने की हैसियत से तो ईस्ट इण्डिया का हित इसी में था कि भारत में लाया हुआ विलायती माल यहाँ सस्ता बिके और भारत का माल विलायत में महंगा बिके। परन्तु वह एक विदेशी व्यापारी कम्पनी थी-इसलिए उसने अपने भारतीय राज में बिलकुल उलटी नीति चलाई-कि विलायती माल यहाँ खूब सस्ता खरीदा जाये। संक्षेप में शासक की हैसियत से उसके हित शासित देश के पक्ष में थे-पर व्यापारी की हैसियत से उसके हित इंग्लैण्ड के पक्ष में थे। यद्यपि मुगलों के पतन के बाद भारत में राजनीतिक अव्यवस्था और अराजकता पैदा हो गयी थी, परन्तु 18वीं शताब्दी के अन्त तक भारत बड़ा ज़बर्दस्त औद्योगिक और कृषि प्रधान देश था। भारत के करघों पर बने माल की एशिया और यूरोप के बाजारों में भारी खपत थी। एक तौर से इस काल के संसार-भर के बाज़ारों पर भारत का कब्ज़ा था। इन दिनों भारत में मध्य वर्ग पैदा हो रहा था। यदि अंग्रेज़ बीच ही में न कूद पड़ते तो भारत भी सामन्ती वर्ग को पीछे धकेलकर यूरोप ही की भाँति संसार का समर्थ उद्योग केन्द्र बन जाता।

आरम्भ में अंग्रेज़ों ने भारतीय उद्योगों को प्रश्रय दिया। इससे उन्हें धन मिलता था। बाद में उन्होंने भारतीय उद्योग का निर्दयतापूर्वक गला घोंट दिया और ब्रिटिश उद्योग को आगे बढ़ाया। भारतीय वस्त्रों का उद्योग इतना बढ़ा-चढ़ा था कि इंग्लैण्ड की मशीन का कपड़ा भी उसका सामना न कर सकता था-उसकी रक्षा करने के लिए अंग्रेज़ों ने इस समय भारतीय माल पर अस्सी प्रतिशत चुंगी लगा दी थी। परिणाम यह हुआ कि भारत का कपड़ा कारोबार चौपट हो गया। इसी भाँति भारत के दूसरे उद्योग-धातु की कारीगरी, जहाज़ बनाना, काँच और कपड़े के कारोबार सब चौपट होते जा रहे थे। 19वीं शताब्दी का पूर्वार्द्ध भारत की औद्योगिक तबाही का काल था। जुलाहे और कारीगर, जो कस्बों और शहरों में आबाद थे-लौटकर गाँवों में बसते जा रहे थे। शहर, कस्बे उजड़ते जा रहे थे-गाँव बढ़ते जा रहे थे, जहाँ का रहन-सहन एकदम अशुभ और निराशाजनक था। इस युग में जब संसार-भर में उद्योग-क्रान्ति के कारण शहर आबाद हो रहे थे-भारत में वे उजाड़ होते जा रहे थे और सब प्रकार के पेशेवर लोगों की आजीविका का भार खेती पर आ पड़ा था। यह भारतीय जीवन को दरिद्रता के गड्ढे में धकेले जाने की कहानी थी।

सब लोगों के पास ज़मीन न थी। जिनके पास थोड़ी ज़मीनें थीं-वे उनके परिवार में बँटते-बँटते और भी छोटी हो गयी थीं और उनसे उनकी गुज़र नहीं हो सकती थी। इसके अतिरिक्त वे मौसम, आसमान और बरसाती हवाओं की दया पर निर्भर थे। उनकी ज़मीन के इस छोटे-से टुकड़े पर उनका अपना पेट था, उनके बाल-बच्चे थे और आश्रितजन थे। वे दरिद्र और भूख से जर्जर होते ही चले गये। फिर तो रोग, शोक और अविद्या ने उनके भाग्य को अस्ताचल पहुँचा दिया। यह एक-दो आदमियों की जीवन-गाथा नहीं, करोड़ों भारतीयों की जीवन-गाथा थी जो अंग्रेज़ों द्वारा उनके उद्योग-रोज़गार छीन कर गाँवों में खदेड़ दिये गये थे। इनमें बूढ़े भी थे, बालक भी थे, कुल-वधूटिएँ भी थीं, माताएँ और दादियाँ भी थीं। यही अंग्रेजी हुकूमत में 19वीं शताब्दी के मध्ययुग का भारत था। जो दिन-पर-दिन देहाती होता जाता था।

गाँवों का जीवन बड़ा नीरस था। स्थानीय स्वतन्त्रता अवश्य वहाँ थी, पर वहाँ का सब-कुछ पिछड़ा हुआ था। वहाँ अनेक जाति के लोग रहते थे। एक-दूसरे से पृथक। गाँवों को मिलाने वाली सड़कें न थीं। कम्पनी की सरकार सड़कों पर बहुत कम रुपया खर्च करती थी। शिक्षा, सफ़ाई और सिंचाई पर कुछ भी नहीं। इस समय अंग्रेज़ी सरकार समुद्र तट पर बम्बई, कलकत्ता, मद्रास आदि शहरों का निर्माण कर रही थी। पर ये शहर यूरोप के शहरों जैसे न थे, जहाँ दिन-दिन कारखाने खुलते और दूसरे उद्योग केन्द्र बढ़ते जा रहे थे। वे तो केवल विदेशी तैयार माल को भारत में भेजने और भारत के कच्चे माल को विलायत रवाना करने वाले गोदाम मात्र थे!

बम्बई में इस समय रेल की पटरी बिछी थी। रेलगाड़ी उस पर चलने लगी थी। जहाँ-जहाँ अपनी सेनाओं को लाने और ले जाने की सुविधा चाहिए थी, वहाँ सड़कें भी बनायी जा रही थीं।

कम्पनी के अमले बड़ी बेरहमी से लगान वसूल करते थे। समय पर लगान न देने से बड़े-बड़े मालगुज़ार तक को जेल में ठूँस दिया जाता था और उसकी ज़मीन छीन ली जाती थी। इस समय नील वाले साहबों का जुल्म नया रंग ला रहा था। कुछ अंग्रेज़ नील की खेती करने के लिए ज़मींदार बन बैठे थे। वे अपने आसामियों से गुलामों से बदतर व्यवहार करते थे। यह भी किसानों की तबाही का एक रूप था। सब ओर से निराश होकर उसे साहूकार की शरण जाना पड़ता था। जो बनिया होता था, वह बड़ा निर्दय, स्वार्थी और लालची होता था और गरीब-असहाय किसानों के खून पर पलता था। और उसके फ़ौलादी पंजे से कभी उसका पिण्ड न छूटता था।

23

"हमने उनके लिए राज्य पर राज्य जीते, जिसके परिणामस्वरूप देश की चारों दिशाओं में उनके झण्डे गड़ गये। पर इसका हमें क्या इनाम मिला, जानते हो?"

"जानते हैं। हमारे राजाओं को ज़लील किया गया, परजा को लूटा गया। और हमारा धर्म भ्रष्ट किया गया।"

"हिन्दुस्तानी फ़ौजों ने कम्पनी बहादुर की वफ़ादारी से खिदमत की। लड़ाइयाँ लड़ी और कलकत्ते से पेशावर तक का मुल्क जीतकर उन्हें दिया। इसका हमें क्या इनाम मिला? बता सकते हो?"

"हाँ, हाँ बता सकते हैं। पहले मालगुजारी जहाँ दो सौ थी-वहाँ तीन सौ वसूल की गयी और जहाँ चार सौ थी-वहाँ पाँच सौ वसूल की गयी। अब और भी माँग बढ़ रही है।"

"यह माँग कभी घटेगी नहीं। भले ही रियाया तबाह हो जाये। इन्होंने चौकीदारी का दुगुना, चौगुना और दस गुना कर दिया है। पढ़े-लिखे भले लोगों का सब कारोबार चौपट है। करोड़ों लोग पेट की आग बुझाने को दर-दर मारे-मारे फिर रहे हैं। उन्हें न तन ढाँपने को कपड़ा मिलता है-न पेट का गड्ढा भरने को एक मुट्ठी-भर अन्न।"

"और जब उन्हें नौकरी की तलाश में एक जिले से दूसरे जिले में जाना हो तो राहदारी काफ़ी आदमी 6 पाई और फी गाड़ी चार से आठ आना तक देना पड़ता है। जो पैसा दे सकते हैं-उन्हें ही आम सड़क पर चलने की इजाज़त होती है।"

"और अब यह कारतूस? हिन्दू-मुसलमान सभी का धर्म गया समझो।"

"हम मर मिटेंगे-धर्म नहीं देंगे।"

"लद गये दिन-मिटने के। अब तो हम खून की नदी बहायेंगे। अंग्रेज़ों के सफ़ेद खून से कलेजा ठण्डा करेंगे।"

"अब हमारी विधवाएँ सती नहीं हो सकेंगी। परलोक में पति को प्राप्त न कर सकेंगी।"

"और गोद भी हम नहीं ले सकते। हमें सदा नरक में सड़ना होगा। पिण्डदान देने वाला कोई न रहेगा।"

"आज यह बात हिन्दुओं पर है, कल मुसलमानों के घर पर बीतेगी।"

"तुमने यह भी सुना कि पुरी में जगन्नाथ जी के मन्दिर पर भी कम्पनी की सरकार ने कब्जा कर लिया है। अब उन्हें बिना टैक्स दिये कोई भगवान के दर्शन नहीं कर सकता।"

"अब तो हर तीर्थ और हर मन्दिर पर सरकारी टैक्स लगेगा।"

"मिशनरियों का जाल भी तो देखो देश में फैल रहा है। स्कूलों में, अस्पतालों में, जेलखानों में, बाजारों में, जहाँ देखो ईसाई पादरी अपना काम कर रहे हैं। वे हमारे देवी-देवताओं को गालियाँ देते हैं। उनका मज़ाक उड़ाते हैं।"

"अजी, उनका एक लाट पादरी है, जो लाट साहब के बराबर है।"

"अजी, हमारा लड़का सरकारी स्कूल में पढ़ता है। उससे जब मैंने पूछा कि बेटा, स्कूल में तुम क्या पढ़ते हो तो उसने कहा-क्या तुम्हें पता है कि हमारा ईश्वर कौन है? और हमारा उद्धारक

कौन है? मैंने कहा-भगवान राम हमारे ईश्वर हैं। श्रीकृष्ण हमारे उद्धारक हैं। तो उसने हँसकर कहा-तुम कुछ नहीं जानते बाबा! ईसू मसीह हमारे उद्धारक हैं और ईश्वर हैं। हमारे स्कूल के बड़े मास्टर साहब ने हमें बताया।"

"तो भई सरकारी स्कूलों में पढ़कर तो हमारे लड़के हाथ से गये। वे हमारा पिण्डदान नहीं कर सकते।"

"अजी, ये स्कूल तो ईसाइयों के ताज़ा मछली फँसाने के जाल हैं। सभी सरकारी अफ़सर जज-मजिस्ट्रेट-हाकिम इन्हीं ईसाइयों का दम भरते हैं।"

"अब तो जेलों में सब ऊँच-नीच एक ही जगह पकाया खाना खाते हैं। जेल भी काटो और धर्म भी खोओ। अब सुना है फ़ौज में भी वही कानून जारी होगा। सिपाही अपना-अपना खाना नहीं पका सकेंगे। एक ही जगह पकी रोटियाँ खानी पड़ेंगी।"

"जेल में तो मुसलमानों का ईमान भी सलामत नहीं है, भाइयो," हिदायत अली जमादार ने गुस्से में आकर कहा-"मुझे मालूम है कि जब किसी मुसलमान को जेल में भेजा जाता है-उसकी दाढ़ी मूड़ दी जाती है और मूँछ काट ली जाती हैं।"

"राम, राम, भला कोई हमारी मूँछ काटे तो सही। सिर न काट लूँ तो नाम नहीं," मंगल पाण्डे ने शेर की तरह हुंकार भरकर कहा।

"अजी, बनारस की जेल में दंगा भी हो गया। कई जानें भी गयीं। पर आखिर वहाँ सब ऊँच-नीच को एक ही जगह का पका खाना खाना पड़ा। ये अंग्रेज़ कहते हैं-जेल में हम किसी के धर्म की परवाह नहीं करते।"

"मेरे चचा आये थे सहारनपुर से। वे सुनाते थे कि सहारनपुर में अस्पताल खुला है। जहाँ सब जाति के लोगों को एक साथ दवा दी जाती है। सरकार ने हुक्म चढ़ाया है कि रोगी चाहे मर्द हो या पर्दानशीन औरत, ब्राह्मण हो या चमार, सबको यहाँ इलाज कराने को आना होगा। हकीम-वैद्य अब इलाज नहीं कर पायेंगे।"

"तौबा, तौबा! क्यों भई, हकीम-वैद्य इलाज क्यों नहीं कर पायेंगे? कोई ज़बर्दस्ती है भला। अजी वही तो बात है-ये अंग्रेज़ सबकी इज़्ज़त और आबरू लूटने पर तुले बैठे हैं," हिदायत अली ने मुँह बनाकर कहा। फिर उसने ज़रा धीरे से कहा-'सुना नहीं तुमने बोलाराम का किस्सा, वहाँ के मुसलमान घुड़सवारों ने अपनी कम्पनी के मेजर कालिन मैकेंजी को मौत के घाट उतार दिया। उसने मुहर्रम के जुलूस में दस्तन्दाजी की थी।"

"तो अब तो यहाँ भी एकाध का सिर उड़ाया जाये तो इनकी गोरी अक्ल ठिकाने लगे। अजी, ये मुट्ठी-भर अंग्रेज़ हैं ही कितने, हम एका कर लें तो एक ही दिन में भून डालें," मंगल ने जोश में कहा।

“ज़रा सब्र करो, पाण्डे। वह दिन भी अब दूर नहीं है।”

“बस मेरा तो खून खौल रहा है। अब तो सब्र किया नहीं जाता। अब तो बस अंग्रेज़ों का प्याला भर ही चुका।”

“तो तेल देखो, तेल की धार देखो, घबड़ाते क्यों हो?”

“अब सुनो, यह नया लाट आया है। सुना है वह सबकी तनख्वाह में कटौती कर रहा है। यह लाट कम्पनी का रुपया बचाने के लिए ही भेजा गया है।”

“भला देखो तो यह अन्याय। यह बाल-बच्चेदार आदमी। तनख्वाह साढ़े छह रुपया माहवार और उस पर भी कटौती।”

“और उधर इन अंग्रेज़ अफ़सरों को देखो। पूरे नवाबी ठाठ से रहते हैं। इनमें न ईमानदारी है, न नैतिकता। एक छोटा अफ़सर भी कई-कई नौकर रखता है। वह कभी धूप में बाहर नहीं निकलता। या तो घोड़े पर चलता है या पालकी पर। उसे पँखा झला जाना चाहिए। उसके पास एक खानसामा, एक खिदमतगार, एक सरदार बैरा, दो छोटे बैरे तथा आधा दर्जन और नौकर चाहिए। एक हुक्का-बरदार, एक छाता-बरदार, एक शराब पिलाने के लिए, एक उसकी कुर्सी साफ़ करने के लिए! क्यों साहब, ये सब काम क्या एक ही नौकर नहीं कर सकता?”

“क्यों करे भला? यहाँ हराम का माल चीरने को ही तो ये फ़िरंगी आये हैं। वह भला कुएँ से पानी खींचेगा? अपना खाना आप पकायेगा? अपने जूते आप साफ़ करेगा? अपनी दाढ़ी आप बनायेगा?”

“अरे साहब, हमारी कम्पनी के एडजुटेण्ट आफ़ीसर को नहीं देखा-सुबह जब वह सोता ही होता है तभी हज्जाम उसकी दाढ़ी बना जाता है। इसमें ज़रा भी चूक हुई तो चाबुक की मार हज्जाम पर।

“यह तो हुई ऐयाशी, फ़िज़ूलखर्ची और आरामतलबी। पर रात को डिनर खाकर जो जुआ चलता है, सो?”

“इसी से तो हम बाल-बच्चेदार साढ़े छह रुपये में गुज़ारा करते हैं और उनका डेढ़ सौ में भी पूरा नहीं पड़ता। हमेशा कर्जा माँगते रहते हैं। सीताराम से दबती है इन पाजियों की नस।”

‘क्यों न दबेगी। सीताराम तनख्वाह बाँटता है। और तनख्वाह की रकम में से उन्हें कर्जा देता है-ऊँची ब्याज की दर पर। रकम मर जाने का उसे डर नहीं है। क्योंकि वह तनख्वाह में से काट लेता है।”

“अफ़सर भी यह बात जानते हैं पर छूट देते हैं।”

“क्यों नहीं देंगे। हवलदार सीताराम साहब लोगों को कर्जा जो देता है। हालाँकि कानूनन ऐसा उसे नहीं करना चाहिए। पर पूछता कौन है। और बिना कर्जा लिये तो उनका काम ही नहीं चलता। ये साले गोरे जुआ न खेलें तो इनकी शराब इनके पेट में पचती ही नहीं।”

"लेकिन उनकी तनख्वाहें भी कितनी ज़्यादा हैं।"

"तो इससे क्या, वे उनके लानतान के लिए पूरा नहीं है, और अब तो साहब लोगों को घुड़दौड़ का नया शौक लगा है।"

"घुड़दौड़ भी तो एक जुआ ही है।"

"जुआ नहीं तो क्या है? मेम लोग भी शौक से घोड़े पर दाँव लगाती हैं।"

"घोड़े पर? अजी वह अपने ही पर दाँव लगाती हैं। इस फ़िजूलखर्ची में उनके खसम मदद नहीं करते। बस, यारों पर उनका यह शौक पूरा होता है। यार लोग ब्याज़ वसूल कर ही लेते हैं।"

"हमने बड़े-बड़े खेल देखे हैं। आँखों के सामने सब खेल होते हैं। पर साहब लोगों को नहीं दीख पड़ते हैं।"

"कैसे दीखें, वे औरों की औरतों से खेल खेलते हैं।"

"अच्छा-खासा है यह अदल-बदल का खेल!"

"और इन रण्डियों को देखो, जिन्हें ये अफ़सर अपने हृदय में रखते हैं। किस कदर पूरी रेज़ीमेण्ट पर अपना रुआब जमाती हैं। सुसरी छदाम की डोमनी, अब साहब को खुश करना हो तो इन्हें रिश्वत दो। इनके तलुए सहलाओ।"

"उस नालायक हुसैनबख्श का कमीनापन देखो। बज़ाहिरा साहब का बैरा है, पर अपनी जोरू साहब को सौंप रखी है। अब जिस पर वह खुश उस पर साहब खुश।"

"लानत ऐसी ज़िन्दगी पर। हम बीस बिस्वे के मिसिर, भला इन वेश्याओं की खुशामद करेंगे?" मंगल पाण्डे बड़ी देर से चुप गम्भीर बना बैठा था। अब उसने कहा, "अब तो इधर या उधर होकर ही रहेगा, मिसिर। अब तक तो हमारा ध्यान अपने इन गोरे मालिकों के लिए नमक का हक अदा करने और इनके लिए लड़ाई करने में बीता। इतने दिन हम जो कम्पनी की सरकार के वफ़ादार बने रहे-इसका कारण यही था कि अफ़सरों का हमारे साथ अच्छा सुलूक था। और हमें कम्पनी सरकार का सिपाही होने का गर्व था। पर अब तो विश्वासघात और बेइज़्ज़ती ने वफ़ादारी को खत्म ही कर दिया। अफ़सरों का धर्म और जाति और, मुलुक और-तथा हमारा धर्म और जाति और, और मुलुक और। उनकी बोली और खाना-पीना और; हम उन्हें गुणों में अच्छा समझकर अपना अफ़सर मानते रहे। पर अब तो जूते का ज़ोर दिखाया जा रहा है। हम कोई चमार-डोम नहीं हैं, जूते का जवाब हमारे पास भी जूता है। मुल जूता हमारा काला है उनका गोरा। पर देखा जायेगा कि ज़ोर किस में है।"

"और देखो, विधवा को सती होने का सनातन से रिवाज़ चला आया है। अब अंग्रेज़ों ने कानून बनाया है कि जो कोई सती के झमेले में शरीक पाया जायेगा, उसे फाँसी दी जायेगी।"

"आज हम हिन्दुओं के साथ यह ज़बर्दस्ती की गयी है, कल मुसलमानों के साथ की जायेगी।"

"और काबुल की बात क्यों भूल जाते हो। काबुल की लड़ाई में जो हिन्दू सिपाही गये वे स्नान-पूजा नहीं कर सके। उन्हें मुसलमानों का छुआ भोजन खाना पड़ा। घर लौटने पर उन सबका हुक्का-पानी बन्द हो गया।"

"सो तो होवे ही गा। भला जिसने धर्म खो दिया-वह कैसे जाति में रह सकता है।"

"मुझे तो हिदायत अली सूबेदार सरदार बहादुर ने बताया था कि हमने एक भी गोली निशाने पर नहीं चलायी। भला मुसलमान-मुसलमान को मार सकता था?"

"अजी, मेरे चचा की राम-कहानी सुनिये। मेरे चचा सूबेदार सीताराम उस मुहिम में काबुल गये थे। वे कहते थे-कि कोई हिन्दू सिन्धु पार जाने को राजी न था, क्योंकि वह देश भारत की सीमा से बाहर था। इसका हमारे धर्म में निषेध है। देश-बाहर जाने से जाति चली जाती है। बहुतों ने छुट्टी ले ली। बहुत यों ही भाग खड़े हुए। हमें रेगिस्तानी मैदान में होकर कूच करना पड़ा और म्लेच्छों के शहर से गुज़रना पड़ा। जब कोई हिन्दू मर जाता तो दाहसंस्कार के लिए लकड़ी भी नहीं मिलती थी। वहाँ से काशी, प्रयाग और गंगा बहुत दूर थी। जो हिन्दू वहाँ मरा-उसकी गति नहीं हुई, क्योंकि सियार उसे घसीट ले गये। मेरा चचा सीताराम काबुल की हार के बाद पकड़ा गया और गुलाम के तौर पर बेच दिया गया। एक परिचित व्यापारी ने बड़ी मुश्किल से उसे 500 में खरीद लिया। जब वह फीरोज़पुर में कमिश्नर साहब बहादुर से मिलने गया तो उन्होंने उसे फिर सेना में रख लिया-परन्तु उसके साथियों ने कहा कि वह भ्रष्ट हो गया। और वे उसे न छू सकते हैं, न उसके साथ हुक्का-पानी कर सकते हैं। न उसे पास बैठाते, न उससे बात करते थे। जब वह गाँव में लौटा तो उसके भाई ने उसे घर में नहीं घुसने दिया और उसकी पत्नी और पुत्र ने भी उसे त्याग दिया। वह निराश होकर फिर फ़ौज में चला गया और तब से उसका कुछ भी पता नहीं, मरा कि जिया।"

"अरे भाइयो, यह पक्की बात समझ लो, कि अंग्रेज़ी सरकार जन-भक्ति के आधार पर नहीं, हमारे भुजबल के आसरे पर ठहरी हुई है। हम अब तक अंग्रेजों के वफ़ादार रहे, पर अब अंग्रेज़ हमारे बाप-दादों का धर्म ही छीन रहे हैं और हमें जानवरों से बदतर समझते हैं। तो हम भी अब उसकी गुलामी का जुआ उतार फेंकते हैं। जो होगा देखा जायेगा। जवानों, कमर कस लो और तैयार हो जाओ।"

24

उन्नीसवीं शताब्दी के मध्य तक कम्पनी के सैनिकों के पास ब्राउन बेस बन्दूकें थीं। उन्हीं से उन्होंने बड़ी-बड़ी लड़ाइयाँ जीती थीं। परन्तु सन् 1853 में क्रीमिया संग्राम में एक नये प्रकार की परिष्कृत बन्दूक का प्रयोग हुआ था। जिसका नाम इनफील्ड राइफ़ल था। इस राइफ़ल में कुछ नये सुधार किये गये थे और वे अपेक्षाकृत शीघ्र और लम्बी मार करती थीं। सन् 1856 में भारत में उसका प्रयोग आरम्भ किया गया। इस राइफ़ल में एक नये प्रकार के कारतस लगते थे

जिसमें ग्रीज़ लगा हुआ था। शुरू में वे कारतूस इंग्लैण्ड से आये थे, बाद में इनको तैयार करने के लिए-मेरठ, दमदम और कलकत्ते में कारखाने खोले गये और नये कारतूसों तथा राइफ़लों को इस्तेमाल करना सीखने के लिए कुछ सैनिक दमदम, स्यालकोट, अम्बाला के प्रशिक्षण केन्द्रों में भेजे गये थे। ये कारतूस दाँत से काटकर प्रयोग किये जाते थे।

दमदम में एक दिन एक ब्राह्मण सिपाही-जो प्रशिक्षण के लिए बैरकपुर से आया था-कुएँ पर स्नान कर रहा। तभी एक मेहतर ने जो वहाँ के कारतूस बनाने के कारखाने में नौकर था-ब्राह्मण सिपाही से पीने को पानी माँगा। परन्तु परम्परा के अनुसार ब्राह्मण ने मेहतर को पानी नहीं पिलाया, यह कहकर इनकार कर दिया कि मेहतर को पानी पिलाने से उसका लोटा अशुद्ध हो जायेगा। इस पर मेहतर ने व्यंग्य से हँसकर कहा-"महाराज, हमको पानी पिलाने से तो आपका लोटा अशुद्ध होता है पर तुम लोग जो दाँत से काटकर कारतूस लगाते हो तो तुम्हारा धर्म कहाँ रहा? उनमें तो सूअर और गाय की चर्बी लगती है!"

मेहतर तो यह बात कहकर वहाँ से चला गया पर वह ब्राह्मण सिपाही यह सुनकर जड़ हो गया। जब उसने सिपाहियों से यह बात कही तो सिपाहियों में बड़ी बेचैनी फैल गयी। आग की तरह यह खबर प्रशिक्षण केन्द्र में फैल गयी। अंग्रेज़ अफ़सरों तक के कानों में भी यह बात गयी। इस घटना के दूसरे दिन दमदम मस्केटरी डिपो के संचालक मेजर वोल्टीन ने सारे भारतीय सिपाहियों की परेड करायी। जिसमें सिपाहियों ने नई राइफ़ल में दाँत से काटकर कारतूस लगाने तथा उन अशुद्ध कारतूसों को हाथ से छूने से इनकार कर दिया। मेजर वोल्टीन ने इस घटना की रिपोर्ट अपने अफ़सर को दी। यह घटना 22 जनवरी के दिन घटी। इन कारखानों में जो ये कारतूस बन रहे थे-उनके लिए ग्रीज़ और चर्बी की सप्लाई का ठेका एक बंगाली ब्राह्मण को दिया गया था, यह ब्राह्मण ठेकेदार भेड़-बकरी की महँगी चर्बी न लेकर सूअर और बैलों की सस्ती चर्बी सप्लाई करता रहा था और उसी का प्रयोग इन कारतूसों में होता रहा था।

बाद में कलकत्ते के फोर्ड मेजर ने इस बात की जाँच के लिए एक कमीशन बैठाया, तो उस सलाह दी गयी कि एक हिन्दू और मुसलमान को भी इस कमीशन में नियुक्त किया जाना चाहिए। किन्तु शस्त्रशाला के अधिकारी इससे सहमत नहीं हुए। फलत: इन कारतूसों का वास्तविक रहस्य सिपाहियों से छिपा रहा और असन्तोष के साथ उनके सन्देह बढ़ते ही रहे, जिसे देखकर मेजर टेकर ने सैनिक बोर्ड को चेतावनी दी कि यदि भारतीयों को ये कारतूस दिये गये तो उसके बुरे परिणाम निकलेंगे। इन कारतूसों में चर्बी की तीव्र दुर्गन्ध आती थी। और ये ही कारतूस दिल्ली और उत्तर भारत के दूर प्रदेशों में प्रशिक्षण के लिए भेज दिये गये।

जनरल हियरर्स ने, जो बैरकपुर में कमाण्डेण्ट आफ़ीसर था, यह सुझाव दिया था कि सिपाहियों को कारतूसों पर अपनी इच्छानुसार ग्रीज लगाने की अनुमति दी जानी चाहिए। परन्तु 28 जनवरी तक इस सुझाव पर सरकार ने कोई ध्यान नहीं दिया। लेफ्टिनेंट के रिपोर्ट देने और कलकत्ते से सरकार का उत्तर आने में 6 दिन बीत गये। इस बीच सिपाही अत्यन्त क्षुब्ध हो उठे

और वे आवेश में भरकर यह चर्चा करने लगे कि सिपाहियों को भ्रष्ट करने और उन्हें ईसाई बनाने का यह सरकार का षड्यन्त्र है। परन्तु इसी बीच एडजुटेण्ट जनरल को यह सरकारी आदेश दे दिया गया कि ग्रीज लगाकर कोई कारतूस मेरठ से न भेजा जाये तथा अम्बाला और स्यालकोट के सिपाहियों को सूचित कर दिया जाये कि वे अपनी मनपसन्द का ग्रीज़, मोम और तेल का बनाकर प्रयोग में ला सकते हैं। यह भी फ़ैसला किया गया कि प्रधान सेनापति ऐसी ही एक सामान्य घोषणा कर दें। परन्तु एडजुटेण्ट जनरल के विरोध के कारण ये आदेश वापस ले लिये गये। यह स्पष्ट था कि हिन्दुओं के लिए गो-माँस निषिद्ध था और मुसलमानों के लिए सूअर। और अफ़सर इस बात का खण्डन नहीं कर रहे थे कि उक्त कारतूसों में सूअर और गाय की चर्बी नहीं लगी है। इसी प्रकार मार्च का महीना आ गया और मार्च में जनरल हियरर्स को सूचित किया गया कि वह दमदम में चाँदमारी के समय इन कारतूसों का प्रयोग बन्द कर दे। परन्तु अब काफ़ी देर हो चुकी थी और आज्ञाएँ अस्पष्ट थीं। विवाद का मूल कारण पूरी तौर पर नहीं हटाया गया था, सरकार ने केवल यही आदेश दिये थे कि डिपो के सिपाही चाहें तो मोम और तेल के ग्रीज़ का प्रयोग कर सकते हैं, परंतु इस बात का कोई आश्वासन नहीं दिया गया था कि युद्ध क्षेत्र में उन्हें वे कारतूस नहीं दिये जायेंगे। इसी समय सेना में एक और अफवाह फैल गयी कि सिपाहियों को जो आटा दिया जाता है उसमें हड्डियों का चूरा है तथा कुएँ के पानी को अपवित्र कर दिया गया है।

इन सब कारणों से सेना में अनुशासन का ह्रास होता जा रहा था। और अफ़सरों को इसकी चिन्ता हो रही थी। जनरल हियरर्स एक समझदार और साहसी अफ़सर था। उसने अपनी जवानी में पंजाब के विद्रोह को दबाया था। वह सिपाहियों की भाषा बोलता था और उनसे सहानुभूति रखता था। परन्तु मेजर व्हीलर जनरल हियरर्स से बिलकुल ही भिन्न प्रकृति का अफ़सर था। उसे बैरकपुर आये थोड़े ही दिन हुए थे। वह पिछले बीस वर्षों से सैनिकों में ईसाई-धर्म का प्रचार करता रहा था। वह कहा करता था-मैं सरकार को सरकार की चीजें और ईश्वर को ईश्वर की चीजें देता है। परंतु इस प्रकार के पादरी अफ़सर बैरकपुर में तथा अन्यत्र छावनियों में और भी थे। इनके धर्माग्रह के कारण सिपाही जनरल हियरर्स की उदार बातों को थोथी और बनावटी ही मानते थे। यद्यपि व्हीलर 34वीं पलटन का अफ़सर था पर उसके धर्माग्रह के कारण सभी सेनाओं में असन्तोष चरम सीमा को पहुँच गया। बैरकपुर और उसके आस-पास तथा रानीगंज में आग लगाने की छिटपुट घटनाएँ होने लगीं। असन्तोष का यह श्रीगणेश था। इसके बाद ही कुछ अधिक गम्भीर दुर्घटनाएँ मुर्शिदाबाद के निकट बहरामपुर में घटित हुईं, जो अब नाम मात्र को नवाबों की राजधानी थी।

बहरामपुर में मेजर मिचल की कमान में 19वीं देशी पैदल सेना तैनात थी। मिचल एक तेज़ मिज़ाज़ और अदूरदर्शी अफ़सर था। कारतूसों की चर्चा बहरामपुर में पहले ही पहुँच चुकी थी और एक ब्राह्मण हवलदार इस सम्बन्ध में बहुत पूछताछ करता रहता था। इसी समय 34वीं देशी पैदल सेना की दो टुकड़ियाँ बैरकपुर से बहरामपुर भेजी गयीं। इस रेज़ीमेण्ट के सिपाहियों से कारतूसों की बात और भी पुष्ट हो गयी। अत: परेड के समय 11वीं रेज़ीमेण्ट ने कारतूस

की पेटी पहनने से इनकार कर दिया। मेजर मिचल ने इस समय सैनिकों की भावना की परवाह नहीं की। वह क्रुद्ध होकर गालियाँ बकने लगा और सेना को सख्त सज़ा देने की उसने धमकी दी और सब भारतीय अफ़सरों को बुलाकर उसने कहा कि यदि कल से सिपाहियों ने कारतूस लेने से इनकार किया तो उन्हें कठोरतम दण्ड दिया जायेगा और सबको चीन या बर्मा भेज दिया जायेगा, जहाँ वे सब मार डाले जायेंगे।

परन्तु दूसरे दिन भोर होने पर कवायद से प्रथम ही तोड़-फोड़ आरम्भ हो गयी। सिपाहियों ने शस्त्रशाला को तोड़ डाला और अपने हथियारों पर बलपूर्वक कब्जा कर लिया और अपनी-अपनी बंदूकें भर लीं। मेजर मिचल ने शक्ति से उनका मुकाबला करने का इरादा किया। यद्यपि उसके पास यूरोपियन सेना नहीं थी पर वह भारतीय घुड़सवार और तोपखाना लेकर विद्रोही सेना के सामने पहुँचा। स्थिति अत्यन्त गम्भीर हो गयी थी। परन्तु भारतीय अफ़सरों के समझाने से उसने घुड़सवार रिसाला और तोपखाना वापस भेज दिया। और इस प्रकार एक भयानक दुर्घटना होते-होते बच गयी।

परन्तु अनुशासन के नाम पर सेना को दण्ड देना अनिवार्य था। एडवोकेट जनरल क्वीथ यंग ने राय दी कि सेना को चीन या ईरान तुरन्त भेज दिया जाये। परन्तु गवर्नर-जनरल ने फ़ैसला दिया कि सारी रेजीमेण्ट को अविलम्ब भंग कर दिया जाये। इस अवसर पर भय था कि सैनिक राज़ी से हथियार नहीं रखेंगे। परन्तु यह भी भय था कि भारतीय घुड़सवार और तोपखाने वाले शायद अपने साथियों पर गोली चलाने को तैयार न हों। ऐसी दशा में यदि 19वीं रेजीमेण्ट प्रतिरोध करती है तो खाड़ी के उस पार रंगून से 84वीं अंग्रेज़ी रेजीमेण्ट को बुलाना अनिवार्य होगा। अत: वह कार्य भी तुरन्त अमल में लाया गया और रंगून से 84वीं रेजीमेण्ट को लाने के लिए जहाज़ रवाना कर दिया गया।

इस समाचार से सिपाहियों के मन में भय और क्षोभ की लहर दौड़ गयी शीघ्र ही 84वीं अंग्रेज़ी रेजीमेण्ट आ गयी और उसे चिनसुए में रखा गया और मिचल को हुक्म दिया कि वह 19वीं रेजीमेण्ट को बैरकपुर ले जाये।

19वीं रेजीमेण्ट ज्यों ही बैरकपुर पहुँची तो चारों ओर सनसनी फैल गयी। सब यही चर्चा करने लगे कि अब यह रेजीमेण्ट भंग कर दी जायेगी। सिपाही इससे और भड़क गये और हथियार रख देने की अपेक्षा उनका उपयोग करने को तैयार हो गये।

परन्तु ठीक समय पर सिपाहियों ने धैर्य का परिचय दिया। यथावत परेड पर बुलाकर सब हथियार छीन लिये गये। चूँकि सिपाहियों ने प्रकट में कोई विरोध प्रदर्शन नहीं किया-उनके साथ यह रियायत की गयी कि उनके केवल हथियार छीन लिये गये, किन्तु उन्हें अपने वर्दी पहने रहने का अधिकार दे दिया गया। उन्हें वेतन और पेन्शन के हक से तो वंचित कर दिया गया परन्तु घर तक जाने का खर्चा दे दिया गया। और ऐसा प्रतीत हुआ कि यह जोखिम भरा काम आसानी से पूरा हो गया। परन्तु यह वास्तव में क्रान्ति का श्रीगणेश था।

25

19वीं इन्फेण्ट्री के भंग होने पर यद्यपि प्रत्यक्ष में कोई दुर्घटना नहीं हुई, परन्तु 2 भारतीयों और अंग्रेज़ों को यह भान हो गया कि अब कुछ अनहोनी घटना होने वाली है। वातावरण बहुत बोझिल हो गया था। अंग्रेज़ अफ़सरों और देशी अफ़सरों में अब वह पहले जैसा विश्वास और एकता भाव न था। सभी नज़रें बदली हुई थीं। अविश्वास, भय और आशंका की घटाएँ चारों ओर छायी हुई थीं।

अभी 19वीं इन्फेण्ट्री का मामला ठण्डा भी नहीं हुआ था कि दूसरी इन्फेण्ट्री ग्रिनेडियर्स के दो सिपाहियों को राजद्रोह के अपराध में 14-14 वर्ष का कठोर कारावास का दण्ड दिया गया। सिपाही इस उत्तेजना को अभी दमन नहीं करने पाये थे कि जमादार सालिगराम सिंह का कोर्ट मार्शल करके उसे बर्खास्त कर दिया गया। उस पर यह आरोप था कि उसने कारतूसों के सम्बन्ध में उत्तेजक अफवाहें सेना में फैलायी हैं।

सब मिलाकर अंग्रेज़ अफ़सर केवल अनुशासन पर ही ध्यान दिये हुए थे। वे सिपाहियों की भावना का ज़रा भी विचार नहीं करते थे। न वे आने वाली गम्भीर स्थिति का ही खयाल करते थे। देशी अफ़सरों तक से अंग्रेज़ अफ़सर बुरा व्यवहार करते थे। सेना में यद्यपि अंग्रेज़ अल्पसंख्यक थे और हिन्दुस्तानी सिपाहियों की संख्या बहुत अधिक थी, पर उनके बीच कोई भाई-चारे की भावना नहीं थी। कम्पनी के आरम्भिक दिनों में भाईचारे की जो भावना थी-अब उसका कहीं नामोनिशान भी न था। उन दिनों तो अंग्रेज़ सैनिक भारतीयों से दोस्ती का व्यवहार करते थे। गर्मियों में उनके बहुत से काम भारतीय कर देते थे। परन्तु अब तो मिलने पर प्रत्येक अंग्रेज़ ब्लडी फूल, सूअर, कुत्ता आदि कहकर बात करते थे। सार्जेण्ट अफ़सर गाली-गुफ़्ता तो देते ही थे, मारपीट भी कर देते थे। इस समय सिपाहियों की प्रत्येक कम्पनी के साथ एक यूरोपियन सार्जेण्ट रहता था, जिसका व्यवहार सदैव ही सिपाहियों के साथ जंगली होता था। एडजुटेण्ट आफ़िसर भी सदैव सार्जेण्ट का पक्ष लेता था। बात-बात में उन्हें काला आदमी कहते थे। प्रत्येक अंग्रेज़ प्रत्येक भारतीय से हीन-पशु की भाँति व्यवहार करने में अपनी जातीय श्रेष्ठता समझता था। आफ़ीसर अपने बँगले पर मिलने जाने वाले प्रत्येक भारतीय सिपाही से क्रुद्ध होकर बात करता था। बहुधा भारतीय कमीशन प्राप्त अफ़सरों को भी अपने से कम उम्र और कम अनुभव वाले अंग्रेज़ अफ़सरों के इशारे पर नाचना और उनकी गालियाँ सुननी पड़ती थीं। इन सब बातों ने भारतीय सिपाहियों में आत्मसम्मान और ईर्ष्या का भाव जगा दिया था।

भारत की प्राचीन परम्परा यही थी कि प्राय: क्षत्रिय ही सैनिक होते तथा युद्ध करते थे। इस परम्परा का भंग दक्षिण में हुआ जब मराठा जाति का नवीन संगठन हुआ और मराठों की हीन जातियाँ ऊँची उठकर सतारा, ग्वालियर, इन्दौर, कोल्हापुर और बड़ौदा में राज्य पदासीन हुईं। मुसलमान सैनिक सदैव हिन्दू विरोधी सैनिक थे। परन्तु अंग्रेज़ों ने अपने झण्डे के नीचे हिन्दुओं और मुसलमानों ही को नहीं-हिन्दुओं की दूसरी ऊँची जातियों को भी सैनिक श्रेणी में ला खड़ा

किया। एक तरफ़ उन्होंने जहाँ नीच जाति के गोप, कैवर्त और शूद्रों को राजा बहादुर और महाराज बना दिया, वहाँ दूसरी ओर कुलीन ब्राह्मणों को सिपाही बना दिया। इन ब्राह्मण सिपाहियों में अवध के कुलीन ब्राह्मण ही अधिक थे उनमें कुलाभिमान था। पर अंग्रेज़ तो सभी हिन्दू-मुसलमानों को नीच समझते थे। अत: अंग्रेज़ों की हीन-दृष्टि का सबसे घातक प्रभाव इन ब्राह्मण सिपाहियों पर ही पड़ा। मंगल पाण्डे एक ऐसा ही तरुण ब्राह्मण था। वह स्वभावत: ही उग्र था। फिर गोविन्द पाण्डे की उत्तेजना उसकी नस-नस में भर गयी थी। वह अंग्रेज़ों को विष दृष्टि से देखता था और इधर जो नई-नई घटनाएं हो रही थीं; उन्हें देखकर उसका खून खौल रहा था। उसे ज्ञात था कि शीघ्र ही एक बड़ा विस्फोट होने वाला है। परन्तु वह धैर्यरहित हो गया और अपने मस्तिष्क का सन्तुलन खो बैठा।

29 मार्च रविवार का दिन था। बहुत से अफ़सर और अंग्रेज़ सैनिक गिरजे में गये हुए थे। यद्यपि सब कुछ साधारण-सा ही लग रहा था, परन्तु किसी के मन में उत्साह और आनन्द न था। दोपहर का समय था। अंग्रेज़ अफ़सर और उनकी मेमें गिरजे से लौट रही थीं। सभी की ज़बान पर देशी-सैनिकों के आचरण की बात थी। 34वीं इन्फेण्ट्री परेड के लिए साफ़ा बाँधकर खड़ी थी। अकस्मात ही मंगल राइफ़ल उठाकर पंक्ति से बाहर आया। उसने अपनी तलवार भी अपनी म्यान से निकाल ली-और उसे हवा में घुमाता हुआ चिल्ला-चिल्लाकर कहने लगा-"बहादुरो, किस सोच में पड़े हो। उठो-उठो, आगे आओ। तुम्हें धर्म की सौगन्ध है। हिन्दू को गंगा और मुसलमान को मक्का की आन है। आगे बढ़ो जवानो! इन अंग्रेज़ दुश्मनों के खून से अपने कलेजे की आग ठण्डी करो। धर्म-युद्ध का समय आ चुका।"

सारी पलटन में हलचल मच गयी। मंगल लपकता हुआ बिगुलर की ओर चला और उससे तेज़ आवाज़ में कहा-"देखते क्या हो, बिगुल बजाओ और सारी फ़ौज को इकट्ठा करो।"

लेकिन बिगुलर ने समझा कि मंगल भंग के नशे में बौखला रहा है। वह उसकी बात सुनकर हँसने लगा।

उसी कम्पनी के सार्जेण्ट मेजर ह्यूसन ने चिल्लाकर सिपाहियों को आज्ञा दी कि "इसी समय इस बज्जात को गिरफ़्तार करो।"

परन्तु कोई अपने स्थान से नहीं हिला। इस पर सार्जेण्ट मेजर ह्यूसन स्वयं आगे बढ़ा। मंगल ने निशाना साधा। राइफ़ल दाग दी। गोली ने सार्जेण्ट की खोपड़ी चकनाचूर कर दी। वह मरकर तुरन्त भूमि पर गिर पड़ा।

छावनी में हलचल मच गयी। समाचार पाते ही एडजुटेण्ट वफ और सार्जेण्ट हडसन घोड़ों पर सवार होकर घटनास्थल पर पहुंचे। मंगल ने तोप की आड़ देकर गोली दाग दी। गोली वफ के घोड़ों को लगी-घोड़ा अपने सवार को लेकर गिर गया। परन्तु वफ ने तुरन्त उठकर पिस्तौल मंगल पर दाग दी। निशाना चूक गया। मंगल की बन्दूक अब खाली थी, वह तलवार लेकर वफ

पर टूट पड़ा। इसी समय हड़सन ने आगे बढ़ उसके सिर पर बन्दूक की नाल से वार किया। पर मंगल बड़ी फुर्ती से तलवार चलाकर दोनों से भिड़ गया। दोनों अफ़सर मिलकर भी इस बिफरे हुए शेर का कुछ न बिगाड़ सके। वे घायल हो गये। इसी समय मेजर व्हीलर ने चिल्लाकर कहा-"पकड़ो-पकड़ो गिरफ़्तार करो।" इस पर शेख पलटू ने आगे बढ़कर मंगल का हाथ पकड़ लिया। इस समय क्वार्टर की ड्यूटी पर जो सैनिक थे, वे निकट ही खड़े तमाशा देख रहे थे। उन्होंने पलटू से चिल्लाकर कहा-"खबरदार पाण्डे को हाथ न लगा, वरना जान न बचेगी।" पलटू घबरा गया और उसने मंगल को छोड़ दिया। दोनों अंग्रेज़ अफ़सर वहाँ से भाग गये। मंगल ने फिर अपनी राइफ़ल में गोलियाँ भर लीं।

इसी बीच जनरल हियरर्स को इस घटना की सूचना मिली। वह तुरन्त अपने दोनों लड़कों और कुछ गोरे सैनिकों की टुकड़ी लेकर घटना स्थल पर पहुंचा। जनरल को आते देख मंगल ने पुकार लगायी-"जवानो, आगे आओ, धर्मयुद्ध करो। ये हमारे शत्रु अंग्रेज़ हमारे धर्म के दुश्मन आ रहे हैं। इन्हें खत्म कर दो।" परन्तु पलटन के लोग कुछ दूर हट गये, कुछ चुपचाप पत्थर की मूर्ति की भाँति खड़े रहे। मंगल की पुकार पर कोई आगे न बढ़ा। तब उसने अपना अन्त समय निकट जानकर ज़ोर से चिल्लाकर कहा-"मैं ब्राह्मण हूँ, विधर्मी चाण्डाल के हाथ मेरे गले में फाँसी का फन्दा नहीं डाल सकते," इतना कहकर राइफ़ल अपनी छाती से लगाकर दाग दी और उसका लहूलुहान शरीर भूमि में पड़कर छपपटाने लगा।

26

जान फिलिप कानपुर की देशी पलटन में पादरी लेफ्टिनेंट के नाम से प्रसिद्ध था। वह बहुधा हिन्दू-मुसलमान सिपाहियों को ईसाई बनने का उपदेश देता और उनके धर्म की निन्दा किया करता था। उसकी मातहती में एक मुसलमान सिपाही मुहम्मद याकूब था। याकूब अपने रोज़ा-नमाज का पक्का और सच्चा सिपाही था। एक दिन लेफ्टिनेंट ने उसे अपने ऑफ़िस में बुलाकर कहा-"तुम्हारा यह ढीला पायजामा तो एकदम वाहियात है। इसे न पहना करो, जाओ।"

"बहुत अच्छा, हुजूर!" इतना कहकर वह सलाम करके जाने लगा। लेफ्टिनेंट ने पुकारा-"ठहरो।"

याकूब ने फिर सैल्यूट किया- "हुक्म?"

"तुम्हारी यह दाढ़ी भी बेतुकी है।"

"हुजूर, हमारे कुरानेपाक में दाढ़ी रखना मज़हबी उसूलों में माना गया है।"

"कुरान वाहियत किताब है, तुमने कभी इंजील पढ़ी है?"

"नहीं हुजूर, मैं हमेशा कुरान शरीफ़ पढ़ा करता हूँ।"

"लेकिन इंजील भी पढ़ा करो।"

"बहुत अच्छा, हुजूर!" वह फिर जाने लगा तो लेफ्टिनेंट ने उसे रोककर कहा-"ठहरो।"

सिपाही ने फिर सैल्यूट किया और खड़ा हो गया। लेफ्टिनेंट ने कहा-

"क्या तुम यह समझते हो कि कुरान पढ़ने से तुम्हारे गुनाह माफ़ हो सकते हैं?"

"हुजूर, रसूले अल्लाह ने कहा है कि तौबा करने से गुनाह माफ़ हो सकते हैं।"

"लेकिन तुम्हारा रसूले अल्लाह तो इस वक्त दोज़ख में है, तुम यदि उसी पर ईमान लाये रहोगे तो तुम भी दोज़ख में जाओगे।"

"बहुत अच्छा, हुजूर!" वह सैल्यूट कर चल दिया तो लेफ्टिनेंट ने रोककर कहा-"ठहरो।"

वह फिर रुककर और सैल्यूट करके एटेन्शन खड़ा हो गया। लेफ्टिनेंट ने रोककर कहा- "ठहरो।"

याकूब फिर एटेन्शन में खड़ा हो गया। सामने से एक सिपाही गोविन्द सिंह जा रहा था। लेफ्टिनेंट ने कहा- "उसे बुलाओ।" याकूब गोविन्द सिंह को बुला लाया। लेफ्टिनेंट ने उससे कहा, "यह क्या हिमाकत है कि नंगे बदन घूम रहे हो और तुम्हारे सर पर यह इतना बड़ा चुट्टा क्यों है?"

"हुजूर, आज एकादशी है। मैं गंगा नहाकर आ रहा हूँ और पूजा करके कपड़े पहन सकता हूँ।"

"बेहूदा और जंगली तरीके हैं तुम्हारे। यह माथे पर तुमने क्या लगाया है?"

"यह तिलक है, हुजूर!"

"इसे पोंछ दो और आइन्दा बैरक में तिलक नहीं लगा सकते।"

"बहुत अच्छा, हुजूर!' वह चलने लगा। लेफ्टिनेंट ने कहा,-"ठहरो।"

गोविन्द सिंह रुक गया। उसने भी सैल्यूट किया। लेफ्टिनेण्ट ने कहा, "देखो-तुम दोनों, हिन्दू-मुसलमान गुमराह हो। तुमको लाज़िम है सच्चे ईश्वर और उसके बेटे ईसूमसीह की शरण आओ और दगाबाज़ और खराब राम और मुहम्मद का पल्ला छोड़ दो।"

"बहुत अच्छा , हुजूर!"

"यदि तुम ईसाई बन जाओगे तो हम तुम्हें तरक्की देंगे। तुम्हारा ओहदा बढ़ेगा। सिपाही को हम हवलदार और हवलदार को सूबेदार मेजर बना देंगे।"

"बहुत अच्छा , हुजूर!"

दोनों सिपाहियों ने सैल्यूट किया और चल दिये।

27

आमतौर पर सरकारी तथा व्यक्तिगत पत्र-व्यवहार में अंग्रेजों ने भारतीय हिन्दू और मुसलमानों का एक संयुक्त नाम रखा था-'हीन्दन'। यह नाम घृणा और तुच्छता का द्योतक था। इसका अर्थ था-जंगली, मिथ्या विश्वासी। और हिन्दू-मुसलमान दोनों को अर्धसभ्य बनाने के लिए अंग्रेज़ सारे भारतवर्ष के निवासियों को ईसाई बनाना चाहते थे।

जिस समय अंग्रेज़ इस प्रकार भारत के पैरों में दासता की बेड़ियाँ डाल रहे थे, उस समय वे सारे संसार में धर्माक्रमण का आरम्भ कर चुके थे। अफ्रीका और अमेरिका के मूल निवासियों को ईसाई बना लेने से उनका साहस बढ़ गया था और अब वे भारत के इन हीन्दनों पर ईसूमसीह के क्रॉस की छाया डालना चाहते थे। वे उन दिनों यह सपना देख रहे थे कि एक बार पश्चिमी सभ्यता की चकाचौंध से चमत्कृत होकर हिन्दुस्तान के ये हीन्दन अपने धर्म पर लज्जित होंगे, उसे त्याग देंगे और वेद-कुरान की अपेक्षा इंजील को पवित्र मानेंगे। उनके मन्दिर-मस्ज़िद एक दिन गिरजा बन जायेंगे। इसी भावना से उन्नीसवीं शताब्दी के प्रथमार्ध का प्रत्येक अंग्रेज़ अपने लेखों, भाषणों और भावों में यही प्रकट करता था कि ईसाई धर्म का झण्डा भारत के एक छोर से दूसरे छोर तक लहराने के लिए ही भारत का विशाल साम्राज्य-खुदाबन्द करीम ने हमारे हाथों में दिया है। इसलिए समूचे भारत को ईसाई बनाने के महान कार्य को ढील न देकर शक्ति-भर चेष्टा करनी चाहिए। इसी भावना से प्रेरित होकर सन् 1836 में मैकाले ने यह गर्वोक्ति की थी कि तीस वर्षों में भारत में एक भी मूर्तिपूजक न बचेगा।

भारत में ईसाई धर्म को फैलाने का इतना तीव्र आग्रह ईस्ट इण्डिया कम्पनी का इसलिए था कि अंग्रेज़ समझते थे कि यदि एक बार हिन्दुस्तान से धर्म का लोप हो जाये तो फिर वहाँ की राष्ट्रीय भावना अपनी मौत मर जायेगी, पनपने ही न पायेगी और आत्मतत्त्व और आत्माभिमान रहित जाति पर शासन करना आसान होगा। हकीक़त तो यह थी कि ईसाइयत के प्रचार का दृष्टिकोण भी धार्मिक न था, शुद्ध राजनीतिक था। इसलिए अंग्रेज़ों ने इस काम में पोर्चुगीज़ों तथा औरंगज़ेब की भाँति तलवार का उपयोग नहीं किया-कुटिल राजनीति बरती। उस युग के साम्राज्य की राजनीति की वे भली-भाँति जाँच कर चुके थे और अत्यन्त चतुराई से धीरे-धीरे-लगातार हिन्दुस्तान को ईसाइस्तान बनाने का कारोबार प्रच्छन्न रूप में उन्होंने जारी रखा था। इसी दृष्टिकोण को लेकर तत्कालीन रेवरेण्ड केनेडी ने कहा था कि जब तक हमारा साम्राज्य भारत में है, हमें किसी प्रकार की अड़चनों की परवाह न करके भारत में हिमालय से लंका तक ईसाई धर्म का विस्तार करना होगा। और जब तक समूचा भारत ईसाई न बनेगा और हिन्दू-मुसलमानों के धर्म की निन्दा न करेगा तब तक हमें अपना काम जोरों से करना चाहिए। हमें जी-जान से बल और अधिकार के प्रयोग से ऐसा उपाय करना चाहिए कि भारत पूर्व में ईसाइयों का एक सुदृढ़ गढ़ बन जाये।

इसी बात को दृष्टि में रखकर ईस्ट इण्डिया कम्पनी की राजनीति चली। उस बात को छोड़िये कि कितने ईसाई मिशनरियों ने भाँति-भाँति के प्रलोभन, धमकियाँ और आश्वासन देकर लोगों

को ईसाई बनाया। इनाम, कमीशन और लिप्सा की कुटिल नीति के फलस्वरूप जब राजा, नवाब, सरदार, जागीरदार, ज़मींदार खुश हो गये तो सैकड़ों मन्दिर, पाठशाला, मकतबों को जो सहायता मिलती थी, बन्द हो गयी तथा ऐसी संस्थाओं को जो गाँव, ज़मीन और वार्षिक इनाम भी मिलते थे, वे भी ज़ब्त हो गये।

इसके बाद जब सती-प्रथा को बन्द करने और विधवा-विवाह जारी करने के कानून बने तो लोग चौकन्ने हो गये और यह सोचने लगे कि ये विदेशी हमारी सामाजिक और धार्मिक रीतियों में भी दखल देना चाहते हैं। जब कलकत्ते में सती-प्रथा बन्द होने का आन्दोलन चल रहा था तभी सरकार ने यह भी घोषणा की थी कि कैदियों को धार्मिक रिवाज पालन करने का हक नहीं है और जब विधवा-विवाह कानून कौंसिल में पास हो रहा था तब लार्ड कैनिंग ने राय दी थी कि बहुपत्नीत्व निवारण का निर्बन्ध भी लेजिस्लेटिव कौंसिल में लाया जाये और इसके तुरन्त बाद ही वह लाया भी गया और कोशिश की गयी कि उसे जल्द-से-जल्द कानून का रूप दिया जाये। इस कार्य में लार्ड कैनिंग ने बड़ी तत्परता दिखायी थी।

यद्यपि ये सुधार अत्यावश्यक थे और जन-जागरण के बाद जन-नेताओं द्वारा होते। उस काल में भी राजा राममोहन राय और उनके साथी इन सुधारों में सहायक थे। पर जनता में आम तौर पर न तब जागरण था, न राजा राममोहन राय जैसे सुधारकों को बहुमत प्राप्त था। जनता तो अन्धविश्वासों में जकड़ी पड़ी थी और शताब्दियों की रूढ़ियों ने उसकी विचारसत्ता को सुला दिया था। अब उनके जागरण से प्रथम ही विदेशियों ने जो इस प्रकार की चेष्टाएँ की तो अनपढ़ और साधारण कोटि की बहुसंख्यक जनता में यह भावना फैल गयी कि यह स्पष्ट ही हिन्दू-मुसलमानों के धार्मिक रीति-रिवाजों पर आक्रमण हो रहा है और यह विदेशी सरकार हमारे धर्म, विश्वासों और रीति-रिवाज़ों में दखल देती है। स्पष्ट था कि इन धार्मिक रीति-रिवाजों की अच्छाई-बुराई पर जनता विचार नहीं करती थी, परन्तु इतना वह समझती थी कि धर्मशास्त्रों में बताये गये सामाजिक रीति-रिवाजों में किसी तरह का हेर-फेर करने का अधिकार केवल समाज के विद्वान धर्मशास्त्रज्ञों ही को है, विदेशियों को नहीं। इसके अतिरिक्त ऐसे मामलों में जल्दी और ज़बरदस्ती करना भी किसी तरह उपयुक्त न था। जहाँ-तहाँ लोग कहने लगे-लो साहब, सती होना बन्द हुआ, आज विधवा-विवाह का चलन हो गया, कल देवी-देवताओं की पूजा भी बन्द होगी। बस, हिन्दू धर्म का बेड़ा गर्क।

आम लोगों की इस अशान्त भावना को ईसाई मिशनरियों ने और बढ़ा दिया। वे खुल्लम-खुल्ला डींग हाँकते थे कि समूचा भारत ईसाई होने वाला है। लोग कहते थे-यह तो औरंगज़ेबी जुल्म है। क्या आज कोई शिवाजी जैसा वीर और गुरु गोविन्दसिंह जैसा महापुरुष नहीं जन्म लेगा जो इन विधर्मी, अत्याचारी विदेशियों को देश से निकाल बाहर करे।

अभी ये बातें जनता में चल रही थीं कि रेलगाड़ी चलने लगी और तार लग गये। रेलगाड़ी में छूत-अछूत सभी एक साथ बैठने लगे। इसकी रोक न होने से हिन्दू जाति-निष्ठा को भारी चोट पहुँची। रेल की पटरी और तारों के जाल को देखकर लोग कहते थे-लो,

यह अब तो ईश्वर ही कृपा करें। धरती माता बाँधी जा रही है। कुछ लोग कहते-अजी, सब हिन्दू-मुसलमान लोहे की पटरी के द्वारा धुएँ की गाड़ी में बैठाकर रूस भेज दिये जायेंगे। जहाँ भालू उन्हें खा जायेंगे। हिन्दुस्तान में अब अंग्रेज़ रहेंगे।

इस समय मिशनरियों के स्कूल-कॉलेज बन गये थे और उनमें धड़ल्ले से बाइबिल हिन्दू-मुसलमानों को पढ़ाई जाती थी तथा लार्ड कैनिंग की सरकार ने उन्हें बड़ी-बड़ी रकमें सहायतार्थ दी थीं, जबकि देशी पाठशालाएँ और मकतब तोड़ दिये थे। ईसाई अपने व्याख्यानों में कहते थे कि जो हिन्दू-मुसलमान ईसाई हो जायेगा, उसकी ज़मीन-जायदाद, धन-माल पर उसी का पूरा कब्जा रहेगा। ऐसा कानून बन चुका है। यह सत्य भी था कि उन दिनों ईसाई मिशनरियों को मोटी-मोटी तनख्वाहें भारतीय खज़ाने से दी जाती थीं। उन दिनों साधारण गोरे सरकारी कर्मचारी से लेकर बड़े से बड़े अफ़सर तक की यह चेष्टा रहती थी कि जल्द से जल्द उनके मातहत सब काले आदमी ईसाई बन जायें। उस समय लार्ड कैनिंग और उनके कौंसिलर ही सरकार थे। इन सब कारणों से लोगों में एक अशान्ति थी, अंग्रेज़ों के प्रति विद्रोह की भावना घर करती जाती थी और इस विचार से कि यदि कभी भारतीय प्रजा विद्रोह करे तो उसकी आँच सैनिकों तक न पहुंचने पाए, देशी सैनिकों में भी ईसाई धर्म का प्रचार ज़ोरों से होने लगा था।

लड़ाई जब नहीं होती थी तो सिपाही लोग फुर्सत में रहते थे और तब अंग्रेज़ कर्नल-कप्तान उन्हें ईसाई धर्म का उपदेश देते थे। ये उपदेश सीधी-सादी नर्म भाषा में नहीं होते थे। उनमें धमकी, कट व्यंग्य और हिन्दू देवी-देवताओं तथा मसलमानों के पैगम्बर को गाली-गुफ्ता तक होती थी। बहुधा मूर्तियाँ भ्रष्ट कर दी जाती थीं। तिलक छाप और चोटी की हिन्दुओं तथा दाढ़ी की मुसलमानों को मुमानियत की जाती थी। सिपाहियों को सब कुछ सुनना और सहना अनिवार्य था। पर ये पेशेवर वीर इन बातों के कारण अंग्रेज़ों से घृणा करते तथा उनके प्रति विद्रोही बनते जाते थे। यदि कोई सिपाही इन गोरे अफ़सरों के इन व्यंग्यों का जवाब देना चाहता था तो उसकी घी-रोटी बन्द कर दी जाती थी। इस प्रकार हिन्दू-मुसलमान सभी सिपाही यह आम राय रखते थे कि अंग्रेज़ी फ़ौज की बैरकों में रहना अपने धर्म-ईमान को खोकर ही हो सकता है। यदि कोई सिपाही ईसाई हो जाता तो उसे तुरन्त इसी कारण हवलदार सूबेदार बना दिया जाता और योग्य व्यक्ति मुँह ताकते रह जाते।

उन दिनों प्राय: यह सब गरीब-गँवार, असहाय और अल्पदर्शी, बेसमझ होते थे। उन्हें धर्मभ्रष्ट और पथभ्रष्ट करना आसान था। इसलिए एक बार अंग्रेज़ों की यह भावना दृढ़ हुई कि पहले इन सब सैनिकों को ही ईसाई बना लिया जाये। उन दिनों कुछ कमाण्डर और मेजर खास तौर पर इसी अभिप्राय से भरती हुए थे और सिपाहियों को ईसाई बनाना अपना सैनिक मिशन समझते थे। उन दिनों देश में ऐसे बहुत से मुल्ला और हिन्द पण्डित थे जो फिरंगियों को कत्ल करने का फ़तवा दिया करते थे।

ऐसा ही अशान्त वातावरण था जब डलहौज़ी ने सदियों से प्रचलित दत्तक पुत्र के अधिकारों को अमान्य करके उन्हें पिता की सम्पत्ति से विरत कर दिया। इससे सारे देश का वातावरण क्षुब्ध और कुद्ध हो उठा। यह सब हो रहा था कि नये कारतूसों ने जैसे धधकती क्रोधाग्नि पर घी डाल दिया।

28

उन दिनों के दक्षिण अंचल में जान बाज़ार एक बस्ती थी। जान बाज़ार में महारानी रासमणिदासी रहती थीं। रासमणि बड़ी धनी और धर्मात्मा प्रसिद्ध थीं।

उनकी दानशीलता की बड़ी धूम थी। उनके श्वसुर वारेन हेस्टिंग्ज़ के दाहिने हाथ थे। राजा नन्दकुमार को फाँसी दिलाने में उनका बड़ा हाथ था। वारेन हेस्टिंग्ज़ की कृपा से उन्होंने बहुत धन-सम्पत्ति एकत्र कर ली थी तथा उन्हें महाराज का खिताब भी मिल गया था। उनकी मृत्यु पर उनके पुत्र महाराज राजचन्द बसु ने कम्पनी सरकार की अथक सेवा करके सम्पत्ति एकत्र की थी। उनकी मृत्यु को भी अब चार साल बीत चुके थे। इस समय रानी रासमणिदासी ही पति की सम्पूर्ण सम्पत्ति की अधिकारिणी थीं। इस समय उनकी अवस्था चालीस बरस की थी और उनकी सन्तति में चार कन्याएँ थीं। तीन कन्याओं का विवाह हो चुका या, किन्तु तीसरी बेटी का प्रसव-वेदना में देहान्त हो गया था। रानी ने सोचा कि अब उनके एकमात्र आधार दामाद मथुरानाथ कदाचित उनसे नाता तोड़कर अपने घर न चले जायें, इसलिए उन्होंने अपनी कनिष्ठ कन्या जगदम्बा का विवाह उनके साथ कर दिया।

रानी जाति की केवट थीं। अंग्रेजों की कृपा से बहुत से केवट, ग्वाले, वाग्दी आदि उन दिनों राजाबहादुर और महाराज हो गये थे। परन्तु बंगाल में ब्राह्मणों का श्रेष्ठत्व और जात-पाँत का अहंकार अभी भी बहुत था। रानी रासमणिदासी को देवी का इष्ट था। उनके ज़मींदारी के कागज़ों पर उनकी जो मुहर लगायी जाती थी, उनमें-"कालीपद अभिलाषी श्रीमती रासमणिदासी" अंकित रहता था। रानी की बड़ी अभिलाषा थी कि वह काशी जाकर श्रीविश्वनाथ का दर्शन करें। इसके लिए उन्होंने बहुत भारी रकम पृथक रख छोड़ी थी। परन्तु उस समय बंगाल का कोई निष्ठावान ब्राह्मण उनके साथ जाकर उन्हें विश्वनाथ जी के दर्शन कराने को राजी नहीं हुआ। इससे हताश होकर उन्होंने कलकत्ते ही में गंगा तट पर विश्वनाथ बाबा की प्रतिष्ठा करके भोग-पूजा का बन्दोबस्त करने का इरादा किया। रानी ने गंगा के पश्चिम तट को वाराणसी तुल्य समझ मन्दिर के लिए ज़मीन की तलाश की और उत्तरपाड़ा के गाँवों में स्थान ढुँढ़वाया। वे उचित से अधिक मूल्य भी देने को राजी हो गयीं। परन्तु वहाँ के ज़मींदारों ने यह कहकर ज़मीन बेचने से इनकार कर दिया कि हम लोग अपने इलाके में केवट के धन से बने घाट पर पैर नहीं रखेंगे। तब लाचार हो रानी को दूसरे किनारे दक्षिणेश्वर में ही ज़मीन लेनी पड़ी। ज़मीन पर भव्य मन्दिर बनने लगा, बगीचा भी बनने लगा। कई साल तक काम चला। अभी बहुत काम शेष था कि रानी ने अपने जीवन की क्षणभंगुरता पर विचार करके प्रथम देवता की प्रतिष्ठा करने का निश्चय किया। परन्तु

वे जाति की केवट थीं, इसलिए प्रष्तिठा और पूजा के लिए कोई ब्राह्मण नहीं मिला। रानी मन्दिर में देवता की प्रतिष्ठा करा सकती हैं-इसकी किसी भी पण्डित ने व्यवस्था नहीं दी। बड़ी दौड़-धूप और मिन्नत-चिरौरी करने से झामा-पुकुर की पाठशाला के पण्डित जी ने यह व्यवस्था दी कि रानी यदि प्रतिष्ठा से पहले ही देवालय और सम्पत्ति किसी ब्राह्मण को दान में दे दें, और फिर वह ब्राह्मण मन्दिर की प्रतिष्ठा कराके भोग-राग की व्यवस्था करें तो शास्त्र की मर्यादा भी रह जायेगी और मन्दिर में ब्राह्मण आदि उच्चवर्ग के लोगों को प्रसाद ग्रहण करने में कुछ दोष भी न लगेगा।

निरुपाय रानी ने अपने कुलगुरु को वह मन्दिर और सम्पत्ति दान कर दी और उनकी अनुमति से उनकी कर्मचारी की हैसियत से मन्दिर निर्माण तथा प्रतिष्ठा का प्रबन्ध करने लगीं। परन्तु इतने पर भी बंगाल के पण्डितों का विरोध कम न हुआ। उन्होंने कहा-शास्त्र विरुद्धता की कठिनाई तो दूर हो गयी, परन्तु फिर भी ब्राह्मण यहाँ न आयेगा। निदान कोई ब्राह्मण शूद्र द्वारा प्रतिष्ठित देवी-देवता को हाथ जोड़ने तथा पूजा करने को राजी नहीं हुआ। रानी के गुरुवंश वालों को भी दूसरे ब्राह्मण एक प्रकार से शूद्र ही मानते थे। इसके अतिरिक्त उस वंश में कोई ऐसा विद्वान ब्राह्मण न था जो प्रतिष्ठा और पूजा का कार्य सम्पन्न करा सके। रानी ने अधिक वेतन और बहुत-सा पारितोषिक देना स्वीकार करके पुजारी और भण्डारी के पद के लिए ब्राह्मण की तलाश की। परन्तु कोई कुलीन ब्राह्मण राज़ी न हुआ। बड़ी कठिनाई से अपनी पदवृद्धि की आशा से रानी की कचहरी के कारकुन महेशचन्द चट्टोपाध्याय ने अपने बड़े भाई क्षेत्रनाथ को राधागोविन्द की मूर्ति का पुजारी नियत किया। किन्तु काली की पूजा करने के लिए पुजारी नहीं मिला। परन्तु अब ब्राह्मणों की भर्ती का मार्ग खुल गया था। झामा-पुकुर की पाठशाला के अध्यापक रामकुमार भट्टाचार्य महेशचन्द के परिचित थे। उनमें परस्पर कुछ गाँव का रिश्ता भी था। भट्टाचार्य शाक्त थे और उन्होंने कभी-कभी चोरी-छिपे कलकत्ते के कायस्थों के यहाँ पुजारी का काम किया भी था। परन्तु भरोसा न था कि वह शूद्रारानी के यहाँ आकर भी काम स्वीकार कर लेंगे। फिर भी महेशचन्द के कहने से रानी ने बड़ी दीनता से रामकुमार के पास पत्र द्वारा प्रार्थना की-कि जगन्माता की प्रतिष्ठा का कार्य आपकी ही दी हुई व्यवस्था के अनुसार हो रहा है, सारी तैयारी हो चुकी है। राधागोविन्द की पूजा के लिए पुजारी मिल चुका है, परन्तु काली की पूजा के लिए ब्राह्मण नहीं मिल रहा है, इसलिए आप इस कार्य में सहायता करें।

महेशचन्द ने रानी का पत्र रामकुमार को देकर और समझा-बुझाकर तथा लोभ-लालच से वश में करके अन्त में उन्हें इस बात पर राजी कर लिया कि जब तक दूसरा उपयुक्त ब्राह्मण न मिले तब तक काली के पुजारी पद का भार वे ही ग्रहण करें, और अन्तत: राज़ी होकर दक्षिणेश्वर चले आये। रामकुमार भट्टाचार्य की असम्भावित कृपा से रानी को बड़ी प्रसन्नता हुई और फिर बड़ी धूमधाम से जगदम्बा काली की प्रतिष्ठा की गयी। बड़ा भारी दान, भोज का आयोजन हुआ। कन्नौज, काशी, सिलहट, उड़ीसा आदि दूर से पण्डित लोग उस उत्सव में निमन्त्रित हुए। उन सबको रेशमी धोती, दुपट्टा और एक-एक महर विदाई में मिली। अनगिनत अतिथि अभ्यागत और दीन-दु:खी जनों को रानी ने मुक्त हस्त से दान दिया। मन्दिर बनवाने और

प्रतिष्ठा कराने में रानी ने 9 लाख रुपया खर्च किया और दो लाख 26 हज़ार में त्रैलोक्यनाथ ठाकुर से उनका दीनाजपुर ज़िले का इलाका खरीदकर राग-भोग के लिए मन्दिर को दे दिया।

मन्दिर की प्रतिष्ठा होने से प्रथम ही रानी विधि से कठोर तपस्या करने लग गयी थीं। वे तीन बार स्नान करतीं, हविष्य भोजन करतीं, भूमि पर सोतीं और हर समय जप-पूजन करती थीं। परन्तु कैसी अद्भुत बात थी कि इस धर्म भीरु, चरित्रवती रानी का शूद्रत्व तनिक भी कम न होता था। शूद्रा थीं, अछूत थीं। उनके प्रतिष्ठित देवता भी ब्राह्मणों के लिए अस्पृश्य थे। इन दिनों बंगाल में छूत-छात और जात-पाँत का ऐसा ही असाध्य रोग चल रहा था।

29

दक्षिणेश्वर के बगीचे में उत्तर की ओर, गंगा किनारे एक बहुत बड़ा बरगद का पेड़ है। इसका तना और प्रशाखाएँ कोई बीघे भर भूमि में फैली हुई हैं। बीच-बीच में जो बरोहें लटककर ज़मीन में आ लगी हैं वे उसके लिए यूनी का काम देती हैं। इसके दक्षिण में एक छोटी-सी फँस की, कुटिया थी, अब उसकी जगह पक्का ईंटों का घर बन गया है। उसी कुटिया के आगे एक ब्राह्मण चुपचाप कहीं से आकर बैठ गया था। तेजस्वी और गम्भीर था, वह न किसी से कुछ बोलता था, न किसी ओर देखता था। वह शान्त मुद्रा में चुपचाप बैठा मन्दिर की प्रतिष्ठा के समारोह की धूमधाम को देख रहा था। हज़ारों नर-नारियों की भीड़ उस समय मन्दिर में भरी थी। ब्रह्मभोज हो रहा था। भाँति-भाँति के पकवान ढेर-के-ढेर तैयार होते और भण्डारे से बाहर आते जा रहे थे। बड़े-बड़े चोटी वाले ब्राह्मण भोजन करके पेट पर हाथ फेरते-और मुहर दक्षिणा में लेते जा रहे थे। परन्तु यह ब्राह्मण चुपचाप सबको देख रहा था। उसने यहाँ भोजन भी ग्रहण नहीं किया था।

एक और बारह बरस का बालक उस दिन बड़ी दौड़-धूप कर रहा था। उसका निवास इसी कुटिया में था। बारम्बार वहाँ आता और तेज़ी से चला जाता। उस बालक की आकृति और रूप-रंग तो साधारण था-पर उसके व्यवहार में बड़ा आकर्षण था। जब-जब वह बालक उधर से गुज़रता या कुटिया में आता-जाता तो यह ब्राह्मण बड़े ध्यान से उसको देखता, पर बालक इतना व्यस्त था और उसकी चेतना कुछ ऐसी तल्लीन थी कि उसका इस बात पर ध्यान ही नहीं गया कि कोई आगन्तुक यहाँ बैठा है। ब्राह्मण ने उसे टोका नहीं। पर वह बड़े ध्यान से उस बालक को देख रहा था।

दोपहर ढल गयी और अतिथियों की भीड़-भाड़ फुट गयी। बालक की व्यस्तता कुछ कम हुई तो कुटी की ओर आते हुए उसका ध्यान इस ब्राह्मण पर गया। बालक ने ब्राह्मण के पास आकर कहा-

"आप कौन हैं?"

"एक अभ्यागत अतिथि?"

"क्या आप ब्राह्मण हैं?"

"जन्म तो ब्राह्मण के घर ही हुआ था, पर उसका मुझे अभिमान नहीं है।"

"भोज हुआ?"

"न।"

"क्यों? सब ब्राह्मण तो भोजन कर गये।"

"तो इससे मुझे क्या?"

"आप भी भोजन कीजिये, दक्षिणा लीजिये, रानी मोहर दक्षिणा दे रही हैं।"

"मैं भिक्षुक ब्राह्मण नहीं हूँ। भोजन और दक्षिणा के लिए यहाँ नहीं आया।"

"तो किसलिए आये हैं?"

"दर्शन करने के लिए।"

"तो चलिये, देवदर्शन कीजिये।"

"मैं देवीदर्शन करने आया हूँ।"

"उधर कालीमाई का दर्शन है। चलकर उन्हीं का दर्शन कीजिये।"

"काली माँ के दर्शन की मुझे उत्सुकता नहीं। मैं बड़ी माँ के दर्शन करना चाहता हूँ।"

"बड़ी माँ कौन?"

"जिनके पुण्य-प्रताप का यह सुफल दिख रहा है। जिनके हृदय की उदारता, पवित्रता, सौजन्य तथा साधुता का सौरभ इस भूमि में व्याप्त हो रहा है। मैं उन्हीं धर्मात्मा रानी माता के दर्शन करना चाहता हूँ।"

"रानी माँ पूजा में हैं। तीन दिन से वे निराहार हैं। जब तक सब ब्राह्मण भोजन नहीं कर लेंगे वे जल भी ग्रहण नहीं करेंगी। अत: अभी उनका दर्शन नहीं हो सकता।"

"तो जब हो सकता है तभी सही।"

"क्या आप उनसे कुछ माँगना चाहते हैं?"

"मैं उन्हें कुछ भेंट अर्पण करना चाहता हूँ।"

"कैसी भेंट?"

"यह उन्हीं को बतायी जा सकती है।"

"अच्छी बात है, मैं अवसर पाते ही उनसे कहूँगा। किन्तु आप भोजन तो कीजिये।"

"उनके दर्शन करने के बाद भोजन भी हो जायेगा।"

बालक जाने लगा तो ब्राह्मण ने पूछा-"तुम्हारा नाम क्या है भैया?"

"मैं रामकृष्ण हूँ। और यहाँ दक्षिणेश्वर में राधामाधव का श्रृंगार करने के कार्य पर नियुक्त हूँ।"

"तुम्हारे भीतर तो भैया कोई महान आत्मा वास कर रही है। क्या तुमने भोजन किया?"

"नहीं," कहकर बालक तेज़ी से भाग गया।

30

सूर्यास्त से कुछ पहले ही वह बालक रानी रासमणि को लेकर ब्राह्मण के पास आया। रानी ने दोनों हाथ जोड़कर ब्राह्मण को प्रणाम किया। पर इससे प्रथम ही ब्राह्मण ने धरती में लोटकर रानी को साष्टांग प्रणाम किया। रानी ने दोनों कानों पर हाथ धरकर कहा-

"यह आपने क्या किया ब्राह्मण देवता? मैं शूद्रा हूँ, अस्पृश्या हूँ। आपने मुझे प्रणाम किया, मुझ पर पातक चढ़ाया!"

"आप दिव्यरूपा हैं, सर्व मनुष्यों में श्रेष्ठ और पूज्या हैं, आपके दर्शन से मनुष्य की मुक्ति हो सकती है। मैं प्रात:काल ही से आपके दर्शन करने की अभिलाषा से यहाँ बैठा हूँ।"

"आपने भोजन नहीं किया?"

"नहीं।"

"तो भोजन कीजिये।"

"आप अपने हाथ से राँधकर भात दें तो भोजन कर सकता हूँ।"

"किन्तु यह कैसे हो सकता है, मैं जाति की केवट हूँ।"

"तो इससे क्या? मैं ब्राह्मण हूँ। परन्तु आत्मा जो मेरे अन्तर में वास करती है वही आपके अन्तर में भी है। अन्तर इतना ही है कि आप धर्मात्मा और पवित्र हैं और मैं अधम हूँ।"

"शिव, शिव, यह आप कैसी बात कहते हैं! आप ब्राह्मण हैं।"

"ब्राह्मण तो सदा सत्य बोलता है। मैंने भी सत्य कहा है। मैंने आपके सम्बन्ध में सब बातें सुनीं। ब्राह्मणों ने आपका कितना तिरस्कार किया, यह भी सुना। जाति अभिमान में ये मूढ़ अच्छे-बुरे और धर्माधर्म का विचार भी खो बैठे हैं। फ़िरंगी लोग इनके सिर पर पैर रखकर जो शासन चला रहे हैं वहाँ इन ब्राह्मण की चाल नहीं चलती। उन्हें माई-बाप बनाते इनको लज्जा नहीं आती। जिस दिन नैष्ठिक ब्राह्मण नन्दकुमार को कलकत्ता में फाँसी दी गयी, तब ये ब्राह्मण और इनके शास्त्र कहाँ चले गये थे? इन्होंने शाप देकर अंग्रेज़ों को क्यों नहीं भस्म कर दिया। ये ढोंगी, पाखण्डी, मूर्ख, घमण्डी ब्राह्मण एक धर्मात्मा रानी का ही नहीं, देवता का भी तिरस्कार करने में नहीं शर्माये। आप जाति से शूद्र हैं, इसलिए आपके द्वारा प्रतिष्ठित देवता का पूजन-नमन भी ये

नहीं करेंगे? मैं चाहता हूँ कि मैं इन सब ब्राह्मणों को गोली से उड़ा दूं और हिन्दू-धर्म को इनकी दासता से मुक्त कर दूं।"

रानी ने हाथ जोड़कर कहा-"आप तेजस्वी ब्राह्मण हैं। जो चाहे कहें, पर मैं स्त्री हूँ, शूद्र, हूँ, असहाय हूँ, मैं कुछ नहीं कह सकती। मैं तो यही समझती हूँ कि मेरा पुण्य सफल हो गया, देवता की प्रतिष्ठा हो गयी, और मेरा धन सत्कर्म में लग गया। अब मैं प्रसन्न हूँ।"

"आप केवल शरीर से ही शूद्र नहीं हैं, आपका मन भी इन ब्राह्मणों की दासता में फँसा है। आप आत्म-सम्मान खो चुकी हैं। नहीं तो इतना अपमान करने वाले इन ब्राह्मणों का तो आपको मुँह भी न देखना चाहिए था।"

"ऐसा मत कहिये। ब्राह्मण पृथ्वी का स्वामी है। वह भूसुर है।"

"पर वह ब्राह्मण हो भी तो। जिसने अपनी इन्द्रियों को वश में करके वासना से मुक्ति पा ली हो, और जो सब बन्धनों से मुक्त वीतराग शान्त महात्मा हो, वही तो ब्राह्मण है। ये दक्षिणा के लोभ में निमन्त्रण खाने वाले पेटू ब्राह्मण थोड़े ही हैं। ब्राह्मण के रूप में बैल हैं।"

"आप समर्थ हैं जो चाहे कहिये, परन्तु कृपा कर भोजन कर लीजिये। आप भोजन कर लें तो मैं भी ठाकुर का चरणामृत लूँ।"

"कह तो चुका-अपने हाथों से भात राँधकर देंगी तो ही भोजन करूँगा, नहीं तो नहीं।"

"मैं ब्राह्मण को अपने हाथ का भात कैसे खिला सकती हूँ?"

"विश्वास रखिये महारानी, आपका भात खाकर भी मैं ऐसा ही ब्राह्मण रहूँगा।

मैं कच्चा ब्राह्मण नहीं हूँ। मेरा ब्रह्मणत्व खूब पक्का है।"

"परन्तु ब्राह्मण सुनेंगे तो आपको जातिच्युत कर देंगे?"

"मैं तो प्रथम ही इन सब भोजन-भट्टों को जातिच्युत कर चुका हूँ। वे अब मेरा कुछ नहीं बिगाड़ सकते।"

"मैं ब्राह्मण के हाथ से पृथक् भोजन आपके लिए बनवाये देती हूँ।"

"ब्राह्मण के हाथ का भात तो मैं खाऊँगा नहीं। आप ही के हाथ का भात खाऊँगा। आप मातृ रूपा हैं। जगद्धात्री का स्वरूप हैं। तन-मन से शुद्ध हैं। आपके हाथ का भात खाकर मैं सब ब्राह्मणों के कुकृत्य का परिशोध करूँगा, जिन्होंने शूद्र कहकर आपका अपमान किया है।"

"तो फिर मेरे महल में पधारिए?"

"न, न, यहीं भात राँधिए। यहीं सब ब्राह्मणों के सामने खाऊँगा।" रानी ने फिर आग्रह नहीं किया। उसने बालक से कहा-"रामकृष्ण भैया, तू इसी वटवृक्ष के नीचे सब सामग्री जुटा दे। मैं अभी गंगा स्नान करके आती हूँ।"

बालक ने आनन्दातिरेक से ताली पीटकर कहा-"मैं भी तुम्हारा भात खाऊँगा, माँ!"

रानी ने जवाब नहीं दिया। वह आँचल से आँखें पोंछती हुई घाट की ओर चली गयी। बालक भी तेज़ी से भण्डार की ओर चला। ब्राह्मण पत्थर की मूर्ति की भाँति बैठा रहा।

31

आग की भाँति सर्वत्र दक्षिणेश्वर में यह खबर फैल गयी-कि एक ब्राह्मण शूद्रा रानी के हाथ का भात खायेगा। रानी उसके लिए भात राँध रही है। नैष्ठिक ब्राह्मण भीत-चकित होकर एक-दूसरे को देखने लगे। इसका अभिप्राय यह था कि घोर कलियुग आ गया है। अब धर्म नहीं बच सकता।

बहुत-से ब्राह्मण वटवृक्ष के नीचे जमा हो गये। जहाँ रानी भात राँध रही थी और वह ब्राह्मण पत्थर की मूर्ति की भाँति निश्चल बैठा था। एक ब्राह्मण ने कहा-

"तुम ब्राह्मण हो कि चमार?"

"मैं ब्राह्मण हूँ।"

"कौन ब्राह्मण हो?"

"पाण्डे हूँ। बीस बिस्वे का।"

"नाम क्या है तुम्हारा?"

"गोविन्द पाण्डे मेरा नाम है।"

"काम क्या करते हो?"

"पाखण्ड और अत्याचार का विरोध करता हूँ।"

"रहते कहाँ हो?"

"बारह वर्ष से देश-भर में घूम रहा हूँ।"

"तो तुम शूद्रा के हाथ का भात क्यों खाते हो?"

"मैं साक्षात् जगद्धात्री अन्नपूर्णा के हाथ का भात ग्रहण कर रहा हूँ, इससे मेरा और सब ब्राह्मणों का कल्याण होगा।"

"तुम चमार हो।"

"चमार तो वे हैं जो चमड़े को परखकर जाति का पता लगाते हैं।"

"और तुम?"

"मैं ब्रह्म ज्ञानी हूँ। ब्रह्म की एकता को जानता हूँ।"

विवाद होता रहा और ब्राह्मण शान्त भाव से आक्षेपों का उत्तर देता रहा। उसने राम और शिवरी के उदाहरण दिये। धर्म शास्त्र और महाभारत के प्रमाण दिये, और जात-पाँत की कट्टरता का पूरा विरोध किया।

अन्त में केले के पत्ते पर रानी ने भात परसा। ब्राह्मणों के देखते-ही-देखते वह बालक भी भात खाने आ बैठा। राधामाधव के शृंगारकर्ता को रानी के हाथ का भात खाते देखकर ब्राह्मण बौखला गये। वे बड़ी देर तक गर्जन-तर्जन करते रहे और फिर चले गये।

ब्राह्मण ने भोजन करके कहा-"बस माँ, अब मैं जाऊँगा। आपसे एक अनुरोध करता हूँ, आप मानेंगी?"

"आप जो कहेंगे वही मैं करूँगी।'

"तो सुनिये। बैरकपुर की छावनी में जो बड़े साहब हैं कमाण्डिंग जनरल, उनकी स्त्री का नाम शुभदा देवी है। वह ब्राह्मण-कन्या है। वह आप ही की भाँति निष्ठावाली स्त्री है। भारत में शीघ्र ही एक महा उत्पात उठेगा। एक ज्वालामुखी का विस्फोट होगा। जिसमें सब अंग्रेज़ फ़िरंगी भस्म हो जायेंगे। मेरा आपसे अनुरोध है कि आप उनसे जाकर मिलें। उन्हें अपनी सखी और मित्र बनायें और विपत्ति के समय उन्हें अपने यहाँ रक्षण दें। मैंने उन्हें सौभाग्यवती रहने का आशीर्वाद दिया है। मेरे इस आशीर्वाद को आप सफल कीजिये। सम्भव है मैं समय पर उन तक न पहुँच सकूँ, इसी से यह भार आपको सौंपता हूँ।"

इतना कहकर यह ब्राह्मण तेज़ी से चल दिया। उसने मुँह फेरकर भी नहीं देखा। रानी एक मुहूर्त भर उसी ओर देखती रहीं, जिस ओर यह अद्भुत ब्राह्मण गया था।

32

जान बाज़ार की रानी रासमणि मुलाकात के लिए आयी हैं; यह सूचना पाते ही शुभदा एकबारगी ही व्यस्त हो उठी और वह बँगले के बाहर चली आयी बाहर आकर देखा-बहुमूल्य कमख्वाब से ढकी एक पालकी सेहन में लगी थी और लकदक सुनहरी पोशाक पहने आठ कहार उसकी बगल में खड़े थे। उनके पीछे पन्द्रह-बीस सवार बन्दूकें लिये लाल और हरी बनात के अँगे पहने साफ़ा बाँधकर खड़े थे। सेहन से बाहर मैदान में एक हाथी सुनहरी झोल से सुसज्जित सूण्ड हिला रहा था। फाटक से सटकर रानी के दीवान महेशचन्द चट्टोपाध्याय मूल्यवान रेशमी चादर कन्धे पर डाले चुपचाप खड़े थे। उनके पीछे आठ-दस बहँगी रखी थीं। उन पर बहुत-से थाल, झाबे और सन्दूक थे। थालों और झाबों में मिठाइयाँ, पक्वान्न और बक्सों में कीमती वस्त्र भरे थे।

शुभदा देवी को देखते ही रानी रासमणि पालकी से निकल आयीं, उन्होंने शुभदा की चरण-रज ली। शुभदा देवी ने उन्हें रोककर कहा-"हैं, हैं, यह आप क्या कर रही हैं?"

रानी ने हँसते हुए कहा, "आप उम्र में मेरी बेटी के बराबर हैं, पर आप ब्राह्मण की बेटी हैं, मैं शूद्र हूँ। आपकी चरण-रज लेना मेरा धर्म है। मैं जान बाज़ार की रानी रासमणि हूँ। आपके पिता का गाँव मेरी ही ज़मींदारी में है। आपके पिता मेरे पति के विद्या-गुरु थे। आपके सम्बन्ध में बहुत दिन हुए मैंने सुना था। पर आप यहाँ हैं, यह जानती नहीं थी। अब जाना तो दर्शन करने चली आयी।"

"मेरा बड़ा भाग्य जो आपने दर्शन दिये। बड़ी कृपा की आपने। आपका शुभ नाम और धवल यश मैं सुन चुकी हूँ-आप तो पुण्य-दर्शना हैं। दक्षिणेश्वर भी मैं देख आयी हूँ-बड़ा सुन्दर देव-धाम बनाया है आपने। किन्तु आप मुझे बेटी कहती हैं-फिर भी 'आप' कहकर क्यों बोलती हैं? तथा दर्शन करने आयी हैं यह क्यों? दर्शन देने आयी हैं, यह क्यों नहीं कहतीं।"

रानी ने हँसकर शुभदा देवी की ठोड़ी उँगली से छूकर उँगलियों की पोर चूमकर कहा-"अच्छा बेटी, तुम कहती हो तो 'आप' नहीं कहूँगी। पर तुम ब्राह्मण हो-ब्राह्मण की बेटी हो-हमारी पूज्य हो।"

"ब्राह्मण हूँ; ब्राह्मण की बेटी-पर यह सब ऊँच-नीच के और जात-पाँत के ढकोसले मैं नहीं मानती। आप तो जानती हैं कि मैं एक क्रिस्तान अंग्रेज़ अफ़सर की पत्नी हूँ। आइये-भीतर आइये।"

रानी ने भीतर आकर बैठते हुए कहा-

"अब तो आ ही गयी हूँ, बेटी! परन्तु अनुमति दो-बिटिया के लिए यों ही कुछ थोड़ा फल-मूल ले आयी हूँ। उन्हें यहाँ मँगा लूँ।" उन्होंने महेशचन्द को संकेत किया। महेशचन्द्र बहँगियों को लिये हुए दालान तक चले आये। इतनी भारी उपानय साम्रगी देख शुभदा देवी हक्का-बक्का रह गयीं। उनके दिल में सन्देह हुआ कि जैसी भारतीयों की आदत है-रानी इतनी भारी डोली लेकर किसी मतलब से तो नहीं आयी हैं?"

उन्होंने कहा-

"यह सब आप क्यों ले आयी हैं-मेरे पति तो यह स्वीकार नहीं करेंगे?"

"दूसरी बात क्यों सोचती हो बेटी, मैं तुम्हारे पति से बात कर लूँगी-वे भला बेटी और माँ के बीच क्या बोल सकते हैं! कहाँ हैं तुम्हारे पति, बेटी!"

"छावनी में बहुत गड़बड़ हो गयी है। एक सिपाही ने मस्तिष्क का सन्तुलन खो दिया है। उसने अपने अफ़सरों को मार डाला है और स्वयं भी गोली मारकर आत्मघात करने की चेष्टा की-पर वह मरा नहीं। आज उसका कोर्ट मार्शल है। मेरे पति वहीं गये हैं।"

"वह सिपाही कौन है?"

"एक ब्राह्मण है, बनारस की ओर का पाण्डे है।"

"बेटी, ब्राह्मण की प्राण-रक्षा अवश्य होनी चाहिए। तुम्हारे पति भी क्या उसके विरुद्ध हैं?"

"नहीं, वे भरसक उसके जीवन की रक्षा का उपाय करेंगे। परन्तु सेना की दशा बहुत खराब है। ये अनपढ़ मूढ़ सिपाही झूठी-सच्ची बातों पर विश्वास करके व्यर्थ ही उत्तेजित हो रहे हैं। सब लोग कहते हैं कि देश में एक ऐसा आन्दोलन चल रहा है कि सब अंग्रेज़ों को मार डाला जायेगा। कारतूस की बात तो आपने सुनी ही होगी।"

"कारतूस की बात कैसी?"

"कि नये कारतूसों में सूअर और गाय की चर्बी लगी है। इस बात की झूठ-सच की जाँच किये बिना ही सिपाही उत्तेजित हो रहे हैं।"

"कुछ और भी तो कारण हो सकता है, बेटी! खैर, मैं तो तुमसे इसी मामले में बातें करने आयी हूँ।"

"क्या आप मेरे पति से कोई अनुरोध करेंगी?"

"नहीं, बेटी, मैं तो तुम्हीं से बात करूँगी।"

"तो कहिये, क्या आज्ञा है?"

"एक ब्राह्मण मेरे पास गया था। उसने कहा कि एक बड़ा भारी विप्लव होगा-उसमें मैं तुम्हारी और तुम्हारे पति की रक्षा करूँ।"

"बड़ी विचित्र बात है। क्या आप उसकी बात पर विश्वास करती हैं?"

"विश्वास करके ही यहाँ आयी हूँ, बेटी! मेरा तो वैसे भी तन-मन ब्राह्मण ही की सेवा-नौकरी के लिए है। सो मैं तुमसे और तुम्हारे पति से यह अनुरोध करने आयी हूँ कि यदि, भगवान न करे, कभी ऐसा दुर्दिन आये तो तुम जान बाज़ार के महल को अपना ही समझना। मेरे तहत में दो सौ सिपाही हैं। और भी आदमी हैं। वहाँ कोई तुम्हारा बाल भी बांका नहीं कर सकेगा। तुम अपने पति और इष्ट-मित्रों सहित वहीं आ जाना।"

"आपका आश्वासन और कृपा असाधारण है। मैं अपनी ओर से तथा अपने पति की ओर से आपको धन्यवाद देती हूँ।"

"बेटी होकर माँ को धन्यवाद देती हो? कलियुगी बेटी हो तुम बिटिया!" रानी यह कहकर हँस दीं। फिर कहा- "इस समय तुम्हारे पति से भेंट न हो सकी। पर मेरा सन्देश तुम उनसे कह देना। अथवा यह अधिक अच्छा होगा कि एक बार तुम उन्हें लेकर जान बाज़ार आ ही जाओ तो आवश्यकता होने पर क्या-क्या प्रबन्ध-व्यवस्था करनी होगी, इसका ठीक-ठिकाना कर लिया जाये।"

"मैं ज़रूर कहूँगी।"

"मुझे पत्र लिखोगी या मैं चट्टोपाध्याय महाशय को तुम्हारे पास भेजूँ?"

"मैं ही आदमी भेजूँगी।"

"तो बेटी, भूल न करना। कहीं ऐसा न हो-ब्राह्मण की आज्ञा-पालन में मुझसे चूक हो जाये और मेरा धर्म-कर्म सब नष्ट हो जाये।"

"नहीं, महारानी, ऐसा नहीं होगा। किन्तु आप क्या भ्रष्ट ब्राह्मणी के यहाँ कुछ भी खायें-पियेंगी नहीं?"

"नहीं बेटी! नाराज़ मत होना। मैं तीसरे पहर गंगाजल से स्नान करके केवल एक जून हविष्यान्न भोजन करती हूँ तथा केवल गंगाजल को छोड़ और कुछ ग्रहण नहीं करती। शूद्र हूँ बेटी, गत ग्यारह बरस से मेरा यही नियम चल रहा है। स्वार्थवश ही यह कह रही हूँ-इससे कदाचित् मेरा शूद्र जाति से उद्धार हो जाये।" यह कहकर रानी आसन छोड़ उठ खड़ी हुईं।

शुभदा ने कहा-"माँ, आप दिव्य रूपिणी हैं। कौन आपको शुद्र कहता है? जहाँ आप जैसी साध्वी की चरण-रज पड़ेगी-वह भूमि तो एक योजन तक पवित्र हो जायेगी।" इतना कहकर हठात् शुभदा देवी ने गले में आँचल डालकर भू-पतित हो रानी के चरणों में मस्तक टेक दिया।

"यह क्या किया, यह क्या किया बेटी!-गोविन्द, गोविन्द, तुमने तो मुझे पातकी बना दिया। ब्राह्मण की कन्या होकर मेरे पैरों में सिर दे दिया! छिः छिः।"

"माँ, अपने सारे जीवन में आज मुझसे एक पुण्य-कार्य हुआ। मेरा जीवन धन्य हुआ।"

शुभदा की आँखों से आँसू बह चले। रानी ने फिर उसकी ठोड़ी छूकर अपनी उँगलियाँ चूमीं और आकर पालकी में बैठ गयीं।

33

मेजर जनरल व्यस्त भाव से बँगले में आये। उनके चेहरे पर स्पष्ट ही परेशानी की रेखाएँ पड़ी थीं। शुभदा ने शंकित चित्त से उनकी ओर देखकर कहा-"क्या कोई और दुर्घटना हो गयी है?"

"मंगल पाण्डे का कोर्ट मार्शल हो गया। उसे फाँसी का हुक्म हुआ है।"

"क्या उसे बचा नहीं सके?"

"मेरी तो सभी कोशिशें बेकार गयीं।"

"बड़ी खराब बात है। ब्राह्मणों को फाँसी होगी। बंगाल की भूमि को अंग्रेज़ ब्राह्मण ही के रक्त से क्यों सींच रहे हैं? महाराज नन्दकुमार के बाद अब मंगल पाण्डे?"

"इस तरह नामों की सूची एकत्र करने से क्या लाभ है, शुभदा! भिन्न-भिन्न समयों में भिन्न-भिन्न कारण परिस्थितिवश उत्पन्न हो जाते हैं।"

"तो क्या तुम भी पाण्डे को फाँसी देने के पक्ष में थे?"

"मैं तो कमीशन का सदस्य नहीं था। फिर मैं तो तुम्हारे अनुरोध की रक्षा कर रहा था। पाण्डे के दोष पर मेरी नज़र नहीं थी।"

"तो पाण्डे को अब फाँसी ही होगी?"

"एक मुश्किल आ पड़ी है, शुभदा! बैरक का कोई जल्लाद पाण्डे को फाँसी पर चढ़ाने को राजी नहीं है।"

"क्या ही अच्छा हो कि कमीशन के सदस्यों की भी यही राय हो जाये।"

"यह सम्भव नहीं है, परन्तु कलकत्ते से जल्लाद बुलाये गये हैं।"

"लेकिन वह तो अभी घायल है। घायल आदमी को फाँसी दी जायेगी? यह तो अमानुषिकता की हद है।"

"कभी-कभी अमानुषी काम भी करने पड़ते हैं, शुभदा! सैनिक अनुशासन बड़े कठोर हैं।"

"इसका परिणाम क्या होगा-क्या यह कोई नहीं सोचता?"

"विचारक को अपनी सीमा से बाहर सोचने का अधिकार नहीं है।"

"तो आप क्या समझते हैं कि कलकत्ते से जल्लाद आ जायेगा?"

"मैं समझता हूँ आ जायेगा।"

"कब तक?"

"परसों तक।"

"तो उसे हम कहीं भगा या छिपा नहीं सकते?"

"इससे क्या होगा? पाण्डे के प्राण तो बचेंगे नहीं। जल्लाद दूसरा आ जायेगा।"

"तब तक न जाने क्या हो जाये? क्या उसे भगा देने की अनुमति देते हो?"

"इससे प्रथम मुझे नौकरी से इस्तीफा देना होगा।"

"क्यों?"

"मैं अपने दायित्व को कैसे भुला सकता हूँ! शुभदा, तुम्हीं कैसे इसे बर्दाश्त कर सकोगी?'

"उसने तो गोली मार ली थी। अच्छा होता, उसी से यह अभागा ब्राह्मण मर जाता, चाण्डाल का स्पर्श तो उसे न करना होता।"

शुभदा देवी का मुँह बादलों से भरे आकाश के समान गम्भीर हो गया। फिर उन्होंने कहा-"क्या आपने यह भी सोचा है कि उसकी प्रतिक्रिया क्या होगी?"

"तुम्हारा अभिप्राय मैं समझता हूँ, शुभदा! परन्तु यह अकेले मेरे ही कहने की बात नहीं है। इसका सम्बन्ध ब्रिटिश राजनीति से है।"

"लेकिन तुम तो स्वयं अंग्रेज़ हो, और साथ ही विचारशील बड़े अफ़सर हो। क्यों नहीं तुम सरकार से कहते?"

"मैं सिपाही हूँ। सरकार को सलाह देना मेरा काम नहीं है। सरकार की आज्ञा-पालन करना मेरा काम है।"

"भले ही वह आज्ञा अनुचित हो?"

"आज्ञा के औचित्य पर भी विचार करने का मुझे अधिकार नहीं है। हाँ, मैं नौकरी छोड़ सकता हूँ।"

"इसका मतलब यह कि बिना आत्मघात किये हम सीधी राह नहीं चल सकते।"

"तुमने संसार की राजनीति की सबसे सुन्दर व्याख्या कर दी, शुभदा!"

"क्या मैं उस ब्राह्मण से मिल सकती हूँ?"

"नहीं।"

"क्या उसे कुछ सहायता पहुंचा सकती हूँ?"

"नहीं।"

शुभदा बड़ी देर तक गुमसुम चुप बैठी रही। फिर उसने कहा-"भीतर आओ।"

मैकडानल्ड ने भीतर जाकर देखा-थालों में बहुत-सी मिठाइयाँ, कीमती साड़ियाँ और वस्त्र हैं।

"कहाँ से आये ये सब?"

"दहेज आया है।"

"दहेज?"

"मैं तो यही कहना चाहती हूँ।" उसने रानी रासमणि का आना, उसकी स्नेह-निष्ठा और संकेत सभी पति को बता दिया।

सुनकर मैकडानल्ड ने कहा-"तुमने उन्हें रोका नहीं।"

"बहुत कहा। अब उचित है कि एक बार उनके यहाँ चलो।"

"यही मुनासिब है। तो खैर चलो, अब खाना खा लें। मुझे अभी ऑफ़िस जाना है। कुछ बहुत आवश्यक हुक्म आये हैं। उनकी तामील करनी है।"

दोनों पति-पत्नी भोजन करने बैठे। और फिर सारी ही बातों का केन्द्र रानी रासमणि ही रही।

34

फाँसी का फन्दा मंगल पाण्डे के गले में डाल दिया गया, जल्लाद काली टोपी लेकर आगे बढ़ा। मजिस्ट्रेट, जेलर और जेल का डॉक्टर पत्थर की मूर्ति बने पास ही खड़े थे।

मजिस्ट्रेट ने कहा-

"घर सन्देश भेजना चाहते हो?"

"घर को नहीं, देश भाइयों को।" मंगल की आँखें लाल हो गयीं। उसने एक बार घूरकर अंग्रेज़ मजिस्ट्रेट की ओर देखा और कहा-"देश भाइयों को मेरा खून देना और कहना जब तक बदला न लें, चुप न बैठें। मरना है तो कुत्तों की मौत नहीं... इन्सान की मौत मरना चाहिए।"

जल्लाद ने काली टोपी मुँह पर डाल दी, रूमाल हिला और तख्ता हटा।

वीर पुरुष का शरीर रस्सी पर झूल गया। न जाने मानव जीवन में कब से यह बर्बर युग समाया बैठा है कि जीवित आदमी को मार डालना न्याय का एक अंग माना गया है।

चौंतीसवीं रेजीमेण्ट, जिसमें मंगल सिपाही था, अपने उत्तम आचरण के लिए प्रामाणिक थी। अपने कमाण्डर व्हीलर के अधीन रेजीमेण्ट ने उत्तम शिक्षा पायी थी तथा इसके सूबेदार ने द्वितीय-ग्रेनेडियर के दो सैनिकों को जो राजद्रोह के लिए उकसाने आये थे, सज़ा दिलायी थी। जाँच अधिकारियों के समक्ष भी यह प्रमाणित नहीं हुआ कि बहरामपुर के उपद्रवों के साथ उनका कोई सम्बन्ध है। यह एक अकस्मात ही की बात थी कि इसी रेज़ीमेण्ट के वहाँ पहुँचते ही मंगल ने यह उत्तेजना का काम किया। परन्तु मंगल पाण्डे के उपद्रव करने पर ईश्वरी पाण्डे तथा उसके साथियों की उदासीनता से रेजीमेण्ट पर सन्देह हो गया। कुछ लोगों का कहना था कि मंगल भंग के नशे में था। परन्तु इसमें सन्देह नहीं कि सिपाही अपने अंग्रेज़ अफ़सरों से घृणा करते थे। यही कारण था कि जब मंगल ने लेफ़्टिनेण्ट बफ पर प्राणघातक आक्रमण किया तो वे उदासीनता से चुपचाप देखते रहे। असल में ग्रीज़ लगे कारतूस के कारण सिपाहियों के मन में जो घृणा अंग्रेज़ अफ़सरों के विरुद्ध उठ खड़ी हुई थी, उससे उन्हें सैनिक अनुशासन की याद दिलाकर नहीं रखा जा सकता था।

उन्नीसवीं इन्फेण्ट्री के हथियार छीन लिये गये और उसे भंग कर दिया गया। इस समय भी कोई अप्रत्याशित घटना नहीं घटी। सिपाहियों के केवल हथियार ही लिये गये। उनको वर्दियाँ पहने रहने दिया गया। उनके बर्तन और पेन्शन तो ज़ब्त कर ली गयी, पर घर लौटने का राह खर्च उन्हें दे दिया गया। परन्तु इसका परिणाम यह हुआ कि मंगल पाण्डे के दुस्साहस और जघन्य कारतूसों की कहानी सुनाने के लिए ये सैनिक दूर-दूर तक गाँवों में बिखर गये और उन्होंने ग्रामीण जनता को अतिरंजित वर्णनों से उत्तेजित कर दिया। जनरल सर आर्थर कैवेन चाहता था कि इस समय इन सिपाहियों को चीन पर अभियान में भेज दिया जाये, जो शायद अधिक उपयुक्त होता, सिपाही सम्भवत: इस तरह अपमानित होने की अपेक्षा समुद्र पार कर जाना पसन्द कर लेते। परन्तु

विदेश सेवा की सम्भावनाओं पर सेना में दो बार उपद्रव हो चुके थे। अत: अधिकारीगणों का इस उत्तेजना के अवसर पर ऐसा करने का साहस नहीं हुआ।

जनवरी ही में नये कारतूसों से धर्म-भ्रष्ट होने की चर्चा सेना में चली, परन्तु सरकार ने इससे उत्पन्न उत्तेजना को महत्त्व नहीं दिया। विदेशी सत्ता नहीं चाहती थी कि उसकी महत्ता को धक्का लगे और उसकी प्रतिष्ठा भंग हो। अनेक अफ़सर तो ईमानदारी से यह विश्वास रखते थे कि सिपाहियों की भावना की कतई परवाह न करनी चाहिए। उन्हें कोई भी रियायत देने का अर्थ होगा-अपनी कमज़ोरी प्रकट करना। जनरल हिअरसे अवश्य सिपाहियों को समझाने की नीति रखता था। मंगल को फाँसी दे दी गयी थी। 19 तथा 34 नम्बर की पलटनों पर यह सन्देह था कि वे विप्लव की गुप्त मन्त्रणा करती हैं। 34 नम्बर की पलटन के सूबेदार को इस अपराध में फाँसी दे दी गयी थी। इसके यहाँ गुप्त मन्त्रणाएँ होती थीं। इक्के-दुक्के और भी फ़ौजी मुकदमे सिपाहियों पर चल रहे थे और उससे सिपाही भीतर-ही-भीतर उद्विग्न हो रहे थे। उन्हें अब कारतूसों की चर्चा करने मात्र से ही दण्डित किया जा रहा था। उन्नीसवीं इन्फेण्ट्री को भंग कर देने का यह असर हुआ कि लोगों के मन में धर्म-परिवर्तन सम्बन्धी धारणाएँ और जड़ पकड़ गयीं। सिपाही यह नहीं मानते थे कि यदि कारतूस में निषिद्ध चर्बी नहीं मिली है-तो सरकार उसकी शुद्धता का प्रमाण क्यों नहीं देती।

इस प्रकार सेनाओं में सन्देह और अविश्वास तथा असन्तोष का वातावरण बढ़ता ही गया। 26 फरवरी को बहरामपुर में दंगा हुआ और 29 मार्च को मंगल पाण्डे की घटना हुई। बंगाल का सैनिक वातावरण यद्यपि इतना अशान्त था, पर उच्च अफ़सरों को इसकी कुछ चिन्ता न थी। मार्च में प्रधान सेनापति शिमला जाते हुए अम्बाला से गुज़रे। उन्होंने इस अवसर पर गवर्नर जनरल के साथ रहना आवश्यक नहीं समझा। अम्बाला तीन प्रशिक्षण केन्द्रों में से एक था, जहाँ विभिन्न रेजीमेण्टों के कुछ सैनिकों को नई राइफ़लों को चलाने को सीखने भेजा गया था, इनमें एक हवलदार कासीराम तिवारी भी था। दूसरा व्यक्ति 36वीं भारतीय इन्फेण्ट्री का नायक जिऊलाल दूबे था। 36 इन्फेण्ट्री के कुछ सैनिक प्रधान सेना की अंगरक्षक टुकड़ी में थे। जब ये दोनों गैर-सरकारी कमीशन प्राप्त अफ़सर टुकड़ी के सूबेदार के पास गये तो उसने उनसे भाई-बिरादरी का व्यवहार नहीं किया। न उनका पान-तमाखू से सत्कार किया। उसने कहा कि तुम निषिद्ध कारतूस छूकर ईसाई हो गये हो। अत: जातिच्युत और धर्म-भ्रष्ट हो। इससे इन दोनों सैनिकों को बड़ा दु:ख हुआ और लौटकर उन्होंने यह बात अपने शिक्षक लेफ्टिनेण्ट मार्टिन से कही। साथ ही यह भी कहा कि जब हम अपने गाँव लौटकर जायेंगे तो हमारा क्या होगा? जात-बिरादरी में हमारा हुक्का-पानी बन्द हो जायेगा तथा हमारे बाल-बच्चों का ब्याह भी न हो सकेगा। लेफ्टिनेण्ट मार्टिन ने यह बात प्रधान सेनापति महोदय से कही। इसके बाद जनरल एन्सन ने चाँदमारी डिपो का मुआयना किया तो केवल इतना कहा कि कारतूस के सम्बन्ध की जो अफ़वाह है, वह झूठी है। उन्होंने लेफ़्टिनेण्ट मार्टिन से यह भी कहा कि वह सूचित करे कि उसके भाषण की सैनिकों पर क्या प्रतिक्रिया हुई है। इस पर मार्टिन ने एक रिपोर्ट प्रधान सेनापति को दी जिसका अर्थ था

कि वे सेनापति की बात पर विश्वास करते हैं परन्तु उनके गाँव-बिरादरी के लाखों मनुष्य हैं, जिन्होंने उन्हें जाति-बिरादरी से बहिष्कृत कर दिया है, वे राजभक्त हैं। पर इस राजभक्ति का उन्हें भयानक दण्ड भोगना पड़ेगा और सामाजिक दृष्टि से वे कहीं के न रहेंगे। उनका भय निराधार नहीं है। अत: सूबेदार के विरुद्ध जो शिकायत की गयी है उसकी जाँच अवश्य की जाये।

परन्तु जाँच नहीं की गयी। पर यह घोषित कर दिया गया कि सूबेदार दृग्पालसिंह का आचरण अनुचित एवं सैनिक के लिए अशोभनीय था। साथ ही इन दोनों अफ़सरों को भी अछूता नहीं छोड़ा गया और उन पर ये आरोप लगाये गये कि उन्होंने डिपो में ऐसी बात कहकर उत्तेजना फैलायी और रेजीमेण्ट के सिपाहियों के मन में यह भय उत्पन्न कर दिया कि जब वे अपनी सेना में लौटेंगे तो उनके साथ भी यही व्यवहार किया जायेगा। उनकी पदोन्नति रोक दी गयी और उन्हें खुलेआम निन्दित किया गया और उन्हें रेजीमेण्ट के नाम पर धब्बा लगाने वाला कहा गया।

इसके बाद दूसरे ही दिन उनके पूर्वाग्रह और भय के विपरीत उन्हें उन कारतूसों का प्रयोग करने को विवश किया गया।

मेरठ के लेफ्टिनेण्ट मेजर हाग फरवरी में ही एक वक्तव्य प्रकाशित कर चुके थे कि कारतूसों को दाँत से काटने की आवश्यकता नहीं है। उसे हाथ की चुटकी से दबाकर काम में लिया जा सकता है। सरकार 4 मार्च को यह आदेश भी जारी कर चुकी थी कि कारतूसों को दाँत से काटने की प्रथा बन्द कर दी जाये। परन्तु सिपाहियों को यह आदेश नहीं बताया गया। 3 मई को लखनऊ में अवध की सातवीं इर-रेगुलर इन्फेण्ट्री के रंगरूटों ने अपने कारतूस लेने और दाँत से काटने से इनकार कर दिया और ज़बर्दस्ती करने पर अफ़सर को जान से मार डालने की धमकी दी। परन्तु गोली भरी बन्दूकों के सामने आते ही वे भाग खड़े हुए, केवल 120 ने हथियार रख दिये। सरकार ने उन्हें सैनिक कानून के अनुसार दण्ड की व्यवस्था कर दी। इसके बाद 4 मई को बैरकपुर में 34 नम्बर पलटन को भंग कर दिया गया। सिपाहियों के हथियार ले लिये गये और उनकी वर्दियाँ भी अपमानजनक ढंग से उतरवा ली गयीं। केवल किल्मर नामक टोपियाँ, जिनकी कीमत उन्होंने स्वयं चुकाई थी उन्हें रखने दिया गया। सिपाहियों ने अफ़सरों के सामने ही उन टोपियों को घृणापूर्वक पैरों से रौंद डाला और अपने दण्ड की गुलामी से छुटकारा होना समझ खुशियाँ मनाते गाँवों और देहातों में बिखर गये। उन्होंने घर-घर और गाँव-गाँव में विप्लव के सन्देश देने आरम्भ किये और अब स्थान-स्थान से अंग्रेजों के बँगलों में आग लगाने की खबरें लखनऊ, मेरठ और अम्बाला से आने लगीं। अफ़सरों ने आदमियों का पता लगाने की बहुत कोशिश की, परन्तु पुलिस भी इनसे सहानुभूति रखती थी, अत: कुछ भी पता न लगा।

35

जब यह तय ही हो गया कि पेशवा बाजीराव को उसके दक्षिणी साम्राज्य से दूर ले जाकर बसाया जाये, तो पेशवा ने काशी में रहना पसन्द किया था। का परन्तु अंग्रेज़ों को यह ठीक नहीं

जँचा। इस समय काशी में बहुत-से भ्रष्ट देशी राजा निर्वासन का जीवन व्यतीत कर रहे थे। अब एक शक्तिशाली हिन्दू-राज्य के अधिष्ठाता को हिन्दुओं के इस प्रसिद्ध तीर्थ में रखना खतरे से खाली न था, क्योंकि वहाँ वह अपनी प्रजा के बहुतेरे लोगों से निर्बाध रूप से सम्पर्क स्थापित कर सकता था। अंग्रेज़ उसे मुँमेर या गोरखपुर में धर पटकना चाहते थे, पर मुँगेर बहुत गर्म था, और गोरखपुर में कोई प्रसिद्ध मन्दिर न था। इसलिए पेशवा ने स्वीकार न किया। वह चाहता था कि अंग्रेजों को आपत्ति न हो तो वह मथुरा या जमुना किनारे के किसी शहर में बसा दिया जाये। पेशवा दिल्ली में भी रहने को तैयार था, पर सरकार ने बहुत-सी बातों पर सोच-विचार करके कानपुर से कुछ ही अन्तर पर बिठूर में बसा दिया। वहाँ उसे एक जागीर दे दी गयी, और उसे 1823 के नियमन द्वारा देश की साधारण दीवानी और फ़ौजदारी अदालतों के अधिकार-क्षेत्र से मुक्त कर दिया गया। आठ लाख रुपया वार्षिक पेन्शन उसके और उसके परिवार के जीवन निर्वाह के लिए बाँध दी गयी। पेशवा भी आराम-पसन्द आदमी था। उसने अपने को निर्वासित जीवन का अभ्यस्त बना लिया। अब भी उसके आश्रितों की संख्या बहुत थी और वे सब उसका सम्मान करते थे। परन्तु सरकार ने उसकी पुरानी पदवी-पन्त प्रधान को अस्वीकार कर दिया था। यह पेशवा को बुरा लगा। पर पत्र-व्यवहार में अंग्रेज़ उसे महाराज ही लिखते थे। उसके पास संचित धन बहुत था और समय-समय पर अंग्रेज़ सरकार को कर्ज देता रहता था। पर उसे यह बात नापसन्द थी कि सरकार ने उसके घसियारों पर टैक्स लगा दिया था, जिसे उसे ही अदा करना पड़ता था। अंग्रेजों के लिए बाजीराव अन्त तक चिन्ता का ही कारण बना रहा। कई बार तो यह अफ़वाह उड़ चली कि वह नेपाल के राजा से मिलकर षड्यन्त्र कर रहा है। या बर्मा और तिब्बत से साँठ-गाँठ कर रहा है। यह एक विचित्र बात है कि बाजीराव के परिवार के लोग तो दीर्घजीवी न थे, बाजीराव का स्वास्थ्य भी ठीक न था, अंग्रेज़ों को आशा न थी कि वह इतने दिन तक जीवित रहेगा और इस पर इतना रुपया खर्च करना पड़ेगा। पर बिठूर में वह सत्तर पार करके मरा।

अपने जीवनकाल में उसने तीन पुत्र गोद लिये, धोन्धुपन्त उर्फ नाना, सदाशिव पन्त उर्फ दादा और गंगाधर पन्त उर्फ बाला। दादा की बाजीराव के जीवनकाल में ही मृत्यु हो गयी थी। इसका एक पुत्र पाण्डुरंग था, जो आगे राव साहब के नाम से प्रसिद्ध हुआ।

बाजीराव योगबाई और कुसुमबाई नामक दो लड़कियाँ भी छोड़ गया था जो अभी नाबालिग थीं। उसका एक पड़नाती जो उसके भाई चित्रना जीऊपा की पुत्री द्वारिका बाई का लड़का था, स्वर्गीय बाजीराव का एक आश्रित था। सन् 1839 में एक वसीयत करके बाजीराव ने अपने दत्तक पुत्र नाना को अपनी पदवी और जागीर का उत्तराधिकारी बनाया था। पर सरकार ने नाना को न पदवी का उत्तराधिकारी माना न पेन्शन का। बाजीराव मरते समय जो रुपया छोड़ गये थे वह तीस लाख से अधिक न था। नाना ने इस पर अधिकार कर लिया तो परिवार में फूट पड़ गयी। दोनों नाबालिग लड़कियों की ओर से उनके बाबा बलवन्तराव ने पेन्शन का दावा पेश किया। उनका कहना था कि औरत के पुत्र न होने की दशा में पुत्री को अधिकार पहुँचता है। परन्तु

सरकार ने धोन्धुपन्त ही को परिवार का मुखिया माना। परन्तु फिर भी यह पारिवारिक कलह का चर्खा देर तक चलता रहा। अब उनके विशेषाधिकार भी खत्म हो चुके थे, अत: नाना और उनके भाई का दर्जा सामान्य पुरुष ही की भाँति रह गया। जिससे आवश्यकता होने पर उन्हें अदालत में हाज़िर होना पड़ा। यह अपमानजनक स्थिति तो थी ही पर अब बाजीराव के परिवार के पास कहीं एक हाथ की भूमि नहीं थी। पुरानी परम्परा के अनुसार पेशवाओं के मरने पर पाँच महादान दिये जाते थे-हाथी-घोड़े, सोना-जवाहरात और भूमि। बाजीराव का श्राद्ध यद्यपि ठाठ से किया गया था, पर महादान के लिए उसके उत्तराधिकारी के पास भूमि नहीं थी। तब सरदार रघुनाथ विंचूरकर ने, जो उन दिनों बिठूर ही में थे, कहा कि इसकी ज़ागीर के 52 गाँव पेशवाओं के ही दिये हुए हैं। उसमें से जितना चाहे महादान में दे दीजिये। यह सुनकर धोन्धुपन्त नाना रो पड़े।

नाना को अपने पिता की मुहर का उपयोग भी नहीं करने दिया गया और नाना को नई मुहर बनवानी पड़ी। अंग्रेज़ यद्यपि नाना को भी महाराज ही सम्बोधन करते थे, परन्तु उसके साथ सख्ती इस प्रकार होती थी जिससे नाना का मन खट्टा हो गया।

उन दिनों सभी राजा-महाराजा भारत सरकार के विरुद्ध ब्रिटिश सरकार से सदा, सपरिषद गवर्नर-जनरल के विरुद्ध, कोर्ट ऑफ़ डायरेक्टर से अपील करने के आदी थे। अन्य पदच्युत राजाओं की भाँति, इसी कारण अपने दूत अज़ीमुल्ला को भेजा था। परन्तु उसे निराश लौटना पड़ा।

नाना यद्यपि खान-पान में कट्टर थे-पर अंग्रेज़ की दावतें ठाठ की करते थे। वे अक्सर कानपुर छावनी के अंग्रेज़ अफ़सरों को दावत देते, पर कभी उनका निमन्त्रण स्वीकार नहीं करते थे, क्योंकि उनके सम्मान में सलामी देने की प्रथा का पालन नहीं होता था। सब कुछ होने पर भी नाना अंग्रेजों के विश्वासपात्र अभी तक थे और जब उन पर संकट आया तो सब स्थानीय अफ़सर उन्हीं की शरण गये।

कानपुर इस समय एक महत्त्वपूर्ण अंग्रेज़ी छावनी थी। यह शहर और ज़िला पहले अवध के राज्य का हिस्सा था। जब यहाँ सहायक सेना रखी गयी तब अवध राज्य की ओर से यह ज़िला और नगर 1801 में सेना के खर्च के लिए अंग्रेज़ों को दे दिया गया था। कानपुर गंगा के किनारे बसा हुआ था। जिसमें छोटी-छोटी नावें बारहों महीने चलती रहती थीं। बरसात में भारी जहाज़ भी चलते थे। नगर का व्यावसायिक महत्त्व भी था और यहाँ चमड़े की भारी मण्डी थी। इलाहाबाद यहाँ से सौ मील और लखनऊ केवल चालीस मील था। इस प्रकार कानपुर की स्थिति ऐसी थी कि जिसके एक ओर ग्राण्ड ट्रंक रोड, दूसरी ओर अवध को जाने वाली बड़ी सड़क थी। इसी से इसका सैनिक महत्त्व भी अधिक था और इस समय यहाँ बड़ी सेना रखी गयी थी। इस समय कानपुर में 57वीं, 56वीं तथा पहली, ये तीन हिन्दुस्तानी रेज़ीमेण्ट, दूसरी घुड़सवार सेना तथा कुछ हिन्दुस्तानी तोपचियों के रेज़ीमेण्ट, के अतिरिक्त 61 यूरोपियन तोपची और छ: तोपें यहाँ थीं। अंग्रेज़ सैनिक भी तीन हजार के लगभग थे। यहाँ के कमाण्डिंग अफ़सर जनरल ह्यू व्हीलर

के. सी. डी. थे। जिन्होंने पचास वर्ष सैनिक सेवा की थी। वे लार्डलेक की अधीनता में कभी काम कर चुके थे और जब लेक ने सन् 1804 में दिल्ली दखल की थी, तब ये भी उनके साथ थे। बाद में अफगानिस्तान और पंजाब की लड़ाइयों में भी इन्होंने बहुत नाम कमाया था। यद्यपि ये अत्यन्त बूढ़े थे, पर इनकी धाक बहुत थी। अंग्रेज़ उन्हें संकटकाल में शक्ति का स्तम्भ समझते थे।

नाना से जनरल व्हीलर और अन्य अंग्रेज़ अफ़सरों के सम्बन्ध बहुत अच्छे थे, और यह कहना अत्युक्ति न होगी कि पेशवा के बिठूर में आकर रहने से कानपुर का महत्त्व बढ़ गया।

36

आज बिठूर के राजप्रासाद में बड़ी धूम थी। कुछ ऊँचे दर्जे के अंग्रेज़ राज्याधिकारी और उनके बीवी-बच्चे-बिठूर के महाराज के अतिथि हुए थे। पेशवा नानाराव ने अपने भाई बालाजी भट्ट को उनके स्वागत-सत्कार का भार सौंपा था। सब मिलाकर कोई पन्द्रह मेहमान थे। वे सब महाराज के ऐश्वर्य को देखकर आश्चर्यचकित हो रहे थे। बालाजी भट्ट स्त्रियों को अन्त:पुर में भी मिलाने ले गये थे। वहाँ मृत पेशवा बाजीराव की विधवा रानियों से और पेशवा के चचेरे पौत्र की अल्पवयस्का वधू से मिलकर और उन्हें सिर से पैर तक जवाहरातों में सम्पूर्ण आभूषित देखकर वे अत्यन्त प्रभावित हुई थीं। अतिथि कोई एक महीने से बिठूर के महाराज का आतिथ्य पा रहे थे। विदाई के दिन महाराज नानाराव से उनकी खास नशिश्तगाह में बैठकर बातें हुईं। श्रीमन्त नाना साहब पूरी पेशवाई पोशाक में थे। उनके शरीर पर आसमानी विलायती बानात का लम्बा अंगा था जो लगभग सारा ही हीरे-मोतियों की बेल-बूटियों से लदा था। उनके कण्ठ की मोतियों की माला नाभि तक झूलती थी जिसका मूल्य लाखों रुपया था। उनकी पगड़ी पर जो हीरे-पन्ने की कलंगी और तुर्रा लगा था-वही केवल ढाई लाख रुपये के मूल्य का था। उनकी कमर में जो तलवार बँधी थी, उसका मूल्य तीन लाख रुपये था।

महिला मेहमानों को अन्त:पुर से भेंट-मिलाई में बहुत-से रत्नमणि मिले थे और वे बहुत प्रसन्न थीं।

नाना साहब ने पूछा-"इस गरीबखाने में आप लोगों का ठीक-ठीक आतिथ्य हमसे नहीं बन पड़ा, परन्तु यह आप ही का घर है, यह समझकर आप हमारी त्रुटियों को क्षमा करेंगे।"

"यह आप क्या कह रहे हैं महाराज-हमें आये यहाँ एक महीना बीत रहा है, परन्तु ऐसा लगता है अभी कल ही आये हैं। यहाँ से जाने को मन ही नहीं होता।"

"तो कृपा कर और कुछ दिन यहीं मुकाम कीजिये।"

"बिलकुल लाचारी है। सरकारी काम का बहुत हर्ज हो रहा है।"

"यही सोचकर मैं ज़्यादा इसरार नहीं करता। क्या मैडम को मेरा बिठूर पसन्द आया।"

"जी हाँ महाराज-मेरे लिए तो यह सब एक स्वप्न का जादू है। भारतवर्ष की समृद्धि की बात मैंने इंग्लैण्ड में सुनी थी। पर यहाँ जो देखा-उसकी तो हम कल्पना भी नहीं करते थे।"

"मैं तो राज्यपाट से भ्रष्ट अंग्रेजी सरकार की पेन्शन पर जीने वाला गरीब आदमी हूँ और अब सरकार ने पेन्शन भी बन्द कर दी है। यह तो आपने सुना ही होगा।"

"ज़रूर सुना है। लेकिन महाराज, आप के घर में तो हीरा-मोती-लाल कंकड़-पत्थर की तरह भरे पड़े हैं। आपको भला अंग्रेजी सरकार की पेन्शन की क्या आवश्यकता है?"

"मैडम, कम्पनी सरकार ने पेन्शन हमारे राज्य के बदले में दी थी और उसमें कोई शर्त नहीं रखी गयी थी।"

"मुझे आप क्षमा करें महाराज, हम लोग तो आपसे सौवाँ भाग भी धनी हों तो कभी नौकरी न करें।"

"खैर, आप यह कहिये कि यहाँ की कौन-सी वस्तु आपको पसन्द आयी है जो मैं आपकी भेंट करूँ।

"आपकी उदारता और अतिथि-सत्कार संसार में प्रसिद्ध है महाराज! आपसे प्रथम ही रानी साहिबा ने अनेक कीमती जवाहरात और वस्त्र मेरी पत्नी और बच्चों को दे दिये हैं। यद्यपि इसकी कोई आवश्यकता नहीं थी। परन्तु निस्सन्देह वह आपकी उदारता और प्रेम का उपहार है।"

"खैर, तो वह घोड़ा जिस पर आप शिकार करते रहे हैं, कबूल फ़र्माकर मुझे प्रसन्न कीजिये।"

"यह आप क्या कह रहे हैं, महाराज! वह घोड़ा अरब नस्ल का है। उसकी कीमत एक हज़ार रुपयों से कम नहीं है।"

"अफ़सोस यह है कि मैं आज पूना में नहीं हूँ, और इससे ज़्यादा बढ़िया भेंट मैं आप जैसे प्रतिष्ठित मेहमान को नहीं दे सकता।"

"यह आपका शिष्टाचार है महाराज, निस्सन्देह आप एक अवतारी पुरुष हैं।"

"मैडम, मैं आपसे अनुरोध करूँगा कि जब तक कानपुर में हैं, कभी-कभी आ जाया कीजिये। साहब को तो फुर्सत नहीं, मगर आप तो आ सकती हैं।"

"ज़रूर आऊँगी, महाराज! खासकर आपके महल में जो गुड़िया-सी सुन्दर अल्प-वयस्का वधू है, उसने मेरा मन मोह लिया है। उसे देखने अवश्य आऊँगी। परन्तु महाराज, आप लोग इतनी छोटी उम्र में शादी क्यों कर लेते हैं?"

"इसलिए कि विवाह को हम एक धर्मानुष्ठान और जन्म-जन्मान्तर से सम्बन्धित मानते हैं, वह परिवार का मंगल सूत्र है।"

"परन्तु इतनी छोटी आयु में तो उनमें परस्पर प्रेम-भाव नहीं रह सकता।"

"प्रेम को हम विवाह के लिए गौण समझते हैं। मुख्य बात आत्मा की एकता की है। यद्यपि हमारे यहाँ विवाह के बाद प्रेम होता है, परन्तु बहुत कम जोड़े असफल होते हैं।"

"बिलकुल अद्भुत बात है।"

नाना साहब हँस पड़े। उन्होंने कहा, "इससे भी अधिक अद्भुत बात यह है कि हिज़ एक्सिलेन्सी लार्ड डलहौज़ी ने मेजर स्लीमैन की बात मान ली और अवध के बादशाह को गद्दी से उतार दिया।"

"क्या महाराज को यह बात अच्छी नहीं लगी? आप तो जानते ही हैं कि अवध के बादशाह सलामत रियासत के कामों में बिलकुल ही दिलचस्पी नहीं लेते थे।"

"जो बात नई-निराली होती है, वह मुझे ज़रूर अच्छी लगती है। लार्ड डलहौज़ी का यह काम अपना जोड़ नहीं रखता। और इसके समर्थन में अभी आपने जो बात कही है, वह भी बेजोड़ है।"

"महाराज, शायद व्यंग्य कर रहे हैं।"

"आप ऐसा क्यों सोचते हैं। मैं तो सच ही कह रहा हूँ।"

"परन्तु क्या यह सच नहीं है कि अवध के प्रजाजन नवाब की राजनीति से ऊब चुके थे।"

"इसका जवाब देने में मैं असमर्थ हूँ। हिज़ एक्सिलेन्सी गवर्नर जनरल ने अभी हाल ही में भारत को छोड़ते समय जो शब्द कहे थे-वह शायद आपके प्रश्न का आंशिक उत्तर हो सकता है।"

"आपका अभिप्राय हिज़ एक्सिलेन्सी के किन शब्दों से है?"

"उन्होंने कहा था-मैं भारत की भूमि को समतल बनाने आया था।"

"उनका अभिप्राय ब्रिटिश साम्राज्य में अम्नो-अमन कायम करना था।"

"मैं समझता हूँ कि हम लोगों की अपेक्षा लार्ड डलहौज़ी ही अधिक अच्छी तरह अपने वक्तव्य के अर्थ को समझ सकते हैं।"

"मेरा खयाल है लार्ड डलहौज़ी की नीति महाराज को जँची नहीं।"

"आप जानते ही हैं मेरे दोस्तो कि मैं अंग्रेज़ नहीं हूँ, केवल अंग्रेज़ का दोस्त हूँ।"

"तो महाराज, हम ताज़ीस्त आपकी दोस्ती को, मेहमाननवाजी को, मेहरबानियों को, आपकी उदारता को याद रखेंगे।"

"बड़ी कृपा है आपकी।"

"तो अब अलविदा।"

"आप आनन्द से जायें।

37

बिठूर बड़ा ही दर्शनीय नगर था। वह पुण्यश्रोता भगवती जाह्नवी के किनारे एक तीर्थ की भाँति प्रथम ही से प्रसिद्ध था। किन्तु अब, जब प्रसिद्ध पेशवा यहाँ 26 बरस तक रह चुके थे, उनके साथ बहुत-सी सेना-सेवक, हाथी-घोड़े, रथ-यान, नौकर-चाकर, दास-दासी, सरदार, कुटुम्ब-कबीला था। बाजीराव बड़े ठाठ से रहते थे। उनकी रानियाँ भी दान-पुण्य बहुत करती थीं। इन सब कारणों से बिठूर इन दिनों अत्यन्त दर्शनीय हो गया। बाजीराव के जीवनकाल में बिठूर में पृथक् से अंग्रेज़ कमिश्नर रहता था, जो वास्तव में पेशवा की गतिविधि देखने के लिए था। परन्तु पेशवा से अंग्रेज़ों का इस प्रकार सतर्क रहना व्यर्थ ही था। बाजीराव के रक्त में वह गर्मी ही न थी-कि वह उकसता। वह पूरा आरामतलब, विलासी, कायर और निराशावादी था। अंग्रेज़ों की इस कैद में वह खुश था और उसने पूरे 26 वर्ष इस कैद में खूब ठाठ से काटे थे।

परन्तु नानाराव धोन्धुपन्त कुछ दूसरे ही ढंग का आदमी था। वह एक तेजस्वी, उद्ग्रीव और महत्वाकांक्षी व्यक्ति था। उसका तरुण रक्त था और वह विश्व की राजनीति में दिलचस्पी लेता था। अंग्रेजों के सहवास का उसे शौक था। बहुत अंग्रेज़ अफ़सर और उनकी मेमें बाजीराव के जीवनकाल में ही बिठूर आतीं, जिनका स्वागत-सत्कार नानाराव करते थे। उनके साथ सैर-सपाटा, शिकार-सवारी करते और चलती बार उन्हें बहुमूल्य सौगातें भेंट देकर विदा किया करते थे। इससे नानाराव का अतिथि-सत्कार अंग्रेज़ी तबकों में प्रसिद्ध हो उठा था और वह उन दिनों अंग्रेजों के भारी मित्र माने जाते थे।

बाजीराव के मरने पर यद्यपि सरकार ने उनकी पेन्शन और दूसरी पेशवाई सुविधाएँ बन्द कर दी थीं, और उन्हें असहाय स्थिति में डाल दिया था, पर उनका रंग-ढंग, तौर-तरीका नहीं बदला था। अंग्रेज़ अफ़सरों का उनके यहाँ आना-जाना था और उनका स्वागत-सत्कार वे अब भी उसी प्रकार करते थे।

पेशवाओं का राजमहल ठीक गंगा के किनारे था। गंगा उसकी किलाबन्दी से टकराती थी। राजमहल की बारहदरी से गंगा की बहार स्निग्ध चाँदनी रात में बहुत आकर्षक दृश्य उपस्थित करती थी। ग्रीष्मकाल में दूर तक फैला हुआ भागीरथी का प्रशान्त जल और उसके तट पर आनन्द से मज्ज़न-क्रीड़ा करने वाले नर-नारियों के कलरव-मधुर स्तोत्र पाठ और भावनापूर्ण भजनों से ब्रह्ममुहूर्त में स्वर्गीय वातावरण की सृष्टि होती थी। बाजीराव और उनकी रानियों ने गंगातट पर अनगिनत मन्दिर बनवाये थे। जिनका शिल्प

कौशल अपूर्व था। बाल-सूर्य की सुनहरी किरणों में उनके स्वर्ण कलश बड़े ही भले लगते थे। राजमहल का प्रांगण बहुत भारी था। सब सरदारों और उनके परिवारों के आवास उसी प्रांगण में थे। उसमें प्रशस्त राजपथ, बाज़ार और अनेक कार्यालय थे। वहीं मन्त्रिमण्डल के भी प्रधान भवन थे। राजभवन में जो दरबार हॉल था-उसकी सजावट अद्वितीय थी। उसमें कीमती ईरानी कालीन बिछे थे और विलायती झाड़-फानूसों में हज़ारों मोमबत्तियाँ जलकर एक अजब छटा दिखाती थीं।

द्वारों पर रंगीन चिकें बिछी रहती थीं। बाजीराव कलाप्रेमी था। उसने दूर-दूर से सुन्दर सजावट की वस्तुओं का संग्रह किया था। बढ़िया कारीगरी की चीजें, बड़े-बड़े शीशे। हाथी दाँत और चन्दन की पच्चीकारी की विविध वस्तुओं से पेशवा का वह राजमहल शोभा में अपनी समता नहीं रखता था। भोग-विलास के उपयोग की ऐसी कोई वस्तु नहीं थी जो वहाँ न हो।

शीतकाल था। बारहदरी में एक जड़ाऊ चौकी पर नाना धोन्धपन्त और उनके साले सँवली के पटवर्धन मसनद पर बैठे थे। उनके अंग पर कीमती शाल-दुशाले और रत्नमणिमुक्ताओं से सुसज्जित वस्त्र थे। सामने अंगीठियों में कोयले धधक रहे थे और गंगा जमनी काम के पेचवान रखे थे-जिनकी खमीरी तमाखू की मीठी महक बारहदरी में फैली थी। नानाराव की आयु तभी तैंतीस ही वर्ष की थी, और पटवर्धन राव भी लगभग उनके समवयस्क थे, दोनों गम्भीर मुद्रा में बातचीत कर रहे थे। साँवली राव ने कहा-

"अब आपने क्या करने की सोची है?"

"सोचना-विचारना क्या है! मेरा उच्चकुल और वीर वंश है, उसी अनुरूप या तो वैभवशाली जीवन व्यतीत करूँगा, या मर मिटूँगा।"

"तो अब कम्पनी सरकार से कुछ आशा नहीं।"

"मैं तो यही समझता हूँ। उन्होंने नाटक की समाप्ति कर दी है। मैंने यह सोचकर कि शायद लन्दन से न्याय हो, अजीमुल्ला खाँ को अपना दूत बनाकर वहाँ भेजा था। परन्तु उनका पत्र मिला है कि पेन्शन मिलने की कुछ भी आशा नहीं है। वह रानी विक्टोरिया तक से मिल लिया है।"

"परन्तु पेशवा के श्रेष्ठ परिवार के साथ कम्पनी सरकार ने साधारण जनों के समान व्यवहार करके महा अन्याय किया है इसे मराठे सहन नहीं करेंगे।"

"स्वर्गीय श्रीमन्त बाजीराव साहब ने जब अपना सिंहासन कम्पनी को सौंपा था तो स्पष्ट यह हुआ था कि उसके बदले में कम्पनी वार्षिक आठ लाख रुपये देगी।"

"तो अब यदि पेन्शन आगे सदा के लिए चालू न रखनी हो तो फिर पेन्शन के बदले छोड़ा हुआ राज्य वे वापस कर दें।"

"बस, यही तो मैं कहता हूँ।"

"कम्पनी का यह काम अन्यायपूर्ण, असंगत और वाहियात है। आखिर उनकी युक्ति क्या है?"

"वे कहते हैं-स्वर्गीय श्रीमन्त ने पेन्शन से बचाकर बहुत-सी रकम जमा कर ली है। वह इतनी अधिक है कि उनके परिवार के खर्च के लिए काफ़ी है।"

"पर कम्पनी की सरकार यह भूल जाती है कि यह पेन्शन आपस की सन्धि की एक शर्त के अनुसार मिलती थी और उसके खर्च करने के तरीके पर कोई नियन्त्रण की शर्त नहीं थी। इसलिए पेन्शन किस तरह खर्च की जाये यह पूछने का कम्पनी को क्या अधिकार है?"

"अधिकार नहीं है, पर हरेक की शर्तों को ठुकराने का बहाना भी तो चाहिए।"

"मैंने यही सब बातें लिखकर तर्कसंगत निवेदन-पत्र देकर अज़ीमुल्ला खाँ को इंग्लैण्ड भेजा था।"

"क्या वह विश्वासी और योग्य व्यक्ति है?"

"निस्सन्देह, उसमें असाधारण बुद्धि है। उसकी सूझ-बूझ मौलिक है, वह अंग्रेज़ी और फ्रेंच भाषा का परम ज्ञाता है तथा बहुत दिन तक अंग्रेजों की सोहबत में रहकर उनकी प्रवृत्तियों का पूरा जानकार हो गया है।"

"क्या वह निराश होकर लौट रहा है।"

"नहीं, उसने लिखा है कि वह-इटली, फ्रांस और रूस जायेगा। जहाँ अंग्रेजों से युद्ध हो रहा है। वहाँ के रंग-ढंग देखेगा, और उन देशों को अपने कार्य में सहायता के लिए तैयार करेगा।"

"किस कार्य में सहायता के लिए?"

"उसने लिखा है कि उसने एक अत्यन्त महत्त्वपूर्ण योजना बनायी है, जो अत्यन्त गुप्त है। उसे वह यहाँ आकर ही बतायेगा।"

"वह योजना क्या उसी की है?"

"एक और व्यक्ति भी उसके साथ है, वह भी लन्दन में बैठा है।"

"वह कौन है?"

"उसका नाम रंगाजी बापूजी है। सतारे का नयदूत बनकर गया था। पर अजीमुल्ला की भाँति उसे भी निराशा ही मिली, अब वे दोनों कोई बहुत भारी योजना बनाकर यूरोप के देशों में घूम-घूमकर सहायता जुटा रहे हैं।"

"मैं समझता हूँ, वह अंग्रेज़ों को भारत से निकालने की योजना है।"

"मैं भी यही समझता हूँ।"

"तो श्रीमन्त, अच्छे और बुरे में मैं आपके साथ हूँ। साहस न त्यागना, जो संकल्प किया है उसे पूरा उतारना। आप प्रतिष्ठित पेशवाओं के उत्तराधिकारी हैं, यह पेशवा बाजीराव प्रथम, पानीपत के सदाशिवराव भाऊ, राजवंशी विश्वासराव, महात्मा माधवराव और नाना फड़नवीस के ये चित्र कुछ मौन सन्देश दे रहे हैं। वह सन्देश क्या हैं, जानते हैं आप?"

"जानता हूँ, अच्छी तरह जानता हूँ। पूज्य पुरुषों की निन्दा करना पातक तो है, पर मैं कहता हूँ कि यदि स्वर्गीय श्रीमन्त पेशवा के कुल में होते ही नहीं, उनके स्थान पर मैं होता तो आज पूना के भाग्य का सितारा अस्त न होता।"

"तो श्रीमन्त, आप जिस यशस्वी कुल के प्रतिनिधि हैं और जिस महान् हिन्दू साम्राज्य के उत्तराधिकारी हैं, उस साम्राज्य की पेन्शन अपने शत्रु से अर्जी प्रार्थनाओं द्वारा माँगना-श्रीमन्त का अपमान है।"

"तो आपकी समझ से मैं क्या करूँ?"

"श्रीमन्त, क्या आप पुण्य पुरुष छत्रपति शिवाजी को भूल गये? क्या प्रतिशोध और क्रोध का वेग आपके मन में उदय ही नहीं होता? क्या आपने नहीं सुना कि अपमान से मृत्यु ही अच्छी।"

"मैं तो कह ही चुका, जीऊँगा तो शान से, नहीं तो मर मिलूंगा। एक बात शायद आप नहीं जानते?"

"कौन-सी बात?"

"मेरे यहाँ छोटे-बड़े अंग्रेज़ अफ़सर आते हैं। मैं उनका यथासम्भव अच्छा अतिथि-सत्कार करता हूँ। परन्तु स्वयं कभी अंग्रेज़ों का निमन्त्रण स्वीकार नहीं करता।"

"यह क्यों?"

"इसलिए कि वे पेशवा के सम्मान में तोपें दागना नहीं पसन्द करते।"

"आपका आत्म-सम्मान देखकर सुखी हुआ। अब मैं चलता हूँ। आप ऐसे ही भाव मन में रखिये। और मुझे अपने साथ ही समझिये।"

"आपका सहारा पाकर मैं कृतार्थ हुआ।"

इतना कहकर नाना साहब उठ खड़े हुए। उन्होंने अंक भरकर अपने सम्बन्धी से भेंट की और प्रेमपूर्वक विदा किया।

38

उसी प्रसिद्ध बारहदरी में दो राजपुरुष बैठे थे। एक थे महाराजा नानाराव धोन्धुपन्त और दूसरे थे अजीमुल्ला खाँ, बातचीत का विषय अति गम्भीर था। नानाराव ने कहा-

"तो आप खाली हाथ लौटे, मेरी पेन्शन नहीं लाये?"

"पेन्शन नहीं लाया, मगर खाली हाथ नहीं लौटा हूँ।"

"खाली हाथ नहीं तो मेरे लिए आप क्या लाये हैं?"

"भारतवर्ष का सिंहासन मैं आपके लिए लाया हूँ श्रीमन्त।"

"आपका अभिप्राय क्या है?"

"यही, कि आप कमर कसकर उठिये और अपनी तलवार म्यान से बाहर कीजिये।"

"किसके खिलाफ़ ?"

"अंग्रेजों के।"

"क्या मैं पूना का पेशवा हूँ जिसकी कमान में दो लाख मरहठों की तलवारें सदा तैयार रहती थीं ?"

"यकीनन आप पूना के पेशवा हैं, महाराज आज दो-चार लाख मराठे ही क्यों, सारा हिन्दुस्तान तलवार लेकर आपके झण्डे के नीचे आ जायेगा।"

"लेकिन अज़ीमुल्ला साहब, आजकल अंग्रेजों की जागती जोत है, कौन उनके सामने सिर ऊँचा कर सकता है ?"

"पेशवा की गद्दी के उत्तराधिकारी को छोड़ और किसमें यह ताकत है ?"

"लेकिन मेरी ताकत तो भाई बहुत महदूद है।"

"वह जल्द लामहदूद हो जायेगी। उत्तर और दक्खिन में वह आग जलेगी कि बुझाये न बुझेगी। उसमें सब अंग्रेज़ जलकर खाक होंगे।"

"यह आप सपना देख रहे हैं, अजीमुल्ला खाँ साहब !"

"मेरा सपना सच्चा होगा, महाराज ! बस आपके उठ खड़े होने भर की देर है।"

"लेकिन अंग्रेज़ तो मेरे दोस्त हैं। उनके साथ मेरे दोस्ती के ताल्लुकात हैं। कैसे मैं उनसे लड़ सकता हूँ।"

"बादशाहों का कोई दोस्त नहीं हुआ करता, महाराज ! उनकी तलवार ही उनकी सच्ची दोस्त है।"

"खैर, तो आप अपनी योजना बताइये। मैं भी तो समझूँ कि कहाँ तक कुछ किया जा सकता है।"

"महाराज, मैंने देश-देश की खाक छान ली। दुनिया के सच्चे दर्शन किये। मैं इंग्लैण्ड से फ्रांस गया, तुर्किस्तान गया तथा रूस गया। सभी जगह मैंने एक वस्तु देखी, जिसकी हम यहाँ हिन्दुस्तान में कल्पना भी नहीं कर सकते थे।"

"वह कौन-सी वस्तु थी ?"

"क्रान्ति ?"

"कैसी क्रान्ति ?"

"महाराज, आपने फिरंगियों की रेलगाड़ी का इंजन तो अवश्य ही देखा है। उसमें कितने छोटे-बड़े पुर्जे लगे हैं। अनगिनत चक्र, पेंच और पुर्जों के काम और उद्देश्य सब कोई नहीं समझ

सकता। पर उसकी प्रचण्ड शक्ति सबने देखी है। किस तरह आग खाती और धुआँ उगलती यह रेलगाड़ी सबसे तेज़ चाल से धरती को दहलाती हुई सैकड़ों आदमियों को लिये चली जाती है। बस महाराज, क्रान्ति भी ऐसी ही एक चीज़ है जिसकी प्रचण्ड शक्ति मैं अपनी आँखों से देख आया हूँ।"

"आपने क्या देखा?"

"महाराज, मैंने देखा कि क्रान्ति की जड़ में एक सर्वक्षोभक सिद्धान्त काम करता है, जिसके कारण लाखों मनुष्य अपने व्यक्तिगत स्वार्थों और हानि-लाभ को छोड़कर अपना सर्वस्व न्यौछावर करने को उद्यत हो जाते हैं, और युद्ध का निमन्त्रण स्वीकार करते हैं। उनके प्रचण्ड वेग से सिंहासन डावाँडोल हो गये। राजमुकुट धूल में मिल गये और अनगिनत जन हँसते-हँसते अपने ही लोहू में डूब गये।"

"यह आपने देखा है?"

"महाराज, इस समय महात्मा गैरीबाल्डी इटली में क्रान्तियज्ञ कर रहे हैं। मैं उनसे मिला। उन्होंने मुझे क्रान्ति की राह दिखायी। और महाराज, उन्होंने वचन दिया है कि वे भारत को अंग्रेज़ों की दासता से मुक्त कराने स्वयं सेना लेकर आयेंगे।"

"आप सच कह रहे हैं?"

"महात्मा गैरीबाल्डी ने ही मुझे क्रान्ति का मन्त्र दिया है। उस क्रान्ति का-जिसकी छाया में हजारों वीरों की तलवारें रणक्षेत्र में चमकेंगी। जंग लगे राजमुकुट फिर से जगमगायेंगे। डगमगाते सिंहासन अचल चट्टान बनेंगे। केवल सिपाही ही नहीं, शान्तिप्रिय नागरिक भी इस क्रान्ति में योगदान देंगे।"

"किन्तु कैसे?"

"हमें एक ऊँची आवाज़ उठानी है-हे भारत के हिन्दू और मुसलमानो! उठो, अंग्रेजों के पापों का घड़ा भर चुका है, धर्म-युद्ध के लिए तलवार उठाओ और रणक्षेत्र में कूद पड़ो।"

आवेश में आकर अजीमुल्ला खड़े हो गये। उन्होंने हाथ उठाकर सतेज वाणी से कहा- "महाराज, अंग्रेज़ समझते हैं कि हिन्दुस्तानियों को किसी-न-किसी तरह फटे-पुराने वस्त्र और रूखी-सखी रोटियाँ मिल जायें तो वे इसी में खुश हैं। उन्हें इससे अधिक और किसी वस्तु की आवश्यकता नहीं है। परन्तु इतिहास हमें बताता है कि रोटी के लिए लाखों मनुष्य नहीं कटाये जाते। पाण्डव-कौरव युद्ध, ग्रीक और ईरानियों के युद्ध, रोम के महाराज की पृथ्वी की विजय, यूरोप के जंगलियों का दक्षिण में आना, अरबों का जंगलों में भटकना, जेरुसलम की दीवारों पर फ्रूजेउरस का धावा बोलना। पैगम्बर मुहम्मद का नंगी तलवार लेकर मैदान में आना, प्रोटेस्टेंट और रोमन कैथोलिकों के सदियों के खूनी झगड़े, फ्रांस के प्रजातन्त्र के सामने समस्त यूरोप का अड़ जाना, रूस और तुर्क का धर्म के बहाने लड़ पड़ना, और अंग्रेजों का इस देश में सबके

सिर पर लोहा बरसाकर अधर्म का बहाना, यह सब किसलिए? क्या एक टुकड़ा रोटी के लिए? या अंग ढकने के लिए? नहीं, नहीं। राम, अर्जुन, दुर्योधन, अलेक्जेण्डर, सीज़र, नेपोलियन, पिथारस, हानिवाल, सीथियों, लियोनिडास, पोरस क्या एक टुकड़ा रोटी के लिए धरती को कम्पायमान करके लाखों-करोड़ों प्राणियों के लहू से धरती को लाल कर गये? नहीं। इनमें और भी गम्भीर प्रश्न हैं? राज्य सत्ता-नीति-धर्म रक्षण। स्वातन्त्रय, अधिकारों का रक्षण इसके कारण हैं। ये कारण अमर हैं। हिन्दुस्तान के बच्चे इन बातों को भूले नहीं हैं। कभी भूलेंगे भी नहीं। वे सदा लड़े हैं और आगे लड़ते रहेंगे।"

नाना साहब भी चुपचाप खड़े हो गये। उनका हाथ तलवार की मूठ पर था और उनके होंठ काँप रहे थे। उनकी दृष्टि सामने फैले हुए गंगा के विस्तार पर तैर रही थी। वे कुछ सोच रहे थे। अज़ीमुल्ला ने कहा-

"क्या सोच रहे हैं, महाराज?"

"यही कि करो या मरो।"

"जय हो, महाराज, जय हो। बस, यही बात है। यही क्रान्ति का मूल मन्त्र है। 'करो या मरो' बस, हम प्लासी का बदला लेंगे। महाराज, प्लासी के संग्राम को आज सौ साल बीत रहे हैं। भारत की आत्मा ने बदला लेने की उसी समय प्रतिज्ञा की थी। वही क्रान्ति का बीज था। इसे सींचा अंग्रेजों ने, अपने काले कारनामों से बनारस, रुहेलखण्ड तथा बंगाल में वारेन हेस्टिंग्ज़ ने इसके मूल में कुटिलता की खाद दी। फिर मैसूर, असई, पूना, सतारा और उत्तर भारत की हरी-भरी भूमि पर वेलज़ली ने वही किया। क्रान्ति के इस खेत को उन्होंने बन्दूकों और तलवारों से जीता। पूना शनिबार बाड़े पर, सह्याद्रि की दुर्गम चोटी पर, आगरा के किले पर और दिल्ली के सिंहासन पर अत्याचार की चोटें की गयीं। कितने राजा-रजवाड़े धूल में मिल गये। महाराज, पूरे सौ साल तक अंग्रेज़ देशी सैनिकों को जुल्म-ज़बर्दस्ती की चक्की में स्वेच्छा से पीसते रहे। आर्थर वेलज़ली-अंग्रेज़ी सेना का कमाण्डर-जिन भारतीय सिपाहियों की बदौलत देशों को जय करता था-उन्हें घायल होने पर अस्पताल न भेजकर तोप से उड़ा देता था। जब इन अंग्रेज़ों का पाप से घड़ा भरने लगा तो नैलोर में क्रान्ति की आग भड़क उठी। यह क्रान्ति का प्रथम दर्शन था। आज उस घटना को पचास बरस बीत गये हैं। उसमें जनता और राजपुरुषों ने सिपाहियों को अपने वश में कर लिया था। बाजारों में फकीरों का स्वाँग भरे सैकड़ों प्रचारक तब प्रचार कर रहे थे। उन्होंने क्रान्ति का चिह्न रोटियों को बताया था और उसमें हिन्दू और मुसलमान दोनों एक होकर उठे थे। अब महाराज, समय आ गया है कि जिस क्रान्ति का यह पूर्व रूप था, उसका विराट अनुष्ठान हो और आप ही इस धर्मयज्ञ के पुरोहित बनें।"

नानाराव जड़ बने खड़े रहे। उनके मुँह से एक शब्द नहीं निकला। अज़ीमुल्ला कह रहे थे-"प्लासी के बाद ही से अंग्रेज़ी सेना के भारतीय सिपाही असन्तुष्ट रह रहे हैं। और अब वह असन्तोष चरम सीमा को पहुँच चुका है। अब तो समूचे भारत के मन में यह प्रश्न घुमड़ रहा है

कि कम्पनी का राज यहाँ रहे ही क्यों? एक तरफ़ देश में यह भावना उमड़ रही है, दूसरी ओर डलहौज़ी ने अंग्रेज़ी हड़प नीति से आग में घी डाला है।"

"पहले उसने पंजाब के शेरों पर वार किया। पंजाब केसरी रणजीत सिंह के मरते ही पंजाब पर हाथ साफ़ किया, रानी ज़िन्दाकौर बनारस में बैठी कुढ़ रही हैं और उनका बेटा दिलीप सिंह फ़िरंगी शत्रु के फेंके टुकड़े चबा रहा है। परन्तु इससे क्या? पंजाब पर हाथ साफ़ होते ही ब्रिटिश साम्राज्य का विस्तार हिमालय से कन्याकुमारी तक हो गया। अंग्रेज़ों की चिर अभिलाषा पूरी हुई। इसके बाद उसने बर्मा का गला घोंटा, और अब हिमालय से रामेश्वर तक समूचा प्रदेश लाल रंग में रंग गया। अब महाराज, अपनी तलवार म्यान से निकालिये, इस लाल रंग पर गोरे फिरंगियों के रक्त का ताज़ा लाल रंग बखेरिये।"

नाना साहब की आँखों में आँसू भर आये। उन्होंने गदगद कण्ठ से कहा-"आह! पंजाब? पचास हजार वर्गमील का भू-भाग-जिसकी आबादी 4 करोड़ है, जहाँ पुरातन ऋषियों ने वेदमन्त्रों का उच्चार किया था। पंच नदियों के किनारे सम्राटों ने अश्वमेध यज्ञ किये थे। जिसे जीतने की लालसा से सिकन्दर यूनान से दौड़ा आया था। उसे डलहौज़ी ने जीतकर दासता की बेड़ी पहना दी?"

नाना साहब की वाणी काँपने लगी। उनका कण्ठ अवरुद्ध हो गया। अजीमुल्ला ने कहा-"हाँ, महाराज, वह पंजाब इस तरह जेर किया गया। परन्तु डलहौज़ी पक्का अंग्रेज़ था। वह अपने साम्राज्य की चारों ओर की सीमाएँ बढ़ाकर ही सन्तुष्ट न हुआ, उसने भारत-भर में फैली हुई राज्य मर्यादाओं को एक-एक करके उखाड़ फेंकना आरम्भ किया। उसे डर था कि कहीं प्राचीन राज्यों के इन अर्धमृत सिंहासनों से एक दिन प्रतिशोध की हुंकार न उठ खड़ी हो, और महाराज, क्या सचमुच ही सतारे के सिंहासन पर हिन्दू साम्राज्य का एक सिंह शावक नहीं पल रहा था? पर ज्यों ही सतारे के महाराज अप्पा साहब मरे कि डलहौज़ी ने सतारे को जब्त कर लिया। यह कहकर कि महाराज निस्सन्तान मरे। निस्सन्तान मरने पर तो देहात के एक किसान की झोंपड़ी भी ज़ब्त नहीं की जाती। फिर सतारा तो अंग्रेजी राज का मित्र था। सो मित्र ही का गला घोंटा गया। इससे प्रथम छत्रपति प्रताप सिंह को ब्रिटिश शत्रु कहकर गद्दी से हटा दिया गया था और अब तो दत्तकों को खुले रूप में अवैध कहकर उन्हें अधिकारच्युत कर दिया गया है। शिवाजी के सिंहासन के डलहौज़ी ने टुकड़े-टुकड़े कर डाले। सतारे की दु:खद गाथा बहरे कानों में सुनाने के लिए निष्ठावन्त रंगोजी बापू लन्दन गये। लाखों रुपये उन्होंने वहाँ के बैरिस्टरों की जेबों में डाले। लन्दन हाल की राह की खाक छानी। यहाँ तक कि घर लौटने तक-को पाई न रही, तो कह दिया गया, सतारे का राज्य कभी न मिलेगा। उधर रंगोजी अपना उद्योग कर रहे थे-इधर डलहौज़ी नागपुर की भोंसले की गद्दी को हज़्म कर रहा था। डलहौज़ी ने 76 हज़ार वर्गमील का भू-भाग हड़प लिया। जिसकी जनसंख्या पचास हज़ार और वार्षिक आय 50 लाख थी। इतना ही नहीं, उजड्ड गोरे राजमहल में घुस गये। अस्तबल से घोड़े खोल लिये, हाथियों पर चढ़ी रानियों

को उतारकर हाथियों को कौड़ी के तीन करके नीलाम कर दिया। राजमहल की अतुल सम्पदा, हीरा, मोती, स्वर्णरत्न सब लूट लिये। बीस-बीस रुपये में घोड़े और सौ-सौ में हाथी बेचे गये। रानियों के अंग से ज़ेवर तक उतार लिये गये। परन्तु अभी भी कसर रह गयी तो राजमहल को खोदकर तालाब कर दिया। वे रानी के शयनागार में घुस गये, पलँग तोड़ दिया और पलँग के नीचे की भूमि खोद डाली गयी। महल में अंग्रेज़ी कुदाल चल रही थी और महारानी अन्नपूर्णा बाई रुग्णशय्या पर मृत्यु की घड़ियाँ गिन रही थीं। महाराज, ये अंग्रेज़ों की मित्रता के उपहार थे। आप भी इस उपहार से वंचित नहीं रहे। आप भी अंग्रेज़ों के मित्र हैं और उनके विरुद्ध तलवार उठाने में संकोच कर रहे हैं।"

नानाराव धोन्धुपन्त का अंग-प्रत्यंग क्रोध से काँप रहा था। उन्होंने एक झटके के साथ अपनी तलवार खींच ली। उसे हवा में घुमाकर उन्होंने सिंह गर्जना की, और कहा-"मैं नानाराव धोन्दूपन्त पेशवा प्रतिज्ञा करता हूँ कि जब तक एक भी अंग्रेज़ भारत में है, मेरी यह तलवार म्यान में नहीं जायेगी, और मैं या तो भारत की भूमि से अंग्रेज़ों को निकाल बाहर करूँगा या मर मिटूँगा।"

39

"महाराज की जय हो! खुशखबरी है। मोरलैण्ड बिठूर आ रहे हैं।" अज़ीमुल्ला ने महल में प्रविष्ट होते हुए प्रसन्न मुद्रा में कहा। महाराज नानाराव यह सूचना सुनते ही प्रसन्न हो गये। उन्होंने कहा-"तब तो हमारा काम बन गया समझिये। मोरलैण्ड हमारा शुभचितन्क और सज्जन अंग्रेज़ है।"

"महाराज, अभी तक तो सभी अंग्रेज़ अफ़सर आपके शुभचिन्तक हैं, आगे देखा जायेगा।" उसने मुस्कुराकर कहा-"किन्तु मोरलैण्ड से ऐसी युक्ति से काम लेना चाहिए कि साँप मरे न लाठी टूटे।"

"मोरलैण्ड मेरे बहुत से कंकड़-पत्थर पचाये बैठा है। स्वर्गीय श्रीमन्त के ज़माने में वह, जब कानपुर का न्यायाधीश था उसे हमने हीरे-मोतियों से भर दिया था। वह अभी नौकरी छोड़कर चला जाये तो भी उसकी सात पुश्त के लिए वह काफ़ी है।"

"तो श्रीमन्त, मोरलैण्ड ने भी आपके नमक का हक अदा किया। उसने आपको पेशवा की सनद और मसनद तथा पेन्शन दिलाने के लिए लेफ्टिनेण्ट गवर्नर थामसन से बहुत माथापच्ची की, पर थामसन एक ही कांइयाँ और डलहौज़ी का गुर्गा था, उसने मोरलैण्ड की एक न सुनी। मोरलैण्ड से उनका झगड़ा तक हो गया।"

"खैर, गनीमत है कि दुनिया में एक अंग्रेज़ ऐसा है तो जो किसी हिन्दुस्तानी के नमक का हक अदा कर रहा है। अब तक तो हम हिन्दुस्तानी ही अंग्रेज़ों के नमकख्वार थे।"

"जो भी हो, मोरलैण्ड से फ़ायदा उठाना चाहिए। इस वक्त वह आगरा में जज है। उसकी काफ़ी प्रतिष्ठा है। खासकर हेनरी लारेन्स तो उसे चचा कहता है।"

"कुछ लिखा है उन्होंने-बिठूर में कै दिन ठहरेंगे?"

"सिर्फ दो दिन श्रीमन्त, उन्हें ज़्यादा छुट्टी नहीं है।"

"तो खैर, आप उनके ठहरने-शिकार, विनोद के सब उम्दा सामान एकत्र कर दीजिये। वह प्रसन्न होकर जायें।"

"आप निश्चिन्त रहें श्रीमन्त, सब ठीक हो जायेगा। मेरा खयाल है, वह आज शाम तक आ जायेगा।"

"तो आप लखनऊ अपना कासिद भेज दीजिये। ऐसी युक्ति कीजिये कि हम लखनऊ भी हो आयें और किसी को सन्देह भी न हो।"

"श्रीमन्त, हम इतना बड़ा आयोजन कर रहे हैं, यह सम्भव नहीं है कि अंग्रेज़ों के कान में इसकी भनक न पहुँचे, परन्तु वे अपने अधिकार के नशे में मस्त हैं। एक दर्जे तक बेवकूफ़ भी हैं। वे अभी तक इस बात को नहीं जानते कि भारत में किसी जाग्रत जन-शक्ति का जन्म हो चुका है। वे तो शक्ति का आधार केवल राजा-रजवाड़ों को ही अब भी समझ रहे हैं और अपनी समझ में वे उन्हें खत्म भी कर चुके हैं। उनकी समझ में तो अब भारत में उनका सामना करने वाली कोई शक्ति है ही नहीं। जो राज्य हैं-वे उनके आश्रित हैं। आज तो जो रियासतें बची हैं, उनके राजा ही नहीं-दीवान, वज़ीर, सेनापति और सब राज्य-कर्मचारी उन्हीं के गुलाम हैं। क्या मजाल, ज़रा यूँ करें। फिर भला उन्हें डर काहे का।"

"आप ठीक कहते हैं खान, पर हमारी यह नवीन जन-शक्ति जन्म तो ले चुकी है। पर अभी बच्चा है। हमें सावधानी से काम लेना चाहिए।"

"तो महाराज, आप तीर्थयात्रा के मिस दिल्ली, पंजाब और मध्य भारत तक की यात्रा कर आयें। बादशाह सलामत तक से मशविरा हो चुका। कहीं कोई सन्देह की बात हुई?"

"नहीं हुई, यह ठीक है, पर अंग्रेज़ बड़े चालाक हैं।"

"कौवा भी बड़ा चालाक होता है श्रीमन्त, मगर खाता है गलीज़।"

"खैर, तो हमारी योजना पूरी हो जाये, और समय से प्रथम वह प्रकट न हो-हम तो महज़ इतना ही चाहते हैं।"

"श्रीमन्त, हमें अपने तीन केन्द्र बनाने हैं-दिल्ली, कानपुर और बिहार। दिल्ली में सब कुछ तय हो चुका, वहाँ हमारे आदमी काम कर रहे हैं। इसके अतिरिक्त अब मुगल तख्त की भी मौत और ज़िन्दगी हमारे ही हाथ में है।"

"यह ठीक है।"

"उत्तरी भारत, मध्य भारत और पश्चिमी भारत की जनता कुछ गिने हुए राज्यों को छोड़कर हमारे साथ है। दिल्ली, अवध, झाँसी, बिहार तथा बंगाल के हैं जागीरदार और शासक सभी हमारी

ओर आशा की नज़र से देख रहे हैं। अब हम अंग्रेज़ी फ़ौजों को भी अपनी ओर तोड़ चुके हैं। बस शंख फूँकने की देर है।"

"मैं आशा करता हूँ कि हमारे बाहरी मित्र भी हमारी समय पर सहायता करेंगे।"

"इटली के वीर गैरीबाल्डी के वचन से मैं श्रीमन्त को अवगत करा चुका हूँ। इसके अतिरिक्त दो शक्तियाँ-जो अंग्रेज़ी ताकत की बराबरी की हैं-हमारा साथ देंगी। हसन अस्करी ईरान में काम करके वापस आ गये हैं। अब वे उत्तरी भारत के छोटे-बड़े राज्यों का दौरा कर रहे हैं और मैं रूस से बात करके आया हूँ।"

"फिर भी अवध की बेगम का पर्दे से बाहर आना आवश्यक है। बंगाल रेजीमेण्ट के सारे जवान अवध के निवासी हैं। वे सब अवध के बादशाह की राज्यच्युति पर क्षुब्ध हैं। अब यदि अवध की बेगम हमारा साथ देती हैं तो हमें बड़ी मदद मिलेगी।"

"श्रीमन्त, बंगाल, पटना, इलाहाबाद, कानपुर, मेरठ और अम्बाला सर्वत्र ही सेना में विद्रोह का बीज पनप रहा है। इन सभी केन्द्रों की सेनाएँ हमसे विद्रोह में साथ देने के लिए वचनबद्ध हो चुकी हैं।"

"तब तो बस अब लखनऊ ही रह गया।"

"लखनऊ श्रीमन्त का एक बार जाना अत्यन्त आवश्यक है। वहाँ से अवध के राजाओं और ताल्लुकेदारों को अपने साथ लेना है। निश्चय ही लखनऊ इस स्वतन्त्रता-संग्राम का भारी मोर्चा बनेगा। अंग्रेज़ भी यह जानते हैं। मौलवी अहमदशाह अवध में काम कर रहे हैं। खासकर अवध के साहूकारों का संगठन आवश्यक है। हमारे संग्राम का सारा खर्चा वही सँभालेंगे, और मौलवी अहमद शाह उन्हें ठीक कर रहे हैं। अब हसन अस्करी साहब भी लखनऊ पहुँचना चाहते हैं। बस, श्रीमन्त को वहाँ जाने का यही अवसर है।"

"हमें अवध के साहूकारों ने निमन्त्रण भी दिया है।"

"तो बस, कालपी में बिहार के शेर महाराज कुँवरसिंह से श्रीमन्त की मुलाकात हो ही चुकी है, और उन्होंने दानापुर छावनी के सब सैनिकों को साथ लेने का भार अपने ऊपर ले लिया है।"

"किन्तु अच्छा होता कि महाराज कुँवरसिंह भी लखनऊ की गुप्त सभा में हमारा साथ देते।"

"पर अब इसका समय नहीं रहा है, श्रीमन्त। इसके अतिरिक्त उनके ऊपर काम का जो भार है उसे उन्हें पूरा करने दीजिये।"

"तो बस, अब तो मोरलैण्ड को काबू करना आपके हाथ है।"

"मैं आशा करता हूँ-सब काम को निहायत खूबसूरती से अंजाम दे दिया जायेगा।"

"तो मैं निश्चिन्त हूँ। आप आवश्यक प्रबन्ध कीजिये।"

अज़ीमुल्ला उठकर चले आये। नाना साहब अनेक गम्भीर चिन्ताओं में निमग्न हो गये।

40

मोरलैण्ड साहब महाराज नानाराव से भेंट करके, उनके आतिथ्य-सत्कार से खुश होकर कानपुर चले गये। उसके दूसरे ही दिन इतवार था। भोर ही उन्हें सूचना मिली कि महाराज नाना साहब आपसे बदले की मुलाकात करने हाज़िर आये हैं। मोरलैण्ड भौंचक रह गये। उन्होंने बिठूर जाकर नाना से व्यक्तिगत भेंट की थी, वह नहीं चाहते थे कि उसका कोई राजनैतिक उपयोग हो। नाना से वे डरते भी थे, वह जानते थे कि भारत सरकार उन्हें सन्दिग्ध पुरुष समझती है, और वह नहीं चाहते थे कि उनसे उनकी कोई घनिष्ठता प्रकट हो। उन्होंने नाना साहब के आगमन का समाचार सुनकर कहा-"लेकिन आज तो इतवार है।"

नाना साहब का विश्वस्त अनुचर बावाभाट आगमन का सन्देश लेकर गया था, उसने आगे बढ़कर कहा-"हुजूर, श्रीमन्त से तो आपके घरू सम्बन्ध हैं। फिर उन पर आपके एहसानात भी कितने हैं, यह कितनी अकृतज्ञता और असभ्यता होगी-कि आप तो इतनी दूर चलकर बिठूर तक उनसे मिलने को पधारें और वह यहाँ आकर आपसे बदले की मुलाकात तक न करें।"

मोरलैण्ड ने कुछ असमंजस में पड़कर कहा-"खैर, बुलाओ!"

नाना साहब ने हँसते हुए आकर मोरलैण्ड से हाथ मिलाया और कहा-"आप तो स्वर्गीय श्रीमन्त के मित्र हैं। अत: मेरा भाव आपके प्रति वैसा ही है जैसा स्वर्गीय श्रीमन्त के प्रति। आपकी असुविधा का मैं विचार ही न कर सका। मेरा मन न माना-मिलने चला आया। इससे मैंने आपको नाराज़ तो नहीं कर दिया।"

मोरलैण्ड साहब ने कहा-"नहीं, महाराज, आपका यहाँ स्वागत करके मैं प्रसन्न हुआ। पर आपने यह नाहक तकलीफ़ उठायी।"

"तकलीफ़ कुछ नहीं। मेरे छोटे भाई राव साहब कुछ काम से लखनऊ जा रहे हैं। सोचता हूँ मैं भी दो दिन को चला जाऊँ। लखनऊ मैंने देखा नहीं है। इसके अतिरिक्त मैं लखनऊ के कमिश्नर सर हेनरी लारेन्स से भी भेंट करना चाहता हूँ। मुझे कुछ नई असुविधाएँ हुई हैं। चाहता हूँ उनसे कहूँ कि ज़रा खयाल रखें। आखिर तो मेरी दौड़ वहीं तक है।"

"क्या हर्ज़ है। सर हेनरी लारेन्स बड़े सज्जन हैं। आपकी प्रार्थना यदि गैर-कानूनी न हुई तो वह ज़रूर आपका खयाल रखेंगे।"

"तो मेरे लिए ज़रा-सा कष्ट कीजिये, एक परिचय-पत्र मुझे दे दीजिये, जिससे उन्हें इतना तो मालूम हो जाये कि आप मेरे मुरब्बी हैं।"

"बहुत खुशी से।"

और मोरलैण्ड साहब ने एक परिचय-पत्र उन्हें लखनऊ के कमिश्नर के नाम लिख दिया। अपने कार्य में कृतकृत्य होकर नाना साहब लखनऊ को तत्काल चल पड़े। उनके साथ

अजीमुल्ला खाँ, राव साहब तथा कुछ अन्य विश्वस्त अनुचर भी लखनऊ पहुँचे। कुछ व्यक्ति अलग-अलग गुप्त रूप से लखनऊ पहुँच गये।

41

लखनऊ के कमिश्नर सर हेनरी लारेन्स एक ज़बर्दस्त कूटनीतिक अंग्रेज़ राजपुरुष थे। ये वही व्यक्ति थे जिन्होंने पंजाब में अंग्रेजी हुकूमत की स्थापना करके दुर्दान्त सिखों को पालतू बनाया था। सर हेनरी लारेन्स का कद लम्बा, उठान शानदार, शरीर सुदृढ़ और मुखमण्डल प्रभावशाली था। उनके ललाट की रेखाएँ उनके गहन चिन्तन का परिचय देती थीं। चिन्ताओं तथा राजनीतिक उलझनों के कारण उनके नेत्रों में ज़रा रूखाई दीख पड़ती थी, परन्तु उनकी चमकती दृष्टि और गहन चितवन उन्हें विचारवान व्यक्ति प्रकट करती थी। उन्हें सदा भारी परिश्रम करना पड़ता था, इसलिए वे थके-से दीख पड़ते थे, परन्तु वह काम और परिश्रम से कभी न घबराते थे, वह विचारशील स्वभाव और उदार विचारों के पुरुष थे। वह उन लोगों में थे जिनकी ज़बान नर्म और काम सख्त होते हैं। लखनऊ आने से पूर्व वह राजस्थान के पोलिटिकल एजेण्ट गवर्नर जनरल थे, और स्वास्थ्य सुधारने के विचार से विलायत जाने का विचार कर रहे थे-कि इतने ही में लार्ड कैनिंग ने उन्हें लखनऊ का कमिश्नर नियुक्त करके तुरन्त वह भार सँभालने का आदेश दे दिया। लार्ड कैनिंग के वह खास विश्वासपात्र थे।

इस समय लखनऊ तत्ता तवा बना हुआ था। बादशाह वाजिदअली शाह की सिंहासन-च्युति साधारण घटना न थी। इससे अवध के सब तालुकेदार-राजा, उमराव, जागीरदार बिगड़ बैठे थे। अवध के देहातों से ठठ-के-ठठ लोग लखनऊ में आ रहे थे, वे सब अपने मन में वह ज़हर अंग्रेजों के लिए लाये थे-जो बंगाल से प्रताड़ित अवध के सिपाहियों ने उनमें भर दिया था। वे सब क्रुद्ध और अशान्त थे, और अब तरह-तरह की अफ़वाहें लखनऊ में उड़ती रहती थीं। इसलिए लार्ड कैनिंग ने लखनऊ के कमिश्नर के पद पर उनकी नियुक्ति करके आराम की साँस ली थी।

परन्तु अभी लखनऊ आये उन्हें दो मास भी नहीं हुए थे। इसी बीच लखनऊ के राज-परिवार, जागीरदार और तालुकेदार आदि के पेचीदा कज़िए उन्हें चुकाने पड़े थे। इसी समय उनके असिस्टेण्ट मार्टिन्स गुवन्सि ने उन्हें सूचना दी कि नानाराव महाराज बिठूर से लखनऊ में आये हैं और उनसे मुलाकात करना चाहते हैं। नानाराव की लखनऊ में अवाई सुनकर उनका माथा ठनका। नानाराव के सम्बन्ध में वे विशेष कुछ नहीं जानते थे। परन्तु इतना ज़रूर उन्हें मालूम था कि यह पदच्युत पेशवा का पुत्र है और उसके साथ सावधानी बरतनी आवश्यक है।

उन्होंने अपने असिस्टेण्ट मार्टिन्स गुवन्सि की नानाराव के सम्बन्ध की सब जानकारी सहित तलबी की। मार्टिन्स गुवन्सि बड़े बिगड़े दिल-मिज़ाज के अफ़सर थे। भूतपूर्व कमिश्नर जैकसन से उनकी कभी नहीं बनी। गवर्नर-जनरल की मंशा थी-कि लखनऊ

के राजपरिवार तथा सामन्तों से अच्छा व्यवहार किया जाये-पर गुवन्सि को यह बात पसन्द न थी। वह भारतीयों को काला निगर कहा करते थे तथा सभी भारतीयों के प्रति द्वेषभाव अवश्य

रखते थे-पर अपने काम में पूरे चौकस थे। इस समय लखनऊ में वह अर्थ-व्यवस्था की देख-भाल कर रहे थे।

गुवन्सि ने आकर उन्हें बताया कि महाराज नानाराव लखनऊ देखने और आपसे मुलाकात करने की इच्छा से आये हैं-तथा आगरा के न्यायाधीश मोरलैण्ड का सिफ़ारिशी खत लाये हैं।

"क्या यह पदच्युत पेशवा का पुत्र है?"

"जी हाँ, लेकिन इसे न पिता की पदवी प्राप्त है, न पेन्शन, न विशेषाधिकार। वह महज़ अंग्रेज़ सरकार का प्रतिष्ठित प्रजाजन है।"

"इसके अधीन कितना इलाका बिठूर में है?"

"इलाका तो अब सब ज़ब्त हो गया है। सिर्फ़ बिठूर गाँव पर उसका अधिकार है।"

"भूतपूर्व पेशवा को क्या तोपों की सलामी भी थी?"

"जी हाँ, पर इसे सलामी प्राप्त नहीं है।"

"क्या सरकार ने इसे पेशवा का उत्तराधिकारी माना है?"

"केवल पारिवारिक सम्बन्धों और सम्पत्ति का उत्तराधिकारी, उसके राजनैतिक अधिकारों का नहीं।"

"तो इसका निर्वाह कैसे होता है?"

"पेशवा बहुत धन छोड़कर मरा है सर।"

"इस नानाराव का रहन-सहन कैसा है?"

"बहुत शानदार। वह बड़ा शाहखर्च आदमी है। सब लोग-भारतीय और अंग्रेज़ उसे महाराज बिठूर कहते हैं।"

"क्या उसका आचरण कुछ सन्दिग्ध है।"

"ठीक नहीं कहा जा सकता। कुछ लोग कहते हैं कि वह अंग्रेज़ों के विरुद्ध विचार रखता है। पर हकीकत तो यह है कि वह हर तरह अपने को अंग्रेज़ों का मित्र प्रकट करता है। बहुत अंग्रेज़ अफ़सर उसके मित्र हैं और उसकी मेहमाननवाजी का लाभ उठाते हैं। वह बड़ा उदार और अतिथि-सत्कार करता है, बज़ाहिर कोई प्रमाण उसके विरुद्ध नहीं है।"

"मोरलैण्ड ने उसके सम्बन्ध में क्या लिखा है?"

"उसने मित्र कहकर उसका परिचय दिया है।"

"आप कह सकते हैं कि वास्तव में मोरलैण्ड उससे मित्रवत् व्यवहार रखता है?"

"सर, अभी मोरलैण्ड कानपुर एक सरकारी काम से आये थे, और वह बिठूर उससे मिलने गये थे?"

"क्या आप कह सकते हैं कि मोरलैण्ड के उसके तथा उसके परिवार के साथ पुराने सम्बन्ध कैसे थे?"

"मोरलैण्ड जब कानपुर में जज थे-तब सदैव वह पेशवा बाजीराव के अनुकूल रहे। उसके मरने पर जब इस नानाराव की पेन्शन ज़ब्त हुई, तब मोरलैण्ड ने उसकी सिफ़ारिश लेफ़्टिनेण्ट गवर्नर थामसन से की थी।"

"आपने मुझे इतनी ज्ञातव्य बातों से परिचित कराया, मैं आपका कृतज्ञ हूँ। लेकिन क्या आपको उसके लखनऊ आने और मुझसे मुलाकात करने में कुछ उज्र है?"

"लखनऊ में तो वह आ ही गया है। अब अनुमति न देना तो ठीक न होगा। क्योंकि शहर के लोगों को उसका आना विदित हो गया है। और वे उसका धूमधाम से स्वागत करना चाहते हैं। यदि हम नानाराव को रोक देते हैं, तो शहरवालों पर बुरा प्रभाव पड़ेगा, जो वर्तमान बिगड़ी हुई स्थिति में हानिकर होगा।"

"नानाराव के साथ कितने आदमी हैं?"

"पूरा लश्कर है। पर मुख्य पुरुषों में उसके साथ अज़ीमुल्ला, उसका सेक्रेटरी, उसका भाई राव साहब और एक सम्बन्धी और है।"

"क्या ये सब प्रतिष्ठित व्यक्ति हैं?"

"अज़ीमुल्ला वही आदमी है जो उसका एल्ची बनकर लन्दन गया था और ईस्ट इण्डिया कम्पनी के विरुद्ध कोर्ट ऑफ़ डायरेक्टर की सेवा में अपील की थी। यद्यपि उसे सफलता नहीं मिली, पर उसने नानाराव की पैरवी की थी। मुझे सूचनाएँ लन्दन से मिली हैं कि वहाँ इस आदमी की अच्छी आवभगत हुई थी।"

"खैर, बाकी आदमी?"

"एक नाना का छोटा भाई है। दूसरा कोई खानदानी व्यक्ति है।"

"क्या आपने उससे मुलाकात की?"

"उसने मुझसे मिलना चाहा था। पर उसने अपने साथियों के लिए भी कुर्सियों की माँग की जिसे मैंने स्वीकार नहीं किया। मैं इन भारतीयों को ज़्यादा मुँह लगाना पसन्द नहीं करता-फिर जब वह हमारे साधारण प्रजाजन हैं तो हम उन्हें कुर्सी कैसे दे सकते हैं। मैं नानाराव को कुर्सी देने तथा उससे अकेले मुलाकात करने को तैयार था। पर उसने यह स्वीकार नहीं किया। परन्तु मैं समझता हूँ कि हमें उसके साथ सम्मान का व्यवहार करना चाहिए। केवल इसलिए नहीं कि हम उसे प्रसन्न करना चाहते हैं, बल्कि इसलिए भी-कि इससे लखनऊ के छोटे-बड़े

सभी प्रसन्न होंगे। इन पदच्युत राजाओं का मन हमारी ओर से खट्टा है। अब अपने सद्व्यवहार से हम यदि उसके मन की विरक्ति को कम कर सकें तो हर्ज नहीं है।"

"मैं उससे मुलाकात करूँगा। आप उसे इत्तला दे दीजिये।"

"आपका यह तो अभिप्राय नहीं कि हम उसकी ओर से एकदम निश्चिन्त हो जायें?"

"नहीं मिस्टर गुवन्सि, मैं नहीं चाहता कि आप सतर्क न रहें। मैं सिर्फ इतना ही चाहता हूँ कि हमारा आचरण विश्वासोत्पादक होना चाहिए। सावधानी और सुरक्षा के सम्बन्ध में आप मेजर एण्डरसन और जुडिशियल कमिश्नर मिस्टर ओमाने निकल से सहायता ले सकते हैं।"

"लेकिन शहरवाले तथा जमींदार लोग उसका धूमधाम से स्वागत करना चाहते हैं, उसका जुलूस निकालना चाहते हैं।"

"वह ठहरा कहाँ है?"

"फरहत बख्श महल में। बेगम हज़रत महल का मेहमान है वह।"

"आपको इसमें एतराज है?"

"मैं केवल सतर्क रहना चाहता हूँ।"

"आप सतर्क रहिये। मगर उनके काम में हाज़िर मत होइये। और जब वह लौट जाये तो मुझे आप एक विस्तृत रिपोर्ट दीजिये-कि उसकी लखनऊ यात्रा का उद्देश्य क्या था और उसकी इस यात्रा की यहाँ कैसी प्रतिक्रिया हुई है।"

सर लारेन्स उठ खड़े हुए। उन्होंने हाथ मिलाते हुए कहा-"मिस्टर गुवन्सि, आप जैसे सतर्क और सावधान अफ़सर के रहते मैं सर्वथा निश्चिन्त हूँ।"

"मैं आपका तथा आनरेबुल कम्पनी सरकार का आज्ञाकारी सेवक हूँ सर।" उन्होंने सिर झुकाया और तेजी से चले गये।

42

बिठूर के महाराज नानाराव पेशवा की लखनऊ में धूम मच गयी। आबालवृद्ध जिसने सुना-बिठूर के विशुत महाराज को देखने को उद्विग्न हो उठा। नानाराव के साथ अजीमुल्ला शाह का नाम भी लोगों की ज़बान पर था। उसके सम्बन्ध में बहुत-से अतिरंजित किस्से अवध में फैले हुए थे और बहुत लोग उसे देखने को उत्सुक थे। पेशवाओं के ऐश्वर्य, दान और शान की लोग हज़ार मुँह से चर्चा कर रहे थे। गाँव-देहात से ठठ-के-ठठ किसान-सिपाही उसे देखने आ रहे थे। बहुत साधु-सन्त-ब्राह्मण भी दान पाने की अभिलाषा से आये थे। स्त्री और पुरुष सभी अपनी-अपनी मति के अनुसार पेशवा-अंग्रेज़, अवध राज्य, अजीमुल्ला की सेना की चर्चाएँ कर रहे थे। चर्चाओं में दैवी चमत्कार, पीरों की करामात, दिल्ली के बादशाह

के औलियापन के किस्से भी मिले हुए थे। लोग कहते थे-बिठूर के महाराज महाराजों के पेशवा हैं।

नगर निवासी और तालुकेदारों ने मिलकर नाना का जुलूस शाही ठाठ से निकाला था। सुनहरी साज़बाज़ से सिर से पैर तक सजे-धजे हाथी पर सुनहरी ओहदे में नानाराव और उनके भाई बैठे थे। उनके बाद दूसरे हाथी पर अजीमुल्ला खाँ और मौलवी अहमदशाह बैठे थे। उसके बाद हाथियों, घोड़ों, रथों और बग्घियों पर शहर के रईस उमरा थे। बाजे-गाजे-निशान-और भीड़-भाड़ की धूम इतनी थी-कि जितनी कल्पना अंग्रेज़ अधिकारियों ने भी नहीं की थी। सबसे आगे फ़ौजी बैण्डबाजा था, जो बेगम हज़रत महल ने अंग्रेज़ों से माँग लिया था। उसके बाद लखनऊ और पेशवाई हुकूमत के झण्डे और उनके पीछे सिपाहियों की भीड़ थी। जो एक प्रकार से नियन्त्रण से बाहर हो रही थी। किसी के कन्धे पर बन्दूक, किसी की कमर में तलवार, किसी के हाथ में नेजा। कोई वर्दी कसे और कोई सादा लिबास में। पेशवा के हाथी के पीछे घुड़सवारों का एक दस्ता था-जो भाले-बर्छे से लैस था। पेशवा के ऊपर एक छत्र लगाया हुआ था और इस समय उनकी धज एक बड़े महाराज के समान हो रही थी। अजीमुल्ला अपने हाथी पर से रुपये और मुहरें लुटाते आ रहे थे। नानाराव निरन्तर दोनों हाथ उठाकर लोगों के अभिवादन का जवाब देते जा रहे थे। जय-जयकार के नारों से वातावरण भरा था। घरों की छतों पर से नगर-वधूटियाँ पुष्पवर्षा कर रही थीं। बहुत लोग हाथ बाँधे आँखों से आँसू बहा रहे थे।

हेनरी लारेन्स को आशा न थी कि नानाराव का ऐसा भव्य स्वागत लखनऊ में होगा। उन्हें सूचना मिली थी कि लोग उत्तेजनामूलक नारे लगा रहे थे। परन्तु सर हेनरी लारेन्स ने अत्यन्त गम्भीरता का परिचय दिया। उस समय लखनऊ में कोई हंगामा न उठ खड़ा हुआ, यही बड़ी बात समझी गयी।

और जब नानाराव सर हेनरी लारेन्स से मिलने आये-तो उनके साथ अज़ीमुल्ला-राव साहब तथा पटवर्धन थे। सर लारेन्स ने सबका खड़े होकर स्वागत किया। सबको कुर्सी दी। और फिर अत्यन्त विनम्र वाणी से कहा-

"बिठूर के महाराज का यहाँ लखनऊ में स्वागत करने का मुझे गर्व है। क्या मैं महाराज की कोई सेवा भी कर सकता हूँ?"

"सर लारेन्स, आपके इतना कहने ही से मुझ पदच्युत भाग्यहीन पेशवा का सत्कार हो गया। मेरा प्राप्तव्य तो लन्दन के दरबार से भी न मिला। अब आप से क्या याचना करूँ? केवल यही चाहता हूँ कि कभी बिठूर पधारकर मुझे कृतार्थ करें।"

"अवसर पाते ही मैं आऊँगा, महाराज।"

"मुझे हार्दिक प्रसन्नता होगी।"

"क्या आप जल्दी ही लौट रहे हैं?"

"कल सुबह ही।"

"इतनी जल्दी क्यों। अभी लखनऊ देखिये।"

"सब देख लिया सर लारेन्स। मुझ वैरागी को तो गंगा तट ही अधिक प्रिय है।"

मुलाकात खत्म हुई और नानाराव अपने डेरे पर आये।

रात को फरहत बख्श महल के गोल कमरे में गुप्त मन्त्रणा हुई। गोल कमरे के बाहर के कमरे में लखनऊ की प्रसिद्ध वेश्याओं के मुजरे हो रहे थे। तबले खड़क रहे थे, कहकहे उड़ रहे थे-परन्तु भीतर गोल कमरे में छः व्यक्ति नपी-तुली भाषा में सावधानी से बातें कर रहे थे। छः व्यक्तियों में एक थे नानाराव, दूसरे राव साहब, तीसरे थे अजीमुल्ला, चौथे थे मौलवी अहमदशाह, पाँचवीं बेगम हज़रत महल-जो चिलमन में बैठी थीं, छठे थे राजा बेनीमाधव।

बहुत रात तक मन्त्रणा होती रही। बहुत बातों पर तर्क-वितर्क हुआ। सब बातों पर गम्भीरता से विचार करने के लिए तीन व्यक्तियों की योजना परिषद बना दी गयी। तीन आदमी थे-अजीमुल्ला खाँ, मौलवी अहमदशाह और तात्या टोपे।

43

लखनऊ के फरहत महल में बैठकर जिस त्रिकूट ने सत्तावन क्रान्ति की योजना बनायी उसका प्रमुख सूत्रधार अज़ीमुल्ला खाँ था। यह एक विचित्र मेधावी और आकर्षक व्यक्ति था। सन 37-38 के अकाल में उसे और उसकी माँ को-जो भूखे मर रहे थे-एक किसी एंग्लो-इण्डियन ने कानपुर में अपने यहाँ आश्रय दिया। उसकी माँ को आया की नौकरी दे दी गयी, और उसे कानपुर के फ्री मिशन स्कूल में दाखिल कर दिया गया। पैटन नाम के एक अध्यापक मिशनरी की देख-रेख में उसकी शिक्षा आरम्भ हुई और तीन रुपया मासिक वज़ीफा भी उसे मिलने लगा। बालक सुन्दर और होनहार था, अतः मिशनवाले चाहते थे कि वह ईसाई हो जाये। परन्तु उसकी माँ कट्टर मुसलमान थी, इसलिए उसने ईसाई होने का विरोध किया। इस स्कूल में पढ़कर तथा एंग्लो-इण्डियन परिवार के साथ रहकर उसने अंग्रेजी और फ्रेंच भाषा का अच्छा अभ्यास कर लिया। वह दस वर्ष तक उस स्कूल में पढ़ता रहा। बाद में वहीं अध्यापक भी हो गया। दो साल बाद वह ब्रिगेडियर स्काट का मुन्शी हो गया। जब स्काट विलायत जाने लगे तो उन्होंने अपने उत्तराधिकारी अंशवर्नहम का उसे मुन्शी बना दिया। परन्तु अंशवर्नहम से उसकी पटी नहीं। इसी समय नानाराव की नज़र उस पर पड़ी और वह उसे बिठूर ले आये। उसकी प्रतिभा से प्रभावित होकर उन्होंने अपना वकील बनाकर इंग्लैण्ड भेजा, वहाँ से लौटती बार वह भारतीय क्रान्ति की ज्वलन्त रूप-रेखा इटली के जोजेफ मेजनी और गैरीबाल्डी के सम्पर्क से बना लाया। उसने रूस के ज़ार को भी भारत में दिलचस्पी लेने की प्रेरणा दी-तथा वह गैरीबाल्डी से सहायता का वचन लेकर भारत लौटा था।

दूसरे व्यक्ति थे मौलवी अहमदउल्ला शाह, जिनका वास्तविक नाम सिकन्दर शाह था। ये फैज़ाबाद के मौलवी के नाम से प्रसिद्ध थे। वे एक सम्पन्न सुन्नी परिवार के सदस्य थे, जो मद्रास

प्रेसीडेन्सी के अर्काट इलाके में रहता था। वह अरबी-फारसी के पण्डित और अंग्रेजी के भी ज्ञाता थे। डील-डौल उनका लम्बा था किन्तु शरीर के वे दुबले-पतले थे। परन्तु शरीर उनका मज़बूत था। होंठ पतले और नाक उभरी हुई थी। वे लम्बी दाढ़ी रखते थे, उसमें से झाँकती हुई उनकी चमकदार आँखें-प्रत्येक पुरुष पर अपना प्रभाव रखने में समर्थ थीं। पहले लखनऊ में घसियारी मण्डी में एक साधारण मकान में वह रहते थे। व्यवहार में वह शिष्ट और रूप-रंग में कोई रईस प्रतीत होते थे, इस समय इनकी आयु चालीस वर्ष के लगभग थी। वह अपने साथ दस-बीस आदमी तथा झण्डा और नक्कारा रखते थे, और डंके की चोट पड़ते ही कहते थे कि मैं अंग्रेजों का नाश करने आया हूँ। बाद में अंग्रेजों ने उन्हें लखनऊ से निकाल दिया तो वह फैज़ाबाद में रहने लगे थे। पर चोरी-छिपे लखनऊ आते रहते थे। उन्होंने लखनऊ की बेगम हज़रत महल को क्रान्ति की साथी बनाया था। वह जैसे प्रभावशाली वक्ता और लेखक थे और वैसे ही संगठनकर्ता भी थे। वीर और साहसी भी खुब थे। सम्पूर्ण उत्तर भारत और खासकर अवध में उनके नाम का डंका बजता था। नक्कारा साथ रखने के कारण उनका नाम नक्कारा शाह भी प्रसिद्ध हो गया था।

तांत्या टोपे आज भी इस गुप्त मन्त्रणा में उपस्थित न थे, परन्तु नानाराव ने अपने प्रतिनिधि के तौर पर उनका नाम उपस्थित किया था। तांत्या टोपे देशस्थ दाक्षिणात्य ब्राह्मण श्री पाण्डुरंग भट्ट के पुत्र थे, जो गोलग्राम के निवासी थे, और अब क्रान्तियज्ञ के प्रस्तोता बनकर बिठूर, कालपी और झाँसी में चक्कर लगा रहे थे। नानाराव, कुँवरसिंह और झाँसी की रानी को उक्त-सूत्र में गूंथने तथा समूचे मध्यभारत में क्रान्ति की ज्वाला सुलगाने का काम इन्होंने सँभाला था। पाण्डुरंग भट्ट बाजीराव पेशवा के अनन्य भक्त और उनके आश्रित थे तथा उनके साथ ही बिठूर में आ बसे थे। उनके आठ पुत्रों में ज्येष्ठ रामचन्द्र थे-जो तात्या टोपे के नाम से विख्यात हुए थे। तांत्या, लक्ष्मीबाई और नानाराव का बाल्यकाल साथ ही बीता था। टोपे का शरीर मझोला और गठा हुआ था, रंग सांवला था। चेहरे पर चेचक के दाग थे। आँखें बड़ी-बड़ी थीं और मुखमुद्रा दृढ़ थी। नाना और अज़ीमुल्ला की क्रान्तिधारा में यह नैसर्गिक सैनिक तत्त्व मिल गया था।

आगे चलकर इस त्रिकूट ने क्रान्ति-युद्ध का जैसा विराट् तानाबाना पूरा, और जिस अद्भुत शक्ति का परिचय दिया, वह असफल होने पर भी सौ सफलताओं के बराबर था।

44

एक तेरह फीट लम्बी और छ: फीट चौड़ी जेल की कालकोठरी में एक कैदी बैठा चुपचाप कुछ सोच रहा था। इंग्लैण्ड में इस साल बड़ी कड़ाके की सर्दी थी। कोठरी में बर्फ और पानी की इतनी बौछार आती थी कि सारी कोठरी उससे भर जाती थी। यह कैदी इस कोठरी में जेल यात्रा का दूसरा साल व्यतीत कर रहा था। उसके आगे ज़मीन पर बाइबिल की एक पोथी पड़ी थी। रह-रहकर वह कभी उस पर उदास दृष्टि डालता और कभी उठाकर उसके दो-चार पन्ने पलट लेता था। यह कैदी इंग्लैण्ड का प्रसिद्ध मज़दूर नेता अर्नेस्ट जौन्स था जो सन् 1848 की क्रान्ति में गिरफ्तार करके जेल में ठूँस दिया गया था।

लार्ड और पूँजीपति सत्ता के लिए किस तरह संघर्ष करते थे, उस पर जौन्स ने विचार प्रकट किये थे। उसने मज़दूरों से कहा था-"हथियार रख दो, घर जाओ और जब तक हम सुधार करें तब तक तुम प्रतीक्षा करो।" उसने कहा था-"एक पीढ़ी भूखों मरती है, और खत्म होती है। जनता की भुखमरी से लाभ उठाकर पूँजीपति मालामाल हो जाते हैं। जनता का दु:ख दूर करने के लिए पुलिस की संख्या दूनी कर दी जाती है। बड़े-बड़े भवनों में नाच और दावतें होती हैं। बाहर शहरों में चीथड़ों और भुखमरी का राज है। न्याय का उपयोग जनता को आतंकित करने को किया जाता है। लोगों को हर सार्वजनिक स्थान में सभा करने का अधिकार है, पर पुलिस उन्हें रोकती है। न्यायाधीशों का दिमाग किराये पर उठता है। आप संगठित होते हैं तो यह षड्यन्त्र माना जाता है। मन्त्रिमण्डल या पालियामेण्ट की आलोचना करते हैं तो यह राजद्रोह माना जाता है। चर्च की आलोचना कुफ्र है। पूँजीपति गरीबों से कहते हैं-देश बहुत छोटा है, हमारे पैर फैलाने को ही काफ़ी नहीं है। तुम गरीब हो-दूसरे देश में जा बसो। अमीरों ने यह नुस्खा निकाला है।'

भला ये बात ब्रिटेन की सरकार को कब सहन हो सकती थी-उसने उसे पकड़कर जेल में ठूँस दिया।

दो साल से वह इस काल-कोठरी में अकेला बन्द था, उसे लिखने-पढ़ने की भी सामग्री नहीं दी गयी थी। उसे दो वर्षों से यह भी समाचार नहीं मिलते थे कि उसकी पत्नी और बच्चों का क्या हाल है। लन्दन में उन दिनों हैजा फैला था। आदमी फटाफट मर रहे थे और यह धैर्यवान पुरुष चुपचाप बैठा सोचा करता था कि न जाने उसकी पत्नी और बच्चे मरे हैं या जीते। वह जानता था कि उसकी सज़ा कम कराने के लिए उसकी पत्नी ने जीतोड़ कोशिश की थी। और इस परिश्रम से वह क्षयरोग से ग्रसित हो गयी थी। और आज एकाएक ही उसे सूचना दी गयी थी कि उसकी पत्नी का देहान्त हो गया है। पर यह नहीं बताया गया कि उसके बच्चे कहाँ-किस हालत में हैं। आज उसका अचल धैर्य भी छूटा जा रहा था। वह सोच रहा था कि वैभव में उसने जन्म लेकर और पलकर भी गरीबी का साथ दिया। और मैं, जो गरीबों और मज़दूरों के लिए पवित्र काम कर रहा हूँ, उसमें उसने मेरा हाथ बँटाया। उसके सगे-सम्बन्धी उससे मुँह मोड़कर चले गये। और आज यदि उनमें से कोई जीवित होगा तो देखेगा कि उच्च कुल और वैभव में पलकर उसे जो नाम मिला था-उसकी अपेक्षा मेरी पत्नी की हैसियत से उसका गौरव अधिक है। उसने सोचा, मैं संगमरमर की उसकी समाधि नहीं बना सकता, परन्तु मैं उसे अपने हृदय के उच्च उद्गार अर्पण करूँगा। उसने एक बार बाइबिल की उस पोथी को उठाकर और उसे उलट-पुलटकर देखा। फिर उसके दो पन्ने फाड़ डाले और उन पर अपने रक्त से लिखना आरम्भ किया-

"जय हो, जय हो अमेरिका महादेश की, जिसने अपने शैशव ही में चर्च और बादशाही को खत्म कर दिया। यहाँ पादरियों की कट्टरता और सामन्तों का अहंकार नहीं है। किन्तु हाय, इस प्रजातन्त्र पर भी गुलामी का काला धब्बा है। ये श्वेतवर्गी लोग सोने और लोहे के गुलाम बनते जा रहे हैं। रात-दिन यह प्रजातन्त्र भी अपने साम्राज्य स्थापित करेगा। उसके जहाज़ जापान पहुँचेंगे।

चीन के मैदानों में उसकी सेना का खून बहेगा। युद्ध होगा। हथियारबन्दी होगी। ब्रिटेन धर्म के नाम पर भारत में उत्पीड़न कर रहा है। वहाँ लड़ाई के जहाजों में भर कर बिशप भेजे जा रहे हैं। ईश्वर के वचन के नाम पर निर्दय कृत्य और निर्मम हत्याएँ की जा रही हैं। हिन्दुस्तान में विद्रोह फूटेगा, बूढ़ा ब्रिटेन उसे दबाने को ज़ोर लगा रहा है। लेकिन हिन्दुस्तान का सितारा बुलन्दी पर है। वह डरता नहीं है। अंग्रेज़ों की संगीनों से एक दस्ता बिखर जाता है तो दूसरा उसकी जगह सामने आता है। ब्रिटेन की फ़ौज के कमीशन खरीदने वाले अफ़सर उनका मुकाबला नहीं कर पाते हैं। साठ साल का एक बूढ़ा अफ़सर सेनापति बनाया गया है, पर उसके सैनिकों में उत्साह नहीं है। क्या तुम समझते हो कि सैनिक देश-भक्तों की भूमिका अदा करते रहेंगे! अरे ब्रिटेन के श्रमिको, तुम्हारे युवा पुत्रों की सेना दूसरों को गुलाम बनाने गयी है। वे उनसे लड़ेंगे, जिन्हें ईश्वर ने उनका शतु नहीं बनाया है।

सबसे पवित्र तीर्थ मानव ह्रदय है। अंग्रेजों के राज्य में सूरज कभी नहीं डूबता, पर उनकी धरती पर खून कभी नहीं सूखता।"

नौवाँ खण्ड

1

ठीक साढ़े तीन बजे, सारी दिल्ली सो रही थी। लालकिले के बारूदखाने की ऊपरी मंजिल में गंगा-जमनी पिंजरे के भीतर से-जिस पर कारचोबी की वस्तनी चढी थी, बुलबुल हज़ार दास्तान ने अपनी कूक लगायी रात के सन्नाटे में उस सुरीले पक्षी का यह प्रकृत राग रात की विदाई का सूचक था। कूक सुनते ही बहराम खाँ गोलन्दाज़ कल्मा पढ़ता हुआ उठ बैठा, और उसने तोप पर बत्ती दी। मोती मस्जि़द में अज़ान का शब्द हुआ। चप्पी, मुक्कीवालियाँ शाही मसहरी पर आ हाज़िर हुईं और धीरे-धीरे बादशाह के पाँव दबाने लगीं। बादशाह बहादुरशाह 'ज़फर' की नींद खुली। वह तुरन्त उठ खड़े हुए। नित्य कृत्य से निपटे, और मस्जि़द में आ नमाज़ में सम्मिलित हुए। सबके साथ नमाज़ पढ़ी, और फिर वज़ीफा पढ़ने लगे।

सूर्योदय के साथ ही वह मस्जि़द से निकले। चारों ओर मुजरा करने वाले खड़े थे। दरवाज़े पर पहुँचते ही हाथ में सुनहरी बल्लम लिये जसोलिनी ने आगे बढ़कर पुकारा-"पीरो मुर्शिद, हुजूरे आली, बादशाह सलामत उम्र दराज़।" तीन बार यह वाक्य उसने घोषित किया। इसके बाद ही दरबारीगण अदब से झुके। एक सम्मिलित मर्मर शब्द हुआ-"तरक्किए-इकबाल-दराजे उम्र।" बादशाह ने दीवाने फरहत में प्रवेश किया। असीलें अदब से सिर झुकाये खड़ी थीं। आँगन में एक सुसज्जित तख्त बिछा था। बादशाह उस पर बैठ गये। जसोलिनी दारोगा दोनों हाथों में अतलस चढ़ी बुकचियाँ लिये हाज़िर हुईं। गुस्लखाने के दारोगा ने सामने आ सिर झुकाया। बादशाह उठकर गुस्ल करने चलदिये।

जौनपुरी खली, सुगन्धित बेसन, चमेली, शब्बो, मोतियाँ, बेल, जूही, गुलाब के तेल बोतलों में भरे तरतीब से रखे थे। शकावे में एक ओर ठण्डा और दूसरी ओर गर्म पानी भरा था। चाँदी के लोटे और सोने की लुटिया जगमगा रही थी। गुस्ल हुआ। बादशाह पोशाक के कमरे में चले गये। ख्वाजा हसनग दारोगा ने आकर आदाब बजाया। उसने लखनऊ की चिकन का कुर्ता दोनों ओर तुक में, घुड़ियाँ, लट्ठे का चौड़े पाँयचे का पाजामा हाज़िर किया। बादशाह ने पोशाक पहनी, मखमली चप्पल पहनी।

अब शमीमखाने का दारोगा आ हाज़िर हुआ। उसने सिर में तेल डाला, कंघा किया, कपड़ों में इत्र लगाया। बादशाह तस्बीह खाने में आये। माला फेरी और दुआएँ पढ़ीं, फिर दीवाने खिलवत में चले गये। दवाखाने में मुन्तज़िम ने आगे बढ़कर कोर्निश की और हकीम अहसन की सील-

मुहरबन्द शीशियाँ पेश की। मुहर तोड़ी गयी और याकूसी प्याली तैयार की गयीं। तभी खवास ने चाँदी की तश्तरी में छिलकों समेत दो तोला भुने चने पेश किये। बादशाह ने याकूसी प्याली पी, फिर चनों से मुँह साफ़ किया और बेगमी पान की गिलौरी खाकर मिट्टी के कागज़ी हुक्के को मुँह लगाया।

इतने में ही खबरों का अफ़सर उपस्थित हुआ। रात-भर की खबरें सुनाई गयीं। बादशाह ने पान की एक गिलौरी खायी, और उठकर दीवाने खास को चले।

बादशाह तख्त पर बैठे। प्रत्येक विभाग के अधिकारी तथा अमीर-उमरा हाथ बाँधे, नीची नज़र किये चुपचाप निश्चल खड़े थे। नकीब ने पुकारा, "ज़ल्लेइलाही बरामद कर्द, मुजरा अदब से।" बढ़ा-बादशाह को कोर्निश की। यह सुनते ही प्रत्येक अमीर सहमता हुआ आगे बढ़ा और पीछे हटकर पीछे अपने स्थान पर आ खड़ा हुआ। नकीब ने उसकी हैसियत के अनुसार उसकी विरद बखानी। सब दरबारी मुजरे और कोर्निश की रस्म पूरी कर चुके, तो बादशाह ने एक मृदु मुस्कान के साथ कृपापूर्ण दृष्टि से सबकी ओर देखा और फ़ार्माया, "आज हमने एक ग़ज़ल कही है-उसका पहला शे'र पेश करता हूँ-

"यारे देरीना है, पर रोज़ है वह यार नया।

हर सितम उसका नया-उसका है हर प्यार नया ॥"

दरबार में संयुक्त कण्ठों का एक शोर उठा-"सुभानअल्ला कलामुल्मलूक मलूकुल कलाम।" बादशाह ने आगे ग़ज़ल पढ़ी-

"नई अन्दाज़ का है दामे बला तुर्रए यार।

रोज़ है एक न एक उसमें गिरफ़्तार नया ॥

तेरी 'हाँ' में है 'नहीं' और 'नहीं' में 'हाँ'।

तेरा इकरार नया है, तेरा इन्कार नया ॥

कैसे बेदर्द आज़ार को दिल हमने दिया।

रोज़ है दर्द नया, रोज़ एक आज़ार नया ॥

क्या कयामत है सितमगर तेरी तर्ज़ खराम।

फ़ितना हर गाम पर उठा दमे रफ़्तार नया ॥

करे वो किसकी दवा देखते हैं रोज़ तबीब।

तेरे इस नर्गिसे बीमार का बीमार नया ॥

फेरे इसमें 'ज़फर' दिल का जो सौदा फिर जाये।

एक मौजूद है उसका खरीदार नया ॥"

ग़ज़ल के हर शे'र और मिसरे पर दरबार में हलचल मची और बढ़-चढ़कर तारीफें हुईं।

इस वक्त शाही दरबार में बादशाह के पीर, मौलाना फखर के पुत्र मियाँ कुतुबुद्दीन भी उपस्थित थे। वह बड़े आलिम समझे जाते थे। मियाँ कुतुबुद्दीन के पुत्र नासीरुद्दीन उर्फ काले साहब को बादशाह ने अपनी शाहज़ादी ब्याह दी थी। इसके अतिरिक्त शाह गुलाम हसन चिश्ती एक पहुँचे हुए महात्मा भी दरबार में थे। इन सबने बादशाह की बेकसी और दर्द से भरी हुई ग़ज़ल में उनकी मज़बूरियों को साक्षात् देखा तथा दाद दी।

'सुभान अल्लाह'-कहा और बारम्बार 'कलामुलमलूक मलूकुलकलाम' कहा।

अभी यह वाहवाही हो ही रही थी और शाही दरबार एक मुशायरे का रूप धारण कर चुका था कि एक चीत्कार ने सबका ध्यान भंग कर दिया। एक भंगन रोती-चीखती दरबार में घुस आयी और बादशाह सलामत के रूबरू जाकर वह धरती चूमकर और हाथ जोड़कर बोली-

"जहाँपनाह, मिर्जा महमूद मेरी दो मुर्गियाँ ले गये।" लालकिले के बादशाह भंगन की फ़र्याद से खिन्न होकर बोले, "रो मत, जा, मुर्गियाँ आती हैं।"

भंगन ज़मीन चूमती उल्टे पाँव लौट गयी, शाहज़ादा मिर्जा महमूद की दरबार में तलबी हुई। वह आँखें नीची किये आ खड़े हुए।

"अरे महमूद, गरीब भंगन की मुर्गियाँ, हाय, हाय!"

बादशाह की आँखें करुणा से गीली हो गयीं। वाणी गद्‌गद हो गयी। उन्होंने अली अहमद दारोगा की ओर दृष्टि फेरी, और हुक्म दिया-'दिलवा दो, एक और बढ़ती।"

मिर्जा महमूद ने धरती चूमी और दारोगा ने उन्हें संग ले जाकर तीन मुर्गियाँ दिलवा दीं।

तोपखाने के घड़ियाल ने दस बजाये। विभागों के अधिकारियों ने अपने-अपने बस्ते खोलकर आवश्यक आज्ञाएँ लीं, दस्तखत कराये। ग्यारह बजते ही बादशाह उठे। चोबदारों ने ऊँचे स्वर में जय-जयकार किया। रंगमहल के लिए जसोलिनी दण्ड लिये आगे बढ़ा और पुकारकर कहा- "तरक्कीए इकबाल, दराज़े उम्र" महल में सब सावधान हो गये। अब आगे-आगे बादशाह और पीछे जसोलिनियाँ, कहारियाँ, कश्मीरनियां, हब्शनें, तुर्कनें मोर्छल करती चलीं। बीच में पुकारती हुईं- "अदब हुशियार! अदब हुशियार।"

महल में बड़ी बेगम ने खड़े होकर सलाम किया। अमीरों की खातूनों और शाहज़ादियों ने भी सलाम किया। बादशाह आसन पर बैठे, सबको बैठने का हुक्म दिया। अब कश्मीरन महताब ने ज़रबफ्त और कमख्वाब के दो कसलों की मुहर तोड़ी। बेगम ने अपने हाथ से भण्डा तैयार किया। चाँदी की सुराही से जल लिया और लखनऊ की गंगा-जमनी तश्तरी में पेश किया। बादशाह ने भण्डा लिया। बेगम ने पान की गिलौरी नीचे चाँदी और ऊपर सोने का वर्क लगा

पेश की। इतने में महताब आयी। अदब से झुककर निवेदन किया-"भोजन परसा जाये?" हुक्म हुआ "अस्तु।"

2

मुस्लिम शासन से पूर्व 12वीं शताब्दी तक भारत की राष्ट्रभाषा अपभ्रंश थी जो हिमालय से गोदावरी और सिन्ध से ब्रह्मपुत्र तक बोली और लिखी जाती थी। अपभ्रंश सम्पूर्ण भारत की सम्मिलित भाषा 13वीं शताब्दी तक रही। हिन्दी के मूर्धन्य कवि तुलसी, सूर, कबीर, विद्यापति आदि प्रेरक अपभ्रंश के ही कवि थे। यही अपभ्रंश आगे चलकर हिन्दवी का रूप धारण करती चली गयी। जो उत्तरकाल में नागरी कहलाई। पृथ्वीराज चौहान के पतन के बाद जब मुस्लिम आक्रान्ताओं ने भारत में अपने साम्राज्य स्थापित कर लिये-तो विजेता तथा विजित दोनों के कामचलाऊ शब्दों के आदान-प्रदान ने ऐसी मिली-जुली भाषा को जन्म दिया जिसे हिन्दू और मुसलमान आसानी से समझ सकते थे। 14वीं शताब्दी में खिलजियों के शासनकाल में अमीर खुसरो ने इसे मिली-जुली भाषा का रूप दिया। उन्होंने उसका नाम हिन्दी या हिन्दवी रखा। खुसरो के इस भाषा संगम पर आगे कबीर, जायसी, रहीम, रसखान आदि सैकड़ों कवियों ने वाणी-विलास किया, परन्तु 17वीं शताब्दी के बाद उसमें से एक नई भाषा का जन्म हुआ, जिसे पहले रेखता और बाद में उर्दू कहा गया। धीरे-धीरे उर्दू में अरबी और फ़ारसी के शब्दों की बहुतायत होने लगी तथा बीच-बीच में अरबी-फ़ारसी के व्याकरण के नियमों का भी प्रयोग किया जाने लगा। इसका कारण यह था कि तत्कालीन शासक अरबी-फारसी भाषा-भाषी थे तथा फ़ारसी राज भाषा होने के कारण बहुतेरे हिन्दू राज्याधिकारी भी फ़ारसी पढ़ने लगे थे। इस प्रकार अनेक फारसी, तुर्की, तूरानी तथा अरबी शब्दों का बाहुल्य भाषा में बढ़ता ही चला गया और उर्दू का कलेवर हिन्दी से पृथक् होता गया। महत्त्वपूर्ण बात यह थी कि उर्दू का आरम्भ गद्य से न होकर पद्य से हुआ। आरम्भ में उर्दू के प्राय: सभी कवि अभारतीय थे जो फ़ारसी में मँजे हुए कवि थे। अत: उन्होंने जो फ़ारसी बहुल कवि पद्धति उर्दू में प्रचलित की-उसी का अनुकरण बाद के भारतीय कवियों ने भी किया। शब्दबाहुल्य ही फ़ारसी का नहीं-छन्दबहार भी उपमा अलंकार भी फ़ारसी ही के रखे क्योंकि ये उर्दू के प्रारम्भिक कवि भारतीय भाषा और संस्कृति से सर्वथा अज्ञात थे। फ़ारसी-शायरी विलासिता और श्रृंगार में सराबोर थी। भारतीय राजा, नवाब, बादशाह भी विलासी थे जो उर्दू कविता के आश्रयदाता थे। उन्हें प्रसन्न रखने को जो अस्वाभाविक व्यभिचार और बाज़ारू इश्क की भरमार उर्दू कविता में हुई उसने उर्दू कविता को जीवन के सब आदर्शों से नीचे गिरा दिया। पारस्परिक प्रतिद्वन्द्विता ने उर्दू कविता में 'हिजो' का आविष्कार किया। और उससे आगे बढ़कर रंगीन मिज़ाजों ने 'हज़ल' पर कदम बढ़ाया जिसमें अश्लीलता की पराकाष्ठा की गयी थी। जिससे उर्दू काव्य अतिशयोक्ति, वासना और कुत्सा का मूलाधार हो गया और उसमें राजनैतिक, सामाजिक, आर्थिक तथा क्रान्तिकारी भावनाओं का सर्वथा अभाव हो गया। इन 500-600 वर्षों में-जिनमें उर्दू काव्य पनपा, बड़े-बड़े उलट-फेर हुए, क्रान्ति हुई,

राज्य पलटे, बादशाहत खत्म हुईं, कत्लेआम हुए, परन्तु उर्दू काव्य में कहीं किसी का उल्लेख तक न हुआ। बस, वही बुलबुल, शराब और साकी। वही महफ़िलो माशूक!

यदि उर्दू काव्य में ये दोष न होते, तो वह भारत की सर्वोच्च भाषा बन जाती। शब्दों की सफ़ाई, मुहावरों की गुलकारियाँ, नाजुक खयाली और कल्पना की उड़ान, सज-धज, शोखी, अदा, बाँकपन उर्दू भाषा का अद्वितीय है। तिस पर उसका यह गुण-कि दुनिया की सब भाषाओं के तत्सम और तद्भव रूपों को पचा जाना तथा नये शब्दों को गढ़ लेना, असाधारण था।

जिस समय की हम बात कर रहे हैं, दिल्ली उर्दू का मूल केन्द्र बनी थी। दिल्ली को उर्दू पर नाज़ था। परन्तु वास्तव में उर्दू का जन्म हुआ था दक्षिण में। इसका कारण यह था कि वहाँ हिन्दू-मुस्लिम एकता से ही मुस्लिम शासन का सूत्रपात हुआ था। परन्तु जब मुगल सल्तनत एड़ियाँ रगड़-रगड़कर दम तोड़ रही पंख उगे थे। संक्षेपत: मुगल शासन का अस्तंगत काल उर्दू काव्य के विकास का सबसे

बड़ा युग है। इसी युग के पूर्वार्द्ध में मीर, दर्द, सौदा और सोज़ जैसे रूहेरवाँ शायरे आज़म पैदा हुए और उत्तरार्ध में ज़ौक, गालिब, नासिख और आतिश जैसे उस्ताद आगे आये। यह वह युग था जब दिल्ली का तख्त डगमगा रहा था और लखनऊ का नवाब बादशाह घोषित हो चुका था। नवाब ने बादशाह बनकर फ़ैज़ाबाद से अपनी मसनद हटाकर लखनऊ में कायम की थी। और दिल्ली के नामवर कवि नये बादशाह के आश्रय में दिल्ली को छोड़-छोड़कर लखनऊ जा रहे थे। नये बादशाह का खज़ाना अभी हीरे-मोतियों से भरपूर था, शे'र-शायरी का उसे शौक था, अत: दर्द को छोड़कर मीर से लेकर एक-एक शायर लखनऊ आ पहुँचे। दिल्ली और लखनऊ की काव्यधारा दो शाखाओं में बँट गयी। दिल्ली की धारा दाखिली थी। लखनऊ की खारिजी। दिल्लीवाले आशिक का और लखनऊ वाले माशूक का वर्णन करते हैं। दाखिली शायरी दिल की और खारिजी दिमाग की थी। आगे चलकर उर्दू शायरी कोरी दरबारी शायरी रह गयी, शायर दरबारी भांड हो गये। पेट के लिए इज़्ज़त, आबरू और आत्मा का सौदा करने लगे।

फिर भी मीर, मोमिन और दर्द जैसे सुकवि इस उर्दू काव्य को चार चाँद लगा रहे थे। कोमल मनोभावों को प्रकट करने में इन्हें कमाल हासिल था। मीर-ओ-सौदा, मुसहफी-ओ-इन्शा, आतिश-ओ-नासिख और गालिब-ओ-ज़ौक ये सब शायर एक ही वातावरण में उत्पन्न हुए। परन्तु इनके कलाम में ज़मीन-आसमान का अन्तर है। वास्तव में परिस्थिति और कवि-स्वभाव दोनों ही कवि की कविता में प्रतिबिम्बित होते हैं। कविता के अतिरिक्त संसार में जितनी कलाएँ हैं उनमें कलाकार का व्यक्तित्व छिपा रहता है। अर्थात् अपने जीवन में जो वे नहीं हैं वह सब उनकी कला में प्रकट होता है। परन्तु कवि लाख प्रयत्न करे-उसकी रचना में उसके हृदय का प्रतिबिम्ब आता ही है। इसके अतिरिक्त कवि की रुचि का प्रश्न है। ग़ज़ल, नज़्म, रुबाई, मसिये, कसीदा, मसनवी, मात, हिजो, रेख्ती तथा हज़ल इनमें से जो जिसे पसन्द हो कहता है। इस युग में दिल्ली में गालिब और अनीस दो महान कवि थे। गालिब ग़ज़लगोई में अपना सानी नहीं रखते थे और अनीस मर्सिया-निगारी में प्रतिद्वन्द्वी नहीं रखते थे।

परन्तु इन दिनों की शायरी व्यथा-पीड़ा की शायरी थी। खासकर दिल्ली की खारिजी शायरी। और क्यों न होती भला? मुगल बादशाह स्वयं लुटते-पिटते रहे-वे प्रजा की रक्षा क्या कर सकते थे! रात-दिन की भूखमरी, आक्रमण, लट-मार, कत्ल, गारतगरी में पलकर शायरी में पीड़ा होना स्वाभाविक था। दिल्ली का कवि गरीब-बेबस और असहाय था। इसलिए वह केवल हाय-हाय करता रहा। वियोग के गाने गाता रहा। पर लखनऊ की नई बादशाहत थी, दौलत से भरपूर वहाँ का कवि आशिक था-उसे वस्ल नसीब हुआ। वह शराब पीता था, जवानी का लुत्फ़ उठाता था, और छेड़छाड़ उसका रात-दिन का शग़ल था।

लखनऊ की गद्दी उजड़ गयी। बादशाह वाजिदअली शाह मटियाबुर्ज में अपने दिन पूरे कर रहे थे। लेकिन लखनऊ के गली-कूचों में आतिश और नासिख के शागिर्दो ने मुशायरों की धूम मचा रखी थी। अनीस और द्वीर जैसे बाकमाल मर्सियागो उस्तादों के हंगामे अभी भी लखनऊ के गली-कूचों में होते रहते थे। इस समय अमीर मीनाई की लखनऊ में तूती बोल रही थी। लोग आपको लखनऊ बज़्मे अदब का खुदारा सखुन समझते थे।

नवाब रामपुर भी शायरों के कद्रदाँ थे। खुद भी कह लेते थे। उन्होंने अमीर मीनाई को सादर रामपुर बुलाया। अमीर मीनाई अपने शागिर्द रियांज़ खैराबादी को लेकर वहाँ पहुँचे। वहाँ तो हस्बदस्तूर अरबाबे कमाल का जमघट लगा था। अमीर मीनाई ने रियाज़ को अहले बज़्म से परिचित कराया और स्वयं-खुल्द आशियाँ (नवाब) के पास चले गये। अहले बज़्म में नवाब मिर्जा दाग भी मौजूद थे। उन्होंने मुस्कुराकर कहा-"आप ही सैयद रियाज़ अहमद 'रियाज़' हैं? अमाँ, तुमको यारों का शागिर्द होना था, कहाँ इन फ़िरंगी मुहल्ली के मौलवी के फन्दे में जा फँसे!'

रियाज़ भी दो टूक जवाब देने वाले थे। बोले-"जनाब, वे मेरे उस्ताद हैं। उनका ज़िक्र ही क्या। आपको दावा हो तो मुझ हेच से दो-दो हाथ हो जाये। बिस्मिल्लाह कलम-दवात मँगवाइये। यहाँ सब अहले कमाल जमा हैं। सबके सामने ज़मीन-मुतईन (समस्या पूर्ति) हो जाये।"

यह सुनकर नवाब मिर्जा दाग के चेहरे का रंग उड़ गया और उनसे जवाब देते न बना। मौलवी अब्दुलहक खैराबादी भी वहीं बैठे थे। मिज़ाज उनका तेज़ था और रियाज़ के हमवतन अज़ीज़ और बुजुर्ग भी थे। उन्होंने रियाज़ को डाँटकर कहा-"मालूम है किससे मुखातिब हो! तुम्हारे उस्ताद के मुहब्बे खास, मुआसर, विरादर बजां बराबर। इनका अदब और अहतराम करना तुम पर उसी तरह फ़र्ज़ है, जिस तरह उस्ताद का। माफ़ी माँगो।"

बेचारे रियाज़ की क्या मजाल कि मौलवी साहब के सामने यूँ करते, उन्होंने माफ़ी माँग ली।

परन्तु यह घटना उनके कलेजे में ज़ख्म कर गयी। दिन बीत गये। एक दिन नवाब मिर्जा दाग की नई ग़ज़ल अमीर मीनाई की नज़र से गुज़री। अमीर मीनाई के शागिर्दो और बेटों ने इसरार किया कि हज़रत, इसी ज़मीन में ग़ज़ल कही जाये।

अमीर ने कहा-"दाग ने ज़मीन ही गारत कर दी, अब मेरे फिक्र करने का क्या मौका है!"

और शागिर्द तो चुप रह गये, मगर रियाज़ उस्ताद से रूठ गये। और रात को जब अमीर मीनाई ने उन्हें खाने पर याद किया तो उन्होंने कहला भेजा कि 'हज़रत' जब तक उसी ज़मीन में ग़ज़ल न होगी मैं कसम खाता हूँ कि निवाला मुँह में न रखूँगा।

बहुत हुज्जत हुई। उस्ताद ने बहुत समझाया-खाना खराब हो रहा है। वे खुद और शागिर्द भूखे बैठे हैं। मगर रियाज़ टस-से-मस न हुए। आखिर दस्तरखान बढ़वा दिया गया और अमीर मीनाई और दूसरे सब भूखे ही उठ खड़े हुए। रियाज़ अकड़े बैठे रहे। गर्मी के दिन थे। अमीर मीनाई सहन में इस्तराहत फ़र्माते थे। गिर्द खास शागिर्द और अज़ीज़ मूढ़ों पर बैठे थे। खादिम ने चप्पी शुरू की। कुछ देर बाद अमीर मीनाई ने कहा-"लाओ भाई कागज़-पेन्सिल लाओ रियाज़ की फ़र्माइश पूरी करें। रियाज़ सुनते ही झट कागज़-पेन्सिल ले पास आ बैठे। मिसरा दुहराया गया और घण्टे-सवा घण्टे में ग़ज़ल पूरी करके अमीर मीनाई ने मक्ता लिखवाकर कहा-"लो मियाँ, अब तो खाना खाओ।"

"हज़रत, आस्तीन का काफ़िया ग़ज़ल में नहीं है।"

"भई रियाज़, तुम बहुत सताते हो।" और उन्होंने यह शे'र कहा-

"करीब है यार रोज़े महशर छुपेगा कुश्तों का खून क्यों कर।

जो चुप रहेगी ज़बाने खंजर, लहू पुकारेगा आस्तीं का॥"

सुनकर रियाज़ उछल पड़े और कदमों पर लोट गये।

3

बहादुरशाह 'ज़फर' ने शाही खानदान में जन्म लिया था, और उस तख्त पर बैठने का भी उन्हें अवसर मिला, जिस पर बैठकर उनके पूर्वजों ने तमाम हिन्दुस्तान पर हुकूमत की। परन्तु उनकी शक्ति शतरंज के बादशाह के बराबर भी न थी। वास्तव में वह एक पेन्शनयाफ्ता रईस की हैसियत रखते थे और लालकिले की चहारदीवारी के भीतर भी इनकी हुक्मरानी आवश्यकता से अधिक समझी जाती थी।

इनका जन्म सन् 1775 में हुआ। इनके पिता अकबरशाह इनसे सदैव नाराज़ रहे। वह अपने दूसरे बेटे को उत्तराधिकारी बनाना चाहते थे-परन्तु अंग्रेज़ ज़फर के पक्ष में थे। उन्होंने उत्तराधिकार का निर्णय ज़फर के ही पक्ष में कर दिया। परन्तु पिता से उनकी खटपट निरन्तर बनी रही और उनकी सारी ज़िन्दगी बड़ी बेमजे कटी। जब वह 62 वर्ष के बूढ़े हो चुके, तब उनके पिता की मृत्यु हुई और उन्हें सन् 1837 में बादशाह बनने का अवसर मिला। जवानी में उन्हें अपने वज़ीफे के 500 रुपये माहवार में गुज़र-बसर करना पड़ा। उसी में से चार रुपये माहवार वे उस्ताद जौक को देते रहे, और अब, जब बादशाह हुए तो मन के सब वलवले किरकिरे

हो गये थे। ज़फर जन्मजात कवि थे। उनकी प्रकृति भावुक थी। उनकी बड़ी अभिलाषा थी-कि अच्छे-अच्छे कलाकारों से अपने दरबार की जीनत बढ़ायें। परन्तु किस बिरते पर? खज़ाने में छदाम नहीं। बादशाह होने पर उस्ताद की तनख्वाह तीस रुपये माहवार कर दी और कवियों का तो अल्लाबेली था। ज़फर ने शाही खानदान के उपयुक्त ही शिक्षा पायी थी। लालकिले की उर्दूएमुअल्ला उन्हें विरासत में मिली थी। तबियत का रुझान कविता की ओर था ही। उनकी तबियत रंगीन थी, और इन्शा और जुरअत जैसी शायरी की ओर उनका रुझान था। अब यदि गालिब और मोमिन जैसा उस्ताद उन्हें मिला होता तो उनका काव्य भी उर्दू जगत में अपना स्थान रखता। पर उनके दुर्भाग्य से शाहनसीर जैसे उस्ताद उन्हें मिले, जो अटपटे काफ़ियों, रदीफ़ों और मश्किल ज़मीनों पर ग़ज़लें कहना कमाले शायरी समझते थे। उन्हें न अच्छा उस्ताद मिला, न उनकी अभिलाषाएँ कभी पूरी हुईं। इससे उनकी कविता में न तो दिल्ली का सोज़ोगुदाज़ आया, न लखनऊ की रंगीनी। बस, उनकी शायरी अफ़सुर्दा-सी होकर रह गयी। पीछे अवश्य उन्हें उस्ताद ज़ौक मिले। पर अब वह समय बीत चुका था कि उनका जौके-सलीम बदला जा सके। मोमिन तो दिल्ली में रहते हुए भी दरबार में जाते ही न थे। गालिब से मशवर-ए-सुखन लिया जा सकता था, पर उनकी तबियत का रुझान गालिब के उपयुक्त न था। बस, उनके लिए जौक ही सही उस्ताद थे। क्योंकि वह भी शाहनसीर के शिष्य रह चुके थे। ज़फर बहुत ज़्यादा शे'र कहते थे और उन्हें अपनी शायरी पर बड़ा नाज़ था। अपनी सैकड़ों ग़ज़लों में उन्होंने इसका उल्लेख किया है।

4

एक तंगीतारीक मकान-जिसकी छोटी-सी अँगनाई में-एक छोटी-सी पुरानी चारपाई बिछी थी। चारपाई से अँगनाई की जो जगह घिर गयी थी-उनके दो तरफ़ इतनी जगह खाली थी कि एक आदमी आ-जा सकता था। चारपाई पर कोई बिछौना या दरी न थी, उस खरेरी खाट पर अधेड़ उम्र के एक गम्भीर व्यक्ति हाथ में पेन्सिल और सामने कागज़ रखे रुक-रुक कर कुछ लिख रहे थे। दो-चार किताबें चारपाई पर पड़ी थीं, और एक-दो उनके घुटनों के नीचे दबी थीं। घर में बीवी चूल्हा जला रही थी और धुआँ अँगनाई में भर रहा था। दो बच्चे वहीं बैठे मचल रहे थे परन्तु इन बुजुर्ग को इन सब बातों से सरोकार न था। इसी वातावरण में बैठकर लिखने-पढ़ने का अभ्यास इन्हें हो गया था। सर्दी-गर्मी, बरसात कोई मौसम हो उनकी सब बहार वहीं बैठे गुज़र जाती थी। दिल्ली में मेले होते थे, ईद आती थी, शादी और गम दुनिया में थे, परन्तु इन्हें इससे कोई सरोकार न था। वे उसी खरेरी चारपाई पर बैठे पेन्सिल से कागज़ पर अटक-अटककर लिखते चले जाते थे। वे बुजुर्ग बादशाह बहादुरशाह उस्ताद मलिकुश्शुअरा, खाकानिये हिन्द, देहली की ज़बान और मुहावरे के बादशाह ज़ौक थे। जिनकी शायरी की धूम दिल्ली से हैदराबाद तक थी, और जो कसीदे लिखने में अपना हरीफ़ नहीं रखते थे।

किस्मत ने उन्हें उस्तादे शहनशाह का बुलन्द रुतबा दिया। पर यही उनके दुर्भाग्य का कारण बना। जौक पुश्तैनी कवि न थे। सिपाही के पुत्र थे। महत्वाकांक्षा और भाग्य ने उन्हें किले में पहुंचा

दिया। वह अकबर द्वितीय का युग था। बादशाह का तो शायरी से कुछ भी लगाव न था, हाँ शाहज़ादा बहादुरशाह को कविता का था। उनके पास तत्कालीन कवियों का जमघट लगा रहता था। शाहजादा खुद 'ज़फर' उपनाम से कविता करते थे। पहले बादशाह नसीर से कविता शुद्ध कराते थे। जब वह हैदराबाद चले गये तो काज़िमअली से इस्लाह लेने लगे। वह भी जब काबुल चले गये तो जौक सामने आये। उन दिनों शाही खानदान में झगड़े-बखेड़े चल रहे थे। अकबरशाह बहादुरशाह ज़फर को अपना पुत्र ही नहीं तस्लीम करते थे। मुद्दतों सरकार के हुजूर में बाप-बेटों का मुकदमा चला। अन्त में 5 हज़ार की जगह 500 माहवार शाहज़ादा को खर्च के मिलने लगे। अब वह उस्ताद को क्या दें! चार रुपया माहवार उस्ताद की तनख्वाह मुकर्रर हुई, जब ज़फर बादशाह हुए तो पाँच रुपये हो गयी। फिर छः से सात और अन्त में मुद्दत बाद 30 रुपये माहवार पर गाड़ी रुक गयी। अब इसी आय में उस्ताद के खानदान का खर्चा चलता था, उनकी मलिकुश्शुअरा और खाकानिए हिन्द जैसी सर्वोच्च उपाधियाँ उनके कुछ भी काम न आ रही थीं। पर केवल यही बात नहीं कि उन्हें उस्तादे शहनशाह होने पर गरीबी का मुँह देखना पड़ा, उनकी कमाले शायरी की भी मिट्टी पलीद हुई।

लालकिले में कोई भी छोटा-बड़ा जश्न हो, उन सब पर उस्ताद जौक को कसीदे लिखने पड़ते थे। सात वार आठ त्यौहार के अनुसार जश्न मनाने के मौके लालकिले में बराबर तलाश किये जाते थे। और इन सब ज़रूरी और गैर-ज़रूरी मौकों पर जौक को जिगर-सोज़ी करनी पड़ती थी। बादशाह के महलों में कोई खुशी हो-और उस्ताद मुबारकबादी न दें-यह भला कैसे हो सकता था! अभिप्राय यह कि जौक बादशाह के उस्ताद न थे, दरबारी नकीब थे। इस तरह कसीदे लिखने और बादशाह की ग़ज़ल बनाने को छोड़ ज़ौक को अपनी रुचि के अनुसार कुछ लिखने का समय ही न मिल पाता था। बादशाह की फ़र्माइश दम लेने की मुहलत न देती थी, फिर बादशाह-सा शागिर्द? बात में से बात निकालता था। ईजाद का बादशाह था। सत्तर बरस का सुखन-फहम। उसका कहा सब इन्हें सँभालना पड़ता था। वह अपनी ग़ज़ल कभी बादशाह को न सुनाते थे। यदि किसी तरह उस तक पहुँच जाती तो वह उसी ग़ज़ल पर अपनी ग़ज़ल कहता। और उस्ताद अपनी ग़ज़ल में बादशाह का तखल्लुस डालकर दे देते थे। कसीदे कहने और ग़ज़लें बनाने ही तक बात न थी। बादशाह की और भी अनगिनत फ़र्माइशें थीं। कभी फकीर की सदा पर रीझ गये, कभी फल बेचनेवाले के बोल मन को भा गये, कभी बिसाती, मनिहारिन की आवाज़ पर लोट-पोट हो गये। इन सबकी सदाओं पर फिलबन्दी करके ग़ज़लें लिखनी पड़ती थीं, उस्तादे-शहनशाह को। इसके अतिरिक्त दरबारी गवैयों के लिए धुपद, ठुमरी, भैरवी, दादरा लिखना तो घाते में था। इन सब बातों से तंग आकर एक बार उन्होंने कह ही दिया-

'जौक' मुरत्तिब क्यों हो दीवाँ शिकवाए फुर्सत किससे करे।

बाँधे गले से हमने अपने आप ज़फर के झगड़े हैं।

परन्तु यह सारी मुसीबत उन्होंने अपनी प्रतिष्ठा के लिए सिर ली थी। जौक शायरे आज़म हैं, अतः बादशाह जैसे सुखन-फहम ने उन्हें उस्ताद माना है। सर्वसाधारण के दिलों में यही धारणा

थी। गालिब-ओ-मोमिन को वह प्रतिष्ठा नहीं मिली, क्योंकि वे बादशाह के उस्ताद न थे। गालिब अलबत्ता जौक के प्रतिद्वन्द्वी न थे, पर उनकी समकालीनता ने ज़ौक की ख्याति को ठेस पहुँचायी।

5

कूचे चेलान में हकीम आगाजान के छत्ते के सामने एक आलीशान मकान था। जिसमें भीतर खूब बड़ा सहन और उसके चारों ओर इमारत बनी थी। दालानों में चाँदनी का फ़र्श था। अन्दर के दालान में बीचो-बीच कालीन बिछा था, जिस पर गाव-तकिये लगाये हकीम मुहम्मद मोमिन बैठे थे। सामने हकीम सुखानन्द 'रकम' और मिर्जा रहीमुद्दीन 'हया' बा अदब दुज़ानू बैठे हुए थे, ठीक दरबारी अदब से। किसी को आँख उठाकर देखने और अनावश्यक बोलने का साहस न होता था। हकीम साहब की उम्र चालीस के लगभग होगी। कशीदा कामत, सुर्ख सफ़ेद रंग, बड़ी-बड़ी रौशन आँखें, लम्बी-लम्बी पलकें, खिंची हुई भवें, लम्बी सुतवाँ नाक, पतले-पतले होंठ, उन पर पान का खाका जमा हुआ। मिस्सी आलूदा दाँत, हल्की-हल्की मूँछे, खशखशी दाढ़ी, भरे-भरे डण्ड, पतली कमर, चौड़ा सीना, लम्बी उँगलियाँ, सिर पर लम्बे, घुँघराले बाल, काबुलों की शक्ल में-कुछ पुश्त पर और कुछ कन्धों पर पड़े हुए। कान के निकट थोड़े से बालों को मोड़कर जुल्फें बना ली गयी थीं। बदन पर शर्बती रंग का नीची चोली का अंगरखा, लेकिन उसके नीचे कुरता न था। और शरीर का कुछ हिस्सा अंगरखे के परदे से दिखता था। गले में स्याह रंग का फीता, उसमें छोटा-सा सुनहरी ताबीज़, काकरेजी दुपट्टे को बल देकर कमर में लपेटा हुआ, और उसके दोनों कोने सामने पड़े हुए। हाथ में पतला-सा खारपश्त, पाँव में सुर्ख गुलबदन का पायजामा, मुहरियों पर तंग, ऊपर किसी कदर ढीला। रेशमी और कीमती। चौड़ा सुर्ख नेफा, अंगरखे की आस्तीन आगे से कटी हुई, कभी लटकती रहती, कभी उलटी हुई। सिर पर गुलशन की दुपल्ली टोपी, जिसके किनारों पर बारीक लैस। अगल-बगल, शागिर्दो में नवाब शेफ्ता, नवाब अकबर, नवाब नसीम, मीर तसकीन, आही, आशुफ्ता, सालिक, शाहज़ादा कैसर, वहशत, फातमा बेगम आदि।

मिर्जा रहीमुद्दीन हया ने कहा-"हज़रत, यह ज़माना ऐसा है कि शायर खुशामद और भाण्डपने से किनाराकशी नहीं कर सकता। भूखे पेट और फटे हाल एक तो 'मीर' को देखा, जो गर्दन सीधी रख सके, दूसरे आप।"

हकीम साहब ने कहा-"खुदा झूठ न बुलवाये, यह वह फिसलती ज़मीन है, जिस पर गालिब जैसे आन के पक्के शायर भी कदम जमाकर न रख सके।"

"जौक की तो बात ही क्या, जो गुलामी की बेड़ियों में जकड़े हुए हैं।"

"लेकिन साहब, गालिब तो ज़ौक की तरह चापलूस नहीं।"

"ठीक है, लेकिन उनकी फ़िज़ूलखर्ची, मयनोशी और मुफ़लिसी उनके स्वाभिमान को कायम नहीं रहने देती।"

"जौक तो मुफ़लिसों वेदस्तोप बादशाह को लूटना चाहते हैं, और गालिब यह हसरत दिल में छुपाये बैठे हैं।"

हकीम सुखानन्द 'रकम' ने कहा-"खुदा की शान है कि आपने आज तक किसी रईस की शान में कसीदा नहीं लिखा।"

"अजी कैसा कसीदा? मैं तो किसी को हिजो के काबिल भी नहीं समझता। आप तो जानते ही हैं कि रामपुर, टोंक, भोपाल, जहाँगीराबाद, कपूरथला आदि रियासतों से बुलावा आया, मगर मैंने मंजूर नहीं किया।"

"बजा फ़र्माया। लेकिन 'नासिख' का दीवान छपकर जब से दिल्ली आया है, गालिब उनके खारजी रंग में लिख रहे हैं।"

"कुछ दिन यह खारजी रंग मुझ पर भी सवार रहा। पर मैंने तो इसे तर्क कर दिया। मुझे तो अपना मखसूस रंग ही पसन्द है।"

"तो हज़रत, उर्दू शायरी को अब मीर के बाद आप ही पर नाज़ है। हुजूर जिस जिगरसोज़ी से ग़ज़ल लिखते हैं, वह आप ही का हिस्सा है।"

"तो भई, मैं तो न तसव्वुफ के पास फटकता हूँ, न फलसफे के फेर में पड़ता हूँ। मैं तो ग़ज़ल का जो असली मौजू इन्सानी मुहब्बत है, उसी में तवा आज़माई करता हूँ। न मैं इश्कहकीकी के चक्कर में, न नासहानावाज़ के फेर में, मैंने तो महज़ इन्सानी जज़्बये इश्क के हर पहलू को नज़्म किया है।"

"और वह इस खूबी से कि जिसकी मिसाल नहीं। जिस सँकरी गली में गालिब जैसों का दम घुटता है, उसमें हज़रत ने तबियत की वे-वे जौलानियाँ दिखाई हैं और कल्पनाओं की उड़ानें भरी हैं कि आज दिल्ली का कोई शायर हमसरी न कर सकेगा। हुजूर, असलूबे अदा और कुदरते-बयान के बादशाह हैं।"

इस पर हकीम साहब ने फ़र्माइशी कहकहा लगाया।

अभी कहकहे की गूंज खत्म भी नहीं हुई थी कि दो तरुणों ने इस मजलिस में अदब से कदम रखा। जिनमें एक थे नवाब मिर्जा दाग। उम्र कोई 24-25 वर्ष सिंगरफी रंग, बड़ी-बड़ी आँखें, जिनमें लाल डोरे, सिर पर लैसदार मखमखी टोपी। जामदानी का अंगा और पतले होंठों में अहंमन्यता और विलास की झलक। आगे चलकर दाग प्रसिद्ध कवि हुए। पर अभी वे बछेड़े ही थे। इनके पिता नवाब शमशउद्दीन खाँ, लुहारू रियासत के नवाब जियाउद्दीन खाँ नैयर के बड़े भाई थे। ये छ: वर्ष के ही थे कि इनकी माता ने बादशाह बहादुरशाह के पुत्र शाहज़ादा मिर्जा मुहब्बत सुलतान उर्फ 'फखरू' से विवाह कर लिया था और 'शौकत महल' का खिताब पाया था। अब दाग की गिनती भी शाहज़ादों में की जाती थी। वह लालकिले में शाहज़ादों के साथ शिक्षा पा रहे थे। उस्ताद ज़ौक के शागिर्द थे, शाही ठाठ से रहते और घुड़सवारी के शौकीन थे,

शे'रो-शायरी का शौक इन्हें बचपन ही से लग गया था। हकीम मुहम्मद मोमिन को भी ये उस्तादों में ही मानते थे। अभी इनके दूसरे पिता मिर्जा फखरू का भी देहान्त हो गया था।

दाग ने पहुँचकर पहले हकीम साहब का आदाब बजाया, फिर दूसरे बजुर्गों को तसलीमात अर्ज की। हकीम साहब ने गम्भीर होकर कहा-"मियाँ साहबजादे, सुनकर निहायत अफ़सोस हुआ कि तुम्हारे वालिद-मिर्जा फखरू इन्तकाल कर गये, अभी उनकी उम्र ही क्या थी! भई बेगम शौकतमहल साहिबा से हमारी ओर से बहुत-बहुत हमदर्दी कर देना।"

"हज़रत, अब तो आप जैसे बुजुर्गों का साया ही मुझ हकीर के सिर पर है। दाग नाचीज़ का जो ऐजाज़-व-इनायत इलाही हासिल हुआ, वह महमूदे आलम होने का बाइस है।"

"लेकिन साहबजादे, हम तो तुम्हें आली हौसला और जिन्दादिल शायर समझते हैं। इत्मीनान रखो कि कस्सामें अज़ल ने वो शानो-शौकत और शुहरत तुम्हारे लिए मखसूस कर रखी है कि जिस पर हर फरदो बशर को नाज़ हो सकता है। इत्मीनान रखो मियाँ, एक दिन हिन्दुस्तान के हर शहर के कूचओ बाज़ार में तुम्हारी ग़ज़लें अरबाबे-निशान के दिलों को गरमायेंगी, और रंगीन तबअ सामईन को वज्द में लायेंगी। तुम्हारी ज़बान की फसाहत, सादगी और बयान की शोखी और बॉकपन माशाअल्लाह ऐसा है जो आम पसन्द और दिलचस्प है।"

"हुजूर ने अपनी ज़बाने मुबारक से जो फ़र्माया, वही मेरा बेबहा दौलत है। आपने हुक्म किया था, इसलिए मैं अज़ीज़मन चाँद को खिदमत में हाज़िर लाया हूँ।"

हकीम साहब ने आँखें उठाकर देखा। चाँद फ़र्श का एक कोना दबाये सिकुड़ा बैठा था। हकीम साहब की नज़र मिलते ही उसने उठकर आदाब बजाया। हकीम साहब ने मुस्कुराकर कहा-"मियाँ साहबज़ादे वहाँ क्यों बैठे हो! यहाँ जाजम पर आकर बैठो।"

"हुजूर हलालखोर हूँ। यही क्या कम है कि आपकी मुझ नाचीज़ पर ऐसी नज़रे इनायत है।"

"लाहौल वलाकू... ? अमाँ यह क्या कुफ्र है! खुदा के बन्दे सब बराबर। यह ऊँच-नीच तो हिन्दुओं में है और तिस पर तुम साहिबे-सुखन हो। मिर्जा ने हरचन्द तुम्हारी तारीफ़ की, इसी से देखने का शौक हुआ। तुम आये, ऐन खुशी हुई। यहाँ पास आकर बैठो।"

चाँद सकुचाता हुआ-सा ज़रा और आगे बढ़कर मिर्जा दाग के पीछे बैठ गया।

इस हलालखोर के बच्चे चाँद की ओर सब शागिर्द और शायर रश्क की नज़र से देखने लगे। जो हकीम साहब अच्छे-अच्छों को मुँह न लगाते थे, उन्हीं ने इस हलालखोर को मसनद के पास बैठने की इज़्ज़त दी थी। कुछ देर चुप रहने के बाद मिर्जा रहीमुद्दीन हया ने मुस्कुराकर कहा-"मियाँ साहबजादे, तुम्हारी उस्ताद जोहरा के क्या हालचाल हैं? कभी उन्हें भी इस बज़्मे-अदब में ले आना।"

"हुजूर, वो उस्ताद होती हैं मेरी और ज़्यादा क्या कहूँ।"

"खैर, तो मेरा खयाल है अब तो तुम माशाअल्लाह दरबारी अदब सीख गये। अब कब ज़िल्लेसुभानी बादशाह सलामत के दरबार में तुम्हारी पेशी है?"

"इसी ईद के जश्न के दिन हुजूर।"

"वल्लाह, हम भी देखेंगे।"

मिर्जा दाग बीच ही में बोल उठे। उन्होंने कहा-"जनाब, ईद पर ही क्या मौकूफ है, आप जब चाहें चाँद का जल्वा देख सकते हैं। किसी दिन यहीं सही, चाँदनी रात में।"

हकीम साहब ने एक फ़र्शी कहकहा लगाया। उसी समय एक शागिर्द ने कागज़ हाथ में लिये डरते-डरते दुजानू बैठकर उस्ताद को आदाब बजाया, और सबसे फुर्दतर बैठ गया। हँसी-कहकहे एकदम बन्द हो गये, सन्नाटे का आलम। इस्लाह शुरू हुई। शागिर्द ने काँपती आवाज़ से शे'र पढ़ा। दूसरा पढ़ा, तीसरा पढ़ा। हकीम साहब बिगड़कर फ़र्माते गये-"आगे चलो जी!" अब शे'र में ज़रा नुक्स देखा, त्योरियाँ चढ़ गयीं, बरस पड़े-"यह क्या साहब, ज़रा फिर पढ़िये! सुभान अल्लाह, यह आपने लिखा है! यह मलामत और दूसरों की मौजूदगी में!" शागिर्द पानी-पानी। जैसे-तैसे ग़ज़ल खत्म हुई। बीच-बीच में हकीम साहब की त्यौरियों में बल पड़ जाते, बार-बार पहलू बदलते। इधर तकिया लगाओ। फिर पढ़ो। क्या मिसरा है, क्या लग्व बन्दिश है। अजी ये इस्लाह के लिए थोड़े ही आते हैं, हमारा इम्तिहान लेते हैं।

शागिर्द ग़ज़ल खत्म कर चुपचाप बैठ गया। खिदमतगार ने खाना लगाने की इत्तला दी। और हकीम साहब सब दोस्तों, मुसाहिबों और शागिर्दो के साथ खाने को उठ खड़े हुए।

6

सारी दुनिया आज जिन्हें गालिब के नाम से जानती और मानती है, उन दिनों दिल्ली में वो नौशा मियाँ के नाम से मशहूर थे। आगरा के पीपल मण्डी मुहल्ले में आज भी काला महल के नाम से एक बड़ी हवेली किस कदर खस्ता हालत में है। यह हवेली किसी ज़माने में राजा गजसिंह जोधपुरवालों की थी। आजकल यह इमारत सेठ लक्ष्मीचन्द की मिलकियत है और इसमें लड़कियों का स्कूल है। इसी हवेली में मिर्जा गालिब का जन्म हुआ था। हवेली के दरवाज़े की सगीन बारहदरी पर गालिब अपनी चढ़ती जवानी के दिनों में निशस्त रखते थे। इसी इमारत के पास खटिया वाली हवेली और सलीमशाह के तकिये के पास दूसरी हवेली और ज़रा उससे आगे बढ़कर गड़रियों वाला कटरा है, और एक कटरा कश्मीरन वाला कहाता है। इसी कटरे के कोने पर यह महाकवि अपने बचपन में अपने लँगोटिया-यार राजा बलवान सिंह से पतंग लड़ाया करते थे। तब इनका असल नाम असदुल्ला खाँ ही कहकर सब पुकारते थे। आगरा में रहते हुए उन्हें अनेक आलिमों के चरणों में बैठकर ज्ञानोपार्जन करना पड़ा। आरम्भिक शिक्षा उन्होंने मौलवी मुहम्मद मुअज्जम से प्राप्त की। फिर मुल्ला अब्दुस्समद ईरानी ने उन्हें फ़ारसी का चस्का लगाया। मुल्ला अब्दुस्समद फ़ारसी के प्रकाण्ड पण्डित थे।

उस समय मिर्जा असदुल्ला खाँ की उम्र 14 ही साल की थी। उस समय गुलाबखाना मुहल्ला-जहाँ मिर्जा का बचपन गुज़रा-फ़ारसी भाषा का केन्द्र था। तेरह साल की उम्र ही में उनका विवाह दिल्ली के प्रसिद्ध शायर-नवाब इलाही खाँ मारूफ की ग्यारह वर्षीय कन्या उमराव बेग से हो गया। इसके दो-तीन साल बाद वह दिल्ली अपने ससुराल ही में आकर बस गये। उनके ससुर न केवल चोटी के कवि ही थे-वे पहुँचे हुए फकीर और सूफी भी थे। उन्हीं की सोहबत में मिर्जा असदुल्ला खाँ को शायरी और अध्यात्मवाद का चस्का लग गया। नवाब का बड़ा नाम-दबाव था। उनके रिश्ते की वजह से मिर्जा को किले और शहर में सब कोई नौशामियाँ कहने लगे। और अब, जिस समय का हम यहाँ उल्लेख करते हैं, उनकी उम्र साठ साल को पार कर गयी थी, पर दिल्ली में ये अभी नौशेमियाँ ही बने हुए थे। दिल्ली में इनका सान्निध्य अपने समय के दिग्गज विद्वान मौलवी फज़ल हक खैराबादी से हुआ जिसने उनके पाण्डित्य में चार चाँद लगा दिये।

मिर्जा नस्ल से तुर्क थे, और उनकी आकृति में तुर्कीपन झलकता था। जवानी में वह एक सुन्दर युवा थे। चौड़ा-चकला सीना, लम्बा कद, सुडौल, इकहरा जिस्म भरे-भरे हाथ-पैर, किताबी चेहरा, माथा चौड़ा, उठी हुई नाक, घनी और लम्बी पलकें, बड़ी-बड़ी बादामी आँखें, सुर्ख और सफ़ेद रंग, जिसमें शराब ने एक नई रंगत पैदा कर दी थी। छोटी-सी छँटी हुई दाढ़ी, चेहरे पर व्यंग्यमिश्रित हास्य मुद्रा।

अलस्सुबह नौशा मियाँ जल्दी-जल्दी खत बनाकर तैयार हुए। कपड़े बदले और फीनस मँगाई और चले दिल्ली कॉलेज को, फारसी, अरबी के अध्यापक बनकर। नौकरी का पहला ही दिन था। उन दिनों दिल्ली में फ़ारसी के तीन चोटी के उस्ताद माने जाते थे, उनमें प्रमुखता मिर्जा को दी गयी थी। इस वक्त मिर्जा की आर्थिक अवस्था बहुत खराब थी। मिर्जा की सवारी लेफ़्टिनेण्ट गवर्नर मिस्टर टाम्सन के बँगले पर पहुंची। इत्तला कराकर आप पालकी ही में बैठे रहे। साहब के असिस्टेण्ट ने कहा-"आइये।"

"जब तक साहब मेरे इस्तकबाल को यहाँ नहीं आते-मैं कैसे पालकी से उतरूँ!"

जवाब लेफ़्टिनेण्ट गवर्नर तक भी पहुँचा। सब बात सुनकर मिस्टर टाम्सन बाहर आये। हँसते हुए हाथ मिलाया और कहा, "मिर्जा साहब, आप रस्मी मुलाकात के लिए नहीं आये हैं। नौकरी के लिए आये हैं। ऐसी हालत में स्वागत-तकल्लुफ़ का खयाल दिल में न लाइये। बेतकल्लुफ चले आया कीजिये।"

नौशेमियाँ कुछ देर नीची निगाह किये खड़े रहे, फिर कहा, "किब्ला, मैं तो यह समझता था कि सरकारी नौकरी से कुछ इज़्ज़त बढ़ेगी। यह तो अभी पहला ही दिन है कि रंग ही दूसरा नज़र आता है। बन्दे का ऐसी नौकरी को दूर ही से सलाम।"

वह पलटकर पालकी में जा बैठे और कहारों से कहा, "लौट चलो।"

अभी पालकी चौक में बेगम के बाग के फाटक तक पहुँची ही थी कि लाला महेशदास जौहरी ने अपनी दुकान से झाँका-देखा, मिर्जा की सवारी जा रही है। दौड़कर कहारों को इशारे से रोका और आगे बढ़कर कहा-

"कैसी नालायकी है कि किब्ला बरसों में तो आप मेरी दुकान के आगे होकर गुज़र रहे हैं। और मैं हूँ कि इस्तकबाल के लिए खड़ा न रहा।"

मिर्जा साहब मुस्कुराये। पालकी से उतरकर दुकान की ओर बढ़ते हुए बोले, "मुआफ़ करना मेरी जान, मुझे तुम्हारी दुकान का खयाल ही न रहा। मगर इस वक्त मिज़ाज ज़रा तुर्श हो रहा है।"

"तो चलिए दुकान में, बैठकर सुस्ताइये। कुछ कहिये, कुछ सुनिये।"

मिर्ज़ा दुकान में जाकर मसनद पर बैठ गये। लाला महेशदास ने कहा-"कहाँ से सवारी आ रही है?"

"अजी, नौकरी करने गया था। मगर इस्तीफा देकर आ रहा हूँ।"

"अयेहए, आज ही नौकरी और इस्तीफा। आज ही था मिलनदिन और आज हो गयी विदाई।"

"मेरी जान, तीन साल पापड़ बेले। कलकत्ता तक दौड़ लगाई मगर पेन्शन न मिलनी थी न मिली। सोलह साल मुकदमा चला। चलो खैर सल्ला। अब रहा कर्ज़ का तूमार और बाकी उम्र अब कर्जा चुकाने में कटेगी। मिर्जा मुहम्मद सुलतान फखरू मर ही गये। खुदा उन्हें जन्नत दे, जब तक ज़िन्दा रहे चार सौ सालाना देते रहे। अब वह भी खत्म। बादशाहे-अवध वाजिदअलीशाह पाँच सौ सालाना भेजते थे, वह भी खत्म हुए। अब सोचा-यह सौ रुपये माहवार की नौकरी है, कर लूँ। सो उसे भी सलाम कर आया।"

"लेकिन हुआ क्या?"

"होता क्या! मैं पहुंचा और इत्तला कराई तो लेफ्टिनेण्ट गवर्नर इस्तकबाल को बाहर आये ही नहीं। जब आये तो फ़र्माने लगे-नौकरी है, चले आया कीजिये। भला देखो तो, अभी पहला ही दिन, और इज़्ज़त खत्म। बस आखिरी सलाम कर आया।"

"तो अब पालकी को रुखसत कीजिये। दोपहर हो रही है, धूप में तेजी आ रही है। हो जाये शतरंज की एक-दो बाज़ी, क्या खयाल है!"

"खयाल अच्छा है। लेकिन शतरंज नहीं-चौसर हो। और बाज़ी बदकर हो। हमारे इलाके में एक नया थानेदार आया है, उस मर्दूद ने यह हँसी-खुशी का सामान मुसीबत बना दिया है। उस पूँजी ने उस दिन मेरे घर पर छापा मारकर मुझे दोस्तों के साथ गिरफ्तार करके चालान कर दिया। दो सौ रुपये जुर्माना देकर अदालत से छुट्टी हुई। अब आज वह रकम तुमसे बाज़ी जीतकर वसूल करूँगा।"

"आइए फिर, देखा जायेगा।"

लाला महेशदास ने एक तकिया उनकी ओर सरकाया। नौकर इतनी ही देर में फालसे का शर्बत बना लाया। शर्बत पीकर चौसर जमी और बाज़ी पर बाज़ी लगने लगी। जब दो सौ रुपया मिर्जा के सामने ढेर लग गये, तो अपने पाँसे फेंककर कहा-"अब बस। इतने ही चाहिए।"

महेशदास ने भी हँसकर कहा-"खैर, इस बार आप जीते, अबकी बार मेरी बारी है। सूद दर सूद समेत वसूल करूँगा।"

"तो मेरी जान, यह तो तुम्हारा धन्धा ही है। खैर, अब यह कहो, खाने में कितनी देर है?"

"खाना तैयार है। खाकर जरा आराम फ़र्माइये, फिर ज़रा शाम को आँखें सेंकने चलेंगे।"

"कहाँ?"

"अमीर जान के कोठे पर।"

"वह तो अलगनी पर डालने लायक है।"

"तो उसमें क्या? एक लौंडिया आयी है।"

"क्या देख चुके हो?"

"अभी नहीं, पर सुना है। ठाठ बड़े बाँके हैं। अच्छों-अच्छों की दुआ कुबूल नहीं होती। नाक-नक्शा कयामत का पाया है, उस पर नमक जामा-जेबी, शोखी-शरारत...।"

"बस, बस इतना ही काफ़ी है।"

"तो खाना लगवाऊँ।"

"नेकी और पूछ-पूछ।"

खाना लगा। और दोनों दोस्तों ने खाया। आप सोचते होंगे। एक हिन्दू और दूसरा मुसलमान। वह सौ साल पुराना ज़माना-छूत-छात। जी हाँ, सोलह आना छूत-छात। लाला महेशदास पक्के वैष्णव, खाने में मूंग की दाल और मण्डा, मूंग की मुंगौड़ियाँ रसेदार, बेढ़वी और खीर, कुछ अचार और मिठाइयाँ, ताज़ा खरबूजे। साथ बैठकर खाने से परहेज़ नहीं। खाना आरम्भ हुआ। मिर्जा ने कहा-"कल यूसुफ अली खाँ आये थे, हीरा सिंह उनके साथ थे। सुना-मेरठ का हाल बेहाल है। सिपाही उबल रहे हैं।"

"किले का क्या हाल है, यह कहिये।"

"वही शे'रो-सुखन, शराब, बुलबुल, गुल और साकी। बाकी सब खैरसल्ला। मगर लाला, दाल में इस कदर घी क्यों खाते हो, इसे पचाने को किसका पेट लाऊँ!"

"यह सिरके का अदरक चखिये, अभी सब हज़्म हो जायेगा।"

"खाक हज़्म हो जायेगा। घर पर तो बस एक रोटी का छुलका सालन में भिगोकर लेता हूँ।"

"लेकिन किले का कुछ और भी हालचाल बताइये।"

"मिर्ज़ा जवाँबख़्त के साले विलायतअली बेग आये हुए हैं, वह उन्हें फिरंगियों के ख़िलाफ़ भरे पर चढ़ा रहे हैं।"

"ठहरे कहाँ हैं, एक बार मिलना चाहता हूँ।"

"सआदत खाँ के कटरे में, जनरल की बीवी की हवेली में कयाम किया है।"

"आप तो किबला रामपुर जाने वाले थे।"

"जाकर ही तो आया हूँ। नवाब साहब बहुत इसरार करते रहे। बरसात के आमों का भी लालच देते रहे। लेकिन माहे मुबारक रमज़ान में मस्ज़िद जामा की कभी तरावीज़ नागा हुई है? सोमवार को रमजान का चाँद है। उसी दिन से हर सुबह को हामिद अली खा की मस्ज़िद में जाकर मौलवी जाफर अली साहब से कुरान सुनेगा। शब को मस्ज़िद जाकर तराबीज़ पढ़ूँगा। वक्ते सोम महताब बाग में जाकर रोज़ा खोलूँगा और सर्द पानी पीऊँगा।"

लाला महेशदास ने हँसकर कहा-"शुक्र है, अभी सोमवार में तीन दिन हैं। एक माण्डा और लीजिये।"

"बस, अब बेसन मँगाओ।"

मिर्जा साहब ने खाने से हाथ खींच लिया। बेसन से हाथ धोये, पान की गिलौरी खायी और मसनद पर उठंग गये। खिदमतगार ने मिट्टी का कागजी हुक्का पेश किया। मिर्जा ने कश लगाया। मुश्की खमीरी तमाखू की महक कमरे में फैल गयी।

7

लाला महेशदास की टमटम पर शाम को दोनों सवार होकर अमीर जान के कोठे पर पहुँचे। देखते ही अमीर जान ने उठकर पहले मिर्जा साहब को और बाद में लाला महेशदास को सलाम किया। दोनों मसनद पर बैठे। अमीर जान ने उगालदान ज़रा आगे सरकाकर पानदान उठाया। सामने बैठकर वह छालियाँ कतरने लगी। सरौते के साथ उसकी ज़बान भी चलती जाती थी-मिर्ज़ा साहब की ओर देखकर उसने कहा-

"अल्ला मिर्ज़ा साहब, आप तो हमें भूल ही गये।"

"मुझे क्या मालूम कि आप किस खोह में रहती हैं।"

"बहुत बार इरादा किया, एक बार जाकर सलाम कर आऊँ, मगर हिम्मत न हई। उस दिन आपकी एक ग़ज़ल सुनी तो तबियत अभी तक बेचैन है।"

"खुदा खैर करे, कहाँ सुनी, कौन-सी ग़ज़ल।"

"जौहरा के कोठे पर चाँद मियाँ गा रहे थे।"

"चाँद मियाँ कौन?"

"उनके शागिर्द हैं, क्या आप नहीं जानते। उनका तो उर्दूए मुअल्ला तक शोर है। सुना है, ईद के जलसे पर बादशाह सलामत उनकी ग़ज़ल सुनेंगे।"

"ओह, समझा, मगर वो तो जौक के शागिर्द हैं। फिर मेरी ग़ज़ल क्यों गा रहे थे?"

"यह मैं क्या जानूँ, सोज़भरी आवाज़, और आपकी ग़ज़ल, मुखज्जह होना ही था?"

"देखो मेरी जान, गायवाना तारीफ़ अच्छी नहीं। साफ़ कहो।"

"आपके सिर की कसम, वियाज़ न जाने कहाँ गुम हो गयी। तभी पूरी ग़ज़ल लिख ली थी। बस मतला याद रहा।"

"मतला क्या था?"

"अर्ज़ करती हूँ

नक्श फ़रियादी है किसकी शोखिए तहरीर का।

कागज़ी है पैरहन हर पैकरे तस्वीर का॥

इसी वक्त खिदमतगार ने हुक्का लाकर मिर्ज़ा साहब के सामने रख दिया। अमीर जान ने दो बीड़े बनाकर पेश किये। लाला के लिए कहार बाज़ार से पान बनवाकर लाया। लाला ने कहा-

"हम तो तब जाने बी अमीरन कि पूरी ग़ज़ल अभी नौशेमियाँ पढ़ें।"

"बस, आपके हमले शुरू हो गये?"

"ए, तो क्या हुआ।"

"तकलीफ़ मुआफ़ कीजियेगा नौशेमियाँ, वह ग़ज़ल ज़रा पढ़ दीजिये, लाला का दिल रह जाये।"

"माफ़ तो कुछ न होगा। ना मैं ग़ज़ल पढूँगा। शौक है तो आओ किसी दिन।"

"बस देख ली तुम्हारी, बी अमीर जान, बात तो बस किरकिरी हो गयी।"

"नौशेमियाँ, लौंडी को इन लाला के सामने तो धेले की तीन न करो!"

"खैर, सुनो-

"नक्श फ़रियादी है, जिसकी शोखिए तहरीर का।

कागज़ी है पैरहन हर पैकरे तस्वीर का॥"

"वाह क्या नाजुक खयाली है।"

"काबे काबे सख्त जानी हाय तन्हाई न पूछ।

सुबह करना शाम का लाना है जुए शीर का॥

जज़्बाए बेइख्तियारे शौक देखा चाहिए।

सीनए शमशीर से बाहर है दम शमशीर का"

"हाय, हाय, भई नौशेमियाँ, क्या रंग निकाला है।"

"अज़ी मोती बखेरे हैं!"

"मेरी जान, शे'र सुनो, अर्ज़ करता हूँ

"आग ही-दामे शनीदन जिस कदर चाहे बिछा।

मुद्दा अन्का है-अपने आलमे तकरीर का॥

बस कि हूँ 'गालिब' असीरी में भी आतिश ज़ेर पा।

मूए आतिश दीदा है हल्का मेरी ज़ंजीर का।"

"वाह, क्या कमाल है, नौशेमियाँ। हुक्म हो तो हाथ चूम लूँ?"

"चूमा-चाटी बाद में करती रहना, पहले लाला महेशदास की मुरादें पूरी कर दो।"

"लाला कुसूर हुआ, पहले नहीं पूछा, माफ़ कीजिये।"

"आपके लिए मुजाइका नहीं। खैर, साहब वह आपका माल कहाँ है?"

"अख्खाह, तो यों कहिये-मोती खरीदने आये हैं।"

"खरीद की बात परख के बाद।"

"अल्ला रे अल्ला, एक ही काइयाँ हैं आप।"

"ले अब टालिये ना, बुलवाइये।"

"और बेबाकी की सनद हासिल कीजिये।" मिर्जा साहब ने हुक्के में एक कश खींचते हुए वाक्य पूरा किया।

लाला महेशदास ज़ोर से हँस दिये। बेचारी अमीर जान झेंपकर रह गयी। झेंपते हुए कहा-"बस रहने दीजिये। आप हाशिया न चढ़ाइये।"

"लीजिये पान, नोश फरमाइये।" मिर्ज़ा साहब ने पान मुँह में ठूँसकर हुक्के में दम लगाया। लाला महेशदास ने कहा-

"आप दम लगा रहे हैं और हमारा दम निकल रहा है।"

"तो बी अमीर जान, ज़रा दम दिलासा दीजिये।"

बी अमीर जान ने लौंडी को इशारा किया और गौहर नपे-तुले पैर रखती आयी। झुककर आदाबर्ज़ की। गुलाबी रंग, आँखें जैसे मोती कूट बनायी थीं। सुडौल हाथ-पाँव और नूर के साँचे में ढले अंग-प्रत्यंग, गोल कलाइयाँ, कयामत की जामाज़ेबी, दिलफरेब अदा, भोलेपन से मिली-जुली, बैठी तो जैसे एक शमा रौशन हो गयी।

लाला महेशदास ने पूछा-"अजी नाम तो बताओ, ज़रा याद कर लें।"

नौची ने शर्माते हुए कहा-"गौहर!"

उन दिनों दिल्ली में गौहर के नाम का जादू फैल चुका था। बुलन्दशहर, मेरठ, ऋोयल तक के लोग उसकी महफ़िलों की शोभा बढ़ाते थे। नवाब साहब झज्झर, लुहारू, बल्लभगढ़ के राजा उस पर फिदा थे। रात-रातभर महफ़िल जमती। सुबह टोकरों बासी फूलों के हार मेहतर समेटता।

गौहर ने एक ठुमरी गायी। लाला महेशदास चुपचाप बैठे सुनते रहे। अभी ठुमरी के बोल चल ही रहे थे कि लाला महेशदास ने इशारा किया। नौची उठकर उनके सामने गयी। पाँच अशर्फियाँ उनके हाथ पर रखकर महेशदास उठ खड़े हुए। उन्होंने बी अमीरन से कहा-"बी अमीरन, बुरा न मानना, अभी लौंडिया महफ़िल जमाने के काबिल नहीं। उसे ज़रा तालीम दो।" उन्होंने फिर मिर्ज़ा की ओर देखकर कहा-"चलिये नौशेमियाँ।"

8

रोज़े के दिन। जामा मस्जिद पर आदमियों का जमघट। जाबजा लोग गुट बनाये बैठे थे। कहीं कुरान के दौर हो रहे हैं। कहीं कुरान सुनाने वाले हाफिज़ एक-दूसरे को आयतें सुना रहे हैं। कहीं सूफी साधू अद्वैत-अनलहक की चर्चा कर रहे हैं। कहीं मन्तिख और हदीस की चर्चा हो रही है। दो आलिम इल्मी बहस कर रहे हैं। दस-बीस मज़े में ध्यान लगाये सुन रहे हैं। कहीं कोई तस्बीह घुमा रहा है। उँगलियों पर तस्बीह के दाने जैसे-जैसे सरकते हैं, वैसे ही उसके होंठ भी फड़क रहे हैं। बहुत सैलानी इधर से उधर मटरगश्ती कर रहे हैं।

इसी तरह दिन बीत गया। रोज़ा खोलने का समय आ गया। अब सैकड़ों थाल विविध पकवानों से भरे चले आ रहे हैं। मजाविर लोग उन्हें लोगों में बाँट रहे हैं। श्रद्धालु सद्गृहस्थ थालों पर थाल भेज रहे हैं। उनका अन्त नहीं है। शाही महल में भी भिन्न-भिन्न स्वादिष्ट पकवानों से भरी किश्तियाँ चली आ रही हैं। मुहल्ले-मुहल्ले से भरे थाल चले आ रहे हैं। किले की प्रत्येक बेगम-प्रत्येक राजकुमारी अपने-अपने थाल भेज रही हैं। शहर के सब अमीर-उमरा अपनी-अपनी हैसियत के अनुसार थाल भेज रहे थे। उनका ताँता लग रहा था। थालों की संख्या सैकड़ों तक पहुँच रही थी। और यह रोज़ का काम था। प्रत्येक अमीर कोशिश करता था कि उसका थाल दूसरों से बढ़कर रहे। थालों पर भिन्न-भिन्न रंग के रेशमी रूमाल और उसकी ज़री की झालरें भी एक-से-एक बढ़-चढ़कर थीं।

लालकिले से सैकड़ों फ़कीरों को भोजन भेजा जा रहा था। शाहज़ादियाँ और बेगमें इस काम में एक-दूसरे से होड़ ले रही थीं।

9

आज उनत्तीसवाँ रोज़ा है। जो चाँद की खबर सबसे पहले लावेगा, उसे शरई साक्षी के विश्वास पर पाँच मोहरें और एक जोड़ा ईनाम दिया जायेगा। इसी से सहरी के बाद बीस साँडनी सवार, जिनकी साँडनियाँ पचास-पचास साठ-साठ कोस का धावा मारती थीं, दिल्ली से चारों दिशाओं को चल पड़े और आठ-आठ, नौ-नौ मंज़िल पर जाकर पड़ाव किये। साँडनी सवार जंगल में, शहरवाले कोठों पर, स्त्रियाँ ममटियों पर, इस पर आज दिन छिपने में अभी देर है, पर लाखों आँखें आकाश को ताक रही हैं।

सूर्यास्त हुआ, बादशाह सलामत दीवाने आम की छत पर आ रौनक अफ़रोज़ हुए। यहीं आज हफ्तारी रोज़ा खोला जायेगा। कोरे-कोरे मटके, सौंधी-सौंधी सुराहियाँ, कागज़ी आबखोरे पंक्तियों में चुने रखे हैं, धुले-धुलाये। बड़े-बड़े हण्डों में जस्त की कुलफियाँ और मटके मलाई और दूध से भरे रखे हैं। फालसे, खरबूजे, पिश्ते, बादाम की बर्फियाँ थालों में आरास्ता हैं। फिर दुनिया भर की मिठाइयाँ, कचौरियाँ, समोसे, दालमोठे, सेम के बीज, कल्मी बड़े, फुलकियाँ, दही-बड़े किश्तियों में सँजोये रखे हैं। परन्तु आज हफ्तार पर किसी की नज़र नहीं है। नज़र है चाँद पर। बस चाँद पर।

बादशाह ने सफ बाँधकर नमाज़ पढ़ी। और चाँद को देखने उठ खड़े हुए। चारों ओर से एक मर्मर शब्द सहस्रों कण्ठों से निकला-"अल्लाह बिस्मिल्लाह।" खाले में पाँच मुहरें, एक बीड़ा, दो थान गुलबदन के, एक जरबफ्त का मौजूद है। जो सबसे पहले चाँद देखेगा उसे यह पुरस्कार मिलेगा।

आखिर चाँद दिखाई दिया। यह था ईद का चाँद। यह जवान ईद थी। मुज़रे आरम्भ हुए। जो सामने आया झुककर सलाम की। लाहौरी दरवाजे से ग्यारह तोपें दगीं। नौबतखाने में धौंसे पर चोट पड़ी। जामा मस्जिद के हौज़ पर बत्तीस गोले छूटे, शहर को ईद की खबर मिल गयी और सारी दिल्ली ईद की तैयारी में संलग्न हो गयी। ईद की खुशियाँ तो मँझले रोजे से ही शुरू हो चुकी थीं। घर साफ़ किये गये थे। कमरे-दालान, अँगनई-दरीचों पर सफ़ेदी की गयी थी। फ़र्श धोये जा चुके थे। दर्जियों और धोबियों की चाँदी थी। काम की भीड़ से होश न था। सलेमशाही जूतेवालों की दुकानों पर ग्राहक टूट पड़ते थे। सिवैयाँ धर टूट रही थीं। खातूनें अपनी कोमल कलाइयों को हवाई चुड़ियों से आरास्ता कर चुकी थीं। मनिहारिन दाँतों में मिस्सी की धड़ जमाये, पान की गिलौरियाँ कचरती हुई ठसक से चूड़ियाँ पहनातीं और गहरे इनाम लेती जा रही थीं। मालामाल हो रही थीं। घर-घर आनन्द उत्सव मनाये जा रहे थे। बच्चों की खुशी का ठिकाना न था। सबको नये वस्त्र मिले थे। साँझ को ही नई जूतियाँ पहनी गयी थीं। उन्हें वे सिरहाने रखकर

सोये थे। लड़कियाँ अपनी गोटे किनारे की पोशाकें देख-देखकर फूली न समाती थीं। कल वे ईद की पोशाक पहनेंगी। उन्हें भूख-प्यास भला कहाँ? बस पोशाक को निहार रही हैं। माँ खाने को कहती हैं, मगर लड़की ने मेहंदी लगायी है। वह कह रही है-"अम्मी! हमने तो मेंहदी रचायी है। हमसे खाना न खाया जायेगा।"

रात बीती। अजान की बाँग सुनायी पड़ी। गृहिणी हड़बड़ाकर उठ खड़ी हुई, चूल्हा जला और सिवैयाँ, छुहारे, खाँड निकाली, चूल्हे पर सिवैयों का पानी चढ़ाया। प्रातः की नमाज़ अदा हुई और सिवैयाँ तैयार। घर साफ़ किया। फ़र्श फराश किया। कपड़े बदले-और मियाँ, बीबी, बच्चे सब चले ईदगाह की ओर। लौटे तो मिठाइयाँ, खिलौने, तरकारियाँ खरीदकर। अब ईदियाँ शुरू हुईं। किसी को पाँच, किसी को एक रुपया, किसी को अठन्नी, चवन्नी, दुअन्नी। दिन-भर यही सिलसिला। शाम को भाई अपनी छोटी बहनों के घर और बाप अपनी बेटियों के घर ईदियाँ देने गये।

मनिहारिन घर में आयी। घर में प्रवेश करते ही बहुओं ने खड़े होकर झुककर सलाम किया। बेटियों ने सलामें की। माँ का संकेत पाते ही बहू ने सिवैयाँ, कचौरियाँ, मिठाई मनिहारिन के सामने रखीं। मनिहारिन ने खाया, पानी पिया, कुल्ली की। बीबी ने दो बीड़ा पान बनाया, जर्दा दिया। मनिहारिन ने गिलौरियाँ मुँह में ठूँसीं और असीस दी-"बूढ़ सुहागन साँई जीयें-बच्चे दिये।"

बीबी ने अढ़ाई रुपये बटुए से निकालकर सामने रखे, और कहा-"लो बूआ, अपना नेग।" मनिहारिन ने चूड़ियाँ तो पाँच आने की ही पहनायी थीं, पर इस वक्त तिनककर पीछे हटी और कहा-"वाह बेगम! अढ़ाई कैसे? हमेशा तो इस ड्योढ़ी से पाँच मिलते रहे और इस बार तो अल्लाह खैर करे, तुम्हारी हसना ससुराल से पहली बार आयी हैं। इसकी ईद भी लूँगी।" बेगम ने एक अठन्नी और बढ़ाई-तो मनिहारिन और बिगड़ गयी। उसने कहा-"हये हये। सब खर्चे पूरे हुए, मुए मेरे ही दो रुपये काट रही हो। ना-ना, बड़ी बेगम तो कभी हुज्जत करती ही न थीं।" बेटियाँ-बहू सब चुप। मियाँ भी चुप। बेगम ने एक रुपया और बढ़ाया और कहा-"बस करो, अल्लाह ने चाहा तो बकरीद पर कसर निकाल दूंगी।" मनिहारिन ने कहा, "ऐ बीबी! तुम्हारी जूतियों के तुफैल से बच्चों की ईद हो जाती है। खुदा सलामत रखे-बुढ़िया का मान रख लेती हो। बूढ़ सुहागन-दूधो नहाओ, पूतो फलो।"

यह हुई दिल्ली की ईद। अब चलिये लालकिले में। चाँद हो गया। इनाम बँट चुके। महलों में रात-भर धूम रही। इक्कीस तोपों से चाँद की सलामी हुई। मोदीखाने, तोशाखाने के दरोगा अपने-अपने सामान की फिहरिस्त बनाने में परेशान। शाहज़ादियाँ बुजुर्गों को चाँद का आदाबर्ज़ कर रही हैं। छह घड़ी रात रही तो किले से तम्बू और छोलदारियों के छकड़े ईदगाह की ओर चले।

शामियाने तने, तम्बू लगे, डेरे पड़े। फ़ौजदार खाँ फ़ीलखाने के दरोगा आये और हुक्म दिया-"हाथी रंगो।" मौलाबख्श हाथी रंगा गया। शाही खिलअत तैयार हुआ-शाहजादियाँ बेगमात मेहंदी, चूड़ी में लगी हैं। चार बजे ईद की तोप दगी। बादशाह उठे। गुस्ल किया, शाही पोशाक पहनी, फिर मोती मस्जिद में आ नमाज़ पढ़ी और जवाहरखाने में तशरीफ़ लाये। ताज पहना, गले में मोतियों

का हार। खासाबरदार ख्वाजासराओं ने दस्तरखान बिछाया। बादशाह ने एक चम्मच सिवैयाँ और एक टुकड़ा छुहारा खाकर इफ्तार किया। इसके बाद सूखा नवाला और मसूर की दाल। कुल्ली की, पान खाया, खड़े हुए। रखवालियों ने पुकारा-"अल्ला रसूल की अमान" तरपचियों ने नफ़ीरी बजाई। सवारी का हुक्म हुआ। बादशाह बाहर आये। दोनों तरफ़ खड़ी फ़ौजों ने सलामी दी। फ़ौजदार खाँ ने हाथी लगाया। हबशियों ने हवादान लगाया, बादशाह हवादान में बैठे। बाजे बजने लगे और बादशाह दीवाने आम में पहुँचे। अहलकारों ने कोर्निशें कीं। बादशाह हाथी पर सवार हुए। इक्कीस तोपों की सलामी छूटी। तलवारों की छाँह और बाजों की धूम में बादशाह किले से बाहर चले-पालकी में शहज़ादे, घोड़ों पर अमीर, बीच में बादशाह का हाथी, आगे-पीछे फ़ौज। शाही जुलूस ईदगाह की ओर चला। 'हुक्मे आम' की पुकार हुई-"कोई प्रार्थी-दुखिया आये और अपनी विपता सुनाये। लाहौरी दरवाज़े तक चाँदी के फूल गरीबों और फ़कीरों को लुटाये गये। आगे रास्ता तंग था। नकारा खत्म। खैरात खत्म। मेला यहीं से शुरू। तुरई गुब्बारे, कल का घोड़ा, तीतरी, किश्ती और न जाने क्या-क्या खिलौने बिक रहे हैं। बच्चे मचल रहे हैं।

ईदगाह आयी। शाही हाथी रुका। बादशाह नीचे उतरे और ईदगाह में प्रविष्ट हुए। तकबीर आरम्भ हुई। नीयत बाँधी, दुआना पढ़ा, सलाम फेरा और नमाज़ खत्म हुई। अब खुतवे का समय आया। शाही हुक्म होते ही तोशेखाने का दरोगा आगे बढ़ा। किश्ती में खिलअत के सात कपड़े और जड़ाऊ परतला इमाम साहब को पेश किया गया। बनारसी दुपट्टा उसकी कमर में बाँधा गया। तलवार कमर से लगायी गयी। इमाम साहब ने कुल्ले पर हाथ रखकर खुतवा पढ़ा। बादशाह का नाम आते ही उपस्थित जन में 'अमीन' का नाद उठा। खुतवा खत्म हुआ। पचास रुपये नकद इमाम को बख्शे गये। बादशाह हवादान में बैठकर किले में आये।

बादशाह दरबारे-खास में तख्त पर बैठे। कम्पनी के रेजीडेण्ट ने आगे बढ़कर नज़र पेश की, कोर्निश की। फिर दूसरी भेंट हुई। इनाम बँटे। बारह की तोप चली।

बादशाह जनानखाने में आये। बेगमात ने भेंट दी, भोजन का समय हुआ, धौंसे पर चोट पड़ी। देग का लंगर लुटा। ईद का खाना बँटा, ईदियाँ दी गयीं। बादशाह दस्तरखान पर बैठे।

रात हुई। ईद की रात। किले के चप्पे-चप्पे, कोने-कोने पर कन्दीलें जगमगा रही थीं। वृक्षों पर कुमकुमे लटक रहे थे। मोती मस्ज़िद के कंगूरों पर अबरक की लालटेनें जड़ी थीं। नाच-रंग, संगीत में लालकिला चौथी की दुलहिन बन रहा था।1

1. आधारित

10

दीवाने-आम दुलहिन बना हुआ था। कालीन का फ़र्श, ज़रदोज़ी के पद, दीवारों और दरवाज़ों पर फूलों की सजावट, मोतियों के गजरों की सुगंध से वातावरण भरपूर है। इत्र के कुरावे लुढ़ाये

गये हैं। अमीर और रईस शहर के बड़े लोग अपने-अपने पद के अनुसार दस्तबस्ता खड़े हैं। सामने जिल्लेइलाही तख्तेहुमा पर रौनक अफ़रोज़ हैं। मियाना कद, जिस्म काही, दुबला-पतला, बादामी चेहरा, बड़ी-बड़ी विलासी आँखें, गालों की हड्डियाँ उभरी हुईं, सुतवाँ नाक, मौजू दहाना, गेहुँआ रंग, छछेरी दाढ़ी, चेहरे से जलाल टपकता है। इस वक्त बादशाह की शाही सजधज नहीं है। हरे कमख्वाब का एक फेर का पायजामा, ढाका की मलमल का कुरता, उसके ऊपर जामादार की खफ्तान, सिर पर कारचोबी चोगोसिया टोपी है। पीछे और दाएँ-बाएँ चार चोबदार सब्ज, खिड़कीदार पगड़ियाँ बाँधे, नीची सब्ज बानात की चिकनें पहने सुर्ख शाल रूमाल कमर से लपेटे हाथों में गंगा-जमनी आसा मौरछल लिये खड़े हैं।

जब सब नज़रें गुज़र चुकीं-बादशाह ने मिर्जा गालिब की तरफ़ चश्मे-इन्तखाब फ़र्मायी। मिर्जा आबाद बजा लाते हैं। और कसीदा पढ़ते हैं :

हाँ महे नौ सने हम उसका नाम।

जिसको तू झुकके कर रहा है सलाम।

कौन है जिसके दर पै नासिया सा-

है महोमिहरो ज़ोरा ओ बहराम।

तू नहीं जानता तो मुझसे सुन

नाम शहनशाहे बुलन्द मुकाम

किब्लए चश्मो दिल बहादुर शाह।

मज़हरे जुल जलाल वाला कराम।

कातवे हुक्म न बमूजबे हुक्म-

इस रकम को दिया तराज़े दवाम्।

है अज़ल से खानिए आगाज़

हो अबद तक रसाइए अंजाम।।

बादशाह सलामत ने खुश होकर खलते हफ्त पारचा अपने हाथ से दिया। मिर्जा मुजरा करते हुए आये, कदम छुए। इशारा चश्म पाते ही उस्ताद ज़ौक-पीरो मुर्शद 'अर्ज़ करता हूँ,' कहकर अपना कसीदा पढ़ने लगे-

जश्ने बहादुर शाह रोज़े अलवोज़ा है।

है इसलिए वज़हत फिज़ा नूरे शहर रंगे शफक।

वो खुशरबे रोशन गौहर जिसको खजल हो देखकर

माहो सुरैया वा सुहानूरे सहर रंगे शफक।
रोशन वियानी से तेरी शीरी कलामी से तेरी।
शर्मिन्दा होता है सवा नूरे शहर रंगे शफ़क।
ऐ आफताब इज्जोंशाँ तेरी जबीं से है अयाँ।
नूरे यकीं रंगे हिना नूरे सहर रंगे शफक।
साकी मये इशरत के भर सागर कि है इस रंग पर
आबो हवा जाये फिज़ा नूरे शहर रंगे शफ़क।।

उस्तादे शाह ने कसीदा खत्म किया तो सुभानअल्ला की आवाज़ चारों तरफ़ से आने लगी-वाहवाहे खुसरवी खिलते पारचा अता हुआ। इसके बाद चाँद की पुकार हुई। सबकी नज़र इस नौजवान हलालखोर के बच्चे की ओर उठ गयी। उसने आगे बढ़कर ज़मीन तक झुककर तख्त को चूमा। बादशाह की कोर्निश की और ज़मीन चूमी, उस्ताद का इशारा पाकर अपनी ग़ज़ल पढ़ी। ग़ज़ल का दर्द भरा तड़पता हुआ मजमून। चाँद की सोज़ भरी काँपती आवाज़। सुननेवाले सकते की हालत में हो गये। बादशाह सलामत ने खिलअत पारचा इनायत किया और शाहज़ादों के बराबर खड़ा किया। अर्जवेगी पुकारा-दरबार बर्खास्त। बादशाह हवादान पर सवार हुए और महल में दाखिल हुए। जसोलिनी ने आवाज़ दी-खबरदार हो, हवादान चाँदी के तख्त के बराबर कर दिया गया। मलिके दौराँ और शाहज़ादियों ने नज़रें गुज़ारी, बादशाह के हाथ से भारी-भारी दुपट्टे इनाम में पाये। नाच-गाना शुरू हुआ, गुल अन्दाम ने गत भरी, यह मालूम हुआ कि आसमान से परी उतर पड़ी। नाच खत्म हुआ तो शमशाद बाई ने बादशाह का बनाया हुआ बहार का खयाल शुरू किया।

सकल बन फूल रही सरसों,
अमवा मेरे टेसू फूले, कोयल बोले डार-डार।
और गौरी करत सिंगार, मालीना गरवा ले आयी तरसों।
सकल बन फूल रही सरसों,
तरह-तरह के फूल लगाए, ले गरवा हाथन में आये।
निजामुद्दीन के दरवाज़े पर, आवन कह गये शौक रंग,
और बीत गये बरसों, सकल बन फूल रही सरसों।

इसके बाद दिलेर खानम ने नृत्य करके हुजूर की ग़ज़ल सुनायी-

दिया अपनी खुदी को जो हमने मिटा,

वह परदा बीच में था न रहा!

रहा परदे में अब न वह परदानशीं,

कोई दूसरा तेरे सिवा न रहा।

हमें सागरे वादा के देने में करे देर जो साकी तो हाय गज़ब।

कि ये अहदे निशात ये दौरे तख्त न रहेगा जहां में सदा न रहा।

11

बड़ी सख्त गर्मी थी : सुबह ही से आसमान में धुंध भर रही थी। रात-भर आँधी चली थी, और तूफ़ान के सूचक काले बादल घिरते आ रहे थे। सूरज धूल, गर्द और बादलों में छिपा हुआ था। बड़ा ही मनहूस-सा दिन था।

साढ़े सात बज रहे थे। मेरठ में तीसरे देशी रिसाले के कमाण्डर मेजर कारमाइल स्मिथ जल्दी-जल्दी वर्दी कस रहे थे। उनका खास खिदमतगार ब्रजमोहन उनकी सहायता कर रहा था। मेजर की आयु चालीस के लगभग थी। वह लम्बे-तगड़े आदमी थे। उनके चेहरे पर घमण्ड और सख्ती स्पष्ट थी। उनकी मोटी ठोड़ी उनके आग्रही स्वभाव की परिचायक थी। वर्दी पर तमगे लटकाकर उन्होंने ब्रजमोहन की ओर हाथ फैलाकर कहा- "हमारा पिस्टल दो, और देखो कि वह भरा हुआ है या नहीं?" इतना कहकर उन्होंने अपनी कमर पेटी में लगी तलवार की मूठ पकड़कर, ज़रा म्यान से बाहर निकाली, और फिर उसे म्यान में कर लिया। इसी समय ब्रजमोहन ने पिस्टल उन्हें पेश करते हुए कहा-"हुजूर एकदम लैस है।"

"आल राइट!" इतना कहकर मेजर ने पिस्टल कमरपेटी में लगाई। और एक चुरुट सुलगाई। इसी समय एक एडजुटेंट ने आकर हडबड़ाते हुए मेजर को सलाम किया और कहा- "मेजर, कैप्टन की आज्ञा है कि आज इस वक्त परेड न की जाये। क्योंकि समूची रेज़ीमेण्ट में कारतूस के मामले को लेकर उत्तेजना फैली हुई है। और छह-की-छह रेज़ीमेण्ट ऐसी ही मनोवृत्ति में हैं। मामला बहुत गम्भीर है। यदि सावधानी से काम न लिया गया, तो आधे घण्टे में सारी रेजीमेण्ट विद्रोही हो जायेगी।"

मेजर ने एक लम्बा कश चुरुट का लिया और उसका धुआँ आकाश की ओर फेंकते हुए कहा- "कैप्टन को हमारा सलाम बोलो, और उनसे कहो-कि घबराने की कोई बात नहीं है। मेरठ सब तरह सुरक्षित है। यहाँ विद्रोह भड़कने की ज़रा-भर आशंका नहीं है। क्योंकि यह उन थोड़ी-सी छावनियों में से एक है, जहाँ सभी किस्म की यूरोपियन सेना की टुकड़ियाँ काफ़ी संख्या में मौजूद हैं। सिपाहियों की धमकी में आकर परेड स्थगित करना कायरता होगी। टुम क्या बोला ब्रजमोहन?" उन्होंने अपने मुँह लगे खिदमतगार की ओर मुँह करके कहा।

ब्रजमोहन जात का खटीक था। वह बड़ा दुश्चरित्र आदमी था। उसे इन्फेण्ट्री से चोरी के जुर्म में बर्खास्त किया जा चुका था। परन्तु अब वह मेजर का विश्वासपात्र बना हुआ था। उसने कहा-

"हुज़ूर, इत्मीनान रखिये कि जल्द फ़ौज का हरेक आदमी इन कारतूसों को इस्तेमाल करेगा। इसके अलावा ये बादमाश हिन्दू ही कारतूसों की बाबत ऐसी गन्दी बात सोचते हैं, मुसलमान नहीं।"

"टुम ठीक बोला, ब्रजमोहन, अमारा इन्फेण्ट्री में सब मुसलमान हाय।" इसलिए उसने एडजुटेंट की ओर मुखातिब होकर अंग्रेज़ी में कहा-"हमारा यह प्रदर्शन न तो अस्वाभाविक है, न अनुचित।"

एडजुटेंट सैल्यूट करके चला गया।

ब्रजमोहन ने सलाम करके कहा-"हुजूर इसके सिवाय एक बात यह भी तो है कि सरकारी रुआब भी तो कायम रहना चाहिए।"

"अंग्रेज़ सरकार का रुआब ज़रूर कायम रहेगा। चल अमारा घोरा लाओ।"

"यस सर," कहकर ब्रजमोहन चला गया।

घोड़े पर सवार होकर मेजर स्मिथ परेड मैदान में पहुँचे। जहाँ अपराधी सवार सफ बाँधे चुपचाप खड़े थे। उनके सामने तोपखाना था। सब तोपों का मुँह सिपाहियों की ओर था। और तोपची अंग्रेज़ हाथों में बत्ती लिये तोप दागने को मुस्तैद खड़े थे। उनके पीछे गोरी पलटन राइफ़ल ताने मुस्तैद खड़ी थी। दूसरी ओर छावनी के छहों देशी रेज़ीमेण्टों को उन सिपाहियों को अपमानित होते दिखाने के लिए बुलाया गया था। इन गुनाहगार सिपाहियों में 36 हिन्दू और 59 मुसलमान थे। मैदान में भयानक सन्नाटा था। सूरज की तेज़ धूप इन पच्चासी सिपाहियों के चेहरे पर पड़ रही थी। उस धूप की चमक में वे ताँबे की मूर्ति-से लग रहे थे। उनके चेहरों पर दृढ़ता थी और आँखों में क्रोध की चिनगारियाँ निकल रही थीं। उन्हें यह ज्ञात नहीं था कि एक क्षण बाद क्या होने वाला है। उनमें कुछ तो बूढ़े हो गये थे। उन्होंने अपने अंग्रेज़ साथियों के साथ भयंकर युद्धों में लड़कर कितने ही तमगे जीते थे। ये उनकी छाती पर लटक रहे थे। कुछ ऐसे भी वीर इनमें थे जिन्होंने काबुल की लड़ाई के कठिन दिनों में माँड पीकर दिन बिताये थे और भात गोरे सैनिकों को दे दिया था। इन सबकी आयु का अधिकांश अंग्रेजों के लिए लड़ने में बीत चुका था। मेजर स्मिथ घोड़े पर ही चढ़ा एक बार पूरी शक्ति में घूम गया। उसने एक-एक के चेहरे को ध्यान से देखा, जो घृणा और क्रोध से तमतमा रहे थे। फिर वह तेजी से घोड़ा बढ़ाकर सिपाहियों से सौ गज़ दूर जा खड़ा हुआ।

बिगुल बजा और अपराधी सिपाहियों के सामने खड़ी गोरी सेना ने पैंतरा बदला। उन्होंने बन्दूकों पर संगीनें चढ़ा लीं। जैसे उन्हें अभी धावा मारने का हुक्म मिलने वाला है। गर्मी और धूप से इन सिपाहियों के मुँह भी तपकर लाल हो रहे थे। पर वे अचल पर्वत की चट्टान की भाँति खड़े थे। दूसरा बिगुल बजा, और एडजुटेंट पंक्ति के सामने आया। उसने हाथ का खरीता खोला और उच्च-स्वर से उसे पढ़ा-उसने एक-एक के नाम और उनकी सैनिक-संख्या घोषित की, और

कहा-"तुम सबको अनुशासन भंग करने के अपराध में नौकरी से बर्खास्त किया जाता है।" उसने नाम ले-लेकर कुछ को कालेपानी की, कुछ को पन्द्रह, बीस और दस-दस वर्ष की सपरिश्रम कैद की सज़ा की घोषणा कर दी। परन्तु फिर कहा-"विचारकों ने सिफ़ारिश की है कि कुछ सिपाहियों की दीर्घकालीन सेवा और अच्छे आचरणों पर विचार करके यदि उन्हें महज़ अफ़वाहों का शिकार समझा गया तो उनकी सज़ायें हल्की हो जायेंगी।"

फ़र्मान जेब में रखकर अपनी तलवार नंगी कर ली और कड़ककर कहा-"अपराधियों सीधे खड़े हो जाओ।" तुरन्त उसके पीछे चार गोरे सार्जेण्ट हाथों में पिस्टल लिये आ खड़े हुए। एडजुटेंट गर्वनरी चाल चलता हुआ सैनिकों के पास गया, हवलदार माताबदल की वर्दी पर चार तमगे लटक रहे थे, जो उसने काबुल, पंजाब और बर्मा की लड़ाइयों में वीरता प्रदर्शन करके प्राप्त किये थे। एडजुटेंट ने खींचकर वे चारों तमगे तोड़ लिये और हटकर फिर अपनी जगह आ खड़ा हुआ। यहाँ आकर उसने हुक्म दिया-"अपराधियो! अपनी-अपनी वर्दी उतार दो, सिर्फ जूते पहने रहो।"

इन जवानों ने यन्त्रचालित की भाँति अपनी वर्दियाँ उतारकर चुपचाप नीचे रख दीं। उनके भीतरी वस्त्र और अंग सराबोर हो रहे थे और बहुतों के माथे से पसीना चू रहा था। बहुतों की आँखों में आँसू भरे थे। पर उन्होंने एक शब्द भी मुँह से नहीं कहा।

बिगुल तीसरी बार बजा, और एडजुटेंट ने फ़र्मान एक बार हाथ में लेकर उसका कुछ अंश पढ़ा और हुक्म दिया-"इन कैदियों को हथकड़ी और बेड़ियों में जकड़ दिया जाये।"

लुहारों का दल बेड़ियाँ, हथौड़े और सँड़ासी लिये आगे बढ़ा। उन्होंने एक-एक के पैरों में बेड़ियाँ और हाथों में हथकड़ियाँ कस दीं। बहुत देर तक यह काम होता रहा। सारी सेना पत्थर की मूर्ति की भाँति अपने वीर साथियों का यह भयंकर अपमान देख रही थी। सूरज अब मध्यमाकाश में पहुँच चुका था। उसकी प्रखर किरणे प्रत्येक पुरुष के मस्तक को तपा रही थीं।

बिना किसी प्रतिवाद के उन्होंने बेड़ियाँ पहन लीं। पर हवलदार माताबदल ने अपने जूते उतारकर अपने दोनों हाथों में ले लिये। उसने कहा-"भाइयो, यह भी हमारा एक पुराना हथियार है। इसे हाथ में ले लो, शायद इसकी ज़रूरत पड़ जाये। सब कैदियों ने अपने-अपने जूते उतारकर हाथ में ले लिये।"

अब उन्हें जेलखाने ले जाने की आज्ञा हुई, गोरी पलटन उन्हें घेरकर ले चली। माताबदल हवलदार जब मेजर स्मिथ के सामने से गुज़रा-जो इस समय भी पिस्टल हाथ में लिये घोड़े पर तना बैठा था। तो उस हवलदार ने लाल-लाल आँखों से उसे घूरकर कहा-"हरामजादा दोज़खा कुत्ता!" और अपने हाथ का जूता ज़ोर से उसकी ओर फेंका। परन्तु इसी समय गोरे सिपाहियों ने उसे संगीनों की नोक पर आगे को धकेल दिया।

धीरे-धीरे ये सिपाही जेल भेज दिये गये और उनके दूसरे साथी खून के आँसू बहाते अपनी बैरक में लौट आये। इस समय मध्याह्न का प्रखर सूर्य तप रहा था।

12

मेरठ की छावनी उस समय ब्रिटिश सेना की सबसे बड़ी छावनी थी। यहाँ यूरोपीय और भारतीय दोनों ही सैनिक रहते थे। पैदल पलटन में हिन्द अधिक थे और सवारों में मुसलमान। मेरठ में क्रान्ति का सबसे पहला विस्फोट होगा-यह चर्चा दबी ज़बान सर्वत्र सैनिक छावनियों में चल रही थी और सभी की नज़र मेरठ पर थी। अक्सर लोग मेरठ की चर्चा करते, वहाँ का हालचाल पूछते रहते थे। उन दिनों समाचार-पत्रों में मेरठ के सम्बन्ध में रहस्यमय शीर्षक छपा करते थे। अप्रैल का मास भय, आशंका और अटकलों का मास था। छावनियों में, बाजारों में लोग निकट भविष्य की क्रान्ति की चर्चाएँ किया करते थे। लोग चौकन्ने थे। व्यापारी लोग अब कारोबार में पूँजी फँसाने में घबराते थे। कल क्या होगा-यही सबकी ज़बान पर था। प्रतिदिन कोई-न-कोई उत्तेजना की बात उठ खड़ी होती थी। प्रसिद्ध बात थी कि कई बार सेना में विद्रोह हुआ और चुपचाप दबा दिया गया। लोग नई-नई झूठी-सच्ची कहानियाँ गढ़ते

और यार लोग उन पर रंग चढ़ाकर उन्हें विचित्र रूप देते थे। दिन-पर-दिन लोग अंग्रेज़ों के कुचक्र की नई-नई व्याख्याएँ करते थे। किसी अंग्रेज़ को बाजार में निकलता देखकर भाँति-भाँति के अपमानजनक इशारे किये जाते थे। कारतूसों के सम्बन्ध में जितनी सरगर्मी मेरठ में दिखाई गयी उतनी अन्यत्र कहीं नहीं। अन्त में 24 अप्रैल को तीसरी घुड़सवार पलटन ने नये कारतूसों को कड़ाबीन में डालने से इनकार कर दिया। उनका कोर्ट मार्शल हुआ। प्रधान सेनापति की आज्ञा से देशी फ़ौजों पर अदालत द्वारा मामला चलाया गया। ब्रिटिश कानून के न्याय का एक यह भी आदर्श माना जाता है कि अपराधी का भाई-बन्द ही उसका न्याय करे। किन्तु भारतीय सिपाही देशी फ़ौजी अदालत को अन्याय का एक उपकरण मानते थे। क्योंकि यह अदालत गोरे स्वामियों के संकेत के अनुसार ही निर्णय देती थी। इस देशी अदालत में एक अंग्रेज़ अफ़सर भी था। जिसे सुपरिटेण्डेण्ट अफ़सर का ओहदा दिया गया था। उसकी सलाह और कानूनी जानकारी का प्रभाव सभी सदस्यों पर था। कैदियों ने अपने को निर्दोष बताया, पर उनसे कोई जिरह नहीं की गयी। उन्होंने एक स्वर से लेफ्टिनेण्ट मेलबिल क्लार्क के अभियोग को असत्य बताया। फिर भी उन्हें अपराधी घोषित करके उन्हें कालेपानी से लेकर 10 वर्ष तक कठोर कारावास का दण्ड दिया गया।

परन्तु अदालत का निर्णय सर्वसम्मति से नहीं हुआ। पन्द्रह व्यक्तियों में से केवल एक ने ही असहमति प्रकट करने का साहस किया। परन्तु दण्डाज्ञा में यह सिफ़ारिश की गयी कि उनकी दीर्घकालीन सेवा और अच्छे आचरण का खयाल रखा जाये। डिविजनल कमाण्डर जनरल हेविट आरामपसन्द आदमी था। उसने उन सिपाहियों की सज़ा में कोई कमी नहीं की-न भावी वातावरण पर ध्यान दिया। उसने केवल ग्यारह सिपाहियों की सज़ा उनकी उम्र के विचार से कम कर दी।

जनवरी ही में कारतूसों के सम्बन्ध में सेनाओं में असन्तोष फैलना आरम्भ हो गया था। परन्तु कम्पनी की सरकार ने सिपाहियों को समझाने-बुझाने की अपेक्षा दबाने से काम लिया।

एक विदेशी सरकार यह सहन नहीं कर सकती कि उसकी शान को बट्टा लगे। क्योंकि वह उसी को अपनी प्रतिष्ठा समझती है। अफ़सरों ने सिपाहियों की भावना की कुछ भी परवाह नहीं की। सिपाहियों के प्रति नर्मी दिखाने का अर्थ सरकार की कमजोरी समझा गया। परिणामस्वरूप बैरकपुर, अम्बाला, अवध और मेरठ में अपार घटनाएँ घटित हुईं।

हथकड़ी-बेड़ियों से जकड़े हुए कैदियों को सुरक्षित रूप से साधारण जेल में पहुँचा दिया गया। गर्मी का लम्बा दिन बीतता चला गया। आने वाले तूफ़ान का कोई चिह्न नहीं प्रकट हुआ। शाम को सिपाही रोज़ की तरह बाज़ार में मटरगश्ती को निकले। दुकानें खुली थीं और सब काम पूर्ववत् हो रहा था। सड़कों, चौरस्तों पर भीड़-भाड़, चहल-पहल नित्य के जैसी ही थी। अभी पाँच ही बजे थे कि एक बावर्ची लड़का सिपाही लाइन की ओर दौड़ता हुआ आया। वह ज़ोर-ज़ोर से चिल्लाकर कहता जा रहा था-"खबरदार रहो। खबरदार रहो। रेजीमेण्ट के हथियारों पर कब्ज़ा करने के लिए तोपचियों की टुकड़ी और बन्दूक धारी पलटनें आ रही हैं।" इस घोषणा से सिपाही भौचक रह गये। सुबह उनकी आँखों के आगे जो हुआ था-वही उनके साथ होने वाला है। यह उन्हें भास गया। वे सब सुबह ही विद्रोह करने को आमादा थे। परन्तु गोविन्द पाण्डे के संकेत से वे 31 मई तक रुक गये थे। परन्तु अब वे एकदम अधीर और उत्तेजित हो-जो जहाँ जैसी स्थिति में था-बैरकों की ओर भागे। न वे वर्दियों में थे, न हथियार लिये थे। इस समय आत्म-रक्षा और आत्म-सम्मान ही की भावना सर्वोपरि उनके मस्तिष्क में थी। तीसरी घुड़सवार सेना के जवान जल्दी-जल्दी वर्दी पहन और बन्दूकें लेकर एक जत्था बनाकर अपने साथियों को छुड़ाने पुराने जेलखाने की ओर तेज़ी से रवाना हो गये।

20वीं नेटिव इन्फेण्ट्री परेड के मैदान में एकत्रित हो गयी और फिर शस्त्रागार में घुस गयी। ग्यारहवीं नेटिव इन्फेण्ट्री में भी उत्तेजना फैल गयी। बाज़ार की दुकानें धड़ाधड़ बन्द होने लगीं। दुकानदार भीतर से द्वार और सिटकनियाँ बन्द करके दुकानों के भीतर ही घुस बैठे। यह खबर आग की तरह शहर में फैल गयी और शहरी गुण्डे धड़ाधड़ बाज़ारों को लूटने लगे।

इस समय राइफ़ल के सिपाही चर्च परेड के लिए तैयार हो रहे थे। लेफ्टिनेण्ट गफ ड्यूटी पर जाने के लिए शान्तिपूर्वक वर्दी पहन रहे थे। दोनों पादरी चर्च जा चुके थे। ग्रेटहेड दम्पति चर्च जाने की तैयारी में थे। लेफ्टिनेण्ट मैकेंजी अपने बँगले में आरामकुर्सी पर पड़े इत्मीनान से अध्ययन कर रहे थे। मिस मैकेंजी और श्रीमती क्रेगी शाम की प्रार्थना में भाग लेने जा रही थीं।

सिपाही लाइन से हो-हल्ला सुनकर, गफ घोड़े पर सवार हो बीसवीं नेटिव इन्फेण्ट्री के परेड मैदान की ओर भागा। उसने सैनिक बैरक के पास पहुँचकर देखा कि उनकी झोपड़ियाँ धाँय-धाँय जल रही हैं। और सिपाही गोला-बारूद सब कब्जे में करके बेतहाशा चीख-पुकार करके एक-दूसरे का नाम लेकर ज़ोर-ज़ोर से पुकार रहे थे। गफ यह देखकर भयभीत हो गया। उसने सेना को आदेश दिया। पर किसी ने उसकी बात नहीं सुनी। उसे अपनी जान का खतरा उपस्थित हो गया और वह गोरा बैरकों की ओर भागा। राह में उसे ग्रेटहेड दम्पति मिले। उन्हें उसने सावधान किया। इसी समय मैकेंजी भी घोड़े पर सवार होकर वहाँ आ पहुँचा। इस समय सड़कें घुड़सवार सैनिकों से भरी हुई

थीं। कैप्टन क्रेगी भी उन्हें यहीं आ मिले। दोनों अफ़सर घोड़े दौड़ाते हुए परेड के मैदान की ओर भागे। और अफ़सर भी परेड के मैदान में आ-आकर एकत्र हो रहे थे। परन्तु मेजर कारमाइकल अपने मातहत लोगों को रेजीमेण्ट की देख-भाल करने का आदेश दे, पहले कमिश्नर के पास गये, फिर ब्रिगेडियर के पास और फिर जनरल कमांडिंग के पास। उसने तोपखाने की कमान मेजर टोम्स को सँभलवाई। जोन्स, ब्रिगेडियर आर्चडेल विल्सन और दूसरे उच्च अफ़सरों के साथ, मेजर स्मिथ जनरल कमांडिंग हेविट के गिर्द जमा थे। हेविट सत्तर बरस का बूढ़ा आदमी था और इस समय वह बहुत घबराया हुआ था। उसके सभी घुड़सवारों को घुड़सवारी न आती थी। बन्दूकचियों को गोला-बारूद देर से मिला था। यह किसी को पता न था कि विद्रोही कहाँ हैं। क्योंकि वे सर्वत्र फैल गये थे और गुण्डों की भीड़ उनके साथ मिल गयी थी। इन सब बातों से हेविट घबरा गया।

अब रेज़ीमेण्ट के अनेक अफ़सर परेड के मैदान में पहुंच चुके थे। उनमें कुछ सिपाहियों को समझा-बुझा रहे थे। पर उनकी कोई बात

नहीं सुनी जा रही थी। सिपाही बराबर शोर मचा-मचाकर गालियाँ बक रहे थे। कुछ अंग्रेज़ अफ़सरों से कह रहे थे-"भागो-भागो अब कम्पनी का राज हमेशा के लिए खत्म हो गया।"

जब तीसरी घुड़सवार सेना के सवार पुरानी जेल की ओर चले गये तो बीसवीं नेटिव इन्फेण्ट्री परेड के मैदान में रह गयी। कुछ देर बाद ग्यारहवीं नेटिव इन्फेण्ट्री भी आ गयी। इसी समय उसका कमाण्डर फिनिस घोड़ा दौड़ाता हुआ वहाँ आया। उसने उच्च स्वर में सिपाहियों से नमकहलाल बने रहने की अपील की। इसी समय तीसरी घुड़सवार सेना का सैनिक घोड़ा दौड़ाता आया। उसने चिल्लाकर कहा-"हमने जेल को तोड़ डाला, और अपने साथियों को निकाल लिया। जेल के अफ़सर और पुलिस भी हमारे साथ हैं। मारो इन फिरंगियों को।" अभी उसका वाक्य पूरा भी न हुआ था कि एक धड़ाका हुआ और मेजर फिनिस वहीं ढेर हो गया। यह देखकर अंग्रेज़ अफ़सर वहाँ से भाग गये। बीसवीं और ग्यारहवीं पलटनों के सिपाहियों ने मिलकर अब छावनी के अंग्रेजों के बँगलों में आग लगानी आरम्भ की। उन्होंने अपनी झोपड़ियाँ भी स्वाहा कर दीं। सूर्यास्त होते-होते सारी छावनी धाँय-धाँय जलने लगी। चीखते-चिल्लाते अंग्रेज़ स्त्री-बच्चे इधर से उधर भागते नज़र आने लगे।

13

मेरठ का यह विस्फोट आकर्षक और अकल्पित था। जैसे ग्रीष्म का अन्धड़ आया और चला गया।

जब तीसरी घुड़सवार सेना के सिपाही जेल के फाटक पर पहुंचे, तो जेल के वार्डर, जेलर और पुलिसवाले सब उनका मुँह ताकते रह गये। जेल में घुसकर उन्होंने अपने साथियों की बेड़ियाँ काट डालीं और उन्हें लेकर वे हल्ला मचाते हुए बाहर आये। इन लोगों ने यद्यपि अन्य कैदियों को नहीं छेड़ा था, परन्तु इस अव्यवस्था से लाभ उठाकर जेल के बहुत से पुराने और मशहूर खूनी डाकू भी

उनके साथ निकल भागे। ये सब क्रोध और घृणा से भरे हुए चीखते-चिल्लाते बैरक की ओर झपटे। इस समय तक बैरक में अन्धेर मचा हुआ था। छावनी और बँगले धाँय-धाँय जल रहे थे। क्रेगी के बँगले के निकट मिसेज़ चैम्बर्स रहती थी। वह गर्भवती थी। घर पर वह अकेली थी, उसे इन उत्तेजित सिपाहियों ने टुकड़े-टुकड़े कर डाला। इससे यूरोपियन अफ़सरों में आतंक छा गया। मिसेज़ क्रेगी और मिसेज़ मैकेंजी गिरजे से लौट रही थीं। उन्हें बड़ी ही कठिनाई से उनके साईस ने बचाकर उनके बँगले तक पहुँचाया। इसी समय उत्तेजित भीड़ ने बँगले को घेर लिया। मैकेंजी भी इस समय यहाँ आ पहुँचा। उसने एक दुस्साहस किया, वह रोती हुई स्त्रियों को बँगले के फाटक पर ले आया और सिपाहियों को पुकारकर कहा-"ये स्त्रियाँ तुम्हारी शरण हैं और इनका जीवन तुम्हारे हाथ में है।" सिपाही भावुकता में आ गये। उन्होंने चिल्लाकर कहा-"उनकी हम रक्षा करेंगे।"

इस समय तक इन सिपाहियों का कोई संगठन न था। उनकी छोटी-छोटी टुकड़ियाँ बनी हुई थीं। जो छावनी के इर्द-गिर्द चीखती-चिल्लाती घूम रही थीं। वे नहीं जानते थे कि क्या करें। मेरठ में उनका रहना खतरे से खाली न था। क्योंकि वहाँ इस समय भी 1500 शस्त्र-सज्जित यूरोपियन सेना थी। कुछ सिपाहियों का चित्त अभी भी डाँवाँडोल था। वे नहीं जानते थे कि कहाँ जायें और क्या करें। वे लोग छोटी-छोटी टुकड़ियों में बँटकर सुरक्षा की खोज में निकल पड़े। कुछ लोग उसी दिन रुहेलखण्ड की ओर चल दिये, कुछ हापुड़ और कुछ बागपत की सड़क पर चल दिये। परंतु अधिकांश लोग दिल्ली और गुड़गाँव की ओर चल दिये।

पौ फटते-फटते वे मुरादनगर जा पहुंचे। यहाँ से आम सड़क छोड़ वे गाँवों की ओर बिखरकर दिल्ली की ओर बढ़ गये।

सुबह होते-होते भीड़ छँट गयी। नया दिन विध्वंस के चिह्न लेकर आया। छावनी के बँगले जो कल तक गुलज़ार थे-आज राख का ढेर बन चुके थे। अभी तक उनमें से चिनगारियाँ निकल रही थीं। रेवरेण्ड टी. स्मिथ और रोटन अपने मृत साथियों को दफ़नाने में व्यस्त थे। ग्यारहवीं इन्फेण्ट्री के कुछ सिपाही अभी भी बन्दूकें लिये बचे-खुचे अंग्रेज़ अफ़सरों के बँगले और स्त्री-बच्चों की रक्षा कर रहे थे। कमिश्नर को जमादार गुलाब खाँ ने बड़े साहसपूर्ण तरीके से ग्रेटहेड दम्पति की जलती छत के नीचे से भस्म होने से बचाया था। बख्तावर चौकीदार ने मिसेज़ मेकडानल्ड को बचाना चाहा था, पर दुर्भाग्यवश वह सफल न हो सका। नसीबन आया-उनके रोते-कलपते बच्चों को बहला रही थी। मिसेज़ कार्टनी के बँगले पर तीसरी घुड़सवार सेना के कुछ सैनिक अब भी मुस्तैद खड़े थे। असगर अली ने अपने बँगले के ईसाई किरायेदारों की जान बचाने में अपनी जान जोखिम में डाल दी थी।

उपद्रव आरम्भ होते ही जनरल हेविट ने जल्दबाजी के लिए स्मिथ की भर्त्सना करते हुए जल्दी-जल्दी सुरक्षा के कुछ प्रबन्ध किये थे। वह बूढ़ा यद्यपि घबरा गया था, पर उसने राइफ़ल सेना की एक टुकड़ी को कलक्टर की कचहरी में खज़ाने की रक्षा में तैनात कर दिया था। विल्सन तोपखाने और शेष राइफ़ल सेना को साथ लेकर परेड मैदान की ओर गया था, पर उस समय तक वहाँ से विद्रोही सिपाही चले गये थे।

14

इन दिनों धन्नासिंह गूजर मेरठ का कोतवाल था। अभी उसे थाने में आये थोड़े ही दिन हुए थे। बड़ी-बड़ी मूँछे, भारी देगची के बराबर चेहरा, मोटी देहाती आवाज़ और बेलगाम ज़बान। उन दिनों थानेदार अपने शहर के लाट-साहब होते थे। धन्नासिंह की ज़बान पर मन-मन-भर वज़न की गन्दी गालियाँ तैयार रहती थीं। मोढ़े पर बैठे हुक्का गुड़गुड़ाना, गालियाँ बकना, हर शख्स को सन्देह की नज़र से देखना धन्नासिंह का स्वभाव था। इस वक्त छावनी और शहर में बदअमनी फैली हुई थी। यह बात नहीं कि शहर कोतवाल धन्नासिंह को उसका कुछ पता नहीं। उसके गुर्गे बहुत थे। वे न केवल राई-रत्ती खबर धन्नासिंह के कानों में पहुँचाते थे, धन्नासिंह के इशारे से सब कुछ कर गुज़रने में समर्थ थे। हकीकत यह थी कि मेरठ गूजरवाड़ा नहीं तो गूजरवाड़े का मुख्य द्वार था। धन्नासिंह ने तीसरे पहर ही विद्रोह का संकेत पाकर गाँवों में सन्देश भेज दिये थे। और दिन छिपते-छिपते चारों ओर के गूजर मेरठ को लूटने आने लगे थे। इस समय जहाँ छावनी और बैरकों में आग और कत्ल के खेल हो रहे थे। शहर में गूजर और शहरी गुंडे मोटे-मोटे लट्ठ लिये शहर को लूट रहे थे। राह-बाट में जो मिल जाता, उसे लूट-पाटकर मार डाला जाता था। जगह-जगह मरे और अधमरे आदमी पड़े थे। बाज़ार तो तीसरे पहर ही बन्द हो चुके थे। लोग घरों में भीतर से साँकल-कुण्डा चढ़ाये बैठे थे। कोई इक्का-दुक्का आदमी ही घर से बाहर निकलने का साहस कर सकता था। कहीं घायल चीख रहे थे। बहुत-से घरों में से रोने-पीटने की आवाज़ आ रही थी। लेकिन शहर कोतवाल धन्नासिंह मज़े में मोढ़े पर बैठे खमीरी तमाखू के मज़े ले रहे थे। वह इस वक्त बहुत खुश थे। जमादार मुबारक उनके बगल में खड़ा चिलम में फूँक लगा रहा था। उसने हँसकर कहा-

"हुजूर, जेल तो टूट गयी।"

"चलो अच्छा हुआ। ये सौरे फ़िरंगी अब कहाँ जायेंगे।

"सब मौत के घाट उतार दिये जायेंगे। छावनी धाँय-धाँय जल रही है। तीन साहब और दो मेम साफ़ कर दी गयीं।"

"शहर का क्या हाल है?"

"शहर की भी हवा गर्म है।"

"चलो अच्छा ही है, ये सौरे पतली दाल खाने वाले बनिए, ब्याज का रुपया खा-खाकर बहुत मोटे हो गये थे।"

"अब सबकी तोंदें छट जायेंगी।"

"मजाल है हुजूर, सारा शहरी मामला तो हुजूर की बिरादरीवालों ही के हाथ में है।"

"चलने दो, देखा जायेगा।" उन्होंने हुक्के में कश लगाया। इतने ही में मेरठ के डिप्टी कलक्टर नज़ीर अली खाँ लपकते हुए बदहवास थाने में आ बरामद हुए। थानेदार उछलकर मोढ़े पर से उठ खड़े हुए। उन्होंने अंग्रेज़ी ढंग पर डिप्टी साहब को सलाम किया। थाने के सब सिपाही भी चुस्त

होकर खड़े हो गये। डिप्टी साहब खानदानी रईस थे। हाल ही में मुरादाबाद से बदलकर आये थे। कमसिन और नाजुक बदन भी थे। उन्होंने कहा-

"अमाँ थानेदार साहब!"

"हुजूर का इकबाल बुलन्द, हुक्म," उन्होंने फिर से अंग्रेज़ी सलाम झुकाया।

"शहर का क्या हाल-चाल है?"

"सब ठीक-ठाक है हुजूर।"

"ठीक-ठाक कहाँ है। बदअमनी फैली है। बाबू बीरबल का मकान लूटकर उसमें आग लगा दी गयी है और कैलाशचन्द्र घोष की राशन की दुकान लुट गयी है।"

"कहाँ? थाने में तो कोई रपट नहीं लिखवाई गयी।"

"जेल टूट गयी, कैदी निकल भागे।"

"तो गुलाम ने भी नायब को एक दस्ता हथियारबन्द सिपाही देकर उधर भेज दिया है।"

"शहर में अमन कायम होना चाहिए।"

"हुजूर, ज़रूर होना चाहिए।"

"तो भई इन्तज़ाम करो।"

"बहुत अच्छा हुजूर, आप आराम कीजिये, ताबेदार कारे सरकार के लिए मुस्तैद हैं।"

"लेकिन शहर लुट रहा है।"

"मैं अभी जाकर देखता हूँ।"

"ये लुटेरे कौन हैं?"

"सब बदमाश ही होंगे हजूर।"

"उन्हें गिरफ्तार करो।"

"बहुत अच्छा हुजूर।" और थानेदार साहब अपनी ही मूँछों में हँसते हुए वर्दी कस घोड़े पर सवार हो शहर की ओर चल दिये। नज़ीर अली डिप्टी साहब मुँह ताकते खड़े रह गये।

15

जिस समय अपराधी सवारों को बेड़ियाँ पहनाकर जेल ले जाया जा रहा था, हज़ारों सैनिक और नागरिक इन सैनिकों का अपमान आँखों में लोहू के आँसू भर देख रहे थे। इन नागरिकों की भीड़ में एक गुसाईं भी था। इसके शरीर पर भगवा वस्त्र, एक हाथ में कमण्डल और दूसरे में मज़बूत डण्डा था। शरीर उसका काला था, उसकी काली दाढ़ी से घिरा चेहरा बड़ा भयानक

प्रतीत होता था। वह सब आदमियों से लम्बा था। उसकी आँखें लाल हो रही थीं। लोग शोर मचा रहे थे, रो रहे थे, या बकवास कर रहे थे, परन्तु यह पुरुष लोहे के खम्भे की भाँति चुपचाप खड़ा था। जब सब कैदी जेल भेज दिये गये और सब सिपाही भी बैरकों में चले गये तो यह बैरागी सबसे विपरीत दिशा में बेगमाबाद की ओर चल पड़ा। मालूम होता था-उसके पैर लोहे के बने थे, वह इतना तेज़ चल रहा था कि कोई साँडनी-सवार भी उसका मुकाबला नहीं कर सकता था। दो-तीन कोस चलकर एक गाँव के किनारे कुएँ के पास वह ठहर गया। कुछ देर नीम की छाँह में बैठ ठण्डा पानी बहरे से पिया। इसी समय दो पुरुष एक घोड़ा लेकर वहाँ आये। दोनों पुरुषों के सिर पर बड़े-बड़े मुडांसे इस तरह बँधे थे कि उनका सारा ही मुँह छिप गया था। वैरागी ने आँखों के संकेत से कुछ बातें उनसे की और घोड़े पर सवार होकर वह खेतों और पगडण्डियों की राह दिल्ली की ओर दौड़ चला। यह पुरुष गोविन्द पाण्डे था।

एक पहर रात बीत चुकी थी जब वह दिल्ली पहुंचा। पुल के चौकीदारों ने उसे रोका-पर चमचमाता रूप देख तथा साधु-महन्त समझ चला जाने दिया। छावनी पहुँचते-पहुँचते उसे आधी रात बीत गयी। परन्तु यहाँ उसकी प्रतीक्षा हो रही थी। सूबेदार शोभासिंह की बैरक में 5-6 सैनिक उसकी प्रतीक्षा कर रहे थे, उनसे उसने बहुत-सी बातें कीं। बातें करते-करते भोर हो गयी।

परन्तु यह किसी को भी पता न था कि पलटन के तीन सिपाही उस गुसाईं की मुखबिरी कर रहे थे। इस बार भी उसकी मुखबिरी की गयी और अफ़सरों ने छिपकर सब बातें सुन लीं।

भोर के तड़के ज्यों ही वह सूबेदार शोभासिंह की बैरक से निकला; संगीनों पर उसे घेर लिया गया और तत्क्षण उसे फाँसी पर लटका दिया गया। सूबेदार शोभासिंह को भी गिरफ्तार कर लिया गया। उसका कोर्ट मार्शल हुआ।

गुसाईं को पेड़ पर लटकाकर फाँसी दी गयी थी। फाँसी से उतारकर उसकी लाश ज़मीन पर डाल दी गयी, जो दिन-भर वहीं पड़ी रही। सिपाही यह देखकर गुस्से से लाल हो रहे थे। सायंकाल को उसे मेहतर के द्वारा घसिटवा कर जलवा डाला गया। साहस करके कई अफ़सरों ने उसकी लाश माँगी-परन्तु उन सबको गिरफ्तार कर लिया गया। इससे दिल्ली छावनी में क्रोध, अशान्ति और घृणा का एक अनोखा नया वातावरण छा गया। और सिपाहियों का खून खौलने लगा। सिपाहियों ने आपस में कहा-भाइयो यह ब्राह्मण का आत्मयज्ञ है, यह हमारे कल्याण के लिए हुआ है। अब तो हमें इस ब्राह्मण को दक्षिणा देनी है।

16

मेरठ की 1400 गोरों की पलटन और तोपखाना तीसरे पहर होते-न-होते परेड के मैदान में मोर्चा जमाकर चाक-चौबन्द हो गया। परन्तु इस समय तक तो विद्रोही सवार और पैदल सिपाही दिल्ली की राह चल दिये थे। तीसरी घुड़सवार समूची पलटन चाँदनी रात में इस तरह सरपट घोड़े दौड़ाती दिल्ली की ओर दौड़ी जा रही थी, मानो किसी मुहिम पर धावा किया जा

रहा है। उन्हीं के पीछे पैदल पलटन के सिपाही भी लम्बे-लम्बे डग भरते जा रहे थे। उनके हृदय उत्साह, उद्वेग के साथ-साथ आशंका से भी भरे हुए थे। इस समय केवल एक ही आकांक्षा उनके हृदय में थी-कि भारत की भूमि पर एक भी अंग्रेज़ ज़िन्दा न रहने पाये। परन्तु न तो उनके पास कोई योजना थी, न संगठन। न उनका कोई नेता और सरदार था। वे नहीं जानते थे कि संगठन का महत्त्व क्या है। वे केवल उत्साह में भरे दिल्ली की ओर बढ़े चले आ रहे थे और उनकी नज़र और आशा डगमगाते मुगल तख्त की ओर थी। भारतवर्ष के इतिहास में दिल्ली का नाम चमत्कार से खाली नहीं है। इन विद्रोही सैनिकों के मन में इतनी बात तो थी कि दिल्ली का नष्ट गौरव फिर स्थापित होना चाहिए। वे इसके अतिरिक्त और कुछ सोच ही न सकते थे-कि बूढ़े बादशाह बहादुरशाह को फिर से शहंशाही की गद्दी पर बैठाया जाये। परन्तु इसकी सफलता की प्रथम सीढ़ी तो तय थी कि भारत के प्रत्येक स्थान से सेना दिल्ली पहुंचे और नियत तिथि पर जो जहाँ है-ब्रिटिश सत्ता का जुआ उतार फेंके। परन्तु मेरठ के ये उतावले जवान इस बात के महत्त्व को नहीं जानते थे।

मेरठ में 1500 गोरी पलटन सब तरह के हथियारों से लैस तैयार थी। इसके अतिरिक्त उसके पास भारी तोपखाना भी था, जो गोरों ही के मातहत था। अत: वे जल्दी-से-जल्दी मेरठ से दूर चले जाना चाहते थे। मेरठ के विपरीत दिल्ली में यूरोपियन सिपाही नहीं थे। दिल्ली के कुछ सिपाही अफ़सरों ने मेरठ की सैनिक अदालत में भाग लिया था। यद्यपि उन्होंने सिपाहियों को अभियुक्त ठहराया था-पर मन उनका क्षोभ से भरा हुआ था।

मेरठ के मुख्य सेनाधिकारियों ने इस समय मूर्खता और कायरता की हद कर दी थी। उन्होंने नगर के अंग्रेजों की रक्षा का कोई बन्दोबस्त नहीं किया। गोरी पलटन तोपखाना लिये परेड के मैदान में डटी खड़ी थी और विद्रोही सिपाही रातो-रात 32 मील का धावा मारकर दिल्ली की ओर बढ़े चले आ रहे थे। कुल मिलाकर दो हज़ार सवार और पैदल थे। जो हर-हर महादेव, और दीन-दीन चिल्लाते बढ़े चले आ रहे थे। इनमें बहुतों ने प्रधान सड़क छोड़ दी थी, वे पगडण्डियों और खेतों में होकर चले आ रहे थे। यद्यपि उन्हें पीछा करने का बहुत अन्देशा था, परन्तु मेरठ के मूर्ख अधिकारियों ने पीछा करने का कोई यत्न नहीं किया था।

17

एक पहर रात बाकी थी। एक-दो तारे टिमटिमा रहे थे। पूर्व में आकाश पर सफ़ेदी छा रही थी। इस समय कुछ सवार जमना के उस पार ढाके के जंगल में पहुंचे। ये सब रातो-रात चले आ रहे थे। इनमें कुछ ऊँघ रहे थे। परन्तु एक नवयुवक सबसे आगे अपना घोड़ा बढ़ाये दूर तक सामने दृष्टि किये चल रहा था। एकाएक सामने जमना और उसके उस पार लालकिले की परछाईं देखकर वह चीख पड़ा। उसने अपने पीछे आने वाले अधेड़ साथी से कहा-

"हवलदार, होशियार हो जाओ, दिल्ली आ गयी।"

हवलदार जोगीराम ऊँघ रहा था। उसने आँख खोलकर कहा-"कहाँ?"

"देखते नहीं, सामने जमना है। उस पार लालकिले की परछाईं।"

"तो दोस्त, घोड़े रोक दो और बन्दकें भर लो। बेहतर है कि ज़रा ठहर जाओ, और साथियों को भी आ लेने दो।"

"लेकिन हम यह कैसे कह सकते हैं कि दिल्ली में हमारा कैसा स्वागत होगा? मुमकिन है पुल पर ही मुठभेड़ हो जाये। इसके अलावा अभी दिन निकलने में भी देर है। अँधेरे ही में पुल पर कब्जा कर लेना अच्छा है।"

"फिर भी कुछ और साथियों को आ लेने दो। उनके पास एक तोपखाना भी है। न होगा तो हम पुल पर तोपें लगा देंगे।"

"अजी इससे अच्छा तो यह होगा कि हम तत्काल आगे बढ़कर पुल पर कब्जा कर लें। वहाँ मार-काट हुई तो हम पाँच-सात जन ही मारे जायेंगे। पीछेवाले इससे सावधान हो जायेंगे।"

"लेकिन तोपखाना आने की इन्तज़ारी करना अच्छा है।"

"मान लो उसके आने में दोपहर हो गयी?"

"हमें कुछ देर तक प्रतीक्षा करनी चाहिए।"

"नहीं, हवलदार, हमें तुरन्त आगे बढ़ना चाहिए। उसने अपने साथी तरुण की ओर देखा, जो अब आगे बढ़ आया था। उससे उसने कहा-"तुम क्या कहते हो, झम्मनसिंह?"

"तुम्हारी बात ठीक है हमें धावा बोल देना चाहिए।"

"तो देखो, हम सात हैं। हम-तुम दो आदमी आगे चलें। हमसे एक तीर के फासले पर हवलदार जोगीराम बन्दूक से लैस रहें। उनके पीछे गनी और वहीद बन्दूकें तैयार रखें। हम पाँचों अपनी जान पर खेलकर पुल पर कब्जा कर लेंगे। हमें उम्मीद है-वहाँ हमें पाण्डे जी मिल जायेंगे। फिर जैसा होगा देखा जायेगा। पर यदि हमें सफलता न मिले तो हमारे दो साथी यहीं जंगल में छिपे रहें और पीछे आनेवालों को सावधान कर दें।"

तरुण का नाम नसीर अहमद था। उसकी आयु अभी बाईस के लगभग होगी, भीगती हुई मसें, भरा हुआ वक्ष, तेज़ काली आँखें और कसरती जिस्म। उसका साथी झम्मनसिंह भी उसी की आयु का तरुण था। वह जाट था और दिल्ली के पास अलीपुर गाँव का रहने वाला था। वे दोनों तरुण अपनी-अपनी बन्दूकें भर तथा कन्धे पर रखकर आगे बढ़े। उनके पीछे हवलदार जोगीराम और उनके पीछे दो और सैनिक।

जमुना किनारा आ गया। पुल को देखकर जोगीराम ने कहा-"ठहरो!"

"किसलिए हवलदार?"

"मुझे आगे चलने दो।"

"क्यों?"

"तुम जवान हो, अभी तुम्हें दुनिया देखनी है। तुम्हारी बहुरिया तुम्हारी राह देख रही होगी। मैं फक्कड़ हूँ। जोरू न जाता अल्ला मियाँ से नाता।"

जोगीराम हँस पड़ा। वह रोहतक का जाट था। पर नसीर ने कहा-"मैं पठान हूँ चचा, इन बातों को रहने दो। आगे घोड़ा मेरा ही रहेगा।"

"चलो फिर, जवान, देखा जायेगा।"

पाँचों वीरों ने पुल पर घोड़े छोड़ दिये। किसी ने ललकारा-"कौन जा रहा है? पहले राहदारी का परवाना बनवाओ।"

"तुम कौन हो?"

"मैं मीर बहरी हूँ।"

"तो तुम अपना काम देखो। हमसे न उलझो।" नसीर ने जवाब दिया और घोड़ा बढ़ाया।

"कहता हूँ आगे न बढ़ो। हुक्म नहीं है।"

"हम किसी का हुक्म नहीं मानते।"

मीर बहरी ने चिल्ला-चिल्लाकर सिपाहियों को पुकारा। 5-7 सिपाही तलवारें लेकर दौड़ पड़े। सबने सिपाहियों को रोक लिया।

नसीर अहमद ने तलवार सूँत ली और झम्मनसिंह भी तलवार लेकर उसके बगल में खड़ा हो गया। नसीर ने हवलदार से पुकारकर कहा-"हवलदार चचा, अभी गोली मत चलाना।" और दूसरे ही क्षण उसने चुंगी के एक चपरासी का सिर भुट्टा-सा उड़ा दिया।

चपरासी के मरते ही सब सिपाही भाग उठे। पाँचों वीर पुल पारकर चुंगीघर के पास पहुँचे। तब तक पुल पर हंगामा देखकर बहुत लोग इकट्ठे हो गये थे। आगे-आगे झम्मनसिंह चल रहा था। एक तिलंगे ने बढ़कर गोली दाग दी। झम्मनसिंह वहीं ढेर हो गया।

अब तो नसीर बफरे हुए बाघ की भाँति तिलंगों पर टूट पड़ा। हवलदार ने चुंगी अफ़सर को गोली मार दी, और चूँगी की सब रकम कब्जे में करके चुंगीघर में आग लगा दी, और कलकत्ता दरवाज़े की ओर बढ़े।

यह सब धमाचौकड़ी देख-बहुत जमुना-स्नानार्थी, तमाशाई इकट्ठे हो गये। वे भाँति-भाँति की बातें करने और शोर मचाने लगे। इसी समय उन्होंने देखा-पुल पर मेरठ की ओर से टिड्डी-दल के समान सवार धंसे चले आ रहे हैं। उनके साथ तोपखाना भी है। यह देख मीर बहरी ने पुल की नाव का ताला खोल दिया और साहब कलक्टर को इत्तला करने कचहरी की ओर ताबड़तोड़ भागा।

कुल मिलाकर दो हज़ार सवार और पैदल हर-हर महादेव और दीन-दीन का नारा बुलन्द करते जमुना-पुल पारकर दिल्ली में घुसे चले आ रहे थे। दिल्ली में हलचल मच गयी।

18

दिल्ली के चीफ़ कमिश्नर साइमन फ्रेज़र बरा साब के नाम से प्रसिद्ध थे। वह उस रात बड़ी देर तक क्लब में शराब पीते और ब्रिज खेलते रहे थे। दिल्ली के कलक्टर हचिन्सन और खानबहादुर जकाउल्लाह से उनकी गर्मागर्म बाज़ी लग रही थी। फ्रेजर साहब जीत रहे थे और शराब की झोंक में एक अच्छा-सा गीत मोटी आवाज़ में गुनगुना रहे थे। झज्झर के नवाब साहब के दीवान कालीप्रसाद पास बैठे कभी उन्हें, कभी इन्हें अपनी चिकनी-चुपड़ी बातों से खुश कर रहे थे। पास ही एक आरामकुर्सी पर बड़े आराम से पड़े हुए प्रसिद्ध अन्वेषक मुन्शी मोहनलाल अपने जिगरी दोस्त अंग्रेज़ ज्वाइण्ट मजिस्ट्रेट से धीरे-धीरे खुशगप्पियाँ उड़ाते जाते थे, और सुगंधित वर्जीनिया सिगरेट का धुआँ फेंकते जाते थे। ज्वाइण्ट मजिस्ट्रेट भी पैग की चुस्कियाँ लेकर मज़े में हकला-हकलाकर मोहनलाल से उनकी लन्तरानियाँ सुन रहे थे।

चाँदनी रात की बयार थी। तमाम दिन सख्त गर्मी रही और इस वक्त हवा ज़रा ठण्डी थी। लान खूब प्रशस्त था और बैरा खानसामा तत्परता से साहब लोगों और साहबनुमा हिन्दुस्तानियों की तवाज़ा में इधर से उधर दौड़ रहे थे।

मुन्शी मोहनलाल ने कहा- "मैंने कुछ उड़ती-सी खबर सुनी है कि मेरठ में 19वीं देशी पलटन के हथियार छीनकर और उन्हें हथकड़ी-बेड़ी पहनाकर जेल भेज दिया गया है।"

"हो सकता है। बदमाश सिपाही को सज़ा मिलना मुनासिब है।"

"आम अफ़वाह है कि दो हज़ार बेड़ियाँ तैयार की गयी हैं और सभी हिन्दुस्तानी सिपाहियों के हथियार रखवा लिये जायेंगे।"

"यस, यस, हो सकता है।" ज्वाइण्ट मजिस्ट्रेट ने लापरवाही से कहा। परंतु मोहनलाल की बात फ्रेजर साहब ने भी सुन ली। आखिरी पत्ता फेंकते हुए उन्होंने कहा-"टुम क्या बोला मुन्शी मोहनलाल।"

"हुजूर, मैं यह कह रहा था कि आसार अच्छे नहीं हैं। कुछ बुरी खबरें इधर-उधर से आ रही हैं। हमें होशियार रहना चाहिए।"

इस पर झज्झर नवाब के दीवान ने ज़रा तीखी निगाहों से मुन्शी की ओर देखकर कहा-"मुन्शी मोहनलाल तो हमेशा बेपर की ही उड़ाया करते हैं।"

फ्रेज़र ने हँसते हुए कहा-"ओ, यस, तुमारा हिन्दुस्तान गर्म मुल्क है। यहाँ दिमाग में बहुत बातें फर्जी पैदा हो जाती हैं।"

"लेकिन हुजूर मुझे कुछ खबरें मिली हैं।"

"नानसेन्स, हम इन वाहियात अफ़वाहों की परवाह नहीं करता," फ्रेज़र पत्ते फेंककर उठ खड़े हुए। गिलास की शराब खत्म कर उन्होंने एक सिगार सुलगाया और दिल्ली के कलक्टर हचिन्सन से कहा-"फिक्र मत करो हचिन्सन, आज तुम हारे हो, कल जीतोगे। जाओ सोओ। और तुम खान बहादुर, ज़्यादा घाटे में नहीं रहे।"

"थोड़ा घाटा तो हुआ हुजूर, कल उसकी कसर निकालूँगा। उम्मीद है कल तो हुजूर ज़रूर तशरीफ़ लायेंगे।"

"ओ, ज़रूर, ज़रूर" बुलडाग कुत्ते की तरह हवा में गूंज भरते हुए वे हँस पड़े और धीरे-धीरे वहाँ से चल दिये।

बँगले पर पहुँचते ही उनके बैरा ने इत्तला दी-"हुजूर पहाड़गंज के थानेदार मैनुद्दीन हसन बड़ी देर से मुलाकात करने के लिए बैठे हैं।"

"इस वक्त मुलाकात नहीं होगी," उन्होंने बैरा को कपड़े उतारने का आदेश दिया। बैरा ने जूते के फीते खोलते हुए कहा-"हुजूर, थानेदार ने एक चिट्ठी दी है। कहता है-बहुत ज़रूरी है।" बैरा ने चिट्ठी उनके हाथ में थमा दी। लेकिन उसे टेबुल पर फेंककर साहब बहादुर पलँग पर दराज़ हो गये। बैरा ने आकर थानेदार को बैरंग लौटा दिया।

19

ग्यारह मई का सोमवार का प्रभात एक मनोरम प्रभात था। रात-भर ठण्डी हवा चल रही थी और दिल्लीवाले प्रसन्नमुद्रा में अपने-अपने काम में लगे थे। जमुना स्नानार्थियों की भीड़ जमुना की ओर जा रही थी। लालकिले से जमुना घाट तक उनका ताँता लगा था। उनमें स्त्री, पुरुष, बालक, बूढ़े और तरुण सभी कोई थे। खरबूजों की बहार थी। जमुना की रेती में उगे हुए ताज़े खरबूजों के ठौर-ठौर ढेर लगे थे। चौड़े-चौड़े झब्बों में हरे-हरे केले के पत्तों पर ताजा-ताज़ा ककड़ी के रवे रखे हुए कुंजड़े ललकती दिल्ली की ज़बान में-ताज़ा ये ककड़ियाँ ले लो-लैला की उँगलियाँ ले लो" की सदा लगा रहे थे। जमुना स्नान करके लौटती हुईं स्त्रियाँ और पुरुष ककड़ी-खरबूजों पर टूट पड़ रहे थे। मोल-भाव करते थे, और अंगोछे में बाँधकर ले जा रहे थे।

कॉलेज और कचहरी उन दिनों सुबह ही लगते थे। कलक्टर के इजलास में थानेदार मैनुद्दीन हसन ने एक फ़ौजदारी मामला पेश किया था। कलक्टर हचिन्सन हकला-हकलाकर उनसे जिरह कर रहे थे।

इसी समय मीर बहरी घबराया हुआ आया, और उसने कलक्टर को सूचना दी-"हुजूर, मेरठ के कुछ घुड़सवार पुल से उतरकर शहर में घुसे आ रहे हैं। उन्होंने चुंगी के मुन्शी को मारकर महसूल का रुपया लूट लिया है, और चुंगीघर में आग लगा दी है, और अब वे मुस्लिमपुर की सड़क वाले साहब के बँगले में आग लगा रहे हैं। मैंने पुल के किनारे की नाव के ताले खोल दिये थे कि वे आगे न बढ़ सकें, और अब हुजूर के इजलास पर इत्तला करने भागा आ रहा हूँ।"

साहब कलक्टर बहादुर यह समाचार सुनकर थोड़ी देर मुँह पर कलम रखे सोचते रहे, फिर उठकर बगल के कमरे में इजलास करते हुए ज्वाइण्ट मजिस्ट्रेट के पास पहुँचे और सब हाल सुनाकर सलाह-मशविरा करते रहे। इसके बाद कलक्टर हचिन्सन तो घोड़े पर सवार हो साहब कमिश्नर के बँगले की ओर दौड़ चले और ज्वाइण्ट मजिस्ट्रेट ने खजाने पर पहुँचकर खज़ाने के पहरे पर तैनात गारद को हथियारबन्द होने का हुक्म दिया। गारद ने फौरन बन्दूकों में गोलियाँ भर लीं। इसके बाद ज्वाइण्ट मजिस्ट्रेट ने तमाम कचहरी पर तैनात पुलिस को हथियारबन्द कर दिया। ज्वाइण्ट मजिस्ट्रेट ने अपने तथा कलक्टर के बीवी-बच्चों को-जो कचहरी के नीचे ही बेला रोड पर रहते थे, बुला भेजा तथा आधी गारद कश्मीरी दरवाजे पर भिजवा दी। उसी समय सेशन जज लीसिव भी आ गये और कुछ देर कचहरी का चक्कर लगाते रहे। फिर अपने बँगले में चले गये। हचिन्सन साहब दबादब घोड़ा दौड़ाये जा रहे थे। राह में मुन्शी जीवनलाल अपनी पालकी में बैठे किलेदार कैप्टन डगलस को अपनी डायरी सुनाकर कचहरी आ रहे थे। उन्हें देखकर कलक्टर हचिन्सन ने घोड़ा रोककर कहा-

"मुन्शी जीवनलाल, क्या तुमने कुछ सुना, कुछ बदमाश सवार जमुना पारकर शहर में घुस आये हैं। उन्होंने चुंगीघर लूटकर उसमें आग लगा दी है।"

मुन्शी जीवनलाल ने पालकी से उतरकर साहब को सलाम झुकाया और कहा-"बड़ी खराब बात है हुजूर, मगर मैंने तो कुछ भी नहीं सुना। मैं तो कप्तान डगलस को डायरी सुनाकर आपकी खिदमत में आ रहा हूँ। लेकिन आते-आते मैंने यह देखा-कि कुछ तुर्क सवार मुसम्मन बुर्ज के नीचे झरोखे के सामने इकट्ठे हो रहे हैं। मैं नहीं जानता वे कौन हैं।"

"खैर, तो मुन्शी, तुम अभी कप्तान डगलस के पास चले जाओ, और उनसे कहो कि किले की हिफ़ाजत का बन्दोबस्त करें। इसके बाद जमुना पुल पर जाकर पता लगाओ कि मामला क्या है।"-इतना कहकर साहब कलक्टर बहादुर घोड़ा दौड़ाते हुए साहब कमिश्नर के बँगले की ओर दौड़ गये। मुन्शी जीवनलाल सलाम करके पालकी में बैठ वापस लौट चले।

कमिश्नर साइमन साहब अभी अपने बिस्तर ही में थे। रात उन्होंने ज़रा गहरी ढाली थी। इसलिए उनका सिर दर्द कर रहा था। कलक्टर से यह खबर सुनकर वह बिस्तर से उछलकर खड़े हो गये। मेज़ पर पड़े रात के खत पर उनकी नज़र गयी। उसे खोलकर पढ़ा और गुस्सा होकर वह खत कलक्टर की ओर फेंककर कहा-"खुदा की मार मुझ पर जो रात मैंने इस पूँजी खत को नहीं पढ़ा। यह देखो-इसमें थानेदार ने साफ़ लिखा है कि-सवार मेरठ से आ रहे हैं।" कलक्टर ने पत्र पर एक नज़र डाली और कहा-"इसे दुर्भाग्य ही कहना चाहिए, लेकिन शायद अभी भी हम कुछ कर सकेंगे। आप झटपट तैयार हो जाइये। मैंने खज़ाना और कोर्ट की सुरक्षा की व्यवस्था कर ली है।"

"क्या यह भी सम्भव है कि ये बदमाश लुटेरे हम साहब लोगों पर भी हाथ डालेंगे?"

"कुछ नहीं कहा जा सकता, लेकिन अब हमें सबसे प्रथम स्त्रियों और बच्चों की सुरक्षा का प्रबन्ध करना मुनासिब है।"

"यू आर राइट मिस्टर हचिन्सन, वी मस्ट हरी।"

फ्रेजर साहब ने जल्दी-जल्दी कपड़े पहने। उन्होंने अर्दली को हुक्म दिया कि झज्झर के सब सवार हमारे साथ चलने को तैयार हो जायें। अर्दली हुक्म की तामील को दौड़ चला। और इसके कुछ देर बाद ही साहब कमिश्नर बहादुर और कलक्टर दोनों दो घोड़ों की गाड़ी में मेगज़ीन की ओर दौड़ चले। उनके पीछे अर्दली और झज्झर के नवाब के सवार।

20

जमुना का पुल पार करके और चुंगी के अधिकारी को मौत के घाट उतारकर तथा चुंगीघर को लूट और आग लगाकर ये पाँच वीर ज्यों ही आगे बढ़े-कि उन्हें एक अंग्रेज़ अधिकारी सामने नज़र आया। इसका नाम टाड था। वास्तव में वह इंजीनियर था-पर दिल्ली में लोग उसे सड़क वाला साब कहते थे। इस समय वह मेरठ की तार लाइन का निरीक्षण कर रहा था-जो खराब हो गयी थी।

सिपाहियों के अभिप्राय को वह कुछ भी नहीं समझा और अपना काम करता रहा। पर जब उन्होंने चुंगीघर में आग लगाई-तो वह उनके पास जाकर उन्हें धमकाने लगा। सिपाहियों ने तत्काल उसे गोली मार दी। दिल्ली में यह सबसे पहला सफ़ेद खून था। इस अंग्रेज़ को मारकर सिपाही उन्मत्त की भाँति उसका सिर काटकर और उसे भाले पर लटकाकर उसके बँगले तक चले गये, जो पास ही था और उसमें भी आग लगा दी।

अब वे कलकत्ता दरवाज़े की ओर बढ़े। इस समय तक कलक्टर हचिन्सन वहाँ आ पहुँचे थे। उन्होंने कलकत्ता दरवाज़ा बन्द करा दिया और वह तथा कमिश्नर फ्रेज़र दोनों खड़े दूरबीन से जमुना के पुल पर आते हुए सवारों की पंक्ति को देख रहे थे।

ज्यों ही सिपाही टाड का सिर भाले पर लटकाये वहाँ पहुँचे-साहब कमिश्नर और कलक्टर दोनों ही भाग खड़े हुए, उनके भागते ही द्वार के रक्षक सन्तरियों ने द्वार खोल दिया। सिपाही बरसाती नदी के वेग से किले की ओर अग्रसर हुए।

इस समय तक सिपाहियों का एक मुसम्मन बुर्ज के झरोखे के नीचे आ खड़ा होकर शोरगुल मचा रहा था। वे बादशाह के दर्शन करना चाहते थे। भीड़ और शोर क्षण-क्षण में बढ़ता जा रहा था और जमुना के पुल को पार करते हुए सिपाहियों का ताँता बँधा हुआ था। शहर में तहलका मचा हुआ था, जो सुनता था-दौड़ा आता था। ऐसे तमाशाइयों की भारी भीड़ बढ़ती जा रही थी।

21

अभी सुबह के आठ ही बजे थे। सूरज का चमकीला प्रतिबिम्ब जमुना के जल में हिचकोले खा रहा था। बादशाह अभी इबादतखाने में थे। इस वक्त झरोखे से भीड़भाड़ देख और शोरगुल सुनकर बादशाह ने अपने मुख्तार गुलाम अब्बास को तलब किया। उसके आने पर कहा-"देखो,

ये कौन हैं, किसके नौकर हैं और क्या चाहते हैं।" गुलाम अब्बास ने हाथ बाँधकर कहा-"हुजूर, ये सवार" मेरठ से आये हैं और चाहते हैं-कि मज़हब की हिफ़ाज़त में अंग्रेज़ों से लड़ें।"

"तो इन्हें शोर करने से रोक दो और फौरन कप्तान डगलस के पास जाकर इत्तला कर दो और उनसे मुनासिब बन्दोबस्त करने को कह दो।"

गुलाम अब्बास सिज़दा करके चला गया। बादशाह ने एक गुलाम को हुक्म दिया-"दरवाज़ा बन्द कर दो और ज्यों ही कप्तान डगलस हाज़िर आयें उन्हें हमारे हुजूर में पेश करो।" गुलाम ने ज़मीन चूमी और दरवाज़ा बन्द करके नंगी तलवार हाथ में लेकर वहीं बैठ गया। बादशाह मसनद पर बैठकर तस्बीह फेरने लगे। उनका दिल धड़क रहा था। भाँति-भाँति के विचार उनके मन में उठ रहे थे। थोड़ी देर बाद गुलाम अब्बास ने हकीम अहसानुल्ला खाँ के साथ इत्तला दी कि कप्तान डगलस हाज़िर आये हैं।

बादशाह यह सुनते ही मसनद से उठे और लकड़ी टेकते हुए अपने खास कमरे से बाहर आये। कप्तान डगलस को देखते ही उन्होंने कहा-"क्या आपको मालूम है कि यह क्या मामला है? ये फ़ौजी सवार आये हैं और अपनी मनमानी करना चाहते हैं।"

कप्तान डगलस ने अर्ज की-"जिल्ले सुभानी किसी बात का अन्देशा न करें, और खास बैठक का दरवाज़ा खुलवा दें कि जिसमें मैं उनसे मुँह-दर-मुँह बात कर सकूँ।"

"नहीं, मैं आपको ऐसा हरगिज़ न करने दूंगा, वे लोग कातिल हैं। ऐसा न हो कि तुम्हारे साथ भी कोई बदसलूकी कर बैठें।"

"हुज़ूर, आप मुतलक खौफ़ न करें। सिर्फ़ बैठक का दरवाज़ा खोलने का हुक्म दे दें।"

बादशाह ने डगलस का हाथ पकड़ लिया और कहा-"नहीं, नहीं, मैं ऐसा नहीं कर सकता।"

इस पर हकीम अहसानुल्ला ने कहा-"अगर आपको बात ही करनी है तो बरामदे से कर लीजिये।" वह डगलस का हाथ पकड़कर दीवाने-खास और कमरा शाही के बीच वाले कटहरे में ले गये। वहाँ से उन्होंने देखा-तीस-चालीस सवार जमा हैं। कुछ के पास नंगी तलवारें हैं, कुछ पिस्तौल और कारतूस हाथ में लिये हैं। पुल की ओर आने वाले सिपाहियों की कतार लगी हुई थी। पैदल भी थे-सवार भी। बहुतों के सिर पर गठरियाँ थीं।

कप्तान डगलस ने ललकार कर कहा-"खबरदार, इधर न आना, इधर शाही बेगमात के कमरे हैं। तुम यहाँ खड़े होकर बादशाह सलामत की तौहीन कर रहे हो।"

सिपाही यह सुनकर राजघाट की ओर चल दिये। कप्तान डगलस और हकीम अहसानुल्ला खाँ फिर बादशाह की सेवा में आ उपस्थित हुए। हकीम साहब ने कहा-"जिल्ले सुभानी, डर की कोई बात नहीं है। वे लोग चले गये हैं।"

"ताहम कप्तान डगलस, आप किले और शहर के सब दरवाज़े बन्द कर दीजिये, और आप हकीम साहब, एहतियातन एक साँडनी-सवार तेज़ रफ़्तार से अभी एक रुक्क-ए-खास के साथ आगरा

लेफ्टिनेण्ट गवर्नर साहब बहादुर के पास हमारी ओर से इस अम्र का रवाना कर दीजिये कि मेरठ के बिगड़े हुए सवार दिल्ली पहुँच गये हैं और बदअमनी पर आमादा हैं।"

कप्तान डगलस और हकीम साहब तसलीमात अर्ज करके चले गये।

हकीम अहसानुल्ला खाँ आगरे साँडनी सवार भेजकर अभी दीवानेखास में आकर बैठे ही थे-कि कप्तान डगलस का एक खिदमतदार दौड़ा हुआ आया। उसके हाथ में एक रुक्का था। उसने रुक्का हकीम साहब को देकर कहा-"आपके नाम का यह रुक्का है।" हकीम साहब ने रुक्का पढ़ा, उसमें उन्हें तुरन्त बुलाया गया था। हकीम साहब ने पूछा-"कप्तान साहब कहाँ हैं?"

"कलीदखाने में हैं।"

हकीम अहसानुल्ला और ख्वाज़ा अब्बास तेजी से कलीदखाने की ओर चल दिये-पर वहाँ जाकर उन्होंने सुना कि कप्तान बँगले में गये हैं।

दोनों कप्तान डगलस के बँगले की ओर चले। कप्तान का बँगला किले के लाहौरी दरवाजे के बगल ही में था। कप्तान तीसरे कमरे में बैठे कुछ महत्त्वपूर्ण कागजात छाँट रहे थे। वहीं उनके पास दिल्ली के कमिश्नर साइमन फ्रेज़र भी बैठे थे। कप्तान डगलस और हकीम साहब में कुछ आवश्यक बातचीत हुई। डगलस ने अब्बास से कहा-"हुजूरे-अकदस से मेरी ओर से अर्ज कर दो कि कुछ सिपाही और तोपें मेरे बँगले की हिफ़ाज़त के लिए भेज दें।"

दिल्ली के कमिश्नर फ्रेज़र भी ख्वाज़ा अब्बास के साथ हो लिये। फ्रेज़र के हाथ में एक तलवार थी। उनके साथ एक अंग्रेज़ था। उसके एक हाथ में बन्दूक और दूसरे में पिस्तौल थी।

खबर पाते ही बादशाह अपने कमरे से बाहर निकल आये। अब्बास ने उनकी सेवा में डगलस की प्रार्थना निवेदन कर दी, बादशाह ने सुनते ही जितनी भी फ़ौज उस वक्त उपस्थित थी, सब अफ़सरों और दो तोपों सहित डगलस के बँगले पर भेज दी।

इसी समय हकीम अहसानुल्ला आ गये। उन्होंने कहा-"कप्तान डगलस ने दो पालकियों के लिए भी प्रार्थना की है। जिससे लेडियों को-जो उनके मकान में हैं, हरमसरा में ले आया जाये।"

बादशाह ने हकीम साहब को ही इसका बन्दोबस्त करने का हुक्म दे दिया। साथ ही यह भी हिदायत कर दी कि पालकी उठाने के लिए विश्वासी कहार जाँच कर भेजे जायें, और वे सवारियों को सीधे रास्ते न लाकर बाग के पीछे से चक्कर देकर लायें। जिससे इस अम्र का पता किसी को न लगे।

पालकियाँ भेज दी गयीं।

22

कप्तान डगलस की ललकार के बाद कुछ सिपाही तो वहाँ से राजघाट दरवाजे की ओर चले गये और कुछ वहाँ खड़े शोर मचाते रहे। राजघाट द्वार खुला था। सिपाही उसमें घुसकर दरियागंज में

जा पहुंचे। उन्होंने एक सिरे से अंग्रेजों के बँगलों को आग लगाना और जो अंग्रेज़ सामने आया उसी को मारना आरम्भ कर दिया। सब बँगले धाँय-धाँय जलने लगे। जो अंग्रेज़ आग से बचने को बाहर निकलता, वह मौत के घाट उतार दिया जाता। जगह-जगह अंग्रेज़ों की लाशें पड़ीं दौड़ते-भागते लोगों के पैरों रूँधी जाने लगी-सिपाही-मारो फिरंगियों को', 'बादशाह की जय' के नारे लगाते आगे बढ़े।

सिकन्दर साहब की कोठी के नीचे पहुँचकर उन्होंने देखा-एक अंग्रेज़ हाथ में तलवार लिये बेतहाशा भागा जा रहा है। उसके पीछे कुछ तिलंगे बन्दूकों की बाढ़ दागते भागे। साहब मरकर वहीं ढेर हो गये। अब शहर की जनता भी उनके साथ हो ली। किसी के हाथ में लकड़ी, किसी के हाथ में पलँग की पट्टी, किसी के हाथ में बाँस का टोटा, ये लोग भागते हुए अंग्रेज़ों का पीछा करते हुए जीनतबाड़े की ओर से नहर की तरफ़ उन्हें खदेड़े लिये जा रहे थे।

नसीरगंज के मैदान की ओर फखरुल मस्ज़िद के सामने बीस-पचीस तिलंगे खड़े मस्ज़िद की ओर संकेत कर रहे थे। वहाँ कुछ गोरे छिपे थे। सिपाहियों की भीड़ मस्ज़िद में घुस पड़ी और सबको काट डाला।

आगे बढ़कर उन्होंने देखा-गिरजाघर के सामने और हाकिन्स की कोठी के नीचे 200 तुर्क घुड़सवार और तिलंगे खड़े थे। वे चिल्ला-चिल्लाकर कह रहे थे–'बताओ अंग्रेज़ कहाँ हैं?' जो कोई पता बताता या इशारा करता-वे उसके साथ हो लेते और अंग्रेज़ को घसीट लाते, फिर गोली मार देते। भारतीय ईसाई भी गोरों के साथ मारे जा रहे थे। एक-एक कोठी आग लगने से प्रथम लूटी गयी। फिर उनमें आग लगा दी गयी। अंग्रेज़ों की सपरिवार हत्या कर दी गयी। मस्ज़िद नवाब अली खाँ से आगे फिकसन साहब मरे थे-ये कमिश्नरी कोर्ट के चीफ़ रीडर थे। किसी मसखरे ने एक बिस्कुट भी उनके मुँह के पास रख दिया था। एक शताब्दी के परिशोध का दिल्ली में भयानक ताण्डव नृत्य हो रहा था। दिल्ली के नागरिक, जिसे जो हाथ लगा-वही शस्त्र लेकर घर से निकल पड़े थे। जो अंग्रेज़ मिलता सीधा मौत के घाट उतार दिया जाता। अनेक दलों के नेताओं ने नागरिकों की टोलियाँ बना ली थीं जो शहर में घूम रही थीं। इन्होंने दिल्ली से जैसे अंग्रेज़ों का नामो-निशान मिटाने का निश्चय कर लिया था।

ग्यारह बजे दिल्ली कॉलेज लूटा गया। बारह बजे दिल्ली बैंक घेर लिया गया। और बैंक के मैनेजर वासफोर्ड और उसके पूरे कुटुम्ब को मौत के घाट उतार दिया गया। इसके बाद वे दिल्ली गज़ट के छापेखाने की ओर झपटे, मेरठ के विद्रोह का संवाद वहाँ कम्पोज़ हो रहा था। सिपाहियों ने टाइप को नष्ट कर दिया, मशीनों को तोड़ डाला। ईसाई कर्मचारियों को मार डाला, प्रेस में आग लगा दी।

शहर में ज्यों ही सिपाही पहुँचे तो सड़कों पर तमाशाइयों की भीड़ लग गयी। लोग कहने लगे- "धर्म की रक्षा के लिए ये सिपाही अंग्रेज़ों को मारकर दिल्ली आये हैं।" सहानुभूति और उत्साह की लहर एक बार नागरिकों के हृदय में दौड़ गयी। गर्मी के दिन थे। देखते-ही-देखते चाँदनी

चौक और फैज़ बाज़ार के लाला लोगों ने प्याऊ और पौसलाएँ खोल दीं। खाँड़ की बोरियाँ पानी के भारी-भारी जेण्डालों में उड़ेली जाने लगीं। बताशे और ओले टबों में घुलने लगे-और नागरिक बला-बुलाकर इन सिपाहियों को शर्बत पिलाने लगे। परन्तु हुड़दंग बढ़ता ही गया और धीरे-धीरे भीड़ अनियन्त्रित होती गयी। इससे भयभीत होकर दुकानदार अपनी-अपनी दुकानें बन्द करने लगे। बहुत से हुल्लडबाज़ भी सिपाहियों में आ मिले।

23

दिल्ली कॉलेज का प्रिंसिपल टेलर बड़ा कट्टर ईसाई था। वह बहुधा एक मिशनरी की तरह भोले-भाले लोगों को बहकाया करता था। बहुत लोगों को उसने ईसाई बना लिया था। वह बड़ा धनी किन्तु महाकंजूस था। लगभग दो लाख रुपया उसका कलकत्ते और दिल्ली के बैंकों में जमा था। उसके कुछ बड़े-बड़े बँगले छावनी में थे जिनका काफ़ी किराया आता था। यह रुपया उसने बड़े यत्न से जमा किया था। वह केवल एक आना या छः पैसे प्रतिदिन अपने भोजन पर खर्च करता था। बाकी सब रुपया बैंक में जमा किया करता था। उसे रात-दिन जब भी अवकाश मिलता, बैंक का हिसाब-किताब जोड़ता रहता। वह कपड़े भी तभी पहनता था जब कॉलेज या किसी सभा-सोसायटी में उसे जाना होता था।

प्रात: 6 बजे से साढ़े आठ बजे तक कॉलेज खुला रहा। अभी विद्यार्थी अपनी-अपनी पोथी लिये इधर से उधर अपनी कक्षाएँ बदल ही रहे थे कि सात-आठ लाला लोग दौड़ते-हाँफते कॉलेज के अहाते में घुस आये। वे अपने-अपने लड़कों से कह रहे थे-"चलो, जल्दी घर चलो। अंग्रेजों का अमल गया। सवार उन्हें मार रहे हैं।" लड़कों में बड़ी हड़बड़ी फैल गयी। अव्यवस्था और शोरगुल सुनकर प्रिंसिपल टेलर बाहर निकल आये। अभी वह लड़कों को डाँट-फटकार ही रहे थे-कि मेगज़ीन का चपरासी मेगज़ीन के अधिकारी का पत्र लाया। पत्र में लिखा था-"खतरा है, आप सब अंग्रेज़ अध्यापकों के साथ मेगज़ीन आ जायें।"

पत्र पढ़ते ही प्रिंसिपल तेज़ी से अपने कमरे में चले गये। जल्दी-जल्दी उन्होंने अपने तीन अंग्रेज़ सहकारियों से परामर्श किया। फिर प्रोफ़ेसर रामचन्द्र को कुछ आदेश दिये और कॉलेज की छुट्टी कर दी। वे चारों तत्काल मेगज़ीन की ओर चल दिये।

अभी उन्हें वहाँ से गये कुछ ही मिनट हुए थे कि सिपाही कॉलेज के कम्पाउण्ड में घुस आये। उन्होंने कॉलेज की लाइब्रेरी में घुस कर उसे लूटना आरम्भ कर दिया। अरबी, फारसी, उर्दू की पुस्तकों के गट्ठर बाँध-बाँधकर लुटेरे उन्हें मौलवियों, विद्यार्थियों और पुस्तक-विक्रेताओं के पास बेचने को चल दिये। कुछ विद्यार्थी भी इस लूट में सम्मिलित हो गये। और अच्छी-अच्छी पुस्तकें छाँट-छाँटकर उन्होंने अपने घरों का रास्ता लिया।

जब मेगज़ीन उड़ा दिया गया तो टेलर किसी तरह गिरते-पड़ते अपने कॉलेज के बूढ़े खानसामा की कोठरी में पहुंचे। इस समय उनका बुरा हाल था। उनके कपड़े फटकर चिथड़े हो

गये थे और सारा शरीर झुलसकर स्याह हो गया था। उन्हें पहचानना कठिन था। बूढ़े खानसामा ने उन्हें उनके पुराने मित्र मौलवी मुहम्मद बाकर के घर पहुंचा दिया। मौलवी साहब ने उन्हें रात-भर इमामबाड़े में छिपा रखा। परन्तु लोगों को पता लग गया। टेलर से बहुत से लोग खार खाते थे। वे उसकी जान के ग्राहक बने थे। अन्त में मौलवी बाकर ने उन्हें भारतीय वेश-भूषा में बाहर निकाल दिया। वहाँ से निकलते ही वह पहचान लिये गये और मार डाले गये। दिन भर उनकी लाश बीच राह में पड़ी रही। किसी ने उस पर एक नज़र भी न डाली।

24

दिल्ली में इस समय कोई गोरी सेना न थी। 38, 54 और 74 नम्बर की हिन्दुस्तानी सेना थी। तोपखाने में एक सौ आठ गोलन्दाज़ थे, कुल मिलाकर साढ़े तीन हज़ार सिपाही दिल्ली में थे।

अंग्रेज़ अफ़सरों को जब विद्रोही सैनिकों का शहर में घुस आने और लूट-पाट, कत्ल और आग लगाने का समाचार मिला तो उन्होंने जल्दी-जल्दी परेड के मैदान में इस समूची सेना को खड़ा किया। उनके सामने स्वामी-भक्ति और नमकहलाली की महत्ता के भाषण दिये गये। 54 नम्बर पलटन के अफ़सर मेजर रिप्ले ने अपनी सेना को मेरठ के विद्रोही सिपाहियों पर आक्रमण करने के लिए तैयार होने का आदेश दिया। उसने कहा-

"बहादुर सिपाहियों, हमें तुम्हारी बहादुरी, नमकहलाली और स्वामि-भक्ति पर पूरा भरोसा है, इन मेरठ के भगोड़े सिपाहियों को मार भगाओ जवानो।"

सिपाहियों ने जवाब दिया-"ज़रा हमें उनके दर्शन तो कराइये, फिर हम देखेंगे।"

मेजर ने कहा-"शाबाश, शाबाश, हमें तुमसे स्वामि-भक्ति की ऐसी ही उम्मीद है।" उसने आगे बढ़कर एक-एक की पीठ ठोंकी। और उन्हें मार्च का हुक्म दिया। जब वह पलटन मेरठ की सेना के सामने पहुंची तो 54 नम्बर पलटन ने उन्हें अभिवादन किया। उन्होंने जोर का नारा बुलन्द किया-"अंग्रेजी राज को मिटा दो। बादशाह सलामत की जय। फिरंगियों को मारो।"

मेजर रिप्ले हक्का-बक्का होकर यह सब देखता रह गया। उसने बौखलाकर कहा-"यह सब क्या है?"

पर अभी पूरी बात उसके मुँह से नहीं निकली थी कि-उस पर गोलियों की बौछार बरस गयी और वह मरकर वहीं ढेर हो गया। अब वे सब-राह-बाट में मिलते अंग्रेज़ को मौत के घाट उतारते किले की तरफ़ चले। रास्ते में और सिपाही भी उनमें मिल गये। तोपखाना भी उन्होंने साथ ले लिया और वे सब किले में घुस गये। उनके साथ नागरिकों की बड़ी भीड़ भी किले में घुस चली। वे सब चिल्ला रहे थे-"बादशाह की जय।" भीड़ को भीतर बढ़ी आते देख, कमिश्नर फ्रेज़र दीवाने-खास की ओर लपका, इसी समय पास खड़े-नजुल बेग ने तलवार उसके गाल में घुसेड़ दी।

फ्रेज़र गिरकर छटपटाने लगा। उसकी चीख सुनकर कलक्टर हचिन्सन उधर को लपका, उसके भी टुकड़े-टुकड़े कर डाले गये। उनकी लाशों को पैरों से रौंदते हुए बिगड़ैल सिपाही सीढ़ियाँ चढ़कर ऊपर की मंज़िल में रहने वाले जोनिंग्स और उसके परिवार के कमरे की ओर चले। भीतर से द्वार बन्द था। उसे बलपूर्वक तोड़ दिया गया। जोनिंग्स, उसकी लड़की तथा एक मेहमान तलवार के घाट उतार दिये। इसी समय सिपाहियों की नज़र भागते हुए किलेदार कैप्टन डगलस पर पड़ी। "भेजो इसको नरक में," यह कहकर कई सिपाहियों ने उस पर बन्दूकें तान दी, और क्षण-भर में वह मरकर ढेर हो गया। अब ये सब किले में घुस चले।

25

बादशाह हकीम अहसानुल्ला से धीरे-धीरे बात कर रहे थे कि नकीब ने इत्तला दी कि कप्तान डगलस, कमिश्नर फ्रेज़र और कलक्टर हचिन्सन कत्ल कर दिये गये। बादशाह यह सुनकर बिना कुछ जवाब दिये भीतर चले गये।

इसी समय शोर मचाते हुए पैदल और घुड़सवार सिपाही किले में घुस आये। वे सब बेतरतीबी से फैल रहे थे, और बन्दूकों और पिस्तौलों का फ़ायर हवा में कर रहे थे। शहनशाहे हिन्द की जानकारी में यह पहला ही अवसर था, जब सशस्त्र भीड़ ने उनके महल की पवित्रता को भंग किया। जिस दीवाने खास और महल में उच्च राजपुरुष-यहाँ तक कि ईस्ट इण्डिया कम्पनी के एजेण्ट भी घोड़े से उतरकर बड़े अदब से प्रवेश करते थे, वहाँ अब ये घुड़सवार निर्द्वन्द्व उत्पात मचा रहे थे। इस समय शाम हो रही थी। बादशाह के पास उनके तमाम शाहज़ादे मिर्ज़ा मुगल, मिर्ज़ा खिजिर, मिर्जा और सुलतान अबूबकर सब हाज़िर थे। सबके मन में अपनी-अपनी नई उमंगें थीं और वे अपने-अपने मंसूबे गाँठ रहे थे। जोश उनमें खूब था-पर दूरदर्शिता का अभाव था। उनके सामने उनके पुराने नामी-गिरामी घराने की फिर से प्रतिष्ठा का सुयोग आ रहा था। फिर भी उनके दिल दहल रहे थे। वे सोच रहे थे कि मेरठ की गोरी पलटन ने अब तक इन भगोड़ों का पीछा नहीं किया। वे यह निर्णय नहीं कर पा रहे थे-कि वे इन विद्रोहियों का साथ दें या नहीं।

सूरज छिप रहा था। उसकी लाल-लाल छाया शाही महलात और दीवानेखास के संगमरमर को सुर्खरू कर रही थी। बादशाह ने अन्ततः निर्णय कर लिया।

हुजूरे अकदस ने पगड़ी बाँधी। कमर में तलवार लगाई और धीरे-धीरे पैदल ही दीवाने खास में तशरीफ़ ले आये। सब शाहज़ादे, हकीम अहसानुल्लाह खाँ, ख्वाज़ा अब्बास और खास खिदमतगार इस समय उनकी सेवा में थे।

बादशाह ने दीवाने खास के दरवाजे पर खड़े होकर हकीम अहसानुल्लाह खाँ को हुक्म दिया कि सिपाही घोड़े से उतर पड़ें, खामोश रहें, और उनके सरदार आगे हमारी खिदमत में हाज़िर आयें। अहसानुल्लाह ने बादशाह की आज्ञा सिपाहियों को सुना दी। सिपाही तत्काल घोड़ों से उतरकर चुपचाप सफ बाँधकर खड़े हो गये। उनके सरगना दो सूबेदारों ने आगे बढ़कर बादशाह के सामने जा

ज़मीन चूमी। बादशाह ने हकीम अहसानुल्लाह के द्वारा उनसे बातचीत की। बादशाह ने पूछा-"तुम कौन हो, और हमारे हुजूर से क्या चाहते हो?"

"हम मेरठ के सिपाही हैं। हमारे धर्म पर आघात हुआ। और हम अपने अंग्रेज़ अफ़सरों को मारकर हुजूरे अकदस की खिदमत में हाज़िर आये हैं।"

"लेकिन हमारे हुजूर में आने का तुम्हारा मकसद क्या है?"

"आप हमारे पीरो मुर्शद हैं, हमारे बादशाह हैं। दीनो-दुनिया के मालिक हैं। आप हमारे सिर पर हाथ रखें और न्याय करें।"

"मुझे बादशाह कौन कहता है! मैं तो एकान्तवासी फ़कीर हूँ। मुझे तकलीफ़ देने तुम क्यों आये?"

"जब तक हुजूर अकदस हमारे शरीक नहीं होते-हम मुर्दा हैं, हम कुछ नहीं कर सकते।"

"लेकिन न मेरे पास खज़ाना है कि तुम्हें तनख्वाह दूं, न फ़ौज है कि तुम्हारी मदद करूँ, न राज्य है कि तुम्हें नौकर रखूँ, मैं कुछ नहीं कर सकता, मुझसे कुछ मदद की उम्मीद मत करो।"

"हुजूरे अकदस, सिर्फ हमारे सिरों पर हाथ रख दें, हम यही चाहते हैं। हम हिन्दुस्तान-भर के अंग्रेज़ों का खज़ाना आपके कदमों में डाल देंगे।"

"लेकिन हमारी ताकतें महदूद हैं।"

"जिल्ले-सुभानी, हमने मेरठ के अंग्रेजों को करारी हार दी है। फिर दिल्ली तो आप ही की है। इस वक्त पेशावर से दिल्ली तक सभी सैनिक आपके हुक्म की राह ताक रहे हैं। फिरंगियों की गुलामी की बेड़ियाँ तोड़ फेंकने को समूचा हिन्दुस्तान तैयार है। आप अपने मुबारक हाथों में आज़ादी का झण्डा उठाइये। तमाम हिन्दुस्तान उसके नीचे इकट्ठा होकर लड़ेगा।"

बादशाह ने कुछ जवाब नहीं दिया। वे काँपते पैरों से कुर्सी पर आकर बैठ गये। दोनों सूबेदारों ने सहमते-सहमते उनके कदमों में घुटनों के बल बैठकर सिर झुकाया। बादशाह ने अपना दस्ते मुबारक उनके सिर पर रखा। वे प्रसन्न हो पीछे को हट गये, और फिर एक-एक कर सब सैनिक आते गये, घुटनों के बल बादशाह के चरणों में बैठकर आशीर्वाद लेते गये।

इसी समय तोपों की गड़गड़ाहट से दसों दिशाएँ गूँज उठीं। विद्रोही नेता शहंशाहे हिन्द को सलामी दे रहे थे।

26

मेगजीन शहर ही में शाही महल के निकट था। लेफ़्टिनेण्ट जार्ज विलोलाई उसका अध्यक्ष था। उसके अधीन केवल 9 अंग्रेज़ सिपाहियों का दस्ता तथा कुछ हिन्दुस्तानी सिपाही और कर्मचारी थे। लेफ्टिनेण्ट विलोलाई एक तेजस्वी और कर्मवीर पुरुष था। मेरठ से सहायता की आशा में वह अन्तिम क्षण तक मेगज़ीन की रक्षा करता रहा। सेना के प्रधान कार्यालय से उसका सम्बन्ध टूट गया था। देशी तिलंगे

उसे छोड़कर भाग खड़े हुए और विद्रोहियों में मिल गये। शहर में अब एक भी अंग्रेज़ जीवित न था।

अलस्सुबह सर थियोफिल्स मेटकाफ मेगज़ीन में आये, उन्होंने लेफ्टिनेण्ट विलोलाई से कहा-"दो तोपें निकालो, जमुना का पुल उड़ाना आवश्यक है।"

"लेकिन पुल तो पार किया जा चुका है। इसके अतिरिक्त तोपें खींचने को बैल कहाँ हैं?" लेफ्टिनेण्ट ने चिन्ता से कहा।

अभी सर मेटकाफ सोच ही रहे थे कि विद्रोही सिपाहियों के एक दस्ते ने आकर शाही फर्मान दिखाकर कहा-"बादशाह का हुक्म है, मेगज़ीन हमारे ताबे करो।"

इस पर लेफ्टिनेण्ट ने कड़ककर कहा-"ऐसा नहीं हो सकता।"

"तो हम किले से सीढ़ियाँ लाकर फसीलों पर कूद पड़ेंगे।"

"इसका नतीजा तुम्हें भोगना पड़ेगा।"

"लेकिन तुम ज़िन्दा न रहोगे।"

"ज़िन्दा तुम भी न रहोगे। जीते-जी मेगज़ीन पर कोई हाथ नहीं रख सकता।"

इसी समय सीढ़ियाँ लेकर बहुत-से सिपाही आ गये। सीढ़ियाँ फसीलों पर लगा दी गयीं। सिपाही उन पर चढ़ गये। यद्यपि छावनी से सहायता की कोई आशा न थी, पर सर मेटकाफ सहायता लाने के लिए छावनी दौड़ गये।

मेगज़ीन का सदर दरवाज़ा बन्द था और भीतर अपने नौ सिपाहियों के साथ लेफ्टिनेण्ट विलोलाई अपना कर्तव्य-पालन करने को तैयार बैठे थे। बाहर बन्दूकें चल रही थीं, परन्तु उनका जवाब देना व्यर्थ था। इस समय मेगजीन में कुछ अंग्रेज़ परिवार भी शरणापन्न थे।

तीसरे पहर की तोप दगी। इसी समय बागी सिपाही दो तोपें ले आये और मेगज़ीन के द्वार पर लगा दी तथा दीवार की सुरंग में आग लगा दी। लेफ्टिनेण्ट ने अन्तिम आदेश दिया। भयंकर धड़ाके के साथ मेगज़ीन उड़ गयी। सारी दिल्ली काँप उठी। जहाँ जिसका पैर उठा भागने लगा। ऐसा प्रतीत हुआ कि भयंकर भूकम्प आया हो। आकाश तक अँधेरा छा गया। दीवारों के पत्थर पक्षियों की भाँति उड़ते देखे गये। उनके साथ मरे हुए व्यक्तियों के अंग-प्रत्यंग भी हवा में उड़ गये।

लेफ़्टेनिण्ट विलोलाई और उसके पाँच साथी किसी तरह जीवित निकल भागे। इनके नाम फारेस्ट, रेनर, बकलेशा और स्टुअर्ट थे। लेफ्टिनेण्ट विलोलाई मेरठ की ओर भागे जा रहे थे। तभी एक गाँव की भीड़ ने उन्हें मार डाला।

27

दिल्ली के जगद्विख्यात तख्त पर मुगलों का वंशधर बहादुरशाह नाम को तो अब भी बादशाह कहलाता था, पर वास्तव में वह बादशाह तो क्या-एक साधारण रईस की बराबरी भी न कर

सकता था। फिर भी उसके और उसके दरबारियों के दिमाग में पूर्वजों की याद ताज़ा थी। बादशाह की हुकूमत इस समय महल और किले के बाहर तो थी ही नहीं, किले में भी अंग्रेज़ी नियन्त्रण था। परम्परा के अनुसार अब भी उसे बहुत सम्मान प्राप्त था, बादशाह के पद की मर्यादा और गौरव ऐसा था कि छोटे और बड़े सब कोई उसके प्रति श्रद्धा से अवनत रहते थे। बादशाह का निर्वाह अब केवल अंग्रेजों की दी हुई पेन्शन से होता था-परन्तु सब लोग अभी तक यही समझते थे कि यह पेन्शन बादशाह के प्रति सम्मान की सूचक है। परन्तु वास्तविक स्थिति यह न थी। वास्तविक बात यह थी कि उसकी बादशाहत तब केवल अंग्रेज़ों की कृपा पर ही निर्भर थी और अंग्रेज़ उसे शाहे वज़ीफा खार कहते थे। फिर भी आम जनता यह समझती थी कि वही बाबर और अकबर का वास्तविक उत्तराधिकारी है और देश के शासकों का स्वामी भी वही है। ईस्ट इण्डिया कम्पनी ने भी बड़ी सावधानी से बादशाह के उत्तराधिकार और प्रभुसत्ता के भ्रम को अब तक कायम रखा था।

कुछ समय पूर्व तक कम्पनी के उच्च अफ़सर उस रस्मो-रिवाज का पूरे तौर पर पालन करते रहते थे, जिसके कि उसके पूर्वज अपने साम्राज्यकाल में आदी थे। गवर्नर जनरल और उसके प्रतिनिधि नंगे पैर दरबार में शाही तख्त के सामने हाज़िर होते और अदब से बादशाह को नज़र पेश करते थे। ये सारी स्मृतियाँ अभी ताज़ा थीं। बादशाह अब भी परम्परागत ढंग से दरबार करता था और खिलअतें बाँटता था। बादशाह जो कुछ कहता था उसकी एक विज्ञप्ति बाकायदा पहले ही की तरह घोषित की जाती थी। ये घोषक नकीब कहाते थे। कुछ देशी रियासतों में अब भी बादशाह के सिक्के चालू थे। इस प्रकार अतीत के मुगल साम्राज्य का जीवित अवशेष यह बादशाह अब भी विदेशी प्रभुओं का खतरा बना हुआ था। क्योंकि वह कानूनी अधिकार का प्रतिनिधि था और एकमात्र उसी के आधार पर कम्पनी सरकार के विरुद्ध सशस्त्र प्रतिरोध का समर्थन किया जा सकता था। कम्पनी सरकार इस खतरे को जानती थी। उसने बड़ी चतुराई से भारत के सभी प्रमुख राजवंशों को खत्म किया था, और उनके कानूनी उत्तराधिकारियों को गद्दी से हटाकर दूर-दूर के स्थानों पर रख दिया था। पेशवा को-जिसका समूचा मराठा मण्डल भक्त था, उत्तर भारत के एक सर्वथा अज्ञात गाँव बिठूर में रखा था। टीपू के उत्तराधिकारियों को बैल्लोर से कलकत्ता ले आया गया था। रणजीतसिंह के लड़के को एक ब्रिटिश द्वीप में रखा गया था। इन कामों में अंग्रेज़ इस बात की व्यवस्था बड़ी सावधानी से करते थे-कि कहीं कोई गड़बड़ी न होने पाये। परन्तु यह मुगलों का टिमटिमाता चिराग-बूढ़ा बादशाह अपने बाप-दादों ही की राजधानी में शाहजहाँ के महल में ही रह रहा था। हकीकत में बात यह थी कि अब तक कम्पनी की सरकार को ऐसी आवश्यकता पड़ती रही थी, और इस प्रचलित धारणा से लाभ उठाया जा रहा था कि दिल्ली का बादशाह ही भारत का सार्वभौम सम्राट है। परन्तु अब, जबकि बंगाल और कर्नाटक में कम्पनी की शक्ति सुदृढ़ हो गयी, और मराठा तथा सिख शक्तियों का पतन हो गया था, दिल्ली की राजतन्त्रीय सत्ता की कोई राजनैतिक उपयोगिता रही ही न थी। वास्तव में अब वह एक वैधानिक असंगति ही थी-कि कानूनी देश का शासक तो कोई और हो

और देश की वास्तविक सरकार किन्हीं दूसरों के हाथ में हो। इसलिए अंग्रेजों के लिए अब यह अत्यावश्यक था कि शाही खिताब और तख्त का अस्तित्व खत्म कर दिया जाये और शाही परिवार को दिल्ली से हटा दिया जाये।

बहादुरशाह को उसके पिता ही की भाँति बादशाह और गाजी की उपाधि मिली थी। इस समय जनता भी बिना साम्राज्य के सम्राट को देखने की आदी हो चुकी थी। वे बेचारे बूढ़े भावुक और कवि बहादुरशाह अब इस योग्य कतई न रह गये थे-कि वह किसी ध्येय के लिए खड़े हो सकें। साधारण समय में भी यह बादशाह केवल यही कर सका कि अपने दरबार की शानो-शौकत बनाये रखने की उसने चेष्टा की। न उसमें अपने पूर्वजों जैसा साहस था न क्षमता। उसका दरबार उसके पिता के काल ही से घरेलू षड्यन्त्रों और दूषित चरित्र के व्यक्तियों से परिपूर्ण था। इससे वह अन्धविश्वासों का भी एक हद तक दास था। हसन अस्करी उसका आध्यात्मिक गुरु था, जो वास्तव में एक पक्का धूर्त आदमी था। बादशाह और उसके परिवार के लोग अपने अतीत गौरव के सपने देखा करते थे, परन्तु बहादुरशाह ने अपने जीवन में एक काम भी अब तक ऐसा न किया था कि जिससे अंग्रेज़ों की राह में बाधा खड़ी हो। वह बार-बार कम्पनी से अपना भत्ता बढ़ाने की ज़िद करता और हर बार अंग्रेज़ यही जवाब देते कि यदि वह अपना खिताब और महल छोड़ दे तो भत्ता बढ़ाया जा सकता है। उसके बुढ़ापे की औलाद जवाँबख्त अभी नाबालिग था-बादशाह उसे ही अपना उत्तराधिकारी बनाना चाहता था। यह शाहज़ादा जीनत महल के गर्भ से पैदा हुआ था। परन्तु दूसरी बेगमों से उत्पन्न उसके और बड़े-बड़े बेटे थे, जो खिताब के प्रकृत अधिकारी थे। पर बादशाह गाहे-बगाहे इस माँग पर जोर देता रहता था, और अंग्रेज़ ऐसे जोड़-तोड़ लगाते रहते थे-कि बादशाह को राजी करें कि वह पुराने शाही खिताब को छोड़कर लालकिला खाली कर दे और कुतुब में अपने महल में जा रहे। पर बहादुरशाह ऐसा करने को राजी ही न होता था। अंग्रेज़ भी अब अधिक दिन तक इस हास्यास्पद स्थिति का कायम रहना बर्दाश्त न कर सकते थे-कि उनकी स्थिति अब भी बादशाह के एक दरबारी की रहे। परन्तु वे इसके लिए बल प्रयोग नहीं कर सकते थे क्योंकि कम्पनी का संचालक मण्डल और नियन्त्रण बोर्ड इससे सहमत न था, इसलिए अंग्रेज़ अब बादशाह की मृत्यु की प्रतीक्षा कर रहे थे। इसके अतिरिक्त उन्होंने शाहज़ादा मिर्जा फखरुल्मुल्क से गुपचुप यह समझौता कर लिया था-कि बादशाह की मृत्यु के बाद उसे शाही परिवार का प्रधान मान लिया जायेगा, और उसे शाहज़ादा का खिताब दे दिया जायेगा। लेकिन उसे किला-जहाँ से शहर, यमुना और शस्त्रागार पर निगरानी रहती थी, खाली करना होगा। इसी प्रकार दिल्ली दरबार के अब इने-गिने दिन रह गये थे। बहादुरशाह की मृत्यु के बाद शाहजहाँ और आलमगीर के अयोग्य उत्तराधिकारियों को अपने पूर्वजों के किले से निकाल दिया जाना निश्चित था।

28

इस वक्त बादशाह की उम्र बयासी साल की हो चुकी थी। उनकी न शारीरिक स्थिति ही ऐसी थी, न मानसिक ही, कि राज्य, रियासत या सल्तनत के पेचीदे मामलों में कुछ कर-धर सकें। और

सच पूछा जाये तो अब न रियासत थी, न सल्तनत। लालकिले की संगमरमर की दीवारें उन्हें चारों ओर से घेरे हुए थीं। वह अपने एकान्त वक्त में बैठे नज़्में लिखने में खुश थे। इस समय तक उनके चार दीवान तैयार हो चुके थे।

शे'र कहने की उन्हें हविस भी बहुत थी। उल्टा-सीधा-अन्धाधुन्ध कहे जाते थे और उस सब काठ-कबाड़े की काट-छाँट, संशोधन करना पड़ता था उस्ताद ज़ौक को। जो सच पूछिये तो उनके लिए एक सरदर्दी थी, पर उस्तादे शाही का लोभ ऐसा था-कि जौक उसे छोड़ न सकते थे। एक तौर पर बादशाह के शे'रों का कायापलट ही उन्हें करना पड़ता था। अपनी कविता सुनाने की भी बादशाह को बीमारी थी। जिन्हें बादशाह को खुश रखना होता था, उन्हें उनकी कविता सुननी पड़ती थी।

फिर भी एक सबसे बड़ी उलझन जो उन्हें परेशान कर रही थी, युवराज पद पर किस पुत्र की नियुक्ति की जाये, किसे युवराज बनाया जाये, इसका निर्णय नहीं हो पाता था। इस समय दुर्भाग्य से लालकिला फूट, षड्यन्त्र, कलह, अनाचार, अशान्ति और अन्धेरगर्दी का अखाड़ा बना हुआ था। सब मनमानी कर रहे थे, बेगमों और शाहज़ादों में चखचख चलती रहती थी, बादशाह की कानी कौड़ी के बराबर भी कोई आन न मानता था, इस वातावरण में बादशाह दु:खी और परेशान रहते थे, एक कविता ही ऐसी चीज़ थी, जिसे गुनगुनाने, सुनने, लिखने में उन्हें राहत मिलती थी। कविता के बाद अलबत्ता बेगम जीनत महल एक दूसरी शय थीं, जिस पर बादशाह का मन था। 'वृद्धस्य तरुणी भार्या प्राणेभ्योपि गरीयसी' का मामला था। बेगम ज़ीनत महल उनकी बुढ़ापे की चहेती सबसे नई बेगम थीं, अभी वह जवान थीं, दबंग भी थीं, एक तौर पर किले में बादशाह की नहीं, बेगम ज़ीनत महल की ही चलती थी।

मुगल खानदान में बादशाह जहाँगीर ने जब नूरजहाँ से शादी की थी, तो नूरजहाँ ने खानदाने शाही में एक ज़बर्दस्त परिवर्तन कर दिया था। नूरजहाँ बड़ी दबंग, बुद्धिमती, महत्वाकांक्षिणी और दृढ़ मस्तिष्क की औरत थी। बादशाह ने एक तौर पर उसे आत्मसमर्पण कर दिया था। 'एक सेर शराब और आधा सेर गोश्त बादशाह का, और सारी सल्तनत नूरजहाँ की।' नूरजहाँ सल्तनत के हर काम में दखल देती, सब फ़र्मान अहकाम-शाही दस्तखतों से जो जारी होते-वे नूरजहाँ से ही होते थे। एक प्रकार से नूरजहाँ से विवाह के बाद जहाँगीर जब तक ज़िन्दा रहा, लगभग सारी ही सल्तनत का संचालन हरम में बैठी नूरजहाँ चलाती थी। इसके लिए उसने महल में भी वैसी ही स्त्री मुत्सद्दी, अफ़सर, वज़ीर आदि बना ली थीं। जैसा बाहर पुरुषों का अमला था। नूरजहाँ के बाद भी मुगल अन्त:पुर राजनीति-और सल्तनत की खटपट का एक हद तक केन्द्र बना रहा। और ढर्रा तब तक चलता रहा, जब तक कि नादिरशाह ने मुगल हरम की सारी इज़्ज़त-आबरू, रुतबा, परदा, शान-शौकत धूल में न मिला दी। और अब, जब तख्त पर बयासी बरस का बूढ़ा बादशाह अपने दिन पूरे कर रहा था, साम्राज्य, सल्तनत सब अंग्रेजों के हाथ जा चुकी थी, बेगम ज़ीनत महल राजनीति में पूरा दखल रखतीं, और हर बात में टाँग अड़ाती थीं। बादशाह उसकी

बातों में दखल देते ही न थे। अत: शाही खानदान के सब छोटे-बड़े बेगम और बादशाह से खार खाते, उनकी काट करते, अपना उल्लू सीधा करते, और अपनी-अपनी डफली और अपना-अपना राग अलापते थे। मज़ेदार बात यह थी कि अब न सल्तनत थी, न राज्य-सत्ता, न खज़ाने में धेला। बादशाह महज़ एक उजड़े हुए रईस की ज़िन्दगी बिताते थे। पर युवराज पद के लिए अब भी मुगल महल में वही जोश-खरोश था-जो कभी जहाँगीर और शाहजहाँ के ज़माने में रहता था।

इस समय युवराज का पद सब फ़सादों की जड़ बना हुआ था। बेगम जीनत महल की जोड़-तोड़ की एक और बेगम किले में थीं। उनका नाम था-'नवाब माशूक महल'। मिर्जा फखरुलमुल्क और मिर्जा जवाँबख्त में दंगल था। मिर्जा फखरुलमुल्क बादशाह का बड़ा बेटा था। योग्य और सुन्दर भी था। मिलनसार था, इसलिए उसके समर्थक भी बहुत थे। यहाँ तक कि अंग्रेज़ भी उन्हीं के पक्ष में थे। नवाब माशूक महल इस दल की मुखिया थीं। नवाब माशूक महल बेगम साहिबा मिर्जा फखरुलमुल्क की खाला भी होती थीं। परन्तु मिर्जा जवाँबख्त अपनी माता ज़ीनत महल के ऊपर कूदते थे, जो बादशाह की चहेती बेगम थी। बादशाह का बस चलता तो जवाँबख्त को अपने जीवनकाल में ही तख्त पर बैठा देते। पर इस काम में अंग्रेज़ सबसे प्रबल बाधक थे। वह तो यह ठाने ही बैठे थे कि 'चिराग गुल और पगड़ी गायब'। बादशाह मरें तो बादशाहत का भी जनाज़ा उठे। किन्तु लालकिले में मिर्ज़ा जवाँबख्त के साथ सारे बर्ताव युवराज के समान बर्ते जाते थे। केवल दो बातों की कसर थी। एक यह-कि उनकी वली अहद की तनख्वाह शाही खज़ाने में जमा रहती थी, दूसरे-अंग्रेज़ उनके साथ युवराज का कायदा नहीं मानते थे। इस खींचतान में मिर्जा फखरुलमुल्क के पक्षपातियों को बड़े-बड़े नुकसान पहुँचे। नवाब माशूक महल ने जो बादशाह की नज़र फिरी देखी तो बीमारी का बहाना करके आबोहवा बदलने के बहाने लालकिला छोड़कर राहतगाह में आ रहीं। यहाँ आने का अभिप्राय अंग्रेजों से मिलकर साँठ-गाँठ करना तथा निर्द्वन्द्व षड्यन्त्र चलाना था। राहतगाह, कश्मीरी दरवाज़े के करीब एक बड़ा शाही महल था। किले में आना-जाना जारी रखा, परन्तु अपना सब सामान-मालमता धीरे-धीरे राहतगाह में उठवा मँगाया। दो-एक वर्ष बाद यह झगड़ा खत्म हुआ, परन्तु माशूक महल राहतगाह में ही रहती रहीं। सुबह नाश्ता करके लालकिले चली जातीं और अशर की नमाज़ राहतगाह में आकर पढ़तीं। रात को वहीं सोतीं।

नवाब माशूक महल भी बड़े जोड़-तोड़ की और हौंसले वाली औरत थीं। उनका मददगार और सलाहकार एक गुलाम था, जिसका नाम इब्राहीम था। वह पढ़ा-लिखा, समझदार और खटपटी आदमी था। अंग्रेज़ी भी जानता था। उम्र उसकी चालीस वर्ष की थी। वह कोई सुन्दर और प्रभावशाली आदमी न था, किन्तु बड़ा मिठबोला, विनम्र और काम निकालने में होशियार था। वह फैज़ बाज़ार में एक पुराने मकान में रहता था। मकान बहुत-लम्बा-चौड़ा था, वास्तव में यह नवाब माशूक महल की ही पुरानी हवेली थी, जो अब बिलकुल खस्ता हो गयी थी। रहने लायक उसमें मुश्किल से दो-तीन कमरे बचे थे। सारा मकान वीरान और खण्डहर था। माशूक महल ने वह मकान रहने के लिए इब्राहीम को दे दिया था। उसका सगा तो कोई न था, पर नाते-रिश्ते के

दस-पाँच आदमी आ जुटे थे, जो करते-धरते कुछ न थे, इसी की कमाई खाते थे। इब्राहीम खुले दिल से खर्च करता था। असल बात यह थी कि बेगम माशूक महल भी शाह खर्च थी। फिर खटपटी कामों में अनाप-शनाप खर्चा तो होता ही है। इब्राहीम उनका राज़दाँ और नाक का बाल बना था, अत: वह जिस कदर रुपया माँगता, उसे बेगम दे देती थीं, और उससे हिसाब-किताब भी कुछ न लेती थीं। परन्तु इब्राहीम भी जो हाथ में आता खर्च कर देता-बचाकर न रखता था। इस तरह उसके नातेदार भी खुश थे। वे दिन-भर बैठे हुक्का गुड़गुड़ाते, ताश-चौसर खेलते, या कबूतरबाज़ी, पतंगबाजी करते और दोनों वक्त सालन-रोटी खाते। समझिए इमली के पत्ते पर डण्ड पेलते थे।

29

जिस दिन अँगूरी बाग में आकर मेरठ के सिपाहियों ने डेरा डाला और किलेदार को मारकर उसका बँगला जला डाला-उस दिन नवाब माशूक महल लालकिले में आयी हुई थीं। उन्होंने जो यह माजरा देखा तो किले में ही ठहर गयीं। दूसरे दिन सुबह होते ही उन्होंने इब्राहीम को तलब किया, और हुक्म दिया-"राहतगाह से रत्ती-रत्ती सामान किले में उठा लाओ। और राहतगाह में ताला डाल दो।"

बेअन्दाज़ सामान था। बीस छकड़े दिन-भर में चार फेरे करते थे-यह चौथा दिन था और अब आखिरी खेप रवाना हो रही थी। छकड़े लादकर और उन्हें रवाना करके इब्राहीम दो नौकरों के साथ धीरे-धीरे बातें करता हुआ किले की ओर चला आ रहा था। अभी दो घड़ी दिन बाकी था। सूरज की तिरछी किरणें इधर-उधर बिखर रही थीं। सड़क पर अभी से सन्नाटा छाया हुआ था। अभी नमाज़ मगरब में आधे घण्टे की देर थी। देहली शहर, शाम का वक्त, रोजे के दिन, चौराहे पर आदमज़ात का पता नहीं। बदमाशों के डर से लोग अभी से किवाड़ बन्द कर घरों में घुस बैठे थे। कभी यहाँ कन्धे-से-कन्धा छिलता था। वे लोग सहमे-से, चौकन्ने हो इधर-उधर देखते-और धीरे-धीरे बातें करते कदम बढ़ाये चले जा रहे थे। अभी ये लोग मुहसन खाँ के कटरे से चलकर उस मैदान को पार कर ही रहे थे-जो कॉलेज और मेगज़ीन के बीच में था। तभी उनकी नज़र सड़क पर पड़ी कुछ लाशों पर गयी। तीन लाशें थीं और तीनों अंग्रेज़ थे। सन्ध्या के बढ़ते हुए अन्धकार में वे लाशें बड़ी डरावनी लग रही थीं। डूबते हुए सूरज की किरणें उन पर पड़ रही थी जिससे उनके चेहरे पर जमा हुआ खून चमक रहा था। बड़ा ही भयानक दृश्य था।

इब्राहीम ने कहा-"तौबा, तौबा, न जाने क्या होने वाला है। अमाँ, यह तो नादिरशाही कत्ले-आम से भी बढ़ गया।"

एक खिदमतगार ने सहमी हुई नज़र उन लाशों पर डाली, और कहा-"न जाने बादशाह शाहजहाँ ने किस बदवक्त में इस मनहूस शहर की नींव डाली है कि आये दिन एक-न-एक हंगामा बरपा होता ही रहता है। कोई पूरी सदी इस शहर में अमन की नहीं गुज़री।"

दूसरे ने कहा-"खुदा खैर करे, ऐसा मालूम होता है कि शहर पर अब कोई गज़ब गिरने वाला है।"

इब्राहीम ने एक बार फिर उन मुर्दा की ओर देखा और कहा-"बढ़ चलो, हमें इन झमेलों से क्या मतलब, इफतार का वक्त करीब है, और किला अभी दूर है।"

उन्होंने कदम बढ़ाये। अभी ये पनचक्कियों से ज़रा इधर ही थे कि पीछे से किसी के आने की आहट मालूम हुई। उन्होंने सहमकर पीछे की ओर देखा-एक लम्बे कद का आदमी लपकता चला आ रहा था। तीनों ने तलवारें सूत लीं और जल्दी-जल्दी पनचक्कियों से उतरने लगे। उस आदमी ने हाथ उठाकर इन्हें ठहरने का इशारा किया, तीनों ठिठक गये, पर डर से उनका बुरा हाल था। पास आकर उसने सलाम किया। दौड़ते आने के कारण उसकी साँस फूल रही थी, होंठों पर पपड़ी जमी थी, वह आदमी बहुत घबराया हुआ था। इब्राहीम ने देखा-कोई 30-35 साल का जवान आदमी है, लेकिन दुबला-पतला, हाथ में उसके कोई हथियार नहीं था, सिर पर उसके अंग्रेज़ों के अरदलियों का-सा साफ़ा बँधा था, तथा कमर में चपरास बँधी थी। वह इतना घबराया हुआ और डरा हुआ था कि उसके मुँह से बड़ी देर तक बात ही नहीं निकली। इब्राहीम ने कहा-"तुम कौन हो और हमसे क्या चाहते हो, झटपट कहो-हमें ज़्यादा फुर्सत नहीं है।"

"खुदा के लिए, खुदा के लिए-दोस्तो, तलवार म्यान में रख लो, खुदा गवाह है मैं दोस्त हूँ। एक सच्चा मुसलमान, जैसे तुम हो। मेरी हालत पर तरस करो-मेरी मदद करो।"

"लेकिन तुम चाहते क्या हो?"

"ज़रा वहाँ तक चलिये।" उसने लाशों की तरफ़ इशारा किया।

"हम क्यों चलें?" इब्राहीम ने तलवार ऊँची करके कहा।

"मैं रोहतक के जंट मजिस्ट्रेट नोबल साहब का अर्दली हूँ। मेरा नाम करीमबख्श है, मैं बहादुरगढ़ का रहने वाला हूँ-जात का पठान हूँ।"

"लेकिन हमसे तुम क्या चाहते हो?"

"हमारे साहब बहादुर छुट्टी लेकर विलायत जा रहे थे, पर दिल्ली आकर बीमार पड़ गये। वह एक बँगले में ठहरे थे। इतने में गदर हो गया। आज चौथा दिन है-इन लोगों ने उन्हें पकड़कर कश्मीरी दरवाज़े में गारद में बन्द कर दिया था। बीमार होने के कारण वह भाग नहीं सके। वहाँ और भी अंग्रेज़ कैद थे। आज बदमाशों ने सब कैदियों को खड़ा करके गोली से उड़ा दिया। हमारे साहब भी जख्मी होकर गिर गये-मगर अभी जिन्दा हैं। मेरी आप से इल्तजा है कि आपसे हो सके तो उनकी जान बचाइये। आपका सवाब होगा।"

"फ़िरंगी की जान बचाने से सवाब कैसा होगा?"

“हमारे साहब बड़े खुदा-तरस और गरीब-परवर हैं। वे हैं तो अंग्रेज़, लेकिन शरीफ़ और नेकमिज़ाज, रहमदिल अफ़सर हैं। रोहतकवालों से पूछिये, बीसियों बेवाओं का वज़ीफा कायम किया है। मजबूरन जुर्माना करते हैं, फिर अपने पास से सरकार में भर देते हैं।’

“तो हमें इससे क्या? फ़िरंगी काफ़िर हैं, हिन्दू-मुसलमानों के दुश्मन हैं।”

“साहब, ऐसा मत कहिये। ये नमकहराम, पाजी, बदज़ात तिलंगे कहाँ के ईमानदार हैं? किस कदर लूट-खसोट, मार-काट मचा रखी है। शहर में अन्धेर मचा रखा है। इसके खिलाफ़ अंग्रेज़ बहादुर और ईमानदार हैं। अपने अदल इन्साफ़ से मुल्क में अमन फैला रहे हैं।”

“लेकिन अब उनके दिन लद गये।”

“हज़्रत, इस खयाल में न रहिये, जब उनकी फ़ौज गोले बरसाएगी, वे बज़्ज़ात तिलंगे लुटेरे भागते ही नज़र आयेंगे। अन्त के तन्त फिरंगियों का ही राज होगा।”

“लेकिन तुम हमारे पीछे क्यों पड़े हो?”

“आपका बड़ा दर्जा होगा। साहब की जान बचा लीजिये साहब।”

करीमबख्श इब्राहीम के पैरों पर गिर पड़ा।

इब्राहीम ने कहा-“म्याँ, यह तो बताओ, यह तुम्हें कैसे मालूम हुआ कि तुम्हारे साहब अभी जिन्दा हैं।”

“आपके आने के थोड़ी देर पहले तक लाशों पर धूप थी। और लाशें तो बिलकुल सफ़ेद पड़ गयी हैं, पर हमारे साहब के चेहरे पर सुर्खी है। इसके अलावा मैंने उनके जिस्म में हरकतें भी देखी हैं। जब तिलंगों ने गोली चलाई तो मैं पास ही छिपा था। उनके चले जाने पर मैं सबकी नज़र बचाकर मस्ज़िद से पानी की बदनी उठाकर उनके पास रख आया था। तब मैंने देखा था, साँस चल रही थी। जख्म की बाबत तो मैं कह नहीं सकता, पर उनमें जान ज़रूर है। लिल्लाह ज़रा चलकर देख लीजिये।”

“देख लेने ही से क्या होगा, यह इल्लत बाँधे या अपना काम करें!”

“हज़्रत, साहब में जान बाकी हो, तो आप उन्हें अपनी हिफ़ाज़त में लीजिये, शायद बच जायें। मैं हूँ तो चार कौड़ी का प्यादा, और आपके सामने अर्ज करना गुस्ताखी है, मगर जनाब, यह कोई दिन का गुल-गपाड़ा है, अगर साहब आपके तुफैल से बच गये, तो देखना-कैसे-कैसे सुलूक करते हैं।”

इब्राहीम ने दोनों नौकरों से पूछा-“भई, क्या सलाह है?”

“हम तो आपके हुक्म के साथ हैं।”

“तो भई, हम सब रोज़े से हैं, राज़दारी का हलफ लें। यह राज़ किसी से न कहें।”

सबने हलफ लिया, चारों आदमी लौटकर लाशों के पास गये। इब्राहीम ने देखा, साहब का शरीर गर्म था, परन्तु शरीर खून से इस कदर लथपथ हो गया था कि ज़ख्म का पता न लगता था। झुटपुटा हो गया था, भीषण सन्नाटा था। सड़क पर चिड़िया का पूत न था, पत्ता भी खड़कता तो वे चौंक उठते, जैसे सारी दुनिया मर चुकी थी, केवल यही चार आदमी ज़िन्दा बचे थे। इब्राहीम ने अपने साथियों की मदद से साहब को हाथो-हाथ उठा लिया, उसने अपनी शेरवानी उतारकर उनके ऊपर डाल दी और वह तेज़ी से उन्हें उठाकर एक तरफ़ को चल दिये।

30

इब्राहीम के घर उसकी एक दूर के रिश्ते की फूफी थी। वह बूढ़ी और बहरी थी। उसका एक लड़का था, जो फ़ौज में नौकर था, और जब-तब आकर उसे कुछ दे-दिला जाता था। इब्राहीम को बेगम माशूक महल ने जो मकान रहने को दिया हुआ था, वह लम्बा-चौड़ा तो बहुत था, पर था खस्ता हाल। ले-देकर उसमें दो-तीन कमरे ऐसे थे-जिनमें रहा जा सकता था। एक में तो फूफी ने दखल किया हुआ था, दूसरे में खाना-पीना और घर-गिरस्ती का सब सामान था। तीसरे में इब्राहीम खुद रहता था।

नोबल साहब को इब्राहीम ने इसी कमरे में लाकर रखा। अभी तक नोबल साहब बेहोश थे, यह नहीं कहा जा सकता था कि वह बचेंगे भी या नहीं। इब्राहीम ने दोनों नौकरों को विदा किया और करीमबख्श की मदद से थोड़ा पानी गरम करके साहब का शरीर धोया। उन्हें दो गोलियाँ लगी थीं, पर ज़ख्म एक ही गहरा था और उसमें गोली घुसी हुई थी। किसी जर्राह को बुलाना खतरे से खाली न था, विशेषकर इस समय रात में कौन जर्राह आ सकता था। इब्राहीम थोड़ी-बहुत मरहम-पट्टी जानता था, इल्म तिब और नजम में भी उसे दखल था। उसने छुरी की नोक से गोली निकाली और जख्म में मरहम लगाकर पट्टी बाँध दी। एक बधना पानी और दो रोटी मकई की लाकर करीमबख्श को दिया और कहा-"मियाँ, ये रोटियाँ खाकर पानी पिओ, और खामोश यहाँ बैठो-जब तक मैं लौटकर न आऊँ। मुझे अभी एक जगह जाना ज़रूरी है।" यह कहकर उसने कमरे का बाहर से ताला लगा दिया, जैसा कि वह हमेशा किया करता था, और तेज़ी से वहाँ से चल दिया।

31

इब्राहीम के मकान से कोई दो फलांग के अन्तर पर शाह हकानी की खानकाह थी। शाह साहब बड़े पहुँचे हुए फ़कीर थे। दिल्ली के सभी हिन्दू-मुसलमान उनकी आन मानते थे। हज़ारों विलायतियों को उनकी मैयत थी। सौ-पचास भक्तजन उनका उपदेश सुनने को हर समय खानकाह में उपस्थित रहते थे। शाह बहुत बूढ़े थे। उनका शरीर काला, कद लम्बा और दुबला-पतला था। उनकी दाढ़ी और सिर के बाल ही नहीं-शरीर के रोम-कूप भी सफ़ेद थे। वे एक तहमद कमर में बाँधे एक चटाई पर दुजानू बहुधा घण्टों चुपचाप बैठे रहते। या तो अरबी में बातचीत करते या टूटी-फूटी उर्दू बोल लेते थे।

इब्राहीम से शाह साहब का परिचय था। वह जानते थे कि इब्राहीम शाही नौकर है, नवाब माशूक महल बेगम का विश्वस्त नौकर है। नवाब माशूक महल बेगम भी शाह साहब की मुरीद थीं और कभी-कभी शाह साहब की खिदमत में जाती-आती रहती थीं। पर वह बहुधा इब्राहीम के द्वारा ही शाह साहब से सलाह-मशवरे लेती रहती थीं। किले के मामलों से शाह साहब को बहुत दिलचस्पी थी। अत: उन्हें वहाँ की बातचीत और राजनीति का बहुत ज्ञान था। पर वह नवाब माशूक महल के हिमायती थे, और उनका यह निश्चित मत था कि दिल्ली के वालिए तख्त शाहज़ादा मिर्ज़ा जवाँबख्त न होकर मिर्जा फखरुलमुल्क को ही होना चाहिए।

इब्राहीम ने सोचा-चलकर शाह साहब से सलाम करना चाहिए। एक अंग्रेज़ को घर में छिपाकर इब्राहीम परेशान हो गया था, वह कोई ऐसी इल्लत अपने साथ बाँधने को राजी न था। कल न जाने क्या हो-भण्डा फूटने पर उसी का काम न तमाम कर दिया जाये। उसका न कोई ऐसा यार-दोस्त था, न राज़दाँ था, जो समय पर उसकी मदद कर सके।

उसने शाह साहब को ही अपना राज़दाँ बनाने की ठानी। उसे विश्वास था कि वह भेद न खोलेंगे। वह सीधा खानकाह की ओर हो लिया।

यद्यपि इस समय तक एक पहर रात बीत चुकी थी, पर खानकाह आदमियों से खचाखच भरा था। असल बात यह थी कि सरगना-ए-बागियान खानकाह के उल्मा से जहाद के फतवे पर मुहर कराने आये थे। और इस समय शाह से हुज्जत हो रही थी। शाह हकानी नहीं मानते थे। और अंग्रेज़ों से लड़ने को-गदर-फ़साद फिल अर्ज़ कहे जाते थे। पर बागियों के सरगना लोग भी ज़िद बाँधकर बैठे थे। शाम से हुज्जत हो रही थी, न शाह साहब मानते थे, न ये बागियों के सरदार टलते थे। इस भीड़भाड़ में इब्राहीम का शाह साहब तक पहुँचना सम्भव ही न था। भीड़ में दिल्ली और मेरठ के बागी सिपाही, दिल्ली के चोर-उचक्के, उठाईगीर, बेफिक्रे, बदमाश, शरीफ़ज़ादे, सभी लोग थे। उन दिनों दिल्ली में सोता कौन था। सब अपनी-अपनी धुन में रहते थे।

इब्राहीम भी इस भीड़ में मिल गया और शाह साहब से दो-दो बात करने का मौका ढूँढ़ने लगा। धीरे-धीरे रात बीतने लगी और वह थककर एक कोने में पड़ रहा। उसे नींद आ गयी। वह दिन-भर का थका था, अत: खूब सोया। जब शाह साहब ने उसे जगाया तो उसने देखा, भीड़-भाड़ खत्म हो गयी है। शाह साहब अकेले ही हैं। उन्होंने कहा-"अय भलेमानुस, अब तू अपने घर जा।"

"क्या सब फ़सादी चले गये?"

"हाँ"

"आपने जहाद के फतवे पर मुहर कर दी?"

"कैसे कर सकता था बन्दे खुदा, मैं समझता हूँ अंग्रेज़ अभी इस मुल्क से नहीं जायेंगे। और इस तहरीक से दिल्ली पर तबाही आयेगी।"

"हज़रत, मैं एक राज़ अर्ज़ करने आया हूँ।"

"क्या बेगम का काम है?"

"जी नहीं, लेकिन काम मेरा भी नहीं है। खुदा का काम है।"

"तो बन्दे-खुदा कह-क्या बात है?"

इब्राहीम ने सब किस्सा सुनाकर कहा-"सुना है, साहब कोई बड़ा अफ़सर है। यकीन है, उसकी जान बच गयी, और अंग्रेज़ों की बिपता टल गयी तो इस सिलसिले में बहुत अच्छा सलूक वे करेंगे, इनाम-इलाका मिलेगा।"

"तूने इसी लालच से उसकी जान बचाई है?"

"हज़रत, सच तो यही है।"

"तो लानत है तुझ पर! तू हमारे हुजूर में इसे खुदा का काम बताता है? जा दूर हो यहाँ से!"

इब्राहीम ने औलिया के पैर पकड़ लिये। उसने कहा-"हज़रत, दिल की बात सच-सच कह दी, अब आप जो हुक्म दें वही करूँगा।"

"अय नेकबख्त, नेकी कर और कुएँ में डाल। इन्सान की जान बचाना और उसकी मुसीबत में कन्धा देना इन्सान का सबसे बड़ा फ़र्ज़ है। मुसीबतज़दा दोस्त हो चाहे दुश्मन, उसे पनाह में लेना खुदा का काम है, सवाब का काम है।"

"तो क्या मैं उस अंग्रेज़ को घर में छिपा रखूँ।"

"तूने उसकी जान बचाने का नेक इरादा किया है, बस, उसकी जान की हिफ़ाज़त में कोई दकीका बाकी न रख।"

"और यदि इससे मेरे ऊपर कोई मुसीबत आये?"

"तो खुशी से झेल ले।"

"इससे क्या होगा?"

"खुदा खुश होगा। जा, अपना काम कर।"

इब्राहीम ने फ़कीर के पैर चूमे और उठकर अपने घर की ओर चल दिया।

32

नोबल साहब को इब्राहीम के घर रहते एक महीना बीत रहा था। उनके जख्म भर गये थे। परन्तु हल्का-हल्का सिरदर्द रहता था। उनके पास एक पाई न थी। न कोई यार-दोस्त सहायक था। अंग्रेज़ दिल्ली छोड़कर भाग गये थे, कुछ मार डाले गये थे। नोबल साहब, गरीब, मुहताज, घायल, असहाय, लाचार इब्राहीम के रहमो-करम पर पड़े थे। जीवन उनका संकट में था। बचने

की आशा धुंधली थी। कहाँ जायें, क्या करें यह समझ नहीं पाते थे। उनकी पत्नी और बच्चे किस हालत में हैं तथा जीवित हैं भी या नहीं यह नहीं कहा जा सकता था-फिर भी वह धैर्य से इस संकट की स्थिति को पार कर रहे थे। वह यद्यपि शरणागत थे, फिर भी एक अफ़सर अंग्रेज़ थे- इब्राहीम और करीम खाँ दोनों ही उनसे दबकर रह रहे थे। इब्राहीम का अंग्रेज़ों से बहुत साबका पड़ा था और वह एक प्रकार से अंग्रेज़-पसन्द आदमी था। जब नोबल साहब को नींद न आती तो आधी-आधी रात तक वह इब्राहीम से बातें करते रहते। बातों का मूल विषय यह बगावत होता। नोबल साहब इसे बगावत कहते-तथा विद्रोही सिपाहियों को बागी कहते थे। बगावत क्यों हुई, कहाँ तक उसका विस्तार होगा, क्या हिन्दुस्तानियों में यह ताकत है कि वे अंग्रेज़ों को मार भगायें, रजवाड़ों में कौन-कौन बिगड़ सकता है-इन्हीं विषयों पर नोबल साहब विवेचना करते रहते थे-बादशाह को वह-शाहेवजीफाखार कहते थे। वे बड़ी गम्भीरता से गोरखों और अफगानों के सम्बन्ध में विचार प्रकट करते थे कि ये शाहेवज़ीफाखार से मिल सकते हैं या नहीं। क्या कोई रियासत ऐसी इस समय है जो हिन्दुस्तान की शहनशाही करने योग्य हो। अन्त में वह कहते-कि यह केवल सिपाहियों की आकस्मिक बगावत है। अंग्रेज़ अपने दोस्तों की बदौलत उसे दबा देंगे और अपने दोस्तों और दुश्मनों के साथ मुनासिब तौर पर पेश आयेंगे।

कभी-कभी नोबल साहब देर तक यह विचारते रहते-कि क्या रियासत उन बागी सिपाहियों का साथ देगी? निस्सन्देह वे अंग्रेज़ों से बहुत नाराज़ हैं। अंग्रेज़ एक प्रकार से उन्हें गुलामी के बन्धन में बाँधे रहते हैं। पर फिर वह यह भी सोचता कि इस गुलामी के बन्धन को समझने की राजनीतिक और सामरिक योग्यता कितनी रियासतों में है। इन सब गम्भीर बातों पर विचार करते हुए उनके माथे पर की लकीरें गहरी हो जातीं। कभी वह हिन्दू-मुसलमानों के धार्मिक विचारों पर ऊहापोह करते-जो इस विद्रोह का मूल कारण कहा जा सकता था। और मुसलमान इसे बगावत-जहाद कहकर पुकारते थे। इन सब बातों पर विचार करते-करते नोबल साहब हिन्दुस्तान के रहन-सहन, संस्कृति, रस्मोरिवाज के सम्बन्ध में बहुत-से प्रश्न इब्राहीम से करते थे। कभी इब्राहीम इंग्लैण्ड के हालचाल पूछता।

इस तरह जब दिल्ली में खून-खराबी हो रही थी-अंग्रेजों पर विपदा आ रही थी, यह अंग्रेज़ अफ़सर एक मुसलमान के घर में छिपा बैठा, भूत और भविष्य के ताने-बाने बुनता रहता था। वह कभी अपने कष्ट की बात नहीं करता था। इब्राहीम और करीम खाँ दोनों ही उसकी सेवा-सुशुषा यत्न से करते तथा उसे इस तरह तसल्ली देते रहते थे। परन्तु नोबल कभी-कभी यह सोचकर अधीर हो जाता था कि वह इस आड़े वक्त में अपनी कौम की कोई सेवा नहीं कर सकता था। इसी तरह दिन बीतते जाते थे।

33

सत्तावन की आग दिल्ली में धाँय-धाँय जल रही थी। दिल्ली में लूट-पाट और खून-खराबी का बाजार गर्म था। विद्रोही शहर में घुस आये थे। जामा मस्जिद में जगह-जगह चूल्हे बने हुए थे,

सिपाही रोटियाँ पका रहे थे। कहीं घोड़ी का दाना दला जा रहा था। जाबजा घास के अम्बार लगे थे। शाहजहाँ की वह जगद्विख्यात जामा मस्ज़िद अस्तबल बन चुकी थी। अंग्रेजों की कोठियों में आग लगाई जा रही थी। औरत, बच्चे जो जहाँ मिलता, काट डाले जा रहे थे। अनेक अंग्रेज़ अफ़सर चेहरे पर कालिख पोते, हाथ-पैर रंगे, फटे-चिथड़े पहन, जहाँ जिसके सींग समायें, भाग रहे थे। सड़कों पर, घोड़ों, बग्घियों, पालकियों और पैदलों की भरमार थी। चारों तरफ़ से बन्दूकों की आवाज़ आ रही थी। घायल कराह रहे थे। सारे बाजार बन्द, गलियों में सन्नाटा, सब घर बन्द। नित नया कोतवाल बदला जाता था। विद्रोही, जहाँ जो मिलता लूट लेते थे। शाही खज़ाने में धेला न था। न बादशाह का हुक्म कोई मानता था, न शाहजादों की पूछ थी। गोलों से शहर खण्डहर हो गया था। लोगों के मकानों में गोलियाँ इतनी भरी थीं कि लड़के उन्हें ढेर-ढेर जमा करते थे। मेगज़ीन फटने से उसका सामान टोपी, बन्दूक, तलवार और संगीन लोग उठा-उठाकर अपने घर ले गये थे। खलासियों ने रुपये के तीन सेर के हिसाब से तोल-तोलकर हथियार बेचे थे। ताँबे की चादरें रुपये की तीन सेर और बन्दूक आठ आने की बिक रही थी। अच्छी-से-अच्छी संगीन तो कोई पूछता ही न था। विद्रोही नगर में किसी की आन न मानते थे। जिन्हें लूट में गहरा माल हाथ लगा था, वे जंगलों में भाग गये थे। दाम माँगने पर दुकानदार मार डाला जाता था। लुटेरों के पास इतना लूट का माल जमा हो गया था कि वे उसके बोझ के कारण कूच ही नहीं कर सकते थे। वे रुपयों की मुहर बदलवाते थे। इसलिए उन दिनों दिल्ली में 16 की महर 24-25 में बिक रही थी।

34

दुर्भाग्य ही कहना चाहिए कि उस दिन शहर में वही देशी पैदल पलटन तैनात थी, जो कुछ दिन पहले बर्मा जाने से इनकार कर चुकी थी। इस समय जहाँ यूनिवर्सिटी भूमि है, वहाँ उन दिनों राजपुर ग्राम था, उसी स्थान पर अंग्रेजों की सैनिक छावनी थी। ब्रिगेडियर ग्रब्ज़ को विद्रोह का पता देर में लगा। जब 54वीं पैदल रेज़ीमेण्ट को लेकर मेजर रिप्ले कश्मीरी दरवाज़े तक आ पहुँचा-तो उसे सिपाहियों ने वहाँ गोली से उड़ा दिया। इस घटना ने दिल्ली के भाग्य का फ़ैसला कर दिया। मेजर राबर्ट ने बहुत ज़ोर मारा कि वह 74वीं रेज़ीमेण्ट को काबू में रख सकें, पर न रख सके। शाम को जब 38वीं पलटन ने अपने अफ़सरों को गोली से उड़ाना आरम्भ किया-तो फिर अफ़सरों में भगदड़ मच गयी। शहर में न कोई अंग्रेज़ जीवित न भारतीय ईसाई। एक-एक ईसाई को खोजकर गोली से उड़ा दिया गया। बहुत-से अंग्रेज़ स्त्री-पुरुष किशनगढ़ के राजा की कोठी में छिप रहे, परन्तु पीछे वे सब मार डाले गये। फिर भी कुछ लोग दिल्ली से बचकर भाग निकले। ज्वाइण्ट मजिस्ट्रेट सर थियोफिलस मेटकाफ इसी तरह बच निकले। कुछ लोगों ने प्लेग स्टाफ में शरण ली। पर वहाँ भी उनकी स्थिति सुरक्षित न थी। तब रात के अंधेरे में, जहाँ जिसका सींग समाया, भाग निकला। कुछ लोग मेरठ पहुँचे, कुछ अम्बाला और करनाल। दिन में ये लोग जंगल में छिप जाते और रात को सुनसान टेढ़ी-मेढ़ी पगडण्डियों पर चलते रहते थे। गाँवों के कुछ कृपालु लोग इन्हें खाना-पानी देते, परन्तु बहुधा गूजर-रंगड़ उन्हें लूट-पीट लेते थे।

लाला ठाकुरदास दिल्ली जेल के जेलर थे, उन्होंने शाम तक कैदियों को किसी तरह रोक रखा, किन्तु जब पहरेदार अनुशासन भंग करने लगे तो उन्हें भागना पड़ा। जेल के सब कैदी भाग खड़े हुए। लश्कर के दो एंग्लो-इण्डियन नवयुवकों द्वारा अम्बाला, लाहौर, रावलपिण्डी और पेशावर को यह खबर किसी तरह बड़ी मुश्किल से भेजी गयी कि-"मेरठ से सिपाही आ गये हैं और वे सब कुछ जला रहे हैं। श्री टाड और बहुत-से यूरोपियन मारे गये हैं, शरण खोजनी चाहिए।" बस यही खबर दिल्ली की पंजाब पहुँच पायी।

कुछ सप्ताहों के लिए सिपाहियों को अकेला छोड़ दिया गया। मेरठ से कोई विरोध प्रदर्शन नहीं हुआ था। अन्यत्र कहाँ क्या हो रहा है इसका कुछ पता ही न चलता था। बादशाह की स्थिति दयनीय थी। वह तो अब इस बात के आदी थे कि दूसरे लोग उनके लिए हर चीज़ का इन्तज़ाम करें। परन्तु अब उन्हें सिपाहियों के खाने-पीने और रसद की व्यवस्था करनी पड़ी थी। हकीम अहसानुल्ला खाँ उनके विश्वासपात्र सलाहकार थे, परन्तु अनुशासन का उन्हें भी कोई अनुभव न था। वह शान्तिप्रिय आदमी थे, इसके अतिरिक्त न उन्हें सिपाहियों पर विश्वास, न सिपाहियों को उन पर। फिर उन्हें यह भी विश्वास था कि आज नहीं तो कल अंग्रेज़ अवश्य आयेंगे। बिगड़ने वाली बात में अगुआ बनने से कोई लाभ नहीं है।

बारह तारीख को बादशाह ने दरबार किया। उसमें शहर के गणमान्य मुसलमानों को बुलाया गया। आमन्त्रित जनों में झज्झर के नवाब के एक चचा भी थे। उन सबसे एक शासन-परिषद् बनाने को कहा गया। शहर में कानून और व्यवस्था स्थापित करनी तथा सिपाहियों को अनुशासन में रखना और नये सिपाही भरती करना था। इस समय गुण्डे लोग यूरोपियनों तथा ईसाइयों को ढूंढ़ निकालने के बहाने शहर के धनीमानी जनों को तंग करते थे, शहर में अव्यवस्था का पूरा राज था। दुकानें बन्द थीं। काम-काज ठप, खज़ाना खाली था। यह भारी काम सँभालने की शक्ति किसी में न थी। न इस समय दिल्ली में कोई तेजस्वी, साहसी और प्रतिभाशाली आदमी था। कोई आदमी अपने सिर दायित्व लेने को तैयार न था। प्रत्येक आदमी ने परिषद् में काम करने से इनकार कर दिया। अन्त में बहुत हुज्जत के बाद एक गवर्नर नियुक्त किया गया। मिर्ज़ा मुगल को प्रधान सेनापति बनाया गया। अन्य शहज़ादों को बड़े-बड़े सैनिक पदों पर नियुक्त किया गया। परन्तु ये शहज़ादे भी बादशाह की तरह सर्वथा अयोग्य और निकम्मे थे। निरंकुश सिपाहियों को काबू में रखना इनके बूते की बात न थी।

दरबार के बाद बादशाह हाथी पर बैठकर बाजारों में निकले। लोगों से कहा कि वे अपना काम-काज करें, लेकिन व्यापारियों को अभयदान देना उनके बूते से बाहर था।

किले के बगीचों में सिपाही डेरा डाले पड़े थे। वे सब शान्तिप्रिय लोगों के लिए खतरा बने हुए थे। बादशाह जैसे-जैसे आगे बढ़ते थे-घर-घर से चीख-पुकार, फ़रियाद आ रही थी। जिन यूरोपियनों को मार डाला गया था, उनके आश्रितों ने बादशाह के हाथी को घेर लिया। वे उनसे अमन की प्रार्थना कर रहे थे, और बादशाह का काफ़िया तंग था। शान्ति की कोई तुक यहाँ न बैठ रही थी।

बादशाह किले में लौट आये। सिपाहियों को समझाया-बुझाया। गुस्सा किया, गद्दी तक छोड़ देने की धमकी दी, परन्तु इसका कुछ भी नतीजा न निकला। इस प्रकार मुगलों का यह अन्तिम उत्तराधिकारी क्रान्तिकारी योजना का नेतृत्व करने में सर्वथा अयोग्य, असफल प्रमाणित हुआ।

नये प्रशासकों के सामने बड़ी कठिनाइयाँ थीं। सूझ-बूझ वाले लोग सेनापति और बादशाह से सहयोग करने को तैयार थे। वे अंग्रेज़ी तौर-तरीकों के विरोधी थे, पर पश्चिमी विचारधारा से प्रभावित थे। सब अव्यवस्था दूर करने के लिए, एक 'कोर्ट' की नियुक्ति की गयी। जिसके दस सदस्य थे-छह सैनिक व्यवस्थापक और चार नागरिक व्यवस्थापक। सेनापति को असीम अधिकार थे, पर वह नितान्त अयोग्य व्यक्ति था। यद्यपि यह लोकतन्त्री संगठन था, पर निर्जीव, निष्प्राण। दिल्ली के पतन तक यह समिति काम करती रही, पर इसका प्रभाव न सेना पर था, न सैनिक अधिकारियों पर, फलत: अराजकता नगर में वैसी ही बनी रही।

दिन बीतते गये और बादशाह पर एक के बाद एक नई-नई मुसीबतें आती गयीं। मई का महीना बीतते-बीतते तो दिल्ली लुट-पिटकर पामाल हो गयी। सिपाही बेगम ज़ीनत महल पर शक करते थे कि वे अंग्रेजों से मिली हैं। बादशाह ने दिल्ली के आस-पास के ज़मींदारों से सेना को रसद देने को कहा-पर इस समय वे दिल्ली को लूटने में लगे थे। किसी तरह शहर के बैंक-मालिकों ने बादशाह के दबाव से एक लाख रुपया एकत्रित किया, परन्तु इस अल्प रकम से क्या होता था! सिपाहियों ने निरुपाय हैदराबाद के रईस को लूट लिया। फिर तो शहर के धनिकों को अंग्रेज़ों का मित्र कह-कहकर निचोड़ा जाने लगा। मई खत्म होते-होते रोहतक से पौने दो लाख रुपया आया, परन्तु स्थिति कुछ भी नहीं सुधरी। अहसानुल्ला खाँ भी अंग्रेजों से मिले हैं, सिपाही यह बात खुल्लमखुल्ला कहते थे।

दिल्ली और मेरठ के सिपाहियों में भी एकता न रही। इस प्रकार फूट, कलह, स्वार्थ। और अनुशासनहीनता के कारण-सिपाही संगठित न हो सके। अंग्रेज़ असावधान थे और विद्रोहियों को काफ़ी समय अवश्यम्भावी आक्रमण की तैयारी का मिला था, परन्तु उन्होंने यह स्वर्ण सुयोग यों ही खो दिया। मई मास खत्म होते-होते विद्रोही सेना में फूट पड़ गयी। सब अपनी-अपनी डफली और अपना-अपना राग अलापने लगे। कालपी वर्ग सेना का विरोधी हो गया। शाहज़ादों की मनमानी, अन्धेरगर्दी को रोकना बादशाह के बूते के बाहर की बात हो गयी। इस प्रकार दिल्ली का बवण्डर दिल्ली को ही डगमग करने लगा।

*****

www.ingramcontent.com/pod-product-compliance
Lightning Source LLC
LaVergne TN
LVHW100638051026
849519LV00001B/265
* 9 7 8 9 3 5 8 0 5 5 2 4 5 *